Markus Heitz
Trügerischer Friede

PIPER

Zu diesem Buch

Nach der verheerenden Schlacht ist auf dem Kontinent Ulldart wieder Frieden eingekehrt. Man beseitigt die Kriegsschäden und schafft eine neue Ordnung. Doch nicht überall ist es so ruhig, wie es scheint: In Kensustria erklärt die Priesterkaste der Freien Stadt Ammtára den Krieg. Und während Lodrik sich immer weiter zurückzieht, plant seine erste Frau Aljascha, die Herrschaft über Tarpol zu übernehmen. Mit Hilfe religiöser Fanatiker will sie den in einem gläsernen Gefängnis eingeschlossenen Leib ihres Sohnes Govan in ihren Besitz bringen, denn darin ist eine der aldoreelischen Klingen verborgen, Schwerter von immenser Kraft. Zudem kommt die Kunde aus dem fernen Borasgotan, dass jemand, den alle für tot gehalten haben, die Macht des nördlichsten Landes an sich reißen will. Und die ehemaligen Kampfgefährten müssen erneut zusammentreffen, um Schlimmeres auf Ulldart zu verhindern ... Dieser Auftakt zum Zyklus »Ulldart – Zeit des Neuen« ist ein idealer Neueinstieg in die dramatischen Ereignisse auf dem Kontinent Ulldart und zugleich ein Wiedersehen mit den beliebtesten Helden und finstersten Schurken.

Markus Heitz, geboren 1971, lebt als freier Autor in Zweibrücken. Seine Bestseller um die »Zwerge«, alle bei Piper erschienen, wurden in acht Sprachen übersetzt. Auch das 9-bändige Epos über »Ulldart« sowie seine Romane »Die Mächte des Feuers« und »Die Legenden der Albae. Gerechter Zorn« begeisterten die Fantasy-Fans. Markus Heitz gewann bereits sechsmal den Deutschen Phantastik Preis.

Markus Heitz
Trügerischer Friede

Ulldart – Zeit des Neuen 1

Piper München Zürich

Entdecke die Welt der Piper Fantasy:

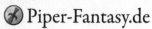

Zu den lieferbaren Büchern von Markus Heitz bei Piper siehe Seite 447.

Originalausgabe
1. Auflage August 2005
10. Auflage Februar 2012
© 2005 Piper Verlag GmbH, München
Umschlagkonzeption: semper smile, München
Umschlaggestaltung: www.guter-punkt.de
Umschlagabbildung: Emblem: Ciruelo, Barcelona /
Schloß: photonica / Eric Wessman
Karte: Erhard Ringer
Satz: C. Schaber Datentechnik, Wels
Papier: Pamo Super von Arctic Paper Mochenwangen GmbH, Deutschland
Druck und Bindung: CPI – Clausen & Bosse, Leck
Printed in Germany   ISBN 978-3-492-26578-2

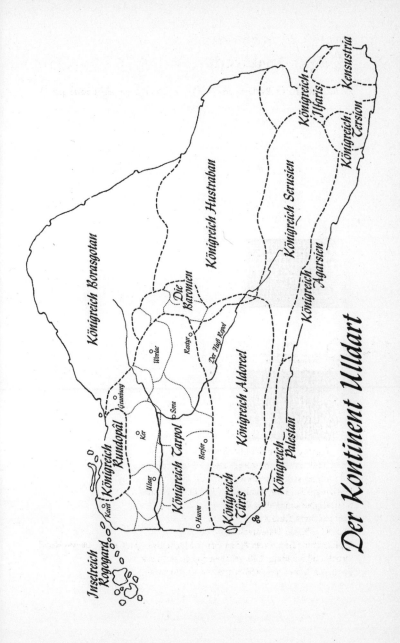

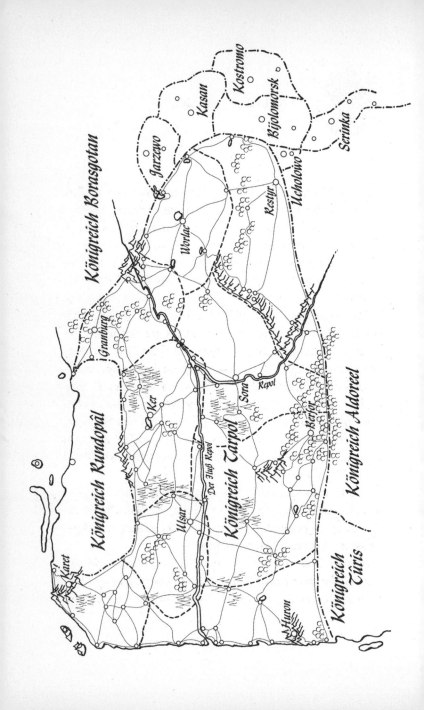

Was bisher geschah …

Aus Lodrik, dem jungen, unerfahrenen Kabcar von Tarpol, wurde im Lauf der Jahre zuerst ein viel versprechender, dann jedoch ein von finsteren Mächten beeinflusster Herrscher. Als beinahe einziger Magier Ulldarts eroberte er Land für Land des Kontinents und bereitete, ohne es zu ahnen, den Weg für die Rückkehr des Dunklen Gottes Tzulan.

Sowohl seine Cousine und Gattin Aljascha als auch sein Berater Mortva Nesreca, der von dem Gott des Bösen gesandt wurde, lenkten im Geheimen und lange Zeit sein Denken und sein Handeln. Lodriks alte Freunde wurden umgebracht oder mussten fliehen. Stoiko, sein Freund und Diener, landete im Gefängnis, seine Geliebte Norina und sein ehemaliger Leibwächter Waljakov flüchteten auf den Nachbarkontinent Kalisstron. Die Intrigen von Mortva kannten kein Erbarmen, bis Lodrik der mächtigste Mann Ulldarts war und doch völlig allein dastand.

Aus Lodriks Ehe mit Aljascha entsprangen die Drillinge: der grausame, magisch begabte Govan, die hübsche, ebenfalls magisch begabte Zvatochna und der geistig zurückgebliebene, aber enorm starke Krutor.

Aus der Beziehung mit Norina ging Lorin hervor, der auf dem Nachbarkontinent Kalisstron aufwuchs; aus der Liebelei mit einer Magd erwuchs sein Sohn Tokaro, der im elitären Ritterorden der Hohen Schwerter zu einem Krieger ausgebildet wurde.

Tokaros Lehrmeister war Nerestro von Kuraschka, der sehr von sich überzeugte Großmeister des Ordens. Nerestro verlor einst sein Herz an die Kensustrianerin Belkala, die aus ihrer Heimat verbannt wurde. Nach einer Beziehung voller Streit und Leidenschaft trennten sich ihre Wege, und Belkala begab sich nach Ammtára, einer Stadt, in der Menschen und Kreaturen des Sumpfes friedlich zusammenleben. Dort brachte sie die gemeinsame Tochter Estra zur Welt.

Indessen gerieten die ehrgeizigen Pläne des ungeliebten Herrschers ins Stocken. Vor allem Kensustria, das Land im Südosten mit den rätselhaften grünhaarigen Fremden, erwies sich als zäher Gegner und nur schwer einnehmbar. Dazu kam, dass Lodrik schließlich erkannte, welches Spiel Mortva und Aljascha mit ihm trieben. Im Lauf der Jahre wandelte er sich und erließ in den besetzten Gebieten umfassende Reformen, die vor allem dem einfachen Volk zugute kamen. Aljascha wurde schließlich gar in die Verbannung nach Granburg geschickt.

Gerade als er beschloss, sich auch von Mortva und dessen Verbündeten zu trennen, begingen sein Sohn Govan und seine Tochter Zvatochna auf Mortvas Geheiß hin an ihm Verrat. Ganz Ulldart war der festen Überzeugung, dass Lodrik in einem Steinbruch ums Leben gekommen sei.

Der junge Govan wurde zu seinem Nachfolger gekrönt. Durch den übermäßigen Einsatz der Magie wahnsinnig geworden, trieb er die Eroberungen rücksichtslos voran und wurde ein grausamer Herrscher, der bald das Volk gegen sich hatte. Was Lodrik in seinen letzten Jahren als Kabcar an Gutem für die eigenen Untertanen vollbracht hatten, kehrte sein Sohn nun ins Gegenteil. Er suchte sich Verbündete bei den Tzulandriern, einem Kriegervolk vom Kontinent Tzulandrien, und den Tzulani, radikalen Anhängern des Gottes des Bösen. Mit seiner magischen Überlegenheit, der Schläue Zvatochnas und der Stärke des armen, ausgenutzten Krutors stand er kurz davor, sein Ziel zu erreichen: die Unterwerfung des gesamten Kontinents.

Doch Lodrik war nicht tot; die Magie hatte ihn vor dem Sterben bewahrt, und so suchte er im Verborgenen nach einer Möglichkeit, seinen Sohn aufzuhalten. Scheiterte er, so würde Tzulan zurückkehren, und Mortva hätte sein Ziel erreicht.

Zu jener Zeit organisierten der König von Ilfaris, Perdór, und sein Hofnarr Fiorell den Widerstand von Kensustria aus; Torben Rudgass, ein rogogardischer Freibeuter, brachte die Freunde aus dem fernen Kalisstron zurück nach Ulldart. Zusammen mit den Kensustrianern, einem Heer aus Freiwilligen und der Hilfe von Lodrik, der zu einem Nekromanten geworden war, stellten sie sich Govan und seinen vernichtenden Plänen entgegen.

Es kam zu einer entscheidenden Schlacht, bei der Tokaro und der magisch begabte Lorin zusammen mit ihrem Vater Lodrik und Freunden aus alten Tagen gegen Govan und seine Gefolgschaft antraten. Im buchstäblich letzten Augenblick konnte die Rückkehr der Dunklen Zeit verhindert werden, wenngleich die Schlacht zahlreiche Opfer forderte.

Seither gelten Govan, Zvatochna und Mortva als tot, und die Tzulandrier befinden sich auf dem Rückzug.

Vieles auf dem Kontinent liegt in Trümmern und muss neu aufgebaut werden, aber die Menschen verspüren wieder Hoffnung.

Und doch scheint es bald, als sei der Friede alles andere als beständig. Manche nennen ihn auch trügerisch ...

Zeit des Neuen – das passt sowohl für Ulldart als auch für mich.

Seit dem Erfolg von »Die Zwerge« und »Der Krieg der Zwerge« ist die Ulldart-Gemeinde gewachsen. Der elben-, ork- und zwergenfreie Kontinent bekommt die Aufmerksamkeit, die ich mir für ihn immer gewünscht habe. Und damit kann es für Lodrik und Konsorten weitergehen. Mein Lieblingsschurke Mortva ist zwar nicht mehr unterwegs und stiftet Unheil, aber auch ohne ihn verfügt das Böse über genügend Kraft.

Mir hat es sehr viel Spaß gemacht, mich wieder nach Ulldart zu begeben, lose Enden zu verknüpfen – die der Leser vielleicht bislang gar nicht als solche erkannt hat – und neue Fäden zu spinnen. Neue, überraschende Fäden.

Mein Dank geht an die Testleserriege Nicole Schuhmacher, Sonja Rüther, Dr. Patrick Müller und Tanja Karmann. Nicht zu vergessen sind Lektorin Angela Kuepper und der Piper Verlag, die sich sehr um Ulldart gekümmert haben.

Prolog

**Kontinent Ulldart, Königreich
Borasgotan, Festung Checskotan,
Sommer im Jahr 1 Ulldrael
des Gerechten (460 n. S.)**

Die Feuer brannten hell im Innenhof der Festung Checskotan und warfen ihren Schein gegen die altehrwürdigen Mauern. Die Fackeln auf den Wehrgängen überzogen das Wasser im Graben am Fuß des äußeren Walls mit einem roten Schimmer; es sah aus, als handelte es sich um glühendes gestocktes Blut. Das Bollwerk, das schon etliche Kriege zu unterschiedlichen Zeiten gesehen hatte, lockte mit seinem Licht und schreckte mit seinem Anblick.

Noch vor sechzehn Jahren hatte es dem ehemaligen Herrscher Borasgotans, Arrulskhán IV., als letzte Zuflucht gedient. In den Zeiten davor war es ein Ausgangspunkt für Eroberungszüge und ein Widerstandsnest gegen hustrabanische Angriffsversuche gewesen.

Die Festung stammte aus einer fast vergessenen Epoche, als Borasgotan eine mächtige Großmacht gewesen war und die Gebiete im Norden des Landes erobert hatte, um an die Schätze im Boden zu gelangen. Die Ureinwohner, das Volk der Jengorianer, war dabei beinahe ausgelöscht worden; die Letzten von ihnen lebten noch immer in den unzugänglichen Eisgebieten.

An diesem kühlen Sommerabend, nicht lange nach dem Sieg in Taromeel, stand bereits eine neue Auseinandersetzung bevor. Dieses Mal jedoch blieb die Zukunft des Reiches eine alleinige Angelegenheit der Borasgotaner, und einer von ihnen drohte zu spät zu kommen.

Ein Reiter trieb seinen Fuchshengst laut fluchend an und preschte auf den Versammlungsort zu, der von den Adligen des Landes ausgewählt worden war, um den kommenden Herrscher Borasgotans zu erwählen. Der Mann konnte das Ziel seiner Reise trotz der Dämmerung nicht verfehlen; die Feuer wiesen ihm den Weg.

Sein stürmisches Nahen wurde bemerkt.

Ein Dutzend Torwächter formierten sich auf der Mitte der Zugbrücke zu einer Mauer aus Menschen. Auf den gebrüllten Befehl ihres Obersten hin senkten sie die Hellebarden und reckten ihm die Spitzen entgegen. Todverheißend funkelten die metallenen Enden im Widerschein der Fackeln und verlangten stumm, dass der Reiter anhielt. Die beschlagenen Hufe glitten über die Bohlen; um ein Haar wäre das Pferd gestürzt, als der Reiter es vor dem Hindernis zum Stehen brachte.

Die Soldaten besaßen keine einheitlichen Uniformen. Die einen trugen die Monturen der gestürzten Bardri¢-Dynastie unter der Rüstung, wobei sie das Wappen der Familie abgerissen und durch das Zeichen Borasgotans ersetzt hatten: ein stilisierter Pferdekopf, umgeben von einem Kranz aus Tannennadeln. Andere hatten sich in einfache braune Woll- oder Lederkleidung gehüllt und ihre Brustpanzer darüber geschnallt. So kurz nach der Niederwerfung von Govan Bardri¢ und seinen Verbündeten war noch keine Zeit gewesen, um sich über derlei Nebensächlichkeit Gedanken zu machen.

Ein sichtlich älterer Mann in einem zerschlissenen Obristenmantel und mit einer Pelzkappe auf dem Haupt trat nach vorn und grüßte militärisch. »Guten Abend. Zeigt mir Euer Einladungsschreiben, bitte.« Er musterte den Besucher, den er auf zwanzig Jahre schätzte. Dunkelbraune Haare schauten unter der Kappe hervor, die kastanienbraunen Augen schweiften gebieterisch über ihn und seine Männer. Ein Adliger, zweifelsohne.

»Sicher.« Der junge Mann langte nach seiner Satteltasche und suchte den Schrieb, reichte ihn an den Mann weiter.

Die Augen des Obristen huschten über die Zeilen; dann nahm er eine Liste hervor und verglich den Namen des Neuankömmlings mit den Eintragungen. »Tut mir Leid, Vasruc Raspot Putjomkin, aber Ihr seid nicht für das Treffen vorgesehen«, murmelte er, ohne aufzublicken. »Das Schreiben ging an Vasruc Bschoi, und indem Ihr seinen Namen durchstreicht und Euren darüber setzt, werdet Ihr nicht sein Stellvertreter.«

»Vasruc Bschoi ist verstorben«, hielt Raspot unbeeindruckt dagegen und kramte im Innern der Satteltasche, bis er zwei weitere Briefe gefunden hatte. »Dies ist die eidesstattliche Erklärung seiner Witwe zu seinem Tod sowie die Bestimmung von Vasruc Bschoi, dass ich sein Nachfolger bin. Sowohl im Amt als auch bei der heutigen Versammlung.« Er erkannte am verschlossenen Gesicht des Obristen, dass es wohl längerer Verhandlungen bedurfte, in den erlauchten Kreis vorgelassen zu werden. Besser, er versuchte es mit einer kräftigen Portion Selbstsicherheit ... Also reckte er das Kinn und blickte mit blitzenden Augen auf den Obristen herab. »Ich bin ein borasgotanischer Adliger und dazu ermächtigt, über das Schicksal meiner Heimat zu entscheiden.«

Der Mann nickte. »Ich verstehe, Vasruc, und gleichzeitig habe ich meine Befehle. Es tut mir Leid, Ihr werdet die Nacht vor den Toren verbringen.«

Raspot schwang sich aus dem Sattel seines Fuchshengstes, sprang auf den Boden und ging auf den Mann zu. »Ihr möchtet die Freundlichkeit haben, auf der Stelle jemanden rufen zu lassen, der über meine Papiere entscheidet.« Er hielt erst an, als sein Gesicht das des älteren Mannes fast berührte. Er roch den herben Schweiß seines Gegenübers und sah die Narbe seitlich an dessen Hals, die wohl von einem üblen Schnitt herrührte. »Ich habe meinen Hengst nicht geschunden und bin aus dem Südosten geradezu hierher geflogen, um von Euch mein gutes Recht verwehrt zu bekommen.«

Der Obrist hob den Arm mit den Briefen, schwenkte ihn über die Brüstung der Zugbrücke und öffnete die Finger; trudelnd segelten die Blätter nach unten, bis sie im brackigen Wasser landeten und auf der Oberfläche schwammen. Die Tinte verlief augenblicklich. »Welche Papiere, Vasruc?«, fragte er dann teilnahmslos. »Diejenigen, die Euch der Wind aus der Hand getragen hat? Ich glaube nicht, dass man sie noch lesen kann.«

»Der *Wind*?« Raspot tat so, als wollte er die Arme verschränken, stattdessen packte er den Obristen unvermittelt bei der rechten Schulter und versetzte ihm einen raschen Stoß, der den Mann von der Zugbrücke beförderte. Klatschend tauchte er in die Brühe des Wassergrabens ein. »Dann kann der gleiche *Wind* sie wieder in meine Hand zurücktragen«, rief er hinab.

Die Soldaten senkten die Hellebarden und bewegten sich drohend auf ihn zu; der Vasruc ging rückwärts zu seinem Pferd, eine Hand an den Griff seines Säbels gelegt. »Ihr werdet mich nicht von der Brücke drängen. Sorgt dafür, dass einer der ...«

»Was ist hier los?«, donnerte es von den Zinnen des Wachturms herunter. Ein Mann im mittleren Alter in prächtigen Gewändern schaute missbilligend auf sie herab. Auch wenn man keine Insignien sah, es musste sich um einen Adligen handeln. »Saltan, was tut Ihr im Graben?« Er wandte sich Raspot zu. »Und Ihr? Was veranstaltet Ihr da für einen Aufruhr?«

Raspot nahm an, den Besitzer der Festung vor sich zu haben. Er deutete eine knappe Verbeugung an, stellte sich vor und erklärte mit wenigen Sätzen, was sich ereignet hatte. »Leider kann ich Euch die Richtigkeit meiner Worte nicht mehr beweisen, da der Obrist meine Dokumente wohl aus Versehen ins Wasser warf und auch sein Versuch, sie zu retten, scheiterte«, schloss er seinen Rapport.

»Saltan, ist das wahr?« Der grauköpfige Mann deutete auf zwei Soldaten und wies sie an, ans Steilufer des Grabens zu eilen und ihrem Anführer herauszuhelfen. »Habt Ihr in den Dokumenten gelesen, was der junge Mann behauptet?«

Prustend nickte Saltan. Er bekam die entgegengereckten Stiele der Hellebarden zu fassen, erklomm die Böschung und entkam dem übel riechenden Wasser. Offenbar wagte er keine Lüge vor seinem Vorgesetzten; vielleicht rechnete er es Raspot auch hoch an, dass er ihm vor dem Adligen die Peinlichkeit erspart hatte, zugeben zu müssen, dass er ihn überrumpelt hatte.

»Dann kommt herein, Vasruc Putjomkin, und seid willkommen auf Checskotan, der Wiege des sich neu erhebenden Borasgotans.« Mit diesen Worten verschwand er hinter den Zinnen.

»Meinen Dank.« Raspot hob den Arm zum Gruß und führte seinen Hengst am Zügel durch das erste Tor.

Der Mann erwartete ihn unmittelbar dahinter. »Ich bin Hara¢ Fjanski, Gastgeber des bedeutenden Treffens und Anwärter auf den Thron des Landes.« Mit einem Augenzwinkern fügte er hinzu: »Wie so viele, die heute hier sind. Ihr etwa auch?«

»Ich? Beim weisen und gerechten Ulldrael, nein!«, beeilte sich Raspot zu versichern. »Ich bin hier, um einen von ihnen zu wählen.«

»So? Wie erfreulich.« Fjanski nickte ihm zu. »Ihr seid sehr jung und ohne Schramme, demnach habt Ihr nicht auf dem Wunderhügel bei Taromeel gegen die Truppen des verrückten Govan Bardri¢ und seiner Schwester gekämpft, nehme ich an?«

Raspot wurde rot vor Verlegenheit. »Ihr habt Recht, Hara¢. Ich befand mich zu Hause und beschützte das Gut von Vasruc Bschoi vor marodierenden Soldaten.«

Fjanski schnalzte mit der Zunge. »Noch so eine Seite des Krieges. Nicht genug, dass auf dem Schlachtfeld der Tod herrscht, er bringt auch Leid durch die eigenen Truppen in die Heimat. Es wird Zeit, dass Ordnung in Borasgotan einkehrt.«

Seite an Seite durchschritten sie das zweite Tor und gelangten in den großen Innenhof der beeindruckenden Festungsanlage, wo sich Stallungen, Wirtschaftshäuser und Unterkünfte an die dicken Wände schmiegten, als suchten sie trotz der friedlich gewordenen Zeit immer noch Schutz. Die schlichte, aber sehr unterschiedliche Kleidung der Menschen, die geschäftig hier ein und aus gingen, verriet Raspot, dass die Gefolgschaften der eingetroffenen Adligen ihre Lager darin bezogen hatten.

»Ich verstehe. Aus Dankbarkeit für Eure Taten hat Euch der alte Bschoi zu seinem Nachfolger ernannt.« Fjanskis Gesicht wurde noch ernster. »Dankt Ulldrael, dass Euch die Schlacht erspart geblieben ist. Es gibt genügend Überlebende, die nach durchstandenem Grauen ihren Verstand verloren haben. Der tapfere Saltan gehört zu jenen, denen es mit Müh und Not gelang, ihren Verstand zu behalten.« Er winkte einen Stallburschen herbei, den er anwies, sich um den Fuchshengst zu kümmern. Dann führte er Raspot in den einstigen Thronsaal, wo die übrigen Adligen ein Bankett feierten. »Ich lasse Euch später Eure Unterkunft zeigen, Vasruc Putjomkin. Zuerst die Arbeit.«

Der Raum war groß und vom wahnsinnigen Kabcar mit den kostspieligsten Stucken versehen worden, wobei dieser keine Rücksicht darauf genommen hatte, ob die Verzierungen zu dem dunklen, schweren Gebälk passten oder nicht. Üppige Malereien an Decke und Wänden erschlugen das Farbempfinden des Betrachters, eine Batterie kristallener Lüster tauchte den Saal in strahlendes Licht. Auf Raspot machte es den Eindruck, als sei der Raum völlig willkürlich von einem launischen, verzogenen Kind eingerichtet worden.

Die achtzig Gäste hockten klein und unscheinbar in der überbordenden Pracht und gingen selbst mit den gewiss kostspieligen Kleidern und all ihrem Prunk und Protz darin verloren. Leise Unterhaltungen drangen zu dem Gastgeber und dem Vasruc, es wurde vornehm gelacht und gescherzt.

»Willkommen in der Schlangengrube«, lächelte ihm Fjanski warnend zu. »Hört, wie sie zischeln und fauchen, Gift spucken und zubeißen, sich um ihre Gegner winden. Was manche für eine freundliche Umarmung gehalten haben, wurde rasch zu einem tödlichen Druck. Zu viele Nattern verlangt es nach dem Thron.« Er gab dem Ausrufer ein Zeichen, während ein Bediensteter neben Raspot erschien und ihm den staubigen Mantel abnahm. Darunter kam eine nicht sonderlich teure, aber geschmackvolle Garderobe zum Vorschein. »Seid wachsam, Vasruc.«

Der Ausrufer stieß mit dem Stock dreimal auf den Boden, das Gelächter und die Unterhaltungen wurden leiser. Beinahe alle Anwesenden wandten sich zum Eingang und betrachteten den unerwarteten Besucher; man war neugierig, wen Hara¢ Fjanski dieses Mal brachte. Die mürrischen Gesichter entspannten sich sogleich, als man hörte, wer er war: nämlich kein weiterer Aspirant auf den Titel des Kabcar von Borasgotan.

»Stärkt Euch und schließt Bekanntschaften«, riet ihm der Hara¢ väterlich. »Wir werden zusammenhalten müssen, wenn wir unsere Macht in Borasgotan zurückerlangen wollen.«

»Das Land braucht demnach einen Schlangenbeschwörer«, bemerkte Raspot und bezog sich dabei auf den Vergleich von Fjanski.

»Gut erkannt! Die unglücklichen Reformen von Lodrik Bardri¢ sind den meisten einfachen Menschen in viel zu guter Erinnerung geblieben. Sie sollen sich nicht an die Freiheiten gewöhnen.« Er klopfte ihm auf die Schulter und kehrte zu seinem Platz zurück.

Raspot setzte sich neben einen alten, vom Alkohol gezeichneten Mann, unter dessen dichtem Bart die geplatzten Äderchen in der Haut zu sehen waren; die Nase war überdimensional angeschwollen und erinnerte an eine überreife rote Frucht, die jeden Augenblick zu zerplatzen drohte. Zusammen mit der Uniform, an der noch Orden von Arrulskhán IV. prangten, wirkte er wie eine Karikatur der vergangenen Zeit. Ihn würde sicherlich niemand wählen.

Diener brachten Raspot ein Gedeck und boten ihm die verschiedensten Speisen an, von geschmortem Wildbret über erlesene Früchte bis hin zu ausgefallenen Süßspeisen, deren Herstellung ein Vermögen gekostet haben musste. Fjanski besaß gewiss einen geheimen Vorrat an Parr, um das alles bezahlen zu können.

Nach dem langen Ritt war der junge Adlige hungrig, und so sehr er sich Mühe gab, vornehm zu essen, zerteilte und kaute er sein Essen doch schneller als gewöhnlich.

Fjanski erhob sich, schlug mit dem Löffel gegen das Glas; die Gespräche verebbten. »Ich kämpfte in Taromeel für die Freiheit Ulldarts«, begann er seine Ansprache, »und ich wohnte den anschließenden Verhandlungen bei. Es wurde mit König Perdór vereinbart, dass wir unseren nächsten Kabcar oder die nächste Kabcara aus unseren eigenen Reihen erwählen. Deshalb sind wir hier, in Checskotan. Auf Borasgotan!« Er hob sein Glas; sein Trinkspruch wurde erwidert, der Wein geleert. Fjanski stellte das Glas ab und schaute musternd in die Runde. »Ich bat Euch darum, mir mitzuteilen, wer Anspruch auf den Thron erhebt, und diesen Anspruch zu begründen.« Ein Livrierter trat zu ihm und reichte ihm ein gerolltes Dokument, das Fjanski in einer theatralischen Geste öffnete und es hoch in die Luft hielt, damit alle sahen, wie viele Namen darauf standen. »Zweiundzwanzig.« Der Haraç ließ die Zahl im Raum hallen und über perückengezierten Häuptern schweben, während aufgeregtes Getuschel unter den Adligen einsetzte. »Zweiundzwanzig!«, wiederholte er mit Nachdruck und warf das Blatt achtlos auf die lange Tafel. »Die mitunter haarsträubenden Begründungen möchte ich erst gar nicht wiedergeben.«

»Wie lautet Eure noch gleich, Hara¢?«, schmatzte der Mann neben Raspot beiläufig und erntete damit gehässiges Gelächter, während er sich ein Stück Wachtel nahm und sie mehr fraß als aß. Das Fett rann über den Bart den Hals hinab, doch bevor es den Kragen berührte, wischte er es mit dem Handrücken weg, schmierte es an das Tischtuch.

Fjanski ließ sich nicht beirren. »Mein guter Vasruc Klepmoff, ich habe niemals einen Hehl daraus gemacht, an die Spitze zu wollen, doch im Gegensatz zu Euch hätte ich es auch verdient.« Seine graublauen Augen schweiften über die Gesichter der Anwesenden. »Ich erinnere Euch daran, dass uns keine Zeit bleibt, um Intrigen zu betreiben, denn die Untertanen Borasgotans müssen rasch wieder an die Kandare genommen werden, ehe sie zu lange den Wind der Freiheit spüren, der aus dem benachbarten Tarpol herüberweht. Die künftige Kabcara Norina untergräbt die Rechte der Adligen, das gemeine Volk steigt empor und schwingt sich in den Sattel der Regentschaft. Govan Bardri¢ tat uns den Gefallen, die Borasgotaner nach seiner Machtübernahme von seinem Vater Lodrik zu knechten. Wir lockern die Fesseln, damit sie dankbar sind. Aber wir nehmen sie ihnen nicht ab!« Er ballte die Faust, schüttelte sie. »Sind wir uns darüber einig?« Die Männer und Frauen riefen ihre Zustimmung. Raspot verhielt sich schweigsam, was ihm merkwürdige Blicke seines Nachbarn einbrachte. »Dann lasst uns im Gleichklang das Lied der Macht singen. Keine Zwiste, keine Streitereien, sonst stärken wir das Bauernpack und die reichen Bürger, denen zu viele sanfte Reden über eine neue Zeit der Gleichheit aller Borasgotaner das Hirn verdarben.« Wieder brandete Beifall auf.

»Ist das Eure Bewerbungsrede, Hara¢?«, kam es blasiert vom kauenden Klepmoff. »Ich finde sie gelungen, dennoch werde ich nicht für Euch stimmen.«

»Das müsst Ihr gar nicht«, erwiderte Fjanski ruhig. »Ich habe mir überlegt, dass wir jemanden auf den Thron setzen sollten, der absolut rein von jedem Makel ist, der sich nicht durch Händel mit anderen hervorgetan hat und weder Verbindungen zu Arrulskhán noch zu Govan Bardri¢ hatte. Dies wird bei den anderen Königreichen einen guten Eindruck machen; sie werden es als einen Neuanfang werten, während wir unseren Kabcar beim Regieren *unterstützen*.« Einige der Adligen lachten leise.

Klepmoff warf den Wachtelkopf auf seinen Teller. »Eine Marionette demnach. Und wer soll das Holzpüppchen sein, Hara¢?« Fjanski hob den rechten Arm und deutete wortlos auf Raspot. Klepmoff wälzte sich in seinem Stuhl auf die Seite, um den jungen Mann besser betrachten zu können, dann lachte er schallend los, und die Mehrheit der Adligen fiel ein.

Raspot schaute verblüfft auf den Hara¢, der ihn mit dem Vorschlag mehr als überrumpelt hatte. Der Schlangenbeschwörer schlug überraschende Töne an. Dann starrte er auf den grölenden Adligen, der sich gar nicht mehr beruhigen wollte. Im ersten Augenblick hatte er die Nominierung ablehnen wollen, doch das Gelächter all der überheblichen Männer und Frauen um ihn herum schürte seinen Trotz, seine Wut und kratzte empfindlich an seiner Ehre als Mann und Vasruc.

»Was ist daran so komisch?«, fragte er fordernd, doch seine Worte gingen in dem Lärm unter, also sprang er auf, schlug mit der Faust auf den Tisch. »Ich fragte, was so komisch ist?«, rief er erbost.

Die Kerzenflammen auf den Tischen duckten sich, die Kristalllüster bebten und klirrten, jegliche Lichtquelle in dem Thronsaal erlosch, und mit dem Schein verschwand das Lachen. Besorgte Rufe mischten sich in das Schaben von Stuhlbeinen und das metallische Geräusch von Säbeln, die aus ihren Hüllen gezogen wurden.

Diener eilten mit brennenden Spänen und Fackeln herbei, und die Helligkeit kehrte zumindest am Tisch zurück. Viele der Gäste hatten sich von ihren Plätzen erhoben, der Saal war in Aufruhr.

Nun stand der unscheinbare Raspot im Mittelpunkt der Aufmerksamkeit, der sich selbst wohl am meisten über das wunderte, was geschehen war. »Wieso schaut Ihr alle *mich* an?«, fragte er befremdet.

Hara¢ Fjanski betrachtete ihn. »Herrschaften, ich glaube, wir haben hier soeben einen jungen Menschen entdeckt, der ein Geschenk in sich trägt, wie es nur wenigen auf diesem Kontinent vergönnt ist«, sagte er. »Ihr, Vasruc Putjomkin, tragt Magie in Euch.«

»Ich? Nein, das kann nicht …«

Der Hara¢ ließ Ausflüchte nicht zu. »Wie könnte es sonst geschehen, dass das Feuer Eurem Zorn gehorcht? Die Fenster sind allesamt geschlossen. Ich habe keinen Windstoß gespürt. Ihr vielleicht?«, richtete er die Frage an die Versammelten, die die Köpfe schüttelten und den Mann, den sie eben noch verspottet hatten, mit Angst und Bewunderung zugleich anstaunten.

Bis auf einen.

»Ihr habt das fein eingefädelt, Fjanski«, zeterte Klepmoff und wuchtete sich aus dem Stuhl. »Ihr kennt den Knaben, das ist vollkommen offensichtlich, und Ihr wollt ihn auf dem

Thron sehen, damit Ihr am meisten von der Regentschaft profitiert.« Er hob den Kopf, sein Finger wies zur Decke. »Ich verwette meinen gesamten Besitz, dass dort oben Löcher gebohrt wurden, durch die Eure Diener Luft bliesen und uns dieses Schauspiel lieferten, damit wir gefügig werden.«

Fjanski hob die Hände. »Ich schwöre bei Ulldrael dem Gerechten, dass ich mit dem Wunder nichts zu tun habe. Es *ist* Magie gewesen.«

»Lügner!« Klepmoff lachte die Adligen aus. »Und Ihr glaubt ihm noch! Aber wartet, Euch beweise ich es. Mal sehen, ob der faule Zauber auch dagegen wirkt.« Seine feiste rechte Hand zog mit einer schnellen Bewegung den Ehrendolch, den er von Arrulskhán IV. bekommen hatte, aus der Halterung am Gürtel. Die Klinge stieß nach Raspots Oberarm.

Fast hatte die Waffe den jungen Mann erreicht, da prallte die Klinge plötzlich gegen ein unsichtbares Hindernis, bog sich weit zur Seite und zersprang klirrend.

Die scharfkantigen Metallsplitter schwebten frei in der Luft, ehe sie blitzschnell auf den Angreifer eindrangen, ihm in die Brust, ins Gesicht und in den Hals fuhren.

Blutend sank Klepmoff auf den Stuhl zurück, der gleich darauf wie von Geisterhand angehoben und mit Leichtigkeit über die Tafel hinweg durch den Saal geschleudert wurde, als wöge der fette Vasruc nicht mehr als die Wachtel, die er vertilgt hatte.

In vier Schritt Höhe endet der rasende Flug an der Wand. Es knackte vernehmbar, als mehrere Knochen in Klepmoffs Leib brachen; zusammen mit den Trümmern des Stuhls fiel Klepmoff tot auf den Marmorboden. Unter der Leiche sickerte alsbald ein rotes Rinnsal hervor, das über den polierten Stein kroch.

Jetzt wichen die Frauen und Männer schweigend vor Raspot zurück, selbst die letzten Hartnäckigen erhoben sich. Niemand wagte ein Wort des Widerspruchs gegen ihn.

Der junge Adlige hob die Hände und betrachtete sie verwirrt. *Ich trage Magie in mir? Aber wie beherrsche ich sie?*

»Bei allen Göttern! Gäbe es einen besseren Anwärter auf den Thron Borasgotans als diesen von Ulldrael Gesegneten?«, fragte Hara¢ Fjanski beinahe euphorisch. »Wer stimmt für Raspot Putjomkin?« Als Antwort verneigten sich die Adligen tief vor dem jungen Mann. »Lange lebe Raspot der Erste, Kabcar von Borasgotan!«, rief Fjanski und lächelte ihm zu.

Raspot konnte nicht fassen, wie sich sein Leben innerhalb weniger Augenblicke geändert hatte; in seinem Innern fühlte er sich unschlüssig, ob er die Bürde der Macht überhaupt annehmen sollte. Andererseits bot sich eine solche Gelegenheit wohl kaum ein zweites Mal.

»So hat meine Heimat einen neuen Kabcar«, sagte Raspot und ärgerte sich darüber, dass seine Stimme belegt klang. Es zerstörte das Überlegenheitsgefühl. »Ich bitte Euch alle, Schweigen über meine magischen Fähigkeiten zu bewahren. Es würde womöglich die Angst unserer Nachbarn schüren, dass Borasgotan sich unter meiner Führung zu einer neuen Kriegsmacht aufschwingen könnte. Das will ich nicht.«

Die Adligen hoben die Köpfe, setzten sich an die Tafel und warteten, was es noch zu besprechen gab, nachdem das höchste Amt des Landes unerwartet und auf spektakuläre Weise besetzt worden war.

Fjanski bat Raspot an das Ende des Tisches, um den ihm gebührenden Platz einzunehmen, und setzte sich zu seiner Linken. Alsbald begann ein Austausch der unterschiedlichen

Vorstellungen, wie am besten vorzugehen sei, um Borasgotan neu zu ordnen.

Die Stunden verstrichen. Lange nach Mitternacht hob Raspot die Versammlung auf, um allen ein wenig Schlaf zu gönnen, denn am folgenden Tag sollten die Gespräche fortgeführt werden. Schließlich blieben er und Hara¢ Fjanski im Saal zurück. Ein Stück entfernt lag eine stockbetrunkene Vasruca mit dem Oberkörper auf dem Tisch und schnarchte leise.

»Nun, hoheitlicher Kabcar, wie fühlt Ihr Euch?« Fjanski goss sich vom Wein ein, roch daran und nahm einen Schluck. »Hättet Ihr Euch in Euren Träumen vorstellen können, einmal der mächtigste Mann Borasgotans zu werden?«

»Bin ich denn der mächtigste Mann Borasgotans?«, erwiderte Raspot und schaute dem Hara¢ erkundend in die Augen. »Ich bin mit den Legenden über Lodrik Bardri¢ und seinen Ratgeber Nesreca aufgewachsen. Viele sehen ihn als das eigentliche Übel und in ihm den Verantwortlichen für das Unheil und die tausenden von Toten, deren Blut der Kontinent getrunken hat und an dem das Land beinahe erstickt wäre.« Er bemerkte, dass Fjanskis Gesichtsausdruck sich wandelte; er sah ertappt aus. »Ihr seid es, der Magie beherrscht, nicht wahr, Hara¢? Ihr habt Klepmoff umgebracht«, raunte er. »Weshalb diese Maskerade? Soll ich Euer Lodrik Bardri¢ werden?«

Fjanskis Lippen wurden schmal, dann wanderten seine Mundwinkel in die Höhe. »Ihr seid auf alle Fälle klüger als Bardri¢. Oder jedenfalls nicht ganz so arglos.«

»Ihr selbst hattet mich vor der Schlangengrube gewarnt. Sagt mir den wahren Grund, weshalb ich Euer Platzhalter sein soll, oder ich trete noch in dieser Nacht von meinem

Amt zurück.« Raspot scherzte nicht; er wirkte entschlossen, seine Drohung wahr zu machen.

»Sollte ich davor Angst haben?«

»Die Wahlen müssten von vorn beginnen, und wer weiß, wer daraus als Sieger hervorginge?«

Fjanski grinste. »Gut, ich weihe Euch ein. Bschoi und ich haben uns lange besprochen, wie es mit Borasgotan weitergehen soll. Leider verstarb er unerwartet früh, aber er erwähnte in seinen Briefen stets Euch und Euren Mut. Als ich Euch auf der Brücke sah und Zeuge wurde, welche Beherztheit Ihr an den Tag legtet, entschied ich mich endgültig für Euch«, erklärte er. »Der Grund ist: Es geht um Eure und meine Heimat, hoheitlicher Kabcar. Ihr seid ein blütenweißes Blatt, sowohl beim Volk als auch bei den anderen Königreichen, ich sagte es bereits. Und ich meinte es ernst.« Er warf einen abwesenden Blick zu der schlafenden Vasruca, die murmelnd den Kopf zur Seite drehte und eine gemütlichere Position suchte. »Sie ist ein gutes Beispiel. Schaut sie Euch an: besoffen, zügellos, ohne Anstand und wahrlich kein Vorbild. Kaum einer der Adligen bekleckerte sich in den letzten Jahren mit Ruhm oder steht beim Volk gut da. Die meisten sind nur auf ihre eigenen Vorteile bedacht. Ihr, Raspot, bietet dem Land die Möglichkeit, einen Kabcar zu inthronisieren, der von den Brojaken, Vasrucs und Hara¢s ebenso angenommen wird wie von den einfachen Borasgotanern. Ihr beherrscht in den Augen der anderen die Magie, das macht Euch zu einem Auserwählten Ulldraels. Und wer könnte besser dazu geschaffen sein, das Land zu einen und endlich die ersehnte Ordnung zu schaffen?«

Raspot bekam eine Ahnung von dem, was der Hara¢ ihm gegenüber andeutete. »Ansonsten gäbe es andauernde

Streitereien, und das Leiden ginge weiter«, vollendete er die fürchterliche Vision. Er atmete tief ein, leerte seinen Wein auf einen Zug und warf das Glas hinter sich. Splitternd zerschellte es auf dem Marmor. »So bleibe ich Raspot der Erste, aber ich warne Euch, Hara¢ Fjanski. Ich habe, anders als Lodrik Bardri¢, einen eigenen Willen, eine eigene Meinung und eine eigene Vorstellung. Ihr wolltet eine Marionette oder eine Schlange, die nach Eurer Melodie tanzt? Nun, das werde ich gewiss nicht tun. Auch mir geht es um meine Heimat, erst danach mögen meine eigenen Interessen und die der Adligen folgen.« Der Kabcar stand auf. »Zu einem Herrscher gehört eine Herrscherin. Ich gedenke, bald zu heiraten.«

»Sicherlich. Ich werde die hübschesten Töchter der Reichen und Mächtigen Borasgotans zu einem Ball laden, auf dem Ihr Eure Gemahlin wählen könnt.«

»Nicht nötig, Hara¢ Fjanski. Mein Herz ist bereits vergeben.« Raspot lächelte. »Ich werde sie herbeirufen lassen und sie ehelichen.«

»Es wird doch hoffentlich eine Dame von Stand sein, die zu Euch passt, hoheitlicher Kabcar?«

Die überraschende Antwort erfolgte prompt. »Es ist Bschois Witwe. Nach dem Tod ihres Gatten gestand sie mir ihre Liebe. Auch ich fühlte mich zu ihr hingezogen, seit ich sie das erste Mal sah. Sie ist klug. Sie wird uns beim Aufbau Borasgotans unterstützen.«

Fjanski wirkte nicht unbedingt glücklich. »Hoheitlicher Kabcar, habt Ihr bedacht, wie Euer Vorhaben für die einfachen Leute aussieht? Der Mann, der Euch zu seinem Erben machte, ist kaum tot, da heiratet Ihr seine noch trauernde Witwe und kürt sie zur Kabcara …«

»Ich kann nichts Schlechtes daran erkennen. Gäbe es einen angemesseneren Weg, meine Dankbarkeit dem Toten gegenüber zu zeigen, als dass ich seiner Gemahlin die höchste Position des Landes anvertraue?«

»Dann denkt für einen Augenblick wie ein schlechter Mensch, und Ihr werdet einräumen müssen, dass man annehmen könnte, Ihr und die Witwe hättet den Tod Bschois eingefädelt, um ihn aus dem Weg zu räumen und Platz im Bett zu schaffen.«

Raspot lachte. »Nein, davor habe ich keine Angst. Bschoi ist beim Angeln vor aller Augen ertrunken. Niemand hatte die Hand im Spiel. Es war ein Unfall.«

Der Harac war nicht überzeugt, ersparte sich jedoch weiteren Widerspruch. »Dann soll es so sein. Ich freue mich, Eure Gemahlin kennen zu lernen«, sagte er stattdessen und verneigte sich. »Begebt Euch zur Ruhe, hoheitlicher Kabcar, damit Ihr munter seid und die weiteren Unterredungen frisch wie der junge Morgen führen könnt.«

»Das gilt für Euch ebenso.« Raspot schritt zum Ausgang, nahm sich im Vorbeigehen einen Apfel von der Platte und aß ihn unterwegs.

Fjanski beobachtete ihn zufrieden und goss sich vom Wein nach, sobald der designierte Herrscher Borasgotans die Halle verlassen hatte.

Es hätte nicht besser laufen können. Alles befand sind auf dem richtigen Weg, und der junge Putjomkin würde spuren, ohne dass er es merkte, trotz seiner Ankündigung. Eine Marionette merkte nie, wer ihre Fäden zog, wenn man darauf achtete, dass sie den Kopf nicht hob. »Willst du, kleiner Putjomkin, dagegen eine Giftnatter sein und versuchen, deinen Beschwörer zu beißen, werde ich dir deine Zähne schon ziehen.« Er erhob sich, ohne seinen Wein abzustellen, streckte sich und schlenderte auf die Tür zu. Sein Bett wartete auf ihn.

Kaum war er verschwunden, hob die Vasruca den Kopf. Sie wischte sich die Brotkrümel aus dem Gesicht und lief keineswegs schlaftrunken oder vom Alkohol benebelt durch das Portal hinaus, die kaum erhellten Gänge der Festung entlang, bis sie in ihr Zimmer gelangte.

Dort verfasste sie im schwachen Schein einer Lampe eine Nachricht auf einem winzigen Stück Papier. Zeile für Zeile füllte sich das Blatt mit merkwürdigen Zeichen, die von keinem Uneingeweihten zu entziffern waren. Sie faltete es mehrfach, bis daraus ein Zettel von der Größe eines Daumennagels entstand, und schob die Nachricht in ein kleines Lederetui. Dann trat sie zu ihrem Schrankkoffer.

»Sei leise«, wisperte sie und öffnete ein verborgenes Fach. Darin saß eine Taube und hob erschrocken die Lider. Das Tier gurrte aufgeregt und ließ sich nur mit Mühe greifen.

Die Vasruca schob das Etui in das Brustgeschirr des Vogels, streichelte ihm noch einmal über das weiche Kopfgefieder. »Im Morgengrauen fliegst du zu Perdór und bringst ihm die Nachricht.«

Kaum hatte sie den Satz ausgesprochen, als das Tier noch einmal mit den Flügeln zuckte und dann leblos in ihren Fingern hing.

»Was ist mit dir?« Sie schüttelte die Taube vorsichtig, klopfte gegen den Schnabel. Doch es brachte nichts, der Vogel war tot.

Die Frau aber erhielt einen mörderischen Schlag in den Rücken, der sie gegen den Tisch schleuderte. Die tote Taube fiel aus ihrer Hand und landete auf den Dielen, während man ihr die Perücke vom Haupt riss und in ihr echtes, dunkelblondes Haar griff. Brutal wurde sie daran in die Höhe und nach hinten gezogen.

Die Vasruca schrie auf und schlug verzweifelt um sich. Der weite Rock verfing sich im Stuhl, sie strauchelte, sodass sie zu Boden ging. Im nächsten Augenblick bekam sie einen Tritt in den Bauch, der ihr die Luft abschnitt und sie zum Würgen brachte.

Ängstlich schaute sie sich um, entdeckte jedoch keine Spur von ihren Peinigern. Sie wusste, was das bedeutete: Der Harac̣ hatte sie von Anfang an im Verdacht gehabt, eine Spionin zu sein. Nun griff er sie, nachdem er sie heimlich beobachtet hatte, mit seinen magischen Fertigkeiten an.

Ihr Gesicht wurde drei, vier Mal auf den Boden geschlagen; sie verlor fast das Bewusstsein und wurde dennoch auf die Beine gestellt.

»Fjanski, hört auf damit!«, rief sie undeutlich; Blut lief aus ihrer Nase, ihre Lippen schwollen bereits an, und einige Schneidezähne fühlten sich locker an. »Lasst mich am Leben, ich werde Euch ...«

Die unsichtbaren Kräfte des Adligen traten erneut in Aktion. Sie hoben die Vasruca einen Fingerbreit von den Holzdielen und trugen sie mit enormer Geschwindigkeit auf das geschlossene Fenster zu, das zum Hof hinaus lag.

In Todesfurcht kreischend, hielt sie die Arme vor ihr Gesicht und schloss die Augen. Schon wurde sie durch die bunt bemalte Scheibe nach draußen katapultiert und fiel, umgeben von glitzernden Scherben, den Pflastersteinen entgegen.

Ihr Flug endete überraschenderweise im weichen Misthaufen; die Pferdeäpfel und das Stroh milderten die Wucht des Aufschlags.

»Danke, Ulldrael …« Die Vasruca hatte den Sturz wider alles Erwarten überlebt. Sie rollte sich herum, um rasch von dem stinkenden, doch unverhofft weichen Untergrund zu rutschen und aus dem frühmorgendlichen Checskotan zu flüchten. Noch wagte es keiner der Wächter, Fragen zu stellen; auch Hara¢ Fjanski erschien nicht, um zu beenden, was seine Magie nicht vollbracht hatte.

Doch die Frau hatte sich zu früh bei ihrem Gott bedankt.

Gerade wollte sie sich hochstemmen, um auf den steinernen Boden des Innenhofs zu gelangen, als sie das Glitzern über sich bemerkte und nach oben blickte.

Zwei Schritte über ihr verharrten die unzähligen kleinen und großen Splitter des bunten Fensters wie an Schnüren aufgehängt in der Luft. Sie drehten sich um die eigene Achse, als spielte der Wind mit ihnen, und reflektierten den Schein der Wachfeuer im Hof. Es sah bizarr und zugleich schön aus, aber der Anblick täuschte nicht über die tödliche Bedrohung hinweg.

»Gnade, Fjanski!«, rief sie flehend, doch schon fuhren die Scherben Dolchen gleich auf sie herab.

I.

Kontinent Ulldart, Königreich Tarpol, Hauptstadt Ulsar, Sommer im Jahr 1 Ulldrael des Gerechten (460 n. S.)

Es war, als hätte Ulldrael der Gerechte den Sommersonnen erlaubt, mit ihrer ganzen Macht vom Himmel zu scheinen. Sie besaßen doppelt so viel Kraft wie in dem vergangenen, finsteren Jahr, in dem Govan und seine Schwester Zvatochna geherrscht hatten. Die strahlenden Gestirne führten den Menschen unmissverständlich vor Augen, dass die Dunkle Zeit vorüber war.

Die goldenen Strahlen fanden in jeden finsteren Winkel der Hauptstadt und scheuchten den letzten, beharrlichen Schrecken aus den düsteren Gässchen. Noch nie war Ulsar derart von Helligkeit durchströmt gewesen.

Auch die Bewohner trugen ihren Teil dazu bei. Die nachträglich aufgesetzte Architektur des Grauens, die Govan für die gesamten Häuser angeordnet hatte, schwand. Die finsteren, geschwärzten Fassaden wurden gestrichen, die nachträglich angesetzten schwarzen Eisenspitzen von den Dächern abgerissen und steinerne Dämonenfigürchen von den Giebeln gestoßen.

Das unablässige Klopfen der Hämmer und Meißel erklang allerorten. Die Steinmetzen verfolgten ihr Vernichtungswerk an den Bauten unnachgiebig und trieben das Böse aus. Die verhassten Tzulan-Zeichen wehten als harmloser Steinstaub auf das Kopfsteinpflaster und die Schindeln, wo sie der gelegentliche Landregen abwusch und zu den zerschellten Dämonen in die Gosse spülte.

Norina Miklanowo, die kommende Kabcara des sich vom Schrecken erholenden Tarpol, fand man in diesen Tagen nahezu überall in Ulsar. Die hoch gewachsene Frau mit den langen, schwarzen Haaren begutachtete die Fortschritte der Steinmetzen, legte mit Hand an, wenn es erforderlich war, und erkundigte sich unentwegt nach Dingen, die zum Gelingen der Baumaßnahmen fehlten. Das tat sie nicht etwa in feiner Kleidung und umgeben von einem dekadenten Hofstaat, sondern im Gewand einer Brojakin und nur begleitet von einigen Leibwächtern. Kein Herrscher Tarpols war dem Volk je näher gewesen als sie.

Vor der eingerissenen Kathedrale, die Govan zu Ehren Tzulans errichtet und in der er seinem Gott Menschenopfer dargeboten hatte, traf sie Matuc wieder, den betagten Mönch mit dem Holzbein. In der Fremde Kalisstrons hatte er unerschütterlich seinen Glauben an Ulldrael verteidigt; nach der Aufhebung von Govans Verbot war er zurückgekehrt, um die Lehren Ulldraels in seiner Heimat zu verkünden.

Jetzt stand er umringt von einer Schar seiner Anhänger und redete über den Triumph des Gerechten. »Norina Miklanowo!«, rief er freudig, als er die Brojakin gewahrte, und neigte sein Haupt vor ihr. »Ich meine natürlich ›hoheitliche Kabcara‹.« Die Männer und Frauen in den schlichten dunkelgrünen Roben bildeten eine Gasse für sie, damit sich die Freunde die Hand reichen konnten.

»Noch ist es nicht so weit, und Ihr, Matuc, dürftet zu denen gehören, die allerhöchstens bei feierlichen Anlässen eine solche Anrede gebrauchen müssen. Nur wenn es das Protokoll unter allen Umständen verlangt, möchte ich diese Worte von Euch hören«, lächelte sie, und ihre braunen Augen strahlten. »Ihr seid mindestens so viel auf den Beinen wie ich. Vergesst Euer Alter nicht.«

»Ich habe es schon lange vergessen. Die Menschen hören das Wort von Ulldrael dem Gerechten gern und überall«, antwortete Matuc glücklich und fuhr sich durch die Haare, die mehr grau als schwarz waren. »Niemals hätte ich gedacht, dass ausgerechnet *ich*, der einst mit seinem Gott haderte und in der Fremde zu ihm zurückfand, den Orden Ulldraels neu aufbauen darf.« Er nickte in die Runde. »Niemals mehr wird Verschwendung Einzug bei den neuen Oberen unseres Ordens halten. Denn nur durch Schlichtheit und den Verzicht auf persönlichen Reichtum wird es uns gelingen, die Menschen zu begeistern und den Willen Ulldraels zu erfüllen.«

Norina betrachtete die Trümmer der Kathedrale. »Ist es schwierig, alte Freunde ausfindig zu machen?«

In Matucs Augen und auf seinem Gesicht zeigte sich Trauer. »Govan Bardri¢ war gründlich, was die Verfolgung unserer Mitbrüder anging. Da lediglich eine Hand voll der Ulldrael-Priester dem alten Glauben abschwor, wurden Unzählige von dem Wahnsinnigen ermordet und Tzulan geopfert.« Er seufzte schwer. »Doch unsere Arbeit trägt Früchte. Schon im kommenden Monat ist der Geheime Rat unseres Ordens für Tarpol gebildet, und der Aufbau wird beginnen.« Er bemerkte, dass Norinas Blick auf die Überbleibsel aus Marmor, Granit und herkömmlichem Stein fiel. »Was habt Ihr damit vor?«

»Es kann nicht liegen bleiben, das steht fest.« Norina schüttelte sich. Sie hatte das Gebäude des Schreckens nie mit eigenen Augen gesehen, sondern kannte es einzig aus den Erzählungen der Ulsarer und von Bauskizzen, welche sie im Palast gefunden hatte.

Doch in ihrer Vorstellungskraft setzten sich die Bruchstücke erneut zusammen und erhoben sich in ihrer Finsternis. Sie hörte die Schreie derer, die zu hunderten in das rätselhafte Loch geworfen worden waren, das sich irgendwo unter der Schutthalde verbarg.

»Das Geröll wird in dem See beim alten Steinbruch versenkt werden. Niemand soll die Steine, an denen das Blut der Tarpoler klebt, verwenden, um daraus ein Haus oder auch nur einen Stall zu errichten. Morgen geht es los«, erklärte sie und senkte die Stimme. »Ich gestehe, dass ich mich davor fürchte, was wir zutage fördern.«

Matuc nickte verständnisvoll. »Viele der Ulsarer denken so, aber Ulldrael der Gerechte wird über diejenigen wachen, welche die Arbeit verrichten. Ich werde Priester abstellen, die den Segen des Gerechten unablässig herabbeten. Verzeiht mir, Norina Miklanowo, aber ich muss weiter.« Er verneigte sich, aber sie hielt ihm die ausgestreckte Hand hin, und er schlug wieder ein, dann humpelte er, umschwärmt von seinen Anhängern, davon.

Norina warf einen letzten sorgenvollen Blick auf die einstige Kathedrale und machte sich auf den Rückweg zum Palast, in dem Lodrik und jede Menge Herausforderungen auf sie warteten. Es kam ihr vor, als wiederhole sich das, was sie in jungen Jahren zusammen mit Lodrik versucht hatte: die Abschaffung der Adelsprivilegien und der Leibeigenschaft.

Dieses Mal fürchtete sie kaum Widerstand.

Das Volk kannte die Vorzüge der Freiheit, und die Knechtschaft unter Govan hatte es noch mehr nach Unabhängigkeit von gierigen Brojaken und raffsüchtigen Adligen dürsten lassen.

In Gedanken versunken und mit ihren Reformen beschäftigt, grüßte sie selbstverständlich zurück, wenn die Menschen sie unterwegs auf der Straße erkannten und ihr ehrfurchtsvoll zunickten. Norina fühlte sich ihnen nicht überlegen, obgleich sie um ihre eigene Macht wusste. Das herablassende Verhalten einer Kabcara, wie es Lodriks Frau Aljascha gezeigt hatte, war ihr fremd. Ihr Vater, einer der wenigen tarpolischen Brojaken von guter Gesinnung, hatte sie ohne jegliche Überheblichkeit und dazu zur Gerechtigkeit erzogen. Kein Wunder, dass sie sich mit ihrer Gesinnung Feinde bei jenen machte, die allein auf ihre eigenen Vorteile bedacht waren. Mehr als einmal wünschte sie sich, ihren Vater an ihrer Seite zu haben. Gegen seinen Rat hätte sie gegenwärtig nichts einzuwenden gehabt.

Endlich durchschritt sie das schmiedeeiserne Tor vor ihrem Haus. Auf eigenen Wunsch hin wohnte sie noch nicht in dem burgähnlich befestigten Palast der Bardriç-Dynastie; ihn wollte sie erst mit ihrer Krönung beziehen. Sie ging die Marmortreppe hinauf und suchte das kleine, gemütliche Teezimmer auf, in dem sie Lodrik vermutete.

Als sie die Tür öffnete, bemerkte sie den modrigen Geruch. Es war eine Mischung aus alten, vergilbten Vorhängen und in die Jahre gekommenen Büchern; drückend hing er im Raum, obwohl die türgroßen Fenster offen standen und warme Sommerluft hereinwehte.

Es war nicht die Einrichtung, welche den Dunst des Verfalls verbreitete, sondern der einstige Kabcar von Tarpol, der mit dem Rücken zu ihr im Schatten stand, streng darauf bedacht, nicht in den honigfarbenen Sonnenschein zu treten. Er trug seine nachtblaue Robe, die bis zur Taille eng am Körper anlag und zum Saum hin wie ein Gehrock schwang.

»Lodrik?«

»Das Herz meines ehemaligen Reiches schlägt wieder.« Lodriks blaue Augen schauten melancholisch hinaus auf die bevölkerten Straßen, die neuen Dächer, das blühende Leben, welches befreit in Ulsar wuchs und gedieh. Weil er die Arme auf dem Rücken verschränkt hielt, sah Norina, dass er in ihrer Gegenwart schwarze Handschuhe trug. Das war neu. »Ich danke den Göttern, dass Govan besiegt wurde.« Er wandte ihr sein hageres Gesicht zu und lächelte. Selbst das wirkte traurig. »Du warst lange fort.«

Norina ging zu ihm und schloss ihn in die Arme, und dabei bemerkte sie, dass sein Leib dürrer und fleischloser geworden war. »Es gibt viel zu tun.« Ihr Blick wanderte vorwurfsvoll zum Tisch, auf dem sein Mahl unangetastet stand. »Du musst mehr essen, Lodrik.« Prüfend fuhr sie mit den Fingern über den Stoff der schweren Robe. Darunter waren nur Haut und Knochen.

Er lachte leise, seine Stimme klang tief wie ein Keller und schwer wie Eisen. »Wie sehr hatte ich mir in meiner Kindheit gewünscht, diesen Satz zu hören.« Er fuhr ihr mit der Rechten über das Haar, streichelte ihre Wange und küsste behutsam die kleine Narbe an ihrer Schläfe. Seine Lippen waren eisig kalt. »Was haben dir deine Untertanen gesagt? Dass sie dich lieben und verehren, wie du es verdient hast?«

Norina umschlang ihn und überraschte sich dabei, dass sie auf den Schlag seines Herzens lauschte, um sicherzugehen, einen lebenden Menschen und keinen Toten in den Armen zu haben. Ihr Gefühl für ihn war stark und überwand die Aura des Unheimlichen, die ihn umgab und Mensch und Tier dazu brachte, vor ihm zurückzuweichen; außer ihr gelang es nur seinem Sohn Krutor und seinen unerschütterlichen Freunden Stoiko und Waljakov, länger in seiner Nähe auszuharren. Die Furcht erregenden Schwingungen schienen selbst durch Wände zu dringen und verbreiteten in den Nachbarräumen Unbehagen, ja sogar Beklemmung.

Sie nahm seine Hände und hob sie leicht an. »Seit wann trägst du diese Handschuhe?«

Lodrik wächsernes Gesicht wurde verschlossen. »Meine Nägel und Finger sind kein schöner Anblick. Sie sind dünn und knöchern geworden; ein Raubvogel könnte keine besseren Klauen haben. Also verberge ich sie vor dir.« Er blickte an ihr vorbei, starrte auf den Spiegel und sein Abbild darin, sah das strohige Haar, das immer schütterer wurde, die Adern, die bläulich durch die blasse Haut schimmerten. »Du wirst durch meinen Anblick schon genug geprüft. Ich betrachte es als ein Wunder, dass du mich dennoch geehelicht hast.«

Norina kannte die niederschmetternden Reden ihres Gatten nur zu gut. Er hielt sie gern, badete sein Gemüt in Selbstmitleid und ständigen Vorwürfen. »Hör auf damit«, lautete ihr Ratschlag, während sie seine Hände drückte. »Hilf mir lieber bei den Vorbereitungen für das Treffen mit den Brojaken und Adligen.«

»Du brauchst meine Empfehlungen nicht. Du warst schon immer weiser als ich.« Lodrik schob sie sanft von sich, setzte sich in den Sessel am Fenster und schob den Vorhang zur Seite, um das Treiben in den Straßen verfolgen zu können. »Dein Vater hat dich erzogen, als habe er gewusst, dass du eines Tages die Kabcara von Tarpol sein wirst.«

Er beobachtete, wie eine Mutter mit ihren drei Kindern vom Markt zurückkam, den großen Weidenkorb gefüllt mit Brot und Mehl. Die Kleinen schleppten voller Stolz dicke Kohlköpfe und überboten sich gegenseitig, wer sie länger in die Höhe stemmen konnte. Die Frau lachte, sie freute sich über ihren Eifer. Der Laut rührte ihn und brachte das Eis der Gleichgültigkeit zum Schmelzen.

Eines der Kinder, ein Junge von zehn Jahren, hob den Kohlkopf hoch, drehte sich um die eigene Achse und schaute zufällig nach oben; dabei entdeckte er Lodriks Gesicht hinter dem Fenster. Erschrocken ließ er den Kohlkopf fallen, der daraufhin die Straße entlangrollte.

Die Mutter wollte schimpfen, aber der Junge deutete aufgeregt zum Fenster. Lodrik hörte, wie er von einem »Geist« sprach, den er gesehen habe.

Lodrik ließ den Vorhang zurückgleiten, und sein Kopf zuckte nach hinten, damit er nicht erkannt wurde. Dabei unterdrückte er den Impuls, zusätzlich die Kapuze seiner Robe hochzuziehen. Niemand sollte ihn sehen.

Norina hatte mitbekommen, was vorgefallen war. »Nun, hast du einen Ratschlag für mich?«, fragte sie, um ihn abzulenken, da sie um seine Empfindlichkeit wusste.

Er sank zurück an die weiche Lehne. »Sie werden so sein wie damals, als ich als junger Kabcar versuchte, die ersten Änderungen herbeizuführen. Und sie werden versuchen, wie weit sie bei dir gehen können, bis du ihren Forderungen nicht mehr nachgibst. Jetzt, wo Tarpol sich erholt, setzen sie alles daran, ihren Anteil zu sichern.«

»Sie bekommen ihren Anteil. Aber nicht so, wie sie es sich vorstellen. Bald sind die einst so mächtigen Männer und Frauen nicht mehr als reiche Männer und Frauen. Ohne besondere Privilegien, ohne besondere Rechte, ausgestattet mit jeweils fünfzig Hektar Land, für das sie sorgen müssen.« Sie deutete auf den Schreibtisch, wo sie die Entwürfe gelagert hatte. »Entweder machen sie sich die Hände selbst schmutzig, oder sie stellen Leute gegen Lohn an. Die Zeit der Ausbeutung ist vorbei.«

»Ich habe gelesen, dass alles andere Ackerland an die Dörfer, Höfe und Städte fallen soll.« Er zog die Handschuhe fester. »Jeder leibeigene Bauer wird frei sein und einhundert Waslec bekommen, um sich Saatgut und Tiere zu kaufen. Ist das richtig?«

»Ja. In Tarpol beginnt eine neue Ära, deren Wirkung nicht mehr rückgängig zu machen sein wird.« Sie ging zu ihm, setzte sich ihm gegenüber. Dabei blieb sie im satten Schein der Sonne, freute sich über die Wärme auf ihrer Haut und das Licht, während der Schatten um ihn herum an Tiefe und Schwärze zu gewinnen schien, als wollte er Lodrik in sich einschließen und vor den Gestirnen bewahren.

Es war der Augenblick, in dem ihr in aller Deutlichkeit auffiel, wie sehr sich Lodrik verändert hatte. Nicht nur äußerlich. Nachdem sie aus ihrer Jahre währenden Amnesie erwacht war, hatte man ihr berichtet, dass er sich mehr und mehr zu einem selbstbewussten Herrscher entwickelt hatte, bis ihn Govan und Zvatochna im Steinbruch zu töten versucht hatten.

Wie er den Anschlag überlebt hatte, blieb ein Rätsel. Seine Veränderung sprach nicht dafür, dass es ein Wunder Ulldraels gewesen war. Sie fragte sich immer wieder, was an jenem Tag geschehen war, doch sie drängte ihn nicht, es ihr zu erzählen.

»Ich werde aus Ulsar fortgehen, Norina«, kam es düster aus dem Schatten. »Ich ertrage die Blicke derer nicht, die mich anschauen.« Lodrik sah, dass sie ihm widersprechen wollte. »Du hast gehört, dass mich der Junge voller Furcht einen *Geist* genannt hat?«, setzte er rasch seine Rede fort. »Geist ist ein harmloser Ausdruck, dem bald schlimmere folgen würden, bliebe ich in der Hauptstadt und bekämen mich noch mehr Menschen zu Gesicht. Früher oder später würde das Gerede auch auf dich zurückfallen.« Er hob die Hand und deutete auf seine verhärmten Züge. »Es ist der Preis, den ich dafür zahle, dass ich den Anschlag meines eigenen Sohnes nicht mit dem Leben begleichen musste. Die Magie in mir hat nicht gestattet, dass ich sterbe, aber inmitten des Lebens gehe ich zu Grunde.«

Norinas braune Augen sprühten. »Du hast mir versprochen, mich zu unterstützen, Lodrik. Deswegen habe ich eingewilligt, den Titel der Kabcara anzunehmen. Ich brauche deinen Rat, deine Erfahrung.« Sie fasste seine Hände. »Bitte bleib bei mir.«

»Meine Erfahrung? Gerade als ich dabei war, ein eigenständiger Herrscher zu werden, wurde ich von meinen eigenen Kindern abgesetzt«, antwortete er bitter. »Ich habe in den Jahren meiner Regentschaft zu lange das getan, was Nesreca und Aljascha mir einflüsterten. Ich will nicht, dass es später heißt, ich wäre zu deinem Mortva geworden, Norina.« Lodrik beugte sich nach vorn, und es erinnerte in der Tat ein wenig an eine Spukgestalt, wie sein bleiches Gesicht aus der dunklen Ecke auftauchte. Er drückte ihre Finger, hob sie an seinen Mund und küsste sie sanft. »Ulsar zu verlassen heißt nicht, dass ich vollends weggehe. Ich erinnere mich sehr genau an mein Versprechen, und ich werde es auch halten. Es gibt außerhalb der Stadt den Stammsitz der Bardriç, in dem mein Vater einst lebte und in dem ich meine Kindheit verbrachte.«

»Er wurde geplündert, nachdem sich Govans Tod herumgesprochen hatte«, erinnerte sie ihn. »Du wirst nicht mehr viel Heiles darin finden, er ist verlassen und schmucklos. Die Menschen haben ihrem Zorn freien Lauf gelassen.«

»Ich werde es mir schon gemütlich machen«, sagte er leichthin. In Wirklichkeit dachte er daran, wie gut dieses Haus zu ihm passte: leer, kalt, tot. »Ich lasse dich wissen, was ich benötige, und du schickst es mir bitte. Außer dir möchte ich keinen Besuch sehen. Niemand wird erfahren, dass ich dort residiere. Kannst du mir das zusichern?«

»Von mir erfährt es niemand.« Norina spürte, dass es keinen Sinn hatte, ihn umstimmen zu wollen. Es würde für ihn mehr Folter als Freude sein, in der Hauptstadt zu leben. »Mir wirst du nicht verbieten können, dich zu besuchen, und auch Krutor wird es sich gewiss nicht nehmen lassen, seinen Vater zu sehen.«

»Ihr seid beide jederzeit willkommen.« Lodrik stand auf, zog Norina zu sich in den Schatten.

Sie bildete sich ein, dass es kühler um sie herum wurde, als er die Arme um sie legte und sie an sich drückte – gerade so, als verlöre sie die eigene Körperwärme an ihn. Sie fröstelte, Gänsehaut kroch über ihre Arme, und dennoch verharrte sie bei ihm.

»Ich reise noch in der Nacht ab.« Er hatte den Schauder bemerkt, ließ sie los und schob sie lächelnd in die Sonnenstrahlen. »Sollte dich jemand fragen, wo ich geblieben bin, sage ihm, dass ich durch Tarpol reite und in deinem Namen nach Unrecht Ausschau halte.« Er schritt langsam zur Tür. »Es wird sich herumsprechen und manchen Hara¢ oder Skaguc daran hindern, über die Stränge zu schlagen. Es hat auch einen Vorteil, eine Legende zu sein, die jeder liebt, aber keiner bei sich im Haus haben möchte.« Lodrik verließ das Teezimmer.

Mit ihm wich die Bedrückung. Die Farben der Teppiche leuchteten intensiv auf, der abgestandene Geruch schwand, machte dem Sommerduft Platz; das ganze Zimmer schien freundlicher und heller, seit der einstige Kabcar gegangen war.

Norina riss die Vorhänge zur Seite und öffnete die großen Fenster, ließ Luft und Licht vollends hereinströmen. Sie legte beide Arme um den Leib, hob den Kopf, schloss die Augen und ließ sich von den Sonnen die schreckliche Kühle aus dem Körper brennen.

Sie würde Perdór schreiben, ihm die Veränderung ihres Mannes schildern und ihn bitten, Soschas Bemühungen um die Erforschung der Magie doppelt zu unterstützen. Es musste irgendein Mittel existieren, um ihm seine alte Lebensfreude zurückzugeben. Notfalls würde sie Dekaden warten, um den Lodrik in den Armen zu halten, den sie kannte und den sie sich ersehnte.

Für ihre Liebe zu Lodrik nähme sie alles in Kauf. Sie hatte ihn schon einmal in ihrem Leben verloren und würde es keinem Menschen und keiner Macht auf dem Kontinent – mochte diese Macht noch so bedeutend sein – ein zweites Mal erlauben, ihr den Mann zu nehmen, für den ihr Herz schlug.

Norina atmete die reine Luft tief ein, gab sich einen Ruck, nahm die Unterlagen und kehrte ins Arbeitszimmer zurück, um die verschiedenen Gesetzestexte durchzugehen, welche sie den Adligen und Brojaken vorlegen würde. Aufmerksam blätterte sie die Beschlüsse durch, die unmittelbar nach ihrer Inthronisierung in Kraft treten sollten, versah sie mit Korrekturen, Anmerkungen und Verbesserungen.

Nach vier Stunden Arbeit am Schreibtisch erhob sich Norina müde, um sich etwas zu essen zu machen.

Wieder musste sie an ihren Vater denken. Er wäre stolz auf Lodrik und sie.

Kontinent Ulldart, Südwestküste von Tûris, Sommer im Jahr 1 Ulldrael des Gerechten (460 n. S.)

Ist es nicht herrlich, auf den Planken zu stehen und diese frische Seeluft einzuatmen, ohne Angst haben zu müssen, dass sich rogogardisches Piratenpack zeigt?« Commodore Nicente Roscario warf die störenden Locken seiner Weißhaarperücke nach hinten, die ihm die Sicht auf die immer größer werdenden Inseln verdeckten; sodann pfiff er den Pagen zu sich und winkte mit dem leeren Weinpokal, verlangte nach mehr. »Gut, dass der Krieg zu Ende ist und wir glimpflich davongekommen sind.« Zufrieden beobachtete er, wie der junge Mann den Pokal füllte. »Letztlich war er doch gut fürs Geschäft«, sagte er grinsend und trank. »Auf Palestan, den Kaufmannsrat und unseren König! Mögen unsere Kassen stets gefüllt sein.«

Neben Roscario standen zwei unbewegliche Steuermänner, die den Monolog des eitlen Mannes geduldig ertrugen und den schnellen Zweimastsegler *Erhabenheit* schnurgerade auf das Ziel der Reise zu lenkten: die kargen, zerklüfteten Iurdum-Inseln vor Tûris.

Das seltenste Metall des Kontinents kam, abgesehen von etwas Silber und Gold minderer Qualität, hier im Vergleich zum restlichen Ulldart in rauen Mengen vor. Das weckte natürlich Begehrlichkeiten bei denen, die auf schnellen Reichtum aus waren.

So verwunderte es den Commodore nicht, gewaltige Festungsbauten an den Küstenstrichen zu sehen, die so angeordnet waren, dass ein feindlich gesonnenes Schiff unweigerlich in das Kreuzfeuer der Katapulte und seit neuestem auch in die Reichweite von Eisenkugeln speienden Bombarden geriet.

»Ich finde, es sieht ein wenig nach dem Auswurf eines Lungenkranken aus, oder?« Roscario streckte die Hand aus und deutete auf die gelblich grünen Felsen, die sich hinter den Mauern erhoben, mal senkrecht ansteigend, mal sanft geschwungen. Überall gähnten schwarze Löcher, als wären sie von Riesenwürmern hineingefressen worden und dienten ihnen als Behausung. In Wirklichkeit waren es die jahrzehntealten Hinterlassenschaften vergangener Grabungen.

Der Commodore stellte den Pokal ab und zückte das Fernrohr. »Wie trostlos es dort aussieht«, näselte er. »Verlassene Stollen, Hangabbrüche, aufgegebene Minen und dazwischen von der Seeluft platt an die Erde gedrücktes Gras.« Schwungvoll schob er das Rohr zusammen. »Nicht einmal ein Schaf wollte da leben. Eher stürzte es sich in den Abgrund.«

Sein Adjutant eilte die Stufen aufs Achterdeck hinauf; die langen Schöße seines aufwändig gearbeiteten, hellblauen Brokatrocks wehten im Wind, und es kam Roscario in dem Licht ein wenig so vor, als könnte die Kleidung seines Untergebenen wirklich mehr gekostet haben als seine eigene.

»Commodore!«, schnaufte der Adjutant aufgeregt, während die Schmuckschnallen seiner Schuhe leise klirrten. »Ich habe eine Ungereimtheit entdeckt.«

Missbilligend schnappte Roscario nach dem fremden Kragen, rieb den Stoff zwischen Daumen und Zeigefinger. »Ihr, mein lieber Puaggi, werdet, sobald wir von unserer Mission nach Palestan zurückgekehrt sind, auf der Stelle zu einem Schneider Eures Vertrauens marschieren und Euch einen Rock fertigen lassen, der weniger als einhundert Heller kostet!«, fuhr er ihn an. »Und es ist mir gleich, dass unser König Euer Urgroßstiefwasauchimmercousin ist und Ihr Euch diesen Prunk leisten könnt. Solange *Ihr* neben *mir* steht und *mein* Adjutant seid, wird Eure Garderobe gefälligst schäbiger aussehen als meine! Haben wir uns verstanden?!«

Sotinos Puaggi, ein junger Mann von höchstens achtzehn Jahren, von schlanker Statur und mit einem so schmalen Gesicht bestraft, dass der Wind Melodien an seiner spitzen Stirn spielen konnte, schaute frappiert drein. »Verzeiht, Commodore, aber der Rock ist ein Geschenk des Königs. Wenn ich ihn nicht trage, so ehre ich seine Gabe nicht.«

Roscario hob den Gehstock; das untere Ende schnellte in die Höhe und kratzte über die Vorderseite des Rockes. Durch die ruppige Behandlung lösten sich Fäden, und einige der eingewobenen Perlen fielen nieder, rollten über die Planken und verschwanden in den Ritzen – oder wurden von Matrosen verstohlen aufgesammelt. Damit war ihnen ein Krug Branntwein in der nächsten Schenke gesichert. »Nun, dann tragt ihn weiter, doch lasst ihn, wie er ist«, lautete der zufriedene Kommentar. »Es geht auch so.«

Puaggi starrte auf den in Mitleidenschaft gezogenen Stoff. Er rang mit der Fassung und vor allem nach Worten, um sich gegen diese Unverschämtheit zur Wehr zu setzen.

»Ja?«, machte Roscario lauernd. »Was gibt es, Puaggi, dass Ihr da steht und einen glotzenden Karpfen nachäfft?«

Der Adjutant verkniff sich jeglichen Widerspruch, der an der Tat als solcher nichts mehr ändern würde und seinen Vorgesetzten ansonsten nicht weiter berührte. Stattdessen hielt er ihm den Brief hin, in dem sich unter anderem die Vollmacht des palestanischen Königs für diese diplomatische Mission befand. »Ich habe eine Ungereimtheit gefunden«, wiederholte er seine anfängliche Meldung.

»Worin kann sie denn liegen?« Roscario schnappte nach dem Umschlag, nahm zwei Papiere heraus und faltete sie mit viel Schwung und Gestikulieren auseinander, um seinen Unglauben bezüglich der Entdeckung des Adjutanten zum Ausdruck zu bringen. »Wir liegen auf dem richtigen Kurs, es ist der richtige Tag, und wir haben sogar herrliches Wetter, mein werter Puaggi.« Er hob das erste Blatt. »Der Auftrag unseres Königs«, erklärte er und wedelte mit dem zweiten, »und die Erlaubnis des neuen Königs von Tûris, Hoheit Bristel, das ungereinigte Iurdum direkt auf der Insel zu kaufen und es auf dem Schiff zu befördern.« Er schleuderte Puaggi die Schriftstücke ins keilförmige Gesicht. »Nehmt sie und steckt sie in den Umschlag zurück, damit sie nicht verloren gehen.«

»Die Ungereimtheit besteht darin, Commodore«, antwortete der Adjutant mühsam beherrscht, »dass uns die Erlaubnis gegeben wurde, Iurdum zu kaufen, aber wir keine königliche Order für den turîtischen Befehlshaber der Festung bekamen, uns passieren zu lassen.« Eine Erklärung erwartend, legte er die Blätter sorgsam zusammen und schob sie in das Kuvert zurück.

Großspurig breitete Roscario die Arme aus, als wollte er den Großmast umfangen. »Ich bitte Euch! Das ist doch keine Ungereimtheit, das ist ein Versäumnis, das sich mit flinker

Zunge gegenüber dem Kommandanten beheben lässt. Die beiden Briefe und meine Beredsamkeit werden uns schon Einlass in den Hafen verschaffen.«

Während des Disputs hatte das Schiff eine ordentliche Strecke zurückgelegt. Der Bug der *Erhabenheit* durchschnitt das ruhige Wasser, das glatt wie ein blaues Tuch vor ihnen lag. Der günstige Südwind packte ihnen die zahlreichen Segel derart voll, dass sie regelrecht an die Einfahrt heranschossen und schon weit vor dem schmalen Durchlass mit dem Reffen der Leinwände beginnen mussten, um wegen des zu starken Vortriebs nicht gegen die Mauern zu krachen. Das Großsegel reichte vollkommen, um dem Zweimaster immer noch zügige Fahrt zu verschaffen.

Bevor sie einliefen, galt es Geduld zu beweisen. Die mit zahlreichen Geschützluken versehene Mauer vor dem eigentlichen Ankerplatz schwang sich gut fünfzehn Schritt in die Höhe; ein eisernes, von der Seeluft und dem Salzwasser gezeichnetes Tor versperrte die Durchfahrt.

Roscario gab den Befehl, einen Signalisten hinauf ins Krähennest zu schicken, um den Soldaten von Tûris mit Hilfe der Wimpelzeichen anzukündigen, in welcher historischen Mission ein palestanisches Schiff hier zum ersten Mal anlegen wollte.

»Der turîtische König Bristel ist ein Trottel, dass er sich sein Iurdum-Seehandelsmonopol von uns abschwatzen ließ«, sagte der Commodore und grinste. »Wir werden ein Vermögen damit machen, was uns die Kosten für die Handelserlaubnis zehnfach aufwiegt.«

Der Zweimaster war bis auf eine halbe Meile an die vorgelagerten Mauern des Hafenbeckens herangekommen, aber noch tat sich nichts.

»Sie werden der Sache nicht trauen«, prophezeite Puaggi und drückte seinen Dreispitz fester auf die verhältnismäßig kleine Perücke. Wenigstens mit ihr schürte er keinen Neid.

Ausnahmsweise gab ihm Roscario Recht, wenn auch nur im Stillen. »Runter mit dem Großsegel«, befahl er. Seine Maate brüllten die Order weiter, und schon erklommen die Matrosen leichtfüßig die Wanten, um das letzte Segel an der Rahe zu verzurren.

Die *Erhabenheit* verlor augenblicklich an Fahrt. Der Kiel, der wegen der hohen Geschwindigkeit aus dem Wasser geragt hatte, sank in seiner ganzen Masse herab und bremste das Schiff zusätzlich. Abwartend dümpelte der Zweimaster vor der gesperrten Einfahrt. Der Signalist hörte gar nicht mehr auf, mit den Wimpeln zu kreisen; das Knattern des Stoffes drang bis aufs Achterdeck. Irgendwann beendete er seine seltsam anmutende Unterhaltung, lehnte sich über das Geländer in Richtung seiner höchsten Vorgesetzten und formte die Hände zu einem Trichter. »Sie sagen, dass wir uns gedulden sollen«, schrie er nach unten. »Das Tor habe sich verklemmt, aber es werde nicht lange dauern, bis es repariert sei.«

»Sehr schön. Sprietsegel setzen, langsame Fahrt voraus«, befahl Roscario. »Seht Ihr, wie leicht es ist, an Iurdum zu gelangen? Offenbar hat der König unsere Ankunft melden lassen, und Eure Sorge, Puaggi, war vollkommen sinnlos.« Er beäugte den geschundenen Rock des Adjutanten. »Nein, nicht völlig sinnlos«, korrigierte er sich gemein lächelnd.

Die kleinen Segel am Bug des Zweimasters wurden gesetzt, und die *Erhabenheit* nahm geringe Fahrt auf, während sich das große, von Rost besetzte Eisentor, das so hoch wie der Hauptmast des Schiffes war, langsam und quietschend nach rechts zur Seite schob.

Stückchen für Stückchen wurde den Händlern ein Einblick in den Hafen gewährt, und der wiederum war äußerst eindrucksvoll. Auf der anderen Seite der Mauer ankerten drei Dutzend turîtische Iurdum-Schiffe. Die neuesten Nachbauten der gefürchteten Sinuredschen Kriegsschiffe lagen ruhig im Hafen; mit ihren mit Eisenblech verstärkten Rümpfen, dem Rammsporn am Kiel sowie etlichen Wurfvorrichtungen und Bombarden konnten sie sich einen Weg mitten durch eine rogogardische Piratenflotte bahnen, ohne sich sonders um das eigene Wohl sorgen zu müssen. Die vom Eroberungsdrang getriebenen letzten beiden Bardri¢s hatten diese wahren Bastionen des Meeres gern zur Belagerung von Seefestungen und Seestädten eingesetzt; vor allem das Inselreich Rogogard war der unvorstellbaren Feuerkraft der Bombardenträger ausgeliefert gewesen.

Roscario pfiff durch die Zähne. »Bei den verlorenen Schätzen der Altvorderen! Da haben wir ein nettes Geheimnis von Tûris aufgedeckt. Die Schiffe müssen von dem kleinen Bardri¢ in den letzten Kriegstagen angefertigt worden sein. Bristel ist doch kein Idiot. Da hat er sich eine feine, piratenfeste Flotte gesichert«, mutmaßte er.

Die schweren Schiffe, welche die Palestaner mit Neugier bestaunten, waren sowohl mit Segeln als auch mit zwei Riemenreihen versehen, damit sie sich ungeachtet ihrer ebenso schweren Fracht überhaupt von der Stelle bewegen konnten.

»Verdammt! Das ist eine beachtlich beängstigende Flotte.« In seiner Stimme klang die Sorge mit, eine weitere Seeräubernation erwachsen zu sehen. »Als reichten die verfluchten Rogogarder nicht schon aus. Die Pocken über die Brut, die uns ehrlichen Händlern das Leben schwer macht. Hach, wo sind die glorreichen Zeiten geblieben, als jede unserer Fahrten mit Gewinn endete? Heute ist es schon ein Gewinn, wenn sie überhaupt in einem Hafen enden.«

»Wir sollten dem Kaufmannsrat eine Botschaft senden. Vielleicht leiht König Bristel uns die Schiffe gegen die Tzulandrier aus, die sich im Nordwesten unserer schönen Heimat eingegraben haben«, regte Puaggi an.

»Da habt Ihr ausnahmsweise den Fälscher auf den Kopf getroffen, Adjutant. Es wird sich gewiss eine hübsche Gelegenheit finden, Bristel erneut übers Ohr zu hauen.« Er genoss den Anblick der Schiffe. »Wir schicken sie für uns in den Kampf, und mit viel Glück sind wir die Tzulandrier und jede Menge dieser …«, er deutete auf die Bombardenträger, »dieser Gefährdungen los.« Stolz grinsend wandte er sich zu Puaggi. »Habe ich das nicht gut ersonnen?«

Ein einzelner, gedämpfter Trommelschlag hallte über das Wasser.

Die Iurdum-Schiffe lichteten gleichzeitig die Anker, aus einem Schlag wurden viele, und das Dröhnen der Pauken schwoll zu einem monotonen Konzert an. Gelegentlich vernahmen sie geschriene Befehle und vielstimmige Erwiderungen, erste Gesänge erklangen aus den Ruderdecks.

»Eigentlich, Commodore, stammte die Anregung von mir«, wandte Puaggi ein.

»Nein, nein«, beharrte Roscario, der die Manöver beobachtete. »Ihr sagtet *vielleicht*. Ich dagegen sprach von Tatsachen. Aber ich werde unter gewissen Umständen in Erwägung ziehen, Euren kleinen Hinweis zu erwähnen. Das hängt allerdings von meiner Laune und Eurem Gehorsam ab.«

»Aber …«

»*Und* von der Anzahl Eurer Widerworte. Verstanden?«, fügte er harsch hinzu, dann lächelte er. »Genug davon. Seht doch, wie freundlich diese Turîten sind. Da kommt man vorbei, um sie zu schröpfen, und sie formieren sich zu einem Ehrenspalier, wie es dem Ereignis durchaus angemessen ist«, sagte er, stemmte eine Hand in die Hüfte und stellte sich in Positur, wie es sich für einen König gebührte. »Genießen wir die Begrüßung, Puaggi, die uns entboten wird.«

Die vorderste der Galeeren fuhr die Riemen aus und absolvierte eine schnelle Vierteldrehung auf der Stelle, um den Palestanern die Breitseite zu präsentieren. Die Geschützluken klappten nach oben, und weiße Wolken flogen aus den Mündungen der Bombarden. Erst kurze Zeit später erreichte die *Erhabenheit* das tiefe Donnern der explodierenden Pulverladungen.

Die erste Fontäne stieg vier Schritt vor dem Bug der *Erhabenheit* auf.

Das Grinsen wich schlagartig aus dem Gesicht des blasierten Commodore. »Diese Idioten!« Einen Salut schoss man selten mit echten Kugeln und schon gar nicht in Richtung desjenigen, den man ehren wollte. »Wie kann man nur so dämlich sein! Ich werde eine harte Bestrafung für den Geschützmeister fordern, die …« Als noch mehr Fontänen rund um den palestanischen Zweimaster aufstiegen, ahnte er, dass es sich um den Auftakt für weiteren eisernen Hagel gehandelt hatte. »Aber die schießen ja wirklich! Absichtlich! Auf uns …« Völlig überrumpelt schwieg er.

»Hart Steuerbord! Weg von der Einfahrt und ganz dicht an der Festungsmauer entlang! Ich will in den toten Winkel der Bombarden«, schrie Puaggi, der sich als Erster von dem Schrecken erholt hatte. Immerhin war er nicht nur

Händler, sondern auch ausgebildeter Offizier, der im Gegensatz zu seinem Vorgesetzten in einer solchen Lage auf die Bedrohung zu reagieren wusste. »Alle Mann in die Wanten und Segel setzen! Klar zum Gefecht.«

Roscario ließ ihn gewähren, ballte die Faust und schlug auf das Geländer vor ihm. »Verstehe einer die Turîten. Was bezwecken sie damit?«

»Vermutlich sind wir zu früh angekommen und haben gesehen, was wir nicht sehen sollten«, schätzte Puaggi und beobachtete, wie die Seeleute behände in großer Höhe auf den Rahen und in den Wanten umherturnten, um die Segel zu entfalten und dem Zweimaster seinen entscheidenden Geschwindigkeitsvorteil zu geben. Bis das geschah, konnte das Schiff von einer vorbeitreibenden toten Ente überholt werden.

»Das erklärt mir nicht, weshalb uns König Bristel überhaupt hierher segeln ließ.« Roscario fluchte, schaute zur Galeere, die ein weiteres Mal auf der Stelle drehte und die nächste Breitseite feuerbereit machte. »Das ergibt keinen Sinn.« Er nahm sein Fernrohr, zog es auf die volle Länge aus und betrachtete das vorderste Feindschiff bei bester Vergrößerung, schwenkte langsam hin und her, um sich einen Eindruck von dem zu verschaffen, was sich am gegnerischen Deck abspielte.

Durch Zufall bekam er den Befehlshaber in die Linse, der ihn seinerseits betrachtete, und seine Hand begann zu zittern. »Bei allen falschen Münzen! Das sind keine Turîten«, presste er zwischen zusammengebissenen Zähnen hervor. Er kannte die Art von Lederrüstung, die seltsame, mit glühenden Eisen eingebrannte Muster und Zeichen auf sich trug; darüber lagen aufgesetzte Eisenringe, um den verhältnismäßig dünnen Panzer zu verstärken und den Träger dennoch nicht auf den Grund des Meeres zu ziehen, sollte er bei einer Schlacht über Bord gehen. Die abenteuerliche Frisur, die aus wenigen dünnen Haarlinien und viel kahlem Schädel bestand, die kantigen, bartlosen Züge und die ungezähmte Wildheit in den Augen seines Gegenübers wiesen den Mann als einen einstigen Verbündeten Palestans aus. Aus den Verbündeten waren infolge der Veränderungen auf Ulldart und nach Govan Bardri¢s Ende Todfeinde geworden.

»Tzulandrier«, spie der Commodore aus. »Was, bei allen Dämonen und Ungeheuern, machen die verdammten Truppen Bardri¢s noch hier? Hieß es nicht, sie seien auf ihrem Rückzug vernichtet worden? Ich erinnere mich ganz genau daran, es gehört zu haben.«

»Nun, nicht alle. Zwei unserer eigenen Festungen sind immer noch in der Hand der Tzulandrier«, warf Puaggi ein, der neben der Furcht vor der unverhofft aufgetauchten Übermacht Genugtuung verspürte, weil er seinen Vorgesetzten rechtzeitig vor einer möglichen Gefahr gewarnt hatte. »König Bristel hat gewusst, dass die Tzulandrier seine Inseln besetzt halten, und uns ins offene Messer laufen lassen.«

Die *Erhabenheit* fuhr mit einem Abstand von höchstens zwei Ruderlängen an der Festungsmauer entlang. Über ihr wurden die Geschützluken aufgestoßen, doch der Feuerwinkel war unmöglich. Die Läufe der Bombarden ließen sich nicht weit genug nach vorn neigen, ohne dass die Kugeln von selbst herausrollten, bevor die Treibladung gezündet wurde. Also gab es Hoffnung. Ein Segel nach dem anderen öffnete sich und fing den Wind ein, um das Schiff davonzutragen und den Gegnern zu entkommen.

Puaggi blickte nach hinten, um nach möglichen Verfolgern Ausschau zu halten; voller Entsetzen sah er, dass sich die Spitze der Galeere bereits aus der Einfahrt schob.

Der Magodan verstand sein Handwerk. Er wartete mit dem Beschuss nicht, bis sein Schiff in der ganzen Länge aus dem Hafenbecken gerudert war, sondern erlaubte den Bombardieren, nach eigenem Ermessen zu feuern, sobald sie das Ziel ausmachten.

Der erste Schuss grollte, eine Kugel kam herangezischt und zielte verhext genau auf das schmale Heck des Seglers, wenn sie auch etwas zu hoch flog, um in die Kapitänskajüte zu fahren oder die Ruderanlage zu treffen.

»Runter!«, schrie Puaggi und hechtete die Treppe hinab vom Achterdeck. Hart prallte er auf die Stufen, rollte sich jedoch geschickt ab und kam rasch auf die Beine, während es über ihm krachte und jemand laut schrie.

Die Kugel hatte die hinteren Aufbauten abrasiert, war durch den Aufprall abgelenkt worden und hatte den im Sprung befindlichen Roscario so unglücklich getroffen, dass er, in zwei Hälften geteilt, über die Reling geschleudert wurde. Einer seiner blutgetränkten Schuhe lag auf den Planken, wie Puaggi bei der Rückkehr auf das Deck erkannte, und erinnerte an den Commodore. So schnell war er an die Rolle des Befehlshabers gekommen.

Die *Erhabenheit* segelte jetzt unter Vollzeug, hielt ihre volle Geschwindigkeit bei und brauste über das Meer davon. Der Abstand zwischen ihr und den Bombarden der Galeere wuchs nun deutlich an.

»Kurs halten«, befahl Puaggi und deutete auf das abknickende Ende der Festungsmauer, die drei Mastlängen vor ihnen nach links verlief. »Da vorn hart Steuerbord, damit wir in der Verlängerung des toten Winkels nach Nordosten bleiben.« Die Steuermänner nickten.

Weitere Geschosse flogen heran, stanzten Löcher ins Holz und in die Leinwände. Glücklicherweise blieb der *Erhabenheit* ein verheerender Schaden am Schiff und an Leuten erspart; der Verlust eines Mastes und damit ihrer vorteilhaften Geschwindigkeit hätte sie zu einer netten Zielscheibe für die Galeere gemacht. Die bisherigen Auswirkungen der Treffer würden die Zimmerleute in einigen ruhigen Stunden auf See ausbessern können, und bislang blieb es – bis auf den Commodore – bei einigen wenigen Verletzten, die von umherfliegenden Splittern getroffen worden waren.

Indessen war der rechte Zeitpunkt für das gewagte und nicht einfache Wendemanöver gekommen.

Puaggi half den Steuermännern bei der Bedienung des Steuerrades und schaffte die Kehre derart genau berechnet, dass den Bombarden der Festung kein Ziel geboten wurde – eine Tatsache, die seine Leute mit lauten Jubelrufen bedachten. Sorgen bereitete ihm allerdings, dass die tzulandrische Galeere sich um den eigenen Mittelpunkt drehte, um den Palestanern eine letzte Breitseite hinterherzusenden, bevor sie außerhalb der Reichweite gelangten.

»Bombardiere, dreifache Menge Pulver stopfen«, befahl der Adjutant, »und zwei Kugeln je Lauf.« Die Männer starrten ihn ungläubig an, was sie dringend benötigte Zeit kostete. »Los! Nehmt ihren Heckmast zur Orientierung und visiert knapp oberhalb der Wasserlinie der Galeere.«

Als die Batteriemeister die Bereitschaft meldeten und Puaggi mit bangem Gefühl das Feuern verlangte, erklang ein Donnern aus den Mündungen der Bombarden, wie es noch keiner zuvor vernommen hatte.

Die Sprengkraft des Pulvers zerriss drei der Geschütze. Von den scharfkantigen Schrapnellen grausamst verstümmelt, wurden die Bombardiere und die Lademannschaften durch das Deck geschleudert. Wer seine ersten Verwundungen weggesteckt hatte, wurde spätestens durch den Aufprall gegen die Innenstreben des Schiffes getötet. Hier und da hoben sich die Oberplanken, und durch die Ritzen rieselten der eilig verstreute Sand und die Sägespäne nach unten. Infolge des Rückstoßes neigte sich die *Erhabenheit* erheblich nach Backbord. Taue, Kugeln und andere lose Gegenstände rutschten nach links.

Puaggi klammerte sich an das Geländer, um auf den Beinen zu bleiben. »Haltet durch, Männer! Es muss uns gelingen, oder wir sind gleich Futter für die Fische!«

Über den tzulandrischen Widersacher brach indessen ein Eisensturm herein, gegen den der verstärkte Rumpf und die Blechverkleidung nichts ausrichteten.

Dreizehn Geschosse erreichten ihr Ziel und trafen eine Fläche von der Größe einer Tischplatte; sie verbeulten das Blech zunächst und zertrümmerten das Holz dahinter, schließlich riss das dünn gehämmerte Metall, und die Kugeln schlugen den Rumpf an dieser Stelle in Stücke. Unaufhaltsam sog sich der Kielraum voll und zog die Galeere nach unten. Sie bekam starke Schlagseite und konnte das Feuer nicht mehr erwidern.

Die überglückliche palestanische Mannschaft ließ Puaggi für diesen riskanten, aber gelungenen Streich hochleben. Sie hatten ihn, der kaum älter als der Schiffsjunge war, zu ihrem neuen Commodore erkoren.

Jetzt gab es nichts mehr, was die *Erhabenheit* an ihrer Flucht hindern konnte. Die Bombarden der Festungen zielten auf sie, aber die Kugeln plumpsten weit hinter dem Heck wirkungslos ins Meer.

Während Puaggi die Glückwünsche der Unteroffiziere entgegennahm, spürte er, wie ihm der Schweiß unter der kleinen Perücke hervor über die Stirn rann. Seine Beine wurden nach der überstandenen Gefahr weich, doch er fühlte sich großartig. Zumindest bis ihm der Ausguck eine tarvinische Dharka meldete, die unter rogogardischer Flagge lief. Der nächste Erzfeind hielt Kurs auf den Segler.

»Dem Steuereintreiber entronnen und dem Räuber in die Arme gelaufen«, verglich er seine Lage und betrachtete die abenteuerlustigen Gesichter seiner Leute, die ihm nach dem vollbrachten Meisterstück offenbar weitere Heldentaten zutrauten.

Der Anblick des feindlichen Schiffes erweckte einen wahnwitzigen Einfall: Es wurde Zeit, dass die Palestaner endlich für ihr Draufgängertum bekannt wurden. Puaggi grinste wie ein frecher Knabe, was sein schmales Gesicht ungewöhnlich breit machte. »Schiff klar zum Gefecht!«, flog seine Anordnung über das Deck.

In der langen Tradition der palestanischen Marine war es selten, wenn nicht sogar niemals vorgekommen, dass eine Mannschaft bei diesem Kommando vor Freude aufgeschrieen hätte.

Kontinent Ulldart, Königreich Tarpol, Provinzhauptstadt Granburg, Sommer im Jahr 1 Ulldrael des Gerechten (460 n. S.)

Komm zu mir, Vahidin!« Aljascha ließ sich ungeachtet des teuren, dunkelgrünen Kleides auf die Knie nieder und breitete die Arme aus, während der Junge lachend auf sie zugelaufen kam und sich gegen sie warf, das Gesicht an ihren Hals presste und sie glücklich an sich drückte. »Stürmischer Wildfang«, rügte sie ihn halb ernst und halb im Spaß. »Ich habe nicht gemeint, dass du mich umrennen sollst.« Sie rückte seine Uniform zurecht, in der er aussah wie ein kleiner Königssohn, und schob die Mütze gerade.

Er schaute sie entschuldigend an und hielt ihr zur Versöhnung die Schiefertafel hin, auf der er mit Kreide gemalt hatte. Das Bild zeigte eine kleine und eine große Figur vor einem Gebäude; die Sonne schien, und um sie herum standen viele Menschen.

»Für dich, Mutter«, sagte er und schaute sie aus seinen magentafarbenen Augen voller Liebe an. Für einen winzigen Moment erlaubte er seinen Pupillen, ihre dreifach geschlitzte Form anzunehmen, und zwinkerte ihr zu. »Das sind wir«, er zeigte auf die beiden Figuren, »und die anderen, das sind die Granburger. Du bist ihre Königin, und sie freuen sich.«

»Oh, wie lieb von dir.« Aljascha nahm die Tafel. »Es ist fast zu schön, um es wegzuwischen.« Sie betrachteten das kindliche Kunstwerk gemeinsam. »Weißt du was? Ich werde es aufbewahren und dir eine neue Tafel kaufen, auf der du malen kannst.« Über Vahidins hübsche Züge ging ein Leuchten; er war stolz, ein solches Lob von seiner Mutter zu erhalten. »Aber junger Mann, wir haben doch vereinbart, dass du das Kunststück mit deinen Augen nicht mehr machen sollst.«

»Wir sind doch allein«, erwiderte er rasch. »Hier ist ja keiner.«

Aljascha ließ die Widerworte nicht zu. »Vahidin, du musst dich an das halten, was du mir versprochen hast. Und wie lautet dieses Versprechen?«

Er senkte den Kopf. »Dass ich es nicht mehr mache. Nur wenn wir zusammen üben«, wiederholte er den kleinen Eid bedrückt.

»Gut, mein Lieber.« Sie streichelte seine Wange. »Das war das letzte Mal, sonst muss ich mir eine gerechte Strafe für dich ausdenken.«

Er nickte erleichtert und schaute sie wieder froh an. Das kräftige Purpur um die Iris war verschwunden und einem freundlichen, warmen Braun gewichen. »Darf ich wieder spielen gehen?«

»Sicher, Vahidin.« Aljascha nahm sein Gesicht zwischen beide Hände, hauchte ihm einen Kuss auf die Nasenspitze und entließ ihn zurück an den Tisch, auf dem er Bauklötze zu Gebäuden zusammengestellt hatte.

Das sind ja unser Haus und unsere Straße!, bemerkte sie nach einem längeren Blick. Ihr Sohn war damit beschäftigt, die gesamte Umgebung ihrer bescheidenen Residenz nachzubilden, und vollbrachte dies mit unheimlicher Präzision.

Sie wusste, dass er derzeit dabei war, das Rechnen und Lesen für sich zu entdecken. Er erlernte es aus eigenen Stücken, ohne ihre Hilfe sonderlich in Anspruch zu nehmen. Hielten seine Fortschritte in diesem rasenden Tempo an, würde sie

Lehrer ins Haus bestellen, mit denen Vahidin so viel Zeit verbringen konnte, wie er nur wollte. Seine Neugier war anscheinend unstillbar.

Du bist etwas Einzigartiges. So etwas wie dich hat Ulldart noch nicht gesehen, dachte Aljascha und erhob sich. Nachdenklich nahm sie an dem kleinen Tischchen Platz, auf dem Milch und ein paar Kekse angerichtet standen. Von dort aus beobachtete sie ihren abgöttisch geliebten Sohn, ein Zeitvertreib, dem sie stundenlang nachzugehen vermochte.

Was ihr unendliche Freude bereitete, sorgte bei den Bediensteten im Haus eher für Unwohlsein. Unheimliches ging mit dem Jungen vor, der in regelmäßigen Abständen einen unerklärlichen Wachstumsschub erfuhr. Seine Klugheit sowie die schnelle Auffassungsgabe hatten die Dienerinnen zuerst zum ehrfürchtigen Staunen gebracht, bis die Bewunderung in Argwohn umgeschlagen war, sodass Aljascha sämtliche Angestellten entlassen hatte und sich nun selbst um alles kümmerte. Die für sie im Grunde unerträgliche Bürde, sich mit den Alltäglichkeiten des Lebens in Granburg auseinander zu setzen, nahm sie für ihren Spross ohne Murren hin.

Der Junge setzte einen Bauklotz auf den nächsten. Er arbeitete, ohne zu stocken oder länger über sein Tun nachzudenken. Während seine Altersgenossen froh waren, sicher über die holprigen Straßen laufen und einfache, kurze Sätze von sich geben zu können, sprach Vahidin längst fließend und verfügte über eine auffallend gute Körperbeherrschung. Nichts an diesem Kind war gewöhnlich. Und das wiederum war hervorragend.

Wann wird die Magie in dir erwachen?, fragte sich Aljascha versonnen und versuchte, im anmutigen Gesicht Ähnlichkeiten zu seinem Vater zu entdecken.

Die Saat, die Mortva Nesreca bei ihren zahlreichen Liebesabenteuern in ihren Schoß ergossen hatte, brachte eine Frucht hervor, aus der ein alle anderen überragender Baum wuchs. Oder anders ausgedrückt: Mit Vahidin würde sie zurück an die Macht gelangen, zuerst in ihrer einstigen Baronie Kostromo und anschließend in Tarpol. *Was danach kommt, warte ich ab. Ich habe gelernt, nicht zu viel zu wollen. Nicht zu viel auf einen Schlag.*

Es ärgerte Aljascha maßlos, dass ausgerechnet Norina Miklanowo, diese kleine granburgische Hure, auf dem Thron des Landes saß, auf *ihrem* Thron saß, nach dem sie in den vergangenen Jahren vergebens die Hände ausgestreckt hatte. Weder durch Lodrik noch durch Mortva oder Govan und Zvatochna war sie, Aljascha, an die Spitze Tarpols gelangt, und der erneute Machtwechsel im fernen, modernen und schönen Ulsar brachte ihr rein gar nichts ein. Sie hockte noch immer im mehr oder weniger komfortablen Haus in Granburg und musste sich mit einer dürftigen Rente begnügen, die ihr der Gouverneur am Anfang jeden Monats auszahlte. Wenigstens war der Hausarrest gelockert worden.

Selbst Aljaschas Lieblingszeitvertreib – Männer – geriet in der unwirtlichen Provinz in den Hintergrund. Früher hatte sie sich jede Woche einen neuen Mann für ihr Schlafgemach erwählt. Damit war es jetzt vorbei. Die Fürsorge für den sich rasant entwickelnden Vahidin erlaubte keine intimen Bekanntschaften und amourösen Abenteuer, und so hatte sie sich aus der Öffentlichkeit vorerst zurückgezogen. Die einst mächtigste Frau Ulldarts hatte ihr Leben und sogar sich selbst ihrem Sohn untergeordnet. Für sie gab es keine höhere Priorität als ihn, und zum ersten Mal fühlte sie sich als Mutter. Das war bei ihren Drillingen anders gewesen.

Es klingelte laut; jemand bediente die Türglocke heftiger, als es sich schickte.

»Spiel weiter, Vahidin«, sagte sie und stand auf. »Es ist Besuch für mich.«

Ausnahmsweise freute sie sich auf die Gäste, denn es waren Menschen, die ein ähnliches Ziel verfolgten wie sie und die sich ausgezeichnet für ihre eigenen Pläne einsetzen ließen. Nun würde sich zeigen, wie gut sie das Intrigenspiel noch beherrschte. Aljascha eilte durch die hohen Räume, die Treppe hinab zum Eingang und schaute durch das Guckloch.

Auf der anderen Seite der Tür warteten drei Männer, deren Äußeres eher unscheinbar zu nennen war. Sie trugen die Arbeitskleidung von fahrenden Tischlern aus dem nahen Borasgotan und hatten Bohlen und Werkzeug dabei.

Die rothaarige Frau, die trotz ihres fortgeschrittenen Alters nichts von ihrer blendenden Schönheit eingebüßt hatte und die durch die leichten Fältchen um die grünen Augen eher noch anziehender wirkte, öffnete ihnen. »Das hat zu lange gedauert«, begrüßte sie die Männer unfreundlich und laut, damit zufällige Passanten ihren Tadel vernahmen. »In der Zwischenzeit hätten die Stützbalken schon lange zusammenbrechen können.« Sie trat zurück und ließ die Männer herein; kaum schloss sich die Haustür, fiel die Maskerade von ihr ab. Aljascha lächelte die Besucher freundlich an und deutete auf die Tür zur Linken, die in den Salon führte. »Es freut mich, dass ihr meine Einladung angenommen habt.«

Man setzte sich um den Tisch, die Werkzeuge und das Holz wurden achtlos beiseite gestellt.

Aljascha goss Tee in dünne Porzellantassen, schob das Sahnekännchen, die Tiegel mit Kirschmarmelade, Sahne und Zucker in Richtung ihrer Gäste. »Bedient euch, bitte. Es gibt keine Angestellten in diesem Haus.«

Die Männer waren zwischen dreißig und vierzig Jahren, ihre Gesichter glichen niemandem und jedem, sodass man sie auf der Straße sofort wieder vergaß. Es gab nichts Auffälliges an ihnen, anhand dessen man sie erkennen würde – sie oder ihren fanatischen Glauben an Tzulan, den Gebrannten Gott und Unheilbringer.

Aljascha bemerkte die verständliche Unruhe ihrer Besucher. Der Kult war behördlich zumindest in Tarpol verboten, und darüber hinaus zeigte die breite Mehrheit unmissverständlich, dass die Bevölkerung nichts mehr mit dem Gebrannten Gott zu tun haben wollte. Etliche Priester waren erschlagen, die letzten Tempel Tzulans in Brand gesetzt oder an Ulldrael den Gerechten übergeben worden.

»Es gibt keinen Grund, sich in meinem Haus vor etwas zu fürchten«, beruhigte sie die drei. »Perdórs Spitzel haben schon lange das Interesse an mir verloren. Für sie und den Rest von Tarpol bin ich eine leidige Erinnerung, der man keine Beachtung mehr schenkt. So gesehen, hat ein Exil, oder wie man mein Leben nennen will, auch seine Vorteile.«

Der Älteste von ihnen, ein attraktiver Mann von vierzig Jahren, neigte den Kopf vor ihr. »Ich bin Lukaschuk, Priester Tzulans, und ich möchte mich für die Einladung zu diesem Treffen bedanken, Aljascha Radka Bardri¢.« Er süßte seinen Tee mit der Marmelade und betrachtete seine Gastgeberin neugierig, wenn nicht sogar mit einem Anflug unverhohlenen Verlangens aus seinen braunen Augen. Aljascha löste mit ihrer Schönheit bei Männern meistens Verlangen aus; sie wiederum brauchte diese Triebfeder des starken Geschlechts, um es an sich zu fesseln. »Wir sind begierig zu hören, worum es sich bei diesem Gespräch dreht.«

»Wir beide, Lukaschuk – oder besser gesagt, die Tzulani und ich –, befinden uns in der gleichen bescheidenen Lage: Einst standen wir auf dem Gipfel, um durch die Ereignisse mit Gewalt von dort vertrieben zu werden.« Aljascha verschenkte ihr Lächeln wie zuvor den Tee und bedachte jeden der drei mit falscher Freundlichkeit, die nur sehr wenige Menschen von echter zu unterscheiden wussten. »Aber was könnte uns davon abhalten, dorthin zurückzukehren?«

»Die Bewohner Ulldarts?«, lachte der Mann zu Lukaschuks Linken bitter.

»Unsinn! Die Menschen gehorchen immer denen, welche die Macht besitzen«, warf sie abfällig ein und ließ ihn spüren, dass sie Kleinmütigkeit an Männern verabscheute. »Sind wir erst im Besitz der Macht, bestimmen wir, zu wem sie beten.« Aljascha hatte ihn mit ihren Sätzen ausgepeitscht, doch ihre grünen Augen gaben dem Mann gleichzeitig sündige Versprechen, welche vom harten Klang ihrer zurechtweisenden Worte ablenkten. »Wir fangen klein an. Kostromo und Tarpol bilden den Auftakt. Von hier aus beginnen wir die Mission von Hustraban und Borasgotan.«

»Und wie«, Lukaschuk nippte am Tee, wischte sich den Oberlippenbart ab und nickte anerkennend zur Qualität der Marmelade, »soll das vonstatten gehen?«

»Indem ihr, die Tzulani, mich unterstützt, die Baronie und mein mir zustehendes Königreich Tarpol zurückzuerobern. Ich werde … nein, vielmehr *bin* ich die rechtmäßige Kabcara von Tarpol. In mir rinnt im Gegensatz zu der Konkubine des einstigen Herrschers und meines Gatten Lodrik Bardri¢ das hoheitliche Blut der Bardri¢-Linie. Selbst durch den Erlass meines Gemahls, mich nach unserer Scheidung von allen Rechten zu entbinden, ist mein Anspruch auf den Thron nicht vollends erloschen.«

Lukaschuk wechselte einen schnellen Blick mit den anderen beiden. »Welche Rolle spielen wir dabei?« Er warf die langen dunkelbraunen Haare nach hinten. »Wie Ihr wisst, ist Norina Miklanowo sehr angesehen ...«

»... und je länger wir warten, desto fester sitzt sie auf dem Regentenstuhl«, vollendete Aljascha. »Ich kenne die Wege der Diplomatie. Auch ich kann so tun, als stünde ich für Neuerungen, Freiheiten und Gleichberechtigung, doch die Tzulani und ich würden um die Wahrheit wissen.«

»Bevor Ihr den Anspruch erhebt, wollt Ihr die Miklanowo tot sehen«, mutmaßte Lukaschuk gefühllos.

»Opfert sie doch Tzulan«, lachte sie glockenhell, »dann haben wir alle etwas davon.«

Die Männer grinsten.

»Ihr erwartet also von uns, Vasruca, dass wir Eure diplomatischen Versuche, an den Thron zu gelangen, mit begleitenden Schritten flankieren, die Ihr uns nach Bedarf mitteilt. Und im Gegenzug erhalten wir *was?*«, wollte Lukaschuk wissen.

»Die Zusicherung, dass Tzulan zumindest in der Baronie Kostromo und danach in Tarpol in aller Öffentlichkeit verehrt werden darf. Ich lasse die Tempel und Priester durch meine Soldaten beschützen«, unterbreitete Aljascha strahlend ihren Vorschlag. Die Art, wie er sie musterte, sagte ihr, dass sie ihn mit etwas vorgetäuschtem Interesse und blanker Haut in ihren Bann schlagen könnte. »Ich werde außerdem alle rechtskräftig zum Tode verurteilten Verbrecher an euch überstellen, wie es mein Sohn Govan bereits tat. Was ihr dann mit denen anstellt, überlasse ich euch. Wichtig wird mir nur sein, dass sie sterben.« Sie zeigte ihre strahlend weißen Zähne, teilte Tee und Lächeln aus. »Habe ich außerdem erwähnt, dass es nach einer grundlegenden Änderung der Rechtssprechung zahlreiche Vergehen geben wird, auf die der Tod steht?«

Sie nahm sich die Zeit, die Männer genauer zu betrachten und in ihren Mienen zu lesen.

Alle drei wirkten dem Angebot gegenüber nicht abgeneigt. Vor allem Lukaschuk schien sich still darüber zu freuen, dass den Tzulani eine Gelegenheit gegeben wurde, die verlorene Macht zurückzuerobern. Gleichzeitig bemerkte Aljascha die Zurückhaltung und die Skepsis in ihren Augen, was das ehrgeizige und derzeit schier unmögliche Vorhaben anbelangte. Daher spielte sie die Trumpfkarte aus.

»Ich wüsste gern, wie es denn nun um euren Gott bestellt ist«, sagte sie beiläufig. »Man sah Arkas und Tulm jahrelang am Himmel stehen. Die Augen des Gebrannten näherten sich bis zu jenem Tag am Wunderhügel von Taromeel, aber nun sind sie verschwunden. Wurde er von seinen anderen Göttergeschwistern endgültig vernichtet, wie man es sich erzählt?«

»Tzulan kann man nicht vernichten«, widersprach Lukaschuk unverzüglich und ein wenig säuerlich.

»Sein Geist ist euch also nach einer Anrufung erschienen, um euch zu versichern, dass seine Wiederkehr auf ungewisse Zeit verschoben, nicht aufgehoben ist?«, bohrte Aljascha im Plauderton weiter und schob ihm geflissentlich das Tiegelchen mit der Marmelade hin. »Verzeiht meine Fragen, doch ich sorge mich etwas um die Macht des Bösen. Ist sie Ulldrael wenigstens halbwegs ebenbürtig, oder verhandle ich mit den falschen Leuten und sollte mir stattdessen die Tzulandrier zum Tee laden?« Aljascha sagte das in einer zuckersüßen Art, dass die drei Männer ihr es einfach nicht übel nehmen konnten. Zusammen mit ihrem bezaubernden Liebreiz, der makellosen Haut sowie dem vollkommenen Körper hätten sie sogar eine Beleidigung über sich ergehen lassen.

»Unser Gott ist mit uns und steht uns bei«, lautete die knappe Antwort von Lukaschuk. »Ihr werdet es am Erfolg unserer Taten sehen, was immer Ihr von uns verlangen werdet, Vasruca. Es kann nur von Vorteil sein, wenn die Mehrheit der Menschen Tzulan als vernichtet betrachtet. *Wir* wissen, dass er es *nicht* ist.« Er nickte ihr zu. »Euer Angebot ist gut, Vasruca. Ich werde es dem Höchsten unserer Gemeinschaft vorlegen, und er wird entscheiden, ob wir Euch bei Eurem Tun unterstützen werden.«

Sie saßen sich gegenüber, schweigend tranken sie den Tee. Jede Partei hing den eigenen Gedanken nach und überlegte, war in Gedanken bei der Vision einer angenehmeren Zukunft, als die Gegenwart ihnen verhieß.

Lukaschuk und seine beiden Begleiter warteten eine Stunde, bevor sie das Haus der Vasruca verließen, um für eventuelle neugierige Augen den Anschein zu erwecken, sie hätten Zimmererarbeiten erledigt. »Ich suche Euch wieder auf, sobald unser Hohepriester entschieden hat, was wir tun oder was wir lassen sollen«, verabschiedete er sich von ihr und verneigte sich. »Der Gebrannte möge Euch segnen. Euch und Euer Kind.«

»Ich danke dir, Lukaschuk. Glaube mir, Tzulan hat mich bereits gesegnet und mir den Sohn Ischozars geschenkt. Sag das deinem Hohepriester«, erwiderte sie so freundlich und voller Überzeugung, dass der Mann stutzte und beinahe nachgefragt hätte, was sie damit andeuten wolle.

Er entschied sich jedoch anders und setzte den Fuß auf die Schwelle. »Vielen Dank, dass Ihr uns so großzügig entlohnt habt, Vasruca«, sagte er laut. »Ruft uns, falls der Balken nicht halten sollte.« Mit diesen Worten machten sich die Männer auf den Weg die Straße hinab.

Aljascha verriegelte die Tür und kehrte zu Vahidin zurück, der seine Arbeiten an dem Straßenzug aus Bauklötzen abgeschlossen hatte. Er beschäftigte sich gerade damit, die letzten vorstehenden Kanten aus den hölzernen Mauern verschwinden zu lassen, indem er mit seinen Fingerchen schob und drückte.

Vertieft in die diffizile Arbeit, bemerkte er seine Mutter erst, als sie ihm liebevoll über die Wange strich, woraufhin er erschrak, jählings zusammenzuckte und die Mauer ins Wanken brachte. Sie neigte sich gefährlich nach links, die oberste Reihe verschob sich bereits und drohte abzugleiten – da fror das gesamte Konstrukt ein und verharrte regungslos.

Verblüfft schaute Aljascha auf das Phänomen. Der Junge aber nutzte die Gelegenheit, streckte die Hand furchtlos aus und rückte die Holzklötze gerade. Sein Bauwerk war gerettet.

»Fertig, Mutter«, rief er stolz und reckte die Arme, damit sie ihn hochhob. »Magst du meine Straße? Ich habe sie Kabcara-Aljascha-Straße genannt.«

Sie nahm ihn auf den Arm und gab ihm einen überglücklichen Kuss auf die Wange. »Danke sehr, Vahidin. Aber sag mir, wieso ist die Mauer eben nicht umgefallen?«

Er zuckte mit den Schultern und ahmte übertrieben Ratlosigkeit nach. »Weiß nicht.«

»Aber sie wäre umgekippt, weil ich dich erschreckt habe, oder?«

»Ich habe mir einfach gewünscht, dass sie nicht umfällt«, antwortete er wahrheitsgemäß, »und dann ist es so passiert.«

Aljascha jubilierte innerlich. Seine Magie war erwacht! Sie schaute ihn eindringlich an. »Vahidin, hast du dir schon öfter mal etwas gewünscht, was dir in Erfüllung gegangen ist?«

Er überlegte kurz. »Ja«, nickte er dann und schielte auf das Antlitz seiner Mutter. »Ist das etwas Schlechtes? Soll ich es nicht mehr tun?«

Sie drückte ihn, wiegte ihn hin und her. »Nein, mein edler Tadc«, lachte Aljascha und tat so, als wollte sie ihm mit ihrem Daumen und Zeigefinger die Nase stehlen. »Es ist gut, dass du das kannst, aber es ist wie bei dem Kunststück mit deinen Augen.« Sie hob den Zeigefinger.

»Nur wenn wir üben und allein sind«, sagte er sofort. »Ich verspreche es, Mutter.« Er legte die Arme um ihren Hals. »Ich habe dich lieb«, hauchte er. »Und ich werde mir niemals wünschen, dass du stirbst, sondern dass du immer bei mir bleibst.«

Ohne dass sie es verhindern konnte, lief ihr ein Schauer über den Rücken. Sie schaute ihm in die braunen Augen und sagte: »Wir beide, Vahidin, müssen noch viel üben, damit deine Wünsche so in Erfüllung gehen, wie du es haben möchtest.«

Er erwiderte ihren Blick, bis das Starren unangenehm für sie wurde. Sie fühlte ein leichtes Stechen im Kopf, das in ein unangenehmes Ziehen überging; Schwindel erfasste sie. »Hör bitte auf damit«, sagte sie und bemühte sich, weder Angst noch Strenge in die Stimme zu legen, um ihn nicht zu verunsichern. Dann stellte sie ihn auf den Boden, wo er sofort nach ihrer Hand langte.

»Habe ich dir wehgetan, Mutter?«, fragte er mit piepsiger Stimme und großen Augen, das Magenta durchdrang das

Braun. »Das ... wollte ich nicht!« Eine Träne schwappte über den Lidrand und rann langsam an der Nase vorbei bis zur Oberlippe, von der er sie mit seinem Ärmel wegwischte. »Entschuldigung! Ich wollte doch nur wissen, was du dir wünschst, um es dir zu erfüllen ...«

Aljascha zwang sich zu einem Lächeln. »Mir ist nichts geschehen, Vahidin. Geh ins Bad und zieh dich aus. Heute wirst du in die Wanne steigen.«

»Oh, schön!«, freute sich der Junge erleichtert und klatschte in die Hände. »Ich mache Tiere aus Seifenschaum und lasse sie wieder lebendig werden«, sprudelte es aus ihm heraus, er ging plappernd zur Tür, schritt den Flur entlang und entfernte sich weiter.

Aljascha spürte, dass ihr etwas Warmes über den Mund und das Kinn hinablief. Sie wankte zum Spiegel über der Anrichte, um sich zu betrachten. Sie war kalkweiß im Gesicht; ein dünnes, tiefrotes Rinnsal sickerte aus ihrem linken Nasenloch und zeichnete eine feuchte Linie über ihre blassvornehme Haut. Sie musste sich mit beiden Händen an der Anrichte festhalten, sonst wäre sie zusammengebrochen. Endlich ließ das Augenflimmern nach, sie wischte das Blut ab, schöpfte nach Luft.

»Mutter?«, hörte sie Vahidin rufen. »Ich habe die Scheite in den Ofen gestellt. Kommst du, das Feuer anzünden, oder soll ich ...«

»Nein, warte«, rief sie zurück. »Wir machen das Wasser gemeinsam warm.« Aljascha verließ den Salon, um nach ihrem Sohn zu sehen, und beschloss, seine Ausbildung stärker voranzutreiben.

Als sie ihn nackt vor der Wanne stehen sah, kam es ihr so vor, als sei er schon wieder gewachsen.

II.

Kontinent Ulldart, Königreich Tûris, die freie Stadt Ammtára, Spätsommer im Jahr 1 Ulldrael des Gerechten (460 n. S.)

Und wirst du weiterhin als Vorsitzender der Versammlung der Wahren immer das Wohl der Stadt über deine eigenen Belange stellen, deine Entscheidungen nach bestem Wissen und Gewissen fällen sowie Ammtára und ihre Bewohner vor Schaden bewahren?«

Die getragenen Worte brachten Pashtak dazu, ergriffen zu girren, bevor er den breiten Mund öffnete, in dem spitze, lange Zähne zum Vorschein kamen, und antwortete: »Ich gelobe bei den Göttern, dass ich Ammtára mit meinem Leben verteidigen werde, notfalls sogar allein und unbewaffnet«, schwor er vor den Augen und Ohren sämtlicher Bewohner, die sich auf dem großen Platz vor dem Versammlungsgebäude eingefunden hatten. Es waren so viele, dass sie bis in die umliegenden Gassen und Straßen standen, um zu hören, wie Pashtak seinen Amtseid erneuerte.

»So sei du, Pashtak, unser oberster Richter und unser Anführer.« Slrnsch, eine für menschliche Augen eher hässliche, kindgroße Kreatur mit reichlich Fell, einem Gebiss wie ein Wolf und Muskeln wie ein Stier, reichte ihm die Hand. »In Vertretung der Bewohner Ammtáras, ganz gleich, ob nun Mensch oder ein anderes Wesen, spreche ich dir unser Vertrauen aus. Du kannst dich stets auf uns verlassen, und was immer es ist, mit dem wir dir zur Seite stehen können, lass es uns wissen.« Er trat mit einem aufmunternden Fauchen zurück, sodass Pashtak allein auf dem Podest stand. Die Aufmerksamkeit der Menge richtete sich nun ungehindert auf ihn.

Pashtak fühlte sich deutlich unwohl, wie man an den kleinen roten Pupillen in seinen gelben Augen erkannte, weil er es hasste, im Mittelpunkt zu stehen und angestarrt zu werden. Der Wunsch, sich umzudrehen und wegzurennen, gewann an Stärke, und das Fell drückte sich flach an seinen gedrungenen, kräftigen Leib.

Das Volk erwartete eine Ansprache, und er hatte nichts vorbereitet. Seine krallenbewehrten Finger spielten mit dem Stoff seiner neuen Robe, die Shui für ihn genäht hatte. Inzwischen wurden in Ammtára Wetten abgeschlossen, wie lange es dauern mochte, bis er seine Kleidung entweder ordentlich beschmutzt oder in irgendeiner Weise zerrissen hatte. »Freunde, unsere Stadt hat ihren Beitrag geleistet, den wahnsinnigen Govan niederzuwerfen, und darauf sind wir stolz«, begann er zaudernd und wunderte sich sehr, als ihm sogleich die ersten zustimmenden Worte zugebrüllt wurden. »Wir bleiben eine freie Stadt und beweisen weiterhin, dass die Menschen und wir *gemeinsam* friedlich leben können. Ammtára bedeutet Freundschaft, und genau das stellen wir hier dem gesamten Kontinent unter Beweis.« Wieder ertönten Beifall und Jubelrufe. »Wir haben uns für die richtige Seite entschieden, und schaut, wie prächtig unsere Stadt aussieht! Überall wachsen die Gebäude in die Höhe, der Sumpf ist trockengelegt, und wir können genug

Platz bieten, um weitere Häuser zu bauen. Die Dunkle Zeit ist vorüber, und für Ammtára wird es eine Goldene Zeit!«
Das genügt, beschloss Pashtak, winkte noch einmal und verließ fluchtartig das Podest, wurde aber von Slrnsch zurückgeschickt. »Ich habe natürlich etwas vergessen«, gestand er verlegen ein und grollte entschuldigend. »Lasst uns feiern!«

Die Hochrufe schallten laut zu ihm und den anderen Mitgliedern der Versammlung, Menschen und Sumpfkreaturen riefen seinen Namen, klatschten, lachten und freuten sich ausgelassen darüber, dass die Zeit der Unsicherheit für Ammtára ein Ende gefunden hatte.

Pashtak stieg die Stufen hinab, wo er prompt von vier seiner Jüngsten angesprungen wurde, die sich wie die Kletten an ihn hängten.

Shui, seine katzenhafte Gefährtin, trat schimpfend heran. »Die schöne Robe«, sagte sie vorwurfsvoll und untersuchte den Riss genauer, der sich oberhalb der Schulter gebildet hatte. »Ich hätte mir denken können, dass sie an dir nicht lange hält.«

»An mir?« Pfeifende Töne von sich gebend, leistete er den Anschuldigungen Widerstand. »Shui, du hast gesehen, dass ich nichts getan habe!«

Sie kicherte, biss leicht in sein Ohr und schnurrte. »Ich habe dich nur aufgezogen, mein lieber Mann. Und den Riss habe ich absichtlich eingenäht. Es ist ein magischer Riss. Er vertreibt alle anderen Flecken, Löcher und sonstigen Dinge, die deinen Roben üblicherweise zustoßen.« Sie zwinkerte, sammelte die Kleinen ein und machte sich auf den Weg nach Hause. »Wir essen bald«, erinnerte sie ihn. »Suchst du Estra? Ich habe ihr Lieblingsessen gekocht.«

»Sicher, Shui.« Pashtak grinste. *Sie ist einfach die Beste*, dachte er und schaute ihr nach, aber schon wurde er am Arm gepackt und von den anderen Versammlungsmitgliedern mitgezogen. Als Vorsitzender gab es für ihn kein Entkommen, er hatte gefälligst mitzufeiern.

Bald stand er inmitten der Bewohner Ammtáras, man klopfte ihm auf die Schulter, spendierte ihm ein Getränk nach dem anderen, bis sich die Bauten um den Platz zu bewegen begannen.

»Verzeiht«, entschuldigte er sich und klang bei seinen Worten sehr angestrengt, »meine Gefährtin wartet mit dem Essen.«

»Frauen darf man nicht warten lassen«, lachte ein Mann. »Das kann böse enden. Selbst für den Wichtigsten der Stadt.« Die Umstehenden stimmten in das Gelächter mit ein. Sie wünschten ihm einen angenehmen Tag und entließen ihn aus der Menge der Feiernden.

Grinsend, was bei Pashtak für uneingeweihte Menschen wegen seiner Zähne mehr bedrohlich denn freundlich aussah, ging er durch Ammtára. Er freute sich über den Anblick der Bauten, die nicht mehr den Zorn Govans fürchten mussten, und seufzte zufrieden.

Alles wandte sich zum Guten. Die Entscheidung, sich gegen den größenwahnsinnigen Govan zu stellen und die fanatischen Tzulani von hier zu verbannen, war richtig gewesen. Letztlich hatten sie damit ein tieferes Vertrauen der Dörfer und Städte in ihrer Nachbarschaft gewonnen. Er fuhr mit der krallenartigen Hand an der Mauer entlang, spürte die Wärme des Steins, der die Kraft der beiden Sonnen in sich gespeichert hatte. Ammtára konnte wachsen und gedeihen, die Menschen und Sumpfwesen würden zumindest innerhalb der Stadt in Eintracht leben. Ein guter Anfang.

Pashtak befand sich in einer beschwingten Stimmung, er sog die unterschiedlichen Gerüche auf, die von Freude, Sommer und Essen erzählten. Essen! Mit einem Mal schwand die stille Vergnügtheit; vor seinem inneren Auge entstand Shui, die drohend den Kochlöffel hob und auf ihn zielte. Er hatte das Essen vergessen! Und er hatte Estra nicht gesucht.

Sein Fell legte sich an, aus der Kehle stieg ein erschrockener Laut. Es sah schlecht aus für ihn, wenn er ohne glaubhafte Ausrede über die Schwelle trat; zudem kannte ihn seine Gefährtin viel zu gut, um ihn mit einer schnöden Lüge durchkommen zu lassen.

»Da bist du ja!«, sagte eine Stimme hinter ihm erleichtert.

Er drehte sich um und sah Estra vor sich. Immerhin hatte er eine Sorge weniger: Er musste sie nicht mehr suchen. »Du hast deinem Titel einer Inquisitorin alle Ehre gemacht«, lobte er sie und tat so, als untersuche er die Ritzen der Mauer, vor der er stand. »Mir ist aufgefallen, dass die Mörtelsorten unterschiedliche Güte haben, was auf Dauer gesehen eine Gefahr für die Beständigkeit der Bauwerke ...«

Estra, die ein bis zu den Knöcheln reichendes hellbraunes Kleid trug, grinste fast schon boshaft. »*Mir* musst du nicht erklären, warum du das Mittagessen versäumt hast, sondern Shui.« Der Kopf der jungen Frau senkte sich, ihre halblangen dunkelbraunen Haare fielen auf den Stehkragen ihres Kleides. »Und unter uns: Ich würde mir eine andere Geschichte als die vom schlechten Mörtel ausdenken.«

Erkundend schaute er in ihre karamellfarbenen Augen mit dem dünnen, gelben Kreis, der sich wie eine Fassung um die schwarzen Pupillen zog. »Sie ist nicht gut?«

Estra lachte und kam näher, hakte sich bei ihm unter. »Nein, bei allen Göttern, das ist sie nicht. Aber vielleicht kann ich dir als Beweis für meine Dankbarkeit, dass du mich zur Inquisitorin Ammtáras gemacht hast, eine Rechtfertigung verschaffen.«

Pashtak bemerkte, dass sich der Geruch des Mädchens geändert hatte. Sie verströmte den Duft einer erwachsenen Menschenfrau, und er schloss daraus, dass ihr Leib nun fruchtbar geworden war. »Wie soll das gehen?«

»Nun, ich bringe dich zum Tor, wo dich jemand sprechen möchte«, sagte sie geheimnisvoll. »Du kannst später mit ruhigem Gewissen zu Shui sagen, dass diese Unterredung keinen Aufschub duldete.«

Er pfiff missmutig. »Sie wird fragen, weshalb ich den Besucher nicht mitgebracht habe.« Wenigstens breitete sich Erleichterung in ihm aus aus, eine bessere Ausflucht als den Mörtel zu erhalten. »Was machen deine Nachforschungen über die fanatische Tzulani-Sekte in der Stadt?«, fragte er, um die Gelegenheit zu nutzen, dass er sie unter vier Augen sprach. »Will sich der Abschaum nach der Niederlage ihres Anführers bei uns ein Nest bauen?«

Estra schlug den Weg durch eine verlassene Gasse ein, in der ihnen keine Bewohner entgegenkamen. Es musste nicht jeder hören, was die Inquisitorin und der Vorsitzende der Versammlung zu bereden hatten. »Die Torwächter haben berichtet, dass zwei größere Gruppen Menschen nach der Schlacht von Taromeel Einlass begehrten. Ich habe sie unter Beobachtung stellen lassen«, fasste sie zusammen. »Bislang sind sie friedlich und suchen sich eine Bleibe. Eine Familie hat den Antrag gestellt, im trockengelegten Sumpfgebiet ein Haus zu bauen.«

»Treiben sie sich in der Nähe des alten Tzulan-Tempels herum?«

»Nein. Sie suchen Arbeit und verdingen sich bei den Bautrupps; sie haben angegeben, Tagelöhner zu sein.« Estra schaute Pashtak an. »Ich glaube ihnen, dass sie keine Scherereien machen.«

»Glauben? Eine Inquisitorin sollte sich nicht allein auf ihre Gefühle verlassen.«

Jetzt grinste sie. »Habe ich gesagt, dass ich sie mit meinen Gefühlen untersucht habe? Nein, ich bin bei ihnen eingebrochen und habe ihre Sachen durchwühlt. Entweder haben sie jeglichen Hinweis so gut versteckt, dass selbst ich ihn nicht gefunden habe, oder sie sind wirklich nur Tagelöhner, wie sie behaupten.«

Pashtak brummte zufrieden. »Ich sehe schon, du hast verstanden, was es bedeutet, Nachforschungen anzustellen. Dennoch habe ich ein wenig Angst, dass der Tzulan-Glaube unsere Stadt in Gefahr bringen könnte.«

»Weil sich viele der Kreaturen und einige Menschen offen zu dem Gebrannten bekennen?«, mutmaßte sie.

Er nickte. »Govan hat seine Taten im Namen Tzulans vollbracht, und verständlicherweise hassen die Ulldarter diesen Gott aus ganzem Herzen. Wir haben bei Taromeel bewiesen, dass auf Ammtára Verlass ist. Doch wie lange wird der gute Eindruck vorhalten und verhindern, dass eine aufgestachelte Menge vor den Toren steht und verlangt, dass alle dem Gebrannten abschwören?«

»Was nicht jeder tun wird«, vollendete sie, klang aber weniger verdrossen als ihr Mentor. »Pashtak, du wirst sehen, dass nichts davon eintritt. Ulldart unterscheidet zwischen dem, was ein Govan Bardriç verbrochen hat – der seine Taten im Übrigen auch ohne Tzulan begangen hätte –, und für was unsere Stadt steht.« Estra nickte zum Tor, wo ein Mann in den Strahlen der Sonne funkelte und blinkte. »Da vorn wartet unser Besuch.«

»*Unser* Besuch? Ich denke, dass der Ritter eigentlich mehr deinetwegen bei uns erschienen ist«, sagte Pashtak heiter und freute sich diebisch, dass Estra rot anlief und nach Schweiß zu riechen begann. Zusammen mit den Lockstoffen, die sie unvermittelt ausstieß, gab es für ihn überhaupt keinen Zweifel daran, dass sie den jungen Mann, der sich etwa in ihrem Alter befand, anziehend fand. Er blieb vor dem Gerüsteten stehen und reichte ihm die Hand. »Schön, Euch wieder zu sehen, Tokaro von Kuraschka«, begrüßte er ihn.

»Die Freude ist auf meiner Seite«, erwiderte der junge Ritter und deutete eine Verbeugung an; dabei schaute er kurz zu Pashtak und danach weit länger zu Estra, als es sich von der Etikette her schickte.

Ich hatte Recht, sie könnten ein schönes Paar werden. Und die Nachkommen wären sicher kräftig. »Ihr hattet Euren Besuch bei unserem letzten Treffen in Taromeel angekündigt«, erinnerte er sich. »Seid Ihr in Ammtára auf der Suche nach neuen Ordensmitgliedern?«

Tokaro, der zumindest den Oberkörper in die schwere, aufwändig verzierte Eisenrüstung gehüllt trug, nahm den Helm ab. Die Beine wurden durch dicke Lederhosen geschützt, über denen wiederum Ober- und Unterschenkelschienen lagen.

»Nein, Pashtak.« Bis auf den bürstenkurzen braunen Haarstreifen auf dem Schädel war das Haupt kahl und glänzte von Schweiß; die Sonnen hatte die Temperaturen unter dem Metall steigen lassen. »Ich bin hier, um Euch eine Nachricht vom Großmeister der Hohen Schwerter zu überbringen.« Er langte an seinen Gürtel, zog eine lederne Hülle hervor und überreichte sie ihm. »Redet nicht mit mir über das, was er Euch geschrieben hat, Pashtak, sondern schreibt es nieder, und ich überbringe es ihm«, sagte er schnell, weil der Vorsitzende der Versammlung bereits den Mund öffnete. »Ich soll Euch darüber hinaus bitten, unserem Zug diese und die kommende Nacht Gastfreundschaft zu gewähren. Wir möchten nicht im Freien nächtigen.«

»Das kann ich zusichern«, sagte Pashtak abwesend, die gelben Augen wanderten über das Papier, das zu seiner Überraschung nicht von Kaleíman von Attabo, sondern von einem ganz anderen unterzeichnet war. Der Großmeister der Hohen Schwerter fungierte als Übermittler des ernsten Anliegens. Jetzt hatte er wirklich eine gute Ausrede vor Shui. Er rollte das Schriftstück zusammen. »Es wird dauern, bis ich Euch ein paar Zeilen aufgesetzt habe«, teilte er ihnen hastig mit. »Estra, sei doch so gut, wenn es dein Amt als Inquisitorin erlaubt, und zeige unserem Gast Ammtára. Führe ihn an die Stellen, die er bei seinem letzten Besuch nicht zu Gesicht bekommen hat.« Er eilte davon. »Wir treffen uns in zwei Stunden am Tor«, rief er und verschwand.

Tokaro fühlte den neugierigen Blick der jungen Frau auf sich ruhen. »Nein, Estra, ich kann dir nicht sagen, was darin steht. Ich habe keine Ahnung, was so aufregend ist.« Er wusste nicht mehr genau, wie er sie das letzte Mal angesprochen hatte. Da sie in seinem Alter war und durch ihre Mimik nicht deutlich machte, dass sie ihm das Du übel nahm, verzichtete er weiterhin auf eine herrschaftlichere Anrede.

»Könnt Ihr ... kannst du in dieser Rüstung laufen, oder willst du reiten?« Sie schaute zu dem eindrucksvollen

Schimmel, der geduldig hinter seinem Herrn stand und mit wachen Augen die Umgebung beobachtete. Seine Nüstern blähten sich; die Ausdünstungen der Sumpfwesen, von denen einige die Abstammung von einem Raubtier nicht verleugnen konnten, machten ihn unruhig.

»Treskor bleibt bei mir, aber ich werde laufen. Es wäre nicht eben höflich, neben dir her zu reiten und auf dich herabzuschauen.« Er lächelte spitzbübisch. »Ich weiß etwas Besseres.« Er packte sie um die Hüften und stemmte sie in die Luft; ehe sie es sich versah, hockte sie quer auf dem Sattel und sah ihre Heimat aus einem völlig neuen Blickwinkel. »Dann kommt sich Treskor nicht ganz so nutzlos vor.«

Estra gelang es schnell, eine Sitzposition einzunehmen, die bequem und ausbalanciert genug war, um nicht herunterzufallen. Sie saß zum ersten Mal auf dem Rücken eines Pferdes, fühlte sich ein wenig unwohl und war dennoch aufgeregt wie ein kleines Kind. »Du hättest mich wenigstens fragen können«, sagte sie gespielt vorwurfsvoll und streifte eine dunkelbraune Haarsträhne aus dem Gesicht.

»Du kannst jederzeit wieder runter.«

»Nein, ich bleibe.« Sie zeigte nach links. »Da entlang. Wir fangen bei dem Versammlungsgebäude an.«

Die Zeit verging wie im Flug. Tokaro und Estra schauten sich die monumentalen Gebäude entlang der Prachtstraßen an und drangen tief in die Gassen Ammtáras vor, wo die Häuser dicht an dicht standen und manche Behausungen noch aus der Zeit stammten, zu der Sinured in seiner ersten Regentschaft vor mehr als vierhundertsechzig Jahren geherrscht hatte.

Estra erklärte Tokaro alles Mögliche zur Geschichte der Stadt, wobei sie ihn immer wieder heimlich betrachtete. Sie hatte sich gewünscht, ihn wieder zu sehen, und versuchte nun zu ergründen, woran das lag. War es, weil er ihren Vater kannte und ihm näher stand als sie, die eigene Tochter? Oder weil sie ihn mochte?

»Was genau ist deine Aufgabe als Inquisitorin, Estra?« In dem Moment drehte er sich zu ihr um und sah zu ihr auf.

Ihre Blicke verschmolzen.

Der gelbe Ring um ihre Pupille vergrößerte sich und verdrängte ihre eigentliche Augenfarbe. Tokaro starrte sie an, als wäre sie eine Göttin; er konnte sich weder rühren noch sprechen. Stattdessen verfiel er in einen Tagtraum, in dem er sie bei der Hand nahm und sie in seine Burg Angoraja führte. Hunderte von Rittern, Knappen und Pagen füllten den Festsaal und ließen sie beide als Brautpaar hochleben. »Hurra«, murmelte er leise und lächelte verzückt. Er fühlte sich wie der glücklichste Mensch der Welt.

Estra spürte, dass merkwürdige Dinge mit dem Ritter vorgingen. »Tokaro!«, rief sie, doch er reagierte nicht. Also beugte sie sich nach vorn und wollte ihn sachte rütteln, doch sie verlor das Gleichgewicht und rutschte aus dem glatten Sattel.

Einer Eingebung folgend, fing er sie auf, doch damit nicht genug: Er küsste sie mitten auf den Mund!

Das ging Estra ein wenig sehr schnell, und vor Überraschung versetzte sie ihm eine schallende Ohrfeige.

Das Klatschen und der Schmerz zerstörten den Tagtraum. Tokaros Verklärung schwand, und anstelle einer Estra in einem wunderschönen Brautkleid stand ihm eine sehr giftig dreinblickende gegenüber.

»Wie kannst du es wagen, mich zu küssen?«, fuhr sie ihn an.

Seine Wange pochte, die junge Frau hatte fest zugeschlagen. »Ich habe dich geküsst?« Er blinzelte in die Sonnen. »Schade, dass ich es nicht mehr weiß. Es war gewiss wundervoll.«

»Ein schöner Ritter bist du! Du machst dich auch noch lustig darüber?«

Er hob die Hand zum Schwur. »Bei Angor und meiner aldoreelischen Klinge, die einst dem Großmeister und meinem Ziehvater Nerestro von Kuraschka gehörte: Was immer ich tat, ich tat es nicht absichtlich.« Er vermied es, in ihre faszinierenden Augen zu schauen, weil er fürchtete, die betörende Verwirrung könne ihn wieder treffen. »Es waren deine Augen«, sagte er leise. »Sie haben mich in den Bann gezogen und mich schwärmerisch werden lassen. Verzeih mir.«

Estra wurde unsicher. Sie streckte die Hand vorsichtig nach der rot leuchtenden Wange des Ritters aus. »Nein, *mir* tut es Leid«, sagte sie ehrlich. »Ich wollte nicht so hart zuschlagen.« Und eigentlich hatte sie sich auch in ihren Träumen gewünscht, dass sich ihre Lippen berührten.

Tokaro grinste. »Ich habe schon Schlimmeres ausgehalten.« Er deutete auf den Sattel. »Möchtest du wieder hinauf?«

»Nein«, wehrte sie ab. »Ich laufe besser.«

Sie kehrten schweigend zum Haupttor zurück, wo kein Pashtak auf sie wartete, dafür aber einer der Wächter wiegenden Schrittes auf Tokaro zuging.

Die Kreatur war so groß wie ein Ritter zu Pferd. Aus seiner Stirn wuchsen zwei kleine und zwei große Hörner, der Leib von der Dicke zweier Fässer steckte in einer grob geschmiedeten Rüstung. Die Hand hielt einen Spieß, der sicherlich vier Schritt lang war und aus Eisen bestand. Wer Pashtaks knochigen, flachen Kopf mit den tief im Schädel sitzenden Augen als Furcht einflößend bezeichnete, hatte noch nie einem solchen Wesen gegenübergestanden. Ob er es wollte oder nicht: Die Schritte des Ritters verlangsamten sich.

»Es ist ein Nimmersatter«, sagte Estra völlig gelassen neben ihm. »Sie sehen schlimmer aus, als sie in Wirklichkeit sind, doch reizen würde ich sie niemals. Das geht übrigens recht einfach. Möchtest du es sehen?«

Er schüttelte den Kopf.

Der Wächter blieb vor ihm stehen und schaute auf ihn herab. »Ihr seid ein Ritter«, stellte er fest und tippte behutsam gegen die Rüstung und das Ordensabzeichen.

»Mein Name ist Tokaro von Kuraschka. Ja, ich bin ein Ritter vom Orden der Hohen Schwerter, der für Angor, den Gott des Krieges …«

»… des Kampfes, der Jagd, der Ehrenhaftigkeit und der Anständigkeit«, fiel ihm der Nimmersatte begeistert ins Wort. »Ich weiß alles über den Orden, ich war bei der Schlacht in Taromeel dabei und habe gesehen, wie Kaleíman von Attabo die Truppen führte.« Er beugte sich nach vorn, und der junge Mann wich den heranzischenden Hörnern aus.

»Ich messe mich nicht mit dir«, sagte Tokaro sogleich.

Der Nimmersatte lachte dunkel und satt, der Ton brachte die Gedärme zum Kribbeln. »Verzeiht meine Unhöflichkeit. Ich bin Gàn. Ihr versteht mich falsch. Ich will nicht kämpfen. Ich möchte ein Ritter werden und zu Ehren Angors kämpfen.«

Tokaro hatte geglaubt, dass ihn nach den bisherigen Erlebnissen auf den Schlachtfeldern, auf hoher See und den Irrungen seines Herzens nichts mehr überraschen und erschüttern könne.

Bis eben.

Nicht nur, dass der Nimmersatte die Sprache der Menschen sehr gut beherrschte. Viel mehr verunsicherte ihn dessen Anliegen. »Du willst ein …« Es verschlug ihm die Sprache.

Gàn nickte, die leuchtend weißen Augen, in denen jeweils zwei schwarze Pupillen saßen, schauten bittend. »Ich habe gehört, dass der Großmeister nach Ammtára kommt. Werdet Ihr ihm meine Bitte vortragen?«

»Ja«, zwang er sich zu sagen. »Ich verspreche es.« Schon allein, um Kaleímans Gesicht zu sehen, wenn er ihm davon erzählte. »Du wirst von mir hören, bevor wir die Stadt wieder verlassen.«

Ein Ruf vom Wehrgang brachte Gàn dazu, auf seinen Posten zurückzukehren, da Besucher auf das Tor zumarschierten. Es wurde ihnen unverzüglich geöffnet.

Tokaro und Estra sahen zwei kensustrianische Priester hinter die Stadtmauern treten und sich ein wenig verloren umschauen. Hinter ihnen standen deutlich größere und schwer gerüstete Krieger.

Estras Herz klopfte schneller, als ihr Blick auf die Männer und Frauen mit den grünen Haaren und der sandfarbenen Haut fiel, deren Augen wie Bernsteine in der Sonne leuchteten. Es waren Angehörige des Volkes ihrer Mutter!

»Komm mit«, verlangte sie aufgeregt und eilte zu ihnen, um sie willkommen zu heißen. In gebührendem Abstand blieb sie vor ihnen stehen und verneigte sich, während es Tokaro bei einem Kopfnicken beließ. »Seid gegrüßt! Ich bin Inquisitorin Estra. Das ist Tokaro von Kuraschka, Ritter vom Orden der Hohen Schwerter, und ein Gast unserer Stadt«, stellte sie ihn vor. »Wie kann ich Euch helfen?«

Die Priester, die in der Statur deutlich hinter der ihrer gerüsteten Begleiter zurückblieben, verneigten sich und lächelten zurückhaltend. »Ich bin Relio, das ist Kovarem. Wir sind Abgesandte Kensustrias und gekommen, um die Stadt zu erkunden, von der wir gehört haben.« Der Stoff seiner lilafarbenen Robe war dicht gewoben und sah sehr kostspielig aus; die verschnörkelten Stickereien und raffinierten Faltenanordnungen hatten sie gewiss nicht billiger gemacht.

Kovarem neigte den Kopf. »Sie heißt tatsächlich Ammtára, wie man sich erzählt?«

Stolz, dass der Name, den ihre Mutter ausgesucht hatte, offenbar Anklang bei ihrem Volk fand, hob sie den Arm und beschrieb einen weiten Halbkreis. »Ammtára, so nennen wir sie; es bedeutet Freundschaft«, bestätigte sie strahlend.

Die Priester tauschten sorgenvolle Blicke. Die Krieger verhielten sich ruhig, als ginge sie das alles nichts an. Ihre Kaste war nach der Schlacht von Taromeel und dem Tod ihres Königs entmachtet worden. Sie hatten sich der Herrschaft der Gelehrten, die ihre Macht inzwischen mit den Priestern teilten, unterwerfen müssen. Was nicht bedeutete, dass sie es gern getan hätten.

Relio lächelte unglücklich. »Inquisitorin, würdet Ihr uns ein wenig herumführen, ehe Ihr uns zu Eurem König geleitet – oder wer auch immer diesem Ort als Herrscher dient –, damit wir uns mit ihm besprechen?«

»Es wäre besser, wenn Ihr Euch *zuerst* mit Pashtak trefft«, schlug sie im Gegenzug vor, um nicht allein mit den Kensustrianern zu sein. Die unerwartete und zudem unangemeldete Aufwartung ging sicherlich über einen reinen Höflichkeitsbesuch hinaus.

»Ihr wollt uns nicht führen? Dann gehen wir ohne Euch und suchen Pashtak später auf«, beharrte Kovarem auf der umgekehrten Reihenfolge.

»Nein, ich zeige Euch selbstverständlich gern die schönsten Plätze der Stadt. Folgt mir, bitte.« Sie beugte sich zu Tokaro. »Reite zu Pashtak und sage ihm, dass Kensustrianer hier sind«, flüsterte sie hastig. »Und dass ich nicht glaube, dass sie zum Plaudern gekommen sind.« Weil er sich verführerisch nahe vor ihrem Mund befand, hauchte sie ihm rasch einen verstohlenen Kuss auf die Wange, die sie vorhin geschlagen hatte. »Verzeih mir den Schlag.«

Gemeinsam mit den Kensustrianern machte sie sich auf den Weg, und kaum verschwanden sie hinter einer Häuserecke, schwang sich Tokaro in Treskors Sattel und jagte durch die Straßen, um den Vorsitzenden zu warnen. Er grinste, während er ihre Lippen noch auf seinen spürte. Wenn sie ihn jedes Mal schlug, bevor sie ihn küsste, würde er seinen Helm von nun an ständig tragen.

**Kontinent Kalisstron,
Bardhasdronda, Spätsommer im Jahr 1
Ulldrael des Gerechten (460 n. S.)**

Lorin betrat den Rand der Lichtung, auf der die Klingenden Steine standen, mit einem unguten Gefühl. Er blieb dicht hinter dem aus Segeltuch gespannten Paravent stehen, damit ihn niemand zu früh entdeckte. Nervös zupfte er am Ärmel seines weißen Hemdes.

Die Steine umgab ein Rätsel. Vor mehr als fünfhundert Jahren waren sie zum letzten Mal von einem Kalisstri zum Klingen gebracht worden, bis er den ovalen Gebilden mit Hilfe seiner Magie bezaubernde Töne entlockt hatte. Seine Kraft streichelte sie, berührte sie, ähnlich einem nassen Finger, der über den Rand eines sehr dünnen Glases streicht. Die Klänge, die dabei entstanden, drangen in die Seele und wirkten wohltuend, im wahrsten Sinne verzaubernd.

Aus den kleinen Konzerten, die er gelegentlich gegeben hatte, wurden Großereignisse, die nicht nur die Menschen aus seiner Heimatstadt Bardhasdronda anlockten und in ihren Bann schlugen.

So geschah es auch dieses Mal.

An dem spätsommerlichen Abend hatten sich fünfhundert Menschen aus den Städten und Dörfern der Umgebung versammelt, um ihm bei der Darbietung zu Ehren Kalisstras zuzusehen und zuzuhören. Mehr wurden nicht auf die heilige Fläche gelassen, die von mächtigen Kiefern, Tannen und Fichten gesäumt wurde. Die Hohepriesterin Kiurikka hatte die Lichtung der Schutzgöttin des Kontinents geweiht.

Lorins Frau Jarevrån, ein hellbraunes Kleid mit vielen Stickereien tragend, trat an seine Seite. Sie hatte seine ernste Miene bemerkt, nahm seine Hand und drückte sie zwischen ihren Fingern. »Was ist mit dir? Seit wann bist du vor einem Auftritt so unruhig und verschlossen?«

Lorin schnalzte mit der Zunge, die Augen fest auf die Ansammlung der Steine gerichtet. »Es ist nichts Bestimmtes«, antwortete er langsam. »Die letzte Darbietung scheint mir nur so unendlich lange zurückzuliegen. Ich weiß nicht, ob das bisschen, was ich an Magie noch in mir trage, ausreicht, um die Klänge zu erzeugen, welche die Menschen gewohnt sind. Der Kampf gegen Govan hat mir mehr Kraft geraubt, als ich angenommen habe.«

Die Sonnenstrahlen wanderten über die Lichtung und die Menschen, die auf dem dicken Moospolster saßen und geduldig warteten, bis sich Lorin blicken ließ. Um diese Jahreszeit, kurz vor dem Herbst, war das Licht besonders weich und fast so goldgelb wie der Honig. Umherschwebende Baumsamen und Spinnenfäden sahen ebenso verwunschen darin aus wie die Steingruppe. Bald würde die Kühle der Nacht dafür sorgen, dass sich ein sanfter Nebelschleier aus dem Moos erhob und der Lichtung etwas Überirdisches, Zwischenweltliches verlieh.

Jarevrån gab ihm einen Kuss in den Nacken und schob ihn sanft vorwärts. »Lass sie nicht länger warten. Sie freuen sich, dass du ihnen nach deiner Rückkehr endlich wieder die Schönheit der Klingenden Steine zeigst.«

Lorin schenkte seiner schwarzhaarigen Frau ein verzagtes Lächeln. »Ich werde sie nicht enttäuschen.«

Die Menschen, die eben noch in leise Gespräche vertieft gewesen waren, verstummten abrupt. Ihre Aufmerksamkeit richtete sich auf den jungen Kalisstronen, der als Fremder vor vielen Jahren an den Strand von Bardhasdronda gespült und inzwischen einer der ihren geworden war. Seine klaren blauen Augen verrieten deutlich seine andersartige Herkunft, hatten Kalisstri doch stets grüne Augen. Nach all seinen Heldentaten vertraute man ihm blind und hatte ihn sogar zum stellvertretenden Kommandanten der Wachen ernannt.

Lorin verbeugte sich und hielt sich nicht lange mit Vorreden auf; die Städter kannten ihn, und er wusste, weshalb sie gekommen waren. Den Lohn für sein Tun – die stille Anerkennung und den Beifall – würde er von ihnen erhalten, nachdem der letzte Ton verklungen war.

Er wandte sich zu den Steinen, schloss die Augen und konzentrierte sich auf seine magischen Fertigkeiten, wie er es so oft zuvor getan hatte. Auf diese Weise stellte er den Kontakt zu den seltsamen Felsen her, von denen keiner sagen konnte, woher sie stammten und wie sie auf die Lichtung gekommen waren.

Als der erste Ton schwach erklang und er das leise, aufgeregte Luftholen der Menschen in seinem Nacken hörte, entspannte er sich, obwohl er immer noch fürchtete, dass die Steine auf seine veränderte Magie anders reagieren könnten als gewöhnlich.

Doch Kalisstra war mit ihm.

Lorin öffnete die Lider und sah die Steine, wie sie dunkelblau glommen und pulsierten, ihre einzigartigen Stimmen erhoben und zu einer nie gehörten Weise ansetzen

Er hielt den magischen Reiz auf die Gruppe aufrecht. Die Töne schwollen an, je länger er seine Macht auf das Gestein einwirken ließ, und das Leuchten nahm an Kraft zu. Als er einen Blick über die Schulter wagte, freute er sich über die verzückten Gesichter der Männer, Frauen und Kinder; Kalfaffel, der cerêlische Bürgermeister, saß in der ersten Reihe und lauschte ebenso andächtig wie die Übrigen.

Sie merkten nicht, dass der Stein nicht mehr so rein und sauber klang wie beim letzten Mal, als er auf der Lichtung gestanden hatte. Sein geschultes Ohr hörte die winzigen disharmonischen Schwingungen im Gesang der Felsen, die es ihm ganz offensichtlich verübelten, dass er sie nicht mit der ihnen gewohnten Menge an Magie bedachte. Die versammelten Kalisstri aber gaben sich mit dem zufrieden, was er ihnen bot, und als er irgendwann erschöpft die Darbietung beendete, sparten sie nicht mit Beifall.

Lorin kämpfte gegen ein leichtes Schwindelgefühl; die Welt um ihn herum verschwamm und wurde undeutlich. Sollte das die Nebenwirkung sein, von der Soscha ihm damals bei seiner Ausbildung erzählt hatte?

Die magiebegabte Frau, die im Auftrag von König Perdór das Phänomen der magischen Kunst und der Arten der Magie untersuchte, hatte ihn davor gewarnt, seine Kräfte zu erzwingen, denn dann rächten sie sich, indem sie ihn unbeherrschter, jähzorniger werden ließen. Sie brachten den Körper außerdem dazu, rascher zu altern und zu verfallen. Viel war noch nicht von Soscha erforscht, aber die wenigen Erkenntnisse ließen die Magie in einem neuen Licht erscheinen. Seine Begabung hatte nicht nur Vorteile, wie er schon mehrmals am eigenen Leib erfahren hatte.

Der kleinste der Steine hatte sein blaues Leuchten noch nicht verloren, als weigere er sich, das bezaubernde Schimmern abzulegen und äußerlich zu einem gewöhnlichen Felsen zu werden.

Verwirrt ging Lorin näher an ihn heran, um die Hand auf die unebene Oberfläche zu legen und zu fühlen. Sie war heiß! Erschrocken zog er den Arm zurück. Im nächsten Augenblick sprang ein blauer Blitz aus dem Stein, schloss ihn ein und verzweigte sich.

Eine der Energiebahnen traf Kalfaffel voll auf die Brust, die andere spannte einen weiten Bogen um Jarevrån.

Lorin spürte, wie der Stein an seiner Magie riss und gleich einem wütend gewordenen Tier daran zerrte, nach mehr gierte und nicht eher aufhören würde, bis er die Ration bekommen hatte, die er verlangte. Die Schmerzen, die er durchlitt, reichten noch lange nicht an die heran, die er empfunden hatte, als Govan ihn beraubt hatte, doch es war äußerst unangenehm und brachte seine Glieder zum Zittern. Um ihn herum knisterte die Luft, seine Haare standen hoch, und kleine Flammen sprangen aus seinen Fingern.

Hör auf!, befahl er dem Stein und versuchte, sich gegen ihn abzuschirmen, doch er bekam erbitterten Widerstand entgegengesetzt.

Es dauerte lange, bis er die Verbindung unterbrechen konnte. Als das blaue Glühen verebbte, fiel er schnaufend ins Moos, das unter seinen heißen Händen aufbegehrend zischte.

»Jarevrån!« Besorgt sprang er auf und lief zu seiner Gemahlin, die auf einem dampfenden Moosbett lag. Ihre Augen waren geschlossen, und ihr Herz raste.

»Mir ist nichts geschehen«, stöhnte sie angeschlagen und hob die Lider. Die Pupillen waren geweitet, sie schaute sich verwirrt um und benötigte lange, um ihn zu erkennen. »Nichts geschehen«, wiederholte sie und berührte seine Hand. »Mir ist nur schwindlig.«

»Kalfaffel!«, rief Lorin sorgenvoll und blickte über die Schulter. »Wie geht es dir?«

Die Leute halfen dem Cerêler auf die Beine. Er sah genauso mitgenommen aus wie Lorin, schien aber wie er keine bleibenden Schäden davongetragen zu haben. Zum Zeichen, dass er sich den Umständen entsprechend gut fühlte, hob er die Hand und versuchte ein Lächeln.

Da stieß der Stein ein tiefes, lautes Brummen aus und leuchtete in so grellem Blau, dass die Menschen die Augen schließen mussten.

Und so bekam keiner von ihnen mit, wie der nächste Blitz gegen den Bürgermeister geschleudert wurde.

Kontinent Ulldart, Königreich Tarpol, Provinzhauptstadt Granburg, Spätsommer im Jahr 1 Ulldrael des Gerechten (460 n. S.)

Aljascha hatte beschlossen, sich mit Vahidin auf Reisen zu begeben.

Für den Jungen, der mittlerweile die Gestalt eines Vierjährigen angenommen hatte, war es furchtbar aufregend, in einer Kutsche zu verreisen, Granburg zu verlassen und einen vom Gouverneur genehmigten Ausflug in die Umgebung zu unternehmen. Er schaute unentwegt aus dem Fenster, bis ihn seine Mutter zu sich rief und den Mantel über seiner Uniform zurechtrückte.

»Wir treffen uns mit wichtigen Menschen, die uns helfen möchten«, sagte sie. Es war ihm nicht verborgen geblieben, dass sie aufgewühlt war und es die ganze Fahrt über blieb, bis sie nach mehr als zwei Stunden vor einer schäbigen Tagelöhnerhütte abseits eines kleinen Dorfes anhielten und ausstiegen. Aljascha ging vor, nahm ihn an der Hand und betrat die kleine Behausung, in der sie bereits erwartet wurden.

Lukaschuk, seine beiden Begleiter und ein weiterer Mann standen im Raum verteilt; sie wirkten auf Vahidin mindestens ebenso friedlos wie seine Mutter. Alle vier trugen einfache, unauffällige Kleidung aus Leder und billigem Tuch sowie breitkrempige Schlapphüte, die das Gesicht überwiegend verdeckten. Mit den Bündeln und Werkzeugen, welche sie zum Schein immer noch mit sich führten, erweckten sie den Eindruck fahrender Zimmerleute.

Lukaschuk bemerkte, wie sehr Vahidin an Größe gewonnen hatte, und staunte schlecht verhohlen.

Der Fremde nickte ihnen zu. Er sah unzufrieden aus; die Falten in seinem Gesicht machten ihn gewiss älter, als er war. »Lukaschuk hat Euer Anliegen mir, dem Hohepriester Tzulans, vorgetragen«, begann er und verzichtete auf Formalitäten, von denen der Junge wusste, dass seine Mutter großen Wert darauf legte. »Es hört sich gut an, aber es beinhaltet keinerlei Garantien uns gegenüber für den Fall, dass Euer Plan aufgeht und Ihr Kabcara werdet.« Er hob beschwichtigend die Hände, da er die Zornesröte im hübschen Gesicht der Frau bemerkte. »Haltet mich nicht für einen Mann, der Euch Unehrlichkeit unterstellt, Vasruca, dennoch möchten wir eine schriftliche Form der Abmachung, die Ihr unterzeichnet.« Seine glasigen, versoffenen Augen richteten sich bedeutungsvoll auf Vahidin. »Und ein Pfand.«

»Das kann nur ein Scherz sein!« Aljascha, die einen einfachen Überwurf aus dunkelbraunem Stoff gewählt hatte, um ihre Garderobe vor dem Schmutz der Straße zu schützen, lachte hell und spöttisch. »*Ich* soll dir meinen Sohn anvertrauen? Der Gebrannte hat dich sicherlich mit vielem gesegnet, aber gewiss nicht mit Klugheit.«

»Eure Schönheit soll von Eurer Unverschämtheit ablenken, nehme ich an«, gab der Hohepriester unbeeindruckt, wenn auch leicht drohend zurück. »Ansonsten hätte man Euch sicherlich schon lange totgeschlagen.« Als er noch etwas hinzufügen wollte, versagte ihm die Stimme. Er langte sich an die Brust und keuchte hilflos, sein Kopf lief blau an.

Vahidin ließ Aljaschas Hand los und stellte sich vor den Mann, der in die Knie brach und auf den Jungen stierte. Die Augäpfel traten weit aus den Höhlen, schwollen an, bis die roten Äderchen platzten und das Weiß verfärbten. »Du bist unhöflich«, stellte der Knabe böse fest. »Meine Mutter ist hier, um mit dir zu reden, und du bringst sie dazu, sich zu ärgern. Dabei hast du dich nicht mal vorgestellt.«

Aljascha hatte ihn zurückhalten wollen, doch nun kam ihr Vahidins Zorn gerade recht. Sie ließ ihn gewähren und betrachtete seine Kraftprobe als eindrucksvolle Zurschaustellung seiner Macht vor denen, welche ihn alsbald als göttliches Wesen verehren würden. »Zeige ihnen dein wahres Wesen«, sagte sie und erlaubte ihm damit, das Kunststück zum Besten zu geben, das er so sehr liebte.

»Was geht hier vor!?«, rief Lukaschuk aufgeregt, trat nach vorn und wollte den unheimlichen Jungen beiseite schieben, da hob Vahidin den Kopf und schaute ihn aus magentafarbenen Augen mit dreifach geschlitzten Pupillen an. »Der Sohn Ischozars!«, stieß er ehrfürchtig aus und verharrte. »Ich hatte keine Ahnung, wie ernst Ihr es meintet, als Ihr davon spracht, von Tzulan gesegnet worden zu sein, Vasruca«, stammelte er.

Vahidin schaute auf den erstickenden Hohepriester. »Ich wünschte, du wärst tot«, sprach er mit fester Stimme.

Kaum endeten seine Worte, barsten die inzwischen zwetschgengroßen Augen, Flüssigkeit spritzte umher. Obwohl der Hohepriester verzweifelt versuchte, seine Schmerzen laut in die Welt zu schreien, quietschte und fiepte er wie eine Ratte. Von einem Moment auf den anderen entspannte sich sein verkrampfter Leib, und er fiel auf die Seite, während sich geronnenes, fast schwarzes Blut wie lange, widerliche Würmer aus der Nase, dem Mund und den Ohren schob.

Der Knabe betrachtete die rosafarbenen Flecken auf seiner Uniform, dann drehte er sich zu Aljascha. »Es war keine Absicht«, gestand er, um die bevorstehenden Wogen mütterlicher Ungnade zu glätten. »Der Hohepriester hat mich getroffen.«

Aljascha streckte den Arm mit der geöffneten Hand aus. »Es ist nicht schlimm«, meinte sie und gewährte ihm ausnahmsweise Gnade. »Du konntest wirklich nichts dafür, Vahidin.« Der Junge fasste ihre Finger, stellte sich neben sie und betrachtete die Männer argwöhnisch. Eine tiefe Falte stand auf seiner Stirn. »Um den Hohepriester tut es mir nicht Leid«, sagte sie zu Lukaschuk. »Es wird ein Leichtes sein, jemanden zu finden, der geeigneter ist als er.«

»Verzeiht mir, Vasruca«, beeilte Lukaschuk sich zu versichern. Er hatte die Überraschung noch immer nicht überwunden, was angesichts der jüngsten Vorkommnisse nur allzu verzeihbar war. »Ich hatte keine Ahnung, es mit dem Abkömmling eines Zweiten Gottes zu tun zu haben. Ich ...« Die Freude über die wahre Abstammung des Jungen überwältigte ihn. Er warf sich in den Staub, seine beiden Begleiter taten es ihm nach, und zu dritt riefen sie Vahidins Namen, baten um den Segen des Knaben und schworen ihm ewige Treue.

Aljascha verfolgte dies mit Genugtuung. Spätestens jetzt konnte sie über die Fanatiker des Gebrannten Gottes verfügen wie sie wollte. Sie hatte Lukaschuk auserkoren, der neue Hohepriester zu sein, der alsbald ihr Bett teilen durfte. Diese Abwechslung hatte sie sich verdient; zudem würde die ein oder andere Nacht mit ihr den Mann noch enger an sie und Vahidin binden.

»Das, was ihr gesehen habt, darf niemals außerhalb der Reihen der Tzulani dringen«, schärfte Aljascha ihnen ein und bedeutete ihnen schließlich, sich zu erheben. »Es ist noch viel zu früh, die Wahrheit offen auf Ulldart zu verkünden. Ischozars Sohn muss vor seinen Feinden bewahrt werden, bis er in der Lage ist, den Tod seines Vaters zu rächen und die Schmach, die ich erlitten habe, mit dem Blut derer abzuwaschen, die sie mir zugefügt haben.« Sie hob Vahidin auf den Arm, nahm die Mütze ab und zeigte ihnen die silbernen Haare des Kindes. »Hat einer von euch Zweifel an der Herkunft meines Sohnes?«

Lukaschuk schüttelte den Kopf. »Ich habe den ehrwürdigen Ischozar zweimal in seiner menschlichen Gestalt gesehen, und nun, da Ihr das Geheimnis des kleinen Silbergottes offenbart habt, erkenne ich Ischozars Züge deutlich in denen des geheiligten Knaben.«

»Dann sei du, Lukaschuk, der neue Hohepriester der Tzulani«, schlug sie vor. Vahidin nickte billigend.

»Es ist mir eine Ehre, Vasruca.« Lukaschuk verneigte sich tief vor ihr und ihrem Sohn. »Niemals hätte ich gedacht, dass unser so stark erschütterter Glaube durch Ischozars Sohn höchstselbst gestärkt wird. Ich sage Euch voraus, dass die Tzulani alles opfern werden, um Euch und dem kleinen Silbergott ein Reich zu schaffen, in dem Ihr leben könnt, wie es Euch gebührt. Wir werden die Tzulandrier von der neu geborenen Hoffnung unterrichten. Sie werden es mit Freude hören. Gemeinsam unterwerfen wir Euch und Eurem Sohn den Kontinent!«

»Die Tzulandrier sind geschlagen und vernichtet, dachte ich?«

»Nein, nicht alle. Sie halten die Iurdum-Inseln vor Tûris und Teile Palestans besetzt. Nun, da sie wie wir nicht vollends von unseren Göttern verlassen wurden, werden sie umso heftiger Widerstand leisten«, ereiferte sich der Mann.

Aljascha strich ihrem Sohn über den Schopf, ehe sie antwortete. »Aber sagt Ihnen nichts Genaues über Vahidin. Haltet die Kunde vage, doch gebt ihnen die Hoffnung, dass er sie schon bald führen könnte.« Sie küsste ihren Sohn auf die Wange und schenkte Lukaschuk ein Lächeln; dieses Mal lag eine ordentliche Prise ihrer Verführungskunst darin. Die Aussicht, nicht nur der neue Hohepriester zu sein, sondern auch mit der Frau das Lager zu teilen, die von Ischozar als Buhlin erwählt worden war, machte den Mann trunken vor Glück. »Warte mit dem Kontinent, Lukaschuk. Wir haben Zeit. Lass ein Jahr vergehen und Vahidin seine Kräfte entfalten; dann wird niemand uns aufhalten können, wenn wir losschlagen«, empfahl sie. »Bis dahin habe ich eine Aufgabe für dich und die besten der Tzulani-Krieger.«

Lukaschuk wartete beinahe sehnsüchtig auf den Befehl. »Was immer Ihr von uns fordert.«

»Unsere Feinde verfügen über mächtige Waffen. An die aldoreelischen Klingen der Hohen Schwerter, oder wie immer sie sich nach ihrer Neuformierung nennen werden, kommen wir vorerst noch nicht heran. Jedoch gibt es eine, die wir in unseren Besitz bringen können.« Aljascha stellte Vahidin wieder auf den Boden, und er nahm artig ihre Hand. »Eine solche Waffe wäre für Ischozars Sohn nur rechtens.«

»Ich weiß, an welche Ihr denkt, Vasruca«, beeilte Lukaschuk sich zu sagen. »Doch sie liegt zusammen mit dem einstigen ¢arije Govan gefangen in einem Block aus Glas.«

»Wir werden einen Weg finden, das Schwert aus seinem Gefängnis zu befreien. Ihr, Lukaschuk, trommelt genügend Leute zusammen, um den Glasblock zu rauben«, befahl sie ihm. »Wir benötigen ihn.«

Der Hohepriester schien sich mit dem Gedanken schon vorher beschäftigt zu haben. »Der König von Ilfaris hat ihn vom Schlachtfeld bergen lassen, und keiner weiß, wohin der Block gebracht wurde, doch es ist sicher, dass er mehr als gut bewacht wird.«

»Und wer hat diese Aufgabe übernommen?«

»Wir werden es herausfinden und sie vernichten. Auch wir verstehen zu kämpfen. Nach der Schlacht von Taromeel entkamen einige aus dem Ritterorden des ¢arije. Mit ihrer Hilfe wurden viele von uns im Umgang mit Schwert und Handbüchse unterwiesen.« Lukaschuk wirkte zuversichtlich.

Aljascha erinnerte sich an die Krieger Tzulans aus den Erzählungen von Zvatochna, die von den »Kettenhunden« ihres Bruders gesprochen hatte. Sie trugen dunkelrote Rüstungen, und die Standarte zeigte eine dunkelrote Flammensäule, als die sich Tzulan gelegentlich den Menschen offenbarte.

Vahidin langweilte sich unterdessen. Er wollte es nicht länger verbergen und schaute sich in der heruntergekommenen Hütte um, ob es etwas gab, mit dem er spielen konnte. Aljascha befand, dass es Zeit wurde, nach Ulsar zurückzukehren, um den heutigen Tag mit einem Glas des besten Rotweins zu feiern.

»Lukaschuk, befinden sich in euren Reihen Gelehrte, die meinem Sohn Unterricht erteilen und Antworten auf die schwierigsten Fragen geben können?«, fragte sie und schickte den Jungen hinaus zur Kutsche, damit er einstieg und nicht alles hörte, was sie zu sagen gedachte. »Am besten, du begleitest mich noch vor deiner Abreise in mein Haus in Granburg und wir besprechen *die ganze Nacht* lang die weiteren Einzelheiten«, schlug sie ihm vor, während die grünen Augen ihn mit eindeutigen Blicken lockten. »Ich habe wirklich große Lust auf anregende Gespräche.«

Der Mann verneigte sich, er konnte sein Glück kaum fassen. »Ich freue mich darauf, Vasruca.«

Aljascha wandte sich zum Ausgang. »Wir werden sehen, wie gut der neue Hohepriester der Tzulani in der hohen Kunst der Konversation zwischen Mann und Frau ist.«

Anmutig öffnete sie die Tür und schritt zum Gefährt, Lukaschuk folgte ihr und half ihr beim Einsteigen, indem er ihre schmale Taille umfasste und sie stützte. Zupacken konnte er ganz gut. Aljascha nahm Platz und freute sich auf die langen Abendstunden und auf das, was sie schon lange nicht mehr getan hatte.

**Kontinent Ulldart, Königreich
Borasgotan, die Festung
Checskotan, Spätsommer im Jahr 1
Ulldrael des Gerechten (460 n. S.)**

Raspot hatte die Arme auf das hölzerne Sims gestützt, schaute aus dem obersten Turmfenster und genoss die Aussicht von hoch oben, während die Sonnen allmählich am Horizont versanken und Borasgotans Wiesen in Rot tauchten. Es sah aus, als stünden die weitläufigen Ebenen unlöschbar in Flammen.

Obwohl er das Schauspiel kannte, nahm es ihn immer wieder gefangen.

Er beobachtete, wie eine Herde wilder Pferde in weiter Entfernung an der alten Festung vorbeigaloppierte und auf der Suche nach einem Nachtlager war. Die von der Hitze des Tages abkühlende Luft trug den Geschmack von Staub und Gräsern mit sich. Die Erde lechzte nach Wasser.

Hinter ihm erklang ein trockenes Husten. »Schließt du bitte das Fenster, Raspot?«, bat ihn seine kranke Frau raunend.

Raspot fröstelte bei dem Klang. Es war mehr ein Rascheln von vertrockneten Blättern, das Knistern eines alten, zerbröckelnden Papiers als eine Stimme. Es fehlte an Kraft, an Leben. Ein toter Laut. »Sicher, meine Liebe.« Er drückte die Flügel zu, legte den Riegel um, danach langte er nach den schweren Vorhängen.

»Nein, Raspot. Lass sie offen, bitte«, hauchte sie. »Ich möchte die Sterne und die Monde sehen, wenn ich schon den Anblick der Sonnen nicht ertrage.« Wieder erklang dieses schreckliche, zischelnde Husten, gefolgt von schwerem Atemringen. »Bringst du mir einen Schluck Wasser, Raspot? Meiner Kehle ergeht es wie unserem Land: Sie ist dörr und ausgetrocknet«, versuchte sie einen Scherz.

»Nicht mehr lange.« Er goss etwas Wasser aus der Karaffe in das Glas und ging hinüber zu dem ausladenden Himmelbett aus dunkler borasgotanischer Fichte. »Du wirst sehen, der Regen kommt und wäscht den Staub von den Blättern und Halmen.« Er drückte ihr das Glas in die dünn gewordenen Finger. »Und er wäscht dein Leiden weg.«

Ihre Gestalt zeichnete sich kaum unter der dicken Decke ab. Sie trug ein Nachthemd aus schlichtem Leinen, ihren Kopf hatte sie mit einem schwarzen Schleier verhüllt. Noch musste sie um ihren alten Gemahl trauen, wobei es keine

Rolle spielte, dass sie bereits einem neuen Gatten die Hand gereicht hatte. Die Tradition verlangte es. Über die Tradition durfte sich nicht einmal die Kabcara von Borasgotan hinwegsetzen.

Raspot betrachtete sie und stellte sich das hübsche Gesicht hinter dem dunklen Tuch vor, in das er sich rettungslos verliebt hatte, gleich bei ihrem ersten Zusammentreffen. Nun war die Schönheit vergangen, aber seine Empfindungen waren geblieben. Es gab nichts Aufrichtigeres als die Liebe.

Sie hob den Schleier weit genug an, dass der Glasrand an die bleichen, gesprungenen Lippen reichte, und er sah ihre Blässe mit Schrecken und Verzweiflung. »Es ist ein Fluch, Raspot«, stöhnte sie angestrengt, nachdem sie einen Schluck genommen hatte. »Der Fluch von Bschoi. Er verfolgt mich aus seinem Grab und bestraft mich, dass ich dir mein Herz schon zu seinen Lebzeiten schenkte.« Sie gab ihm das Glas zurück. Im Wasser schwamm rote Flüssigkeit und löste sich bald darin auf.

Raspot war den Tränen nahe. Er kannte sie als junge Frau, voller Anmut und Schönheit, Witz und solcher Wohlgestalt, dass es für tausend Frauen ausgereicht hätte. Für ihn hatte es keinen Zweifel gegeben, dass die schönste Gattin Ulldarts an seiner Seite war.

Damit war es seit dem Unfall vorbei, bei dem der Vasruc ums Leben gekommen war. Man mochte wahrhaftig an einen Fluch glauben. »Unsinn. Du warst immer treu. Wir wissen es. Das Schicksal hat es gewollt, dass er ertrank und unsere Heirat ermöglichte.« Er schob ihre Decke zurecht und achtete darauf, dass sie es warm hatte.

Hinter dem halb durchsichtigen Stoff funkelten ihre Augen, sie hob die Hand und streichelte sein dunkelbraunes

Haar, seinen Hals. »Erzähle mir, was die Borasgotaner von ihrem neuen Kabcar halten. Und was sie dazu sagen, dass er sich gleich vermählt hat.«

»Sie haben sich gefreut«, log Raspot. »Es wurden unzählige Geschenke für dich und mich abgegeben, es gab Freudentänze auf den Straßen, und überall wurde bis in die Morgenstunden gefeiert.«

Die Frau hustete rasselnd. »Sie werden ihren Kabcar sehen wollen. Du musst durch die Städte reisen und dich ihnen zeigen, damit du mehr für sie bist als ein Name, mit dem sie doch nichts anfangen können.« Ihre Spinnenfinger legten sich auf seine Hand. »Und hüte dich vor den Brojaken und Adligen, Raspot. Sie werden darauf achten, dass du nur das tust, was ihnen gefällt. Fjanski ist der Schlimmste unter ihnen.«

Es zerschnitt ihm die Seele, sie leiden zu sehen, doch er versuchte, es sich nicht anmerken zu lassen. Sie würde sich die Schuld an seiner Bedrückung geben und ihre eigene Qual nur vergrößern. »Sie werden erkennen, dass sie sich getäuscht haben«, erwiderte er. »Die Kabcara von Tarpol hat es vorgemacht, wie man mit den Hochmütigen umgehen muss, und das Volk hat es ihr mit Liebe gedankt.«

Ihre Stimme bebte. »Dann fürchte ich um dein Leben, mein Gemahl.«

Er lachte gütig. »Denkst du, dass sie mich so schnell umbringen werden?«

»Welchen Rückhalt hast du?«, kam es schwach hinter dem Schleier hervor. »Du hast keine starken Verbündete wie Miklanowo, du hast keinen vergötterten Lodrik Bardri¢ in deinem Rücken, der in dem Ruf steht, immer noch Magie zu beherrschen.« Sie lachte freudlos. »Stattdessen liegt eine kranke Frau in deinem Bett, die dir keine Erben schenken kann, und die Adligen überwachen jeden deiner Schritte.« Unter Aufbietung all ihrer Kräfte richtete sie sich auf. Es sah aus, als wäre der Leichnam einer Verhungerten lebendig geworden. »Du musst dir die Zuneigung des Volkes sichern, indem du dich ihm zeigst und ihm kleine Freiheiten gewährst, damit es Hunger nach mehr bekommt. Hast du *das* erreicht, kannst du dich gegen die Adligen stellen.« Sie streckte die Arme aus.

Wo ein normaler Mensch schreiend Reißaus genommen hätte, fühlte er sich geborgen. Er sank mit Freude in ihre Umarmung, vorsichtig drückte er ihren kühlen Leib an sich und wärmte sie.

»Reise durch Borasgotan, mein Kabcar, und gewinne die Liebe der Menschen, um dich von denen zu befreien, die dir Böses wollen.« Sie lüftete den Schleier bis zur Nasenspitze und gab ihm einen langen Kuss auf den Mund, in dem trotz ihrer Krankheit feurige Leidenschaft brannte.

Dass die Lippen trocken und spröde waren, störte Raspot nicht. Er genoss das Gefühl, schloss die Augen. Wie sehr hatte er sich auf die Hochzeitsnacht gefreut; wie sehr wollte er sie fühlen und ihren Leib mit Küssen bedecken. Das musste warten, bis sie genas. Ihre Münder trennten sich.

»Ich danke den Göttern, dass ich eine so kluge Frau an meiner Seite habe«, flüsterte er und erhob sich vom Bett. Er hatte ihr Zittern bemerkt. Die Unterredung mit ihm nahm sie mit, raubte ihrer geschwächten Gesundheit weitere kostbare Substanz. Umsichtig stützte er ihren federleichten Leib, als sie zurücksank. »Soll ich dir eine Suppe bringen? Du brauchst Kraft …«

»Nein«, wehrte sie müde ab. »Ich möchte mich ausruhen.«

»Dann schlafe, meine Liebe.« Fürsorglich rückte er die Decke noch einmal zurecht und wollte ihr den Schleier abnehmen.

»Nein, bitte nicht«, sagte sie sofort. »Erst, wenn du gegangen bist, werde ich ihn abnehmen. Wenn mein Leid der Fluch meines Mannes ist, möchte ich ihn nicht dadurch verschlimmern, dass ich gegen die Trauergebote verstoße.«

Raspot berührte sie zärtlich an der Schulter und verließ den Raum.

Die Nacht senkte sich auf Checskotan herab.

Die Geräusche in der Festung wurden leiser. Die Bewohner begaben sich zur Ruhe, während die Sterne am Firmament aufzogen und die Monde sichtbar wurden, nachdem der letzte Schimmer der Sonnen der Finsternis gewichen war.

Durch das Turmfenster fiel der gedämpfte Schein eines Lagerfeuers, das die Wachen im Hof entzündet hatten. Gelegentlich stoben Funken auf, als wollten sie bis zu den Sternen fliegen. Sie erloschen jedoch lange vor ihrem unerreichbaren Ziel.

Die Kabcara betrachtete schwermütig die Gestirne und deren kalten Glanz. *Seid ihr tot, oder weshalb fehlt euch die Kraft, mit der die Sonnen für Leben auf Ulldart sorgen?*, fragte sie in Gedanken. *Wart ihr einst Sonnen und wurdet von den Göttern bestraft, indem sie euch in die Nacht verbannten?* Sie setzte sich auf, stellte zuerst den linken, dann den rechten Fuß auf den Boden und erhob sich von ihrem Lager. *Sollte es so sein, dann sind wir Verwandte.*

Sie nahm den Mantel, der über dem Fußende hing, warf ihn sich über und ging zur Tür hinaus.

Ihre nackten Füße machten keinerlei Geräusch auf dem Steinboden, während sie durch die leeren Korridore der Festung tiefer und immer tiefer drang, bis sie in den Gewölben stand.

Irgendwo troff Wasser von der Decke und perlte auf den Boden, es roch feucht und schimmlig, nach Exkrementen, muffigem Stroh und kaltem Rauch. An der Wand hing eine einsame brennende Fackel und machte ihren Schatten zu einem wahren Monstrum, das aus den Albträumen eines Wahnsinnigen zu stammen schien.

»Ihr seid spät, Kabcara«, sagte eine Stimme aus dem Dunkeln.

»Raspot ist lange geblieben«, gab sie ruhig zur Antwort. Um ihr Furcht einzujagen, bedurfte es mehr als eines Mannes, der sie aus einem Versteck heraus ansprach. »Wir haben uns lange unterhalten, Haraç Fjanski. Ihr und Eure Freunde solltet wissen, dass Eure Marionette beabsichtigt, sich früher von den Schnüren zu befreien, als Ihr eingeplant hattet. Sie hat den Kopf gehoben.«

Der Mann trat hinter dem Mauervorsprung hervor in den Fackelschein. »Ich ahnte es«, sagte er zähneknirschend. »Dieser junge, enthusiastische Idiot!«

Sie hatte sich nicht zu ihm umgedreht, sondern sprach weiterhin gegen die feuchte, von Salpeter bemalte Wand. »Er wird morgen aufbrechen und eine Reise durch Borasgotan antreten, um sich seinem Volk zu zeigen. Dabei wird er kleinere Versprechungen machen, um den Menschen die Hoffnung zu geben, dass sie es so gut wie ihre Nachbarn in Tarpol haben können. Wenn sich die Kunde weit genug verbreitet hat und die Menschen seinen Namen mit einer Verbesserung verbinden, könnt Ihr und Eure Freunde nichts mehr dagegen tun.« Sie wandte das verhüllte Gesicht dem Haraç zu. »Borasgotan wird zum ersten Mal einen Kabcar haben, den das Volk liebt.«

Fjanski überlegte. »Eine aufsässige Marionette wird zerhackt und verbrannt.«

»Aber das Publikum hat bereits von ihr gehört. Und zwar ausschließlich Gutes.« Sie trat näher an den Mann heran; nur ihr Mantel und ihr Kleid raschelten, ihre Füße hörte er nicht.

Der Haraȼ schluckte und bekämpfte die aufsteigende Angst vor der Kabcara, die ihn mehr an einen Geist denn an eine Lebende erinnerte. »Was sollen wir Eurer Meinung nach unternehmen?«

»Lasst die Marionette auf die Bühne – für einen kurzen Akt des ganzen Schauspiels«, empfahl die Frau heiser. »Gleichzeitig sorgt Ihr dafür, dass ihr niemand Glauben schenken wird, indem Ihr Menschen wegen Nichtigkeiten im Namen des Kabcar verhaften lasst. Begeht eine Gräueltat auf sein angebliches Geheiß hin, kurz bevor er in eine große Stadt einreitet.« Sie hustete dunkel, wandte sich zur Seite, hob den Schleier ein wenig und ließ roten Speichel auf den Boden tropfen. »Ihr werdet sehen, Haraȼ Fjanski, dass andere für Euch die widerspenstige Marionette zerhacken und verbrennen werden.«

Der Mann konnte sich vom Anblick des blutigen Auswurfs nicht losreißen, plötzlich schob sich ihr verschleierter Kopf vor ihn, er zuckte zusammen und wich zurück. »Und was kommt danach?«, haspelte er. »Die Uneinigkeit unter den Adligen ...« Fjanskis Augen wurden größer. »*Ihr* trachtet nach dem Thron Borasgotans!«

Sie lachte ihn aus. »Ihr habt lange gebraucht, bis Ihr verstanden habt. Ich hatte niemals vor, in einer armseligen Provinz zu versauern. Die Konstellation ist günstiger denn je, dass ich mein Ziel erreiche«, zischelte sie bedrohlich. »Ihr und ich, Hara¢ Fjanski, wir wollen die Macht, und ich werde sie mit Euch teilen, sobald ich auf dem Thron sitze, wie wir es vor vielen Wochen besprachen. Meine Krankheit wird vergehen, und ich werde schöner glänzen als die Sonnen Ulldarts. Das Volk wird mich vergöttern, und Ihr erhaltet meinen Segen, solange Ihr mir genügend waffenfähige Männer besorgt, die im Land für Ordnung sorgen. *Meine* Ordnung.«

Sie hustete ein weiteres Mal. »Habt Ihr mir beschafft, worum ich Euch bat?«, krächzte sie verlangend; ihre Rechte zuckte nach vorn und packte ihn am Kragen. Mit ungeheurer Kraft zog sie ihn näher zu sich heran. »Habt Ihr?«

Fjanski nickte viel zu schnell, die Furcht vor der Frau hatte sich in blankes Grauen gewandelt. »Sicher, Kabcara.« Er deutete auf den stockfinsteren Korridor. »Ein Dutzend, wie Ihr wünschtet.«

Sie ließ ihn los. »Geht wieder in Euer Gemach, Hara¢«, sprach sie mit knisternder Stimme. »Das ist nichts für Eure Augen und Ohren.«

Fjanski kam kein Wort des Widerspruchs über die Lippen. Er eilte die Stufen hinauf und war froh, dem Gewölbe und erst recht der Kabcara entkommen zu sein.

Sie aber wartete, bis seine schnellen Schritte verklungen waren, dann betrat sie den Gang. Die Fackel ließ sie achtlos in der Wandhalterung zurück. Sie benötigte kein Licht. Der schwache Schimmer einer Kerze irgendwo vor ihr reichte ihr zusammen mit dem leisen Kettengeklirr als Orientierung.

Bald gelangte sie in das Verlies der Festung. Massive Gitterstäbe, die in der geschwungenen Decke und dem Boden eingelassen worden waren, formten sich zu Käfigen, die ausreichten, um dreißig oder auch nur einen Gefangenen aufzunehmen. Der Platz insgesamt mochte ausreichen, um vierhundert Menschen einzukerkern.

Noch brauchte sie nicht so viele. Ihrer Bitte entsprechend, hatte Fjanski Männer und Frauen unterschiedlichen Alters hierher gebracht, sie entkleiden und ihre Handgelenke fesseln lassen und sie in der Mitte des Verlieses an ihren Ketten an Haken in der Decke aufgehängt. Ihre Füße schwebten frei in der Luft; darunter lag ein ausgehöhlter Baumstamm, der zu einem Trog umfunktioniert worden war.

Die Kabcara näherte sich ihnen und nahm ein dünnes, langes Chirurgenmesser vom fleckigen Tisch, auf dem auch die einsame Kerze stand.

Eine der Frauen bemerkte sie und schrie erschrocken auf. »Da! Ein Geist!« Unruhe entstand, die Gefangenen rüttelten an ihren Fesseln, pendelten sachte an ihren Ketten vor und zurück.

»Nein, es ist Vintera«, weinte eine andere, sehr junge Frau. »Die Göttin des Todes kommt zu uns.«

»Ich bin nicht Vintera«, sagte die Kabcara sanft, »meine Waffe ist nicht die Sichel, wie du siehst.« Sie stellte sich auf den Rand des Trogs, legte ein Ohr auf die nackte Brust der Frau und lauschte auf den Schlag ihres Herzens. Dort, wo das Geräusch am lautesten war, setzte sie den linken Zeigefinger auf die Haut und markierte die Stelle. »Dennoch bringe ich den Tod.« Die dünne Klinge fuhr zwischen den Rippen hindurch mitten ins Herz und tötete die Gefangene, die nicht einmal Zeit bekam zu schreien, sondern mit einem Ächzen starb. »Und erhalte damit meine Kraft.«

Mit schnellen, präzisen Schnitten öffnete sie die Adern, um das Blut über den Leib und an den Beinen entlang in das Auffangbecken sprudeln zu lassen. Sie wiederholte ihre widerliche Arbeit elf weitere Male; das Plätschern um sie herum und der zunehmende metallische Geruch störten sie nicht. Es bedeutete Leben.

Schließlich setzte sie die besudelte Klinge an ihren Daumen und fügte sich eine kleine Wunde zu. Rasch hielt sie ihn über den halb gefüllten Trog, in dem das Blut zu gerinnen begann, und ließ die hervorquellenden roten Perlen hineintropfen.

Das Mahl war angerichtet.

Kontinent Ulldart, Königreich Ilfaris, Herzogtum Turandei, Königspalais, Spätsommer im Jahr 1 Ulldrael des Gerechten (460 n. S.)

Schicken wir Torben Rudgass nach Tûris. Er kreuzt ohnehin vor der Küste und wollte nach Tarvin. Wenn sich einer auf Verhandlungen mit Seeräubern versteht, dann ist es ein Rogoarder.« König Perdór saß an seinem Arbeitspult, drehte eine seiner langen, grauen Bartlocken und ließ sie abrupt los; sie schnellte zurück und wippte wie eine Metallfeder auf und ab.

Seine Blicke schweiften durch das Esszimmer des geliebten Palais, das er nach dem Ende der Besatzung von Ilfaris sofort wieder hatte herrichten lassen. Von allen seinen Residenzen war ihm diese in Turandei die liebste. »Und dazu ist er ein Held, der sich mit seinen tollkühnen Taten auch bei den Tzulandriern einen Namen gemacht hat.«

»Seid Ihr sicher? Welchen Namen meint Ihr? *Todfeind* scheint mir ein recht zweifelhafter Ehrentitel.« Fiorell hatte das Trikot des Spaßmachers ein für alle Mal ausgezogen und es gegen bequeme Kleidung eingetauscht. Einfache Hosen und ein Hemd, darüber ein Gehrock mit eingesticktem Monogramm und einem Narrenstab. In seinen kurzen schwarzen Haaren zeigten sich silberne Fäden. Sein Rücken, so hatte er Perdór gegenüber behauptet, weigerte sich, die Sprünge, Salti und üblichen Verrenkungen länger mitzumachen. Das Alter ... Es verschonte weder ihn noch seinen Herrn, dem er nun als Freund zur Seite stand. Einen neuen Hofnarren hatte er auch schon ausgewählt. Das Alter war natürlich nur eine Ausrede. Fiorell würde dem König sicherlich nicht verraten, dass er einfach keine Lust mehr hatte, den Narren zu geben. Und außerdem gefiel er sich in der neuen Rolle.

Perdór nickte. »Sie *werden* ihn anhören.« Er betätigte den verborgenen Mechanismus und öffnete damit sein geheimes Archiv, das hinter der schwenkbaren Wandvertäfelung verborgen lag. »Schau dir das an«, seufzte er, als die verstaubten Ordner, Folianten und losen Papiere sichtbar wurden. »Es wird dich ein Jahr kosten, den Dreck wegzuwischen. Ich war viel zu lange im Exil.«

»*Mich?*« Fiorell lächelte müde. »Wisst Ihr, vor nicht allzu langer Zeit hätte ich ein paar lustige Sprünge absolviert, eine oder mehrere schnippische Bemerkungen gemacht und Euch danach kräftig veralbert.« Er wedelte matt mit der Hand. »Heute ... tja. Da warte ich lieber auf die Pralinen, die uns der Diener bald bringen wird, und denke mir meinen Teil.«

»Es ist beruhigend zu sehen, dass auch du gelassener geworden bist.« Perdór zog die Klingelschnur und signalisierte der Küche, dass es ihn wie gewohnt nach Süßigkeiten verlangte.

Derweil schritt er die lange Front der Bücherrücken ab, in denen lange überholte Auskünfte und Erkundigungen über die Königreiche, säuberlich nach dem Anfangsbuchstaben sortiert, gesammelt waren. Sein bequemes Wams aus leichter, beigefarbener Seide und gelber Wolle gab dem Bäuchlein genügend Freiraum, ansonsten trug er eine weite weiße Hose und einen passenden Gehrock mit vielen Knöpfen und Zierrat. Er liebte das Verspielte.

Bedauernd nahm er ein staubiges Blatt aus einem Regal. Das Netz aus Spionen, das er über den Kontinent geworfen hatte, wies Löcher auf, die auf das Verschulden der letzten beiden Bardri¢ zurückzuführen waren. Sie hatten seine Männer und Frauen aufgestöbert, inhaftieren oder hinrichten lassen. Es würde nicht leicht werden, die Maschen neu zu knüpfen. Zu viel hatte sich gewandelt.

Die Türen öffneten sich, zwei Tabletts mit auserlesenen Köstlichkeiten aus Schokolade wurden von einem Bediensteten hereinbalanciert. Begleitet wurde er von dem neuen Hofnarren, der sich Kurzeweyl nannte. Er trug das gleiche bunte Rautentrikot wie Fiorell damals und hopste und klirrte dabei wie ein lebendig gewordener Schellenbaum.

Der Diener stellte die Schokolade auf dem Schreibtisch ab, räusperte sich und begann mit der Auflistung. »Majestät, passend zur Jahreszeit haben wir schokoliertes Mousse von Frühkastanien mit Portwein verfeinert«, erklärte er die braune und hübsch mit Sahne dekorierte Masse auf den Schälchen. »Besonders empfehlenswert ist das Schokoladentrifle aus Aprikosen sowie die helle Schokoladen-Kasserolle mit frischen Orangen und Ingwer. Der Pralinenmeister lässt entschuldigen, dass die Zimtsauce nicht fertig wurde, aber unsere Lieferung geriet in die Hände der Tzulandrier.« Stoisch verbeugte er sich und verließ das Zimmer; dabei sahen ihm Perdór und Fiorell an, dass er am liebsten von allem gekostet hätte.

Kurzeweyl verbeugte sich tief, berührte den Boden mit der Nasenspitze und machte einen Salto vorwärts, geriet bei der Landung aus dem Gleichgewicht und prallte unbeholfen gegen den Schreibtisch. »Oh, ich ...« Er stolperte linkisch über seine langen Schnabelschuhe und stürzte.

»Ungewollt komisch«, kommentierte Perdór.

»Und nicht gut«, setzte Fiorell eins drauf.

Kurzeweyl stemmte sich in die Höhe, rückte die Narrenkappe zurecht und grinste schief. »Was ist blau und quakt?«, versuchte er einen Witz, um von seiner Panne abzulenken.

»Ein erstickender Frosch«, sagte Fiorell seufzend. »Den habe ich zu meiner Zeit schon gemacht.« Er schüttelte den Kopf. Eine vernichtende Geste.

Die beiden Männer füllten sich die Teller und schmausten andächtig, genossen die feinen Nuancen von Früchten, Gewürzen und der Schokolade, welche der Pralinenmeister zu neuen Kompositionen verband und die Gaumen in Ekstase versetzte.

Kurzeweyl probierte unterdessen, seinen schlechten Eindruck wettzumachen, indem er mit Äpfeln jonglierte, doch nachdem ihm zwei aus den Händen glitten, ließ er es bleiben. Zum krönenden Abschluss trat er aus Versehen auf einen, glitt im Matsch aus und fiel zum zweiten Mal zu Boden. Ohne ein Wort zu sagen, streifte er die Kappe ab, warf sie hin und verließ das Zimmer.

Fiorell schaute ihm hinterher. »Ich glaube, er hat gekündigt, Majestät.«

»Besser für ihn, dass er freiwillig geht«, schmatzte Perdór und suchte nach Nachschub für seinen süßen Hunger. »Du hast nicht zufällig Lust, wieder in das Trikot zu steigen und mich lachen zu machen?«

»Euere schokoladigste aller Hoheiten, zu freundlich, mich das zu fragen, doch ich war lange genug der Hanswurst.« Mit der Gabel deutete er auf die Tür. »Leider scheinen die Nachwuchsnarren keine guten Meister zu finden. Eine Schande für unseren Stand. Als ich ihn aussuchte, hielt ich seine Possen für Absicht. Wer ahnte, dass er ein Bewegungstrottel ist?«

Dem König passte die Humorlosigkeit an seinem Hof überhaupt nicht. Lachen gehörte einfach zu seinem Lebensgefühl dazu. »Und wer bespaßt mich fürderhin?«, sagte er, zog er eine Schnute und schlenderte zum Kartentisch.

»Ihr schaut doch jeden Morgen in den Spiegel. Ist das etwa kein Lachen wert, oder raubt Euch das Entsetzen den Atem?« Feixend folgte er Perdór.

Gemeinsam brüteten sie über den Karten und machten sich Notizen zu den verschiedenen Königreichen, um anhand der nach und nach eintröpfelnden Berichte ein Gesamtbild zu erlangen.

»Gibt es Neuigkeiten von Alana der Zweiten, oder sitzt sie noch bei ihrem Schwiegervater auf unserem heißsonnigen, südlichen Nachbarkontinent Angor?«, wollte der König von Fiorell wissen, der sich damit beschäftigte, die Schriftstücke zu ordnen und sie auf das jeweilige Land auf der Karte zu legen.

»Da steht es ... Das Haus der Iuwantor hat die vorübergehende Macht in Tersion übernommen und leitet das Land im Namen der Regentin. Keine Schwierigkeiten.«

»Sehr gut.« Perdór machte einen Vermerk auf seiner Liste. Seit der Zusammenkunft der Botschafter nach der Schlacht bei Taromeel hatte er den hehren Anspruch, eine Art Vater für die Zukunft zu sein. Das bedeutete nicht, dass er sich wie ein Gott fühlte, sondern eher wie ein Beobachter, der rechtzeitig den vermittelnden Ausgleich zwischen Ländern schuf, in denen sich Konflikte anbahnten. Eine Katastrophe wie in Tarpol im Jahre 443, wo der Flächenbrand klein und unscheinbar begonnen hatte, durfte sich nicht wiederholen. Manchmal benahmen sich Könige wie zänkische Kinder, und Perdór hatte vor, ihnen gelegentlich auf die Finger zu klopfen. Fiorell wiederum klopfte ihm auf die Finger. So blieb alles im Lot.

»Aldoreel, Serusien, Rundopâl, Tûris und Hustraban melden, dass Regierungen gebildet worden sind und es zu keinen Unstimmigkeiten kam.« Fiorell ging die Nachrichten im Eiltempo durch; es schien, als suchte er etwas. »Hier, Majestät. Borasgotan ist mir aufgefallen.«

»Wieso? Haben sie gute Hofnarren?«

»Nein. Aber es geht recht närrisch zu.«

»Schon wieder? Haben sie einen neuen Irren auf dem Thron?« Perdór dachte mit Schrecken an Arrulskhán, dessen Überfall auf Tarpol die schreckensreiche Kette von Ereignissen ausgelöst hatte.

»Nein, das nicht. Raspot der Erste ist jung und scheint einen guten Leumund zu haben, aber«, er pochte auf das Blatt, »seine Frau ist mir ein wenig zu geheimnisvoll. Niemand hat das Gesicht der Kabcara gesehen.«

Der König schlenderte zum Süßigkeitenbüffet und probierte von der hellen Creme. Der Schokoladengeschmack entfaltete sich schlagartig und bildete den weichen Untergrund für die fruchtige Orange und den scharfen Ingwer. Er wollte die Masse in seinem Mund gar nicht mehr schlucken, so gut schmeckte sie ihm. »Was wissen wir über sie?«, nuschelte er.

»Sie ist sehr hübsch, hat Vasruc Bschoi geheiratet ...«

»Woher sie kommt, will ich wissen, abgetakelter Narr! Und wie heißt sie?«

»Habt Ihr vergessen, dass ich ruhiger geworden bin?« Fiorell grinste breit. »Lieber esse ich noch den Rest von dem Trifle, anstatt mich aufzuregen und es Euch zu überlassen.« Er häufte sich eine neuerliche Portion auf den Teller. »Um auf Eure Frage mit der wenig freundlichen Anrede an meine Person zurückzukommen«, nuschelte er zurück. »Sie war eine einfache Magd aus Nordhustraban, bis sie dem Vasruc schöne Augen machte und ihr gesellschaftliches Ansehen schlagartig aufbesserte. Ihr Name ist ... nanu? Den hat man vergessen, uns zu übermitteln.«

Perdór äugte auf seinen Teller mit der Kasserolle, dann zu Fiorell. »Ho! Halte gefälligst ein! Ich hatte noch nichts von dem Trifle«, empörte er sich und musste mit ansehen, wie Fiorell immer schneller aß, da er ahnte, dass der König Anspruch auf die Köstlichkeit erheben würde.

»Euer Pech.« Ein letztes Kratzen mit dem Löffel über das Porzellan, und das Trifle war verloren. »Lecker, sehr lecker. Ich werde versuchen, mehr über sie herausfinden zu lassen.«

Resignierend stellte Perdór seinen Teller ab. Früher hätte er seinen einstigen Hofnarren dafür quer durch den Raum gejagt und mit allen möglichen Gegenständen beworfen, jetzt allerdings beließ er es bei einem wütenden Blick. Das Alter. »Ich werde dich Soscha und ihren magischen Künsten überlassen«, drohte er. »Sie wird dich wieder jung machen, und dann zwinge ich dich, wieder zu hopsen und für Narretei zu sorgen.«

»Ja, das hättet Ihr wohl gern! Soscha ist allerdings bislang die einzige Magische auf Ulldart; den Meister der Geister namens Lodrik rechne ich einmal nicht mit. Es wird sehr anstrengend werden, jemanden zu finden, den sie überhaupt ausbilden kann.«

Der König schlug sich mit der flachen Hand an die Stirn. »Das erinnert mich daran, dass Norina Miklanowo mir einen Brief sandte, in dem sie sich besorgt über ihren Mann äußert. Sie hat Angst, dass er sich noch mehr verschließt, und bittet, Soscha zu senden, damit sie ihn mit ihren magischen Fertigkeiten näher untersucht.«

Fiorell kniff die Augen zusammen. »Ist das eine gute Idee? Soscha hasst ihn.«

»Es wäre mir lieber. Sie kann auf dem Weg nach Tarpol Ausschau nach Talenten für die Universität halten.« Perdór grübelte. »Ja, es ist besser, wenn sie ihn untersucht und Schlüsse aus dem zieht, was sie sieht. Es könnte immerhin sein, dass er sich zu einer Gefahr für Ulldart entwickelt, auch wenn ich es bedauern würde, Maßnahmen gegen ihn einzuleiten.«

»Wie Ihr das sagt, klingt es gleich sehr ernst.«

»Es *ist* alles ernst, da mir mein Hofnarr gekündigt hat.«

»Tröstet Euch. Er war schlecht.«

»Er war wenigstens ein Narr.« Perdór betrachtete Fiorell zwinkernd. »Die Leute werden sich fragen, wer von uns beiden der Narr ist, wo du kein Trikot mehr trägst. Am Ende wirst du König, und ich muss springen.«

»Das wollte ich Ilfaris nicht antun, Majestät«, erwiderte der einstige Hofnarr. »Es gäbe jedes Mal ein kleines Beben, kämet Ihr auf dem Erdboden auf.«

Perdór deutete auf die Karte. »Keine Nachlässigkeiten mehr, Fiorell. Dieses Mal handeln wir lieber zu früh als zu spät. Ich lasse halb Ulldart nicht noch einmal in Schutt und Asche versinken.« Wenigstens bereitete ihm Tarpol selbst unter der Leitung von Norina kein Kopfzerbrechen. Sie, Waljakov, Stoiko und Krutor bildeten ein gutes Gespann, das sich durchzusetzen wusste. Auch in Ammtára war alles in Ordnung. Die Götter hatten wohl genug vom Blutvergießen.

Schweigend gingen sie die Aufzeichnungen durch, dann stutzte Fiorell erneut. »Als wir vorhin davon sprachen, dass wir Rudgass nach Tûris schicken, um mit den Tzulandriern zu verhandeln, war da bereits die Rede von dem kensustrianischen Kontingent, das durch Palestan marschiert? Ob sie sich auf dem Rückweg von Taromeel verlaufen haben?«

Perdór seufzte wieder, und es klang, als käme der Hauch aus der Brust eines Zehntausendjährigen. »Nein. Davon war nicht die Rede. Ich wurde gleich misstrauisch, als ich hörte, dass die Gelehrten die Priester an der Herrschaft teilhaben lassen. Was haben sie vor?« Er suchte Trost bei schokoliertem Mousse von Frühkastanien mit Portwein. Allem Anschein nach brauchte er schnell, aber ganz schnell einen neuen Hofnarren, damit er überhaupt etwas zu lachen hatte.

III.

**Kontinent Ulldart, Südwestküste
von Tûris, Spätsommer
im Jahr 1 Ulldrael des Gerechten
(460 n. S.)**

Und der Palestaner hat danach *was* gemacht?« Torben Rudgass stand breitbeinig vor den durchnässten Männern, die aus ihren Kleidern stiegen und sich in Decken hüllten, welche ihnen gereicht wurden. Er fuhr sich durch die kurzen blonden Haare und konnte kaum glauben, was ihm von den Seeleuten erzählt worden war, die sie eben zwischen den umhertreibenden Wrackteilen geborgen und an Deck gezogen hatten. »Er hat euch *angegriffen* und *versenkt*?«

»Wir hatten ein altes Schiff«, versuchte sich Kapitän Froodwind zu verteidigen. »Die Kriegskogge war dem Segler unterlegen. Ein Zweimaster, Rudgass, und schneller als die Winddämonen!«

Torben lachte ihn aus und zeigte dabei seine goldenen Zähne, die ihm anstelle der klaffenden Lücken eingesetzt worden waren. Er hatte eine Unsumme für die Konstruktion ausgegeben, die aus Draht, Eisenplättchen und Gold bestand. »Das würde dir so passen, was? Die Schuld auf deine Kogge zu schieben?« Er schüttelte vorwurfsvoll den Kopf und warf ihm eine Flasche Branntwein zu. »Früher haben wir die Palestaner mit eben diesen Kriegskoggen aufgebracht, die du alt nennst.« Die beiden Zöpfe im unteren Teil seines Vollbarts schwangen hin und her.

Froodwind, ein typischer Rogogarder mit hellem Vollbart und kurzen Haaren, nahm einen Schluck Branntwein und pochte dann mürrisch auf die Planken. »Ja, sicher. Spuck du nur große Töne, Rudgass. Hätte ich eine Dharka so wie du, wäre mir das palestanische Prunkseepferdchen nicht entkommen.«

»Es ist dir nicht nur entkommen, alter Plattfisch, es hat dich außerdem aus dem Wasser gepustet«, verbesserte er den Mann freundlich und schlug ihm auf die Schulter. Die Besatzung der *Varla* lachte.

Torben ließ den Blick stolz über sein Schiff gleiten. Sicher, die *Varla* war etwas länger als seine tarpolische Kriegskogge, verfügte über drei leinene Segel und hohe Aufbauten, welche sie zu einem idealen Kaperschiff machten. Dennoch sollte ein Rogogarder in der Lage sein, mit jedem Schiff einen Palestaner zu besiegen. Das verlangte die Ehre als Freibeuter.

»Wir schauen, ob wir ihn finden«, sagte er und brüllte den Befehl, einen Zickzack-Kurs anzulegen, um den Gegner aufzuspüren. Das Krähennest im Mast wurde doppelt besetzt.

»Hieß es nicht, dass wir nach dem großen Krieg alle Verbündete sind?«, wunderte sich Hankson, der Erste Maat der *Varla*, und griff nach dem Branntwein. »Gerade die Palestaner sollten sich nicht dazu hinreißen lassen, die alte Feindschaft neu zu schüren. Es gibt genügend Menschen auf Ulldart, die sie für ihre Zusammenarbeit mit den Bardri¢s bluten sehen möchten.«

Torben spielte versonnen mit den goldenen Ohrringen. Er hatte sich die gleiche Frage gestellt. »Wir werden den Palestaner finden und fragen.« Mit diesen Worten ging er in seine Kajüte und warf sich samt seinen Kleidern auf das Bett. Er verschränkte die Arme hinter dem Kopf und schloss die Augen, um sich seine Gefährtin Varla vorzustellen, die vor ihm nach Tarvin aufgebrochen war.

Er sah sie genau vor sich, mit ihren kurzen schwarzen Haaren und den braunen Augen, die vor Wut Dolche verschleuderten oder in Leidenschaft entflammten. Dieses Temperamentbündel passte zu ihm, auch wenn er eingestehen musste, dass er mit seinen weit mehr als vierzig Jahren ruhiger geworden war. Wie so oft sah er sie nackt vor sich, verführerisch mit dem Rücken zu ihm auf den Laken liegend und einladend über die Schulter lächelnd. Lange ließ er sich eine Trennung von ihr nicht gefallen.

Dösend lag er in seiner Kajüte, als ihn der laute Ruf weckte, dass ein Sturm aufzog. Als gefeiter Seemann hatte er die unruhige Fahrt in seinen Träumen nicht einmal bemerkt. Eilig ging er an Deck und begutachtete die schwarzen Wolken südwestlich von ihrer Position, aus denen dunkelgraue Regenschleier herabhingen.

Die See steigerte sich unglaublich schnell in wütenden Aufruhr. Der Bug der Dharka tauchte in tiefe Wellentäler, Gischtwolken stoben in die Höhe, es roch nach Salz, Tang und Gewitter.

»Wir legen besser an«, entschied Torben und deutete auf die Küste auf der Backbordseite. »Da sind die Lichter von Samtensand. Ihr Hafen wird heute unsere Heimat sein.«

»Ich hoffe, sie haben Grog«, murmelte Hankson und schaute mit kleinen Augen in den dreckigen Himmel; die ersten

Tropfen gingen nieder und benetzten den Schopf des Seemanns. »Es wird ein harter Ritt, bis wir dort sind.«

Hankson behielt Recht. Die *Varla* bewies ihre Tauglichkeit einmal mehr, trotzte den ungünstigen Winden und kämpfte sich stampfend in den Hafen vor, in dem bereits ein leicht beschädigter Segler lag, der wohl ebenfalls vor dem Unwetter Schutz gesucht hatte.

Torben kannte die Gässchen am Kai von Samtensand. Hier befand sich einer von insgesamt vier Punkten, an denen Perdór Nachrichten für ihn hinterließ, um ihn auf Geschehnisse aufmerksam zu machen oder Nachforschungen zu erbitten. Auf das Begehr des Königs hatte er sich sofort eingelassen. Er war ein Freibeuter, ein Abenteurer, dem ein langweiliges Leben zuwider war. Das bedeutete nicht, dass er ruhige Stunden nicht immer mehr zu schätzen wusste, vor allem zusammen mit Varla. Doch der Schaukelstuhl durfte noch warten.

Inzwischen goss es wie aus Kübeln, das Wasser floss fingerdick über das Deck, und trotz der widerstandsfähigen Teerjacken wurde den Männern im Freien ungemütlich.

»Bei allen tausend Tiefseeungeheuern! Das ist das Schiff des Prunkseepferdchens!«, schrie Froodwind, und seine Hand legte sich an das Messer an seinem Gürtel. »Der kommt mir gerade recht. Ich werde ihm die Knöpfe von der Jacke schneiden und das Fleisch darunter gleich dazu«, grollte er erwartungsvoll.

»Wir stellen ihn zur Rede und hören, was er zu sagen hat.« Torben hielt dem wütenden Blick des Rogogarders stand. »Ich habe nichts gegen ihn. Mit mir hat er keine Händel, und ich bin ehrlich gespannt, seine Worte zu hören.« Einer der fremden Matrosen murmelte eine Drohung und spie aus, da packte ihn Torben, rammte ihn hart gegen den Großmast. »Niemand wird sich an den Palestanern vergreifen, verstanden?« Der Matrose nickte und wich dem Blick der graugrünen Augen aus.

Die Dharka ankerte im Hafenbecken, die Beiboote wurden besetzt, und die Mannschaft ging bis auf die Schiffswache an Land, um sich in den Gasthäusern von Samtensand die Nacht zu vertreiben.

»Keine Schlägereien«, gab Torben die Parole aus. »Schickt mir einen Boten, sobald ihr die Palestaner gefunden habt. Ich bin im *Spundloch*.« Den Hut tief ins Gesicht gezogen, lief er durch den peitschenden Regen. Sattes gelbes Licht flutete durch die dicken Butzenscheiben der Häuser auf das schlechte Pflaster der Straße und beleuchtete seinen Weg; der Qualm der Öfen lag schwer in der Luft. Es war kein Wetter, um sich lange im Freien herumzutreiben.

Torben bog in das erste Sträßchen neben dem Betrieb der Trankocher ab und trat kurz darauf in den verräucherten Schankraum der beliebten Kaschemme. Den durchnässten Mantel warf er an den Nagel neben der Tür.

»Herr Wirt, eine Runde für alle, die mit mir auf Rogogard trinken wollen!«, rief er und schüttelte den Hut aus. Er erntete Beifall, Pfiffe und lautes Trommeln von den zahlreichen Besuchern, während er sich einen Weg durch sie bahnte, um zum Tresen zu gelangen.

Der Wirt, ein Mann wie ein Baum mit halber Glatze und einem dunklen und so dichten Vollbart, dass Vögel darin nisten konnten, grinste und reichte ihm die Hand. »Immer, wenn ich deine Stimme höre, Torben, freuen sich mein Herz und mein Beutel.« Er langte unter sich und zog einen in Wachstuch eingeschlagenen Brief hervor. »Der kam heute

Morgen. Sonst ist nichts für dich da.« Er stellte alle Gläser auf das Holz, nahm ein Fässchen und schenkte eine Runde aus, wie es Torben gewünscht hatte.

»Danke, Walgar.« Er öffnete den Brief und staunte nicht schlecht. Perdór hatte ihm den Auftrag erteilt, Verhandlungen mit den Tzulandriern auf den turîtischen Iurdum-Inseln aufzunehmen. »Damit sehe ich Varla viel später als vorgesehen«, ärgerte er sich, und es wurmte ihn noch mehr, dass sich die Fremden anschickten, zu gefürchteten Piraten zu werden. Dabei hatte er gedacht, sie hätten alle von ihnen erwischt. »Denen werden wir das Wildfischen schon abgewöhnen. Wenn einer Schiffe entert, sind wir das.« Den Blick auf die Zeilen geheftet, tastete er nach seinem Glas und hielt es in die Luft. »Auf Rogogard!«

Die Gäste des *Spundlochs* wiederholten den Trinkspruch wie ein Mann. Für die Dauer eines Blitzschlags wurde es leise in der Schänke, weil alle mit Schlucken beschäftigt waren.

Und genau in diese Stille hinein erklang der deutliche Ruf einer hellen Stimme: »Und auf Palestan!«

Torben senkte den Brief, drehte langsam den Kopf und blickte nach links, wo ein sehr junger Mann in der eigentümlich mit Verzierungen überladenen Uniform eines palestanischen Offiziers am Tisch stand, die Hand mit dem Glas zur Decke gereckt, um es danach zum Mund zu führen und zu leeren. »Ich hoffe, Ihr seid betrunken«, sagte er leichthin. »Sonst müsste ich Euer Verhalten als absichtliche Beleidigung verstehen.«

Der Palestaner verneigte sich und zog den Hut. »Gestattet mir, dass ich mich im Gegensatz zu Euch wenigstens vorstelle. Mein Name ist Sotinos Puaggi, Adjutant von Commodore Roscario, dessen Seele in Frieden und umgeben von goldenen Hallen im Jenseits ruhen mag, und derzeitiger Befehlshaber der *Erhabenheit*.« Seine auffallend schmalen Züge wurden durch den Dreispitz unterstrichen. Er sah keinesfalls wie ein bewährter Fechter, sondern vielmehr wie ein Lehrling an der Klinge aus. »Ich wollte Euch nicht beleidigen, sondern mein Land ebenso ehren wie Ihr das Eure.«

Torben schätzte ihn höchstens achtzehn Jahre. Seine eigenen achtzehn Jahre waren schon lange her. »Dann tut das bitte mit Eurem eigenen Getränk, aber gewiss nicht mit dem Branntwein, den ich bezahlt habe.«

»Eine Runde für alle, die mit mir auf Palestan trinken möchten«, rief Puaggi unverzüglich zum Wirt und hielt sein Glas hin.

»Euer Schiff wurde ja reichlich zerlegt«, meinte Torben fröhlich und deutete Walgar an, dass er mit dem Gießen nicht aufhören sollte, bis es bis zum Rand gefüllt war. Vorsichtshalber füllte der Wirt dreißig weitere Gläser.

»Eures wäre gesunken.« Puaggi hob das volle Glas. »Auf Palestan!«

Niemand stimmte mit ein. Die Gläser blieben unangetastet auf dem Tresen stehen, und die Männer schauten den Offizier gleichgültig an.

Puaggi zuckte mit den Achseln, schüttete den Alkohol die Kehle hinab und sammelte die übrigen Gläser ein, um sie an seinem Tisch zu horten.

»Was tut Ihr da?«, erkundigte sich Torben amüsiert. Er hatte damit gerechnet, dass der Mann, dessen Uniform am dünnen Leib etwas zu groß wirkte, nach bewährter palestanischer Theatralik laut fluchend aus dem *Spundloch* stürmte.

»Ich habe bezahlt, und es wird nichts vergeudet.« Tapfer leerte er das nächste Glas und schüttelte sich kaum merklich. »Dieser Branntwein soll zum Wohl meiner Heimat getrunken werden, wie ich es gesagt habe«, erklärte er und hustete unterdrückt.

Torben lachte freundlich. »Das, junger Puaggi, wird ein Schauspiel.« Er deutete auf die gefüllten Gläser. »Diese Ration vor Euch auf dem Tisch reicht aus, um eine Mannschaft besoffen zu machen und einen Wal zum Kotzen zu bringen. Palestan wird sich sicherlich nicht sehr geehrt fühlen, wenn Ihr Eurer Heimat zu Ehren all Euer Essen von Euch gebt.«

»Ihr werdet sehen, dass ein palestanischer Offizier mehr verträgt als Ihr annehmt.« Puaggi gab sich redliche Mühe, einen standhaften Eindruck zu machen, doch zu seinem Leidwesen begannen die Leute jedes Glas, das er trank, laut mitzuzählen.

»Auf ein Wort, bevor Ihr zu besoffen seid: Dieses rogogardische Schiff, das Ihr versenkt habt, bevor es Euch beschädigt hat ...«

»Es hat uns nicht beschädigt.«

»Sieben«, grölte das *Spundloch*.

Torben hob die Augenbrauen. »Ich habe die Schäden bei der Einfahrt in den Hafen deutlich gesehen.«

»Die Rogogarder konnten nicht einen Schuss abfeuern«, sagte Puaggi abfällig, warf das leere Glas weg und fischte nach dem nächsten. »Sie hatten die Geschützluken offen, doch es hat ihnen nichts gebracht. Ich habe sie mit einem Manöver getäuscht und sie genau in meine Breitseite gelockt.«

»Acht«, schrie das *Spundloch* anfeuernd.

»Ihr habt das Feuer zuerst eröffnet?«

»Verdammt!«, rief Puaggi gereizt und begann eine Aufzählung, die er mit den Fingern unterstützte. »Die *Tzulandrier* haben uns den Commodore mit ihren Bombarden von der Brücke geschossen, uns die Rahen zu Kleinholz gemacht und uns beinahe zu den Fischen geschickt. *Ich* hatte ihre Flotte von Bombardenträgern im Genick. Und *da* soll ich mir noch Gedanken um die Absichten eines Rogogarders machen, der unter Vollzeug mit ausgerannten Geschützen auf mich zuläuft?« Er fuchtelte mit den vier Fingern vor Torbens Gesicht, stieß die Luft aus und kippte den nächsten Branntwein. »Nein, diese Nerven hatte ich beim besten Willen nicht.«

»Neun«, zählte das *Spundloch* begeistert.

Torben war gleichzeitig erleichtert und beunruhigt. Der Angriff auf seinen Landsmann war demnach mehr oder weniger unabsichtlich geschehen, doch der Begriff »Flotte« alarmierte ihn.

Er setzte sich an den Tisch des jungen Mannes und zog ihn am Rock auf den Stuhl. Puaggi plumpste wenig elegant auf das Holz. »Ich trinke mit Euch auf das Wohl Palestans«, bot er an. »Schwört mir, dass es keine Absicht von Euch war, den Rogogarder zu versenken.«

Puaggi runzelte verständnislos die Stirn. »Aber sicher war es Absicht«, hielt er dagegen. »Entweder er oder ich.«

»Dann schwört, dass Ihr dachtet, er wolle Euch aufbringen.«

»Hatte er etwas anderes vor?« Er schaute Torben an. »Dann gebe ich Euch ein Beispiel: Wie sähe es für Euch aus, wenn ein Mann mit gezogenem Säbel auf Euch zustürmte? Was würdet Ihr tun? Abwarten?«

»Ich würde mich verteidigen«, gab ihm Torben Recht.

»Danke, dass Ihr es genauso seht.« Puaggi schnellte unvermittelt in die Höhe, zog sein Rapier und wehrte den heranfliegenden Schlag ab. Die gegnerische Klinge krachte in die Tischplatte und steckte fest. Die Hälfte der Gläser fiel herab und zerschellte auf dem Boden, der Branntwein versickerte in den Ritzen.

Das alles geschah so schnell, dass Torben etwas länger brauchte, um zu verstehen. Neben ihm stand ein schäumender Froodwind, zerrte mit beiden Händen am Griff des Schwertes und versuchte, es herauszuziehen. »Froodwind, du kleinhirniger Wattwurm!«, polterte er los. »Ich sagte, dass niemand einen Palestaner anrührt.«

»Ich wollte ihn aufspießen, nicht anrühren«, knurrte Froodwind. »Du hast mir nichts zu sagen, Rudgass, du bist ein Kapitän, mehr nicht. Auf deine Berühmtheit scheiße ich.«

Als sich die dünne, scharfe Klinge des palestanischen Rapiers auf seinen Kehlkopf legte, verstummte Froodwind und wagte nicht mehr, sich zu bewegen. »Und was sagtet Ihr bezüglich der Rogogarder, Kapitän Rudgass?«, erkundigte sich Puaggi zuvorkommend, seine Waffe betont lässig haltend. »Dürfen die auch nicht angerührt werden, oder habe ich freie Hand?«

Jetzt staunte Torben über die Kühnheit des Palestaners, der genau wusste, dass er im *Spundloch* bei einem echten Kampf gegen eine vernichtende Übermacht antreten müsste. »Das ist der Kapitän, dessen Schiff Ihr versehentlich versenkt habt.«

»Dann nehmt meine Entschuldigung an, falls Ihr nicht vorhattet, uns anzugreifen. Das Königreich Palestan wird selbstverständlich eine Entschädigung für die Verluste an Material und Männern bezahlen.« Er zog das Rapier zurück und verstaute es in der Hülle. »Und falls Ihr versucht hattet, mein Schiff aufzubringen, lasst es Euch eine Warnung für unser nächstes Zusammentreffen sein.«

Es begann mit einem Glucksen, das aus Torbens Mund drang. Daraus wurde ein Lachen, das immer lauter wurde, bis das ganze *Spundloch* einstimmte und die gefährliche Spannung, die sich aufgebaut hatte, wieder wich.

Torben nahm sich ein Glas. »Auf Palestan und den ersten echten palestanischen Mann, dem ich begegnen durfte!«, rief er. Zahlreiche Hände langten von allen Seiten nach den übrigen Gläsern. Puaggi wurde gelobt, und in der Kaschemme ging alles wieder seinen gewohnten Gang.

Froodwind verzichtete auf weitere Angriffe oder Erklärungen. Er ließ den Zwischenfall auf sich beruhen und hob stattdessen an, sich zu betrinken.

Puaggi schien erleichtert, dass er dem Branntwein nicht allein überlassen worden war. »Ihr seid der legendäre Torben Rudgass«, sagte er, und der Alkohol rötete das spitze Gesicht. »Bei allen Falschmünzern, hätte ich das vorher gewusst, wäre ich nicht ganz so unverschämt gewesen!«

»Was ich sehr bedauert hätte.« Torben grinste ihn an. »Ihr seid eine rühmliche Ausnahme, Puaggi.« Er prostete ihm zu. »Also, was sollte das vorhin mit den Tzulandriern und der Flotte? Erzählt mir davon.«

Der Palestaner berichtete in aller Ausführlichkeit vom unverhofften Zusammentreffen mit den vermeintlich vernichteten Gegnern und wie er ihnen entkommen war. »Ich habe König Perdór und den Kaufmannsrat davon unterrichtet«, schloss er.

»König Perdór weiß es schon. Ich bin in seinem Auftrag unterwegs, um mit den Tzulandriern über einen Abzug zu verhandeln«, offenbarte er ihm und fragte aus einer Eingebung heraus: »Hättet Ihr Lust, mich dabei zu unterstützen? Die *Erhabenheit* scheint ein gutes Schiff zu sein. Sie hat einen guten Commodore.«

»Ich bin kein Commodore, ich muss noch einiges lernen.«

Torben setzte sein breitestes Grinsen auf und ließ die Goldzähne blitzen. »Dann lernt, indem Ihr etwas tut. Es wäre das erste gemeinsame Unterfangen zwischen Palestanern und Rogogardern. Bedenkt, welch gute Wirkung es für den restlichen Kontinent hätte.«

»Man hasst uns«, erinnerte ihn Puaggi niedergeschlagen.

»Man hasst Palestan wegen der *Vergangenheit,* und das nicht ohne Grund.« Er hielt dem jungen Mann die geöffnete Rechte hin. »Schlagt ein, und wir zeigen Ulldart, dass es sich um die Zukunft nicht zu sorgen braucht.«

Puaggi holte tief Luft, schaute auf die schwieligen Finger des Rogogarders und ergriff sie. »Ich bin mit Euch, Kapitän Rudgass. Fühlen wir den Tzulandriern auf den Zahn.«

Kontinent Ulldart, Königreich Tûris, die freie Stadt Ammtára, Spätsommer im Jahr 1 Ulldrael des Gerechten (460 n. S.)

M*ache ich etwas falsch?,* fragte sich Estra und gewann den Eindruck, dass, was immer sie auch zu den kensustrianischen Besuchern sagte, nicht eben gut aufgenommen wurde.

Die Priester Kovarem und Relio steckten bei jeder ihrer Erläuterungen zu den Gebäuden und der Vergangenheit Ammtáras die Köpfe zusammen und unterhielten sich leise, und leider taten sie das so gedämpft, dass Estra nichts von dem Geflüster verstand.

Jedes noch so unscheinbare Zeichen an Mauern und Gebäuden wurde von ihnen betrachtet, und der kleinere der beiden kratzte unentwegt fremde Kürzel in ein Wachsbrettchen. Die eindrucksvollen Krieger ließ der Stadtrundgang vollkommen kalt. Sie achteten nur darauf, dass ihnen niemand zu nahe kam.

Allmählich machte Estra sich Sorgen. Wo blieb nur Pashtak?

»Inquisitorin«, sagte Relio freundlich. »Wärt Ihr wohl so nett, uns zum höchsten Punkt der Stadt zu führen, von dem aus man eine wunderbare Aussicht hat? Ich dachte dabei an den Turm, den wir anfangs sahen.«

»Sicher. Folgt mir zum Versammlungsgebäude.« Estra ging voraus, hielt den Abstand jedoch absichtlich so gering, dass sie dieses Mal etwas von den Unterhaltungen verstehen konnte. Auch wenn sie nicht so aussah, war doch ihr Blut zur Hälfte kensustrianisch, und zudem hatte ihre Mutter sie die Sprache gelehrt.

»Es stimmt alles mit den Berechnungen überein«, sagte Relio aufgeregt. »Im Namen Lakastras, wir *müssen* es ihnen sagen!«

»Nein, wir fällen kein Urteil, bevor wir diesen Ort nicht von oben gesehen haben«, erwiderte Kovarem. »Noch könnte man es vor den anderen vertreten. Es käme auf die Auflagen an.«

Estra horchte auf und hatte das Gefühl, dass ihre Ohren dabei immer spitzer wurden. Ihre Mutter hatte sich Lakastre genannt, als sie in Ammtára lebte. Gab es einen Zusammenhang zwischen ihrem Namen und der Stadt? Sie schaute hinter sich und lächelte die beiden Männer an, die sie daraufhin irritiert anschauten. Sie betete, dass die Ähnlichkeit Gutes bedeutete. Die Priester aber schwiegen nun und taten ihr nicht den Gefallen, mehr als diese mysteriöse Andeutung von sich zu geben.

So langsam sie durch die Straßen von Ammtára liefen, Pashtak erschien einfach nicht. Also führte Estra die Delegation auf den Turm. Schnaufend erklommen sie die Treppen und gelangten auf die überdachte Plattform, die sich sicherlich hundertfünfzig Schritte über die Dächer der Häuser erhob. Hier oben standen stets vier Bewohner Wache und hielten nach starkem Rauch in der Stadt Ausschau, um einen Brand sofort zu bemerken und eine große Katastrophe zu verhindern.

Die Priester traten vor bis zur Brüstung und redeten wieder leise miteinander; der starke Wind trug ihre Worte davon und ließ die Inquisitorin, die ihnen folgte, weiterhin im Unklaren.

Gewöhnlich liebte sie den Ausblick auf die Stadt, doch nun beschlich sie das Gefühl, dass es womöglich nicht mehr lange bei diesem idyllischen Bild bleiben würde. Hatte sie mit ihrer Führung Schreckliches für ihre Heimat angebahnt?

Eilige Schritte kamen die Treppe herauf. Pashtaks unverkennbarer Kopf erschien Stück für Stück; er bemühte sich sichtlich, den Besuchern mit seinem Anblick keinen Schrecken einzujagen. »Willkommen in Ammtára«, grüßte er und verbeugte sich vor den Gästen. »Ich bin Pashtak, der Vorsitzende der Versammlung der Wahren, welche mit der Zustimmung der Bewohner über die Geschicke der Stadt entscheidet.«

»Ich bin Relio, das ist Kovarem. Wir sind eine Abordnung der Priesterschaft Lakastras. Lakastra ist der Gott des Südwindes und des Wissens, wir verdanken ihm vielerlei Fortschritte in unserem Land«, erklärte er grob, als er das Unverständnis in Pashtaks gelben Augen sah.

»Ihr habt einen weiten Weg unternommen, um uns Eure Aufwartung zu machen. Wie können wir Euch helfen?«, fragte er freundlich und bemerkte die sorgenvollen Züge seiner Inquisitorin nicht.

»Ihr habt einst eine Frau in Euren Mauern beherbergt, die sich Lakastre nannte. Ist das so?«, fragte Kovarem lauernd.

Damit hatte Pashtak nun gar nicht gerechnet, und die Mienen der Kensustrianer warnten ihn davor, zu viel preiszugeben und Estras Abstammung vollends offen zu legen. Da er direkt gefragt worden war, unterstellte er den Kensustrianern, dass sie genügend in Erfahrung gebracht hatten, sodass eine Lüge sinnlos war.

»Weshalb wollt Ihr das wissen?«, entschied er sich für eine Gegenfrage und witterte in ihre Richtung. Der Wind trug ihm unbekannte Ausdünstungen zu, die beiden Kensustrianer rochen nach Gewürzen, Honig und enormer Aufregung und Anspannung.

»Sie hieß in Wahrheit Belkala und war Schlimmeres als das, was Ihr eine Ketzerin nennen würdet«, erklärte Relio und bemühte sich, den schlechten Eindruck abzumildern, den der scharfe Zungenschlag Kovarems hinterlassen hatte.

»Wenn Ihr wegen ihr gekommen seid, kann ich Euch beruhigen. Sie ist tot. Sie starb vor etwa einem Jahr«, klärte Pashtak sie auf.

Relio und Kovarem absolvierten mehrere Gesten und murmelten Silben. »So ist ein Übel aus der Welt«, sagte Relio erleichtert. »Hatte sie Kinder?«

»Nein«, kam es sogleich aus Estras Mund. »Sie folgte ihrem Mann ohne Nachkommen ins Grab.«

»Wo ist dieses Grab?«, hakte Kovarem sofort nach. »Wir möchten es sehen.«

»Versteht unser Drängen richtig«, beschwichtigte Relio. »Wir suchen unter anderem ein Amulett, das sie trug. Sie hat es aus dem Tempel Lakastras gestohlen, und wir möchten es zurückbringen.«

Pashtak gefiel die Unterredung schon lange nicht mehr. Er wollte Klarheit, bevor er irgendetwas von Belkalas Leben offenbarte. »Deswegen habt Ihr den langen Weg unternommen? Ein Schreiben hätte ausgereicht, und wir hätten den Leichnam untersucht.«

»Es geht um mehr.« Relio ließ den Blick über die Stadt schweifen und nahm – das sah Estra ihm an – innerlich Anlauf. »Pashtak, wir müssen von Euch und den Bewohnern des Ortes etwas verlangen und bitten Euch inständig, unserem Anliegen Rechnung zu tragen.« Er richtete die Augen auf den Vorsitzenden und blickte ihm ohne Scheu ins Gesicht. »Benennt Eure Stadt um und entfernt alle Zeichen von den Wänden, die wir Euch zeigen. Außerdem haben mehrere Häuser abgetragen und an einer anderen Stelle errichtet zu werden.«

Pashtak grollte verwundert, was die kensustrianischen Krieger veranlasste, die Hände an die Griffe ihrer Schwerter zu legen. »Was ist der Grund?«

»Ich bin nicht befugt, Euch diese Frage zu beantworten, sondern soll Euch die Forderungen stellen«, bedauerte Relio. »Ich erwarte Eure Entscheidung innerhalb eines Tages.«

»Ein Tag?!« Der Vorsitzende stieß einen Laut zwischen Fauchen und Pfeifen aus. »Die Versammlung hat darüber zu entscheiden, nicht ich. Und wie soll ich ihnen klar machen, dass wir diese Forderungen ohne jede Angabe von Gründen erfüllen sollen?«

Welches Geheimnis verbirgt die Stadt vor uns? Was hat meine Mutter hinterlassen?, dachte Estra erschrocken.

»Vorsitzender!«, rief einer der Brandwächter und zeigte nach Südwesten.

Estra und Pashtak blickten in die angegebene Richtung, wo eine Streitmacht aufmarschierte, deren Rüstungen und Waffen im Schein der Sonnen aufleuchteten. Ein gewaltiger Tross aus großen und kleinen Karren folgte ihnen. Die Befehlshaber hatten sich anscheinend auf eine Belagerung vorbereitet.

Relio und Kovarem wandten sich zum Gehen. »Reichen Euch diese fünftausend Gründe?«, fragte Kovarem, der bereits auf der ersten Stufe stand.

»Ich bedaure sehr, dass wir keine Zeit für lange Verhandlungen haben. Ihr werdet aber hoffentlich zum Wohl der Bewohner entscheiden. Entweder Ihr verändert die Stadt oder unsere Truppen tun das.« Die Kensustrianer entfernten sich, stiegen die Treppe hinab. »Wir bleiben in der Stadt und markieren die Häuser, damit Ihr sie gleich findet«, kam es von Relio. »Seid so freundlich und gebt uns bis morgen Quartier.«

Estra riss sich mit Mühe von der Heerschar los, die sich in einigen Meilen Entfernung niederließ und ihre Zelte aufschlug. Innerhalb eines Lidschlags stand die Zukunft Ammtáras auf Messers Schneide. In der kurzen Zeit war es unmöglich, Perdór um Beistand zu bitten und auf die Kensustrianer, bei denen er lange Zeit im Exil gelebt hatte, mildernd einzuwirken.

»Estra, wir müssen uns unterhalten«, riss Pashtak sie aus ihren Gedanken. »Du wirst mir alles über deine Mutter erzählen. Und lass Tokaro zu uns rufen.«

»Was soll er dabei?« Aus Angst, sich vor dem jungen Ritter offenbaren zu müssen, begehrte sie innerlich gegen die Entscheidung auf.

»Er ist derjenige, der deinem Vater am nächsten stand und vielleicht mehr über die Geheimnisse Belkalas weiß als du oder ich.« Er ging zu den Stufen. »Und beeil dich. Es wird nicht lange dauern, bis sich die Nachricht über die Forderung der Kensustrianer verbreitet hat.«

Sie trafen sich in dem Haus, das einst Belkala gehört hatte und in dem nun Shui, Pashtak und ihre Familie zusammen mit Estra lebten.

Tokaro stieß verspätet zu ihnen. Die Ankunft der Kensustrianer war dem Orden der Hohen Schwerter nicht verborgen geblieben, wie sie an der Rüstung erkannten, die er nun vollständig am Körper trug.

»Verzeiht, dass ich etwas länger benötigt habe«, entschuldigte er sich und vollführte rasch eine Verbeugung. »Ich soll Euch den Dank des Großmeisters, Kaleíman von Attabo, ausrichten, dass Ihr ihm und dem Orden eine Bleibe für die Nacht gewährt.« Er setzte sich vorsichtig auf den sehr zerbrechlich wirkenden Stuhl. »Die Kensustrianer vor den Toren sind ein beeindruckender Anblick. Was wollen sie? Ziehen sie nach Palestan, um den Krämern beim Vertreiben der Tzulandrier zu helfen, oder …« Er bemerkte die sorgenvollen Gesichter von Estra und Pashtak. »Sind sie hier, um das zu tun, wonach es aussieht? Sie wollen Ammtára angreifen?«, rief er bestürzt. »Was ist geschehen?«

»Die Vergangenheit hat die Stadt erreicht. Nur wissen wir nicht genau, womit wir den Zorn der kensustrianischen Priester auf uns gezogen haben. Es scheint aber, als hätte der drohende Angriff etwas mit der Frau zu tun, die du unter dem Namen Belkala kennst«, erklärte ihm Pashtak. »Du warst der Adoptivsohn des Großmeisters Nerestro von Kuraschka, der Belkala lange Zeit als Gefährtin an seiner Seite hatte.« Er goss dem jungen Ritter Kräutertee ein. »Erzähle uns alles, was der Großmeister über sie berichtet hat. Und vergiss nichts.«

»Er war nicht mehr mit ihr zusammen, als er und ich uns begegneten.« Tokaro versuchte, sich die Gespräche mit seinem Adoptivvater ins Gedächtnis zu rufen. »Sie war eine Priesterin des Gottes Lakastra und hat dessen Lehren nach ihrem eigenen Willen verändert, die Gläubigen mit falschen Visionen geblendet und gefügig gemacht. Deswegen wurde sie aus ihrer Heimat verbannt.« Er nahm sich vom Tee. »Sie nutzte die gleichen Mittel bei ihm. Er deckte ihren Verrat und ihre Lügen auf und erfuhr aus dem Mund anderer Kensustrianer die Wahrheit über sie. So verstieß er sie.« Er sah das leidende Gesicht des Ritters vor sich. »Sie hat seiner Seele Schaden zugefügt und ihm durch ihre Falschheit vieles von dem genommen, was den Großmeister einst so überragend gemacht hatte – erzählten sich die anderen Ritter. Belkala war verdorben, schlecht und hat seinen Untergang mit verschuldet.«

»Unsinn! Sie hat ihn geliebt, bis in ihren Tod hinein! Wegen ihm litt sie wie ein Tier«, zischte Estra ihn wütend an, weil er von ihrer Mutter sprach wie von einer Hure. »Und sie war sicherlich nicht verdorben.«

»Du hast sie gekannt?«, wunderte sich Tokaro über die Heftigkeit des unerwarteten Angriffs.

»Ich … war dabei, als sie starb«, sagte sie und versuchte, ihre aufsteigende Wut auf den jungen Mann zu verbergen, um sich nicht zu verraten. Sie langte unter ihr Gewand und zog das augengroße Amulett an der Kette hervor, das ihre Mutter ihr kurz vor dem Tod gegeben hatte. »Ich erhielt es von ihr zum Geschenk, weil ich mich um sie kümmerte«, log sie und legte es auf den Tisch. »Vielleicht bringt es uns dem Geheimnis näher.«

Pashtak nahm das Amulett in die Hand, betrachtete nachdenklich die kensustrianischen Zeichen und Symbole, fuhr prüfend darüber, drehte und wendete es zwischen den Fingern. Vorsichtig schnupperte er an dem porösen Metall; es roch nach Lakastre und altem Tod. Angewidert legte er es zurück.

Tokaro schielte zu Estra, die ihn keines Blickes mehr würdigte, und fragte sich im Stillen, was hinter ihrem ungestümen Ausbruch stecken mochte.

»*Das* ist es!«, brüllte Pashtak plötzlich. Er schnappte sich das Amulett und reckte es den beiden jungen Menschen, die ihn erschrocken anstarrten, entgegen. »Seht ihr es denn nicht? Die Linien!« Seine klauenähnliche Hand tippte gegen die Vorderseite. »Die *Linien*!« Als er erkannte, dass sie ihn nicht verstanden, nahm er Estra bei der Hand und stürmte zur Tür hinaus. »Folgt mir zum Turm«, lautete seine aufgeregte Anweisung.

Sie rannten durch das abendliche Ammtára zum Versammlungsgebäude und eilten die Stufen hinauf, wobei Tokaro in seiner schweren Rüstung bald hinter ihnen zurückfiel und sie auf ihn warten mussten.

Endlich standen sie oben auf der Plattform. Pashtak stellte sich an die Brüstung, hob den Talisman und deutete nach unten. »Seht ihr, was ich meine?«

Ein goldener Schimmer lag über der Stadt. Das Licht der Fackeln und Laternen der Menschen, die in der hereinbrechenden Dämmerung unterwegs waren, beleuchtete Ammtára. Der vielfache Lichtschein zu ihren Füßen gab das Geheimnis der Stadt preis.

»Bei Angor! Ich sehe es!«, rief Tokaro, dessen Gesicht vom Schweiß glänzte, und klammerte sich an das Geländer. Die Straßen und Wege zeichneten die Linien des Amuletts haargenau nach.

Die drei liefen auf ihrem Aussichtspunkt entlang und verglichen weiter. Jetzt, wo sie die zugrunde liegende Ordnung verstanden hatten, fiel es ihnen leicht, die Übereinstimmungen zu finden.

»Sie hat eine genaue Kopie ihres Amuletts bauen lassen«, flüsterte Estra abwesend, hob den Blick und schaute dorthin, wo die Feuer des kensustrianischen Heeres brannten. *Was hast du der Stadt angetan, Mutter?* Sie erinnerte sich an den Spruch, der auf der Rückseite des Amuletts eingeritzt war: »*Mein Leben währt zweifach, indem es vielen den Tod bringt.*« *Wolltest du, dass die Stadt untergeht? Welchen Pakt hast du mit deinem Gott geschlossen?*

Tokaro betrachtete ihr betrübtes Gesicht, und im schwachen Lichtschein erkannte er in ihrer Augenpartie plötzlich die Ähnlichkeit mit jenem Mann, dem er so viel verdankte. Konnte es sein, dass sie die Tochter von Belkala und Nerestro war? Es würde erklären, weswegen sie so heftig reagiert hatte, als er schlecht über Belkala geredet hatte.

Damit hätte die Liebe zwischen dem Großmeister und der Priesterin eine Nachkommin geboren, als sich beide schon getrennt hatten. Das mochte der Grund sein, weshalb er eine Tochter niemals erwähnt hatte: Er hatte nichts von ihr geahnt.

Tokaro fühlte sich hin und her gerissen. Die Empfindungen, die er seit dem ersten Zusammentreffen mit der jungen Inquisitorin hegte, wurden durch seine Vermutungen erschüttert. Zum einen war sie Fleisch und Blut des Mannes, den er wie einen Vater geliebt hatte, doch gleichzeitig gehörte die andere Hälfte zu der Frau, die er durch die Erzählungen seines Adoptivvaters und Kaleímans zu hassen gelernt hatte. Er benötigte unbedingt Gewissheit.

»Estra«, krächzte er aufgewühlt, »bist du Belkalas und Nerestros Tochter?«

Sie schaute sofort zu Pashtak. »Du hast es ihm gesagt?«, fragte sie empört und zugleich verletzt durch den vermuteten Vertrauensbruch.

»Nein, ich habe nichts verraten«, wehrte er sofort ab.

»Es ist mir selbst aufgefallen. Deine Augenpartie gleicht in diesem Licht sehr der deines Vaters«, sprang Tokaro Pashtak bei. »Wieso hast du es mir nicht gesagt, Estra?«

Sie seufzte. »Weil ich ahnte, dass du schlecht von meiner Mutter und damit von mir denkst«, erwiderte sie betrübt. »Aber sie war nicht so, wie Nerestro sie dir geschildert hat. Sie gab mir Fürsorge ...«

»Die gleiche Fürsorge wie Ammtára?«, fügte er hinzu und reckte sich, um zu den lagernden Kensustrianern zu blicken. »Dort siehst du, welche Früchte die Fürsorge hervorgebracht hat.«

»Oh, schau dich an, Tokaro von Kuraschka!«, rief sie, und ihre karamellfarbenen Augen verloren den Ausdruck von

Kummer; stattdessen machte sich Ablehnung breit, und sie kam mit geballten Fäusten auf ihn zu. »Du stehst da wie ein Abbild des selbstgefälligen und überheblichen Nerestro, von dem ich einiges gehört habe! So viel zum Glanz und Ruhm des ...«

Er packte sie an den Schultern. »Rede *niemals* schlecht über ihn!«, warnte er sie und fühlte trotz des Grolls das Verlangen, sie innig auf die weichen Lippen zu küssen.

Estra lachte provozierend. »Soll ich dir vielleicht noch für deine Milde danken, dass du mich nicht schlägst oder zum Duell forderst?« Sie schüttelte seinen Griff ab.

Pashtak schob sich zwischen die beiden. »Hört auf! Was ist in euch gefahren? Verschwendet eure Kraft nicht damit, euch gegenseitig Beschimpfungen an den Kopf zu werfen, sondern überlegt, was wir tun können.« Er gab Estra das Amulett zurück. »Hier, stecke es wieder ein und zeige es niemandem. Einen Teil des Rätsels haben wir gelöst. Belkala hat ihre kensustrianischen Lehren in Stein gebaut.«

Der junge Ritter wandte sich ab. »Wir sollten nochmals mit der Delegation reden und versuchen, mehr über den Grund der Forderung zu erfahren. Vielleicht akzeptieren sie den Großmeister meines Ordens als neutraleren Unterhändler.«

Pashtak bezweifelte, dass die Priester einen Krieger als Vermittler annehmen würden. »Versuchen können wir es«, stimmte er wider besseres Wissen zu.

»Ich wäre bereit, ihnen das Amulett meiner Mutter zu überlassen. Die Delegation räumt uns dafür im Gegenzug mehr Zeit ein«, meldete sich Estra zu Wort, wobei sie Tokaro mit Nichtachtung strafte.

»Gut«, nickte Pashtak, der erleichtert war, den Fremden ein Angebot machen zu können. »Das können wir versuchen, bevor wir die Versammlung einberufen und die übrigen beiden Forderungen der Kensustrianer besprechen.« Er schaute zum Nachthimmel auf. »Es bleiben nur wenige Stunden, um eine Entscheidung zu herbeizuführen.« Er nickte dem Ritter und der Inquisitorin zu. »Begleitet mich zu Kovarem und Relio.«

Sie marschierten eilig zur Unterkunft der Delegation, die sich in der Nähe des Lagers der Hohen Schwerter befand. Estra und Tokaro wechselten unterwegs kein Wort mehr. Pashtak war froh, als sie das Haus endlich erreichten. Forsch ging er die Stufen hinauf und pochte gegen das Holz der Tür.

Zuerst tat sich nichts. Dann drehte sich ein Schlüssel im Schloss, ein Balken wurde – den Geräuschen nach zu urteilen – mit viel Mühe zur Seite geschoben, und endlich öffnete sich die Tür einen Spalt weit, in dem Relios Gesicht erschien.

»Guten Abend, Relio …« Pashtak stieg der Geruch von frischem Blut in die Nase, der Übelkeit erregend aus der Tür quoll. Für eine solche Wolke bedurfte es mehr als eines kleinen Schnittes. »Ist alles in Ordnung?«, fragte er argwöhnisch.

Relio röchelte. Aus seinem Mund schwappte das Blut wie Suppe über den Tellerrand, er fiel rücklings und zog dabei die Tür vollkommen auf. Ächzend lag er im Flur, wand sich ein letztes Mal und starb mit einem leisen Wimmern. Aus seiner linken Seite ragten zwei Pfeile.

»Zurück«, befahl Tokaro, zog seine aldoreelische Klinge und betrat das Haus. »Ich sehe nach.« Er watete durch die rote Pfütze.

Estra und Pasthak dachten gar nicht daran zu warten und folgten ihm; sie zückten ihre Kurzschwerter, um dem Ritter notfalls beizustehen.

Die Waffen waren nicht notwendig, wie sich schnell herausstellte.

Sie fanden die Krieger und die beiden Priester in den verschiedenen Räumen, einer grausamer verstümmelt als der andere. Die Unmengen von Blut und die zerschlitzten Gedärme verbreiteten einen widerlichen Gestank, der die Mägen der drei auf eine harte Probe stellte.

Pashtak schaute auf Kovarem, der mit zehn Pfeilen an die Wand des Schrankes genagelt worden war. Jemand hatte mit krakeliger Handschrift TOD DEN GRÜNHAAREN an die Wand daneben geschrieben. »*Nun* sind wir in großen Schwierigkeiten«, knurrte er.

Kontinent Ulldart, Königreich Borasgotan, Amskwa, Herbst im Jahr 1 Ulldrael des Gerechten (460 n. S.)

Der Herbst regierte in den nördlichen Teilen Borasgotans so wenig wie die viel zu kurzen Sommer und die ebenso kurzlebigen Frühlinge. Der eifersüchtige Winter ließ das Land kaum aus seinen eisigen Klauen und erlaubte der Erde nur für die Dauer weniger Wochen, das Eis abzuschütteln, zu grünen und zu blühen.

Die Pracht war schon lange vergangen.

Der Wind wirbelte trockenes Laub und eisige Regentropfen gegen die Scheibe der prächtigen Kutsche, als der Zug von Kabcar Raspot I. nach Amskwa einritt, um die traditionsreiche Reichshauptstadt mit seinem Besuch zu beehren.

Was der junge Herrscher durch das Glas auf dem Weg durch die Straßen sah, erfüllte ihn mit Entsetzen. »Bei Ulldrael dem Gerechten«, stieß er hervor und winkte Fjanski ans Fenster. »Was hat das zu bedeuten?«

Dem Kabcar wurde zur Begrüßung ein ganz besonderes Spalier geboten. Von jedem zur Straße gerichteten Dachgiebel baumelte eine Leiche an einem Seil herab. Es waren Frauen jeglichen Alters, die mit auf den Rücken gebundenen Händen gehängt und zur Schau gestellt worden waren. Ab und zu rumpelte es; der starke Wind spielte mit den Toten, wiegte sie an den langen Stricken und ließ sie mit der Seitenwand der Kutsche kollidieren.

»Ich weiß es nicht, hoheitlicher Kabcar«, gab der Harac erschüttert zurück und setzte sich rasch wieder an seinen Platz. Er vermied es, hinauszuschauen und dabei in die seelenlosen Augen der Hingerichteten zu blicken. »Der Bürgermeister?«

»Er wird mir einiges erklären müssen.« Raspot sank ebenfalls in den weichen Sitz. »Es ist Euer Grund und Boden, Fjanski. Solltet Ihr nicht wissen, was hier vor sich geht?«

Die Kutsche rollte durch eine scheinbar verlassene Stadt. Niemand ließ sich blicken, um den Kabcar willkommen zu heißen, niemand brachte ihm zur Begrüßung Salz und Brot.

Das Klappern der Hufe endete, das Gefährt stand still. Der Verschlag wurde von außen geöffnet, und ein Mann in grauer Uniform, wie sie eigentlich die hoheitlichen Beamten der Bardrics trugen, stand vor ihnen. Der Regen hatte ihn völlig durchnässt; das Wasser rann durch seine dunkelblonden Haare über das Gesicht, es tropfte von der Nase und aus dem Bart. In der Linken trug er einen kleinen Koffer.

»Schnell, hoheitlicher Kabcar, lasst uns fahren!« Er warf seine Tasche hinauf zum Fuhrknecht, der sie auffing und beim übrigen Gepäck verstaute, und stieg ein. Erleichtert atmete er auf.

»Das ist Bürgermeister Padovan«, stellte ihn Fjanski vor. »Und er vergisst seine Manieren.«

Padovan verbeugte sich. »Hoheitlicher Kabcar, entschuldigt vielmals, aber die Stimmung in der Stadt ist ...«

Raspot winkte ab. »Habt Ihr dieses Massaker unter der Bevölkerung anrichten lassen?«, fragte er schneidend und deutete über den Vorplatz zu den baumelnden Leichen. »Ich hoffe für Euch, dass es einen guten Grund gab, diese Frauen und Mädchen aufzuknüpfen.«

»*Ich?*« Padovan schaute ihn an, als habe er einen Geisteskranken vor sich. »Ich tat, was *Ihr* mir befohlen hattet, hoheitlicher Kabcar!«

»*Ich* soll das befohlen haben?«, brauste Raspot auf. »Niemals.«

Padovan langte unter seinen Mantel und zog zwei zerknitterte Schreiben heraus. »Doch, hoheitlicher Kabcar. Ihr habt verlangt, dass jede zehnte Frau in der Stadt wegen der bevorstehenden Hungersnot im Land gehängt werden soll, damit die Zahl der Bewohner nicht durch Neugeborene zusätzlich steigt. Und wer ein Kind in sich trägt, soll es entweder töten lassen oder das Land verlassen. Zur Abschreckung sollen die Leichen von den Dächern ...«

»Seid Ihr wahnsinnig geworden?«, flüsterte Raspot, packte den Mann am Kragen und zog ihn zu sich heran. »Wie konntet Ihr auf diesen Schwindel hereinfallen?«, schrie er los und schlug ihm die flache Hand mehrmals ins Gesicht.

Padovan hob die Arme und schützte sich vor den Schlägen. »Wie hätte ich es denn merken sollen, hoheitlicher Kabcar?«, jaulte er. »Ihr hattet auf mein Anfragen doch geantwortet.« Er klaubte die Schriftstücke vom Boden der Kutsche auf und hielt sie Raspot hin. »Da, lest!«

Der Herrscher nahm sie entgegen und überflog den Inhalt. »Meine Handschrift, meine Signatur«, wisperte er ungläubig. »Und sogar mein Siegel!«

»Weil ich es zuerst nicht glauben wollte, habe ich in den Nachbarstädten gefragt und bekam von den Räten die gleiche Auskunft. Sie erhielten die gleiche Anweisung.« Er wurde leichenblass. »Sie ist gar nicht von Euch?«

»Sehe ich so schwachsinnig aus wie Arrulskhán?« Raspots Gedanken überschlugen sich und gelangten zu dem einzig sinnvollen Schluss: Jemand stiftete mit den mörderischen Taten Unruhe, um ihn abzusetzen. Er blickte zu dem nervösen Fjanski. Er und die anderen Adligen? Aber warum brachten sie ihn nicht einfach um, wenn er ihnen zu unbequem geworden war?

»Wieso tragt Ihr eigentlich die alte Uniform der Bardri¢?«, verlangte Fjanski zu wissen.

»Man lebt mit ihr sicherer als in der borasgotanischen«, erklärte Padovan und schaute ängstlich aus dem Fenster. »Lasst uns abfahren und den Schwindel den Menschen erklären, sobald sich der Hass gelegt hat«, bat er. »Sie waren schon auf dem Weg zu mir.« Er unterdrückte einen Aufschrei. »Fackeln! Da sind sie!« Der Bürgermeister sprang auf der anderen Seite aus der Kutsche und rannte durch den strömenden Regen in eine Seitengasse, aus der noch kein Lichterschein fiel. »Ulldrael beschütze Euch, hoheitlicher Kabcar«, rief er, ehe er verschwand.

Aus allen großen Straßen brandeten sie heran. Ein Meer aus schwebendem Feuer formierte sich und rückte auf das Haus des Bürgermeisters zu. Alles Wasser aus dem grauen Himmel würde ein solches Feuer nicht löschen können.

Als die Menschen Amskwas das Wappen auf der Kutsche erkannten, ging ein wütender Aufschrei durch die Menge. Pflastersteine wurden herausgerissen, die ersten Geschosse hagelten gegen das Dach und die Wand. Klirrend barst die Scheibe und überschüttete Raspot und Fjanski mit Scherben.

Der Kutscher wartete nicht länger auf den Befehl. Die Peitsche knallte laut, ruckartig setzte sich das Gefährt in Bewegung, und die Insassen hatten alle Mühe, sich in ihren Sitzen zu halten.

Das Geschrei wurde immer lauter. Der Kutscher steuerte mitten hinein und trieb die Pferde mit Schreien und Schlägen an, rücksichtslos durch die Menschen zu pflügen. Die Kutsche schaukelte und hüpfte, als die Räder mehrere Leiber überrollten. Dafür wurden Fackeln ins Innere geworfen, die Fjanski und Raspot aufsammelten und durch die geborstenen Fenster nach draußen schleuderten. Kleine Schwelbrände im Stoff traten sie aus.

Plötzlich schrie der Kutscher auf. Der Kabcar sah ihn seitlich vom Bock stürzen und in der Menge verschwinden, die sich wütend auf ihn stürzte. Führerlos rasten die Pferde weiter, und noch immer stellten sich ihnen Bewohner der Stadt entgegen.

In einer engen Kurve kippte die Kutsche aufgrund ihrer viel zu hohen Geschwindigkeit zur Seite. Raspot wurde herausgeschleudert und landete in der Auslage eines Gemüsehändlers. Die Bretter brachen zusammen, und die Kohlköpfe begruben ihn schützend unter sich.

Im Nu kamen die Menschen angerannt und zerrten Fjanski aus der Kutsche. Jeder, der es schaffte, in seine Nähe zu kommen, trat nach ihm. Bald hing seine Kleidung in Fetzen an ihm herab. Er blutete am Kopf, sein linker Arm war gebrochen.

Raspot nahm seinen Mut zusammen und wollte sich den Menschen zeigen, um Fjanskis Leben zu retten. Er musste wenigstens versuchen, das Vorgefallene zu erklären.

»Nein! Nein, lasst mich! Ich habe es nicht angeordnet!«, schrie der Adlige laut, während sie eines der Kutschenräder abmontierten und heranrollten, um ihm die Arme und Beine zu zerschmettern und ihn in die Speichen zu flechten. Er reckte den Arm, zeigte auf den Hügel aus Kohl, unter dem Raspot lag. »Der Kabcar war es! Raspot der Erste hat es verlangt! Von euch und den anderen Städten.« Die Menschen zögerten. »Ich kam hierher, um die Tat zu verhindern«, sprach er eindringlich. »Glaubt mir, ich würde so etwas niemals zulassen! Der Kabcar hat den Verstand verloren.«

Du Verräter! Raspot hielt sich bereit, aufzuspringen und davonzulaufen. *Ich ahnte, dass du dahinter steckst.*

»Ja, und, Fjanski? Du und die anderen Adligen haben ihn doch zum Herrscher gemacht!«, rief ein junger Mann, der sich nicht von den Worten täuschen ließ, und nahm das Rad in beide Hände. »Du wirst ebenso leiden wie er. Ihr werdet für den Tod meiner Frau bezahlen!« Er hob es an und ließ es mit Wucht auf den Unterschenkel des Haraç herabsausen; der Knochen zersprang knirschend, und Fjanski brüllte laut.

Raspots Mitleid hielt sich in Grenzen. Er kroch unter den Gemüseköpfen entlang, denn noch achteten die Menschen nicht auf ihn, weil sie die Worte ihres Gefangenen für eine

Ablenkung hielten. Schließlich sprang er auf und rannte in die nächstgelegene Gasse.

Hinter ihm erklangen überraschte Rufe und Stiefelschritte, die über das nasse Pflaster rannten. Man verfolgte ihn.

Inzwischen hatte der Kabcar begriffen, dass ihn die Amskowiter niemals anhören würden. Sie waren erfüllt von Rachsucht, welche er ihnen nicht einmal verdenken konnte. Also blieb ihm nur die Flucht.

Sein Weg führte ihn dicht an den Füßen pendelnder Leichen vorbei. Sie streiften ihn mehr als einmal, als wollten sie nach ihm treten oder ihn mit den Beinen umklammern. Er schauderte. *Nur ein Kranker kann sich solche kranken Befehle ausdenken, um mich als Wahnsinnigen darzustellen,* dachte er.

Im Laufen zog er seinen Uniformmantel mit den Insignien des Kabcar aus und schleuderte ihn von sich, sein Wams und das Hemd folgten kurz darauf. Von einer der Leichen riss er sich einen groben Umhang herunter und legte ihn sich um.

Seine Verfolger hatten ihn im Gewirr der Gassen verloren. Der weithin sichtbare Feuerschein stammte vom Rathaus; die Menge hatte den Amtssitz in Brand gesteckt, um auf diese Weise ihrem Hass gegen die Obrigkeit freien Lauf zu lassen. Raspot schlich durch Amskwa und suchte nach dem Weg zum Stadttor, während die Menschen die Toten von den Stricken schnitten, um sie mit nach Hause zu nehmen und im Kreis der Familie zu betrauern.

Eisige Wut stieg in ihm auf. *Wer auch immer in diese Intrige verwickelt ist, er wird sterben,* beschloss er. *Ich werde sie auf einen Platz treiben und sie denen überlassen, denen sie Leid und Schaden zugefügt haben. Soll das Volk sie in kleine Stücke reißen, meinen Segen hat es.*

Raspot gelangte zum Haupttor, das keine fünfzig Schritte von ihm entfernt war. Er zwang sich, nicht auffällig schnell zu laufen, denn ein Mann aus Amskwa hatte zurzeit Besseres zu tun, als die Stadt in aller Eile zu verlassen.

Er schritt unter der nächsten Leiche hindurch, als der Fuß nach vorn schnellte und ihn am Kopf traf. Raspot stöhnte auf und taumelte gegen die Hauswand. Als er nach oben schaute, sah er, wie die Frau ihm ihr fahles Gesicht zuwandte und ihn anstarrte.

»Mein Gott, sie lebt noch!«, ächzte er, doch dann wandelte sich die Hoffnung, sie vor dem Tod bewahren zu können, in pures Entsetzen. Die Frau konnte nicht mehr leben! Ihr Genick war derart stark zur Seite gebogen, dass ihre Wirbel gebrochen sein mussten. Er zog den Säbel. »Ulldrael, beschütze mich vor dem Spuk!«

Sie öffnete den Mund und stieß einen schrillen, anhaltenden Schrei aus; ihr linker Arm hob sich, und sie deutete auf ihn. Die nächste Frauenleiche tat es ihr nach, immer mehr Gehenkte stimmten ein, und bald gellte ein Gekreisch, das geradewegs aus der Unterwelt stammte, durch die Straßen.

»Nein!«, keuchte Raspot in höchster Angst und rannte los, um endlich aus der verfluchten Stadt zu gelangen.

Eine tote Frau unmittelbar vor ihm zappelte so sehr an ihrem Strick, bis das Seil riss und sie auf die Straße fiel. Sie stemmte sich sofort in die Höhe und stellte sich ihm in den Weg. »Ich lasse dich nicht entkommen«, würgte sie mehr als sie sprach, da das Seil ihre Kehle gequetscht hatte.

Eine eiskalte Hand umklammerte das Herz des Kabcar, während sich das Grauen unaufhörlich steigerte. Die Hand mit dem Säbel zitterte. »Ich habe nichts getan! Ich habe deinen Tod nicht angeordnet«, stotterte er und wich vor dem lebenden Leichnam zurück.

Der entseelte Körper, aus dessen Nacken die geborstenen, blutigen Wirbel hervorstanden, lachte gurgelnd. »Wir hatten eine schöne Zeit, Raspot. Der Tag, an dem wir den Ausflug zum Angelsee unternahmen und Bschoi in den Wellen versank, wird mir ewig in Erinnerung bleiben.«

Das kann nicht sein! Ich bilde mir das alles ein. Er überwand die Scheu und hackte mit dem Säbel nach der toten Frau.

Die Schneide glitt durch ihr verfärbtes Fleisch, ohne dass sie sich darum kümmerte. Ihr rechter Arm hob sich, die kalten Finger umschlossen seine Kehle und pressten mit übernatürlicher Stärke zu. »Du wirst als jener Herrscher Borasgotans in die Geschichte eingehen, der auf dem besten Weg war, noch geisteskranker zu regieren als Arrulskhán. Aber ich werde aus deinem Schatten treten und das Reich zu einer Stärke führen, dass die anderen Länder sich vor mir fürchten und meinen Namen mit Demut und Angst aussprechen.«

Raspot gelang es, seine Waffe aus dem Körper zu ziehen und zum Hieb auszuholen, um die Hand zu durchschlagen – da wurde sein Arm festgehalten! Eine zweite Leiche hatte sich ihnen unbemerkt genähert.

»Du wirst sterben, Raspot, und die Leute von Amskwa werden sagen, dass sich die Toten für die Gräueltaten gerächt haben, die du begingst«, sprach diese Leiche zu ihm, während der Druck auf seinen Hals zunahm und ihm die Luft beinahe gänzlich abschnürte.

»Wer …?« Raspot, der mehr und mehr das Bewusstsein verlor, sank in die Gosse und wurde vom Abwasser umspült.

Die Leichen klammerten sich erbarmungslos an ihn und drückten ihn mit dem Gesicht nach unten in die Brühe, damit sich seine Lungen bei jedem noch so winzigen Atemzug mit dünnflüssiger Kloake füllten. Der Kabcar starb qualvoll und unwissend.

Als man ihn unter den beiden sterblichen Überresten der Gehenkten fand, schworen die Menschen, dass sie noch keinen Toten gesehen hatten, der ein solches Entsetzen auf seinen Zügen getragen hatte wie Raspot der Erste.

IV.

**Kontinent Ulldart, Südwestküste
von Tûris, Herbst im
Jahr 1 Ulldrael des Gerechten
(460 n. S.)**

Wie würdet Ihr versuchen, die Iurdum-Inseln zu erobern, Commodore?« Torben stand am Bug der *Varla*, einen Fuß auf eine Seilrolle gestemmt.

Neben ihm hatte sich sein neuer Verbündeter eingefunden und betrachtete die Festung, auf deren Seetor sie zuliefen, ein weiteres Mal durch das Fernrohr.

Es konnte kaum einen größeren Unterschied geben: der eine jung, der andere in den besten Mannesjahren; der eine in einem aufwändigen Gehrock mit allerlei Verzierungen, der andere in einer schlichten, leichten Lederrüstung; der eine nicht der Hübscheste, der andere trotz seiner Fältchen ein echter Frauenschwarm. Der eine ein Palestaner, der andere ein Rogogarder.

»Um ehrlich zu sein, Kapitän, ich würde gar nicht versuchen, sie zu erobern.« Puaggi schwenkte mit der Linse nach rechts und dann nach links. »Ich sehe keine Schwachstelle, und wie, mit Verlaub, sollen wir das einnehmen, was weder meine gierigen Kaufmannsfreunde noch Eure verwegenen Piratenkumpane in den letzten Dekaden zu erobern wussten?« Er setzte das Rohr ab. »Und ich bin *kein* Commodore.«

»*Noch* nicht«, griente Torben und nickte anerkennend. »Wenn ich mir ansehe, vor wie vielen Bombardenmündungen Ihr das Schiff gerettet habt und dass Ihr zudem einen weitaus überlegenen Gegner versenkt habt, kann es nur eine Beförderung für Euch geben.« Er machte eine gewichtige Pause und fügte hinzu: »Commodore.«

Puaggi musste lachen. »Ihr vergesst, dass ich mich an Bord eines Feindes ... nein, sagen wir, bitteren Rivalen befinde und sogar noch gemeinsame Sache mit ihm mache. Das würde dem Kaufmannsrat, für den Rogogard ein Feind bleiben wird, schon genügen, mich auf der Stelle zum Schiffsjungen zu degradieren.« Die Aussicht, seinen Rang zu verlieren, belastete Puaggi zumindest nach außen hin nicht sehr.

»Ihr seid sehr ungewöhnlich für einen Palestaner«, bemerkte der Rogogarder.

»Ich verstehe Eure Äußerung als ein Kompliment.« Puaggi tippte an seinen Dreispitz, anstelle den obligatorischen Kratzfuß zu vollführen. »Ich habe, um ehrlich zu sein, die meisten höfischen Gesten und das hühnergleiche Gescharre mit den Schuhen sowie die vielen Eitelkeiten noch nie sehr geschätzt. Vermutlich hat mich mein königlicher Verwandter deshalb gleich auf ein Schiff gesetzt, das mich weit weg vom Hof trug, so wie ich es wollte.«

»Und ich bin froh, dass wir uns begegnet sind«, sagte Torben, rief den Schiffsjungen zu sich, der eine Flasche kalisstronischen Njoss bereithielt, und nahm einen Schluck davon. »Ihr auch?«, bot er dem Palestaner an. »Doch Obacht, für einen ungeübten Gaumen ist es nicht eben leicht zu ertragen.«

»Wenn ein Rogogarder es verträgt, verträgt es auch ein Palestaner«, zwinkerte Puaggi in Anspielung auf den jahrhundertealten Wettbewerb zwischen den beiden Staaten, der mal mehr, mal weniger blutig verlief. Er setzte an, hielt kurz inne, als er den scharfen Geruch bemerkte, der aus dem Flaschenhals stieg, und entschied sich dennoch, einen langen Zug zu nehmen. Die hellen Augen füllten sich mit Wasser, er hustete unterdrückt, schluckte aber tapfer.

»Ich habe nicht gesagt, dass *ich* es vertrage«, lachte Torben und erinnerte sich sehr gut an den furchtbaren Rausch, den er einst durch dieses Gesöff bekommen hatte. »Übrigens, eine weise Entscheidung, dass Ihr bei mir mitfahrt.«

»Sicher«, ächzte Puaggi und kämpfte mit den Nachwirkungen des Njoss. Sein Mund brannte davon, und er hatte das Gefühl, dass seine Zähne zu wackeln anfingen. Alle Zähne. »Die Tzulandrier kennen mein Schiff und würden uns nicht eben freundlich begrüßen. Zuerst waren wir ihre Verbündeten, nun haben wir sie nach ihrer Ansicht im Stich gelassen.« Er schaute Torben an. »So war es ja auch. Es gibt nichts Unbeständigeres als die Meinung eines Palestaners, heißt es auf Ulldart. Leider ist etwas Wahres dran.«

»Warten wir es ab, was sie zu einem rogogardischen Freibeuter sagen.« Torben legte die Hände an den Gürtel. Er gab die Hoffnung nicht auf, von den Fremden wenigstens mit dem Respekt empfangen zu werden, dem man einem Gegner gegenüber zeigte, welchen man als Kämpfer achtete. Dass sich die Rogogarder behaupten konnten, hatten sie den Tzulandriern im Verlauf des Krieges mehr als einmal bewiesen.

»Sichtkontakt zu einem Signalisten«, rief der Mann im Krähennest hinab aufs Deck, und Torben beorderte einen eigenen Mann an den Bug, um die Zeichensprache mit der Festung aufzunehmen.

»Sie warnen uns, näher als zwei Seemeilen heranzukommen«, übersetzte der Palestaner laut, der durch sein Fernrohr den Tzulandrier mit den Wimpeln beobachtete.

»Sag ihnen, dass wir eine diplomatische Abordnung sind und wegen eines Abzugs der Tzulandrier verhandeln möchten«, befahl der Kapitän dem Signalisten, der die Nachricht sogleich weiterleitete. »Wir bitten um Einfahrt in den Hafen, um mit dem höchsten Magodan von Angesicht zu Angesicht zu sprechen.«

Dieses Mal dauerte es lange, bis sie eine Erwiderung erhielten. »Wir sollen mit dem Schiff neben der Einfahrt in einer halben Meile Abstand vor Anker gehen und uns abholen lassen.« Puaggi hatte Mühe, den Wimpelschwüngen zu folgen. Der Tzulandrier gab sich wenig Mühe, die Bewegungen seiner Arme mit der notwendigen Genauigkeit auszuführen. »Wenn sich eine Bombardenluke während des Gesprächs öffnen sollte, versenken sie das Schiff und bringen die Delegation um.«

»Wir akzeptieren«, ließ Torben übermitteln und schickte den Signalisten wieder zurück an seinen Platz. »Kennt Ihr die Gepflogenheiten der Tzulandrier, Commodore?«, richtete er sich an Puaggi, der es aufgegeben hatte, sich gegen die falsche Anrede zu wehren.

»Nein, Kapitän. Ich bin leider noch zu jung, um nähere Bekanntschaft mit ihnen gemacht zu haben. Commodore Roscario hätte Euch mehr über sie berichten können.« Er setzte sich auf die Seilrolle und bewunderte die näher rückende Festung. »Ich weiß, dass sie jede Berührung mit den Menschen Ulldarts vermieden und sich abgeschottet haben. Sie haben niemals große Stücke auf uns Palestaner gehalten, und sehen sich einzig Tzulan verpflichtet. Für ihn, Lodrik und Govan Bardriç haben sie alles getan. Was ihre Denkweise, ihre Kultur, ihre Stärken und Schwächen angeht, weiß ich gar nichts.«

»Ich kann zwei Dinge beisteuern: Sie können verflucht gut kämpfen und besitzen eine unerreichte Disziplin.« Torben gab Befehl, die Segel zu reffen, um die Geschwindigkeit der Dharka zu verringern und die verlangte Position vor der Mauer einzunehmen.

Mit Sorge schaute er zu den Schießscharten der Festung, hinter denen sich die Bombarden schemenhaft abzeichneten. Sie zielten mit fünfzig Geschützen auf die Dharka. Eine Breitseite reichte aus, um sie in kleine Splitter zu verwandeln. »Bei den Ungeheuern der Tiefsee! Dass mir keiner eine unserer Geschützluken öffnet«, schärfte er seinem Maat ein. »Nicht einmal, um zu pinkeln oder hinauszuspucken.« Bevor der Mann ging, flüsterte ihm Torben noch etwas ins Ohr.

Auf sein Zeichen klinkte der Anker aus; das schwere Eisen durchbrach die Wasseroberfläche, rasselnd rollte sich die Kette ab, und das Drehkreuz des Ankerspills rotierte rasend schnell. Es dauerte lange, bis der Grund erreicht war. Viel war von der Kette nicht mehr übrig.

Das Tor schwenkte auf, und ein Boot mit einem einzigen Mast und vielen Segeln kam auf sie zu. An Deck standen zwanzig bewaffnete Tzulandrier, unschwer an den außergewöhnlichen Frisuren und verzierten Lederrüstungen als solche zu erkennen. Die Mannschaft dagegen bestand aus Ulldartern, vermutlich gefangene Turîten, die sich den Eroberern nach dem Sturm auf die Inseln ergeben hatten.

Einer der Tzulandrier deutete mit dem Finger auf das Deck; das war alles, was sie an Einladung erhielten.

Torben bestimmte vier seiner besten Kämpfer zu weiteren Begleitern, dann kletterten die Männer das Fallreep hinunter und wechselten über.

»Ich grüße Euch«, sagte er freundlich, während sich Puaggi so unauffällig wie möglich verhielt, was in den prunkhaften Kleidern nicht eben einfach war. »Wie heißt der Magodan, mit dem wir sprechen werden?«

»Kein Magodan«, antwortete ihm der Tzulandrier einsilbig und schaute ihn gar nicht erst an. »Ein Dä'kay.«

»Und sein Name? Ich möchte ein bisschen höflicher sein, als ihn nur mit seinem Rang anzureden.« Torben ließ nicht locker.

»Sopulka Dä'kay.« Wieder erging die Antwort in eine unbestimmte Richtung.

Die Rogogarder grinsten. Der Tzulandrier hatte augenscheinlich keine Lust, sich mit ihnen zu unterhalten. Das Boot hatte indessen alle Segel gesetzt und schoss durch die Einfahrt, sodass sich der Hafen der Iurdum-Insel vor ihnen auftat. Die Ankerplätze waren bis auf zwei der Bombardenträger leer.

»Ich habe vor ein paar Wochen drei Dutzend Schiffe ablegen sehen«, sagte Puaggi zu Torben. »Es wäre aufschlussreich zu erfahren, welchen Kurs sie genommen haben.«

»Da habt Ihr Recht, Commodore.« Der Rogogarder betrachtete die Kaianlagen ganz genau. Die Tore der großen Vorratshallen waren geschlossen und erlaubten keinerlei Einblicke, an den meisten Anlegestellen stapelten sich Säcke und noch mehr Kisten. »Vor kurzem waren viele Schiffe hier, haben ihre Ladung gelöscht und wieder abgelegt.«

»Iurdum?«, schätzte der Palestaner. »Sie sammeln hier die Minenerträge der anderen beiden Inseln.«

Torben spielte mit seinen Ohrringen. »Es könnte bedeuten, dass sie beabsichtigen zu gehen.« Immer wieder hatte er versucht, zumindest Augenkontakt zu der ulldartischen Mannschaft herzustellen, doch die Männer vermieden es, in die Richtung der Abordnung zu blicken. Offenbar hatten sie Angst.

Das Boot fuhr bis zum Ende des rechteckig angelegten Hafens und machte an einem Holzsteg fest. »Aussteigen«, lautete die gewohnt unfreundliche Aufforderung. Die Krieger bildeten eine Eskorte, welche die Besucher in die Mitte nahm und durch die leeren Straßen zur Zitadelle führte.

Dort marschierten sie durch das Haupttor und wurden in die Wachstube gebracht, wo sie von einem Tzulandrier in einer besonders prächtigen Lederrüstung erwartet wurden. Er saß auf einem einfachen Stuhl, die Arme lagen ruhig auf der groben Tischplatte. Die blonden Haare trug er kurz und nach einem besonderen Muster ausrasiert; über der Stirn hatte er zwei dünne, lange Zöpfchen, die mit Fett in Form gebogen waren, sodass es aussah, als besäße er Insektenfühler. Seine Augen musterten die Neuankömmlinge.

»Ihr seid gekommen, um Verhandlungen zu führen«, eröffnete er die Unterredung mit dröhnender Stimme.

»Ich grüße Euch, Sopulka Dă'kay«, lächelte Torben und zeigte seine goldenen Zähne. »Ich bin Torben Rudgass, das sind meine Männer, und dies ist Sotinos Puaggi, Commodore und Begleiter bei dieser Mission.«

»Eines der verweichlichten Schürzenkinder, das in den Schoß der Königreiche zurückkriechen wollte, als die Dinge schlecht standen«, sagte Sopulka verächtlich. »Und schon wurden sie wieder im Kreis der anderen Jammergestalten aufgenommen, die mit uns verhandeln möchten, anstatt es zu wagen, einen Angriff gegen die Festungen zu führen.« Er legte den Kopf zur Seite und wartete, was seine Beleidigungen bewirkten.

»Ulldart hat genug Krieg gesehen. Aber ich warne Euch, Sopulka Dä'kay. Wir sind dennoch in der Lage, Euch und Eure Männer zusammen mit unseren Freunden aus Tarvin und Kalisstron zu vernichten, wenn Ihr keine Einsicht zeigt und nach Hause segelt.« Torben tat ihm nicht den Gefallen, sich aufzuregen. Früher, als junger Freibeuter, hätte er dem Tzulandrier sein bestes Lachen ins Gesicht geschleudert und ihn gefordert; heute war er besonnener.

»Wenn du zu Tzulan willst, sag es«, forderte Puaggi giftig und trat einen Schritt vor, eine Hand auf den Griff des Rapiers gelegt. »Ich schicke dich auf der Stelle dorthin!«

»Darf ich Euch daran erinnern, dass die Szene, in der wir uns zu unserem Schiff zurückkämpfen, erst *nach* den gescheiterten Verhandlungen kommt?«, raunte Torben ihm zu und musste dennoch grinsen. Der Palestaner war mehr und mehr nach seinem Geschmack.

»Hast du den falschen Rock an?«, spaßte der Dä'kay. »Ist dir beim Parfümieren zufällig Heldenwasser in die Finger geraten?« Seine Leute lachten. »Lass dein Frauenschwert an deiner Seite stecken, ich tue Unterhändlern nichts zu Leide, und es wäre mir sehr peinlich, wenn ich wegen dir Schwächling eine Ausnahme machen müsste.« Er lehnte sich nach vorn. »Also, wie lautet der Vorschlag der vereinigten Reiche der Jammerlappen?«

Torben nahm das gesiegelte Pergament hervor, das ihm Perdór hatte zukommen lassen. »Wir ersuchen Euch, erstens im Namen aller Königreiche keinerlei Angriffe gegen unsere Schiffe zu unternehmen, und zweitens im Namen des Königreichs Tûris, seinen Grund und Boden wieder zurückzugeben. Diese Forderung wird von den anderen Königreichen unterstützt«, verlas er die Worte. »Dafür bieten wir freies Geleit in die Heimat, den Verzicht auf magische Angriffe gegen Euch und Eure Schiffe sowie eine Entschädigung von zehntausend Heller, die dem letzten Schiff, das von hier ablegt, übergeben werden sollen.«

»Zehntausend Heller sind nicht wirklich viel Geld«, meinte Sopulka belustigt. »Wir haben in den Minen und in den Lagern so viel Iurdum liegen, dass wir auf das Geld verzichten können.«

»Auf das Geld schon, aber was ist mit Eurem Leben?« Torben sagte das fröhlich lachend, beinahe kumpelhaft, als unterhielte er sich in einer kleinen Taverne mit einem Freund, dem er unbedingt einen Ratschlag erteilen wollte. »Ihr erinnert Euch, Dă'kay, was Euer einstiger Befehlshaber Lodrik und dessen Kinder vermochten? Jetzt stehen die Magischen auf unserer Seite. Die Flutwelle, die meine Heimat traf, könnte nun die Mauern dieser Festung fortspülen. Und dieses Mal«, Torben nickte in Richtung Fenster, »habt Ihr da draußen kein Gegenmittel gegen Lodrik und die anderen.«

»Das ist wahr«, meinte Sopulka. »Aber die Königreiche des Weinens und Greinens wollen es lieber erst mit warmen Worten versuchen, um sich die Arbeit zu ersparen, alles auf den Inseln neu errichten zu müssen, habe ich Recht?«

»Ihr habt mich vollkommen richtig verstanden, Dă'kay«, stimmte ihm der Rogogarder zu. »Erst das Zuckerbrot. Wollen die Tzulandrier wirklich lieber die Peitsche, soll es so sein.« Er betrachtete das Mienenspiel des Mannes, der seine überlegene Art abgelegt hatte. Es war wie bei einer Kartenpartie: Selbst wenn der andere das bessere Blatt hatte, konnte ein gutes Täuschungsmanöver dem vermeintlich Unterlegenen noch zum Sieg verhelfen. In diesem Fall waren beide Seiten zu gute Spieler, um auf die Versuche hereinzufallen. Er konnte nicht voraussagen, wie Sopulka sich verhalten würde.

»Bis wann wollt Ihr eine Entscheidung?« Der Dä'kay war der Erste, der das Schweigen brach, und gab sich dadurch als derjenige mit der schlechteren Position zu erkennen.

»In einer Woche solltet Ihr es mich spätestens wissen lassen.« Torben beging nicht den Fehler, dem Tzulandrier gegenüber seinen Triumph offen zu zeigen, denn der verletzte Stolz eines Kriegers konnte auf einen Schlag alles wieder ändern. »Bis dahin schlage ich vor, dass Ihr Eure Magodane anweist, die Handelsschiffe in Frieden zu lassen.«

Sopulka blickte nach links zu einem anderen Tzulandrier, dann neigte er den Kopf. »Von mir aus. Seht es als Zeichen meines guten Willens.« Er hob warnend den Zeigefinger. »Doch sollte keiner von Euren Königen unsere Großmütigkeit mit Schwäche verwechseln. Dass ich mir das Angebot überlege, heißt noch lange nicht, dass wir die Inseln räumen. Ich weiß sehr wohl, dass es auf Ulldart derzeit niemanden mehr gibt, der es an Macht und Stärke mit unserem toten Herrn Govan aufnehmen kann. Weder Lodrik noch sonst jemand.«

Der Wächter öffnete die Tür, was Torben als Zeichen verstand, die Festung zu verlassen.

»Ich gehe davon aus, dass Ihr mit Eurem Schiff vor der Festung auf meine Antwort wartet«, rief ihnen Sopulka hinterher. »Ich verspreche Euch, dass keine Kugel seine Planken berührt.«

Torben lächelte. »Und ich verspreche Euch, dass wir davon absehen, die Festung in einem Handstreich einzunehmen.«

»Was uns ohne Weiteres gelänge«, fügte Puaggi herrlich selbstsicher hinzu. »Es würde mir sogar große Freude bereiten, deine Augen zu sehen, wenn wir uns im Kampf gegenüberständen und ich dir eine Lektion mit meinem Frauenschwert erteilte.«

Die Augen des Dă'kay funkelten belustigt. »Also schön. Ich nehme deine Forderung an, mutiger junger Palestaner. Wenn mein Signalist Euch ein zweites Mal hinter die Tore bittet, damit ich Euch meine Entscheidung mitteile, stehe ich dir danach zu einem Tanz zur Verfügung, den du in deinem Leben nie vergessen wirst.« Er winkte gönnerhaft, und die Wächter schoben Puaggi und die vier Rogogarder hinaus.

Auf dem Rückweg zum Boot, das sie wieder zur *Varla* bringen sollte, stimmte Torben ein rogogardisches Kaperlied an. Seine Begleiter fielen in den Chor mit ein und schmetterten die Strophen, als ginge es darum, den Seeleuten eines feindlichen Schiffes Angst zu machen. Doch das Blinzeln, das Torben Puaggi zuwarf, machte den jungen Offizier stutzig. Die Männer sangen mit einer ganz bestimmten Absicht. Erst als die Delegation an Deck des tzulandrischen Seglers stand, endete der improvisierte Chor.

»Da habt Ihr Euch mit Sopulka einen netten Brocken ausgesucht«, grinste Torben den Palestaner an. »Ich zweifle nicht an, dass Ihr Euch auf den Umgang mit dem Rapier versteht, doch versucht einmal, damit eine Axt abzuwehren.«

Puaggi grinste zurück, und trotz seines spitzen Gesichtes, das ihn noch überheblicher wirken ließ, als Palestaner es in Wirklichkeit waren, sah er äußerst freibeuterhaft aus. »Es wird mir eine Ehre sein, Euch zu zeigen, dass es ausgezeichnete Fechter in meinem Land gibt.«

In rascher Fahrt ging es zurück auf die Dharka. Wieder an Bord, befahl Torben seine Unteroffiziere und Puaggi in seine Kabine. Dort schenkte er Rum in Gläser aus, wobei er drei mehr als benötigt füllte.

»Ist das ein Opfer für Ulldrael, damit er die Tzulandrier gnädig stimmt?«, erkundigte sich der Palestaner neugierig.

Da öffnete sich die Tür, und drei nasse, aber sehr zufrieden aussehende Matrosen betraten den kleinen Raum. Sie hatten sich Decken umgehängt und bekamen aus den Händen ihres Kapitäns den Rum gereicht.

»Sie haben alle Lagerhäuser geleert«, begann der Erste, nachdem er einen großen Schluck genommen und sich geschüttelt hatte. »Sie müssen die Sachen ausgeräumt haben, um für neue Ladung Platz zu schaffen.«

»Könnte es noch mehr Iurdum sein?«, hakte Torben ein und goss nach.

Puaggi begriff nicht, woher die Leute ihre Weisheit nahmen.

»Nein, Kapitän.« Der Zweite schüttelte den Kopf, dass das Seewasser spritzte und die Umstehenden traf, die sich zum Scherz lautstark beschwerten und ihm leichte Hiebe versetzten, was der Mann mit einem Lachen hinnahm. »Ich habe einige Dutzend Kalfathämmer, Berge von Werg, Teer und weitere Werkzeuge gesehen. Sie bereiten sich darauf vor, schadhafte Schiffe, die von einer langen Überfahrt kommen, unverzüglich auszubessern. Die Materialmenge ist schwierig zu schätzen. Es reicht sicherlich aus, um fünfzig Schiffe und mehr zu verarzten.«

Der Dritte schnappte sich die Flasche, ohne auf den Protest um ihn herum zu achten, und leerte sie feixend, ehe er sagte: »Es gibt derzeit kaum Männer in der Festung, Kapitän. Die

Tzulandrier wollen uns verkohlen. Ich habe in den Quartieren weniger als fünfzig belegte Betten gezählt.«

»So viel zu Eurem prophetischen Vorschlag, die Festung im Handstreich zu nehmen«, meinte Puaggi, der noch immer nicht verstand, woher die drei durchnässten Männer diese Neuigkeiten bezogen. Sie waren nicht mit an Bord der Fähre gewesen.

»Ihr habt Euch sicher gefragt, weshalb ich Euch zugeblinzelt habe, als wir gesungen haben, oder?«, wandte sich Torben an ihn. »Wir haben einen alten Freibeutertrick angewandt.« Er schaute sich suchend im Raum um, dann nahm er sich die leere Rumflasche. »Stellt Euch einen Ledersack voller Luft vor, der absolut dicht ist, dann bindet Ihr Euch Gewichte um, damit Euch der Sack nicht an die Oberfläche trägt, sobald Ihr taucht.«

»Sie haben sich unter das tzulandrische Schiff gehängt!«, durchschaute Puaggi die Vorgehensweise.

»Oh, ihr Götter! Nun wissen die Palestaner, wie wir es geschafft haben, in gesperrte Häfen zu gelangen«, seufzte einer der Taucher und mimte den Verzweifelten. »Wir werden niemals mehr schmuggeln können.«

»Nein, Männer.« Torben klopfte Puaggi auf die Schulter. »Unser junger Freund hier wird sicherlich schweigen, wenn wir ihn darum bitten, denn in seinem Herzen ist er mehr ein Rogogarder als eine Krämerseele.«

Auf dieses Lob hätten die meisten Palestaner mit Entrüstung reagiert, doch Puaggi grinste nur breit und freute sich über das Vertrauen, das ihm entgegengebracht wurde.

»Früher hätte der Kapitän solche Unternehmungen noch selbst angeführt«, zwinkerte einer der Taucher. »Aber er ist ein bisschen in die Jahre gekommen, und das Fett um seine

Hüften hätte ihn nach oben getragen. Da nützt der schwerste Bleigurt nichts.« Die Männer lachten rau und laut. Torben schienen die Frotzeleien nichts auszumachen.

Puaggi freute sich, inmitten der verschworenen Gemeinschaft zu sitzen, die wenig Unterschiede zwischen Kapitän und einfachen Matrosen kannte und dennoch bestens funktionierte.

»Bevor ich es vergesse«, unterbrach der zweite Taucher die Heiterkeit. »Ich habe noch mehr Neuigkeiten. Es gibt anscheinend einen Menschen auf Ulldart, den sie den *kleinen Silbergott* nennen.«

»Einen *was*?« Torben stand auf und ging zum Schrank, in dem der Rum lagerte, um eine neue Flasche zu öffnen. »Einen Silbergott?«

»Ein Händler vielleicht, der mit Silber sein Geld verdient oder unheimlich viel Silber besitzt?«, versuchte Puaggi eine Lösung anzubieten. »Oder hat es etwas mit dem Iurdum zu tun?«

»Ich weiß es nicht. Ich habe gehört, wie sich zwei Tzulandrier unterhielten, und das Einzige, was ich verstand, waren die Worte *kleiner Silbergott* und *Ulldart*.«

»Das kann alles Mögliche bedeuten.« Torben schenkte erneut von dem starken Alkohol aus, dieses Mal jedoch zeigte er sich wesentlich geiziger, damit seine Männer einen klaren Kopf behielten. »Vielleicht ein Mann, mit dem sie in der Vergangenheit zusammengearbeitet haben und der ein Vertrauter Govans war. Unschöner wäre es allerdings, wenn es einen Verräter auf Ulldart gäbe, der sie weiterhin bei ihren Vorhaben unterstützt.«

»Wenn es ihn gibt, muss man ihn finden, um mehr über das herauszufinden, was die Tzulandrier beabsichtigen.«

Puaggi spürte die Wirkung des Branntweins, der ihm in den Kopf stieg und ihn dazu brachte, Dreispitz und Perücke abzuziehen. Darunter kam kurzes schwarzes Haar zum Vorschein, das am Schädel zu kleben schien. Die künstliche Haarpracht und der Schweiß formten eine höchst eigenwillige Frisur, die ihm weit besser stand als die Perücke.

»Wir werden es Perdór wissen lassen, sobald wir wieder im Hafen von Samtensand sind.« Torben setzte im Stillen die Bruchstücke zusammen und erhielt ein beunruhigendes Bild für die Zukunft des Kontinents. Man wartete auf eine große Flotte, die aus Tzulandrien kam. Vielleicht hatte Govan die Verstärkung vor seinem Tod herbeibefohlen, da er ahnte, dass ihm die eigenen ulldartischen Truppen davonliefen.

Nahm er fünfzig Schiffe an und rechnete jeweils nur zweihundert Krieger, so rollten in dieser ersten Welle zehntausend neue Feinde auf das vom Krieg geschwächte Ulldart zu, die in den tzulandrisch besetzten Gebieten Palestans und auf den drei Inseln vor Tûris sicher an Land gingen und sich so tief eingruben, dass man sie in den nächsten Dekaden nicht mehr von der Erde lösen würde.

Und wer sagte, dass es bei dieser ersten Welle bliebe? Die Tzulandrier konnten nach dem Verlust ihrer Fürsten Govan und Sinured beschlossen haben, sich Ulldart auf eigene Faust einzuverleiben. Ein solches Vorhaben passte sehr gut zu dem kriegerischen Volk, das unentwegt nach Eroberung drängte.

»Geht zu Bett«, befahl Torben den dreien. »Gute Arbeit, Männer.«

Die Gruppe löste sich auf. Einer nach dem andern verließen sie die Kajüte des Kapitäns, als der zweite Taucher auf der Schwelle stehen blieb, an den Gürtel langte, um etwas hervorzuziehen, und es Torben reichte. »Das habe ich gefunden. Es sah so gar nicht nach Tzulandriern aus, daher dachte ich, dass es Euch interessieren würde.«

Torben betrachtete das zerrissene Lederstück, das einmal zu einer Unterarmschiene gehört hatte. Darauf waren Zeichen eingeritzt, die er sehr, sehr gut kannte.

»Varla«, flüsterte er erschrocken und verlor alle Farbe aus dem Gesicht.

Jetzt *musste* er in die Festung.

Kontinent Ulldart, Königreich Tûris, die freie Stadt Ammtára, Spätsommer im Jahr 1 Ulldrael des Gerechten (460 n. S.)

Tot?«, raunte eines der Versammlungsmitglieder fassungslos. »Alle?«, ergänzte ein weiteres ängstlich.

Pashtak hatte auf seinem Stuhl Platz genommen und wünschte sich aufs Innigste, ein einfacher, unbedarfter Einwohner der Stadt zu sein und nichts von den bedrohlichen Vorgängen innerhalb der Mauern Ammtáras zu wissen. Neben ihm standen Estra und Tokaro als Zeugen dessen, was sie in der Unterkunft der Kensustrianer entdeckt hatten. »Ja, die Delegation wurde ohne Ausnahme niedergemacht, und ihre Leichen wurden grässlich zugerichtet«, bestätigte er dem Gremium noch einmal den Fund.

»Das wundert mich nicht«, grummelte Kìgass, ein kreatürlicher Vertreter der Einwohner in der Versammlung. »Die ganze Stadt hat gewusst, weshalb die Grünhaare gekommen sind. Manche von uns sind nicht eben die Gescheitesten, dafür umso heißblütiger, und ihre Wut hat sich wohl entladen. Die Delegation hätte mit einem solchen Vorkommnis rechnen müssen.«

»Was mir äußerst merkwürdig erscheint, ist, dass es keinerlei Aufruhr um das Haus gab, in dem die Kensustrianer nächtigten«, meldete sich Estra als Inquisitorin zu Wort. »Keiner der Nachbarn hat etwas bemerkt.«

»Sie *wollen* nichts bemerkt haben, Inquisitorin«, meinte Kiìgass.

Estra schüttelte den Kopf. »Nein, sie *haben* nichts bemerkt«, blieb sie bei ihrer Erkenntnis. »Pashtak hätte ihre Lügen gerochen. Es kann also keine aufgebrachte Horde von Leuten gewesen sein. Für mich sieht es so aus, als sei jemand in aller Stille bei ihnen eingebrochen und habe einen nach dem anderen gemeuchelt.« Sie schaute in die Runde. »Wir haben an den Waffen der Kensustrianer kein Blut gefunden. Das heißt, nicht einmal die Krieger selbst erhielten eine Gelegenheit, sich zur Wehr zu setzen und einen der Angreifer wenigstens zu verletzen.«

Pashtak erfreute sich an Estras Anblick. Die heranreifende junge Frau verbarg ihre Aufregung äußerlich sehr gut. Kaum war sie Inquisitorin geworden, hatte sie einen Fall zu lösen, wie er gefährlicher nicht sein konnte. *Sie bewährt sich*, dachte er. *Es war eine gute Wahl, ihr das Amt zu übergeben*.

»Das kann nur bedeuten, dass die Kensustrianer wegen eines einzigen Vorsatzes umgebracht wurden: um unsere Stadt in den Untergang zu treiben«, schloss Kiìgass. »Wer kommt dafür in Frage?«

»Die Kensustrianer selbst? Würden sie so weit gehen, um eine Rechtfertigung vor den anderen Königreichen Ulldarts zu haben?«, kam es aus der Runde.

»Tzulani, die im Verborgenen unter uns leben?«, erweiterte Nechkal die Runde der Verdächtigen. »Sie könnten der Ansicht sein, dass wir besser vernichtet werden, als Tzulan weiterhin zu verraten.«

Pashtak nickte. »Ich sehe es ähnlich. Ich halte die Tzulani für die Schuldigen«, gab er seine Meinung kund. »Und genau so werden wir es dem kensustrianischen Heer vor unseren Toren erklären. Ihr alle sowie Estra und Tokaro von Kuraschka werdet mich begleiten, damit sie sehen, dass wir es ernst meinen und uns nicht vor ihnen oder der Wahrheit fürchten.«

»Nun, ich bin sehr gespannt, was sie auf diese Neuigkeit hin sagen werden. Wahrscheinlich ist, dass sie uns angreifen werden, sobald sie vom Tod ihrer Priester erfahren«, gab Kiìgass zu bedenken. »Unterhändler genießen besonderen Schutz, den wir ihnen nicht gegeben haben.«

»Wir können es nicht mehr rückgängig machen.« Pashtak konnte Schwarzmalerei nicht ausstehen. Kiìgass redete den Untergang herbei, anstatt alles daran zu setzen, ihn zu verhindern. »Sieh es so: Falls sie uns töten, müssen wir nicht mehr erleben, wie Ammtára untergeht.« Er stand auf. »Gehen wir.«

Die Mitglieder der Versammlung der Wahren erhoben sich, verließen das Gebäude und schritten durch die nächtlichen Gassen. Die Leichen der Kensustrianer waren auf Wagen geladen worden und wurden hinter ihnen hergefahren.

Tokaro vermied es, Estra anzuschauen. Er rang mit seinen Gefühlen. Zum einen zog sie ihn an, zum anderen machte ihm ihre Herkunft, besser gesagt ihre Abstammung zu schaffen.

Die Inquisitorin schien den Kopf voll mit anderen Dingen zu haben. Sie redete unterwegs ständig mit Pashtak und tat so, als befände er sich gar nicht unter ihnen.

Daher beschloss Tokaro, den Großmeister von dem Stand der Dinge in Kenntnis zu setzen, damit die Hohen Schwerter im ungünstigsten Fall auf einen Angriff der Kensustrianer vorbereitet waren.

Er entschuldigte sich und verließ die Gruppe. Bald darauf stand er vor einem nur mit Untergewand und Mantel bekleideten Kaleíman von Attabo und berichtete ihm von den Ereignissen.

»Was tun wir?«, fragte er schließlich. »Stellen wir uns auf die Seite von Pashtak und seinen Leute, die wohl wirklich nichts mit dem Mord zu tun hatten, oder sind wir neutral und warten, wie das Ganze endet?«, wollte Tokaro von Kaleíman wissen.

»Wir reisen ab.«

»*Wir reisen ab?*« Tokaro starrte den Großmeister an, als habe er einen Geisteskranken vor sich. »Aber unser Aufbruch könnte als Zeichen gewertet werden, dass der Orden sich vor einer Auseinandersetzung fürchtet und denen nicht beisteht, die in Taromeel für die Freiheit Ulldarts gekämpft haben!«

Der Großmeister richtete sich in seinem Sessel auf und schaute den jungen Ritter besänftigend an. »Diese Stadt ist eine einzige Falle, aus der es kein Entkommen geben wird. Noch haben die Kampfhandlungen nicht begonnen, und es gibt keinen Grund für die Kensustrianer, uns nicht durch den Belagerungsring ziehen zu lassen.«

»Wir lassen sie tatsächlich im Stich? Was sagt Angor dazu?«, begehrte Tokaro auf und hatte dabei vor allem das liebreizende Gesicht Estras vor Augen. »Seit wann verlassen die Hohen Schwerter einen Kampfplatz?« Er legte die Hand auf den Griff der aldoreelischen Klinge. »Wir genießen den Ruf, großartige Kämpfer zu sein. Und wir haben uns mit der Neugründung des Ordens verpflichtet, der guten Sache zu dienen, Großmeister!«

»Ist es denn die gute Sache? Wir wissen überhaupt nichts über den Grund der Forderung.« Kaleímans Gesicht wurde abweisend. »Unsere Gemeinschaft hat mich zum Anführer erwählt, Tokaro, und ich sage: Wir verlassen die Stadt. Es ist zu früh für uns. Die Letzten von uns würden endgültig vernichtet werden, bevor wir neue Anhänger für Angor erkoren hätten.« Er deutete auf die Tür. »Geh und sage es den Männern. Sie sollen sich bereit machen und die Wagen anspannen.«

Tokaro rührte sich nicht von der Stelle. »Kaleíman, *bitte!* Wir müssen ihnen beistehen! Auch wenn unser Verbleib in Ammtára nur moralischer Natur sein mag, so ist es dennoch Beistand. Und die Kensustrianer werden es sich umso mehr überlegen, gegen die Stadt vorzugehen. Die Bewohner haben die Schwierigkeiten, in denen sie stecken, schließlich nicht zu verantworten.«

»Tokaro, sag den Männern Bescheid.«

»Kaleíman, ich …«

Der Großmeister erhob sich ruckartig und schlug mit den flachen Händen auf die Tischplatte. »Ich dulde keinen Widerspruch, Tokaro von Kuraschka! Weder in einer Schlacht noch unter diesen Umständen. Ich stelle es dir frei zu bleiben, wenn dir dein Untergang am Herzen liegt. Der Rest des Ordens wird abreisen.«

»Vielen Dank, Großmeister. Angor segne Euch«, knurrte Tokaro, deutete eine Verbeugung an und entfernte sich, ohne zu zögern, um rasch zu Pashtak und Estra zurückzukehren, die bereits das Stadttor erreicht hatten. Wenigstens er würde bleiben.

Doch seine Nachricht über den Abzug der Ritter drückte die Laune der anderen noch mehr. »Weshalb bist du noch hier?« Estra sprach wieder mit ihm.

»Deinetwegen«, sagte er. »Du bist die Tochter des Mannes, dem ich mehr als mein Leben schulde, und ich werde alles tun, um dein Leben zu beschützen.«

Erkundend blickte sie in seine blauen Augen. »Ist das alles, Tokaro?«, fragte sie leise, aber fest; ihre Stimme verriet, dass sie sich wünschte, noch einen weiteren Grund zu erfahren.

Doch den Gefallen tat er ihr nicht. Noch nicht. »Ja, das ist alles, Estra«, gab er zurück. »Ich würde für dich sterben. Ist das nicht genug?«

»Du würdest für mich sterben, weil ich die Tochter eines großspurigen Ritters bin«, korrigierte sie ihn und wandte den Kopf nach vorn. »Nicht wegen meiner selbst«, raunte sie.

Er biss sich auf die Lippen, um zu verhindern, dass ihm das Geständnis seiner Liebe und damit die Wahrheit herausschlüpfte. Nicht hier und nicht vor aller Augen und Ohren.

Die Abordnung verließ Ammtára mit bangem Gefühl.

Pashtak wurde beinahe übel von den intensiven Angstgerüchen um ihn herum; darein mischte sich völlig unpassend das Odeur von Tokaro, dem die Zuneigung für die Inquisitorin aus allen Poren drang, und auch Estra umgab sich mit einer Wolke aus Lockstoffen. Mochten die beiden jungen

Menschen sich noch so sehr angiften, es gab Zeichen, die gegenteilige Gefühle verkündeten. Dabei war es ein äußerst unpassender Zeitpunkt für eine Balz.

Die kensustrianischen Wächter hielten sie auf halber Strecke an. Sie rochen seltsam und vor allem kein bisschen nach Furcht. Selbst bei der Schlacht von Taromeel, so fiel es Pashtak nebenbei ein, hatte er nicht einmal den Geruch kensustrianischer Furcht in die Nase bekommen.

»Wir möchten zu Eurem Anführer«, bat er den Mann, der ihm wie die zehn weiteren Wächter den Speer entgegenreckte und sie am Weitergehen hinderte.

»Er ist auf dem Weg hierher«, lautete die knappe Erwiderung, die Spitze wurde nicht gesenkt. »Ihr werdet warten müssen.«

Während sie sich ins Warten fügten, hörten sie hinter sich das Rasseln von vielen schweren Rüstungen. Pferdehufe klapperten, und kurz darauf ritten die Hohen Schwerter aus dem Portal und bogen nach Norden ab. Die Kensustrianer machten keinerlei Anstalten, sie aufzuhalten. Sie hatten mit dieser Angelegenheit nichts zu schaffen.

Schließlich schob sich ein Krieger mit einem silberverzierten Helm durch die Reihen der Wächter. Das kalte polierte Metall bildete einen harten Kontrast zu der sandfarbenen Haut und den bernsteingleichen Augen.

»Ich bin Waisûl.« Er schaute über Pashtak hinweg zu den Karren, auf denen die Leichen seiner Landsleute lagen. »Was ist geschehen?«, erkundigte er sich in einem nüchternen Ton und klang zur Erleichterung aller nicht danach, als würde er auf der Stelle den Sturm auf Ammtára befehlen.

»Wir sind dabei, die Ereignisse zu untersuchen, Waisûl, und wir haben, das schwöre ich bei meinem Leben, nichts mit der Ermordung der Delegation zu tun«, beteuerte Pashtak und legte das Wenige dar, was sie bislang wussten.

Als er endete, sagte Waisûl: »Es wurde kensustrianisches Blut vergossen, und wir verlangen, dass diejenigen, welche die Waffen führten, gefunden und an uns ausgehändigt werden. Wir werden über ihre Leben beschließen.«

»Was wird mit dem Angriff auf Ammtára?«, fragte Pashtak vorsichtig.

»Könnt Ihr uns zumindest sagen, was hinter dem Ultimatum steckt und welche Bedeutung der Name unserer Stadt in Eurem Land hat? Ist er so grässlich und schrecklich, dass Ihr deswegen Unschuldige vernichten müsst?«, ergänzte Estra mit klopfendem Herzen. Sie fürchtete, dass ihre kensustrianischen Wurzeln von Waisûl erkannt wurden.

Waisûl verzog nicht einmal das Gesicht, er zeigte nicht die kleinste Reaktion; selbst der Tod der Krieger und Priester ging ihm nicht nahe. »Ich kann Euch keine Antworten auf Eure Fragen geben«, meinte er abweisend. »Mein Befehl lautet, die Stadt notfalls mit Gewalt einzunehmen und sie dem Erdboden gleichzumachen, wenn die Forderungen nicht erfüllt werden.« Er ging an ihr vorbei zum Wagen, winkte einige der Wächter zu sich und wies sie an, die toten Krieger ins Lager zu tragen. Die Priester beachtete er kaum. »Nun verhält es sich so, dass Unbekannte diejenigen getötet haben, welche uns die Befehle geben sollten. Ich kann nichts anderes tun, als einen Boten in meine Heimat zu senden und auf neue Priester zu warten.« Er kehrte an seinen alten Platz zurück. »Bis dahin bleiben mein Heer und ich genau an diesem Punkt vor der Stadt. Verhandlungen«, er betrachtete zuerst Pashtak, dann Estra sehr lange, »wird es mit mir nicht geben. Ihr müsstet dafür nach Kensustria reisen und die Priester bitten, dass sie Euch mehr von dem preisgeben, was der Grund für mein Erscheinen ist. Ich werde meinen Boten in einer Woche auf den Weg schicken.« Waisûl trat zwischen die Wächter und ging zurück zu seiner Unterkunft. »Sind die Priester vor Euch hier, ist die Stadt verloren.«

»Ich breche morgen auf«, erklärte Pashtak unverzüglich. »Estra wird mich begleiten.«

»Und ich begleite Estra«, sagte Tokaro sofort.

»Die Inquisitorin muss den Mord an der Delegation aufklären. Was soll sie in Kensustria?«, stellte Kiìgass eine berechtigte Frage, die Pashtak nicht ehrlich beantworten konnte. Sonst hätte er zu viele Geheimnisse Estras offenbaren müssen, wie zum Beispiel die Tatsache, dass sie die kensustrianische Sprache beherrschte. Das war ein unschätzbarer Vorteil in dem geheimnisvollen Land.

»Ich brauche ihren scharfen Verstand bei den Verhandlungen«, sagte er einfach. »Ihr werdet eure Hirne anstrengen und die Mörder selbst fangen müssen. Zeigt, dass ihr es verdient, die Versammlung der Wahren genannt zu werden.« Er deutete auf das Tor. »Gehen wir. Ich muss schlafen und einiges vorbereiten, bevor wir uns morgen früh auf den Weg machen.«

Sie kehrten nach Ammtára zurück, um den Aufschub der Frist zu verkünden.

Genau zwischen der Stadt und dem Lager der Kensustrianer stand der Karren mit den Leichen der beiden Priester, um die sich weder die einen noch die anderen kümmerten.

»Die Macht in einem Land zu besitzen bedeutet nicht, dafür geliebt zu werden«, sagte Estra, nachdem sie einen Blick über die Schulter geworfen hatte.

Kaleíman von Attabo ritt an den Rand der breiten Straße, um seinen Tross passieren zu lassen, während er die Augen auf die Silhouette Ammtáras richtete, die etwa fünf Meilen hinter ihnen lag.

Es tat ihm weh, den Rückzug anzutreten. Angor allein wusste, dass er nicht anders handeln konnte. Der Orden hatte eine wichtigere Aufgabe als den Schutz der Stadt zu erfüllen.

Die Pflicht gegenüber dem gesamten Kontinent hatte ihn und die Hohen Schwerter dazu veranlasst, die bedrohten Einwohner ihrem Schicksal und dem Verhandlungsgeschick der Versammlung der Wahren zu überlassen.

»Beschütze deinen Diener Tokaro, dem ich nicht die ganze Wahrheit sagen durfte«, bat er seinen Gott.

Ein Reiter näherte sich ihm. Im Schein der Lampen und Fackeln, die an den vorbeiziehenden Wagen angebracht waren, erkannte er seinen Seneschall Zamradin von Dobosa, der wie er seine vollständige Rüstung trug. Für den Gegenwert des Harnischs hätte eine einfache Familie ein Häuschen samt Stall bauen und Tiere dazu kaufen können. Die meisten Menschen auf dem Kontinent sprachen von Prunksucht, wenn sie den Rittern begegneten, worüber Kaleíman und seinesgleichen nur lächelten. Die Lästerer verstanden nicht, welche Bedeutung die Rüstung hatte.

»Großmeister, wo sollen wir das Lager aufschlagen?«, fragte ihn Zamradin, nachdem er sein Pferd neben ihm zum Stehen gebracht hatte. »Ich traue dem trockengelegten Moor nicht. Es gibt immer noch zu viele feuchte Stellen, an denen ein Wagen oder ein Mann versinken kann.«

»Du hast Recht. Wir ziehen weiter. Die Straße ist gut genug ausgebaut, dass wir sie auch nachts nutzen können«, entschloss er sich. »Sag der Vorhut, dass sie erst beim nächsten Gehöft oder Dorf anhalten sollen. Ich will sichergehen, dass wir festen Boden unter den Füßen haben.«

Der Seneschall nickte und wendete sein Pferd.

Im nächsten Augenblick erklangen laute Schmerzensschreie von der Spitze des Zuges. Von vorne brüllte jemand laut: »Räuber! Ein Hinterhalt!«, dann schlugen Schwerter aneinander.

»Sichert die Wagen«, befahl Kaleíman den Knechten, nahm den Schild von der Sattelhalterung und zog seine aldoreelische Klinge, um sich in den Kampf zu stürzen. »Was immer geschieht, verteidigt sie mit eurem Leben.«

Er gab seinem Pferd die Sporen und preschte zusammen mit Zamradin an den Karren vorbei nach vorn. Als er die fechtenden Männer sah, ließ er die Zügel los und dirigierte sein Reittier allein mit dem Druck seiner Schenkel und indem er sein Gewicht verlagerte.

»Zurück mit euch, Gesindel!«, donnerte er. »Ihr habt es gewagt, euch mit den Hohen Schwertern anzulegen, und ihr werdet sehen, dass es keine Gnade für jeden gibt, der seine Waffe nicht auf der Stelle wegwirft.«

Die Räuber achteten nicht auf seine Drohung. Sie hatten die Vorhut, die aus kaum gepanzerten Knappen bestand, beinahe vollständig überwältigt und glaubten an einen raschen Sieg. Erst als sie am Funkeln der polierten Rüstungen erkannten, welche Gegner auf sie eindrangen, schwand ihre Zuversicht. Sie versuchten, in das Dornendickicht am Wegesrand zu entkommen.

»Folgt ihnen nicht«, befahl der Großmeister. »Steckt die Büsche an und lasst das Feuer ihre Deckung rauben.« Er steckte die aldoreelische Klinge weg, nahm sich eine Fackel von einem Wagen und schleuderte sie mit einem kraftvollen Wurf in die Wildnis. Kurz danach tanzten an dieser Stelle die ersten Flämmchen.

Das Schnauben eines Pferdes machte ihn und Zamradin auf die neuen Gegner in den blutroten Rüstungen aufmerksam, die sich in einer langen Linie gespenstisch lautlos auf der Straße formiert hatten. Die Lanzenspitzen waren nach oben gereckt, und die kurzen Wimpel mit der aufgemalten Feuersäule flatterten verkündend im Wind, den die heiße Luft des sich immer schneller ausbreitenden Brandes verursachte.

Kaleíman zog sein Schwert ein zweites Mal in dieser Nacht. »Gebt Acht. Sie tragen Handbüchsen bei sich«, warnte er die Ritter, die sich rechts und links neben ihm einfanden, um sich den Tzulani entgegenzustellen und die Wagen zu verteidigen.

»Ihre Rüstungen zeigen viele schadhafte Stellen und sind ungepflegt«, berichtete Zamradin und schloss das Visier seines Helms. »Ich glaube nicht, dass es echte Angehörige des Tzulan-Ordens sind. Sie würden es nicht wagen, so schäbig daher zu kommen und darin gegen uns anzutreten.« Seine Stimme klang dumpf unter dem Metall hervor. »Da stehen ein paar verdammte Dicktuer und hoffen, dass wir unsere Rüstungen vor Angst beschmutzen.«

»Ich habe eben das Gleiche gedacht, Seneschall«, sagte Kaleíman, ohne den Blick von den zwanzig Berittenen zu wenden, die ihnen den Weg versperrten und sich nicht rührten. »Einfache Kaufleute mögen sich vom Anblick täuschen lassen und ihnen freiwillig die Ware überlassen.« Er hob die Hand mit dem Schwert, stellte sich in die Steigbügel, damit ihn alle sehen konnten. »Aber wir *nicht*!« Ruckartig senkte er den Arm, hielt ihn waagrecht vom Körper weg und gab seinem Pferd zu verstehen, dass es angaloppieren sollte.

Mit ihm setzten sich die Ritter in Bewegung, dahinter folgten ihnen in geringem Abstand diejenigen Knappen, die vor dem Aufbruch aus Ammtára keinen bestimmten Wagen zugeteilt worden waren.

Jetzt feuerten die Feinde ihre Handbüchsen ab, ritten ebenfalls los und warfen sich todesmutig gegen die Hohen Schwerter.

Die Reihen prallten zusammen und verschmolzen miteinander. Das Krachen geborstener Lanzen und brechender Schilde und das Klappern der Rüstungen war überlaut in der ansonsten ruhigen Nacht zu hören. Dass es sich wirklich nicht um fanatische Tzulani, sondern um anmaßende Wegelagerer handelte, erkannten Kaleíman und sein Gefolge daran, dass sich die Gegner nach dem ersten Kräftemessen sehr schnell zurückzogen. Sie ließen es erst gar nicht auf große Verluste ankommen.

Von den zwanzig Feinden blieben sieben tot auf der Straße liegen. Ein paar Verwundete schleppten sich ächzend auf die Seite des schützenden Moors, die nicht brannte, und diejenigen, die sich im Sattel gehalten hatten, suchten ihr Heil vor den treffsicheren Klingen der Ritter in der Flucht.

Der Orden Angors dagegen beklagte einen einzigen Toten, dessen Visier von einer Kugel durchschlagen worden war und für den jede Hilfe zu spät kam. Ansonsten gab es kleinere Verletzungen zu verbinden, die in erster Linie von den verhassten, unehrlichen Schusswaffen angerichtet worden waren.

»Die Büchsen sollten verboten werden. Ich muss mit Perdór bei unserem nächsten Treffen unbedingt darüber sprechen. Sie sind zu gefährlich und machen jeden kleinen Gauner zu einer Bedrohung für einen aufrechten Kämpfer, der sein Handwerk in vielen Jahren erlernen musste.« Kaleíman schaute wütend auf den zerstörten Helm des Mitstreiters, unter dem das Blut hervorrann und die Ziselierungen der Rüstung ausfüllte.

Doch es blieb ihnen keine Zeit, ihren Toten zu beklagen und die Wunden zu versorgen. Das Rufhorn der Nachhut schallte jetzt, nachdem der Schlachtenlärm verklang, laut und deutlich bis zu ihnen.

»Verdammte Räuber. Sie haben sich aufgeteilt!« Kaleíman fluchte und wollte ans Ende des Trosses reiten, da kehrten ihre eigenen berittenen Feinde zurück, die nur zum Schein vor den Rittern geflüchtet waren. »Sie haben ihre Büchsen nachgeladen!«, rief er warnend. »Zurück, hinter die Wagen! Bietet ihnen kein Ziel und lasst sie herankommen. Und schickt mir unsere Armbrustschützen auf der Stelle her.«

Heller Feuerschein loderte plötzlich in ihrem Rücken auf. Einer der Karren war von den Räubern mit Brandpfeilen angesteckt worden, um Verwirrung zu stiften. Der Großmeister biss die Zähne zusammen, als er erkannte, welchen Wagen es erwischt hatte.

Die vor Furcht rasenden Pferde ließen sich von den Kutschern nicht länger zügeln. Sie bäumten sich in ihren Geschirren auf und wollten den heißen Flammen in ihrem Rücken entkommen; schließlich scherten sie aus der Reihe und hetzten rücksichtslos vorwärts, sodass die Ritter, aber auch die Angreifer weichen mussten.

»Verfolgt den Wagen!«, schrie Kaleíman. »Wir dürfen ihn unter keinen Umständen verlieren.«

Zwei Ritter schickten sich zur Jagd an und wurden von den wartenden Räubern auf der Stelle unter Beschuss genommen. Ein Pferd brach wiehernd zusammen und begrub den Reiter unter sich, der andere Krieger sackte in sich zusammen und stürzte aus dem Sattel. Eine Kugel hatte die Rüstung in Höhe der Brust durchbohrt und war in seinen Leib gedrungen.

»Außen herum!«, befahl der Großmeister. »Versucht, sie zu umgehen.« Er ärgerte sich, dass eine Bande von Straßenräubern ihm mehr zu schaffen machte als die Tzulandrier bei Taromeel.

Die Gegner wollten ihre eroberte Beute nicht aufgeben, sie zogen sich immer nur wenige Schritte zurück und hielten die Ritter in Schach. Erst als die Armbrustschützen des Ordens an die Spitze des Zuges rückten und schossen, zwangen sie die falschen Tzulani endgültig zum Rückzug.

»Meldung«, brüllte Kaleíman. »Wie viele haben wir verloren?«

»Siebzehn Knechte, fünf Knappen und drei Ritter«, erstattete der Seneschall Bericht. »Zwei Wagen sind verbrannt, einer ist uns verloren gegangen.«

»Ich weiß«, knurrte der Großmeister und lenkte sein Pferd die Straße entlang. »Zehn Ritter zu mir, die Schilde hebt ihr als Blickschutz hoch, damit den Räubern das Zielen nicht ganz so leicht fällt, falls sie auf uns warten.« Kaleíman trabte los, dem dunklen Band des Weges und dem Feuerschein des gestohlenen Karrens folgend. »Zamradin, Ihr bleibt und ordnet die Truppe, dann schließt zu uns auf.«

Es dauerte gar nicht lange, und der Großmeister erreichte zusammen mit seiner kleinen Einheit die Stelle, wo der kokelnde Wagen stand.

Die Pferde waren ausgespannt worden, von ihnen und den Angreifern fehlte jede Spur. Ein Toter in einer Tzulani-Rüstung lag neben dem Weg, er hatte zwei Armbrustbolzen im Rücken stecken.

»Sie werden ins Moor entkommen sein«, schätzte Kaleíman und starrte in die ersterbenden Flammen. Er durfte nicht warten, bis sie erloschen waren, sondern musste wissen, was aus der Ladung geworden war. Entschlossen rutschte er aus dem Sattel. »Reibt meine Rüstung mit Schlamm aus dem Moor ein«, verlangte er. Als sie fertig waren und ihn mit einer dicken Schicht überzogen hatten, erklomm er den Wagen und stapfte in das schwache Feuer.

Die feuchte Erde half nur kurz. Bald spürte er die Hitze, die das Eisen des Harnischs an seinen Körper weiterleitete. Lange würde er es nicht in dem gefährlich wackelnden Gefährt aushalten.

Doch sein Aufenthalt genügte vollkommen, um die Gewissheit zu erlangen, dass es den Räubern gelungen war, den gesamten Inhalt an sich zu nehmen und fortzuschaffen. Kaleíman schwang sich hustend aus dem Wagen, schob das Visier nach oben und sog die kühle, saubere Luft ein, während ihn die Ritter sorgenvoll anschauten.

»Sie ist weg«, sagte er schließlich und untersuchte den toten Räuber, der außer der Rüstung nichts trug, was ihn als einen wahren Krieger des Gebrannten Gottes auswies. Die Sachen, die er unter dem eisernen Kleid trug, entlarvten ihn.

»Wegelagerer«, schnaubte er und trat wuchtig gegen den Leichnam.

»Sie hielten uns sicherlich für einen Nachschubtross der Kensustrianer und versprachen sich ausländische Waren. Dafür hätten sie einen hohen Preis verlangen können«, vermutete einer seiner Begleiter. »Wir haben sie böse überrascht, nicht wahr?« Er zog sein Schwert und küsste die Blutrinne. »Mein Leben für Angor und den Tod meinen Feinden.« Die übrigen Ritter wiederholten den Eid.

Der Großmeister folgte dem Ritual, obwohl ihm alles andere als zum Feiern zu Mute war. Dunkelheit hin oder her, die Hatz musste weitergehen. »Melik, reite zurück, hole zehn Knechte und genügend Fackeln«, befahl er. »Wir machen uns an die Verfolgung.«

»In der Nacht? Ihr habt selbst gesagt, dass das Moor seine Tücken hat, Großmeister«, staunte Melik offen. »Es ist lediglich eine Proviantkiste gewesen. Lassen wir sie damit entkommen. Sie ist es nicht wert, dass deswegen einer von uns im Sumpf versinkt.«

Bedächtig schüttelte Kaleíman den Kopf. »Nein, es war keine Proviantkiste.« Er stieg in den Sattel. »Für uns wird es keine Nachtruhe geben, Freunde. Wichtigeres als unser Schlaf verlangt, dass wir nicht eher aufgeben, bis wir die Räuber gestellt und ihnen ihre Beute abgenommen haben.«

Das ernste Gesicht des Großmeisters sprach Bände. Und auch wenn er ihnen nicht sagen wollte oder durfte, was sie verloren hatten, es musste unter allen Umständen zurückerobert werden.

**Kontinent Kalisstron,
Bardhasdronda, Spätsommer
im Jahr 1 Ulldrael
des Gerechten (460 n. S.)**

Der blaue Strahl wollte den Cerêler gar nicht mehr loslassen.

Der bedauernswerte Kalfaffel zappelte wie ein Fisch am Haken, seine Zähne schlugen rasend schnell aufeinander und zerhackten die Zunge, die immer wieder dazwischen geriet. Blut lief aus den Mundwinkeln.

Lorin hob die Hand und schaute zwischen den Fingern hindurch auf den gleißend blauen Stein. Er hörte das tiefe, anhaltende Summen, das lauter und lauter wurde. Die Vibrationen brachten seine Gedärme zum Kribbeln.

Die Menschen wichen vor ihrem in blauem Licht gefangenen Bürgermeister zurück. Niemand hatte ein Seil oder etwas Ähnliches dabei, um ihn aus dem mörderischen Strahl zu ziehen. Und ihn anzufassen wagte keiner.

So sehr sich Lorin bemühte, den Stein mit seinen magischen Fertigkeiten zu kontrollieren, es ging nicht. Also musste er etwas anderes versuchen, um Kalfaffel zu retten.

Er lief mit weit ausholenden Schritten auf den Cerêler zu und stieß sich ab, um sich gegen ihn zu werfen und wegzuschleudern, da riss der Strahl ab, und das Brummen verebbte schlagartig.

Lorin konnte sich nicht mehr abfangen. Er segelte durch die Luft, prallte gegen Kalfaffel und schleuderte ihn zur Seite. Gemeinsam rollten sie über das taufeuchte Gras und

Moos der Lichtung. »Kalfaffel!«, rief er besorgt und stemmte sich auf die Knie, nahm den Cerêler vorsichtig bei den Schultern und drehte ihn auf den Rücken.

Er atmete nicht mehr.

Lorin lauschte nach dem Herzen des kleinen Mannes. In der Brust blieb es still, es hatte aufgehört zu schlagen. »Nein! Kalisstra, sei gnädig und gewähre ihm Leben.« Lorin schob die Augenlider behutsam nach oben und sah an den ausdruckslosen Pupillen, dass sich die Seele vom Leib des Bürgermeisters getrennt hatte. Er war unwiderruflich von Vintera ins Reich des Todes gebracht worden. »Er ist tot«, rief er mit belegter Stimme. Er ahnte, was es für ihn selbst bedeutete. Sie würden erzählen, dass es seine Schuld gewesen war. Nicht sofort, aber bald.

Noch sagte niemand etwas.

Lorin erhob sich und nahm den leichten Cerêler auf die Arme, trug ihn wie ein Kind von der Lichtung, durch den Wald bis zur Straße und auf ihr entlang zurück bis nach Bardhasdronda.

Die Leute bildeten eine stumme Prozession, aus der gelegentlich ein Schluchzen erklang. Der Schrecken, der sie inmitten der Freude am Gesang der Steine getroffen hatte, lähmte ihre Zungen.

Der Trauerzug passierte das Stadttor, und von dort breitete sich die Kunde vom Tod des Bürgermeisters schneller als der Lichtschein von aufgehenden Sonnen aus. Noch bevor Lorin Kalfaffels Haus erreichte, bildete sich eine Schar, die den Toten erwartete und den Verlust für Bardhasdronda leise beweinte. Wog das Elend noch so schwer, galten bei den Kalisstri große Gefühlsausbrüche als verpönt.

Lorin brachte den Cerêler ins Haus, legte ihn ins Bett und breitete ein Laken über ihm aus, während Kiurikka erschien, um die Totenzeremonie vorzubereiten.

Er achtete genau darauf, ob die Priesterin, die anfangs keinen Hehl daraus gemacht hatte, dass sie ihn, Matuc und Fatja wegen ihres Ulldrael-Glaubens nicht leiden mochte, ihn mit vorwurfsvollen Blicken bedachte. Aber die Frau sprach die Gebete für Kalfaffel und bat Kalisstra um besondere Gnade für die Seele des Verstorbenen.

Sie wird zu denen gehören, die mir Vorwürfe machen werden, ordnete er sie ein. Vielleicht nicht zu Unrecht, denn er und kein anderer hatte die Steine zum Singen und Leuchten gebracht. Nun musste er verhindern, dass ihnen noch mehr zum Opfer fielen.

Lorin kniete sich neben das Bett, senkte den Kopf und bat den Cerêler stumm um Verzeihung, dann stand er auf und wandte sich zu Tür.

»Wohin gehst du, Seskahin?«, wollte die Priesterin wissen und gebrauchte dabei den kalisstronischen Namen. Die Menschen aus Bardhasdronda hatten ihn Lorin gegeben, um ihm zu zeigen, dass sie den ehemaligen Fremdländer als einen der ihren angenommen hatten.

»Zur Lichtung«, antwortete er langsam. »Ich muss herausfinden, warum die Steine ihn getötet haben.« Er schaute sie an. »Weißt du etwas über sie?«

»Nein. Nicht mehr als die anderen«, gestand sie. »Mit etwas Glück finde ich eine Stelle in den alten Aufzeichnungen des Tempels, aber verlass dich nicht darauf. Die Steine sind sehr alt, und wenn es jemals Aufzeichnungen darüber gegeben hat, sind sie sicherlich zu Staub zerfallen.« Kiurikka schenkte ihm ein aufmunterndes Lächeln. »Du trägst keine

Schuld an dem, was geschah. Es mag sein, dass die Steine Kalfaffel für etwas bestraft haben. Und nur Kalisstra weiß, was er sich zu Schulden hat kommen lassen.«

Lorin nickte. »Danke für deinen Zuspruch, aber ich muss nach meiner Lösung des Rätsels suchen.« Er verneigte sich knapp, ging zum Haus hinaus und durchquerte die immer größer werdende Menschenmenge, die mit Fackeln und Kerzen vor dem Anwesen ausharrte und ihre leisen Gebete in die Nacht sandte.

Für ihn war es hart, die Leute zu passieren und die verstohlenen Blicke auf sich ruhen zu spüren, in denen Vorwürfe enthalten waren. Hätten sie ihn mit glühenden Nadeln gestochen, es wäre weitaus weniger schlimm gewesen.

Jarevrån wartete am Ende des Pulks wie eine Belohnung nach dem Spießrutenlauf auf ihn; sie schloss ihn in die Arme, Tränen standen in ihren grünen Augen. »Was ist geschehen?«, fragte sie ihn erstickt und rang um Fassung. »Was hat der Stein mit uns gemacht?«

Arnarvaten, der beste Geschichtenerzähler der Stadt, und seine Gemahlin Fatja, Lorins große, nicht leibliche Schwester, kamen zu ihnen.

Fatja drückte Lorin. »Wie geht es dir, kleiner Bruder?«

»Ich fühle mich gesund.« Er deutete auf eine Seitengasse. »Lasst uns weg von den Menschen gehen, es sollen nicht alle Ohren hören, was wir bereden.« Sie entfernten sich einige Schritte von der Masse. »Der Stein verlangte nach meiner Magie«, sagte er gedämpft. »Es war das gleiche Gefühl wie vor nicht allzu langer Zeit, damals, als wir Govan überlisteten. Der Stein wollte das bisschen Macht, das ich noch besitze, an sich reißen.«

»Deine Magie?« Unwillkürlich drehte Fatja sich zu Jarevrån. »Dass Kalfaffel die lohnendere Beute war, verstehe ich, aber was wollte er von dir?«

Die Kalisstronin sah noch immer verwirrt aus. »Ich weiß es nicht. Ich trage keine Magie in mir. Deswegen hat er mich wohl wieder losgelassen.«

»Und ich habe ihm zu wenig geliefert«, schloss Lorin aus den Ereignissen. »Deshalb hat er sich auf Kalfaffel konzentriert.« Er lehnte sich an die Hauswand, seufzte und betrachtete das Lichtermeer vor dem Haus des Bürgermeisters. Schon wieder war die Magie schuld daran, dass sich furchtbare Dinge ereigneten. »Arnarvaten, du bist Geschichtenerzähler«, sagte er leise. »Ich weiß, ich habe dich schon einmal nach den Klingenden Steinen gefragt ...«

»Damals hatte ich wenig Lust, dir zu antworten, ich erinnere mich«, erwiderte der Mann sofort. »Als ich von Fatja hörte, was auf der Lichtung geschah, habe ich mich angestrengt und versucht, mich an alle Einzelheiten zu besinnen, die ich über die Steine gehört habe.« Er rieb sich über den kunstfertig ausrasierten Kinnbart. »Mir ist etwas eingefallen. Die Geschichte eines kleinen Mädchens, das eines Abends in die Nähe der Steine spielte.« Arnarvatens Stimme veränderte sich und nahm den Ton des Geschichtenerzählers an, der seine Zuhörer allein durch die Melodie seiner Worte in den Bann schlug ...

»Es war ein kühler Herbsttag vor vielen, vielen Jahren. Die Menschen gingen in die bunten Wälder, um Holz für den nahenden Winter zu schlagen.

Drinje half ihrem Vater und ihrer Mutter beim Reisigsammeln und begab sich zur Lichtung. Sie hatte ihren klei-

nen Hund mitgenommen und wollte ihn lehren, einen geworfenen Stock zu ihr zurückzubringen.

Da geschah es, dass sie einen Ast über die Steine hinwegschleuderte.

Der Hund rannte los, umrundete die Steine und kehrte mit einem Knochen zu dem Mädchen zurück. Dem Unterarmknochen eines kleinen Menschen!

Drinje wusste nicht, was der Hund ihr gebracht hatte, und deswegen erschrak sie auch nicht davor. Stattdessen schalt sie ihn und warf einen neuen Ast.

Der Hund verschwand hinter den Steinen und kehrte mit einem weiteren Knochen zurück. Dieses Mal war es ein Unterschenkel.

Das Mädchen wunderte sich sehr über das seltsame Holz und zeigte es seinen Eltern, die voller Abscheu nachschauten, was sich sonst noch hinter den Steinen verbarg.

Zu ihrem immensen Entsetzen entdeckten sie die Überreste von fünf Kindern, die grausamen Mördern in die Finger geraten sein mussten. Die Verbrecher hatten die Leichen dort verborgen.

Rasch eilten die Eltern zusammen mit Drinje in die Stadt zurück, um von dem schrecklichen Fund zu berichten. Doch niemand vermisste einen Sohn oder eine Tochter, und so wurden die Gebeine der Unbekannten zermahlen und dem Wind übergeben.«

Lorin schwieg. Zusammen mit dem, was er erlebt hatte, ergab die Geschichte einen völlig anderen Sinn. »Nein. Es waren keine Knochen von Kindern«, sagte er schaudernd.

Fatjas Augen wurden groß. »Cerêler?«

»Die Steine sollen in der Vergangenheit schon öfter getötet haben?«, brach es aus Jarevrån hervor.

»Diese Steine verschlingen Magie. Gibt man sie ihnen nicht freiwillig, nehmen sie sich die Macht mit Gewalt, und das endet für einen tödlich«, vermutete Lorin. Es beruhigte ihn, dass die einfachen Menschen vor der Gier der Steine anscheinend sicher waren, doch Gewissheit hatte er diesbezüglich keine. Vielleicht hätten sie seine Frau unter anderen Umständen getötet.

»Ich beginne zu verstehen, warum irgendwann keiner mehr die Steine zum Klingen gebracht hat«, sagte Arnarvaten aufgeregt. »Dieses Geheimnis haben wir gelüftet. Aber was, Kalisstra, hast du uns vor die Stadttore gesetzt?«

Lorin hob ratlos die Achseln. »Ich werde Rantsila Bescheid geben, dass wir gleich morgen in gebührendem Abstand einen Zaun um die Steine ziehen. Niemand soll ihnen zu nahe kommen, bevor wir ihr Rätsel nicht vollkommen entschlüsselt haben.«

»Du wirst nicht wieder in die Nähe dieser Steine gehen, Lorin«, verlangte Jarevrån, und die Angst um das Wohl ihres Mannes brachte sie dazu, schärfer als gewöhnlich zu sprechen. Sie fasste ihn am Arm. »Hörst du? Geh nicht mehr zu ihnen!«

Doch im Wald vor den Toren Bardhasdrondas schien mitten in der Nacht eine dunkelblaue Sonne aufzugehen und ihr Licht durch die Stämme der Bäume hindurch bis zu den Sternen zu senden. Sie bot den Menschen, die zum Himmel schauten, ein wundersames und zugleich beängstigendes Schauspiel, wie es noch keiner zuvor gesehen hatte.

Lorin ahnte, was es bedeutete. Der Stein rief nach ihm. Er löste sanft Jarevråns Finger von seiner Jacke, lächelte sie an und küsste sie auf die Lippen. »Ich muss nachschauen, was auf der Lichtung vor sich geht. Wenn der Stadt Gefahr droht, bin ich vielleicht der Einzige, der sich ihr entgegenstellen kann.« Er schritt an ihr vorbei auf das Tor zu.

Jarevrån schluckte ihre Entgegnung hinunter, weil sie einsah, dass nichts ihn abzuhalten vermochte. »Du könntest auch der Einzige sein, der stirbt«, raunte sie unglücklich, als er sie nicht mehr hören konnte.

Fatja umschlang ihre Schulter und gab ihr stillen Trost.

Lorin näherte sich der Lichtung und fühlte sich wie in einen seltsamen Traum versetzt.

Alles um ihn herum war in das blaue Licht des Steins getaucht; die Bäume, das Laub, das Moos, jede Kleinigkeit im Wald erhielt eine neue Farbe und erschien völlig unwirklich. Gelegentlich raschelte es im Unterholz. Die vom Schimmern aufgeweckten Tiere flüchteten; Lorin sah sogar einen Schwarzwolf Reißaus nehmen.

Kein gutes Zeichen, wenn ein heiliges Tier flieht. Er ging bis an den Rand des Platzes, hockte sich hin und beobachtete, was sich vor ihm ereignete. Inzwischen war die Helligkeit so stark geworden, dass es nicht möglich war, ungeschützt auf den Stein zu blicken.

Als ob ich versuchte, in die Sonnen zu schauen. Schnell hielt er die Hand vor die Augen, um zwischen den Fingern hindurchzuspähen, und erschrak fürchterlich: Er konnte jeden einzelnen Knochen unter seiner Haut erkennen. Der Stein machte sie durchsichtig und verlieh dem jungen Mann etwas Geisterhaftes.

Ein Surren erfüllte die Lichtung. Es klang nach einem Schwarm wütend gewordener Hornissen, die versuchten, aus einem Gefäß zu entkommen, nur schwirrte es um das Vielfache lauter und einschüchternder.

Lorin blieb auf Abstand und fragte sich, was er tun konnte. In ihm meldeten sich Zweifel, ob sich das Verhalten des Steins mit seiner Magie beeinflussen ließ. *Es sind Magieräuber, die sich nehmen, was sie brauchen*, ordnete er seine Gedanken, um einen Ansatz zu finden. *Aber weshalb? Was machen sie mit den Kräften? Ernähren sie sich davon wie wir Menschen von Fleisch und Brot? Hat Kalisstra sie erschaffen, um die Zahl derer, welche Magie beherrschen, nicht zu groß werden zu lassen? Oder ist es das Werk Tzulans?*

Er konnte noch so sehr grübeln, solange er und seine Freunde keine niedergeschriebenen Hinweise fanden, blieben die Steine unergründlich.

Da fiel ihm plötzlich jemand ein, der hilfreich sein konnte: Soscha!

Er erinnerte sich, dass der König von Ilfaris in seinem Land eine Art Schule gründen wollte, an der die Magie erforscht werden sollte. Und eben diese Soscha, seine Lehrerin, die ihn auf die Schlacht mit Govan vorbereitet hatte, besaß die außerordentliche Fähigkeit, Magie in Personen und Gegenständen zu sehen und einzuordnen.

Ich werde König Perdór einen Brief schreiben und ihm von den Vorgängen berichten, beschloss Lorin. *Es ist wenigstens eine Möglichkeit. Auch für Soscha wird es hilfreich sein, um mehr über das Wesen der Magie zu erfahren.*

Froh darüber, dass seine Überlegungen wenigstens einen kleinen Erfolg erbracht hatten, erhob er sich, um durch den Wald nach Bardhasdronda zurückzukehren, als von der südlichen Seite der Lichtung eine Prozession zwischen den Stämmen hervortrat.

An der Spitze schritt die singende Kiurikka. Sie trug ihr zeremonielles Gewand und wurde von mehreren Priesterinnen des Kalisstra-Heiligtums begleitet. Ihre Lieder zu Ehren der Bleichen Göttin übertönten das Brummen, und Lorin gewann den Eindruck, dass die Stimmen der Menschen gegen die des Steins ankämpften.

Die Närrin! Was will sie damit beweisen?, ärgerte er sich über den Leichtsinn der Priesterin.

Im nächsten Moment erhielt er die Erklärung für das wagemutige Verhalten.

Dicht hinter der ersten Prozession folgte eine zweite. Diese Männer und Frauen trugen die dunkelgrünen Gewänder von Ulldrael dem Gerechten, und sie sangen ihre eigenen Lieder. Die Saat des neuen Glaubens, die Matuc in Kalisstron verstreut hatte, war aufgegangen und bescherte eine reiche Ernte an eifrigen Verkündern der Worte Ulldraels.

Das glaube ich nicht! Vor Lorins erstaunten Augen begannen beide Gruppen, den Stein zu umkreisen. Ihre Lobpreisungen verschmolzen zu einem unglaublichen Durcheinander an Tönen. Das blaue Leuchten wurde plötzlich schwächer, bis es ganz erlosch und der Stein so unscheinbar aussah wie zuvor.

Lorin hörte ganz genau, dass sich die Anhänger von Ulldrael und Kalisstra darum stritten, wer denn nun für das Wunder und die Besänftigung verantwortlich sei. Nach einem kurzen, aber heftigen Wortwechsel verkündete Kiurikka überlegen: »Wir bleiben und harren aus. Mit unseren Gebeten an die Bleiche Göttin werden wir erreichen, dass der Stein nie mehr seine schreckliche Wirkung zeigt.«

»So?«, erwiderte einer aus den Reihen der Ulldrael-Gläubigen auf der Stelle. »Du bist tatsächlich der Meinung, dass deine Göttin dem Stein seine Wut genommen hat?« Er bedeutete seinen Begleitern, sich einen Platz um den Felsbrocken herum zu suchen. »In Wahrheit hat Ulldrael seine Macht gezeigt und den Stein zum Verstummen gebracht.« Er setzte sich auffallend dicht neben den Stein, nahm eine Decke aus dem Rucksack und machte es sich bequem, während andere Holz sammelten und ein Feuer für die kalte Nacht entfachten. »Wir bleiben ebenfalls, um zu verhindern, dass sich ein solches Unheil wie heute Abend wiederholt.«

Kiurikka schenkte ihm einen verächtlichen Blick, dann gesellte sie sich zu ihren Leuten. Lorin schüttelte den Kopf. *Ich hoffe, dass die Götter eure Leben vor der Wut des Steins beschützen.* Er zog sich vom Rand der belebten Lichtung zurück und kehrte nach Bardhasdronda zurück, wo Jarevrån ihn ungeduldig in der Stube erwartete. In aller Eile berichtete er von seinen Gedanken und dem, was er beobachtet hatte.

»Es wundert mich nicht«, sagte sie besorgt, stand vom Stuhl auf und umarmte ihren Gatten. »Seit Matuc nach Ulldart segelte, ist die Rivalität zwischen den Gläubigen schärfer geworden. Es gibt keinen besonnenen Menschen mehr, der die Hitzköpfe unter den Ulldrael-Priestern mäßigt und ihnen die wahren Wege des Gerechten in Erinnerung ruft.«

»Vielleicht tut uns der Stein einen Gefallen und bringt sie dazu, sich zu einigen.« Er küsste sie und ging mit ihr Arm in Arm die Treppe zum Schlafzimmer hinauf. »Oder zumindest schenkt er ihnen die Einsicht, dass es ausschließlich ein friedliches Miteinander geben kann. Kalisstron benötigt keine Eiferer.« Er würde Rantsila dennoch bitten, die Lichtung räumen zu lassen. Die Gefahr war immer noch vorhanden.

Jarevrån sah ihm an, wie aufgewühlt er war. Sie zog ihn an sich und barg ihn in ihren Armen, gab ihm die Ruhe, die er so dringend benötigte. Eng umschlungen lagen sie im Bett, und Lorin schlief alsbald ein.

Ihr letzter Blick, bevor sie ins Reich der Träume glitt, wanderte zum Fenster. Sie seufzte erleichtert, als sich kein blaues Licht am Himmel zeigte.

V.

Kontinent Ulldart, Königreich Tarpol, Hauptstadt Ulsar, Spätsommer im Jahr 1 Ulldrael des Gerechten (460 n. S.)

Es war eine kalte, regenreiche Nacht, in der die Bewohner Ulsars an den nahenden Herbst und an den schrecklich eisigen Winter dachten, während sie ihre Öfen befeuerten, sich heißen Tee mit einem großzügigen Schluck Branntwein gönnten und sich eine warme Decke suchten. Niemand ging vor die Tür, wenn es nicht unbedingt notwendig war.

Aus diesem Grund fiel die dunkle Gestalt, die durch die Straßen der Hauptstadt wie ein Spaziergänger wandelte und sich nicht an dem strömenden Regen störte, nur wenigen auf. Sie schritt da entlang, wo die Schatten am finstersten waren und kein Lichtstrahl auf das Gesicht in der Kapuze fallen konnte. Ihre Füße trugen sie zur Verlorenen Hoffnung, dem großen Verlies von Ulsar. In dessen Zellen saßen diejenigen, die sich in der Zeit der Herrschaft von Govan Bardri¢ durch ihre schrecklichen Verbrechen einen zweifelhaften Namen bei den Menschen gemacht hatten, und warteten auf ihre Bestrafung. Noch waren längst nicht alle gefangen genommen worden.

Die Gestalt schritt am Haupttor vorüber, bog um die Ecke und schaute sich aufmerksam nach allen Seiten um, ehe sie einen Bund Dietriche zur Hand nahm und das Schloss der Nebenpforte bearbeitete. Mit einem Klicken ergab es sich.

Die Pforte führte in den Innenhof. Die Soldaten, die gewöhnlich Wache standen, um Eindringlinge aufzuhalten, hatten aus irgendeinem Grund ihren Posten verlassen.

Die Gestalt huschte hinein und drückte sich an den hohen Mauern entlang bis zum Treppenhaus. Hier wählte sie die Stiegen nach unten, um sich in die Katakomben der Verlorenen Hoffnung zu begeben. Sie schritt durch die Korridore und störte sich nicht an dem Jammern, das gelegentlich hinter den Zellentüren erklang.

Die Unterkunft eines Verbrechers, der zum Tode verurteilt worden war, pflegten die Wärter mit einer Sichel zu markieren, dem Zeichen von Vintera, der Göttin des Todes. Genau vor einer solchen blieb die Gestalt stehen. Der Name Vanslufzinek stand unter dem Zeichen geschrieben.

Behutsam öffnete die Gestalt die Guckklappe, um zu sehen, was der Gefangene tat. Er schlief. Sie schob den Riegel zurück und schlüpfte durch die einen Spaltbreit geöffnete Tür.

Leise schlich sie neben das Strohlager, auf dem der Schlafende kauerte, zog den Hocker zu sich und setzte sich neben ihn. Die blauen Augen mit den schwarzen Einschlüssen richteten sich auf Vanslufzinek, der auf der Stelle unruhig wurde und sich hin und her wälzte.

Er stammelte leise, redete, hob die Arme zur Abwehr, fuchtelte in der Luft, als wehrte er mehrere Gegner auf einmal ab. Dann bäumte er sich auf und schöpfte röchelnd nach Luft; die Finger gruben sich ins feuchte Stroh und verkrampften sich. Schweiß brach ihm am ganzen Körper aus, und sein Kreuz bog sich immer weiter durch. Schließlich riss er keuchend die Augen auf und schaute sich um, entdeckte seinen Besucher und wich mit einem leisen Schrei zurück. »Vintera!«, flüsterte er.

»Nein«, antwortete ihm eine tiefe männliche Stimme, deren Klang Eiseskälte verbreitete.

Vanslufzinek wagte einen genaueren Blick. Schlagartig verlor sein Gesicht den letzten Rest an Farbe. »*Ihr* seid es! Dann stimmt es, was man sich hier erzählt … Ihr, Lodrik Bardri¢, seid der leibhaftige Tod, der nachts durch die Gänge der Verlorenen Hoffnung streicht und …« Er ächzte auf und hielt sich die Brust, wandte sein Gesicht ab, presste sich Schutz suchend gegen die Mauer und wimmerte schrill wie ein völlig verängstigtes Kind. Dann sackte er leblos in sich zusammen.

Was wolltest du mir noch sagen, Vanslufzinek? Lodrik fixierte den Leichnam, murmelte düstere Formeln und konzentrierte sich auf die Beschwörung.

Es dauerte nicht lange, und eine faustgroße, türkisfarbene Kugel glühte wie aus dem Nichts auf, flog aufgeregt in der Zelle umher und kreiste um den Toten.

Lass mich gehen, Mörder!, verlangte die Seele verzweifelt. *Ich will zu den Göttern und dich anklagen.*

Du wirst von ihnen nicht angehört werden. Er hielt das Seelenlicht gefangen und richtete seine restliche Aufmerksamkeit auf den Leichnam, der sich nach seinem Willen steif wie eine Puppe aufrichtete. Der Kopf mit den glasigen Augen drehte sich zur schwebenden Seele.

Lodrik verstärkte seine Bemühungen, und der Tote stand auf, lief in der Zelle umher, und je länger er sich bewegte, um so natürlicher wurden seine Schritte, bis man ihn auf den ersten Blick nicht mehr von einem lebenden Menschen unterscheiden konnte. *Schau, wie du dich bewegst. Du bist mein Spielzeug, wie du einst das Spielzeug meines Sohnes Govan gewesen bist.*

Lass mich gehen!, schrie die Seele verzweifelt.

Nein, denn du sollst eine Strafe erleiden, die deinen Taten angemessen ist. Er tauchte die knöchernen Finger in die schimmernden Kugel, hörte Vanslufzinek schreien, bis die Hülle barst und die Seele in tropfengroßen Fragmenten auseinander stob und sich vollends auflöste. Befriedigt stand Lodrik auf und ging zur Tür, und als er sie schloss, kippte der Leichnam des Verbrechers auf die Steinplatten der Zelle.

Der Nekromant wandelte lautlos durch die Gänge der Festung und war sehr zufrieden. Er konnte inzwischen die Seele eines jeden Verstorbenen aus dem Jenseits rufen und sie seinem Willen unterwerfen. Auch die toten Leiber gehorchten seiner Macht.

Bald wollte er sich an die Seele eines schon lange gestorbenen Mannes wagen, um Norina eine Freude zu bereiten. Sie sehnte sich so nach ihm, dass es ihm wehtat, sie leiden zu sehen.

Er ging die Treppe hinauf und näherte sich dem Ausgang. Eine Abteilung Soldaten, die ihm von oben entgegenkam und der er unmöglich hätte ausweichen können, machte unvermittelt kehrt, bevor sie aufeinander trafen.

Lodrik wusste, weshalb.

Sobald er seine Macht einsetzte, verbreitete er Angst. Unvorstellbare Angst, mit der er jedes lebendige Wesen zu töten vermochte; doch in abgeschwächter Form und wohl dosiert reichte sie aus, um Menschen und Kreaturen zu vertreiben und sie sich vom Hals zu halten. Das war der Grund, weswegen die Wärter kurz vor seinem Eindringen in die Verlorene Hoffnung ihren Posten an der Nebenpforte aufgeben hatten. Angst war das stärkste Gefühl, das ein lebendiges Wesen empfinden konnte. Gleich, was andere behaupteten, Angst überwand die Liebe.

Er lief durch die Schatten des verlassenen Hofes, durchschritt die kleine Tür der Pforte und stand wieder auf der Straße neben der gewaltigen Mauer, während der Regen noch immer auf Ulsar niederprasselte.

Lodrik spürte die Nässe und die Kälte kaum noch. Früher hätte er sich darüber geärgert und einen wasserdichten Mantel gewünscht, nun aber machte es ihm nichts mehr aus. Er bemerkte seit geraumer Zeit, dass sein Gefühl schwand, ein Umstand, den er als unabänderlich hinnahm.

So hob er den Kopf und erlaubte den Tropfen, auf sein blasses, ausgemergeltes Gesicht zu fallen. Wenn es der Wille Vinteras oder seiner Magie war, dass er zu einem lebendigen Leichnam wurde, sollte es so sein. Es war die Strafe für das, was er den Menschen Ulldarts angetan hatte; für all das Leid, die Zerstörung in den unzähligen Schlachten mit all den unvorstellbaren Toten, die ihn nachts in seinen Träumen heimsuchten und stumm um sein Lager standen.

Er hatte sich längst eine Aufgabe gesucht, um etwas von seiner Schuld abzubüßen: Diejenigen, die sich dem Zugriff der Gerichte entzogen und sich Unterschlupf gesucht hatten, würden seinen unsichtbaren Helfern nicht entrinnen.

Lodrik verrieb den Regen im Gesicht. Kalte Tränen. Er senkte den Kopf und nahm seinen Gang wieder auf, um zu seiner Kutsche zu gelangen, mit der er zum Familiensitz der Bardri¢s zurückfuhr.

Der Zweispänner stand dort, wo er ihn gelassen hatte. Der Kutscher wartete regungslos und apathisch auf die Rückkehr seines Herrn.

Der Mann war das Ergebnis eines Missgeschicks – keine untote Marionette, die er selbst steuerte, sondern ein Mensch mit gebrochenem Verstand, dem die Angst jegliche Persönlichkeit genommen und nur die nötigen Fertigkeiten gelassen hatte. Eigentlich hatte Lodrik ihn nur von seinem Palastgrundstück verjagen wollen, doch das Grauen war zu stark für das zerbrechliche Hirn gewesen. Seitdem folgte der Mann seinen Befehlen wie der bravste Hund; einen eigenen Willen besaß er nicht mehr.

»Gleb, bring mich nach Hause«, befahl Lodrik beim Einsteigen und setzte sich auf die weich gepolsterte Bank des Gefährts, das schon im nächsten Augenblick anfuhr und durch die Straßen der Hauptstadt rollte.

Er betrachtete die Häuserfronten, hinter deren Fenstern vereinzelt Lichter brannten. Es war gut, Norina die Macht zu überlassen. Er wäre nicht in der Lage gewesen, all die Pflichten zu erfüllen, und niemand aus den anderen Königreichen hätte ihm vertraut. Tarpol erblühte durch seine Gemahlin neu und steuerte friedlichen Zeiten entgegen.

Lodrik langte nach der Ledermappe auf dem Sitz ihm gegenüber, öffnete sie und überflog die Namen der Personen, die sich offen gegen die Neuerungen stellten, die Norina als designierte Kabcara einzuführen gedachte. Es waren weitaus weniger als damals vor rund sechzehn Jahren bei ihm, und dennoch regte sich der Widerstand der Mächtigen.

Seine Kräfte würden sie dazu bringen, sich zu fügen. Stumm lächelte er, weil er sich auf die entsetzten Gesichter freute, wenn das Grauen in die Gegner seiner Frau kroch, deren Herz peinigte und ihnen den kalten Schweiß auf die Stirn trieb. Niemand durfte es wagen, sich seiner Gemahlin in den Weg zu stellen. Das ließ er nicht zu.

Die Kutsche hielt an. Gleb hatte sie vor dem Palast zum Stehen gebracht, sprang vom Kutschbock und öffnete Lodrik den Verschlag.

»Spann die Pferde aus und kümmere dich gut um sie«, ordnete er an und ging an ihm vorbei. »Danach legst du dich zur Ruhe.«

Gleb verneigte sich und schaute seinen Herrn glücklich an. Wieder einmal hatte er seine Pflicht zu dessen Zufriedenheit erfüllt und sich sein Wohlwollen gesichert. Es gab nichts, was er lieber tat.

Lodrik betrat das herrschaftliche Gebäude, das er seit dem Tag liebte, an dem er es zum ersten Mal in seinem zerfallenen Zustand gesehen hatte. Die Fenster waren größtenteils geborsten, Plünderer hatten die Einrichtung, die sie nicht hatten wegtragen können, gründlich zerstört; überall in den Zimmern und weitläufigen Korridoren lagen Bruchstücke vom Mobiliar und Glassplitter. Abgeschlagener Stuck ruhte auf den Marmorplatten und zierte nicht länger die Decken. Einige wenige Räume waren von größeren Verwüstungen verschont geblieben, und in denen lebte der einstige Herrscher Tarpols.

Das Gebäude passte zu ihm. Es war alt, war tot und hatte seine Zeit hinter sich. Und konnte dennoch nicht vergehen. Seine Seele, die Menschen, die einst darin gelebt hatten, war davongetragen worden. Zurück blieb ein Gerüst ohne Leben.

Liebevoll strich Lodrik über das Geländer, während er die breite Treppe in den ersten Stock hinaufstieg. Er berührte im Vorbeigehen die geschundenen Wände und Säulen und fühlte seine Verbundenheit deutlicher als jemals zuvor.

Der Wind spielte mit den zerschlissenen Vorhängen, die übrig geblieben waren, und ließ sie tanzen. Im ganzen Palast war sein melancholisches Lied zu hören: ein leises Pfeifen und Heulen, das den meisten Menschen zusammen mit den düsteren Zimmern und Fluren eine Gänsehaut bereitet hätte. Lodrik schätzte diese Stimmung.

Die Düsternis besaß einen Makel: Aus dem Trakt, in dem er lebte, schimmerte goldgelbes Licht unter den Türritzen hindurch.

Seine gute Laune schwand. Er wollte niemanden sehen. Selbst seine Unterhaltungen mit Norina über die Zukunft des Landes führte er seit längerem per Briefwechsel, seine Ratschläge an sie schrieb er nieder und ließ sie durch Gleb überbringen.

Bislang war es ihm nach seinem Auszug aus Ulsar gelungen, ihrem Ansinnen auszuweichen, dass sie sich trafen. Er liebte seine Gemahlin, doch wollte er ihr seinen hohlwangigen Anblick ersparen. Schon lange war er nicht mehr der Mann, den sie kannte und liebte.

Lodrik verzichtete darauf, das Zimmer hinter der drei Schritt hohen Tür mit Grauen zu fluten, sondern drückte die Klinke herab und trat schwungvoll ein. Einen Eindringling könnte er immer noch verjagen.

Im Kerzenschein erkannte er die ungeschlachte Gestalt seines jüngsten Sohnes, der es sich auf dem Boden neben dem lodernden Kamin gemütlich gemacht hatte.

»Vater, da bist du ja! Ich habe mir schon Sorgen gemacht.« Krutor, der die Uniform eines tarpolischen Prinzen trug, stand auf und überragte Lodrik um mehr als einen Kopf. Er kam auf ihn zu und schloss ihn mit der üblichen Tapsigkeit in die starken Arme. Der Nekromant musste, umgeben von so viel Kraft und Körper, unwillkürlich an einen Bären denken. »Schön, dich zu sehen.«

Lodrik drückte ihn an sich und freute sich. Die Menschlichkeit in seinem Herzen war demnach nicht gänzlich erloschen. »Du hast nicht geschrieben, dass du kommst. Und warum hast du auf dem Boden gesessen?«

»Wenn ich geschrieben hätte, dass ich komme, wärst du nicht da gewesen. Genau wie bei Norina.« Er zwinkerte schelmisch, die Freude über das Wiedersehen stand ganz deutlich in seinem schiefen Gesicht. »Sie lässt dir ausrichten, dass du sie mit deinem Versteckspiel verärgerst.« Krutor zeigte verschämt auf den zerstörten Stuhl, der im Kamin verbrannte. »Ich habe mich zuerst darauf gesetzt, aber er ist kaputt gegangen. Ganz kaputt. Da habe ich ihn genommen, um ein Feuer zu machen.«

Lodrik schmunzelte. »Es ist nicht schlimm. Nimm das Sofa, es wird dich tragen.« Er setzte sich in den zerschlissenen Sessel, den ein wütender Mensch mit einem Messer behandelt hatte, sodass die Füllung hervorquoll. »Was möchtest du?«

Krutor senkte seinen Hintern langsam auf das Sofa und belastete die Federn mit viel Gefühl, bis sein volles Gewicht darauf ruhte, ohne dass etwas zu Bruch ging. Er entspannte sich sichtlich. »Was ich möchte?«, wiederholte er erstaunt. »Ich will dich sehen, Vater. Du fehlst mir.« Er faltete die Hände und legte sie in den Schoß, schaute ihn aus seinen großen Augen an. »Mehr nicht. Nur dich sehen.«

Lodrik vergaß immer wieder, dass sein Sohn bei all der Kraft und dem unheimlichen Wuchs nichts anderes als ein großes Kind war. Gerührt stand er auf und stellte sich neben Krutor, strich ihm durch das Haar, woraufhin sein Sohn glücklich lächelte.

»Was hast du denn in Ulsar gemacht, Vater? Warst du bei Norina?«

»Nein, ich bin durch die Stadt gefahren und habe mir die Menschen und ihre Häuser betrachtet«, log er.

»Bei diesem Wetter? Warum machst du es nicht, wenn es Tag ist und die Sonne scheint?«, wunderte sich Krutor. »Weil du dich verändert hast?«

Lodrik nickte. »Richtig, mein Sohn. Die Menschen hätten Angst vor mir, und ihr Gerede würde Norinas Stellung als Kabcara nicht gut tun.«

Krutor schüttelte den deformierten Schädel. »Das verstehe ich nicht, Vater. Schau, wie hässlich ich bin, und die Menschen mögen mich. Warum soll es bei dir anders sein?« Er richtete den Blick auf Lodrik. »Komm zurück nach Ulsar«, bettelte er.

»Ich kann nicht, Krutor.«

»Dann begleite mich, Waljakov und Stoiko«, unterbreitete er einen anderen Vorschlag. »Sie gehen morgen auf Fahrt durchs Land, und ich folge ihnen bald. Wir schauen, dass die Änderungen, die Norina erlässt, auch befolgt werden.« Er lächelte stolz.

Lodrik erwiderte das Lächeln. »Du hast die besten Lehrer dabei, die es auf Ulldart gibt, mein Sohn. Was soll ich bei dieser Reisegesellschaft? Ich würde nur stören.«

»Nein!«, begehrte Krutor auf. »Waljakov und Stoiko würden sich freuen, dich zu sehen, aber sie ... res... reps...«, er rang mit dem ihm ungeläufigen Wort und wich schließlich doch aus, »aber sie kommen nicht vorbei, weil du ihnen gesagt hast, dass sie es lassen sollen.« Er senkte den kürbisgroßen Kopf. »Ich soll es dir nicht erzählen, Vater, aber sie machen sich auch große Sorgen um dich. Wie Norina und ich.«

»Das müsst ihr nicht. Sag ihnen, dass es mir gut geht und dass ich meine Ruhe benötige, um mir Gedanken über Tarpol zu machen und meiner Gemahlin ein guter Berater zu sein.«

Krutor betrachtete seinen Vater mit kindlichem Misstrauen. »Ich finde, dass du noch dünner geworden bist. Dein Gesicht besteht fast nur noch aus Knochen, und deine schönen blauen Augen liegen so tief in deinem Kopf, dass ich sie fast nicht mehr sehen kann.« Er erhob sich. »Bitte, komm aus dem alten Palast. Oder begleite uns.«

Lodrik seufzte. »Na, schön, Krutor. Sag Norina, dass ich sie in zwei Wochen, wenn die Feierlichkeiten zu ihrer Thronbesteigung vorüber sind, besuchen und einen Gast mitbringen werde, auf den sie sich freuen darf.«

»Erst in zwei Wochen?«, rief er enttäuscht. »Dann werden Waljakov und Stoiko schon unterwegs sein.«

»Du bist jederzeit willkommen, Krutor. Verrate es den anderen nicht. Sonst werden sie hoffen, ebenso ohne Einladung in meinen Palast kommen zu dürfen«, sagte er mit einem verschwörerischen Blinzeln. »Nur mein Sohn darf das.«

»Danke!« Krutor packte ihn und drückte ihn überschwänglich an sich, dann ging er zur Tür. »Ich laufe wieder zurück nach Ulsar. Ich laufe gern.«

»Richte den anderen meine Grüße aus, und bitte erzähle ihnen, dass es mir gut geht und du gesehen hast, dass ich zugenommen hätte.«

Der Blick seines Sohnes wurde unsicher. »Das hast du aber nicht, Vater. Du hast an Gewicht verloren ...«

»Sag es ihnen, bitte, damit sie sich nicht weiter sorgen, verstehst du? Norina muss sich genügend Gedanken um das Herrschen machen, da braucht sie sicherlich keine weiteren Neuigkeiten, die sie belasten und ihr schlaflose Nächte bereiten.«

Nach langem Zögern nickte sein missgestalteter Sohn. »Gut, ich tue es.« Er wollte die Tür zuziehen, als er innehielt und sich strafend an die Stirn schlug. »Das soll ich dir geben.« Er holte einen prall gefüllten Umschlag aus seiner Manteltasche. »Darin steht alles, was sich in den letzten Wochen auf Ulldart an Wichtigem ereignet hat. Perdór hat es für dich gesammelt, hat Norina gesagt. Und wenn du damit fertig bist, sollst du ihm aufschreiben, was du dazu sagst.« Er winkte ihm zum Abschied. »Ich habe mich sehr gefreut, dich zu sehen, Vater«, betonte er noch einmal, ehe er ging.

Seine schweren Schritte waren noch lange im stillen Palast zu vernehmen. Lodrik hörte ihn über den Hof gehen und sich immer weiter vom Gebäude entfernen.

Es gibt keine ehrlichere Seele als ihn, dachte er und setzte sich neben den Kamin. Dort brach er das Siegel des Umschlags, nahm ein Schriftstück nach dem anderen heraus und las Satz für Satz.

Als er die Schilderungen der Ereignisse rund um die Wahl des neuen Kabcar von Borasgotan überflog, rann ihm ein unerklärlicher Schauder über den Rücken. Ohne es zu wissen, stellte er die gleiche Frage wie der König von Ilfaris: *Wer ist diese rätselhafte Gemahlin von Raspot dem Ersten?*

**Kontinent Ulldart, Südwestküste
von Tûris, Herbst im Jahr 1
Ulldrael des Gerechten (460 n. S.)**

Es sollte sich bezahlt machen, dass sie die Festung zuerst ausspioniert hatten. Da es nur eine Hand voll Verteidiger gab, wie sie wussten, wagten es Torben Rudgass und Puaggi, an der Spitze von fünfzig Freibeutern in einer mondlosen Nacht durch die eisigen Fluten bis vor die Mauern zu schwimmen und zu warten, bis das Inferno losbrach.

»Wird es klappen?«, erkundigte sich der Palestaner sicherlich zum hundertsten Mal bei dem Rogogarder.

»Das werden wir sehen«, antwortete Torben ebenfalls mindestens zum hundertsten Mal und gab dem Segler das vereinbarte Zeichen.

Kurz darauf sprachen dessen Bombarden und sandten einen Hagel vernichtender Geschosse gegen die Spitze des rechten Wachturms. Die Steinfragmente und Holzstücke prasselten rings um die Freibeuter ins Wasser, glücklicherweise ohne jemanden zu verletzen.

Sie hörten die erschrockenen Rufe vom anderen Wachturm. Eine schrille Glocke wurde in allerhöchster Hast geschlagen und rief die restlichen Soldaten zu den Waffen, während die *Varla* in aller Ruhe um die eigene Achse manövrierte, um ihre zweite Breitseite abzufeuern und die Tzulandrier noch wütender zu machen.

Nachdem auch die Spitze des zweiten Turms pulverisiert worden war, setzte das Schiff Vollzeug und tat so, als wollte es nach dem heimtückischen Angriff die Flucht ergreifen.

Torben grinste, als sich das Tor zur Hafeneinfahrt langsam zur Seite schob und den Weg für zwei der kleinen, schnellen Segler der Besatzer freigab. Er hatte die Tzulandrier richtig eingeschätzt, die sich für den Beschuss und den Tod ihrer Leute rächen wollten. Es lag nun ganz in der bewährten Hand seines Ersten Maates Hankson, den sicheren Abstand zu halten und die Angreifer dennoch im Glauben zu lassen, sie holten den Segler ein.

Der erste Bug kam zum Vorschein.

Die Freibeuter schwammen hinter die im Meer treibenden Trümmer des Turms und suchten Schutz, um nicht durch einen Zufall entdeckt zu werden. *Ulldrael und Kalisstra sind uns gewogen,* dachte Torben erleichtert. Während sich die tzulandrischen Schiffe an die Verfolgung machten, schwammen die Männer durch die Einfahrt und legten die Strecke bis zum Pier größtenteils unter Wasser zurück.

Die Aufregung in der Festung war so groß, dass sich keiner der Wächter um das leise Plätschern und seltsame Kräuseln der Wellen im Hafenbecken kümmerte. Sie versammelten sich auf dem Wehrgang der vorderen Mauer und beobachteten laut redend, was sich auf See ereignete.

So schaffte es das Enterkommando ungesehen an Land und begab sich unverzüglich zu dem Gebäude, wo sich der Dă'kay der Festung aufhielt. Hinter den Fenstern brannte Licht, und die Männer kauerten sich nieder.

»Meinen Glückwunsch, Kapitän Rudgass«, raunte Puaggi dem Rogogarder ins Ohr. »Euer Plan hat tatsächlich so funktioniert, wie Ihr es Euch vorgestellt habt.« Es klang bewundernd.

»Danken wir den Göttern, dass es bislang gut lief.« Torben zog den Säbel, nickte seinen Leuten zu und deutete auf die

Tür des Hauses. »Und bitten wir sie, dass sie oder zumindest ihre Gunst noch ein wenig auf unserer Seite bleiben.« Mit diesen Worten sprang er auf und stürmte voran, der Palestaner und seine Männer folgten ihm dicht auf den Fersen. Er trat die Tür mit solcher Wucht auf, dass sie zur Hälfte aus den Angeln flog und schräg im Rahmen hing.

Torben schaute sich um und verschaffte sich einen Eindruck, um den Dǎ'kay auszumachen und schnellstens zu überwältigen. Er wusste genau, dass die Tzulandrier, was die Entschlossenheit und die Kampfkunst anging, die härtesten Gegner darstellten, gegen die er in den letzten Jahren gefochten hatte. Jede Unachtsamkeit konnte den Tod bedeuten.

Wie es aussah, hatten die ungebetenen Gäste eine Beratung unterbrochen. Sopulka sprang hinter dem Schreibtisch auf und zog ein Beil, die anderen fünf Soldaten im Raum hatten ihre Hände bereits an den Stielen ihrer Waffen.

»Werft sie nieder, aber lasst sie am Leben«, rief Torben und widmete sich dem Dǎ'kay. »Wir brauchen ihr Wissen noch.«

Sopulka musterte den Rogogarder. »Du bist einfallsreich, das muss ich dir lassen.« Er schleuderte ansatzlos seinen Stuhl nach ihm und setzte unmittelbar darauf zu einem hohen Angriff mit dem Beil an.

Torben duckte sich unter den Stuhlbeinen weg und parierte die tzulandrische Klinge mit seinem Säbel. Der Aufprall der Schneiden versetzte seinem Handgelenk einen schmerzhaften Stich, die Kraft des Dǎ'kay war erschreckend. »Wir sind hier, um dich zu der Flotte zu befragen, die ihr erwartet.« Er setzte gerade zu einem Schlag mit dem Griffschutz seines Säbels in Sopulkas Gesicht an, als ihm der

Tzulandrier zuvorkam und ihm den Ellenbogen gegen die Schläfe rammte.

»Da hast du meine Antwort«, lachte der Mann. »Und es kommt noch mehr.«

Torben fühlte sich, als wäre er gegen ein schwingendes Glockenpendel gelaufen; ihm wurde schwarz vor Augen, und er ging zu Boden.

Schemenhaft erkannte er das heranzischende Beil, das auf seinen Kopf zielte. Zwar befahl sein Verstand seinem Arm, sich zu heben und den Säbel zur Abwehr zu nutzen, doch mehr als ein schwaches Bemühen kam dabei nicht heraus.

Er glaubte schon, den Schmerz zu spüren, den Knochen knacken zu hören und das Blut sprudeln zu sehen, da durchschnitt eine dünne Klinge die Luft, kollidierte hell klirrend mit dem Beil und lenkte es aus seiner ursprünglichen Bahn. Statt in seinen Schädel hackte die scharfe Schneide in den Holztisch.

»Ich versprach dir eine Lektion, Wilder«, sagte Puaggi in jener überheblichen Weise, wie es nur Palestaner vermochten. »Bist du bereit?«

Sopulka lachte ungläubig. »Du? Ein Pfau will mich lehren?« Er riss das Beil aus dem Tisch und attackierte den couragierten Offizier, der sein Rapier in geradezu aufreizender Weise mit der rechten Hand führte, während die Linke wie angewachsen an der Hüfte lag.

»Ich werde alt. Jetzt rettet mich schon ein Palestaner.« Torben drückte sich vom Boden ab und stand vorsichtig auf, um Puaggi zu Hilfe zu kommen, da er nicht damit rechnete, dass dieser gegen den Dä'kay siegen könnte.

Doch je mehr sich sein trüber Blick aufklarte, desto mehr geriet er ins Staunen. Puaggi bewegte sich schnell und mit federnden Schritten. Auf seinem spitzen Gesicht lag ein überhebliches Lächeln, das wie eine Maske war und die enorme Konzentration verbarg, mit der er seinem Gegner zusetzte.

Die übrigen Tzulandrier befanden sich im harten und blutigen Gefecht mit den Rogogardern, die der Krieger kaum Herr wurden. Beide Seiten hatten bereits Verletzte zu verzeichnen. Die Tzulandrier dachten gar nicht daran, sich den Eindringlingen zu ergeben, sondern schlugen umso verbissener um sich.

Die Auseinandersetzung zwischen Puaggi und Sopulka schien ausgewogen zu sein. Der junge Palestaner beherrschte seine Waffe wie ein bewährter Kämpfer und zeigte weder Angst noch Respekt gegenüber dem kräftigeren Dä'kay. Dank seiner langen Klinge hielt er ihn auf sicherem Abstand und fügte ihm mehrere Schnitte an den Armen zu. Er wechselte sogar während des Gefechts die Führhand.

»Ich sagte doch, dass ich dir eine Lektion erteilen werde«, betonte er nochmals, und sein linkes Handgelenk zuckte blitzschnell vor. Die geschliffene Spitze des Rapiers ritzte über Sopulkas Handrücken und zerschnitt die Sehnen. Augenblicklich öffneten sich die Finger, und das Beil bohrte sich in den Boden. »Nun ist es genug, Sopulka Dä'kay. Ergibst du dich?«

Torben glaubte es nicht. Puaggi *konnte* einfach kein Palestaner sein! Er musste rogogardisches Blut in sich haben. Nie zuvor war die gemeinsame Abstammung der Seefahrerreiche deutlicher gewesen.

Der Tzulandrier dachte jedoch nicht daran, sich zu unterwerfen. Er griff mit seiner unverletzten Hand nach dem langen Dolch an seiner Seite und drang auf Puaggi ein.

Nun sah Torben die Zeit gekommen, sich für die Lebensrettung zu revanchieren. Er stellte sich dem Dä'kay in den Weg, den Säbel am ausgestreckten Arm haltend. »Lass es sein, Sopulka, oder du wirst zu einem Krüppel werden. Sag uns, was wir wissen wollen, und du kommst mit dem Leben davon. Was hat es mit der Flotte auf sich? Und wohin habt ihr die Gefangene aus Tarvin gebracht?« Er tat absichtlich so, als wüsste er schon mehr, hoffend, dass der Dä'kay auf seine List hereinfiel.

Sopulka zuckte mit den Schultern, drückte den Säbel mit seinem Dolch abrupt zur Seite und versuchte, den Rogogarder schnell wie eine Schlange quer über die Brust zu schneiden.

Torben wich fluchend aus. Während er sich zur Seite drehte, schnellte das Rapier an ihm vorbei und durchstach den Hals des Tzulandriers.

Gurgelnd taumelte der Dä'kay zurück, presste die Hand gegen die stark blutende Wunde. So sehr er sich bemühte, der hervorquellende Lebenssaft ließ sich nicht aufhalten. Sterbend brach er hinter dem Schreibtisch zusammen, den Dolch bis zuletzt vor sich haltend und jeden Versuch der Hilfe abwehrend.

Die tzulandrischen Offiziere ergaben sich jedoch immer noch nicht. Schließlich endete der Kampf mit nur einem schwer verletzten Überlebenden auf der Seite der Feinde, den sie verhören konnten. Falls er nicht an seinen Wunden verstarb.

»Ich gebe es ungern zu, aber ein besserer Fechter als Ihr ist mir bisher nicht untergekommen. Ich schulde Euch mein Leben«, bedankte sich Torben mit einem Handschlag und einem Kopfnicken bei Puaggi. »Und dass ich es ausgerechnet einem Palestaner schulde, macht mich schon verlegen.«

Puaggi, dem der Schweiß auf dem Gesicht stand, verbeugte sich. »Es war mir eine Ehre, einen der am meisten gehassten Menschen in meinem Reich vor dem Tod zu bewahren.« Er wischte die rot gefärbte Rapierklinge an der Kleidung des Dä'kay ab. »Ich wollte ihn nicht töten, doch er vollführte seine letzte Vorwärtsbewegung anders, als ich sie erwartet hatte.«

»Wie gut, dass es Euch nicht vorhin im Kampf so ergangen ist.« Er machte dem jungen Mann keine Vorwürfe, dennoch war es sehr ärgerlich und unbefriedigend, dass der wichtigste Geheimnisträger unter den Tzulandriern tot auf den Dielen lag. »Du!«, sagte Torben und wandte sich an den Gefangenen. »Sollen wir dich gefesselt hier zurücklassen, damit dich deine Leute für einen elenden Feigling halten, der wegen seines Gejammers verschont worden ist?«

Der Tzulandrier funkelte ihn böse an, sprach jedoch kein Wort.

»Spart Euch die Mühe, Kapitän Rudgass«, sagte Puaggi zufrieden und nahm einen Packen Papier aus der Schublade. »Hier haben wir eine Aufstellung der benötigten Informationen, nehme ich an. Daraus können wir ableiten, was uns demnächst erwartet.«

»Nehmt Ihr an?«

»Es ist auf Tzulandrisch verfasst, oder wie auch immer sich diese Zeichen nennen.« Der Palestaner blätterte hin und her. »Sagtet Ihr nicht, dass Ihr über gute Beziehungen zu König Perdór verfügt? Er hat doch sicherlich Spione an der Hand, denen es in den letzten Jahren gelungen ist, die Sprache unserer Feinde zu lernen.« Er warf den Stapel auf den Tisch.

»Wir bringen die Aufzeichnungen zusammen mit unserem stummen Freund nach Ilfaris«, entschied der Rogogarder, »aber zuerst helfen wir der *Varla* gegen die beiden Segler.«

Nun folgte der zweite Teil ihres Planes.

Sie eilten hinaus, liefen im Schutz der Dunkelheit die Wehrgänge zur Festungsmauer hinauf und überwältigten die Wachen und die Bombardiere.

Zwar wurde ihnen reichlich Widerstand geliefert, dennoch reichte die Überraschung aus, um die Festung vollständig in die Gewalt der Rogogarder zu bringen. Längere Zeit konnten sie ihre Beute kaum halten, doch das beabsichtigte Torben auch nicht.

»Fertig machen zum Feuern«, befahl er seinen Leuten, welche die Geschütze auf die beiden feindlichen und vollkommen ahnungslosen Schiffe ausgerichtet hatten.

Die erste Salve von den Zinnen der Festung herab reichte aus, um den verhältnismäßig kleinen Seglern die Planken und Spanten zu zerschlagen und sie ebenso ungefährlich wie ein zahnloser, lahmer Haifisch zu machen. Den Rest erledigte die *Varla*, die umgedreht hatte und die Gegner durch zwei schnelle Breitseiten endgültig auf den Meeresboden sandte.

»Öffnet das Tor!«, brüllte er zu seinen Leuten, die an der Winde standen.

»Was unternehmen wir nun, Kapitän Rudgass?«, fragte Puaggi rege. Er brannte auf weitere Abenteuer.

»Wir gehen für diese Nacht vor Anker und stellen jedes Haus auf den Kopf«, erklärte er sein Vorhaben. »Vielleicht finden wir Anhaltspunkte, die wir besser verstehen können als Euren gemachten Fund. Morgen legen wir ab, um die

Schriftstücke zu überbringen.« Er sah an Puaggis enttäuschtem Gesicht, dass sein junger Verbündeter andere Pläne gehegt hatte. Pläne, wie er sie vor zwanzig oder fünfundzwanzig Jahren sicher ebenfalls gesponnen hätte. »An was dachtet Ihr, Commodore?«

Puaggi druckste nicht lange herum. »Ich dachte daran, dass wir die Festung mit einigen Männern gegen Angreifer halten, während ein kleiner Rest mit den Papieren zurückkehrt und anschließend neue Leute zu uns bringt. Wir hätten den Tzulandriern die erste Insel abgenommen und …« Er hielt inne, weil er Torben breit grinsen sah.

»Und wieder erinnert mich alles an Euch an meine wilden Jahre, Commodore.« Torben schlug ihm väterlich auf die Schulter. »Wisst Ihr, wir beide hätten ein gutes Gespann abgegeben.«

»Wenn wir auf der gleichen Seite gestanden hätten«, ergänzte Puaggi sofort. »Das heißt, dass wir nicht bleiben?«

Torben verneinte. »Ihr habt von drei Dutzend Bombardenträgern berichtet, und sie lagern in ihren Hallen Material, um fünfzig Schiffe nach einer langen Überfahrt zu flicken. Lange kann es nicht mehr dauern, bis die Flotte aus Tzulandrien ankommt.« Er deutete mit einer ausholenden Bewegung auf die Mauern rund um sie herum. »Diese Festung zu halten ist verlorene Mühe. Lieber bewahren wir unsere Leben für eine bessere Schlacht. Für einen Fechter wie Euch wäre der Tod durch eine Bombardenkugel alles andere als ehrenhaft.«

»Ihr wünscht mir also den Tod durch eine Klinge, Kapitän Rudgass?«, gab Puaggi flachsend zurück. »Nein, ich verstehe, was Ihr meint.« Er ging auf die Treppe zu, die nach unten führte. »Durchsuchen wir die Unterkünfte.«

»Kapitän!«, schrie der Wächter, der sich auf die Nordseite der Mauer begeben hatte. »Positionslichter voraus, mindestens zwanzig Schiffe!«

Torben und Puaggi rannten zu dem Rogogarder, dessen gute Augen den Lichtschein weit draußen auf See ausgemacht hatten. Der Kapitän zog das Fernrohr auseinander und schaute hinaus.

»Es sind mit Sicherheit keine Bombardenträger«, gab er seine Erkenntnis an Puaggi weiter. »Die Lampen liegen dafür zu hoch über dem Meer. Es sind keine der üblichen tzulandrischen Segler.« Er strengte sich an, um mehr von den Vorgängen auf einem der Decks zu erkennen, doch die schwachen Lichter erlaubten ihm nicht, Einzelheiten auszumachen. »Die Aufbauten sind sehr hoch, damit sie besser von oben auf die Gegner schießen können.« Er packte das Rohr weg. »Es scheinen Kaperschiffe zu sein.«

»Dann wollen sie den Rogogardern richtig ins Gehege kommen, wie es aussieht«, kommentierte der Palestaner.

»Die Flotte ist eine Gefahr für die gesamte Westküste. Sie können den Handel vollends lahm legen und den Aufbau in den Königreichen mehr als erschweren. Ganz zu schweigen, dass sie ihre beiden Bastionen in Palestan ausbauen können, wie immer sie möchten.« Torben rief Anweisungen an seine Leute im Hafen, dass sie sich mit dem Durchsuchen der Baracken beeilten. »Es sind keine dreißig Seemeilen mehr, dann müssten sie die Einfahrt erreichen«, schätzte er. »Wir stecken die Hallen in Brand. Sie sollen so wenig wie möglich von der Festung haben.«

Puaggi hatte bemerkt, dass der Kapitän unentwegt mit einem Lederstück spielte. »Was wollt Ihr damit? Eine Trophäe?«

»Nein, Commodore. Es gehört sehr wahrscheinlich der Frau, die ich liebe und die in die Hände der Tzulandrier geriet, als sie nach Tarvin segelte.« Unwillkürlich dachte er daran, dass er Varla schon einmal verloren geglaubt hatte, weil er sie verletzt im belagerten Verbroog zurückgelassen hatte. Damals war sie aus dem Ring ausgebrochen, vielleicht gelang es ihr wieder. Er bat Kalisstra, dass sie Varlas Leben schützte.

»Ist es die Frau, nach der Ihr Euer Schiff benannt habt?« Puaggis spitzes Gesicht zeigte Mitgefühl. »Auch mein Herz ist vergeben, und ich hoffe, dass meine Braut sicher in ihrem Zuhause in Münzburg sitzt und auf mich wartet. Also, dann lasst uns nach Eurer Braut sehen, sonst fühle ich mich Euch gegenüber zu sehr im Vorteil.«

Torben runzelte die Stirn. »*Zu sehr?*«

Der Palestaner betrat die erste Stufe der Treppe nach unten. »Sicher. Ich bin der bessere Fechter, und ich habe Euch das Leben gerettet. Zöge ich nun auch noch bei den Frauen davon, wäre es mir sehr unangenehm.« Er ging weiter und verschwand aus Torbens Blickfeld.

Nein, das kann kein Palestaner sein. Der Kapitän lachte leise und folgte dem jungen Mann, während er in Gedanken bei Varla war. Wohin konnten die Feinde sie gebracht haben? In eine andere Inselfestung? Er schaute zu dem gefangenen Tzulandrier, den seine Matrosen mit einem Ruderboot zum Segler übersetzten, um ihn mit zu Perdór zu nehmen.

Der Mann schien die Blicke zu spüren. Er hob den Kopf und blickte Torben in die Augen. Selbst auf diese Entfernung sah er den Hass und die Verachtung.

Kontinent Ulldart, Königreich Tûris, 70 Meilen nordöstlich der freien Stadt Ammtára, Spätsommer im Jahr 1 Ulldrael des Gerechten (460 n. S.)

Benehmt euch nicht auffällig und schaut nicht zurück, aber wir werden verfolgt«, sagte Tokaro und ritt weiterhin neben dem Wagen her, auf dem Estra und Pashtak saßen, als hätte er ihnen gerade mitgeteilt, dass die Sonne schien und die Vögel sangen.

»Und zwar schon seit einer ziemlichen Weile«, fügte Estra beiläufig an. »Mich wundert, dass du es erst jetzt bemerkst. Unser Schatten gibt sich nicht viel Mühe, besonders unauffällig zu sein.«

Tokaro kniff die Mundwinkel zusammen. »Und es beunruhigt dich nicht? Du hättest es mir früher sagen können.«

»Wieso? Ich kenne ihn«, schaltete sich Pashtak mit allergrößter Ruhe ein. »Er ist ungefährlich. Ein guter, treuer Wächter der Stadt.«

»Und was macht er dann *hier*?«, wollte der junge Mann wissen, dem man anmerkte, dass er sich reichlich übergangen fühlte. Pashtaks überlegene Sinne und Estras große Aufmerksamkeit machten sie ihm offenbar weit überlegen. Leider hielten sie nichts davon, ihn an ihren Erkenntnissen teilhaben zu lassen.

Estra drehte sich nach hinten und sah, wie die gewaltige Kreatur hinter einer kleinen Ansammlung von Bäumen Schutz vor ihren Blicken suchte, doch ihre Umrisse blieben deutlich zwischen den Stämmen sichtbar.« Wie süß. Er ist deinetwegen hier«, sagte sie zu Tokaro. »Sollen wir ihn herbeirufen, damit du ihn selbst fragen kannst?«

Ohne eine Erklärung wendete der junge Ritter seinen Schimmel Treskor und trabte auf den Schatten zu. Je näher er ihm kam, desto mehr erinnerte er sich an ihn: Gàn. Es wäre auch äußerst schwierig gewesen, die imposante Kreatur, die zur Gattung der so genannten Nimmersatten gehörte, wieder zu vergessen.

Ein gewöhnliches Pferd hätte sich nicht näher als vier oder fünf Schritte an Gàn herangewagt, doch glücklicherweise war Treskor sehr gut ausgebildet und schlachtenerprobt, sodass es mehr bedurfte, um den Hengst aus der Ruhe zu bringen.

Allerdings fühlte sich Tokaro nicht gerade wohl in seiner eisernen Haut, als der Nimmersatte es aufgab, sich verstecken zu wollen, und sich zu seiner ganzen Größe aufrichtete. Sein Kopf befand sich auf der gleichen Höhe wie der des Ritters.

»Angor sei mit Euch, Tokaro von Kuraschka«, grüßte die erdbebengleiche Stimme. »Ich lauere Euch nicht auf, sondern habe mich zu Eurem Schutz verborgen.«

Tokaro fand es befremdend, von dem Nimmersatten in der Art des Ordens angesprochen zu werden, passte doch das Äußere so überhaupt nicht zu seinen Mitstreitern. Er starrte auf die vier Hörner, die aus der Stirn ragten, während er zu einer Antwortet ansetzte: »Auch ich wünsche ...« Er zögerte. In Ammtára hatte er ihn respektlos mit einer einfachen Anrede bedacht, aber trotz seines ungewöhnlichen Äußeren strahlte Gàn so viel Würde in der schlecht sitzenden Rüstung aus, dass Tokaro sich anders entschied. »Auch ich wünsche Euch den Segen Angors. Weshalb folgt Ihr uns, wo die Stadt Euren Schutz sicherlich mehr benötigt als wir?«

Gàn stützte sich mit beiden Händen, die doppelt so groß wie die Tatzen eines Bären waren, auf seinen eisernen, vier Schritt langen Spieß. »Dann habt Ihr es noch nicht gehört? Der Großmeister ist von falschen Tzulani überfallen worden. Angeblich haben sie nichts Wertvolles erbeutet, doch ... Nun, Ihr werdet einzuordnen wissen, was es bedeutet, wenn sich der Großmeister auf die Spur der Räuber heftet, um ihnen so etwas Banales wie Proviant abzunehmen.« Er blinzelte und erwartete eine Reaktion von dem Ordensritter.

»Ist ihm etwas zugestoßen?«, erkundigte sich Tokaro aufgeregt.

»Nein, ihm geht es gut.«

Erleichtert darüber, dass der Großmeister unversehrt geblieben war, verwarf Tokaro sein Vorhaben, auf der Stelle umzukehren und Kaleíman zu unterstützen. »Falsche Tzulani?«, hakte er nach, und Gàn tat ihm den Gefallen, mehr von den Ereignissen zu berichten, so weit es ihm möglich war.

Tokaro ärgerte sich im Stillen über den Großmeister, der offenbar ein Geheimnis vor ihm bewahrte. Es war wohl kein Zufall, dass der Orden nach Ammtára gereist war. Und Pashtak wusste sicherlich Bescheid. »Und Ihr wolltet was tun?«

Gàn reckte sich, die Hörner wischten eine Handbreit am Gesicht des jungen Mannes vorbei. »Ich bin Euch gefolgt, um Euch drei vor Räubern und allen Gefahren zu schützen, die Euch unterwegs von Eurer Mission aufhalten könnten, und auf diese Weise meine Eignung zeigen, ein Ritter und Diener Angors sein zu dürfen.«

Tokaro beherrschte sich, um dem Nimmersatten nicht ins Gesicht zu lachen. Noch immer war ihm die Vorstellung, dass eine Kreatur Tzulans ein inbrünstiger Anhänger des Gottes des Kampfes, der Jagd, der Ehrenhaftigkeit und der Anständigkeit wurde, allzu phantastisch. Zumal besaß er keinerlei Entscheidungsbefugnis, was eine Aufnahme in Angors Orden anbelangte.

Gàn hatte anscheinend seine Gedanken gelesen. »Ich bitte Euch, Tokaro von Kuraschka, mich und mein Verhalten zu beobachten. Entsprechen meine Taten dem Codex Eures Ordens, so legt ein gutes Wort vor dem Großmeister ein. Sagt ihm, was Ihr gesehen habt, und vergesst, dass ich ein Nimmersatter bin. Seht mich als ein Wesen Ulldarts, so wie ich es bei Euch tue.«

Tokaro konnte nichts anders, als zu nicken. Gàn beeindruckte ihn durch seine Erhabenheit, eine Eigenschaft, die er sich bei manchem Mitglied der Hohen Schwerter wünschte, und er überraschte ihn durch seine gute Kenntnis der Allgemeinsprache.

Urplötzlich erinnerte er sich an das erste Zusammentreffen mit seinem Ziehvater. Tokaro war einst ein Straßenräuber gewesen und hatte von Nerestro von Kuraschka die Gelegenheit erhalten zu beweisen, dass mehr in ihm verborgen lag. »Also gut, Gàn, dann komm mit uns«, lud er ihn ein und wendete Treskor. »Kommt es zu Kämpfen, unterstehst du ...«

»... Pashtaks Wort«, ergänzte Gàn auf der Stelle, der neben ihm herlief. »Vergesst nicht, dass er für mich mein Vorgesetzter ist. Er ist der Vorsitzende der Versammlung, und ihn werde ich ebenso beschützen wie die Inquisitorin.« Er drehte den bulligen Kopf zu Tokaro, die Muskelstränge im

Nacken waren so dick wie Seile. »Auf Euch muss ich wohl keine besondere Acht geben, oder, Tokaro von Kuraschka?« Seine Lippen zogen sich zurück und gaben den Blick auf eine Reihe von scharfen Zähnen frei.

Der Ritter war sich sicher, dass Gàn notfalls keine Waffen benötigte, um seine Feinde zu töten. Was seine gewaltigen Hände nicht erschlugen, zerfetzte das starke Gebiss. »So ist es. Und um das wollte ich Euch ohnehin bitten.« Sie hatten den Wagen mit Pashtak und Estra fast eingeholt. »Die beiden Unterhändler müssen heil nach Kensustria gelangen, alles andere spielt keine Rolle. Es gilt, eine Stadt voller Unschuldiger vor dem Untergang zu bewahren.«

»Angor wird unsere Waffen führen und unseren Weg segnen«, zeigte sich Gàn überzeugt. Er trat neben den Kutschbock und neigte sein Haupt vor Estra und Pashtak. »Ich folgte Euch, um Euch vor Räubern zu schützen«, erklärte er ihnen sein Auftauchen und wiederholte die Neuigkeiten vom Überfall auf die Hohen Schwerter sowie die des gestohlenen Proviants.

Tokaro ließ den Vorsitzenden nicht aus den Augen und achtete genau auf eine verräterische Bewegung in dessen knochigem Gesicht. Und wirklich erkannte er ein Zucken der kleinen Ohren, welches man mit der Nachricht in Verbindung bringen konnte. »Vorsitzender, wäre es nicht an der Zeit, mir zu sagen, welche Nachricht ich Euch im Namen von Kaleíman überbracht habe?«, ging er zum Angriff über. »Es war kein Proviant, der gestohlen wurde, nicht wahr? Selbst unser Zug nach Ammtára geschah nicht zufällig.«

»Junger Ritter, Ihr werdet Euren Großmeister fragen müssen, wenn Ihr darauf Antworten erhalten wollt«, erwiderte

Pashtak und gab den Pferden mit den Zügeln das Zeichen anzutraben, damit ihr Wagen schneller vorankam.

Tokaro sah es als Bestätigung seiner Vermutung.

Estra räusperte sich. »Es war der Glassarkophag von Govan Bardriȼ.«

»Estra!«, stieß Pashtak in einer Mischung aus Knurren und Rufen hervor. »Wie kommst du darauf? Und wer hat dir erlaubt, offen darüber zu sprechen?«

Sie grinste breit. »Ich bin die Inquisitorin Ammtáras, hast du das vergessen?«, sagte sie spitzbübisch lächelnd. »Die Hohen Schwerter waren vom ersten Moment an, in dem sie unsere Stadt betraten, nicht ohne meine wachsamen Augen und Ohren. Und *die* haben einiges herausgefunden.« Sie schaute zum Ritter. »Du siehst, auch ich werde nicht in alles eingeweiht. Ich habe den Vorteil, dass ich es leichter herausfinden kann als du.«

»Du hättest es für dich behalten können«, schnurrte Pashtak dunkel, und es klang beleidigt.

»Weshalb? Woher sollte ich denn wissen, dass es ein Geheimnis ist?«

»Weil es dir niemand gesagt hat.«

»*Eben!*«

Tokaro hörte dem schnippischen Wortwechsel der beiden zu, beschäftigte sich aber gedanklich schon lange mit der schrecklichen Offenbarung. »Es waren gewöhnliche Straßenräuber?«, vergewisserte er sich bei Gàn.

Der Nimmersatte, der in leichtem Laufschritt neben ihnen her eilte, nickte. »Sie hatten sich Tzulani-Rüstungen besorgt, um den Anschein zu erwecken, üble Gesellen zu sein. Die Straße wird gewöhnlich von Händlern genutzt. Der Anblick der roten Rüstungen hätte bei herkömmlichen Reisenden gereicht, um sie in Angst zu versetzen, woraufhin sie ihre Ware freiwillig herausgerückt hätten.«

»Das macht es nicht wirklich besser.« Tokaro legte die Hand an den Griff seines Schwertes. »Sie werden bald verstehen, was sie durch einen Zufall erbeutet haben, und den Glasklumpen zerstören, um an Govans aldoreelische Klinge zu gelangen.«

»Schlimmer wäre, wenn sie ihn an die Tzulani verkauften«, bemerkte Pashtak. »Das war der Grund, weshalb Perdór mich bat, den Block mit der gefährlichen Fracht in aller Heimlichkeit in Ammtára aufzubewahren. Niemand sollte erfahren, wohin wir das Schwert und Govans Leiche brachten, damit sich die Fanatiker ihre Ikone nicht zurückholen konnten.«

»Was wollen sie mit ihm anfangen? Ihn in die Ecke eines Tempels stellen und ihn anbeten?«, lachte Tokaro.

»Selbst das brauchen sie wohl nicht. Sie haben einen Ersatz gefunden, falls mich meine Augen und Ohren nicht im Stich gelassen haben.« Estra stieg nach hinten auf die Ladefläche des Wagens und suchte nach Essbarem, derweil tauschten Tokaro und Pashtak ungläubige Blicke. »Wollt ihr auch etwas zu essen?«, fragte sie.

Der Vorsitzende schaute sie vorwurfsvoll an, ein missbilligendes Girren folgte. »Estra, du wirst mir mit deiner Allwissenheit allmählich unheimlich. Und vor allem: Wieso weiß *ich* nichts davon?«

Sie kehrte mit etwas Trockenfleisch zurück und schlug die Zähne mit solcher Begierde in das Stück hinein, dass vor Tokaros innerem Auge das Bild eines gefährlichen Raubtiers aufblitzte und sich über die Züge der jungen Frau legte. »Das kann daran liegen, dass du die Berichte nicht gelesen hast, die ich dir geschrieben habe«, erwiderte sie leichthin. »Kurz vor der Ankunft der Hohen Schwerter erfuhr ich von einem *kleinen Silbergott*, der auf Ulldart aufgetaucht sein soll.«

»Du hättest es mir sagen können.«

»Du warst zu sehr mit deinem zweiten Amtsantritt beschäftigt, danach kamen die Ritter und die Kensustrianer.« Estra kaute auf dem Stück Fleisch herum. »Vor lauter Aufregung habe ich vergessen, es dir zu sagen.« Sie hielt ihm anbietend einen Streifen Trockenfleisch hin, den er wie auch Tokaro dankend ablehnte, doch Gàn nahm sich gern eine Hand voll und schaute immer noch sehr hungrig drein. Die Bezeichnung »Nimmersatter« kam nicht von ungefähr. »Wir haben einen Tzulani ausfindig gemacht, kein überzeugter Fanatiker, aber einer, der Nachrichten von den wirklichen Verblendeten erhält. Anstatt sie zu vernichten, nachdem er sie gelesen hat, versteckt und hortet er sie.« Estra nahm einen Schluck aus der Lederflasche. »Immer wenn er zum Markt geht oder das Haus verlässt, durchsuchen wir seine Sammlung und erhalten so unsere Neuigkeiten.«

Pashtak nickte anerkennend. »Es war eine gute Entscheidung, dich für das Amt der Inquisitorin vorzuschlagen. Was stand in der letzten Nachricht?«

»Nichts Genaues. Es sei ein kleiner Silbergott aufgetaucht, der im Verborgenen aufwüchse und sich auf den Tag seines Erscheinens vorbereite. Die Tzulani sollten an ihrem Gott und Glauben nicht zweifeln, nur weil die Schlacht in Taromeel verloren gegangen sei, denn er habe ihnen einen Samen hinterlassen, aus dem ein Gott auf Ulldart gedeihen werde, den nichts und niemand aufhalten könne. Nicht einmal die Götter selbst.«

»Es klingt sehr nach einer aussichtslosen Durchhalteparole«, äußerte Tokaro seine Ansicht laut. »Was mich nicht verwundert. Sie erlitten verheerende Verluste, ihr Gott stieg nicht herab und stellte sich ihnen nicht zur Seite. Und sie mussten erleben, dass ein Govan Bardri¢ trotz all seiner magischen Kräfte bezwungen wurde.«

»Das mag sein.« Pashtak konnte dem Ritter nicht wirklich zustimmen. »Dennoch glaube ich, dass dieser Brief nicht ohne die entsprechende Wahrheit, und sei ihr Kern noch so gering, verfasst worden ist.« Er zügelte die Pferde, die versucht hatten, mehr Abstand zwischen sich und Gàn zu bringen. Die Nähe des Nimmersatten machte sie nervös. Der Geruch, den der Wind ihnen gelegentlich in die Nüstern blies, warnte sie vor einem Raubtier.

»Ein kleiner Silbergott«, wiederholte Tokaro und schaute zu Estra. »Nicht mehr?«

»Nein, nicht mehr. Allein diese vage Beschreibung und der Hinweis, dass Tzulan ihn hinterlassen hätte.« Sie half Pashtak dabei, die Zügel besser zu fassen, und kurzerhand überließ er es ihr, die Pferde zu lenken.

»Er muss sich an einem weit entfernten und äußerst abgeschiedenen Ort aufhalten«, überlegte Tokaro.

»Das ist nicht schwierig. In Borasgotan und Hustraban gibt es Gegenden, in die sich kein Mensch jemals hineingewagt hat und in denen Kreaturen wie ich das Sagen haben«, brachte sich Gàn in das Gespräch ein. »Es wäre ein idealer Ort.«

»Aber wie hätten die Tzulani dann Wind von der Existenz erhalten können? Die Strecken sind weit, es gibt keine Wege«, meldete Pashtak seine Zweifel an.

»Wäre es nicht am besten, einen solchen Gott vor aller Augen aufwachsen zu lassen, damit sich Perdórs Spione an den entlegensten Winkeln des Kontinents zu Tode suchen?«, lautete Estras völlig gegensätzlicher Vorschlag. »Es gäbe keinen besseren Schutz als die Offensichtlichkeit. Wie oft hat einer von uns etwas gesucht und es nicht gefunden, weil es mitten auf einem Tisch lag?«

Sie schwiegen und dachten über die Neuigkeiten nach, die ihnen die Inquisitorin eröffnet hatte. Tokaros Sorgen waren zum Teil bei Kaleíman von Attabo und den übrigen Mitgliedern seines Ordens, die sich auf der Jagd nach den Räubern und ihrer wertvollen Beute befanden. Er konnte nicht wirklich glauben, dass es ein zufälliger Überfall gewesen war, allerdings fehlten die entscheidenden Hinweise, um seine Gedanken zu untermauern.

Das Grübeln brachte nichts, er dachte lieber an das Kommende. »Wie wollt Ihr die Kensustrianer davon überzeugen, die Stadt nicht anzugreifen?«

»Ich weiß es nicht«, gestand Pashtak ein. »Zuerst müssen wir uns mit den Priestern treffen, sodass ich endlich weiß, was wirklich hinter dem Aufbau von Ammtára steckt. Lakastre hat uns ein Erbe hinterlassen, das furchtbar sein kann.«

Estra biss sich auf die Lippen. »Ich weiß nicht, was meine Mutter sich dabei gedacht hat«, erwiderte sie. »Sie hat niemals darüber gesprochen, aber sie war stolz darauf, Ammtára aus den Ruinen auferstehen zu sehen.« Sie versuchte, sich an die unzähligen Gespräche mit ihrer Mutter zu erinnern. »Das Einzige, woran ich mich entsinnen kann, war, dass sie des Öfteren davon sprach, wie glücklich sie in der Stadt sei. Und dass sie mit reinem Gewissen vor ihren Gott treten könne, wenn sie eines Tages stürbe. Ich dachte mir nichts dabei ... damals.«

»Heute wissen wir, dass sie uns den Hass der kensustrianischen Priesterschaft über viele Jahre hinweg gesichert hatte.« Pashtak fauchte misslaunig und spornte die Pferde zu rascherem Lauf an. »Mir ist eben eingefallen, dass wir nur eine Woche Vorsprung vor dem Boten haben, den der Krieger senden will«, erklärte er seine Eile.

»Wir hätten doch lieber ein Schiff nehmen sollen«, meinte Estra verdrossen. »Ich wäre so gern übers Meer gefahren.«

»Du hast nichts verpasst«, murmelte Tokaro, der seine Passage nach Kalisstron größtenteils mit dem Kopf über der Reeling und dem Füttern der Fische verbracht hatte. Hundertmal lieber absolvierte er den Ritt auf dem bockigsten Pferd, als noch einmal einen Fuß auf die schwankenden Planken setzen zu müssen.

Zu seinem Glück kam der Seeweg zumindest von Tûris aus nicht in Frage. Die Tzulandrier hatten ihre Kaperfahrten ausgedehnt, sodass sich kein unbewaffnetes Schiff mehr aus dem Hafen wagte. »Ein Hoch auf die Tzulandrier«, sagte er leise.

Gàn konnte die Geschwindigkeit der Pferde nicht länger halten, obwohl er sich alle Mühe gab, also schwang er sich auf die Ladefläche des Wagens und erhöhte damit dessen Gewicht. Die Räder drehten sich augenblicklich langsamer und sanken tiefer in den Boden ein.

»Nein, nein, Gàn! Wir werden langsamer!«, beschwerte sich Pashtak.

Der Nimmersatte öffnete das Maul und stieß ein grelles Brüllen aus. Die Pferde wieherten erschrocken und galoppierten an, als wäre Tzulan selbst hinter ihnen her. Estra lachte lauthals.

Die Fahrt der seltsam anzuschauenden Truppe ging rasant weiter. Tokaro fragte sich, was geschehen würde, sobald sie zum ersten Mal in eine größere Stadt gelangten, wo Gàn und Pashtak mit Sicherheit Aufmerksamkeit erregten.

In Tûris war es lange Zeit üblich gewesen, Kopfgeld für erlegte Sumpfungeheuer zu zahlen, wie man die Kreaturen vielerorts noch immer nannte. Auch wenn der König Bristel diese Prämien untersagt hatte, das Misstrauen gegenüber den völlig anders aussehenden Wesen war geblieben und würde sich auf die Schnelle nicht ausräumen lassen.

Der Ritter schaute verstohlen zu dem Nimmersatten, der hinter der Inquisitorin und dem Vorsitzenden aufragte. *Ein zukünftiger Anhänger Angors?*, dachte er und stellte sich Gàn in einer prächtigen Rüstung vor.

Auf jeden Fall würde er Eindruck machen.

Kontinent Kalisstron, Bardhasdronda, Spätsommer im Jahr 1 Ulldrael des Gerechten (460 n. S.)

E*ure hochwohlgeborene Majestät König Perdór,*

inständig bitte ich Euch, so rasch es irgend möglich ist, meine Lehrerin Soscha zu uns nach Bardhasdronda zu senden.

Wir stehen einem magischen Phänomen gegenüber, das sich niemand von uns erklären kann. Dabei sind wir in großer Sorge, da es bereits einen Toten gab. Keiner weiß, wie es enden wird, und ich befürchte, dass es nicht bei einem Opfer bleiben wird.

In diesem Zusammenhang erinnerte ich mich an die besondere Begabung Soschas, die ...

Lorins Hand hielt inne, der Federkiel schwebte über dem Papier, und ein Tropfen Tinte sammelte sich an der Spitze. Er suchte nach dem richtigen Wort. »Jarevrån, wie würdest du eine Frau nennen, die in der Lage ist, Magie in Dingen und Gegenständen zu erkennen? *Magieseherin* klingt nicht standesgemäß.«

»Frag deine Schwester«, kam es von irgendwo aus dem Haus.

»Die weiß es auch nicht«, rief Fatja gut gelaunt aus der Küche, wo sie gerade damit beschäftigt war, Tee für alle zuzubereiten.

Ihr Gatte Arnarvaten saß über einem Berg von Blättern brütend in der guten Stube und bereitete sich auf seinen Auftritt am Abend vor, bei dem er seinen Titel als bester Geschichtenerzähler der Stadt verteidigen musste. Noch war er sich unschlüssig, welche der vielen Begebenheiten er vortragen sollte. »Ich werde die Geschichte von den Klingenden Steinen nehmen«, entschied er sich. »Sie wird die größte Aufmerksamkeit auf sich ziehen.«

Fatja, die gebürtige Borasgotanerin, die sich aus Liebe zu ihm für ein Leben auf Kalisstron entschieden hatte, brachte den Tee und schenkte ein. »Denkst du nicht, dass es nach dem Tod von Kalfaffel geschmacklos wäre?«

»Nein, denn ich werde sein Andenken in Ehren halten und die Menschen an seine Verdienste um Bardhasdronda erinnern«, parierte er ihren Einwand unwirsch.

Sie lächelte freundlichst. »Es klingt mir mehr danach, als wärst du dir selbst nicht ganz sicher bei deiner Entscheidung.« Sie schob ihm die gefüllte Tasse hin, dann reichte sie eine an Lorin weiter. »Um auf deine Frage zurückzukommen: Wie wäre es mit *Magierin*?«

»Trifft es das?«, fragte er überlegend. »Sie sah die Magie, schon lange bevor sie die Kräfte übertragen bekam, wenn ich mich an Perdórs Erklärungen richtig erinnere.«

»Ist es nicht völlig gleichgültig, wie ihr sie nennt?«, gab Arnarvaten seine Meinung kund, dem anzusehen war, dass ihn die Gespräche von seiner Konzentration ablenkten. »Der König wird wissen, was du meinst.« Er legte die Aufzeichnungen zur Seite und griff sich einige aus der unteren Region seines Stapels.

Fatja bemerkte, dass er eine andere Geschichte ausgewählt hatte, und schenkte ihm ein warmes Lächeln, sagte jedoch nichts dazu. Sie genoss ihren Sieg leise.

Lorin schrieb den Brief zu Ende, schilderte die Ereignisse bei den Klingenden Steinen mit der tatkräftigen Hilfe von Arnarvaten und bemühte sich, ebenso Neugier zu wecken wie die Ungewissheit samt der Angst der Menschen zu vermitteln, damit ihnen bald Hilfe zuteil würde.

Plötzlich klopfte es laut gegen die Tür; Lorin öffnete und sah einen durchnässten Torwächter vor sich stehen.

»Komm schnell, Seskahin!«, keuchte er; der Mann musste den Weg zum Haus durch den Regen gerannt sein. »Es geht etwas auf der Lichtung vor.«

Lorin zögerte nicht, nahm sich einen Mantel, um sich gegen die Witterung zu schützen, und lief los. Am Tor gesellte sich eine kleinere Abteilung Bewaffneter hinzu. Die Rüstungen konnten sie nicht vor der Macht des Steins schützen, das wussten sie alle. Aber sie gaben ihnen wenigstens das Gefühl, nicht vollends schutzlos ausgeliefert zu sein.

Im Laufschritt ging es zu den Hundewagen und mit denen dem Waldstück entgegen, aus dem ein weithin sichtbarer, dunkelblauer Strahl wie ein Leuchtfeuer senkrecht in die Höhe stieg und sich durch die tief hängenden grauen Wolken bohrte.

Lorin ließ die Männer am Waldrand absteigen und eine Linie bilden. Langsam rückten sie durch das Dickicht zwischen den Stämmen vor.

Mit einem Mal erlosch das Licht des Steins, und von einem Wimpernschlag auf den nächsten herrschte tiefste Finsternis.

Es dauerte eine Weile, bis sich die Augen an die Dunkelheit und das schwache Leuchten der Sterne gewöhnten, und so lange bewegte sich keiner von den Männern.

»Ich habe keine Ahnung, was uns erwartet«, warnte Lorin die Milizionäre. »Falls die Steine nach mir greifen, wie sie es bei Kalfaffel taten, dann zögert nicht und lauft um euer Leben, ehe sie euch ebenfalls erwischen.« Er würde mit Rantsila sprechen müssen, um die Lichtung endgültig sperren zu lassen. Gerade wegen der unheimlichen und unerklärlichen Vorgänge sah er sich darin bestätigt, unbedingt Soscha nach Bardhasdronda zu holen, damit sie ein Urteil fällen konnte.

Dicht nebeneinander pirschten sie vorwärts, leicht geduckt und die Speere stoßbereit erhoben, als ginge es gegen einen echten Feind ins Feld. Ausnahmslos alle wünschten sich insgeheim einen Angreifer aus Fleisch und Blut, den man mit einem gut gezielten Hieb töten könnte.

Das Unterholz lichtete sich und gab den Blick auf die waldfreie Fläche frei.

»Bleiche Göttin!«, raunte der Milizionär neben Lorin; etwas weiter weg hörte er ein unterdrücktes Würgen, als einer der Männer sich übergab.

Im letzten flackernden Licht sahen sie die Leichen der Geistlichen, die in den absonderlichsten Haltungen am Boden lagen; mal zeigten die Körper keine Wunden, mal waren sie übersäht von Schnitten, mal waren ganze Stücke aus ihnen herausgerissen oder -gebissen worden.

Was auch immer unter den Priestern gewütet hatte, es hatte keine Seite verschont. Die Gläubigen Kalisstras kauerten ebenso tot im feuchten Moos wie die Anhänger Ulldraels, und der süßliche Geruch von Blut schwebte zu den entsetzten Beobachtern herüber.

»Kreis bilden«, befahl Lorin gedämpft. »Und achtet auf jedes Geräusch um euch herum.« Er zog sein Schwert. Er glaubte nicht daran, dass die Vielzahl Ermordeter auf die Wirkung des Steins zurückging. Nach all den Erfahrungen, die er auf Ulldart mit Magie und ihren Erscheinungsformen gemacht hatte, war er fest davon überzeugt, es mit entweder sehr menschlichen Angreifern oder einem Raubtier zu tun zu haben. Ein hungriger Bär vermochte Ähnliches anzurichten. »Langsam vorrücken«, gab er Anweisung und setzte sich in Bewegung; seine Truppe folgte ihm.

Vorsichtig betraten sie die Lichtung, sicherten nach allen Seiten und hielten sich bereit, einem Angriff aus dem Hinterhalt begegnen zu können. Die Steine sahen friedlich aus.

Die Gesichter der Toten, in die Lorin blickte, erschütterten ihn. Die Angst hatte sich in ihre Züge gefressen und sie bis zur Unkenntlichkeit verzerrt. Bei manchen musste er zwei Mal hinschauen, um sie zu erkennen, so sehr hatte die Furcht sie verändert.

»Seskahin!«, rief ein Milizionär und zeigte mit dem Speerende auf einen großen Steinsplitter, der in einer enthaupteten Leiche steckte.

Zuerst verstand Lorin nicht, warum ihn der Mann auf den besonders grausigen Anblick noch eigens hinwies, doch dann erkannte er den Grund dafür.

Das armlange Fragment gehörte zu einer ganzen Ansammlung von Steinstücken, die in der Umgebung verteilt waren. Sie hatten sich tief in Baumstämme oder in die Leiber der Geistlichen gebohrt und waren noch in vielen Schritten Entfernung zu finden.

»Einer der Steine ist geborsten«, begriff Lorin, als er die kahle Stelle inmitten der Steingruppe sah. »Aber weshalb? Achtet weiterhin auf die Umgebung.«

Er ging an dem Toten vorüber, kniete sich vor den Ort, an dem der Stein einst gestanden hatte, und legte fühlend seine Hand auf die Erde.

Sie war heiß. Die Engerlinge und Käfer, die unter dem Stein gelebt hatten, waren von der Hitze durchgekocht worden, und die schützende Haut war aufgeplatzt.

»Die Magie brachte ihn zum Glühen und sprengte ihn«, erklärte sich Lorin das Geschehen. Seine blauen Augen richteten sich forschend auf den Boden, um nach weiteren Hinweisen zu suchen. Bald fand er eine Spur, die ihm die Haare im Nacken aufrichtete: der gewaltige Abdruck einer Klaue, so lang wie ein Unterarm und mit immensen Krallen ausgestattet.

Lorin rief einen der Milizionäre zu sich und zeigte ihm seinen Fund, da er keine Kreatur im Umkreis der Stadt kannte, die solche Spuren hinterließ. Auch der Mann blieb ratlos, packte stattdessen den Schaft seines Speeres noch fester.

»Nehmt die Toten und bringt sie zu den Wagen«, befahl Lorin. »Wir lassen sie nicht liegen, um sie dem Wesen, das sie überfiel, als Mahl zu geben.«

Die eine Hälfte des Trupps schleppte Leichen, die andere übernahm den Schutz, während es quer durch den dunklen Wald ging.

Lorin blieb allein auf der Lichtung zurück. Er fürchtete sich nicht vor einer Begegnung mit dem Wesen, über das er sich einige Gedanken machte.

Kalisstron war bislang von den Schöpfungen Tzulans verschont geblieben. Die Ungeheuer und anderen Bestien kannte er nur aus den Erzählungen Arnarvatens und von seinem Besuch auf Ulldart, während es – solange er sich erinnern konnte – rund um seine Stadt keinerlei Vorfälle mit den Geschöpfen des Bösen gegeben hatte.

Das hatte sich auf einen Schlag geändert.

Je länger er die Steine betrachtete, desto mehr fiel ihm eine Ähnlichkeit auf. Mit ein wenig Vorstellungskraft glichen sie Eiern. Großen Eiern. Bislang hatte er sich nichts dabei gedacht. War vielleicht etwas daraus geschlüpft?

Lorin legte die Hand auf einen der Steine und erschrak. Er war so warm, als würde das Gestein von den Sonnen und nicht von den Sternen beschienen.

Bewahrheitete sich seine Eingebung, so würden die Schwierigkeiten für Bardhasdronda bald rapide wachsen. Mit viel Pech war auf dem Kontinent eine neue oder aber eine sehr alte Spezies zum Leben erwacht. Eine heiße Woge schoss durch seinen Leib. »Und ich habe sie mit meiner Magie erweckt!«

Lorin dachte fieberhaft nach, während seine Milizionäre von ihrem ersten Gang zu den Wagen zurückkehrten und sich daran machten, ihre traurige Aufgabe ein weiteres Mal zu erfüllen.

Er half ihnen dabei, legte sich Kiurikka über die Schulter und trug sie dorthin, wo die Hunde warteten. Der junge Mann bemerkte, dass die Tiere sich vollkommen ruhig verhielten und durch nichts erkennen ließen, dass sich das Ungeheuer in ihrer Nähe aufhielt.

Er bettete die Priesterin auf den Wagen und stieg auf. »Zurück zur Stadt«, befahl er. »Wir werden die Menschen warnen, dass sie nicht allein in den …«

Die Hunde begannen unvermittelt zu knurren und blickten hinter sich in den Wald; die Ohren angelegt, zogen sie die Lefzen zurück und zeigten drohend die Gebisse. Einige bellten wütend und wollten sich trotz der Rufe der Männer nicht mehr beruhigen.

Dann erklang die Antwort zwischen den Stämmen.

Lorin hörte einen solch erschreckenden Laut zum ersten Mal, und es gab nichts, womit er sich vergleichen ließ. Er sprach die Instinkte des jungen Mannes an und verlangte von ihnen mit unwiderstehlicher Vehemenz, sich auf der Stelle zur Flucht zu wenden.

Nicht mehr Herr seiner Taten, schrie er die Hunde an, die ihren Mut ebenso verloren hatten, und sein Wagen rauschte halsbrecherisch schnell davon.

Lorin nahm keine Rücksicht, weder auf die Tiere noch auf die Leichen vor ihm, die durch die Erschütterungen hin und her hopsten, als wären die Toten lebendig geworden und führten einen Tanz auf.

Er verringerte die Geschwindigkeit erst, als die Mauern von Bardhasdronda vor ihnen auftragten und er sich in Sicherheit wusste.

Die Tore wurden ihnen geöffnet, und dahinter wartete ein sehr besorgter Rantsila, dem die Augen beinahe aus den Höhlen traten, als er die tote Kiurrika sah.

»Was ist geschehen?«, wollte er auf der Stelle wissen und packte Lorin bei den Schultern, doch das Grauen hielt den jungen Mann immer noch gefangen.

»Eine Bestie ... ist geschlüpft«, stammelte er, während es in seinem Kopf drunter und drüber ging. Er sah hinter sich, um einen seiner Begleiter zu sich zu rufen, damit er ihm beim Erklären half. Da erst entdeckte er, dass er allein war. »Wo sind die anderen?«, krächzte er entgeistert und stellte sich auf die Zehenspitzen. Er sah niemanden. Auch die Wärter über dem Stadttor konnten keinen weiteren Hundewagen ausmachen.

»Die Bestie hat sie alle geholt«, raunte Lorin und starrte durch Rantsila hindurch. »Ich habe sie zum Leben erweckt, es ist meine Schuld und ...« Er stockte. »Perdór ... Er muss uns helfen.«

»Beruhige dich, Seskahin.« Rantsila zog ihn mit sich in die Wachstube, wo er ihm einen Tee einschenkte und einen großen Schuss Njoss hineingoss. »Trink einen Schluck. Und dann berichte mir in allen Einzelheiten von dem, was sich ereignet hat«, verlangte er.

»Das tue ich«, nickte Lorin, nippte fahrig an dem Getränk und stand wieder auf. »Doch zuerst muss ich einen Brief fertig schreiben. Je eher er sich auf den Weg nach Ulldart macht, desto besser für uns alle. Und lass die Tore schließen!« Er stürmte verwirrt hinaus.

Rantsila blickte ihm beunruhigt hinterher. Es sah ganz danach aus, als begännen die Schwierigkeiten in Bardhasdronda ein weiteres Mal. Weil er dem jungen Fremdländer dennoch vertraute, schlossen sich die Tore der Stadt kurz darauf.

VI.

Kontinent Ulldart, Baronie Kostromo, Hauptstadt Kostromo, Herbst im Jahr 1 Ulldrael des Gerechten (460 n. S.)

Aljascha stand erfüllt von den unterschiedlichsten Gefühlen vor dem Palast, in dem sie einst als Vasruca über die Baronie Kostromo geherrscht hatte.

Nach ihrer Absetzung aus dem Amt der Kabcara durch ihren Gemahl Lodrik war ihr auch dieses Herrschaftsrecht aberkannt worden, was sie aber nicht daran hinderte, ihre alten und sehr wohl legitimen Ansprüche anzumelden.

Die Zeiten hatten sich geändert. Ihr einstiger Gatte und Großcousin hatte auf dem Kontinent nichts mehr zu sagen, und niemand konnte ihr länger verbieten, sich das zurückzuholen, was ihr rechtmäßig gehörte.

Das Gebäude im alten Baustil zeugte vom Reichtum des kleinen Staates, der seine Pracht den Iurdum-Vorkommen verdankte. Die Fassade war ein Traum aus poliertem Marmor und glänzte in den Strahlen der Sonnen; die halbrunden, vergoldeten Kuppeldächer fingen das Licht und warfen es zurück auf die Straßen von Kostromo.

Der Palast sah immer noch so aus, wie sie ihn in Erinnerung gehabt hatte. Und genau dahin, hinter die Mauern der Macht, gedachte sie wieder einzuziehen.

In der dem Eingang zugewandten Seite befanden sich wie einst die Nischen mit den lebensgroßen Abbildern der ehemaligen Herrscher, worunter sie auch ihres entdeckte. Im Gegensatz zu den anderen Statuen hafteten Schmutz und faulende Gemüsereste an ihr.

Wut stieg in Aljascha auf. Die Menschen der Baronie hatten sie vergessen und sie – obwohl sie sehr wohl noch lebte – durch die Errichtung einer Statue ins Reich der Toten abgeschoben. Deutlicher konnte der Pöbel Kostromos nicht zum Ausdruck bringen, dass Aljascha nicht mehr als Herrscherin erwünscht war.

Ihre grünen Augen wurden schmal; sie schaute zu den Fenstern auf, hinter denen der Vasruc lebte und just in diesem Augenblick seine neuen Räte verpflichtete. Ginge es nach ihr, wären sie nur kurze Zeit im Amt.

Für Aljascha gab es keine Wahlmöglichkeit. Sie hatte die Brücken hinter sich abgebrochen, denn die Rückkehr nach Tarpol bedeutete für sie das Gefängnis. Nur mit Hilfe der Tzulani war sie den wachsamen Augen ihrer Wärter überhaupt entkommen, und die Spione, welche Perdór auf sie angesetzt hatte, lagen tot in der Gosse in irgendeiner kleinen Gasse von Ulsar. Bislang wusste niemand, wo sie sich aufhielt.

Sie hatte sich für ihren Auftritt besonders elegant gekleidet, trug ein hellgraues Kleid mit zahlreichen Stickereien, dazu einen roten Gürtel, der sich eng um ihre schmale Taille schmiegte und zu ihrem Haar passte. Dezenter Schmuck aus erlesenem Malachit und Jade unterstrich ihre Schönheit, die, auch wenn sie in die Jahre gekommen war, nicht weniger geworden war. Seit dem Tod ihrer Tochter Zvatochna gab es keine Frau und schon gar keine ihres Alters, die es mit ihrem Äußeren aufnehmen konnte.

Aljascha setzte den Fuß auf die erste Stufe und erklomm die Treppe. Ihre dreißig schwer gerüsteten Begleiter, die schweigend hinter ihr gewartet hatten, folgten ihr und stimmten durch ihre schweren Stiefel, die Waffen, die besonders dicken Schilde und Harnische ein bedrohliches Konzert aus Scheppern und Stampfen an. Die neue Macht befand sich auf dem Vormarsch.

Sie führte die Abteilung Tzulani durch das Gebäude und bewegte sich mit traumwandlerischer Sicherheit durch die weitläufigen Flure, in denen ihnen außer ein paar Livrierten keine Menschenseele begegnete.

»Es hat sich herumgesprochen, dass Ihr kommt und Euren Anspruch mit Waffengewalt verteidigt, hochwohlgeborene Vasruca«, sagte Lukaschuk, dem man in seiner Rüstung nicht ansah, dass er das höchste Amt in der verborgenen Tzulani-Anhängerschaft bekleidete. Er hatte es sich nicht nehmen lassen, bei dem wichtigen Ereignis dabei zu sein. Und das nicht nur, weil er Aljascha rettungslos verfallen war.

Sie antwortete mit einem leisen, hellen Lachen, in dem ihre ganze Vorfreude auf den Moment lag, in dem sie wieder auf dem Thron der Baronie Kostromo saß. »Ja, ich bin eine streitbare Frau, Lukaschuk.« Schlagartig verlor sie ihre Heiterkeit. »Das ist der Grund, weshalb Ihr besser dafür sorgt, dass Ihr den Räubern *meine* aldoreelische Klinge und die Leiche Govans abjagt, bevor sie von den Hohen Schwertern gestellt werden.« Trotz ihrer warnenden Worte gewährte sie ihm, da er der Hohepriester war, eine standesgemäße Anrede und wertete ihn damit vor den Augen der Tzulani auf. »Wie konnte das geschehen?«

»Ein unglücklicher Zufall«, gab Lukaschuk unterwürfig zurück. »Sie kamen uns um eine Stunde zuvor. Wir mussten improvisieren, nachdem die Kensustrianer unsere Vorbereitungen für einen Überfall auf den Orden in Ammtára durch Zufall bemerkten.«

»Die diplomatische Delegation bis auf den letzten Mann niederzumetzeln ist nicht unbedingt unauffällig«, sagte sie schneidend.

»Es verschaffte uns die Ablenkung, die wir dringend benötigten.«

»Bis die Räuber unerwartet auftauchten. Jeder einfache Bauer wird mit so etwas fertig.«

Lukaschuk sagte nichts mehr, um ihre Wut nicht weiter anzustacheln. Streitgespräche mit ihr ergaben keinen Sinn.

Vor dem Eingang in das Zimmer, in dem die kleineren Zeremonien stattfanden, blieb Aljascha stehen und bedeutete zweien ihrer Soldaten, die Tür ruckartig für sie zu öffnen und ihr damit die Bühne für ihren Auftritt zu bereiten.

In bester theatralischer Manier fegte sie in den Raum und schaute sich hochmütig nach den Männern und Frauen um, die dazu bestimmt worden waren, die Geschicke des Staates zu steuern.

Doch zu ihrem Erstaunen blickte sie in die Mündungen mehrerer Büchsen, welche auf sie und die Soldaten hinter ihr gerichtet waren.

»Willkommen in Kostromo«, hörte sie eine Männerstimme alles andere als freundlich sagen. »Und damit Ihr Euch nicht zu sehr bei uns einlebt, Aljascha Radka Bardri¢, werdet Ihr unverrichteter Dinge und auf der Stelle gehen, oder meine Schützen eröffnen das Feuer.« Ein gut gekleideter Mann um die dreißig Jahre trat hinter einem der Bewaffneten hervor und nickte ihr kaum merklich zu; er griff an den Rand seiner Mütze, ohne sie vor ihr zu ziehen.

Aljascha kannte ihn und seine Familie. »Ich grüße dich, Silczin. Es ist schön, wenn man nach langer Abwesenheit von einem bekannten Gesicht zu Hause begrüßt wird«, sagte sie freundlich. »In *meinem* Haus«, fügte sie lächelnd hinzu.

»Es ist nicht mehr Euer Haus. Ihr seid von allen Ansprüchen enthoben worden«, erwiderte Silczin sogleich in scharfem Ton. »Ich bin der neue Vasruc, und Ihr seid eine ungeliebte Erinnerung an die Tage, in denen die Menschen weniger zu essen und mehr zu arbeiten hatten, als es ihrer Gesundheit zuträglich war.«

»Ihr und Eure Familie hattet Euch nicht daran gestört. Ihr habt stets ein gutes, sorgenfreies Leben geführt.« Sie schaute sich betont langsam in dem Raum um. »Ich verstehe, dass Ihr den Luxus nicht aufgeben wollt, doch es wird Euch nichts anderes übrig bleiben, Vasruc Silczin. Die Gesetze sind auf meiner Seite. Die Herrin des Hauses ist zurückgekehrt.«

»Ihr wurdet abgesetzt. Aus der Herrin wurde nicht einmal mehr eine Magd. Geht!«

Aljascha hob die Hand, und einer ihrer Begleiter trat langsam, um keine Auseinandersetzung heraufzubeschwören, an sie heran, um ihr ein zusammengerolltes Pergament zu reichen. »Ihr kennt die Vereinbarungen, die beim Frieden von Taromeel geschlossen wurden?« Sie rollte das Schriftstück auseinander. »Es wurde vereinbart, die alten Grenzen wieder einzusetzen, wie sie vor dem Beginn des Angriffs von Borasgotan auf Tarpol existierten.«

»Grenzen sind keine Regenten«, beharrte Silczin auf der Ablehnung.

»Und dennoch besitze ich ein verbrieftes Recht auf den Titel!«, sagte sie laut und hob ihre Stimme, damit der Satz lange im Zimmer schwebte. »Ich bin eine Bardri¢, die Nichte des einstigen Herrschers von Tarpol, Grengor Bardriç, und nur, weil mein geisteskranker Mann in seiner Umnachtung Erlasse für und gegen alle möglichen Menschen anordnete, gedenke ich nicht aufzugeben.« Aljascha blickte an ihm vorbei zu den anscheinend bereits vereidigten Ratsdamen und -herren. »Beweist mir und den Menschen der Baronie, dass Ihr nicht über dem steht, was Ihr von anderen einfordert. Ich verlange eine Untersuchung meines Falls und bezichtige Vasruc Silczin der unrechtmäßigen Machtergreifung.«

»Wie borniert Ihr seid«, lachte Silczin sie aus. »Geht endlich, oder ich mache meine Drohung wahr.«

»Nein, sie hat Recht«, sagte eine Ratsfrau und verblüffte damit alle im Raum. »Wir können uns nicht über die Vergangenheit hinwegsetzen. Der Kabcar hat sie aller Rechte enthoben, gewiss. Doch wir wissen, dass Lodrik Bardriç den Einflüsterungen von bösen Mächten unterlag. Wer sagt uns, dass eben diese Mächte ihm nicht rieten, seine Frau zu verstoßen?«

Silczin drehte sich um und starrte die Frau an. »Was redet Ihr da? Geht Ihr der Bardriç etwa auf den Leim?« Er streckte den Finger aus und richtete ihn auf Aljascha. »*Sie* hat ihre eigene Macht im Sinn, die sie unter dem Deckmantel der Gerechtigkeit zurückerhalten möchte.«

»Und dennoch brauchen wir eine Untersuchung«, sprang ein Ratsherr seiner Vorrednerin bei. »So Leid es mir tut, Vasruc. Ich erachte es als äußert wichtig, den Menschen zu zeigen, dass der Rat nicht willkürlich entscheidet, sondern Sachverhalte prüft, ehe er zu einem Urteil kommt. Alles andere macht uns unglaubwürdig.«

Silczin schüttelte den Kopf. »Ich glaube es nicht! Ihr fallt auf ihre Sprüche herein und setzt dabei aufs Spiel, was wir in den wenigen Wochen unserer Regentschaft erreicht haben. Sie wird dafür sorgen, dass es wieder wie früher wird.« Feindselig betrachtete er sie, ihr verführerischer Anblick richtete bei ihm nichts aus. »Oder schlimmer.«

Aljascha ersparte sich eine Antwort, sondern schenkte ihm einen heißen und zugleich spöttischen Blick, für den andere Männer gestorben wären. Sie wollte eine ganz bestimmte Reaktion hervorrufen.

Silczin tat ihr den Gefallen. In seiner Aufgebrachtheit verlor er für einen winzigen Augenblick die Kontrolle über sich und machte zwei schnelle Schritte auf sie zu.

Vielleicht hatte er nur mit ihr reden wollen, vielleicht hatte er sie am Arm packen und schütteln oder durch seine körperliche Überlegenheit einschüchtern wollen. Jedenfalls genügte ihren Begleitern allein die rasche Bewegung, um zu handeln.

Blitzschnell formierten sie mit ihren überschweren Schilden einen Wall, und drei von ihnen schossen, noch während sich die Wand aus Stahl zusammenfügte, nach dem Mann. Aljascha sah, wie das Blut aus Silczins Rücken sprühte und die Soldaten dahinter benetzte, dann schloss sich der Schutzwall.

Gleich darauf krachte es von der anderen Seite, dann prasselte ein eiserner Hagel gegen die Schilde, ohne sie zu durchschlagen.

Auf das Kommando von Lukaschuk klappten die Tzulani die Schilde schräg zur Seite, um den eigenen Schützen genügend Lücken für einen Schuss zu bieten. Die Mündungen richteten sich auf die blassen Gesichter der Soldaten Kostromos, die nach ihrer wirkungslosen Salve erst nachladen mussten.

»Ihr habt gesehen, dass der Vasruc mich angreifen wollte und ich mein Leben verteidigen musste. Ich kann davon ausgehen, dass sich niemand dagegen aussprechen wird, wenn ich übergangsweise die Geschäfte der Baronie leite, bis der Rat meine Ansprüche geprüft hat«, sagte Aljascha mit ätzendem Hohn. »Oder ist jemand anderer Meinung?«

Sie hatte mit weitaus mehr Blutvergießen gerechnet. Es machte sich bezahlt, dass sie den Ratsherrn und die Ratsfrau vor der Ankunft bestochen hatte, in ihrem Sinn zu sprechen. Keiner erhob die Stimme. Zu ihren guten Argumenten kamen die geladenen Büchsen hinzu.

»Senkt die Waffen«, befahl die Ratsfrau, und die Soldaten gehorchten. Die Tzulani taten das Gleiche, die Lage entspannte sich merklich. Genau in der Mitte der beiden Gruppen lag der von mehreren Kugeln getroffene Silczin. Für ihn gab es keine Hoffnung mehr.

Aljascha umrundete ihn, wobei sie darauf achtete, dass sein Blut ihre kurze Schleppe nicht berührte, und stieg die flachen Stufen zum Thron hinauf.

Zum ersten Mal seit vielen, vielen Monaten fühlte sie sich wieder wie eine echte Adlige, und als sie sich mit unvergleichlicher Eleganz auf dem Stuhl niederließ, die Hände um die vertrauten Lehnen spannte und es genoss, Macht zu besitzen, lief ihr ein Schauder über den Rücken. Kostromo hatte sie wieder. Ob es das nun wollte oder nicht.

»Verkündet, dass ich friedlich nach Kostromo kam und Silczin mich angreifen wollte, da er um die Rechtmäßigkeit meiner Ansprüche wusste und meine Rückkehr verhindern wollte«, sagte sie zu den Männern und Frauen. »Erklärt es meinen Untertanen und ladet sie heute in einem Monat in die Stadt zu einem großen Fest zu Ehren Ulldraels, bei dem auch meine Thronbesteigung gefeiert wird.«

Sie verneigten sich und gingen hinaus. Wer zögerte, wurde von denen, die begriffen hatten, wie es sich mit der Macht in der Baronie verhielt, am Ärmel hinausgeführt.

Aljascha wandte sich an die Soldaten, die Silczin gedient hatten. »Und ihr, schwört ihr, mein Leben zu verteidigen, so wie ihr es bei eurem alten Vasruc versucht habt? Werdet ihr der Vasruca von Kostromo dienen, wie es die Ehre eines Soldaten verlangt?«

Der Hauptmann der Wache beugte sein Haupt. Angesichts der Überlegenheit der Truppen Aljaschas blieb ihm keine andere Möglichkeit, um zu überleben. »Wir werden Euch eine treue Garde sein«, versprach er niedergeschlagen.

»Dann geht und bewacht die Eingänge des Palastes«, verlangte sie, während sie sich in die Polster des Throns zurücklehnte. »Ich möchte vor zu frühen Besuchen meiner Untertanen verschont bleiben.«

Als die Männer aus dem Raum verschwunden waren, trat Lukaschuk an sie heran, kniete auf der obersten Stufe nieder und hielt ihr eine längliche Holzschatulle anbietend hin, die er wie aus dem Nichts in den Händen hielt. »Es ist ein Geschenk für Euch, hochwohlgeborene Vasruca, nach dem Ihr sehnlichst verlangtet«, deutete er an.

Aljascha öffnete die Verschlüsse und klappte langsam den Deckel nach oben. Ihre Augen wurden groß, und ein kurzes, überraschtes Lachen kam aus ihrem Mund. »Lukaschuk! Die aldoreelische Klinge!« Sie griff danach und hob die Waffe aus ihrem samtenen Bett. »Wie habt Ihr das angestellt?«

»Wie ich sagte, wir mussten improvisieren«, gab er glücklich lächelnd zurück. »Wir taten so, als wären wir Räuber, die sich wiederum als Tzulani maskierten, um den Verdacht von uns abzulenken. Bislang ist unser Plan geglückt. Die Hohen Schwerter sind in dem festen Glauben unterwegs, sie suchten gewöhnliche Verbrecher.«

»Ihr seid ein Schurke, Lukaschuk, mich derart hinters Licht zu führen«, neckte und tadelte sie gleichermaßen. Sie strahlte ihn aus ihren grünen Augen an und versprach mit ihren Blicken, in der kommenden Nacht das Lager erneut mit ihm zu teilen. »Dann habt Ihr mir auch Govans Leiche beschafft?«

Lukaschuk verlor seine Fröhlichkeit. »Die Hohen Schwerter waren uns zu dicht auf den Fersen, hochwohlgeborene Vasruca«, entschuldigte er sich. »Es dauerte lange, bis wir das Glas um das Schwert aufbrechen konnten, und dann blieb uns keine Zeit mehr, Govan herauszuschlagen.«

Aljascha ärgerte sich. Ihr Plan war gewesen, den Leichnam Vahidin zu überlassen, damit er mögliche Überbleibsel von Govans magischen Kräften heraussaugte und für sich selbst nutzte. Sie hatte keine Ahnung, ob es möglich gewesen wäre, doch ihre Pläne lösten sich soeben in Luft auf. »Was habt Ihr mit ihm gemacht?«

»Wir versenkten ihn in einem Fluss, damit die Hohen Schwerter ihn nicht finden können und merken, dass wir die Klinge besitzen.«

»Dann geht und bergt ...«, setzte sie zu einem neuen Befehl an, aber Lukaschuks Miene sagte ihr, dass es nichts mehr gab, wonach die Tzulani Ausschau halten konnten.

»Er ist nicht mehr dort, wir haben schon gesucht«, gestand er ein. »Govan ist samt dem Glasblock verschwunden. Die starke Strömung des Flusses hat ihn davongetragen.«

Aljascha zog die aldoreelische Klinge und legte sie dem knienden Mann mit der flachen Seite nach unten auf die gerüstete Schulter, nicht mehr als eine Handbreit vom verletzlichen Hals entfernt.

»Ihr habt mich heute enttäuscht, Lukaschuk, und damit auch meinen Sohn, Euren zukünftigen Gott.« Ihr Blick war unerbittlich, als sie sich langsam zu ihm niederbeugte. »Lasst es nicht noch einmal geschehen, sonst wird sich der Orden Tzulans einen neuen Hohepriester erwählen müssen«, warnte sie ihn und gab ihm einen langen, leidenschaftlichen Kuss auf die Lippen. Erst danach nahm Aljascha das todbringende Schwert von ihm.

Kontinent Ulldart, Königreich Tarpol, Hauptstadt Ulsar, Herbst im Jahr 1 Ulldrael des Gerechten (460 n. S.)

Lodrik stand im Audienzzimmer des Palastes und ging um den Mann herum, betrachtete ihn genau von allen Seiten und suchte nach Makeln.

Der schwarze Vollbart lag auf der Brust, die Hände waren unter dem deutlich sichtbaren Bauch gefaltet, die bescheiden gehaltene Kleidung des Brojaken fiel um den Körper, wie sie es sollte. Alles schien vollkommen.

»Freust du dich darauf, sie wieder zu sehen?«, fragte Lodrik ihn neugierig.

Die braunen Augen des Mannes schauten ihn voller Verachtung an, der Blick war ein einziger Vorwurf.

»Keinen Dank dafür, dass ich es dir ermögliche, sie mit deinen eigenen Augen zu sehen? Sie in die Arme zu schließen?«, hakte Lodrik enttäuscht nach und blieb vor ihm stehen. »Weißt du, welche Mühe es mich gekostet hat?«

»Und hast du eine Vorstellung, was es für mich bedeutet?«, gab der bärtige Mann schroff zurück. »Du hast mich entführt, aus einer unvergleichlichen Geborgenheit gerissen!«

Ein böses Lächeln stahl sich auf das dürre, bleiche Gesicht. »Was gibt es dort, dass es sich lohnt, für immer verweilen zu wollen? Sieh es als Abwechslung zu deiner langweiligen Existenz.« Er senkte die Stimme. »Ich zumindest fand es nicht erstrebenswert zu bleiben.«

»Du? Du hast gar nichts entschieden!«, entgegnete der Mann empört. »Du verdankst es deiner Magie, dass du nicht im Jenseits geblieben bist.« Er kam auf ihn zu. »Es ist kein Segen, nicht wahr, Lodrik?«, raunte er und freute sich, als er an den Augen des anderen erkannte, dass seine Bemerkung ins Schwarze traf. »Es ist ein Fluch, den nicht einmal Vintera von dir nehmen kann.«

Bevor Lodrik antwortete, wurde die Tür geöffnet. Norina betrat den opulent eingerichteten Saal, in dem Kronleuchter, Stuck und Blattgold regierten und an dessen Wänden die Gemälde längst verstorbener tarpolischer Herrscher hingen.

»Lodrik?«, fragte sie ungläubig und freudig. »Wie schön, dass du uns besuchst!« Sie lief herbei und wollte sich in seine Arme werfen, unhoheitlich sein und die Anwesenheit ihres Gemahls genießen. Da entdeckte sie die allzu vertraute Gestalt, die neben ihm stand.

Sie blieb wie angewurzelt stehen, starrte sie an, dann riss sie eine Hand vor den Mund, um einen leisen Schrei zu unterdrücken.

»Vater!« Norina wagte sich nicht näher. »Träume ich? Wie kann es sein, dass du wie lebendig vor mir stehst, obwohl du seit Jahren tot bist?« Sie kam zu ihm und streckte die zitternde Hand nach ihm aus. Er ergriff ihre Finger und drückte sie, eine Träne funkelte im linken Augenwinkel. »Sie sind kalt«, sagte sie leise, und endlich verstand sie. Bestürzt schaute sie zu Lodrik. »Bei Ulldrael! Du hast ...« Ihr verschlug es die Sprache.

»Ich wollte dir einen Gefallen tun, Norina«, erklärte er sanft und liebevoll. »Ich habe seine Seele aus dem Jenseits geholt, damit du ihn sehen und mit ihm sprechen kannst.«

Norina betrachtete ihren Gemahl wie einen Fremden. »Du hast seiner Seele ihren Frieden geraubt!« Sie schaute zu dem Abbild ihres Vaters, las in den geliebten Zügen die Qualen, welche er durchlitt. »Wie konntest du nur? Begreifst du nicht, was du getan hast?«

Der unerwartete Vorwurf und ihr deutliches Missfallen trafen Lodrik, verletzten ihn. »Es ist nichts Schlimmes«, erwiderte er und machte ihren Unmut damit noch ärger. »Sie spüren kaum etwas ...«

»Schick seine Seele zurück«, verlangte sie hart.

»Aber ihr habt euch noch nicht einmal unterhalten«, begehrte er schwach auf. »Du hast dir so sehr gewünscht, dass er an deiner Seite stünde und dir Ratschläge geben könnte. Ich ertrug es nicht länger, dich weinen zu hören, deine Tränen und deine Verzweiflung zu sehen, wenn du von ihm sprachst.« Er hob den Arm und deutete auf Ijuscha Miklanowo. »Hier steht er vor dir, Norina, dein Traum.«

»Es ist ein *Albtraum*«, erwiderte sie voller Abscheu und blitzte Lodrik mit ihren Augen wütend an. »Beende ihn und erlöse seine Seele von den Schmerzen!«

Lodrik fühlte sich falsch verstanden, er wich zurück. »Ich wollte ...«

»Beende ihn!«, schrie sie, die Fäuste geballt und halb zum Schlag erhoben.

Der Nekromant lockerte die unsichtbaren Bänder, welche er um die Seele ihres Vaters geschlungen und an denen er sie aus dem Jenseits in diese Welt gezogen hatte. Augenblicklich verlor das Abbild seine Intensität und flackerte unstet. Ijuschas Leib löste sich auf; daraus formte sich die Seele zu einer türkisfarbenen Kugel und schwebte einmal um Norina, ehe sie durchsichtig wurde und verschwand.

»Wie konntest du nur?«, fragte sie ein weiteres Mal sehr leise, traurig und enttäuscht. Sie näherte sich ihm und streckte die Hand nach seinem fahlen Gesicht aus, wollte es streicheln, um ihm zu zeigen, dass sie ihm verzieh. »Hast du nicht bemerkt, wie sehr er gelitten hat?«

Lodrik zog den Kopf weg und wies die entschuldigende Geste zurück. »Ich wollte dir eine Freude bereiten«, erwiderte er knapp.

»Eine Freude würdest du mir machen, wenn wir uns öfter sähen«, sagte sie und klang wesentlich ruhiger. In ihren braunen Augen stand die Sorge. »Du veränderst dich zu sehr, mein geliebter Gemahl. Du verbringst mehr Zeit mit den Toten als mit den Lebendigen.«

»Ich erforsche meine Fähigkeiten, damit ich mehr über sie lerne und sie einsetzen kann, falls Ulldart sie eines Tages benötigt«, verteidigte er sein seltenes Erscheinen.

Norina versuchte wieder, ihn zu berühren, wieder ließ er es nicht geschehen. »Ich habe dich mit meiner Ablehnung gekränkt«, verstand sie. »Du musst mich verstehen. Es war ein Schreck für mich, meinen toten Vater vor mir stehen zu sehen und zu begreifen, dass du seine Seele aus dem ...«

»Was bedeutet schon eine Seele?«, fiel er ihr kalt ins Wort. »Sie ist nichts weiter als die Essenz eines Menschen, genau so viel oder so wenig wert wie der Körper, in dem sie steckte. Und sie ist absolut nutzlos.« Lodrik wandte sich zum Gehen. »Du musst dich nicht mehr um ihn sorgen. Ich werde ihn im Jenseits modern lassen, wie ihr beide es wünscht.«

»Was redest du? Die Seele ist das Kostbarste«, widersprach sie. »Sie fährt nach dem Tod zu den anderen Seelen der Ahnen und …«

»Und *was* macht sie dort, Norina?« Er drehte sich abrupt um, die blauen Augen bohrten sich in die ihren. »Sie ist dort und tut *nichts*. Sie hat keine Aufgabe mehr und wartet in alle Ewigkeit, dass sie vielleicht wiedergeboren wird. Ist *das* nicht schrecklich?« Er zuckte mit den Achseln und ging zur Tür. »Aber wenn ihr es wollt, soll es so sein.«

Norina verspürte den Drang, ihm zu folgen und ihn festzuhalten. Tatsächlich machte sie ein paar Schritte hinter ihm her, bevor sie gegen die Wand aus Angst lief, die er um sich herum aufgezogen hatte. Ihr Herz raste, die Härchen auf den Armen und im Nacken richteten sich auf, kalter Schweiß brach aus ihren Poren, und sie wankte rückwärts, um dem Grauen zu entfliehen. »Lodrik, ich brauche dich«, wisperte sie bittend, blickte ihm hinterher. »Ich brauche deinen Rat und …«

Er hatte den Ausgang aus dem Saal erreicht, öffnete die Tür. »Schreib mir auf, was du wissen möchtest«, sagte er laut und abweisend. Die hohe Decke des Audienzzimmers ließ seine Stimme schallen und gab ihr einen gruftgleichen Klang. Hart schlug er die Tür hinter sich zu.

Die Kabcara starrte auf die Tür und bat, dass sie sich wieder öffnete und er zurückkehrte zu ihr, sie sich in die Arme sanken und gegenseitig entschuldigten.

Doch es tat sich nichts.

Norina wartete, ohne dass sie spürte, wie die Zeit verrann. Schließlich kehrte sie in ihre Gemächer zurück. Sie setzte sich an ihr Arbeitspult und verfasste einen Brief an Perdór, in den sie all ihre Verzweiflung über die Entwicklung legte, die Lodrik genommen hatte, seit ihn die Magie vor dem Tod bewahrt hatte.

»So bitte ich Euch inständig, mir Soscha Zabranskoi zu senden, damit sie nach seiner magischen Aura sieht und einzuschätzen vermag, wie sehr ihn die Geisterwelt verändert hat und ob ich diese Veränderung aufhalten kann«, lautete der letzte Satz.

Sie sandte das Schreiben noch in der Nacht mit einem Kurier nach Ilfaris, kaum dass das Siegelwachs erkaltet war. Danach begab sie sich in das Schlafzimmer und schaute aus dem Fenster hinauf zu den Sternen, die auf Ulldart hinableuchteten und eine Friedlichkeit vorgaukelten, die es nicht gab. Sie senkte die Augen auf Ulsar. So hatte sie es sich nicht vorgestellt, Kabcara zu sein.

Der Rappe jagte schneller als jedes andere Pferd Ulldarts vorwärts, nicht einmal ein Pfeil hätte ihn überholen können. Er preschte über die nächtliche Straße, der Schweiß troff ihm von den Flanken, das nasse Fell glänzte im Schein der Monde auf.

Und obwohl er nach Atem rang und längst am Ende seiner Kraft angelangt war, gab er nicht auf. Weil ihm die Angst buchstäblich im Nacken hockte.

Lodrik saß vornüber gebeugt im Sattel, spornte den Rappen mit seinen Kräften an. Furcht wirkte besser als jeder Stachel und jede Gerte.

Er hatte kein Ziel. Er ritt aus Ulsar hinaus, immer der Straße folgend, um den Wind zu spüren und ihn seine wirren Gedanken davontragen zu lassen, die ihn mehr beschäftigten als er wollte.

Norinas Gehabe wegen der Seele ihres Vaters verwunderte ihn, gleichzeitig sagte er sich, dass niemand außer ihm wissen konnte, wie es sich in Wahrheit mit den Seelen verhielt; wie wenig sie wert waren; wie man sie manipulieren konnte; dass sie nichts weiter als ein bisschen blaues Licht waren, angefüllt mit begrenzten Fähigkeiten.

Lodrik verspürte noch immer eine starke Bindung zu Norina, fühlte sich jedoch mehr und mehr von ihr unverstanden, so wie von jedem anderen Menschen auf Ulldart. Und das ausgerechnet von ihr!

Dieses Unverständnis, das sich wiederum deutlich gezeigt hatte, ließ ihn an der Beständigkeit ihrer Liebe zweifeln. Der Zweifel aber brachte die schreckliche Angst mit sich, sie zu verlieren und damit vollkommen allein zu sein.

Ich will sie nicht aufgeben!, dachte er wütend und hilflos zugleich, peitschte den Rappen, dessen Muskeln erlahmten, durch seine Magie erneut an.

Das erschöpfte Pferd galoppierte auf das vor ihnen auftauchende Flussbett der Nruta zu, dann strauchelte es im weichen Kies aus vollem Lauf über Treibgut und überschlug sich mehrfach.

Lodrik drückte sich rechzeitig ab. In hohem Bogen flog er aus dem Sattel und landete im eisigen Wasser der Nruta.

Die Wogen packten ihn auf der Stelle und trugen ihn mit sich. Seine Robe sog sich voll und schränkte ihn in seinen Bewegungen ein, mehrmals geriet er unter Wasser.

Erstaunlicherweise hatte er keine Angst zu ertrinken. Er fürchtete den Tod nicht mehr und war sich sicher, nicht umzukommen.

Irgendwann gab ihn der Fluss frei.

In einer Biegung wurde er auf eine flache Sandbank gespült. Er kroch das Ufer hinauf und lehnte sich an einen vermeintlich festen Felsbrocken.

Die Oberfläche in seinem Nacken war kalt und glatt wie Glas. Lodrik drehte sich um und betrachtete den Stein, aus dem ein großes Stück herausgebrochen war, genauer.

Es dauerte nicht lange, bis er erkannte, was er vor sich hatte. Es war kein Granit oder Marmor, sondern durchsichtiges Material, in dem kleine Luftblasen eingeschlossen waren. Und zwischen diesen Blasen erkannte er eine menschliche Gestalt.

»Govan!« Nun glaubte er nicht mehr daran, dass es ein Zufall gewesen sein konnte, dass ihn das Wasser hierher getragen hatte. Eine höhere Macht schien etwas mit ihm im Sinn zu haben.

Lodrik sah, dass ein großes Stück Glas abgesprengt war, die Spuren wiesen auf die Einwirkung von spitzen Gegenständen hin. Vermutlich hatten sich Räuber mit Hacken, Hämmern und Meißeln daran zu schaffen gemacht, um an die aldoreelische Klinge gelangen. Für den Leichnam des toten ¢arije bestand dagegen keine Verwendung.

Bei ihrer Arbeit hatten sie die rechte Hand zum Teil freigelegt, damit sie an das Schwert kamen, und das obere Drittel davon abgeschnitten. Die Wundränder waren schwarz und faulten bereits.

Lodrik beobachtete die kurzen Stummel. Hatten sie sich bewegt? Er legte seine Hand auf die verstümmelte seines

Sohnes und konzentrierte sich, ob er auf magischem Weg ein Lebenszeichen entdeckte.

»Wer ist da?«, hörte er Govan ängstlich in seinen Gedanken sagen.

»Jemand, der Ulldart von dir erlösen wird«, antwortete er. »Endgültig.«

»Nein, nein, das darfst du nicht!«, schrie es in seinem Kopf. »Befreie mich aus meinem Gefängnis, und ich verspreche dir, dass ich dich zum mächtigsten Mann des Kontinents machen werde.«

»So? Ich kenne dich. Du wirst mich hintergehen und mit deiner Magie vernichten, sobald ich das Glas zerstört habe«, ging Lodrik zum Schein auf das Angebot ein, während er sich zur Ruhe zwang. »Wie kann es angehen, dass du noch am Leben bist? Du wurdest bei Taromeel vernichtet!«

Govan schwieg. »Vater, bist du es? Ich erkenne dich.«

»Ja, ich bin es«, gab Lodrik zu. »Nenne mir einen einzigen Grund, dich nicht auszulöschen.«

»Ich teile meine unendliche Macht mit dir«, sagte Govan. »Du kannst deine alten Pläne umsetzen, wie du es schon immer wolltest.«

»Und was hast du vor?«

»Ich schwöre, dass ich nach Tzulandrien gehe und nie wieder nach Ulldart zurückkehre«, versprach Govan lockend. »Hol mich heraus.«

»Dann kann es um deine unendliche Macht nicht weit her sein. Du kannst dich nicht einmal aus einem gläsernen Block befreien.«

»Ich wurde nur eingesperrt, weil ich es zuließ. Die Schlacht war so gut wie verloren, und als ich bemerkte, dass mir keine

Wahl blieb, sollten alle annehmen, dass ich tot bin. Etwas an dem Glas macht meine Magie dagegen immun.«

Lodrik streckte die Hand aus und berührte die verstümmelte Hand. »Lass mich sehen, wie viel Macht du besitzt, mein Sohn.« Er schloss den Kontakt und spürte sofort, dass Govan versuchte, die Magie seines Vaters zu übernehmen.

Doch auf das, was ihn erwartete, war Govan nicht gefasst. Er schrie auf, weil die vollkommen andersartige Magie seines Vaters ihm Schmerzen bereitete und ihrerseits an seinen Kräften zog.

»Es tut weh, nicht wahr?«, meinte Lodrik ungerührt und ließ seine Kräfte gewähren. »Ich habe das Gleiche vor einem Jahr erlebt, Govan. Als du mich verraten und getötet hast.«

Die Luft knisterte und wurde durch den Kampf der Magien aufgeladen, bis sich die angestaute Energie in kleinen Blitzen entlud, die wahllos in den Strand, die Böschung und das Wasser fuhren.

»Vater, bitte, hör damit auf«, flehte Govan jämmerlich.

»Wieso sollte ich? Ich kann dich nicht ein zweites Mal töten. Ulldart hält dich für tot, und du wirst es bald wirklich sein. Von dir wird nicht einmal eine Seele übrig bleiben.«

Govan erschrak. Er versuchte, mit seiner Magie anzugreifen, aber das Glas verhinderte, dass die Attacke gelang. »Ich bin dein Sohn!«, versuchte er erneut, Mitleid zu erwecken. »Gnade!«

»Du bist nicht mehr mein Sohn. Du bist nicht einmal mehr ein menschliches Wesen. Du hast Dinge getan und geplant, für deren Grausamkeit es keine Worte gibt.« Teilnahmslos betrachtete er, wie die Fingerstummel krampfend zuckten und ihm zeigten, wie sehr Govan litt. »Für dich darf es keine Gnade geben.« Er öffnete sich und hob die letzten

Schranken auf, die er seiner gierigen Nekromantie gesetzt hatte, damit sie sich auf die Magie seines Sohnes stürzen konnte.

»Dann vergeht Ulsar«, jaulte Govan.

»Was hast du mit Ulsar zu schaffen? Die Stadt hat sich von dem Schrecken, den du verbreitet hast, inzwischen befreit. Nichts erinnert mehr an den Gebrannten Gott.«

»Ich kenne das Geheimnis der Kathedrale«, ächzte Govan schwach. »Ich weiß, was in dem Loch haust, in das ich die Menschen warf. Mortva hat es mir gesagt.«

»Du lügst einmal mehr, um deine Haut zu retten. Es nützt dir nichts.«

»Ohne mich wirst du es nicht aufhalten können. Es steigt empor und streift durch die Straßen, frisst einen deiner geliebten Menschen nach dem anderen und reißt deine Stadt nieder.« Govan schluchzte. Die immensen Schmerzen raubten ihm die Sprache und ließen ihn unverständliche Wörter denken. Sein Verstand driftete gänzlich in den Wahnsinn.

Lodrik tauchte in die wirrer werdenden Gedanken ein.

Er erkannte den gigantischen schwarzen Schemen einer scheußlichen Kreatur, die dem glich, was er am Rande der Schlacht bei Taromeel bekämpft hatte. Nur dass sie viermal so groß und so gewaltig und so grauenvoll daher kam wie sein einstiger Berater Mortva Nesreca in seiner wahren Gestalt Ischozar.

Er sah ihren Schattenriss, sah die vielen Hörner aus dem langen Kopf ragen, die armlangen Dornen aus der Haut stehen und sieben Augenpaare in dunklem Grau aufglühen, ehe sich das Wesen in die Dampfschwaden zurückzog.

Govan hatte nicht gelogen! Vergebens versuchte Lodrik, seine magischen Kräfte zu zügeln, doch sie gehorchten ihm nicht und labten sich an der Magie Govans, den sie dabei immer weiter entkräfteten.

Als sein Sohn starb, gelang es Lodrik, die Seele aufzufangen und sie zum Bleiben zu zwingen. Es fiel ihm nicht leicht. Der Zuwachs an eigener Macht, den er erfahren hatte, machte ihn schwindlig, die Welt um ihn herum schwankte und drehte sich. Nicht auszudenken, was geschehen wäre, hätte Govan sich aus dem Gefängnis befreit und wäre ohne Vorwarnung über den Kontinent hergefallen. Er sah die türkisfarbene Kugel vor sich schweben. »Du wirst mir sagen, was es mit dem Wesen auf sich hat!«

»Du hast mich sterben lassen, Vater. Ich sage dir nichts.«

»Wenn ich dich zerreiße, wird nichts mehr von dir übrig sein, und du hast keinerlei Hoffnung, eines Tages wiedergeboren zu werden«, hielt er der Seele seines Sohnes vor Augen, um sie mit der Drohung gefügig zu machen, doch er täuschte sich.

»Ich soll im Jenseits warten? Nein, Vater, dann vernichte mich.« Die Seele schwebte an ihn heran. »Hörst du? Ich will, dass du mich vernichtest! Und du wirst mit dem Wissen leben müssen, dass der Tod der Ulsarer und die Auslöschung der Stadt allein deine Schuld sind. Du hättest es zusammen mit mir verhindern können. Und ich bete zu Tzulan, dass der Schemen gleich morgen aus seiner Behausung hervorkriecht und mit deiner kleinen Hure Norina beginnt«, spie die Seele gehässig aus.

Lodrik hob den Arm und tauchte den Finger in die leuchtende Kugel. »Dein Wunsch wird dir gewährt.« Govan stieß einen letzten Schrei aus, im nächsten Moment zerbarst die Sphäre und löste sich unwiderruflich auf.

Lodrik fühlte nichts, keine Trauer, keine Erleichterung, kein Bedauern. Er war so kalt wie das Glas. Er strich über das durchsichtige Material, das auf wundersame Weise in der Lage war, Magie in jeglicher Form zu blockieren. Er würde den Block mit sich nehmen, bevor ihn am Morgen ein anderer entdeckte und ihn mitnahm, um ihn für viel Geld zu verkaufen.

Es kümmerte ihn nicht, wer Govans aldoreelische Klinge besaß oder wie es dazu gekommen war, dass sein Sohn in Tarpol ans Ufer der Nruta gespült wurde. Er musste auf der Stelle nach Ulsar zurück, um Norina vor dem Wesen zu warnen, das unter der Kathedrale lebte und lauerte!

Die Arbeiten an dem Schuttberg hatten schon lange begonnen, es fehlt nicht mehr viel, und das letzte Geröll würde im alten Steinbruch weit draußen vor der Stadt liegen. Damit wäre der Deckel des Käfigs für das Ungeheuer geöffnet.

Mit einem leisen, sandigen Schaben wurde der Kadaver seines Pferdes an den Strand gespült. Das geschwächte Tier hatte den Sturz nicht überlebt und war seinem Reiter durch die Kraft der Wellen gefolgt.

Es kam wie gerufen.

Lodriks nekromantische Künste erweckten den Rappen mit nie gekannter Leichtigkeit zu untotem Leben. Er schwang sich in den nassen Sattel und ließ das Pferd den Glasblock mit der Brust das Ufer hinaufrollen, bis er unterhalb der steilen Böschung zum Liegen kam. Dort breitete er Zweige darüber aus, um ihn vor neugierigen Blicken zu schützen. Er würde ihn in der nächsten Nacht durch einige seiner Diener abholen lassen, doch zuerst hatte die Rückkehr in die Hauptstadt Vorrang.

Der Rappe sprengte auf seinen stummen Befehl hin das Ufer hinauf. Lodrik dirigierte ihn zurück auf die nächste Straße und flog Ulsar auf seinem Rücken entgegen.

Und wieder hätte es kein Pferd auf dem Kontinent gegeben, das sich mit der Geschwindigkeit des Hengstes hätte messen können.

Untotes Fleisch besaß unendliche Ausdauer und enorme Kraft.

Kontinent Ulldart, Südwestküste von Tûris, Samtensand, Herbst im Jahr 1 Ulldrael des Gerechten (460 n. S.)

Perdór schaute in die ernsten Gesichter seiner Gäste, die in voller Rüstung erschienen waren und ihre Waffen trugen. Es war die Bedingung gewesen, ansonsten hätte die Zusammenkunft am Strand von Samtensand nicht stattgefunden.

Ein lauer Wind brachte den sauberen Geruch des Meeres mit sich und vertrieb den eindringlichen Gestank von altem Tang und sterbenden Muscheln, der dem König den Appetit auf jegliches Essen, die Süßspeisen eingeschlossen, verdorben hatte.

Auch wenn er sich geschworen hatte, sein schönes Königreich nach der langen Zeit des Exils in Kensustria niemals wieder zu verlassen, stand er nun mitten in der Fremde den Tzulandriern gegenüber und verhandelte zum Wohl des gesamten Kontinents.

Nicht weit entfernt vom Strand lagen zwei Bombardenträger vor Anker, die Breitseiten in Richtung der Menschen gewandt und die Geschütze als unmissverständliche Drohung ausgefahren. Jede falsche Bewegung würde mit Eisen vergolten werden.

»Sie sehen nicht so aus, als wollten sie mit sich verhandeln lassen«, murmelte Fiorell seinem König ins Ohr. Er schaute über ihn hinweg zu den beiden Kensustrianern, die unzweifelhaft der Priesterkaste angehörten. Sie hatten sich ein Dutzend Krieger mitgebracht, die ihnen als Leibwächter dienten. »Und die genauso wenig.«

»Sie sind in unseren Plan eingeweiht und werden mitspielen. Übrigens, du bist bis auf weiteres Hofnarr, bis ein Nachfolger gefunden ist«, gab Perdór leise zurück und sandte ein schnelles Gebet an Ulldrael den Gerechten, damit er ihnen beistünde. »Seid willkommen, Dä'kay. Ich bin König Perdór von Ilfaris und von den Königreichen gebeten worden, mit Euch zu verhandeln«, begrüßte er die tzulandrischen Unterhändler in einer Mischung aus Freundlichkeit und Unverbindlichkeit, wie es sich für erklärte Todfeinde schickte. »Zuallererst seid bedankt, dass Ihr Euch zu dieser Unterredung bereit erklärt habt.«

»Wir sind bereit, das Angebot Ulldarts anzuhören«, sagte der hinterste der Männer, der sich nicht damit aufhielt, sich und seine Begleiter vorzustellen.

Perdór überhörte die Unhöflichkeit. »Damit eines klar ist, Dä'kay: Wir sind *keine* Bittsteller! Ihr steht einem schlagkräftigen Bündnis von Königreichen und Baronien gegenüber, die Sinured und einige der Zweiten Götter vernichtet haben. Wir fürchten uns nicht vor einer Flotte aus Tzulandrien, und mögen es einhundert Schiffe mit dreißigtausend Mann sein.«

Diese Zahlen hatten sie aus den Aufzeichnungen und von ihrem Gefangenen erhalten, nachdem ihm ein kensustrianischer Trank die Zunge gelockert hatte. Der Trank hatte den Soldaten willenlos und zu Wachs in den Händen seiner Befrager gemacht.

Aber noch machte die scharf vorgetragene Rede des Königs keinen Eindruck auf den namenlosen Dǎ'kay. »So, ihr fürchtet euch also nicht? Das solltet ihr aber besser.« Er blieb völlig ruhig.

»Ganz im Gegenteil. Wir wissen, an welchen Orten Euere Flotte anlanden möchte, und wir haben bereits Gegenmaßnahmen eingeleitet«, gab Perdór ruhig zurück. »Falls Euch unsere dreihundert Schiffe, die Kurs auf die Iurdum-Inseln halten, nicht beeindrucken oder Ihr keinerlei Respekt vor den kensustrianischen Kriegern und ihren Erfindungen habt, dann erinnere ich Euch sehr, sehr gern an unsere Männer und Frauen, die in meiner Universität zu Magiern ausgebildet werden. Sie geben Euch mit Liebe eine Kostprobe ihrer Kunst.« Er lächelte den Dǎ'kay an. »Stellt Euch einen Govan Bardriç vor und nehmt vierzig davon, die gegen Euch ins Feld ziehen. Wie lange werdet Ihr gegen sie durchhalten?«

»Da ihr wisst, wo wir angreifen werden, beantwortet mir die Frage: Was bringt es euch? Ihr werdet dadurch noch mehr Verlust erleiden, weil ihr versuchen werdet, uns aufzuhalten.« Die Drohung mit der Magie schreckte den Tzulandrier nicht sonderlich. »Und wer sagt euch, dass sich keine Magier an Bord befinden?«

»Ihr hättet sie schon lange zum Einsatz gebracht, wenn ihr welche besäßet«, erwiderte Perdór. »Ihr wisst ganz genau, dass Ihr dem Bündnis nicht widerstehen werdet.« Er gab sich Mühe, größer zu wirken, plusterte sich regelrecht auf, um mehr Eindruck zu schinden. Seine gedrungene Statur und das gemütliche Bäuchlein standen dem etwas entgegen. »Und ich sage Euch voraus, dass Eure Schiffe brennen und auf den Grund des Meeres sinken werden, wo auch immer sie anlanden. Es wird stets einen aufmerksamen Ulldarter geben, der Euch sieht und Eure Ankunft meldet.« Der König blickte dem Tzulandrier ohne Angst in die Augen. »Auch wenn dafür hunderte oder tausende sterben, Dä'kay, wir geben nicht auf. Einmal hätte uns ein Despot fast unterworfen, weil die einzelnen Länder ihre eigenen Interessen rücksichtslos verfolgten, aber dieses Mal sind sich alle Königreiche von vorneherein einig. Ihr *könnt* nicht gewinnen! Blast die versuchte Eroberung ab.«

Der Dä'kay wandte sich zu seinen Begleitern und redete leise mit ihnen. Einer zog ein beschriebenes Blatt Papier hervor und deutete mehrmals darauf. Es verging viel Zeit, bis er sich wieder an Perdór wandte. »Es ist so, dass unser Herrscher gewaltige Anstrengungen unternommen hat, um die Flotte zu bauen.«

Perdór hätte am liebsten laut gejubelt. Dieser eine Satz, so belanglos er klang, zeigte ihm, dass sich die Tzulandrier entschlossen hatten, auf den Sturm auf die ulldartischen Küsten zu verzichten. Es war einfacher, eine Abfindung zu erpressen. »Das nennt man wohl das Wagnis eines Abenteuers«, gab er süffisant zurück.

»Wie viel sind die ulldartischen Reiche bereit zu zahlen, wenn wir davon absehen, die Küsten zu verwüsten?«, verlangte der Dä'kay zu wissen.

»Wie viel bekommen wir von Euch, wenn wir davon absehen, ein Schiff nach dem anderen von Euch zu vernichten?«, antwortete der König mit einer Gegendrohung. »Ihr könnt uns nicht erpressen.«

Der Dă'kay kreuzte die Arme vor der Brust. »Und ihr könnt uns nicht so sicher schlagen, wie ihr tut, sonst wären unsere Außenposten in Palestan schon lange ausgehoben und vernichtet.« Er betrachtete Perdórs Gesicht. »Gebt uns einhunderttausend Taler, und wir werden uns vom Festland und von den Inseln zurückziehen.«

»Und niemals mehr einen Fuß auf Ulldart setzen«, fügte Perdór augenblicklich hinzu und erinnerte sich an die Bitte von Torben Rudgass. »Außerdem liefert ihr alle Gefangenen aus, die Ihr gemacht habt.«

»Gefangene? Wir haben keine Gefangenen gemacht«, meinte der Dă'kay. »Besuchen werden wir euch trotzdem. Unsere Händler haben inzwischen auch von diesem Kontinent erfahren und brennen darauf, unsere Waren zu euch zu bringen.« Er grinste. »Außerdem gefällt mir, was ich bislang von dieser Welt gesehen habe. Wer möchte mir verbieten, dass ich gelegentlich erscheine und mir die Königreiche friedlich anschaue?«

»Wie wäre es mit einem König und seinen Soldaten?«

Fiorell beugte sich nach vorn, um das Ohr seines Herrn zu erreichen. »Sie führen etwas im Schilde, denkt Ihr das auch, Majestät? Ich würde Euren Jahresvorrat an Törtchen darauf verwetten.«

»Du bist gar blitzgescheit, mein lieber Fiorell. Möchtest du vielleicht die Unterredung fortführen, oder wirst du mich wohl meine Arbeit tun lassen?«, zischte er den Hofnarren an. »Ihr werdet verstehen, dass ich Euren Worten, was die Friedlichkeit anbelangt, kaum traue, Dă'kay. Doch um Euch zu zeigen, dass wir sehr wohl Unterschiede machen, sage ich Euch zu, dass jeder Tzulandrier, der sich benimmt, wie man es von ihm in einem ihm fremden Königreich erwartet, in Ilfaris zumindest Gast sein darf. Wohlgemerkt kein gern gesehener Gast, aber ein Gast.«

»Dann sind wir uns einig«, sprach der Dä'kay. »Die Taler sind in einer Woche an dieser Stelle des Strandes abzuliefern, und bis dahin unterlassen wir weitere Angriffe auf eure Schiffe. Als Zeichen des guten Willens.« Er drehte Perdór den Rücken zu. »Nachdem wir die Summe gezählt haben und sie bis auf die letzte Münze stimmt, räumen wir Palestan und die turîtischen Inseln. Sollten Münzen fehlen, besorgen wir uns Ersatz aus den umliegenden Dörfern und Städten.« Der Tzulandrier ging den Strand hinunter zu den Ruderbooten.

»Dä'kay! Haltet Euch an die Abmachungen. Wir wissen mehr von Euch und Eurem Volk, als Ihr denkt.« Perdór folgte ihm zwei Schritte, der Mann schaute über die Schulter. »Wir kennen sogar das Geheimnis Eures Silbergottes.«

Der Dä'kay nahm es mit Gelassenheit, und der König fragte sich, ob es irgendetwas gab, was einen Tzulandrier aus der Ruhe brachte. »Ich weiß nicht, was du meinst, kleiner König. Ich bete allein zu Tzulan. Alle anderen Götter sind mir gleich.« Er setzte seinen Weg zu den Booten fort; sie brachten ihn und seine Begleiter wieder an Bord der Bombardenträger.

Perdór, Fiorell und die übrigen blieben am Ufer zurück und schauten der tzulandrischen Abordnung hinterher.

Torben kam an die Seite des Königs, die Unterkiefer mahlten. »Ich werde ihnen heimlich folgen«, sagte er mit Grabesstimme. »Es wird gewiss in Eurem Sinn sein, wenn wir herausfinden, was sie bezwecken.«

»Ihr glaubt demnach ebenfalls nicht daran, dass sich die Tzulandrier verabschieden?«, fragte Fiorell.

»Ich glaube ihnen gar nichts. Sie haben jahrelang versucht, den Kontinent zu erobern, und plötzlich geben sie auf, nur weil wir ihnen drohen?« Torben verfolgte die Fremden mit seinen Blicken. »Bei der Übergabe des Goldes werde ich sie nach Varla fragen.« Er glaubte nicht daran, dass sie seine Gefährtin getötet hatten.

»Mir ergeht es ebenso«, nickte Perdór, als der Freibeuter seinen letzten Gedanken laut aussprach. »Ich kann mir gut vorstellen, dass sie sie behalten haben, um mehr über Tarvin herauszufinden. Es mag sein, dass dieser Kontinent aus der Sicht der Tzulandrier besser für ihre Angriffe geeignet ist.« Er legte Torben eine Hand auf die Schulter. »Ihr habt mein aufrichtiges Mitgefühl. Ich warne Euch jedoch inständig davor, Euch von Euren Gefühlen zu sehr leiten zu lassen. Werft Euch nicht blindlings in die Arme von Vintera.«

»Wenn ich Varla verloren habe, ist mein Leben weniger als die Hälfte wert.« Er zeigte auf Puaggi, der einige Schritte von ihnen entfernt stand und unschlüssig wartete. »Haltet Euch an ihn. Er ist zwar noch jung, aber er hat das Herz am rechten Fleck. Er wird mir eine gute Vertretung sein, solange ich den Tzulandriern folge.« Er zwinkerte Perdór zu. »Und er ist ein Verwandter des palestanischen Königs. Ihr hättet gute Beziehungen zum Hof.«

»Als ob ich das nicht wüsste«, lächelte Perdór. »Ich verstehe Euch, Torben.«

Puaggi überwand seine Zurückhaltung und gesellte sich zu ihnen, verbeugte sich unpalestanisch dürftig, aber dennoch nicht weniger hochachtungsvoll vor dem Herrscher. »Es ist leicht zu erraten, über was Ihr eben miteinander gesprochen habt«, eröffnete er die Unterhaltung. »Ich möchte mit meinem Segler dabei sein, wenn die Tzulandrier verfolgt werden.«

»Und schon sind wir unseren neuen Helden wieder los«, kommentierte Fiorell. »Das ist es eben, was einen Helden ausmacht: Sie fühlen sich zu den größten Abenteuern berufen.«

»Wir werden gegen eine Flotte von einhundert Schiffen ausziehen«, sagte Torben ernst. »Es ist eine Sache, gegen eine starre Festung anzukämpfen, aber eine andere, gegen die Segler der Tzulandrier anzutreten. Sie sind schnell und wendig, die Offiziere verstehen ihr Handwerk, Commodore«, legte er Puaggi dar, sah aber am Ausdruck des spitzen Gesichts, dass die Herausforderung für ihn nun nur noch größer war. Lachend hielt er ihm die Hand hin. »Ich höre ja schon auf, Euch ins Gewissen reden zu wollen. Schlagt ein, Commodore, und wir besiegeln zum zweiten Mal ein Bündnis zwischen Rogogard und Palestan.«

Puaggi ergriff Torbens Hand. »Ich mache mir damit keine Freunde in meiner Heimat, und meine Verlobte wird das Eheversprechen aufheben, wenn sie davon erfährt. Doch ich bin dabei.« Hatte er eben noch voller Humor gesprochen, änderte sich nun sein Tonfall, wurde ernsthaft. »Es ist mir eine Ehre, Kapitän Rudgass, mit Euch zusammen zu segeln.«

»So müsste es überall auf Ulldart zugehen«, seufzte Fiorell. »Ehemalige Feinde schütteln sich die Hände und achten einander.« Er blinzelte Perdór zu. »Das müssten wir dann ebenso tun, nicht wahr, Majestät? Oder habt Ihr mir die unzähligen Foppereien verziehen?«

»Eines Tages, geschätzter Fiorell, wirst du aufwachen und feststellen, dass ich mir für dich eine ganz besonders boshafte Form der Rache ersonnen habe, mit der ich es schaffe, dir an einem einzigen Tag alles heimzuzahlen, was du mir in den letzten Jahren angetan hast. Möglicherweise singst du zwei Oktaven höher«, gab er zurück, den Schlechtgelaunten vortäuschend. »Ich wünsche dir viele schlaflose Nächte, in denen du dich aus Angst vor diesem Tag in deinem Bett umherwälzt.«

Torben und Puaggi lachten und verabschiedeten sich von König und Hofnarr, die Delegation löste sich auf.

Die kensustrianischen Priester blieben absichtlich auf Abstand zu den anderen Menschen. Sie fürchteten, dass sie wegen der Belagerung und des bevorstehenden Angriffs auf Ammtára Vorhaltungen gemacht bekämen.

Perdór hatte es aufgegeben, sie deswegen anzusprechen. Sie verrieten weder den Grund, noch ließen sie mit sich verhandeln. Es sei eine Sache zwischen Kensustria und der Freien Stadt, die sich von allen anderen Königreichen losgesagt habe, meinten sie.

Dummerweise hatten sie Recht. König Bristel von Tûris gestattete Ammtára die vollständige Unabhängigkeit, solange die Abgaben für den Grund und Boden entrichtet wurden. Und zu gern hätte Perdór gewusst, warum die Gelehrten ihre Macht mit den Priestern teilten und diese sich benahmen, als seien sie die Alleinherrscher. Kensustria blieb ihm ein Rätsel.

»Schicken wir Soscha nach Ulsar, Majestät?«, wollte Fiorell wissen, weil er gerade mit der letzten Korrespondenz beschäftigt war, die er in einem Lederbeutel mit sich trug. Er schwenkte den Brief, der Norinas Handschrift trug. »Es klingt wirklich nicht sehr gut. Ich mache mir Sorgen, dass Lodrik, der das fröhliche Gemüt einer Trauerstatue besitzt, vor lauter Gram und schlechter Laune etwas zu seiner Ablenkung ausheckt, das uns allen nicht gut bekommt.«

»Das mag sein. Soscha hat mir zwar gesagt, dass sie sich weigert, noch einmal in die Nähe des Mannes zu gehen, der ihr die Kindheit raubte, aber sie muss es tun. Ich teile deine und Norinas Besorgnis.« Perdór erinnerte sich an den bleichen, ausgemergelten Lodrik, der beinahe so tot aussah, wie es die Geister waren, mit denen er sich umgab. Die Experimente und die steigende Macht des Nekromanten zusammen mit Norinas Bericht ließen ihn nervös werden. »Danach wird Soscha nach Kalisstron aufbrechen.«

»Ihr schickt unsere Kleine ins Land der Leiselacher?«, staunte Fiorell. »Es geht uns eigentlich nichts an, was sich dort zuträgt. Wir sollten uns vielmehr darum kümmern, dass es mit der Universität vorangeht und wir endlich neue Anwärter finden, in denen Magie schlummert. Am Ende kommen die Tzulandrier doch auf den Gedanken, uns anzugreifen, und wir stehen mit leeren Händen da.«

Perdór betrachtete ihn aus schmalen Augen. »Das ist genau die Art von Einstellung, die uns auf Ulldart all das Unglück gebracht hat: nicht hinsehen und sich um den eigenen Kram kümmern.« Er nahm Fiorell den Stapel Briefe aus der Hand. »Lorin hat uns genau beschrieben, was vorgefallen ist, und das schreit danach, von einer Gelehrten wie Soscha untersucht zu werden. Diese Steine sind irgendwelche uralten Eier, Fiorell, und nur die Götter haben eine Vorstellung, wer oder was sie hinterlassen hat.« Mit einem gezielten Griff holte er das Schreiben Lorins aus der Menge der Schriftstücke und überflog es ein fünftes Mal, las die Beschreibungen der Getöteten und die Umstände ihres Todes. »Es führt kein Weg daran vorbei«, entschied er neuerlich. »Wir müssen mehr darüber herausfinden, um den Menschen in Bardhasdronda beizustehen.« Er beobachtete, wie die Tzulandrier an Bord ihrer Bombardenträger gingen. Die Geschütze blieben ausgefahren und in Feuerbereitschaft. »Sonst kommt es eines Tages zu uns.«

»Oder es ist bei uns, aber keiner hat es bislang bemerkt«, ergänzte Fiorell und hoffte, dass sich zu den vielen kleinen Katastrophen nach dem Krieg nicht die nächste größere auf dem Nachbarkontinent anbahnte.

»Neues von unserer namenlosen borasgotanischen Kabcara?«

»Sie hat inzwischen einen Namen erhalten. Sie nennt sich seit der Thronbesteigung Elenja die Erste und hat sich leidlich verschleiert in der Öffentlichkeit gezeigt«, erklärte Fiorell. »Angeblich ist sie von einer schweren Hautkrankheit entstellt und möchte den Untertanen ihren Anblick ersparen.« Er hob ein Steinchen vom Strand auf, nahm etwas Anlauf und warf es mit Schwung, sodass es weit über die Wellen hopste, ehe es versank. »Ich glaube ja beinahe, dass sich darunter ein Mann verbirgt«, meinte er grinsend. »Unser guter Raspot hat womöglich nicht zugeben wollen, dass seine Vorlieben anders ausgerichtet waren.«

»Unsinn«, brummte Perdór. »Besteche eine Kammerzofe, unternimm irgendetwas, um das Rätsel zu lüften. Ich befürchte Schlimmes.«

»Sie ist auf alle Fälle nicht so wahnsinnig wie Raspot. Sie hat sich für die Gräueltaten ihres Gatten entschuldigt, den Familien großzügig Entschädigungen gezahlt und versprochen, das Land nach einem ähnlichen Vorbild umzustrukturieren wie Tarpol. Sie hat sich sogar mit Norina zu einem Treffen der Kabcaras verabredet.«

Perdór sagte nichts. Er dachte bei der Nennung der herrschenden Frauen sogleich an Aljascha Bardri¢, die sich Kostromo in einem Staatsstreich unter den Nagel gerissen hatte. Kein Zweifel, es tat sich einiges auf Ulldart. Aber nicht alles sah danach aus, als endete es zwingend gut. »Beten wir zu Ulldrael, dass er uns beisteht«, meinte er entmutigt und schaute zu, wie Fiorell das nächste Steinchen über das Wasser hüpfen ließ.

Dieses Mal war der Flug vollkommen. Es sprang und sprang und wollte gar nicht mehr aufhören, bis es mit einem vernehmlichen Geräusch gegen die Bordwand des rechten Bombardenträgers prallte. Die Schiffswache schaute sofort herüber an den Strand und schrie, was einer Alarmierung nicht unähnlich war.

»Vortrefflich gemeistert, Fiorell. Was auch immer gleich geschieht«, rief Perdór, trat dem Hofnarren vors Schienbein und rannte den Strand hinauf, »du trägst die Schuld daran.«

Humpelnd und schimpfend folgte Fiorell ihm.

Kontinent Ulldart, Königreich Tarpol, Hauptstadt Ulsar, Herbst im Jahr 1 Ulldrael des Gerechten (460 n. S.)

Norina schnitt den flachen Kuchen eigenhändig an und ließ es sich nicht nehmen, ihrer Besucherin Tee einzugießen. Dann schob sie ihr den Ständer mit der Kirschmarmelade hinüber und stellte das Kuchenstück vor sie. »Ich wollte Euch mein Beileid zum Tod Eures Gemahls aussprechen«, sagte sie. Sie war gespannt, wie die Unterhaltung verlaufen würde – und noch mehr darauf, wie die Besucherin trotz des Schleiers trinken und essen wollte.

Elenja die Erste, Kabcara von Borasgotan und trauernde Witwe, schaute vermutlich in ihre Richtung, als sie sich für die Bekundung bedankte.

Mit Sicherheit sagen konnte es Norina nicht. Das schwarze Tuch vor ihrem Antlitz verhinderte, dass sie auch nur einen Hauch von den Zügen ihrer Besucherin erkannte. Je nachdem wie das Licht durch die Fenster fiel, waren die Umrisse ihres Gesichts sichtbar, mehr nicht.

»Raspot war nach außen hin ein guter Mensch. Ich fiel auf seine Maskerade herein, und dazu kam die Dankbarkeit, dass er mich trotz meiner Krankheit noch an seiner Seite haben wollte«, kam es krächzend unter dem seidigen Stoff hervor. »Dass er sich zu einem solchen Ungeheuer entwickelte, hätte ich niemals für möglich gehalten. Die armen Menschen, die wegen seinen wahnsinnigen Anordnungen zu Tode kamen, tun mir unendlich Leid.«

Nicht nur der Schleier, die gesamte Garderobe war in Schwarz gehalten; sogar die sehr, sehr schlanken und langen Finger steckten in Handschuhen.

Norina fand den Auftritt der Kabcara unheimlich und dachte unwillkürlich an ihren Gatten Lodrik. Elenja wurde von der gleichen unbestimmbaren Aura der Kälte, der Abweisung, des Jenseits umschlossen, die sie frösteln ließ.

Sie stand auf und schloss das Fenster, legte einen weiteren Scheit in den Kamin und fachte das Feuer von neuem an.

»Die Menschen sind mutiger geworden. Sie haben gelernt,

sich gegen Grausamkeiten aufzulehnen und solche Herrscher zu verjagen.«

»Euer Gemahl hatte das Unglück, von seinen eigenen Kindern gestürzt zu werden«, raschelte es hinter dem Stoff hervor, der sich kaum bewegte, als ihn die Atemluft traf. »Die Menschen liebten ihn dafür, dass er ihnen die Freiheit brachte. Jedenfalls war es so bei den Borasgotanern.« Sie gab ein winziges Häufchen Marmelade in den Tee, verrührte ihn mit akuraten Bewegungen und hob die Tasse unter den Schleier. Das gelang ihr, ohne dass Norina einen Blick von ihrem Gesicht erhaschte. »Seid nicht traurig, dass Ihr meine Züge nicht seht«, sagte Elenja freundlich, da ihr der Blick sehr wohl aufgefallen war. »Die Wundmale sind nicht schön und jagen selbst gestandenen Männern und Frauen Albträume ein.«

»Schmerzt es?«

»Nur wenn ich lache«, gab Elenja zurück und klang, als lächelte sie. »Aber ich bin nicht hier, damit Ihr mich bemitleidet, Kabcara Norina«, wechselte sie zum Grund ihres Besuchs. »Die Borasgotaner sehnen sich nach den Freiheiten, die Lodrik Bardri¢ ihnen einst gab. Ihr habt das in Tarpol fortgeführt, was er begonnen hatte, richtig?«

Norina nickte und rätselte insgeheim, wie alt die Frau ihr gegenüber war. Die Stimme ließ keinerlei Schluss zu, die schmale Statur ebenso wenig. Stimmte es, was man sich über sie erzählte, konnte sie nicht mehr als neunzehn oder zwanzig Jahre alt sein. Wenn sie sprach, klang sie wie ein altes Weib. Welch eine furchtbare Krankheit.

»Ja, wir haben Reformen aufgegriffen, die Lodrik schon in seinen ersten Jahren angedacht hatte«, sagte sie und fasste rasch zusammen, was in den kommenden Wochen in ihrem

Königreich in Kraft trat, welche Rolle den Adligen zukam und wie genau die Umstellung vonstatten ging.

Elenja lauschte aufmerksam, trank gelegentlich von ihrem Tee und aß mit der gleichen Perfektion des Verborgenen ihren Kuchen, wie sie den Tee zu sich nahm. »Das ist sehr mutig von Euch, Kabcara Norina, Euch gegen die Adligen zu stellen«, bemerkte sie.

»Man darf keine Schwäche zeigen«, riet Norina. »Es ist wie bei einem Kampf gegen einen mächtigen Krieger: Leistet Euch ein einziges Mal eine offene Stelle in Eurer Deckung oder vergesst, den todbringenden Schlag anzusetzen, und Ihr werdet es bitter bereuen.«

»Ihr gedenkt die Adligen demnach zu vernichten?«

»Meine Waffen sind die Worte, die Gesetze und der Rückhalt beim Volk. Es geht darum, dass Ihr Euch Vertraute schafft, auf die Ihr Euch blind verlassen könnt. Sie helfen Euch, halten Euch den Rücken frei und sorgen dafür, dass keiner der eingebildeten Hochwohlgeborenen aus der Reihe tanzt. Die meisten von ihnen haben schon lange begriffen, dass sie keine Wahl haben.« Norina goss ihr Tee nach. »Habt Ihr niemanden aus Eurer Heimat, den Ihr an den Hof holen könnt? Alte Freunde?«

Elenja verharrte, und Norina glaubte schon, sie sei entweder im Sitzen eingeschlafen oder gar gestorben. »Nein, Kabcara Norina, ich habe keine Freunde. Jedenfalls nicht solche wie Ihr«, antwortete sie bedauernd. »Wie es aussieht, bin ich auf mich gestellt.«

»Wenn es Euch hilft, Kabcara Elenja, dann stehe ich Euch gerne bei«, bot Norina ihr an. »Einige meiner Beamten würden Euch bei Eurer Rückreise begleiten und helfen, das System aus Tarpol auch für das Königreich Borasgotan aufzubauen.« Sie schauderte, dachte kurz, dass ihre Schulter von einer eisigen Hand sanft berührt worden sei. Die Flammen schafften es aus einem beunruhigenden Grund nicht, die Kälte aus dem Zimmer zu vertreiben. Dabei stand der eigentliche und viel eisigere Winter noch bevor.

Mit einem lauten Krachen flogen die Fenster auf, der Wind wirbelte die Vorhänge durcheinander und formte Gebilde aus dem weißen Stoff, die entfernt an menschliche Gesichter erinnerten.

»Verzeiht.« Norina erhob sich und schloss die Fenster. Als sie sich umwandte, erschrak sie.

Lautlos wie ein düsterer Geist hatte sich Elenja erhoben und war neben sie getreten; beinahe wäre sie in die Frau hineingerannt. Sie wich vor ihr zurück, Angst umklammerte jäh ihr Herz.

»Entschuldigt, dass ich Euch einen Schrecken eingejagt habe, ich wollte Euch helfen«, erklärte sie und kam näher, streckte eine Hand aus.

Gelähmt starrte Norina auf den sich nähernden schwarzen Handschuh, der eindeutig auf ihre Kehle zielte. Es machte den Eindruck, als beabsichtigte Elenja, sie zu erwürgen. Ihr Körper, den sie eindringlich aufforderte, sich zu bewegen oder etwas zu sagen, gehorchte ihr nicht, während ihr Inneres allmählich gefror.

Die Spinnenfinger griffen unvermittelt an ihr vorbei und umschlossen eine Stoffbahn, zupften sie zurecht. »Nun sieht es wieder aus wie vorher«, krächzte Elenja zufrieden. »Setzen wir uns wieder, Kabcara Norina? Wie viele Eurer Beamten könnt Ihr für wie lange entbehren?«

Norina blinzelte. Ihre Glieder verloren die Starre, und sie wankte mehr zu ihrem Sessel, als dass sie ging, fiel hinein und riss die Tasse mit dem vermeintlich heißen Tee an sich. Sie hielt inne, als sie das Porzellan berührte: Es war ebenso kalt wie der Inhalt!

»Mir ist eben eine Idee gekommen.« Elenjas verhüllter Kopf neigte sich nach vorn. »Darf ich Euch einladen, mich Ende der Woche nach Amskwa zu begleiten? Meine Untertanen sollen es als Zeichen werten, dass ich die Erneuerung mit Eurer Unterstützung vorantreibe und dass wir beide eine Art Bündnis der Kabcaras geschlossen haben.« Sie sah das Zögern in den braunen Augen Norinas. »Nur, wenn es Eure eigenen Geschäfte zulassen«, setzte sie wispernd nach. »Ich wollte Euch nicht überrumpeln. Wir können es natürlich zu einem beliebigen anderen Zeitpunkt ...«

»Nein«, sagte Norina hastig, um nicht noch unhöflicher auf ihre Besucherin zu wirken. »Ihr habt Recht, gerade zu Beginn Eurer Regierung sollen die Menschen erfahren, dass sich etwas ändert und Ihr nichts mit Raspot dem Ersten gemein habt.« Sie überlegte. »Ich werde sehen, dass ich es einrichten kann.«

»Sehr schön«, kam es flüsternd aus dem Stoff, und Norina erbebte wieder.

Es klopfte laut gegen die Tür. Gleich darauf wurde sie von keinem Geringeren als Lodrik geöffnet. Seine nachtblaue Robe starrte vor Schmutz, Dreck und Gras hingen daran, die Stiefel bestanden mehr aus Schlamm denn aus Leder. »Du musst sofort mitkommen«, sagte er zu Norina. Die blauen Augen wanderten hinüber zu der Frau, er stutzte. »Verzeiht ... mir meinen ungestümen Auftritt, doch es ist sehr dringend.«

Norina schaute in sein hageres Antlitz, in das die blonden Haare hingen. »Das ist Kabcara Elenja die Erste von Borasgotan«, stellte sie vor. »Lodrik Bardriç, mein Gemahl.«

Elenja saß kerzengerade und regungslos auf ihrem Platz, der Kopf mit dem Tuch schaute in Richtung des Eingangs.

»Ich kenne ihn«, sagte sie mit schwacher Stimme.

»Nein, Ihr kennt mich nicht«, gab er freundlich, aber bestimmt zurück. »Ihr seid zu jung, was ich gehört habe, als dass wir uns begegnet sein könnten.« Er versuchte ebenso vergebens wie seine Gattin, den Schleier mit den Augen zu durchdringen, spürte dabei eines aber sofort: Sie besaß eine Ausstrahlung, die ihn gefangen nahm.

Er wurde in ihren Bann gezogen, ohne dass er etwas von ihrer wahren Gestalt zu sehen bekam. Es mochte das Schwarz sein, sein Hang zur Melancholie, das Wissen um den Tod ihres Mannes und die schreckliche Krankheit, welche sie ebenso zu einer Ausgestoßenen machte. Ein dünnes Band, so meinte er zumindest, entstand zwischen ihnen.

Norina bemerkte, dass Lodrik die Verschleierte länger anblickte als irgendjemanden sonst in den letzten Wochen.

Ihr Argwohn erwachte, das alte Tier Eifersucht gähnte und erhob sich, auch wenn sie sich dafür auf der Stelle innerlich schalt. Es war Unsinn. »Du wolltest dringend mit mir sprechen?«, erinnerte sie ihn mahnend, erhob sich und stellte sich vor ihn, um ihm die Sicht auf Elenja zu nehmen.

»Die Arbeiten an der Schutthalde der Kathedrale müssen eingestellt werden«, verlangte er.

Sie verstand die Anweisung nicht. »Weshalb?«

»Du erinnerst dich an das Loch, in das Govan die Ulsarer warf, um sie Tzulan zu opfern?« Er sah ihr Nicken und gleich darauf, wie ihr die Blässe ins Gesicht flog.

»Es lebt etwas darin?« Sie lief an ihm vorbei zur Tür. »Bei Ulldrael dem Gerechten! Die Vorarbeiter versicherten mir stolz, dass sie heute die Stelle freilegen wollen.«

Lodrik folgte ihr und hörte, dass Elenja sich erhob, um ihnen beizustehen. »Nein, Kabcara.« Er hielt inne. »Ihr seid sicherer im Palast aufgehoben. Ich kann nicht einmal sagen, was uns erwartet, aber es muss gigantisch sein.«

Sie näherte sich ihm und blieb eine Armlänge entfernt stehen. »Woher stammt Eure Eingebung?«, raunte sie krächzend.

»Ich hatte eine … einen Traum«, sagte er ausweichend und spürte die seltsame Vertrautheit wieder. Er nickte ihr zu und beherrschte sich, ihr nicht den Schleier vom Gesicht zu nehmen und einen Blick auf die Aussätzige zu werfen, deren Einsamkeit er so gut verstand. »Wartet hier, bis wir Sicherheit haben, dass sich nichts Schlimmes ereignen wird.« Er rannte den Gang entlang und holte Norina bald ein.

»Ein Traum?«, hakte seine Gattin nach.

»Ja. Ein beängstigender Traum.« Selbst ihr gegenüber blieb er bei seiner Lüge. »Einer von vielen. Ich habe gelernt, auf sie zu achten.«

»Matuc hat so etwas Ähnliches angedeutet, doch ich habe seine Bemerkung völlig vergessen«, ärgerte sie sich.

Sie liefen in die Stallungen, wo sie Pferde gebracht bekamen; ein kurzer Befehl genügte, und eine Leibwache von dreißig Soldaten begleitete sie.

Lodrik nahm sich die Zeit, um einen alten Kutschermantel überzuwerfen, den er von einem Haken im Stall nahm, und sein blondes Haupt mit dem dazugehörigen breitkrempigen Hut zu bedecken. Er wollte von den Ulsarern nicht erkannt werden.

In schnellem Ritt preschten sie durch die Straßen der Hauptstadt.

Lodrik ging es nicht schnell genug. Er ritt rücksichtslos gegenüber sich selbst, seinem Pferd und denjenigen, deren Weg sie kreuzten. Mit Mühe gelang es Norina und den Soldaten, den Anschluss zu ihm zu halten.

Als sie sich dem beinahe abgeräumten Trümmerfeld näherten, vernahmen sie die aufgeregten Rufe der Arbeiter, die in wilder Flucht über Steinquader, umgestürzte Säulen und Sockel hinwegsetzten, während sich hinter ihnen eine immense Staubwolke auftürmte.

Lodrik riss die Zügel seines Pferdes brutal zurück und brach ihm durch sein Manöver um ein Haar das Genick. »Was ist los?«, herrschte er den ersten Mann an und stieg ab; sein Pferd galoppierte wiehernd davon.

»Der Boden ist eingebrochen«, stammelte der verängstigte Mann. Norina konnte nicht einschätzen, ob der Schrecken vom Erlebten oder der Aura ihres Gemahls herrührte. »Wir hörten abscheuliche Laute aus dem Loch darunter, der Boden wackelte, und zwei von uns sind hineingefallen.« Er machte einen Schritt rückwärts. »Ihre Schreie ... so weit entfernt ...«

Lodrik rannte an ihm vorbei, sprang über den Schutt und hastete an die Stelle, wo er einst gestanden hatte, um zum Kabcar von Tarpol ernannt zu werden.

Dort hatte sich ein ruinenumsäumter Krater von zehn Schritt Durchmesser gebildet. Das Loch, in welches immer wieder loses Geröll rutschte, war sicherlich nicht weniger als sechs Schritt breit. Es grollte und brodelte leise daraus hervor, als wäre dies das Ende eines Kaminschlotes, auf dessen Feuerstelle ein enormer Kessel kochte. Es stank widerlich nach Fäulnis.

»Du hattest Recht.« Norina stellte sich neben ihn. Sie gab den Soldaten ein Zeichen, sich um den Krater zu verteilen und genau darauf zu achten, was sich dort tat.

»Wie dumm, dass ich den Traum zu spät hatte«, sagte er nachdenklich. Er beschrieb seiner Frau leise genug, damit nur sie es verstand, was er in Govans Verstand gesehen hatte, um sie auf das Erscheinen des Ungeheuers vorzubereiten. »Wir können das Loch zuschütten und hoffen, dass es sich den Weg nicht nach oben gräbt. Oder wir gießen heißes Öl hinein und beten, dass es daran stirbt. Oder wir schicken ein paar Späher hinab, um nachzuschauen, was sich überhaupt dort unten befindet, und überlegen dann, was wir unternehmen.«

Norina grübelte noch, als sich ihnen ein Soldat näherte, den sie bei den Pferden zurückgelassen hatten. »Hoheitliche Kabcara, eine Soscha Zabranskoi«, meldete er und führte die junge Frau mit sich, die Lodrik mit unverhohlenem Hass betrachtete. »Sie wollte Euch unbedingt sprechen.«

Soscha hatte die Reitergruppe, an deren Spitze der Mann hetzte, den sie verachtete wie keinen anderen Menschen auf dem Kontinent, sofort gesehen. Sie hielt sich auf Bitten Perdórs in Ulsar auf und nutzte gerade die Gelegenheit, die Heimat, welche sie so lange schon nicht mehr gesehen hatte, von neuem zu erkunden.

Als sie Lodrik und Norina erspähte, folgte sie dem Tross, so schnell es ihre Beine erlaubten.

Der erste Eindruck, den sie infolge ihrer magischen Begabung von dem ehemaligen Kabcar Tarpols gewann, ließ sie einen leisen Schrei ausstoßen.

Seine Aura war noch dunkler geworden; selbst das helle Blau, das ihn einst umgab, war in ein abgrundtiefes Schwarz übergegangen. Er hatte ihrem Eindruck nach an Macht sehr dazugewonnen. Und zwar so sehr, dass sie unwillkürlich an Govan dachte.

Soscha blieb vor dem Trümmerfeld stehen und beobachtete, wie Lodrik verschwand, Norina und ihre Soldaten ihm folgten. *Woher hat er die Magie? Es gibt niemanden auf Ulldart, dem man sie rauben könnte. Sollte sich die Nekromantie von selbst stärken? Wandelt er Geister und Seelen in Stärke um?*

Sie fand es äußerst bedenklich, dass er sich mit solch immenser magischer Kraft ausgerechnet an einem Ort aufhielt, an dem das Böse seine Klauen tief in die Erde geschlagen hatte. Soscha zog in Erwägung, dass Lodrik eine List plante, um Norina zu töten und die Macht in Tarpol erneut zu ergreifen.

Gerade hatte sie sich entschlossen, Norina zu warnen, als hinter ihr eine Kutsche anhielt, die das Hoheitszeichen von Borasgotan auf den Türen trug. Die Pferde waren so aufgeregt und tänzelten umher, dass Soscha sich durch einige schnelle Schritte vor ihnen in Sicherheit bringen musste; verärgert schaute sie auf den Verschlag.

Ein schwarzer Handschuh schob den Vorhang vor dem Fenster zur Seite, ein vermummter Kopf erschien.

Soscha vermochte einen lauten Schrei nicht zu unterdrücken, dazu traf sie der Anblick zu überraschend.

Eine magische Aura aus Schwarz und letzten Spuren von Violett umgab das Haupt und verriet den Reisenden. *Noch ein Nekromant! Gehört er zu Lodrik, oder ist er gegen ihn?* Jetzt bereute sie es nicht mehr, nach Tarpol gekommen zu sein. Diese alarmierenden Neuigkeiten musste Perdór unter allen Umständen erfahren.

Der unkenntliche Kopf hinter dem Fenster, der zuerst in Richtung des Lochs geschaut hatte, drehte sich abrupt zu ihr. Man hatte sie wahrgenommen.

Es ist besser, wenn ich zur Kabcara gehe. Soscha winkte einen Soldaten, der die Pferde der Kabcara bewachte, zu sich. »Ich bin Soscha Zabranskoi, Gesandte von König Perdór von Ilfaris. Bring mich unverzüglich zur hoheitlichen Kabcara, damit ich ihr eine Nachricht überbringen kann.« Sie wies ihm das Siegel von Ilfaris.

Der Mann kratzte sich verlegen unterm Helm. »Seid Ihr sicher, dass Ihr nahe an das verfluchte Loch heran wollt? Es kann gefährlich werden«, erklärte er, und als sie nickte, drückte er die Zügel einem Ulsarer seufzend in die Hand. »Dann kommt.«

Soscha meinte, die Blicke der Person aus der Kutsche in ihrem Rücken zu spüren, und sie beeilte sich, um aus dem Sichtbereich zu gelangen.

Der Soldat näherte sich Norina und Lodrik, machte sie auf den erwarteten und dennoch unvermutet auftauchenden Besucher aufmerksam. »Hoheitliche Kabcara, eine Soscha Zabranskoi«, meldete er. »Sie wollte Euch unbedingt sprechen.«

Norinas Gesicht hellte sich auf. »Soscha! Welch ein glücklicher Zufall!« Sie tat, als habe sie nicht mit ihr gerechnet.

Eigentlich hatte Soscha antworten wollen, aber ein eisiger Strahl fuhr schneidend durch ihren Leib und raubte ihr den Atem.

Ächzend schwankte sie vorwärts, fiel gegen Lodrik und klammerte sich Hilfe suchend an ihn. Sie wusste, wer sie zum Schweigen bringen wollte. Lodriks Aura hatte sich nicht verändert, was ein Hinweis auf einen Angriff durch ihn gewesen wäre; folglich versuchte die Person in der Kutsche, sie zu töten!

Angst kroch in sie, füllte jede Faser in ihr aus, bis die Furcht das Herz erreichte und es zusammenpresste. Ihr linker Arm fühlte sich taub an, kraftlos fiel er herab.

»Du bist ein schönes Mädchen«, flüsterte eine Frauenstimme in ihr Ohr. »Ich freue mich auf dich, Soscha. Wir werden viel Spaß zusammen haben.« Als reichte der Druck auf ihr wild klopfendes Herz nicht aus, legten sich unsichtbare Finger um ihren Hals und raubten ihr das letzte bisschen Luft, das sie noch bekommen hatte.

»Geister«, röchelte sie Lodrik zu und hoffte, dass er sie verstand, dann verlor sie das Bewusstsein.

Das dachte sie zumindest.

Bis sie sich unvermittelt über ihrem Körper schwebend wieder fand, während Lodrik und Norina sich über ihn beugten. *Bei allen Göttern! Bin ich tot?*

VII.

**Kontinent Ulldart, Baronie
Kostromo, Spätherbst
im Jahr 1 Ulldrael des Gerechten
(460 n. S.)**

Aljascha erhob sich aus dem Bett. Obwohl es noch finstere Nacht war, hielt sie es nicht mehr länger auf der angenehm weichen Matratze aus. Ängste quälten sie. Gefährliche Ängste.

Sie nahm den weißen, aus Lammwolle gesponnenen Morgenmantel und bedeckte ihren nackten, begehrenswerten Körper. Sie schaute auf das entspannte Gesicht von Lukaschuk, der erschöpft vom Liebesspiel tief und fest schlief, ehe sie das Gemach verließ, um nach Vahidin zu sehen.

Die Kunde über den Silbergott hatte sich für ihren Geschmack viel zu schnell herumgesprochen. Lukaschuk versicherte ihr immer wieder, dass keiner aus den Reihen der Tzulani den Fehler begangen hatte, etwas von dem Geheimnis preiszugeben.

Die Tzulandrier müssen geplaudert haben, ärgerte sie sich. Nun galt es, den Schaden zu begrenzen. Es gab sehr wenige Menschen, die ihren Sohn und dessen rasches Wachstum mit eigenen Augen gesehen hatten. Von einigen wünschte sie sich, dass sie tot wären.

Ihre gesamten Bediensteten in Granburg mussten aus dem Weg geschafft werden, bevor sie mit ihren Erzählungen und dem bisschen, was sie von Vahidin zu Gesicht bekommen hatten, zu Perdór oder einem anderen liefen und sie auf die richtige Fährte setzten.

Während sie durch den Palast ging, in dem vor wenigen Wochen Silczin noch Vasruc gewesen war, grübelte Aljascha darüber nach, wie sie es anstellte, alle auf einen Schlag zu töten. Immerhin gehörten neben ihrer Zofe, der Köchin und dem Kutscher eine Hand voll Soldaten dazu, welche ihren Hausarrest überwacht hatten.

Eine Tür quietschte leise, Holz stieß auf Holz, wieder quietschte es. Die Geräusche drangen aus Vahidins Zimmer.

Mit der unerschütterlichen Entschlossenheit einer Mutter, die ihr Kind verteidigen wollte, eilte sie durch das Ankleidezimmer. Ihre Hand streckte sich nach der Klinke der angelehnten Durchgangstür, als sie das Kichern Vahidins, leises Rascheln und trippelnde Schritte hörte. Sie verharrte.

Anstatt wie eine Furie vorwärts zu stürmen, beugte sie den Oberkörper nach vorn und spähte durch den Spalt in den Raum ihres Sohnes.

Vahidin war äußerlich von einem sechsjährigen Jungen nicht mehr zu unterscheiden. Er saß auf seinem Bett, umspielt vom Licht der Monde, das schwach durch die Wolken drang, und umschwärmt von unzähligen Kreaturen, welche einen gewöhnlichen Ulldarter schreiend in die Flucht getrieben hätten. Vahidin aber lächelte das Wesen unmittelbar vor sich an, worauf es sich unterwürfigst verbeugte.

Aljascha hielt den Atem an. Sie kannte die Wesen mit den dürren Leibern, den großen Köpfen und Augenhöhlen aus leuchtendem Purpur, aus deren Rücken stattliche Schwingen wuchsen. *Die Modrak! Sie sind zurückgekehrt,* wunderte sie sich und hatte noch nicht entschieden, ob sie sich darüber freuen sollte.

Die Wesen, die einst Sinured gedient hatten und von denen keiner wusste, welche Ziele sie in Wirklichkeit verfolgten, waren nach der Schlacht bei Taromeel verschwunden. Man hatte sich erzählt, dass Tokaro von Kuraschka das Amulett, mit denen man sie rufen und befehligen konnte, in einem Moor versenkt habe, damit keiner mehr Macht über sie erlangte.

Und dennoch saßen sie wie folgsame Hunde um das Bett ihres Sohnes. Er benötigte das Amulett offenbar nicht.

Das Rascheln, das sie hörte, stammte von ihren Schwingen und den aneinander reibenden Flughäuten. Sie drängten sich um ihn, hielten jedoch einen ehrfürchtigen Abstand und schienen von dem Verlangen beseelt, in seiner Nähe zu sein.

»Komm herein, Mutter«, sagte Vahidin, ohne den Kopf zur Tür zu drehen. »Sie tun dir nichts. Es sind meine Freunde.« Er deutete auf einen Klumpen Metall neben sich auf der Decke. »Das haben sie mir als Geschenk mitgebracht.«

Mit einem mulmigen Gefühl betrat Aljascha das Zimmer.

Die Modrak bildeten eine Gasse, um sie zum Bett ihres Sohnes gelangen zu lassen, und scharten sich dann um sie.

»Hast du sie gerufen, mein Lieber?«, fragte sie ihn und strich über sein silbernes Haar, dann setzte sie sich neben ihn.

»Wie?«

»Ich weiß es nicht«, sagte er nachdenklich. »Ich habe von ihnen geträumt, und als ich erwachte, flogen sie wie Fledermäuse vor meinem Fenster umher.« Er schaute sie abschätzend an. »War es nicht gut, dass ich sie hereinließ? Sie sagten, sie seien meine Freunde und dass sie mir schöne Dinge bringen könnten.«

Sie lächelte und gab ihm einen Kuss auf den Schopf; dabei versuchte sie, weder nach rechts noch nach links zu sehen, sondern sich einzig auf ihren Sohn zu konzentrieren. Die Modrak jagten ihr Angst ein. »Sei vorsichtig. Ich kenne sie von früher. Sie dienten einst deinem Stiefvater und später deinem Stiefbruder, bis sie sich entschieden, nichts mehr zu tun.«

»Weil sie erkannten, dass weder der eine noch der andere seine Versprechen halten würde«, sagte Vahidin und wirkte sehr erwachsen. »Sie haben es mir erzählt. Und sie haben mir auch gesagt, dass ich sie auf die Probe stellen soll, ob sie mein Vertrauen verdienen.«

Aljascha versuchte, den unansehnlichen Metallklotz anzuheben. »Es ist schwer.« Sie erkannte den charakteristischen Schimmer erst auf den zweiten Blick. »Das ist ja Iurdum!«

Nicht irgendein Iurdum, wisperte eine Stimme in ihren Gedanken. *Es ist eine der verschwundenen aldoreelischen Klingen.*

Vahidin legte seine Hand in Aljaschas, nickte ihr beruhigend zu. Anscheinend verstand er den Modrak, der zu ihr sprach, ebenso.

»Sie wurde eingeschmolzen? Wie ist das möglich?«, fragte sie, nachdem sie sich von ihrer Überraschung erholt hatte. »Sie galten als unzerstörbar.«

Wir wissen es nicht. Aber verfolgten ihren Weg, nachdem dies mit ihnen geschehen war. Mortva hat es getan. Sie sollten mit Schiffen von Ulldart weggebracht werden, erklärte ihr der Modrak. Anscheinend sprach sie mit dem Wesen, das unmittelbar vor Vahidin kniete und sie von unten herauf anblickte. *Wir können dem Hohen Herrn sogar die übrigen bringen. Wir wissen, wo sie sich befinden.*

»Ich hätte eine Aufgabe für sie, mit der sie sich beweisen könnten«, schlug Aljascha ihrem Sohn vor. »Du erinnerst dich an die Bediensteten, die wir in Granburg hatten?« Der Junge nickte. »Sie sind eine Gefahr für dich, mein Sohn, weil sie dich und deine Besonderheit kennen.«

»Sie könnten mich verraten?«

»Mich und dich.« Sie streichelte seine Wange. »Die Tzulani könnten sie zwar auch zum Schweigen bringen, doch deine neuen Freunde wären dazu viel schneller in der Lage.«

»Was meinst du mit ›zum Schweigen bringen‹?«

Wir haben verstanden, sagte der Modrak. *Wenn es der Hohe Herr wünscht, fliegen wir nach Granburg und finden diejenigen.*

»Müsst ihr dazu nicht wissen, wie sie aussehen?«, fragte Aljascha skeptisch.

Ihr habt ein sehr gutes Bild von ihnen in Euren Gedanken, bekam sie zur Antwort. *Es genügt uns, um die Menschen zu finden.*

»Gut.« Sie dachte nach. »Aber bevor ihr sie tötet, findet heraus, ob sie mit jemandem über Vahidin gesprochen haben.«

Die ersten der Kreaturen wandten sich dem Fenster zu, entfalteten auf dem breiten Sims ihre Schwingen und stürzten sich in den Wind, der sie auffing und höher in den nachtschwarzen Himmel trug.

Wir verstehen, was Ihr meint, Mutter des Hohen Herrn, raunte es nun vielstimmig in ihrem Verstand. *Bald wird es sie nicht mehr geben.*

Erst als der letzte Modrak das Zimmer verlassen hatte, atmete Aljascha auf.

Sie erhob sich, schloss die Fenster, durch welche die Wesen heuschreckengleich hinausgeflogen waren, und drehte sich zu Vahidin. Sie lächelte glücklich, als sie sah, dass er sich zusammengerollt hatte und bereits eingeschlafen war.

»Da liegt er, der Hohe Herr«, sagte sie nachdenklich und gerührt. Sie deckte ihn vorsichtig zu, damit er nicht fror, nahm den Iurdum-Klotz und schlich sich aus dem Zimmer.

Aljascha war sich sicher, dass Lukaschuk damit etwas anzufangen wusste. In ihrer Vorstellungskraft entstand eine neue Generation heiliger Klingen. Und dieses Mal dienten sie den Richtigen.

Kontinent Ulldart, Khòmalîn, Kensustria, Spätherbst im Jahr 1 Ulldrael des Gerechten (460 n. S.)

Die Schwierigkeiten begannen für Gàn, Tokaro, Estra und Pashtak bereits an der Grenze. Denn nur weil die Priester zusammen mit den Gelehrten die Herrschaft in Kensustria übernommen hatten, bedeutete das nicht, dass sich der Wandel hin zu einem einladenden, freundlichen Land in kürzester Zeit vollzog.

Die Wächter befragten sie eindringlich nach ihrem Vorhaben und hätten die mehr als merkwürdig anmutenden Reisenden sicherlich nicht passieren lassen, wenn Pashtak nicht mehrmals das Wort »Ammtára« erwähnt hätte.

In der Folge verzogen sich die bronzefarbenen Gesichter voller Abscheu, und man gab ihnen zwei gerüstete Begleiter mit, von denen sie sich unter keinen Umständen während ihrer Reise trennen durften.

Fortan gestaltete sich die Reise sehr wortkarg. Keiner der Ulldarter wollte vor den Augen und Ohren der Kensustrianer etwas erzählen, da sie nicht wussten, ob und wie viel sie verstanden. Das hinderte die Kensustrianer ihrerseits nicht daran, sich zu unterhalten. Abends fasste Estra, die dank ihrer Mutter die Sprache verstand, das Gehörte zusammen. Nun sorgte ihre halb kensustrianische Herkunft für einen großen Vorteil.

Ihre Begleiter, die Pashtak lieber als Aufpasser bezeichnete, brachten sie über kleinere Wege landeinwärts dorthin, wo sich der Priesterrat befand, vor dem die Delegation sprechen wollte.

»Offenbar traut man uns nicht«, sagte Tokaro am dritten Tag ihrer Reise durch Kensustria, als sie wieder einmal eine große Stadt aus weiter Entfernung an ihrer Route liegen sahen.

Für den jungen Ritter war es aufregend in dem Land zu sein, das einst als Legende galt und um das sich zahlreiche Märchen rankten. Von Estra wusste er, dass nach den Priestern und Gelehrten die Kasten der Krieger und Handwerker, danach die Bauern und Unfreien rangierten. Bis vor wenigen Monaten hatten die Priester noch zu den eher Bedeutungslosen gezählt, sich aber mit Hilfe der Gelehrten aufgeschwungen. Die Angehörigen der Kasten erkannte man außer an ihrer Kleidung mitunter sogar an der Statur. Die Krieger waren die größten und kräftigsten unter den Kensustrianern.

Tokaro reckte sich und stellte sich in den Sattel seines Schimmels, um einen Blick von der Stadt zu erhaschen, deren Mauer in sattem Gelb schimmerte. So sehr sich seine Neugier regte, es gab nichts, womit er sie befriedigen konnte.

»Nein, ich sehe nichts«, meinte er enttäuscht. »Sollte mich zu Hause jemand fragen, wie ich Kensustria fand, werde ich sagen, dass ich außer ein paar Bauern und drei Rehen nichts entdeckt habe, worüber ich berichten könnte.« Er nahm sich eine Scheibe Brot aus dem Proviantbeutel, aß im Reiten und blickte zu Pashtak und Estra, die auf ihrem Kutschbock hin und her geschaukelt wurden. Gàn zog es vor, hinter dem Wagen herzugehen. »Hat uns Mêrkos, dieser Kensustrianer, bei der großen Zusammenkunft aller Reiche nach der Schlacht nicht versprochen, dass sich das Land öffnen wolle?«

»Hat es doch«, meinte Estra knapp. »Früher wärst du an den Grenzwachen nicht vorbeigekommen. Und wenn doch, hättest du nicht lange gelebt.« Sie lauschte mit einem Ohr auf die Unterredung ihrer kensustrianischen Aufpasser.

Sie hatten schon viel verraten, ohne es zu ahnen: dass sie mit der Regentschaft der Priester nicht einverstanden waren und sie diese als Schmarotzer und feige Ehrgeizlinge bezeichneten, die ihren Aufstieg dem Ableben des Kriegerkönigs verdankten und nicht den eigenen Bemühungen. Leider taten sie Estra nicht den Gefallen, sich über Ammtára zu unterhalten.

»Wie lange noch, bitte?«, richtete sich Pashtak an die kensustrianische Kriegerin, die vor dem Wagen herlief. Er fürchtete, dass sie erst nach dem Boten einträfen und den Untergang der Stadt nicht mehr aufhalten konnten. »Wir müssen schneller sein!«

Sie hielt in ihrem Gespräch mit dem Krieger inne, schaute ihn unfreundlich an, hielt drei Finger in die Luft und deutete auf die Sonnen.

»Drei Tage?«, grollte er gereizt. »Nein, nein. Ich sagte, wir müssen schneller sein! Es geht um viele tausend Leben.« Zum Beweis, dass es ihm ernst war, knallte er mit den Zügeln und brachte die Pferde dazu, in schnellen Trab zu verfallen.

Die Kensustrianer fluchten übel, wie man an dem Ton erkannte, und sprangen aus dem Weg. Dann warfen sie sich wie Gàn auf die Ladefläche und bedeuteten Pashtak, langsamer zu fahren.

Estra verbarg ihre Heiterkeit, indem sie einen Hustenanfall vortäuschte und das Lachen geschickt überspielte. Die Worte und Vergleiche, mit denen der Vorsitzende der Versammlung von den Kriegern bedacht wurde, bargen einen gewissen Witz.

Pashtak blieb von den erbosten Kensustrianern unbeeindruckt. »Ich lasse mich nicht länger bevormunden. Wir haben keine Zeit zu verlieren.« Er lenkte den Wagen an der nächsten Kreuzung auf eine breite, gut ausgebaute Straße, schaute über die Schulter. »Ammtára!«, sagte er mehrmals hintereinander und trotzig, dann ließ er die Pferde galoppieren.

Am Abend erreichten sie Khòmalîn, den Sitz des Priesterrates.

Schon als sie auf die Stadt zu fuhren, staunten die vier über das, was sie vor dem dunkler werdenden Horizont abhob und ihnen einmal mehr die Überlegenheit der Kensustrianer vor Augen hielt.

Türme schraubten sich allenthalben in die Höhe, und ihre Brücken verbanden sich an einem einzigen Punkt in sicherlich fünfzig Schritt Höhe zu einem frei schwebenden Platz, auf dem sich ein weiteres Gebäude befand und erhaben über Khòmalîn schwamm wie eine Seerose auf einem Teich.

»Wie kann man so etwas errichten?«, staunte Tokaro.

»Du solltest fragen, wie oft es zusammenbrach, bevor es hielt«, schnurrte Pashtak und erlaubte den Pferden, in leichten Trab zu verfallen. Sie hatten sich ihren Hafer, oder was immer man Pferden in Kensustria in den Trog schüttete, redlich verdient. »Stellt euch das vor: An einem *einzigen* Tag sind wir angekommen«, grollte er. »Sie haben uns absichtlich über Umwege gelotst.«

»Anscheinend können nicht nur die Priester unsere Stadt nicht leiden«, meinte Estra und begutachtete die Bauwerke. Ihre Verwunderung hatte eben erst einen Anfang genommen und sollte sich mit jeder Radumdrehung des Wagens und jedem Hufschlag Treskors steigern.

Dank ihrer Aufpasser wurden sie von den Wächtern am Eingang durchgewunken. Sie ritten unter einem gewaltigen Bogen hindurch, der sich hoch über ihren Köpfen gut und gern über eine Strecke von zwanzig Schritten spannte.

Vermutlich trug Khòmalîn den Beinamen die *Stadt der Tempel*. Jedenfalls machte es auf die vier den Eindruck, dass beinahe jedes Gebäude einer anderen Gottheit des schier unendlichen kensustrianischen Götterreigens geweiht worden war.

»Da sieht man, dass die Kensustrianer mehr als hundert Wesen verehren«, sagte Estra beeindruckt.

Durch die Straßen und über die Plätze zog ein sich beständig ändernder Duft nach Kräutern, Wohlgerüchen und Rauch, in den Heiligtümern wurde allerorten Kostbares geopfert.

Pashtaks feine Nase wehrte sich dagegen mit einem lästigen Niesreiz; kaum legte er sich, suchte ihn der nächste Anfall heim. Im Gegensatz zu Tokaro und vermutlich Estra bemerkte er in den Gerüchen einen Hauch von verbranntem Fleisch, und er weigerte sich anzunehmen, dass es etwas anderes als Tiere sein könnten, die in den Flammen umkamen. Es weckte die Erinnerung an die düstere Vergangenheit der Verborgenen Stadt, als die Tzulani Menschen opferten.

»Wir müssen zum Priesterrat«, verlangte er von ihren Begleitern. Er ahnte, dass sie ihr Weg die Türme hinauf zu dem Punkt über der Stadt führen würde; und tatsächlich deutete die Kriegerin zuerst auf einen Turm in ihrer Nähe, dann hinauf zu dem schwebenden Gebäude.

Tokaros Aufmerksamkeit wurde von der exotischen Schönheit der Stadt durch lautes Stimmengewirr am Tor abgelenkt. Als er den Kopf drehte, entdeckte er einen kensustrianischen Krieger, der aussah, als habe er eine weite Strecke zurückgelegt. An seiner leichten Rüstung haftete der Staub vieler Straßen, er sah müde und abgekämpft aus.

»Pashtak«, machte er den Vorsitzenden hastig aufmerksam. »Ich fürchte, der Bote des Belagerungsheeres, der eine Woche nach uns aufbrach, ist soeben angekommen.«

Pashtak und die Inquisitorin tauschten rasche Blicke. »Dann habe ich eine besondere Aufgabe für Euch«, sagte er hastig und sprang vom Kutschbock, die junge Frau folgte ihm. »Lasst Euch etwas einfallen, um ihn aufzuhalten. Ich möchte vor ihm beim Rat vorsprechen.« Er rannte zum Turm; und die Kriegerin heftete sich an seine Fersen, während der Kensustrianer beim Ritter blieb. »Aber krümmt ihm kein Haar.«

Estra nickte ihm zu, hob zum Abschied die Hand. In ihren braunen Augen meinte er Sorge um ihn gelesen zu haben, und das freute ihn sehr. Nach wie vor fühlte er sich zu ihr hingezogen, auch wenn sich unterwegs manches feurige

Wortgefecht zwischen ihnen ergeben hatte. Dann folgte sie Pasthak.

Tokaro beobachtete, wie der Bote an einen Trinkbrunnen ging und sich Wasser schöpfte, mit dem er sich das Gesicht benetzte und den Staub abwusch. »Gàn, nun liegt es an uns«, sagte er halblaut und setzte sich in Bewegung, schritt schnurstracks auf den Boten zu. An den Schritten hinter sich hörte er, dass sowohl Gàn als auch der Krieger ihm folgten. »Verzeiht«, rief er den Boten von weitem an. »Seid Ihr aus Ammtára?«

Der Bote hob überrascht den Kopf, das Wasser perlte von seinem Gesicht und troff auf die Rüstung, malte dunkle Striche auf die Rüstung aus Metall, Holz und Leder. Mit der linken Hand fuhr er sich durch die langen grünen Haare, die andere legte sich an den Griff seines Kurzschwertes, das er am Gürtel trug.

Tokaro hob die Arme, die eiserne Rüstung rasselte leise. »Nein, ich will Euch nichts Böses«, beschwichtigte er ihn. »Ich wollte lediglich wissen, ob Ihr der Bote des Heeres seid, der Ammtára …«

Der Kensustrianer begriff plötzlich den Zusammenhang zwischen dem Auftauchen des Fremden und dem verhassten Wort, wandte sich auf den Absätzen um und rannte zum nächsten Turm.

Der Ritter fluchte. »Man hat ihm wohl aufgetragen, keine Zeit zu verlieren.« Er schickte sich an, den Boten zu verfolgen, aber das Gewicht seiner Panzerung behinderte ihn zu sehr. Gàn lief neben ihm, und er sah kein bisschen angestrengt aus. »Geh und halte ihn auf«, befahl er dem Nimmersatten. »Es geht um deine Stadt, also tu etwas für ihren Erhalt.«

»Und was mache ich, wenn ich ihn erreicht habe?«

»Halte ihn auf, unternimm etwas, doch bring ihn *nicht* um. Ich bin gleich bei dir!«

Der Nimmersatte rannte derart unvermittelt los, dass ihrem kensustrianischen Bewacher keine Zeit blieb zu reagieren. Er rief dem Boten eine Warnung vor der im Laufschritt nahenden Gefahr zu und stellte sich Tokaro in den Weg; sein Schwert war gezogen. »Du wirst dich nicht weiter bewegen«, verlangte er angespannt. »Ruf deinen Freund zurück, oder ihr sterbt beide.«

»Das ist ein Missverständnis«, bemühte sich der Ritter, die Lage nicht noch weiter ins Schlechte laufen zu lassen. »Wir wollen nur von ihm wissen, was sich in Ammtára während unserer Abwesenheit getan hat«, log er und streckte den Kopf nach hinten, als sich die Schwertspitze an seinen Kehlkopf legte.

»Du bist Gast in Khòmalîn, und du hast dich meinen Anweisungen zu beugen«, zischte der Kensustrianer, und seine bernsteinfarbenen Augen brannten sich in Lorins blaue. »Ruf deinen Freund zurück. *Jetzt!*«

Tokaro sah, dass Gàn zu dem Boten aufgeschlossen hatte, ihn sogar überholte und sich blockierend vor dem Aufgang des Turms aufbaute. Der gewaltige Mund bewegte sich, aber er hörte nicht, was der Nimmersatte sprach.

Der Bote zögerte. Der gewaltige Fremde mit den vielen Hörnern und Muskeln, dem unfreundlichen Gesicht und der eindeutigen Haltung, ihn nicht passieren zu lassen, wirkte dämpfend auf die ansonsten so gefürchtete Entschlossenheit der Krieger. Vielleicht steckte ihm die lange Reise in den Knochen. Müdigkeit und Unaufmerksamkeit machten jeden Kampf zu einem Wagnis.

Mit einem winzigen Schnitt brachte sich der Aufpasser vor Tokaro in Erinnerung, warm sickerte das Blut aus der

Wunde über die Haut. »Hast du meine Worte nicht verstanden?« Die Hand des Kensustrianers umspannte den Griff des Schwertes fester; er bereitete sich auf einen Stoß vor, um den Stahl durch die Kehle des jungen Mannes zu treiben.

»Lass ihn nicht durch!«, schrie Tokaro Gàn zu und ließ sich in dem Augenblick fallen, als der Krieger zustach.

Die Spitze sirrte an seinem Kinn vorbei und verfehlte ihn um Haaresbreite. Im Fallen zog Tokaro die aldoreelische Klinge und parierte auf dem Rücken liegend den nächsten Hieb des Kensustrianers.

Die Schneiden trafen klirrend aufeinander, die Waffe des Gegners wurde bis zur Hälfte eingeschnitten. Tokaro erinnerte sich, dass Nerestro vom hohen Iurdum-Anteil und der Beständigkeit der kensustrianischen Schwerter gesprochen hatte, die erst nach dem zweiten Schlag zerbrachen. Gewöhnliches Metall, selbst Stahl hätte vor der Macht der aldoreelischen Klinge kapituliert.

Das Gefecht alarmierte die Torwächter. Drei von ihnen kamen mit gezückten Waffen herbeigerannt, um ihrem Krieger gegen den aufsässigen Fremden beizustehen.

Derweil drückte sich Tokaro mit den Stiefelsohlen ab und schob sich rückwärts über den Boden; die Rüstung rieb über die Pflastersteine, während sein Widersacher zum nächsten Angriff ansetzte.

Tokaro sah das Schwert niederstoßen und hielt dagegen. Die aldoreelische Klinge durchtrennte die Waffe mit einem hellen, triumphierenden Ton.

Der Kensustrianer ließ sich dadurch nicht von seinem Angriff abbringen. Er zog seinen Dolch, trat gegen die flache Seite von Tokaros Schwert, um es zur Seite zu schieben, und beugte sich mit dem Dolch voran über ihn.

Die Reflexe, die in zahlreichen Übungsgefechten und auf dem Schlachtfeld geschult worden waren, um sein Leben zu bewahren, übernahmen nun die Handlungen des Ritters. Schneller als Tokaro es unterdrücken konnte, nutzte der Schwertarm den Schwung des Trittes, um in einer kreisenden Bewegung zuzuschlagen.

Die aldoreelische Klinge kannte kein Erbarmen.

Sie erwischte den Kensustrianer neben dem rechten Schultergelenk, schnitt sich ihre Bahn schräg nach unten durchs Schlüsselbein, den Brustkorb, die Rippen und durchtrennte zu guter Letzt das Rückgrat des Kriegers, dem es nicht einmal mehr gelungen war, einen Schrei auszustoßen. Dafür packte ihn der Tod zu schnell.

Lautlos brach er über Tokaro zusammen. Das Blut sprudelte aus seinem klaffenden Leichnam und lief in jede Ritze der Rüstung, tränkte das Kettenhemd und das wattierte Wams darunter, spritzte dem jungen Mann ins Gesicht und in die Augen, raubte ihm die Sicht.

Er hörte, wie die Torwächter um ihn herum stehen blieben und sich auf Kensustrianisch unterhielten; jemand trat ihm hart gegen den Kopf, sodass er sofort benommen wurde. Stiefel stellten sich auf seine Handgelenke, damit er die Arme nicht mehr bewegen konnte, dann hoben sie den Toten von ihm.

»Ein Unglück«, lallte er undeutlich. »Ich schwöre bei Angor, ich wollte ...«

Nach einem weiteren gnadenlosen Tritt gegen die Schläfe verlor er das Bewusstsein.

Pashtak und Estra eilten inzwischen die breiten Stufen hinauf; die Kriegerin blieb ihnen auf den Fersen, unternahm jedoch nichts, um sie aufzuhalten.

Immer höher schraubte sich die Treppe in den Himmel; der Boden, den sie gelegentlich durch die Fenster sahen, entfernte sich mehr und mehr. Nach einer letzten Windung standen sie hoch oben über Khòmalîn.

Pashtak hatte die Anstrengung gut überwunden, Estra atmete schnell und hielt sich die Seite, die Kriegerin wirkte, als habe sie einen leichten Dauerlauf hinter sich gebracht. »Weiter«, sagte er und lief auf das große Gebäude zu, das sie kurz darauf erreichten.

Estra blickte zurück, entdeckte den Boten nirgends. »Tokaro hat es geschafft«, meldete sie erleichtert. »Können wir etwas langsamer laufen?«, fragte sie hoffnungsvoll, da ihr das Seitenstechen das Atmen schwer machte.

»Wir können schon, aber wir dürfen nicht«, gab Pashtak knurrend zur Antwort und betrat das Bauwerk durch das große Tor, um das eine Vielzahl von kensustrianischen Symbolen eingehauen worden war.

»Mit so etwas habe ich gerechnet«, seufzte die Inquisitorin und folgte ihm.

Auch hier wich ihre kensustrianische Begleiterin nicht von ihrer Seite. Erst an einem großen Tor, vor dem zwei Wärter standen, die nicht zur Kriegerkaste gehörten und dennoch bis an die Zähne bewaffnet waren, endete ihre Zuständigkeit. Die gekreuzten Speere machten unmissverständlich klar, dass es kein Durchkommen gab.

Die Kriegerin sprach mit den Wärtern. »Die beiden wollen zum Rat. Es geht um die Hinterlassenschaft von Belkala. Sie wollen um Gnade für ihre Stadt bitten«, übersetzte Estra die Worte heimlich für Pashtak und auch gleich die Antwort: »Der Rat tagt, sagt der Wächter. Die Sternendeuter haben die Mitglieder zu einer Sitzung einberufen. Es kann lange dauern.«

Pashtak hielt es nicht länger aus, er ging auf die Tür zu. »Ich muss den Rat sprechen!«, grollte er, die Nackenhaare richteten sich auf, und er fühlte die Bereitschaft, sich notfalls einen Weg durchzugraben. »Die Sterne können warten. Es stehen Leben auf dem Spiel!«

»Er versteht unsere Sprache!«, entfuhr es der Kriegerin verblüfft.

»Du verstehst auch unsere«, knurrte er sie an und stand mutig vor den beiden Wächtern. »Ich bitte Euch, kündigt uns an! Der Rat muss uns wenigstens anhören, bevor die Truppen Ammtáras einebnen und tausende von Unschuldigen vertrieben, verletzt oder getötet werden! Es geht auch um kensustrianische Leben!«

Die Männer schauten auf das Wesen herab, mit dem sie gar nichts anzufangen wussten und das sie schon gar nicht verstanden. Irritiert richteten sie die Speere auf Pashtak.

Estra hatte lange überlegt und mit sich gerungen, doch es hingen zu viele Schicksale am Erfolg ihrer Mission, um auf ihr eigenes Rücksicht zu nehmen. »Ich bitte euch im Namen Lakastras, dem Gott des Südwindes und des Wissens: Meldet uns dem Rat«, sagte Estra auf Kensustrianisch und mit einer aufflammenden Überzeugungskraft, der sich weder die Männer noch die Kriegerin zu widersetzen vermochten.

Die Wachen lehnten die Speere gegen die Wand, zogen zum Erstaunen Pashtaks die schwere Tür auf und ließen ihn zusammen mit Estra passieren.

Die Kriegerin blieb stehen, sie hatte vor dem Rat nichts verloren. Ungläubig und mit leicht verklärtem Blick schaute sie ihnen hinterher, dann schlossen sich die Flügeltüren wieder, und sie verschwanden.

Vier weitere Krieger erwarteten Pashtak und Estra, nahmen sie in die Mitte und marschierten los.

Pashtak klopfte Estra auf die Schulter. »Es war sehr mutig, dein Wissen zu zeigen.«

»Es wird ein Nachspiel haben«, sagte sie gefasst. »Sie können sich denken, wie ich an mein Wissen gelangt und dass ich die Tochter der ausgestoßenen Priesterin bin.« Sie versuchte zu lächeln, doch es misslang ihr gründlich. »Meine Mutter hat die Bewohner Ammtáras in Bedrängnis gebracht, und wenn ich sterben muss, um die Schuld wegzuwischen und den Untergang abzuwehren, dann ist es eben so.«

»Kommt nicht in Frage«, grummelte Pashtak. »Es ist schwierig, eine so gute Inquisitorin wie dich zu finden.«

Der Trupp geleitete sie in einen hohen Raum, in dem sich mehr als dreihundert Kensustrianerinnen und Kensustrianer versammelt hatten; jede und jeder trug andere Gewänder, die sich teilweise ähnelten, teilweise in Schnitt und Stoff unterschieden. Mal waren die Garderoben schlicht, mal derart üppig und überbordend, dass es selbst einem Palestaner zu viel gewesen wäre.

Pashtak sah sogar einige nackte Kensustrianer, welche die bunten Symbole ihres Gottes auf die Haut aufgemalt oder eingeritzt trugen. Er fand es nicht weiter betrachtenswert, doch Menschen hätten beim Anblick der makellosen Körper sicherlich ganz andere Gedanken gehegt. Und er wäre an ihren Paarungsausdünstungen vermutlich erstickt.

Die Wächter führten sie in die Mitte, wo sie ein Kensustrianer in einem lilafarbenen Gewand erwartete. Sein Gesicht wurde von Diamanten geziert, die wie von selbst auf der Haut hafteten und im Licht der Lampen und Kerzen glitzerten; ein Stirnreif aus purem Iurdum zierte sein Haupt und hielt die langen grünen Haare zurück. Seiner Miene und dem Duft nach, der von ihm ausging, vermutete Pashtak nicht, dass er über die Unterbrechung besonders erfreut war. Und schon die ersten Worte verdeutlichen, wie Recht er mit seiner Einschätzung gehabt hatte.

»Ihr unterbrecht unsere wichtige Versammlung für etwas, das es nicht wert ist, ausgesprochen zu werden«, bekamen Pashtak und Estra in der allgemeinen Handelssprache der Ulldarter entgegengeschleudert. »Ich bin Iunsa. Wir haben Wichtigeres zu beratschlagen als diesen unwürdigen Fleck auf der Karte des Kontinents, der eine andauernde Schändung unserer Götter bedeutet. Er wird verschwinden!« Er blitzte auf sie herab. »Also, was spricht dagegen?«

Estra und Pashtak verneigten sich, stellten sich vor und erklärten in aller Kürze, was sich in Ammtára ereignet hatte. »Und obgleich wir Euren Zorn und Eure Vergeltung für den Tod der Delegation fürchten müssen, reisten wir nach Khòmalîn, um Euch davon zu überzeugen, dass die Unschuldigen nicht für das bestraft werden dürfen, was eine einzige Person angerichtet hat«, beschwor Pashtak ihn inständig. »Die Bewohner können nichts dafür, dass die von Euch verstoßene Belkala unter dem Namen Lakastre die Stadt so veränderte.«

Estra trat nach vorne. »Ich bin Estra, die Tochter Belkalas«, offenbarte sie. »Versöhnt Euch mein Tod, so nehmt mein Leben und gewährt der Stadt, in angemessener Zeit ihr Gesicht zu wandeln und sich einen eigenen Namen zu suchen, welcher die kensustrianischen Götter nicht beleidigt.«

»Und erklärt uns bitte, was es damit auf sich hat«, fügte Pashtak hinzu, während er Estras Hand ergriff und drückte, damit sie erkannte, dass er ihr beistand. »Wir haben ein Recht zu erfahren, was uns den Hass der Priesterschaft Kensustrias einbrachte.«

Iunsa fand seine Beherrschung wieder, die bernsteinfarbenen Augen richteten sich auf Estra. »Belkala hat eine Tochter hinterlassen?« Er schaute über die Menge. »Es war sehr mutig von dir, nach Khòmalin zu kommen und auch noch zu gestehen, wer deine Mutter ist, Estra. Deine Beherztheit wird dich dennoch nicht davor bewahren, vorerst nicht in deine Stadt zurückzukehren.« Iunsa betrachtete sie genauer. »Keine Angst, wir verlangen nicht deinen Tod. Wir haben einiges zu besprechen.« Er atmete tief ein. »Was das Schicksal der Delegation angeht – nun, Ihr werdet die Schuldigen finden und uns ihre Mörder übergeben?«

»Das ist selbstverständlich«, stimmte Pashtak sofort zu. »Das haben wir bereits Waisûl zugesichert.«

Iunsa beruhigte sich zusehends. »Du hast Recht. Um unser Handeln zu verstehen, sollt Ihr wissen, was uns an diesem schrecklichen Namen stört.«

»Lass mich es erklären«, bat eine ältere Kensustrianerin, die sich nach vorne geschoben hatte und deren Gesicht Pashtak bekannt vorkam. Sie trug eine lehmbraune, knöchellange Robe, um die Schulter lag eine bestickte Leinenstola. »Ich bin Fioma.« Sie deutete auf die Priester um sie herum. »Das sind die Vertreter der Götter, die in Kensustria verehrt werden, und ich bin die Abgesandte Lakastras. Meine Pflicht ist es unter anderem, darauf zu achten, dass die Lehre meines Gottes rein bleibt und nicht durch falsche Auslegungen entehrt wird.«

»Wir hörten schon, dass meine Mutter ihre eigenen Lehren aufstellte«, sagte Estra und konnte die Augen nicht mehr von den Zügen der Kensustrianerin wenden. Die Ähnlichkeit mit Belkala war verblüffend.

»Und eben darum ging es, als wir beschlossen, Belkala aus Kensustria zu vertreiben. Wir verschonten ihr Leben, weil sie einst die Hohepriesterin des Gottes Lakastra gewesen war und seinen Kult in Kensustria neu belebt hatte. Das war, ehe sie daran ging, die Worte Lakastras mit all ihrer Energie nach eigenem Gutdünken umzuformen.«

»Ich dachte, ein jeder darf seinem eigenen Glauben nachhängen?«, warf Estra spitz ein.

»Wir haben nichts dagegen, wenn jemand in unserer Mitte lebt und seinen eigenen Gott verehrt, ohne dass unsere Gesetze übertreten werden. Aber wenn er sich einem bekannten Gott wie Lakastra anschließt, hat er seine Weisungen zu beachten«, meinte Fioma und klang geduldig, bannte ihrerseits Estra mit Blicken. »Das tat deine Mutter nicht. Belkalas eigene Schüler richteten über sie und verstießen sie aus der Kaste, als sie verstanden, welche Veränderungen mit ihren Ansichten vorgingen. Es kam noch schlimmer. Erst nachdem sie Kensustria verlassen hatte, erfuhren wir, wie furchtbar ihre Verfehlungen in Wirklichkeit gewesen waren. Und so wurde das Todesurteil über sie verhängt.« Sie sah, dass Estra und Pashtak noch nicht ganz von der Schwere des Verbrechens überzeugt waren, und versuchte es mit einem Vergleich. »Angenommen, eine Frau zöge durch Ulldart und verkündete unentwegt, dass Ulldrael der Gerechte Menschenopfer verlange, den Mord an Neugeborenen fordere und ein jeder Mann sich das linke Auge aussteche, was würde wohl der Geheime Rat des Ulldrael-Ordens unternehmen?«

»Er würde sie fangen und verurteilen lassen«, räumte Pashtak ein.

Fioma nickte. »Und wenn diese Frau eine Stadt errichtete, deren Straßen und Gassen Symbole der grausamen, ketzerischen Lehre formten? Und die Stadt den Namen eines unaussprechlichen bösen Geistes trüge, der in Wirklichkeit das personifizierte Gegenbild Ulldraels wäre?«

»Wir haben es verstanden.« Estra sah ein, dass es sinnlos war, gegen die Forderung der Priester zu protestieren.

»Alles, worum wir bitten, ist, dass unserer Stadt mehr Zeit eingeräumt wird«, sprach Pashtak. »Wir möchten, dass der Friede mit Kensustria gewahrt bleibt. Gebt uns«, er richtete seine gelben Augen auf die Menge, »ein halbes Jahr. Damit ist viel gewonnen. Wir benötigen einen Aufschub!«, bat er inständig.

Fioma und Iunsa schauten sich an, Fioma bewegte kaum merklich den rechten Zeigefinger nach unten. »Wir beraten darüber«, sagte Iunsa daraufhin. »Eine Bedingung stelle ich schon jetzt: Estra bleibt hier, solange wir es wünschen.«

»Nein«, sagte Pashtak knurrend. »Sie hat eine wichtige Aufgabe zu erfüllen, und sie muss den Mord an Eurer Delegation aufklären. Das kann sie nicht, wenn sie hier in Khòmalîn sitzt.«

Iunsa reckte das Kinn, es sah überheblich aus. »Sie bleibt, oder der Angriffsbefehl an das Heer vor Ammtára geht noch heute auf die Reise«, erwiderte er unnachgiebig.

Estra drückte die klauenartige Hand Pashtaks, bevor sie losließ und sich neben Fioma stellte. »Pashtak wird den Mörder finden«, lenkte sie mit belegter Stimme ein.

»Gut. Sehr gut«, lächelte Iunsa zufrieden. Pashtak hätte ihm am liebsten das selbstgefällige Gesicht zerkratzt. »Dann können wir …«

Die Türen wurden geöffnet, zwei Bewaffnete traten ein und flankierten die Kriegerin, welche Estra und Pashtak begleitet hatte. Sie kamen nach einer tiefen Verbeugung in den Saal, blieben vor Iunsa stehen.

»Es gab einen Zwischenfall, Iunsa«, sagte die Kriegerin und warf den Fremden einen feindseligen Blick zu. »Der Ritter und das Ungeheuer haben Troman getötet sowie einen Boten schwer verletzt.«

Estra wurde schlagartig blass, Pashtak girrte leise vor Aufregung. »Es ist meine Schuld. Ich habe ihnen befohlen, uns Zeit zu verschaffen«, setzte er zur Verteidigung Tokaros und Gàns an.

Iunsa seufzte. »Das ist unerheblich. Kensustrianisches Blut wurde vergossen, und damit wird über sie geurteilt werden.« Er zeigte auf die Tür. »Eines nach dem anderen. Pashtak, geh hinaus und warte, bis wir uns wegen deiner Stadt beraten haben. Wir lassen dich wissen, wie die Entscheidung ausfiel.«

Die Wächter nahmen Pashtak in die Mitte, die Kriegerin stellte sich hinter ihn. Er wurde aus dem Raum geleitet, schaute über die Schulter an der Kensustrianerin vorbei und sah Estra, die klein und verloren von hunderten Priestern umringt zurückblieb.

Wieder einmal lief es nicht so, wie es sollte.

Kontinent Ulldart, Königreich Tarpol, Hauptstadt Ulsar, Herbst im Jahr 1 Ulldrael des Gerechten (460 n. S.)

Norina starrte auf die zusammengebrochene Soscha, beugte sich nieder und horchte eilends nach ihrem Herzschlag. »Ich höre ihn nicht mehr! Bei Ulldrael, sie ist tot«, raunte sie und betrachtete ihren Gemahl entsetzt. »Was hast du getan, Lodrik?«

»Ich?« Der Vorwurf kam überraschend.

Sie schaute zu dem Soldaten. »Einen Cerêler, rasch!«, gab sie Anweisung und wandte sich Lodrik zu; die schwarzen Haare verdeckten etwas von ihrem Gesicht. »Du hast sie umgebracht! Warum?«

Er wurde wütend, weil sie ihm nicht glaubte. Sie hatte es geschafft, Gefühle zu wecken. »Ich habe *nichts* getan!«, rief er.

Norina zog ihren Mantel aus und bettete Soschas Kopf darauf. »Lüg mich nicht an!«, flüsterte sie bitter. »Ich habe genau gehört, dass sie das Wort Geister stöhnte, bevor sie starb.« Sie richtete sich auf und kam auf ihn zu. »Du willst etwas verbergen, und sie hat es erkannt, war es das?«, sagte sie leise, doch sehr aufgebracht. Die Wachen sollten nicht hören, was sie ihrem Gemahl vorwarf.

Lodrik machte ein paar Schritte zurück. Er fühlte sich hilflos, konnte sich die Vorgänge nicht erklären, und dass ausgerechnet seine Gattin ihn des Mordes verdächtigte, traf ihn hart.

»Nein«, beharrte er.

Ihre Augen wurden schmal. »Ich glaube dir nicht, Lodrik. Nicht mehr. Wer außer dir besitzt Macht über die Seelen der Toten? Ich hatte Recht, Soscha herzubitten, damit sie deine Aura ergründet. Hätte ich geahnt, dass es so für sie endet ...«

»Du wolltest mich *bespitzeln* lassen?«

»Weil du dich veränderst, Lodrik. Weil die Nekromantie dich verändert. Und das nicht zu deinen Gunsten.« Sie hob den Arm und deutete auf die am Boden liegende Frau. »Sie hat dein Geheimnis erkannt, und du hast sie umgebracht. War es so?«

»Norina, ich ...«

»WAR ES SO?«, rief sie laut und näherte sich ihm weiter.

Lodrik wich ihr aus und trat, ohne es zu sehen, auf den losen Kraterrand. Das Geröll rutschte augenblicklich unter seinen Sohlen weg, und er stürzte.

Seine Finger gruben sich in das lose Gestein und fanden keinen Halt; in rasender Geschwindigkeit und von einer Staubwolke umgeben, glitt er auf das Loch zu.

Norina sah, wie ihr Ehemann das Gleichgewicht verlor und fiel.

In diesem Augenblick vergaß sie die Vorfälle und ihre Anschuldigungen ihm gegenüber. Sie streckte die Hände aus, um ihn zu packen.

Ihre Finger hätten sich um ein Haar berührt, als sie von hinten ergriffen und festgehalten wurde, wodurch sie Lodrik verfehlte.

Er verschwand hinter dem Kraterrand und holperte auf den kleinen Steinen wie auf einer Lawine nach unten. Schmutz wirbelte feinem Nebel gleich in die Höhe und umgab ihn, machte es unmöglich, ihn inmitten des Dunstes zu entdecken.

»Gebt Acht, Kabcara«, sagte Elenjas raue Stimme neben ihrem Ohr. »Hätte ich Euch nicht gehalten, wärt Ihr dem unglücklichen Leibwächter gefolgt.«

Das Rasseln der Steine endete, die graue Wolke aus Steinstaub legte sich allmählich und Norina schaute ungläubig auf den leeren Krater. Sie starrte auf das Loch und erwartete, dass sich gleich die Handschuhe Lodriks herausschoben und er sich auf irgendeine Weise vor dem Sturz in die Schwärze bewahrt hatte. Noch während sie mit klopfendem Herzen bangte, wisperten die Vorwürfe in ihrem Verstand, dass sie den Unfall verschuldet hatte.

»Es war nicht der Leibwächter«, antwortete sie stockend. »Es war mein Gemahl.« Norina wusste nicht, was sie tun sollte. Ein Blick in die Gesichter der Soldaten sagte ihr, dass niemand es wagen würde, in den finsteren Schlund hinabzusteigen, in dem eine schreckliche Kreatur hauste. »Bringt mir Seile«, verlangte sie und sank in die Knie. Der Schrecken raubte ihr alle Kraft. Noch immer spürte sie die dünne Hand der Kabcara von Borasgotan auf ihrer Schulter. »Lasst nur, Elenja, es geht schon.«

Sie wandte den Kopf, schaute geradewegs auf das dunkle Tuch, hinter dem die Frau ihr Antlitz verbarg, und versuchte zu lächeln. Dabei hatte sie plötzlich das Gefühl, die Todesgöttin Vintera selbst stützte sie.

Elenja, die mit Norina zusammen in die Hocke gegangen war, nickte ihr zu und erhob sich, rutschte dabei aber aus und stützte sich auf Soschas Körper ab, um nicht zu stürzen. »Ein Schwindelanfall«, erklärte sie ihr Verharren, ehe sie sich erhob. »Es ist fast zu aufregend für mich.«

Nun war es an Norina, der federleichten Elenja zu helfen.

»Ihr werdet nicht in diese Tiefe hinabsteigen wollen?«, warnte sie die Kabcara.

»Die Männer werden es nicht tun. Sie haben Angst vor dem, was in diesem Schacht lebt«, antwortete Norina und fühlte sich immer noch nicht wohl. Es gelang ihr nicht, ihre bebenden Finger zu beruhigen.

»Schaut, wie Euer Körper sich schüttelt.« Elenja nahm den Mantel unter dem Kopf der Toten behutsam weg und legte ihn Norina um. »Ich bete zu den Göttern, dass Lodrik Bardriç einen Weg findet, aus dem Schlund zu steigen. Nach allem, was ich über seine Kräfte vernommen habe, wird es ihm sicherlich gelingen. Grämt Euch nicht, liebe Freundin.«

Norina schaute sie dankbar an. »Ich rechne es Euch hoch an, dass Ihr mir Mut macht.« Sie fühlte sich eiskalt, ihre Zähne stießen klappernd aufeinander. In ihrem Zustand wäre sie zu nichts in der Lage, weder zu klettern noch zu kämpfen. »Es scheint, als müsste ich meine Expedition verschieben.«

Zwei Soldaten rannten herbei, grüßten die Frauen. »Wir werden freiwillig nachsehen, wohin der Kabcar ... wohin Euer Gemahl verschwunden ist«, meldete der Kleinere von beiden.

»Ich danke euch«, sprach Norina erleichtert und riss sich zusammen, obwohl ihr Körper unerbittlich verlangte, dass sie sich hinlegte. Erst brauchte sie Gewissheit über Lodriks Verbleib.

Die Leibgarde Norinas hielt die Seile, während sich die Männer nach unten bis zum Schlund hangelten und nach und nach in dem Loch verschwanden. Allein die straff gespannten Seile machten deutlich, dass sie daran hingen, ansonsten hätte man vermuten können, dass sie ebenso verschollen waren wie ihr Gemahl.

Soscha schwebte über ihrem Körper. Sie vernahm genau, wie Norina feststellte, dass ihr Herz nicht mehr schlug. *Ich bin tot!*, traf sie die Gewissheit.

Da sah sie, wie die magische blaue Aura um ihren Leib aufleuchtete und dünne Fäden nach ihrer Seele auswarf, sie einfing und langsam zurück zu ihrem Leichnam zog. Es hatte den Anschein, als wollte die Magie ihren Tod nicht zulassen.

Näher und näher kam sie ihrer sterblichen Hülle, als sich die Frau aus der Kutsche dem Krater näherte und Norina von hinten festhielt.

Für Soscha sah es aus, als wollte sie verhindern, dass Lodrik gerettet wurde – und tatsächlich rutschte er durch ihr Eingreifen unrettbar in den Schlund. Also gehörten sie nicht zusammen.

Sie hat mich getötet und Bardriç in den Krater stürzen lassen. Er hatte den Tod wenigstens verdient, und ich hoffe, dass er, was immer ihn frisst, ordentlich leidet. Soscha konnte es nicht mehr abwarten, in ihren Körper und ins Leben zurückzufahren, um zum Gegenschlag auszuholen.

Aber die unbekannte Frau taumelte und stützte sich plötzlich auf sie, und die Magie bäumte sich unter der Berührung auf.

Die schwarze Aura stürzte sich auf Soschas Magie und bekämpfte sie. Die Mächte rangen miteinander, umwirbelten sich wolkengleich, wobei sich die dünnen blauen Fäden zwischen der Seele und dem Leib auflösten.

Es war ein ungleiches Gefecht, das sich schnell entschied: Die schwarze Wolke absorbierte die andere. Zurück blieb ein Leichnam, an dem keinerlei Besonderheit mehr haftete.

Soscha verstand, dass es für sie kein Zurück mehr gab. Die Unbekannte hatte ihre Magie geraubt. Sämtliche Magie.

Die mächtige Aura, die auf diese Weise entstanden war, vermochte sich mit der von Lodrik Bardri¢ zu messen. Wieder war es mehr ein Gefühl, denn Schwarz kannte keine Abstufungen von hell und dunkel, von intensiv oder schwach. Das machte die Nekromanten zu tückischen Gegnern.

»Soscha«, sagte eine Frauenstimme hinter ihr. »Da bist du ja.«

Erschrocken und immer noch durcheinander, wandte sie sich um und erkannte das schimmernde Abbild einer älteren Frau, die sie lüstern angrinste. Sie trug ein Kleid, wie es sicherlich seit vielen Dekaden nicht mehr modisch war, und dennoch wirkte sie darin beeindruckend elegant. »Ein Geist!«

»Endlich wieder einmal ein Mädchen, mit dem ich mich abgeben kann«, freute sie sich juchzend.

»Wer seid Ihr?«

»Ich bin Fjodora Turanow, Liebchen. Und die Meisterin hat mir erlaubt, mit dir zu spielen. Sobald sie mit dir fertig ist.« Sie schwebte heran und streckte die Hand nach ihr aus. »Komm mit mir, kleines Licht. Die Meisterin will dich sehen. Wir werden in der Kutsche auf sie warten.«

Soscha schaute zu der vermummten Frauengestalt, die ihren Kopf hob und sie genau fixierte. »Wer ist sie?«

»Wenn die Meisterin entscheidet, dass du ihren Namen kennen darfst, wird sie ihn dich wissen lassen.«

»Lass mich!« Soscha schwebte rückwärts, um sich Turanow zu entziehen. »Sie hat mich umgebracht ...«

Turanow lachte. »Nein, *wir beide* haben dich umgebracht, Liebchen, die *Meisterin* und *ich*. Es war ein Spaß, deine zarte Haut zu berühren und zu spüren, wie ich deine Seele aus dir herauspresste, während sie dein Herz mit Grauen zum Stehen brachte.« Sie bemerkte, dass sich Soscha auf eine Flucht vorbereitete. »Es wäre sinnlos, Soscha. Die Meisterin findet dich überall. *Ich* finde dich überall. Du bist an uns ...«

Soscha begriff, dass es für sie nur einen einzigen Ausweg gab: Sie musste dem Mann folgen, dem sie das Ableben gegönnt hatte. Eben hatte sie seinen Tod bejubelt, jetzt flehte sie die Götter an, dass er noch existierte. Er würde wissen, wie es ihr gelingen konnte, mehr als eine verlorene Seele zu sein.

Ohne sich um die Worte der Turanow zu kümmern, warf sie sich in den Krater und hielt auf das Loch zu, durch das Lodrik verschwunden war.

Das Warten empfand Norina als unerträglich.

»Euer Schüttelfrost wird heftiger, liebe Freundin«, raunte Elenja besorgt. »Kommt, kehren wir zurück in den Palast, damit Ihr Euch ausruhen könnt.«

»Erst will ich wissen, was die Soldaten gesehen haben«, gab Norina bibbernd zurück und musste aufpassen, dass sie sich nicht auf die Lippen biss.

Ein gedämpfter Schrei drang aus dem Loch.

Ruckartig verlor das rechte der Seile seine Spannung. Als sie das ausgefranste, mit Blut benetzte Ende über den Rand zogen, ahnten sie, dass der Soldat nicht einfach nur den Halt verloren hatte.

»Zieht den anderen hoch!«, befahl Norina hastig. »Beeilt euch!«

Alle vernahmen das vielfache, tiefe Knurren aus der Finsternis, kurz darauf gellten die unbeherrschten, hohen Schreie des zweiten Soldaten zu ihnen. Das Seil ruckte und wackelte wie eine Angelschnur, an der ein fetter, wütender Fisch hing.

»Wir locken es zu uns herauf«, rief einer der Leibgardisten ängstlich. »Lasst es los! Bei Ulldrael dem Gerechten, lasst es los, oder wir zeigen dem Bösen den Weg an die Oberfläche!«

»Nein!«, donnerte Norina herrisch. »Ihr werdet den Mann herausziehen. Vorher nimmt keiner die Hände von dem …«

Da erschienen die Arme, der blasse Kopf, der Oberkörper des mutigen Soldaten, der sich an das Seil klammerte und unaufhörlich kreischte. Immer wieder schaute er über die Schulter hinter sich.

Als sie das Becken des Mannes über den Rand gezogen hatten, erkannten sie, dass die Beine unterhalb des Kniegelenks abgebissen worden waren; das Blut schoss in hohem Bogen aus den Stümpfen und tränkte das umherliegende Geröll.

Sie zogen den Soldaten weiter hinauf, bis er sich auf festem Untergrund befand und von dem inzwischen eingetroffenen Cerêler behandelt werden konnte.

Die Magie brachte die Blutung zum Versiegen, aber der Mann hörte nicht auf zu schreien und wollte das Tau nicht mehr loslassen. Seine Fingernägel hatten sich in die Handballen gegraben und Löcher ins Fleisch gebohrt.

Ein Gardist schlug ihn ohnmächtig, damit das schreckliche Kreischen endete. Vorerst würden sie nichts von dem vollkommen verängstigen Mann erfahren.

»Bringt ihn in den Palast«, sagte Norina. »Kümmert euch um ihn und ruft mich, sobald sich sein Verstand von dem, was er ansehen musste, erholt hat.« Sie betrachtete Soscha voller Trauer. »Und ihr Leichnam wird in Ulsar aufgebahrt. Niemand wird erfahren, was hinter ihrem Tod steckt«, gab sie den Gardisten auf den Weg. »Offiziell wurde Soscha Zabranskoi Opfer der Kreatur, die in diesem Loch steckt.«

»Kommt, liebe Freundin, fahrt in meiner Kutsche«, bot ihr Elenja fürsorglich an. »Ihr seid wohl kaum in der Lage zu reiten, nehme ich an.« Sie stützten sich bei ihrem Gang durch das Trümmerfeld gegenseitig.

Dankbar, nicht das Gleichgewicht in einem Sattel halten zu müssen, stieg Norina in den Verschlag. Das Gefährt rollte zurück zum Palast, schon nach einer Straßenbiegung war Norina erschöpft eingeschlafen.

So bekam sie nicht mit, dass Elenja den rechten Handschuh auszog und ihr Gesicht mit den kalten, weißen Spinnenfingern streichelte.

**Kontinent Kalisstron,
Bardhasdronda, Spätherbst
im Jahr 1 Ulldrael des Gerechten
(460 n. S.)**

Lorin ließ den Brief sinken, dann schaute er in die Gesichter der Anwesenden, allen voran Rantsila und Sintjøp, der Neffe des verstorbenen Kalfaffel und neuer Bürgermeister Bardhasdrondas. Sie hatten sich in dessen Amtsstube versammelt, um die Neuigkeiten zu bereden.

Leider würden sie alles andere als gut sein. Draußen tobte der Wind, der eisigen Regen mit sich brachte, und der Himmel hatte sich verdunkelt. Das Wetter passte hervorragend zu Lorins Stimmung.

»Perdór schreibt uns, dass es noch eine Weile dauern kann«, fasste er das Gelesene zusammen. »Soscha reist zuerst nach Ulsar und wird sich danach ohne Umschweife zu uns begeben.« Er suchte die Stelle mit der vermuteten Ankunftszeit. »Der König meinte, sie könne im Herbst bei uns sein.«

Rantsila schöpfte laut nach Luft. »Seskahin, es *ist* Herbst. Spätherbst, um es genau zu sagen, und die Stürme machen es in einer oder zwei Wochen unmöglich, dass sie uns mit einem Schiff erreicht. Sie müsste höchstens ganz im Süden Kalisstrons anlanden und dann mit einem Schlitten zu uns stoßen.«

»Sie *wird* kommen. Perdór hat es mir versprochen«, beschwichtigte Lorin dessen Befürchtungen.

Sintjøp, der seinem Onkel sehr ähnelte und die gleiche Vorliebe für Tabak hegte, machte ein finsteres Gesicht. »Gehen wir einmal von dem Schlimmsten aus: Wenn sie nicht kommt und uns hilft, was machen wir dann? Wir sitzen eingeschlossen in unserer eigenen Stadt, wir werden die Süßknollen-Ernte nicht einbringen können, weil sich die Menschen nicht auf die Felder wagen, und die Fischschwärme sind in ihre Wintergebiete gezogen.« Er stand von seinem Stuhl auf. »Wir werden uns Proviant für Bardhasdronda von den anderen Städten kaufen und mit Schiffen durch Packeis manövrieren müssen. Sofern wir das anscheinend unsichtbare Wesen, das uns wie ein hungriges Raubtier umschleicht, nicht bald töten.«

»Ich kann es noch einmal versuchen«, bot sich Lorin sofort an, aber Sintjøp schüttelte den Kopf mit den langen, braunen Locken. Wie alle Cerêler wirkte er wie ein gealtertes Kind.

»Nein, Seskahin. Setze dein Leben nicht unnötig aufs Spiel. Ich habe eine Entscheidung getroffen.« Sintjøp blickte unsicher in die Runde. »Wir stellen uns dem Gegner gemeinsam. Wir werden die Felder abernten, die Miliz bewacht die Leben der Arbeiter. Ganz Bardhasdronda wird hinausgehen. Die Alten, Schwachen und Kranken bleiben hinter den Mauern.« Er nahm sich die Pfeife und stopfte sie mit einem Kraut, das mit schweren Gewürzen versetzt worden war. »Dieses Wesen kann uns nicht alle fressen, und sollte es sich dennoch aus dem Wald wagen, werden wir es zur Strecke bringen.«

»Du bringst viele Kinder und Mütter in Gefahr«, warnte Rantsila. »Wir wissen nicht, wozu dieses Wesen, das sich aus dem Stein befreite, in der Lage ist und ob inzwischen nicht weitere aus ihren Gefängnissen oder Eiern oder was auch immer geschlüpft sind.«

»Ich weiß, dass es gefährlich ist«, meinte Sintjøp ernst. »Hat jemand einen besseren Einfall?«

Lorin räusperte sich. »Ich sage es noch einmal: Lass mich nachschauen, wo es sich verkrochen hat.«

»Trägst du denn genügend Magie in dir, um dich gegen es zur Wehr zu setzen?«, fragte Rantsila.

»Ich weiß es nicht«, gestand Lorin ein. »Ich weiß nicht einmal, was es überhaupt kann.« Er setzte sich gerade auf seinen Stuhl. »Aber wer außer mir könnte sich überhaupt mit dieser Kreatur messen?«

Sintjøp betrachtete ihn, dann entzündete er die Pfeife mit einem Span und schmauchte, bis sein Kopf in den blauen

Wolken verschwunden war. Durch den Dunst hindurch hätte man ihn für das jüngere Abbild Kalfaffels halten können.

»Du hast es dir immer noch nicht verziehen, Seskahin?«

»Was verziehen?«, meinte Lorin verdutzt.

»Du gibst dir die Schuld an dem, was auf der Lichtung geschah«, sagte er ihm auf den Kopf zu. »Du denkst, dass du das Wesen zum Leben erweckt hast, und unternimmst alles, um dich von deiner vermeintlichen Schuld reinzuwaschen.« Sein Gesicht durchdrang die Schwaden. »Sei unbesorgt, Seskahin. Niemand gibt dir Schuld.«

Lorin lächelte schief. »*Ich* gebe mir die Schuld, Sintjøp, und das wiegt viel schlimmer.«

»Du wirst nicht allein hinausgehen«, wiederholte der Cerêler bestimmt. »Wir alle oder keiner.« Er setzte soeben zu einem Satz an, als Stiefel eilig über die Dielen zum Arbeitszimmer polterten. Gleich darauf klopfte es laut und sehr aufdringlich gegen die Tür. »Bürgermeister, bitte, es ist dringend«, rief eine helle Stimme außer Atem.

»Jarevrån?« Lorin öffnete und sah seine Gemahlin schnaufend vor sich stehen. »Was tust du hier? Bist du nicht auf dem Südturm zur Wache eingeteilt?« Er gab ihr einen flüchtigen Kuss auf die Wange.

»*Deswegen* bin ich hier.« Sie trat auf Sintjøps Wink ein. »Ich habe Positionslichter gesehen. Draußen, auf der See. Sie nähern sich Bardhasdronda. Mein Feuer wurde vom Regen gelöscht, das Petroleum schaffte es nicht mehr, das nasse Holz zu entzünden, also lief ich die Klippen hinab und am Strand entlang«, erklärte sie, weshalb sie kein Signal gegeben hatte.

»Wie weit waren sie entfernt?« Rantsila erhob sich, um die Milizionäre in Alarmbereitschaft zu versetzen.

»Schwierig einzuschätzen. Mehr als zwei Meilen können es nicht gewesen sein.«

»Ich habe doch gesagt, dass Soscha Zabranskoi zu uns gelangt.« Lorin dachte an die nicht eben einfache Einfahrt in Bardhasdrondas Hafen, vor dem eine Sandbank lag, die durch den Sturm erst richtig zum Vorschein kam.

»Macht die Boote bereit, falls das Schiff auf Grund läuft und wir sie einzeln von Bord holen müssen«, empfahl Sintjøp, der ähnliche Gedanken gehegt hatte wie Lorin.

»Ich kann mich bei all dem Regen auch getäuscht haben«, machte sich Jarevrån bemerkbar, »doch ich denke, es sind zwei Schiffe. Die Positionslampen lagen zu weit auseinander, um nur zu einem zu gehören.«

»Ein Begleitschiff wegen der Piraten oder Tzulandrier?«, mutmaßte Rantsila, während er zur Tür ging. »Es könnten zudem alle möglichen Schiffe sein.«

»Sie ist es«, behauptete Lorin mir solcher Sturheit, dass sie ihm alle glaubten. »Lasst uns gehen, damit ihr seht, dass ich Recht habe.«

Nachdem sich alle mit regendichter Lederkleidung versehen hatten, verließen sie das Haus und den Marktbereich der Stadt und rannten durch das tobende Unwetter hinunter zum Hafen.

Schon von weitem wurden sie vom durchdringenden Klirren des Klangeisens begrüßt. Die Mannschaft des vordersten Turms, der bei jeder größeren Welle, die sich an der Mauer brach, in einer weißen, schäumenden Gischtwolke verschwand, gab das Zeichen, dass sich ein unbekanntes Schiff näherte.

Rantsila scheuchte die Milizionäre vorwärts, damit die Ruderboote zu Wasser gelassen wurden und sich die Rettung des höchstwahrscheinlich auf Grund laufenden Seglers nicht verzögerte.

Lorin bewunderte einmal mehr die Männer, die sich nicht davor scheuten, auf die tosende See hinauszufahren.

Zwischen den Kalisstroni der Küste und dem Meer bestand ein geheimes Band. Sie achteten und ehrten es, und eben weil sie ihm mit Respekt begegneten, sorgten sie sich trotz des Wellengangs, bei dem sich sogar ein Rogogarder geweigert hätte auszulaufen, weniger um ihre Leben. Das bedeutete nicht, dass sie sich sicher fühlten. Aber sie stachen unbelastet und mit dem Wissen in See, Kalisstra und das ewig bestehende Meer durch keine ihrer Taten erzürnt zu haben.

Lorin fehlte dieses absolute Vertrauen in die brüllenden, schäumenden Fluten. Er bevorzugte eine freundlichere See.

Als er durch die Regenschleier blinzelte, erkannte er im Schein der rasch aufeinander folgenden Blitze gigantische Schiffsumrisse. »Kalisstra, was ist das?«

Rantsila, der eben noch half, ein Boot ins aufgewühlte Wasser zu schieben, bemerkte das Staunen seines Stellvertreters und folgte dem Blick. »Bei den Gamuren der Bleichen Göttin!«, rief er gegen den Sturm. »Was will da zu uns? Es ist viel zu groß für ein Schiff!«

Ein riesiger schwarzer Bug, an dem ein Rammsporn prangte, schob sich aus der Dunkelheit des Meeres in den schwachen Schein der Blendlaternen an der Einfahrt.

»Es *ist* ein Schiff.« Lorin hielt die Luft an. »Und es ist mindestens vier mal so groß wie einer unserer Segler.« Er zählte drei Masten, an denen kein einziges Segel mehr hing. Entweder waren sie gerefft oder vom Sturm zerfetzt worden. Dann bemerkte er, dass er sich getäuscht hatte. Die unbekannten Seeleute benutzten schwarze Segel!

Durch die röhrende Stimme des Windes und das Tosen der Wellen erklang das trotzige Dröhnen von Trommeln; lange Riemen stachen rechts und links des Rumpfes ins aufgepeitschte Wasser und trieben das Schiff voran. Lorin wollte es kaum glauben: Es rutschte über die Sandbank, ohne von ihr aufgehalten zu werden!

»Was tun wir jetzt, Rantsila?«, schrie er, und der Regen peitschte sein Gesicht.

»Haben die Tzulandrier solche Schiffe?«, brüllte er zurück.

Lorin schüttelte den Kopf. »Ich kenne keine, die so aussehen.«

»Dann warten wir ab, was geschieht. Die Männer sollen die Katapulte besetzen.«

Lorin lief los, um die Milizionäre aus den Booten abzuziehen. Dabei beobachtete er, wie sich der Dreimaster in das plötzlich sehr klein wirkende Hafenbecken wälzte.

Erst im letzten Augenblick ließ der Kapitän die Riemen einholen, sonst wären sie an der Mauer zerbrochen; gleich darauf kamen sie wieder zum Vorschein, um den Vortrieb des Schiffs abzufangen. Als es zum Stehen gekommen war, endete das Trommeln.

»Was, um alles in der Welt, ist das?« Der junge Mann bezweifelte, als er die berggleich aufragende Bordwand hinaufschaute, dass ein Stein oder ein Speer die dicken Planken durchschlagen könnte. Waren es doch Tzulandrier, die eine Invasion vorbereiteten, weil sie von Ulldart vertrieben worden waren?

Er erschrak, als sich am Heck und am Bug gleichzeitig riesige Anker rasselnd lösten; laut platschend durchbrachen sie die Wasseroberfläche.

Danach blieb es ruhig. Niemand zeigte sich, nirgends öffnete sich eine Luke, die Ruder verharrten; nur die Wellen schlugen hart gegen den Rumpf, als wollten sie hineingelangen und das Innere des Schiffes fluten.

Rantsila gesellte sich an Lorins Seite. »Siehst du etwas?«

»Es ist ein Totenschiff«, raunte ein Milizionär. »Es hat die Seelen der verlorenen Seeleute an Bord.«

»Und was will es dann hier bei den Lebenden? Hör auf, solchen Unsinn zu erzählen, bevor du ihn selbst glaubst«, sagte Rantsila rügend.

Lorin machte eine Gestalt aus, die sich auf der Steuerbordseite zeigte, dann hörten sie eine Winde ächzen, und der Lastarm eines Krans schwenkte über die Bordwand, an dessen Seilen eine Plattform mit zehn Personen darauf hing. Sie hatten dicke Mäntel und Kapuzen zum Schutz gegen das Wetter umgelegt, sodass er nichts von ihnen erkennen konnte. »Wenigstens tragen sie keine Waffen«, sagte er zu Rantsila.

Langsam senkte sich die Plattform nach unten, schaukelte im heftigen Wind und setzte hart auf der Hafenmauer auf.

Die zehn Menschen betraten kalisstronischen Boden, schauten sich erkundend um und warteten offensichtlich, dass man sich um sie kümmerte.

»Heißen wir sie willkommen«, sagte Rantsila zu Lorin. Seite an Seite schritten sie auf die Neuankömmlinge zu, bis sie durch den hinderlichen Regenschleier hindurch spähen konnten und mehr von den sandfarbenen Gesichtern sahen.

Haare wie Schattengras, Augen wie Bernstein. Lorin wurde von dem Anblick überrascht und freute sich zugleich, da von diesem Schiff somit keine Gefahr mehr für Bardhasdronda ausging. »Es sind Kensustrianer! Sie kommen von Ulldart«, wisperte er dem Befehlshaber der Miliz beruhigend zu, dann standen sie vor ihnen.

Rantsila nickte den Fremden zu, die ihn um zwei Köpfe überragten und durch ihre dicken Mäntel viel breiter wirkten als er. Die Kensustrianer erwiderten den Gruß. »Die Bleiche Göttin Kalisstra hat Euer Schiff in den sicheren Hafen von Bardhasdronda geführt«, sagte er langsam und sehr deutlich.

Der vorderste Kensustrianer ließ den Blick über die Lagerhallen und Fassaden der Häuser schweifen. »Ulldart?«, sagte er gebrochen in der Handelssprache des benachbarten Kontinents und deutete mit dem Finger auf die Erde.

Rantsila schaute zu Lorin. »Wieso weiß er nicht, dass er *nicht* auf Ulldart ist?«, fragte er ihn leise, und das Misstrauen gegenüber den Besuchern erwachte. »Sprich du mit ihm. Er sollte dich besser verstehen.«

Lorin nickte und wandte sich dem Kensustrianer zu. »Ich bin Lorin Seskahin«, stellte er sich vor und deutete auf seinen Vorgesetzten, »sein Name ist Rantsila und Ihr seid auf Kalisstron, nicht auf Ulldart.« Er sah ein schwaches Verstehen in den honigfarbenen Augen. »Kalisstron, nicht Ulldart«, wiederholte er vorsichtshalber und wunderte sich. »Wen sucht Ihr? Woher kommt Ihr?«

»Ulldart«, sprach der Kensustrianer. »Wir suchen Ulldart. Gehören zu …« Er rang nach Worten. »Nachschub.« Er deutete auf das Schiff. »Eins von Schwarze Flotte. Schwarze Flotte für Kensustria.«

»Das hier ist die Stadt Bardhasdronda, und sie liegt auf dem Kontinent Kalisstron«, erklärte Lorin sicherheitshalber.

»Großes Pech.« Seufzend hob der Kensustrianer die Schulter. »Wohl verirrt.«

VIII.

**Kontinent Ulldart, Südwestküste
von Tûris, Spätherbst
im Jahr 1 Ulldrael des Gerechten
(460 n. S.)**

Das ist der letzte Tzulandrier.« Puaggi verfolgte mit dem Fernrohr, wie das Schiff Segel setzte und Kurs nach Westen nahm. »Sie planen etwas«, sagte er zu Torben, die Schiffe nicht aus den Augen lassend. »Ich kann mir einfach nicht vorstellen, dass sie kampflos das Feld räumen, nach allem, was ich über sie gehört habe.«

»Und nach allem, was ich von ihnen in den letzten Jahren *gesehen* habe, stimme ich Euch zu.« Torben trat gegen die Reling; er erlaubte seiner Wut dieses bescheidene Ventil, da ihm ein Tzulandrier fehlte, an dem er sich austoben durfte. »Das ist der Grund, weshalb wir sie verfolgen werden.« Das und Varla. Er sah ihr hübsches Gesicht vor sich und litt wegen ihres ungewissen Schicksals noch mehr.

Die Unterhaltung bei der Übergabe des Geldes mit dem Dă'kay am Strand einen Tag zuvor hatte nicht viel gebracht. »Wir haben keine Gefangenen gemacht«, hatte der Tzulandrier stur wiederholt, und niemand hätte ihm das Gegenteil beweisen können. Die wertvollen Kisten waren schnell mit Hilfe der Ruderboote übergesetzt und in den Frachträumen verstaut. Der Dă'kay hatte noch einmal alle mit einem geringschätzigen Blick bedacht, sich umgewandt und war einfach in das letzte Boot gestiegen.

Torben hätte ihn am liebsten bei den Haaren gepackt und ihn mit dem Gesicht nach unten über den Strand geschleift, bis er die Wahrheit über Varla herausgeschrien hätte. Aber die Vernunft hatte über das impulsive Begehren gesiegt.

Ich schwöre, dass ich sie jagen werde, bis ich weiß, was sie mit dir gemacht haben, sandte er seine Gedanken zu seiner Gefährtin. »Vollzeug setzen und Kurs nach Westen«, befahl er mit lauter Stimme. »Wir begleiten unsere Feinde ein wenig.« Und an Puaggi gewandt: »Kehrt auf Euer Schiff zurück und folgt in meinem Kielwasser. Ich kenne eine Strecke, die uns durch ein Riff führt, aber einen Tag näher an die Tzulandrier heranbringt.«

Noch stand der Palestaner unbeweglich am Bug. »Ihr wollt Euch das hinterste Schiff in der Nacht kapern, habe ich Recht?«

Torben grinste, die Goldzähne blitzten in den Herbstsonnen. »Ihr denkt schon wieder wie ein Freibeuter, Commodore.« Er klopfte ihm auf die Schulter. »Genau das beabsichtige ich. Und Ihr werdet mir mit Eurem schnellen Segler den Überfall decken und mir andere Tzulandrier vom Leib halten.«

»Sehr gern, Kapitän.« Erst jetzt verstaute Puaggi das Fernrohr und begab sich auf das Hauptdeck, wo ein Fallreep an der Außenbordwand nach unten zur Wasserlinie führte. Das Boot wartete bereits. »Ich soll, und das werdet Ihr mir nicht glauben, Euch Grüße des Königs von Palestan ausrichten. Sollte es machbar sein, versenkt so viele Schiffe wie möglich, ohne dass es auffällt und die Tzulandrier einen Grund für einen neuen Krieg erhalten. Das sind seine Worte.« Zum Beweis langte er unter seine Jacke und nahm einen Brief aus der Innentasche hervor.

»Es wird immer besser«, lachte Torben, und die Ohrringe klirrten leise. »Wenn es so weitergeht, werden sich Rogogard und Palestan ihrer gemeinsamen Wurzeln entsinnen und zu einem vereinten Königreich zusammenschließen.« Er wurde ernst. »Es hat einen Grund, dass er sich das wünscht?«

Puaggi stimmte mit einem leichten Kopfnicken zu. »Die Tzulandrier haben in dem Flecken von Palestan, in dem sie sich niederließen, keinen Stein auf dem anderen gelassen. Männer sind ihrer Frauen und Töchter beraubt worden, die irgendwo«, er deutete übers Wasser auf die Kriegsflotte der Tzulandrier, »auf diesen Schiffen zusammengepfercht in Verschlägen kauern und warten, dass sie vergewaltigt oder verkauft werden.«

Torben hörte davon zum ersten Mal. Die Schadenfreude darüber, dass Palestan für seine Rolle in den letzten Kriegen und die Zusammenarbeit mit den Bardri¢s teuer bezahlen musste, wollte nicht recht aufkommen. »Wir schauen, ob wir welche retten können«, blieb er wohlweislich vage. »Vielleicht sind die Götter mit uns, und wir schnappen uns das Schiff, auf dem Eure Landsleute sind.«

»Nein, Kapitän. Es fehlen uns mehr als dreitausend Mädchen und Frauen. Ein so großes Schiff gibt es nicht.« Er kletterte das Fallreep hinunter und wurde zur *Erhabenheit* übergesetzt.

Die Verfolgung begann.

Absichtlich blieben Puaggi und Torben so weit hinter der Flotte zurück, dass der Ausguck gerade noch die Mastspitzen des letzten Feindes am Horizont erkennen konnte. Nichts deutete darauf hin, dass die Tzulandrier die beiden Schiffe bemerkt hatten.

Abends schwenkte die *Varla* auf den gefährlichen Kurs durch das Riff, und die *Erhabenheit* wiederholte jedes noch so geringe Manöver, damit sie den gleichen Weg über die See nahm und keinesfalls auf die scharfkantigen Steine auflief.

Die Winde meinten es gut mit den Verfolgern und flauten auch in der Nacht nicht ab, sodass sie beim Aufgang der Sonnen unmittelbar am Heck des hintersten gegnerischen Seglers auftauchen würden.

Die Morgenröte hielt jedoch eine Überraschung für Torben bereit.

»Kein Segel, Kapitän«, rief der Ausguck nach unten.

Torbens Augenbrauen zogen sich zusammen. »Hast du noch Nacht in den Linsen? Sieh genauer hin«, brüllte er zurück und schaute ebenfalls mit dem Fernrohr. »Weg! Das kann nicht sein.« Schlecht gelaunt erklomm er die Wanten, bis er im Krähennest neben dem Mann im Ausguck stand und über das Wasser blickte. Das Meer vor ihnen war leer wie eine Büffetplatte nach einem Besuch Perdórs.

»Verfluchte Tzulansbrut«, ärgerte sich Torben und stieg aufs Deck hinab.

»Sie haben uns abgehängt?«, fragte sein Erster Maat zweifelnd.

»Nein, das gelingt ihnen nicht. Ihre Schiffe sind zwar schnell, aber wir sind unter Vollzeug durchs Riff. Wir hätten dem letzten ihrer Segler schon vor dem Aufgang der Sonnen ins Heck rauschen müssen, so gut waren wir unterwegs. Sie müssen den Kurs gewechselt haben.« Er ließ Puaggi die schlechte Nachricht per Wimpelzeichen übermitteln.

Prompt bekam er eine Antwort. »Mein Ausguck hat vor einer Stunde eine Mastspitze im Nordosten verschwinden sehen, zwanzig Meilen von unserem Aufenthaltspunkt entfernt«, setzte ihn der Palestaner in Kenntnis. »Ich hielt es für eine Sinnestäuschung.«

Rogogard!, durchzuckte es Torben, und die Angst ergriff von ihm Besitz. Er sah seine Heimat, die sich gerade von der Besatzung durch Sinured erholte, ein weiteres Mal von Feinden heimgesucht werden.

Jetzt ergab die Entführung von Varla einen Sinn: Sie kannte die Verteidigungslinien und Festungen des rogogardischen Inselreiches, und falls es den Tzulandriern gelungen war, sie zum Sprechen zu bringen, gäbe es nichts, was die Fremden aufhielte. Was die Angriffe Sinureds überstanden hatte, würde den Tzulandriern zum Opfer fallen. Er fand es fraglich, ob sich das Reich der Freibeuter jemals von diesem bevorstehenden Schlag erholen würde.

»Hinterher«, befahl Torben besorgt. »Wir müssen die Flotte überholen und Rogogard vor dem Angriff warnen.«

Die Segler rauschten durch das Meer und lieferten sich ein Wettrennen, wobei sich herausstellte, dass die *Erhabenheit* eine Spur schneller lief und dank ihres schmaleren Rumpfes das Wasser besser teilte als die *Varla*. Deswegen gaben sie ihren kleinen Verband auf. Puaggi zog an Torben vorbei, um die Warnung vor der anrollenden Kriegsflotte zu überbringen.

Der Rogogarder beschloss, stattdessen den Tzulandriern zu folgen und derjenigen Insel beizustehen, über welche die Krieger zuerst herfielen. Die Bombarden der *Varla* waren in der Lage, ein Schiff mit nur einer Breitseite zu versenken, falls es keines von den schweren turîtischen Modellen war.

An die Übermacht, gegen die er stand, verschwendete er keine Gedanken. Torben vertraute ganz auf seine angeborene List, den Überraschungsmoment und den Beistand der Götter, den er schon öfter erhalten hatte.

Am Abend hatte der Ausguck die Masten der *Erhabenheit* schon lange aus den Augen verloren; dafür rückten die Tzulandrier immer näher.

Die Sonnen versanken, die Nachtgestirne nahmen ihre Position am Himmel ein und spendeten genügend Licht, um die gegnerischen Schiffe als Schatten auf dem Wasser ausfindig zu machen. Aber von Westen aufziehende Wolken verdunkelten Monde und Sterne mehr und mehr.

Der Bug der *Varla* kollidierte plötzlich mit Wrackteilen. Dem Anschein nach hatte der Dă'kay kurzen Prozess mit einer palestanischen Handelskogge gemacht und nicht einmal angehalten, um die Ladung zu bergen. Kisten, Stoffballen und Fässer trieben auf den Wellen ebenso an ihnen vorbei wie die Leichen der Seeleute. Sie fanden keine Überlebenden.

»Sie haben es eilig.« Hankson, der Erste Maat, stand neben Torben und hielt ein nasses Stück Brokatstoff in den Händen. »Das haben wir herausgefischt. Die Ladung war wertvoll.«

»Wozu sollten sie sich mit Stoff aufhalten, wenn sie auf Menschenjagd sind?« Er hatte inzwischen für sich eine Erklärung gefunden, was die Tzulandrier nach Rogogard trieb. Da sie aus Palestan Sklaven mitnahmen, vermutete er, dass sie in ihren Laderäumen noch Platz für weitere menschliche Ladung besaßen. Rogogard lag im Gegensatz zu Palestan abgeschnitten, die Inseln waren – da sie Varla als Ortskundige dabeihatten – leicht zu überfallen.

Torben ließ sich die Seekarte aus der Kapitänskajüte bringen und verglich im Schein einer Lampe den Kurs. »Sie halten auf Faralt zu«, schätzte er.

Das Ziel war gut gewählt: kleiner als die übrigen Inseln, weit genug von der Küste Tarpols entfernt, um beobachtet zu werden, und nur zwei Festungen, die auch ohne die Hilfe von Varla durch die Menge an Bombardenträgern zu knacken wären. Der Lohn für den ersten Überfall auf Faralt waren geschätzte fünfzehnhundert Rogogarder.

Torbens Blick schweifte über die eingezeichneten Inseln. »Das ist es. Sie werden sich die kleinen Inseln vornehmen, sie eine nach der anderen pflücken und abziehen, bevor wir den Widerstand organisieren können.« Wütend hieb er gegen das Steuer. »Verdammt, wir hätten sie vernichten anstatt mit ihnen verhandeln sollen!« Seine graugrünen Augen blickten dorthin, wo er die Tzulandrier auf dem nachtschwarzen Meer vermutete. »Wie konnten wir annehmen, dass sie sich an die Abmachung halten?«

»Kapitän«, schrie der Ausguck. »Wir bekommen Besuch!«

Die Tzulandrier hatten die Rogogarder bemerkt und gleich drei Schiffe zurückfallen lassen, die den Freibeuter abfangen sollten. Sowohl sie als auch die Tzulandrier löschten ihre Positionslaternen, um dem Feind kein leichtes Ziel zu sein. Es bahnte sich ein ungewöhnliches Seegefecht mitten in der Nacht an, das Torben auf diese Weise noch niemals zuvor geführt hatte.

»Ich möchte kein Wort hören«, gab er als Parole aus. »Jeder Laut zeigt ihnen, wo wir sind.« Er befahl außerdem, Becher über die Lunten zu stülpen, damit das rote Glühen sie nicht verriet. »Ladet Späne und Kugeln, schießt auf die Segel und Masten. Sie sollen sich nicht mehr bewegen können.«

Die Wolken schoben sich vor die Monde, die Gestirne lugten unberechenbar zwischen ihnen hervor und beleuchteten die See so schwach, dass man gelegentlich die Umrisse der sich einander nähernden Schiffe erkannte. Torben nahm es als Vorteil für sich.

Dann schluckte eine schwarze Gewitterwolke den letzten Rest Licht. Es wurde dunkel wie in einem Verlies.

»Einer kommt von Backbord, einer von Steuerbord, und der dritte ist irgendwo unmittelbar vor uns«, flüsterte Torben den Bombardiermeistern die letzte bekannte Position der Feinde zu. »Lauscht auf das Plätschern ihres Kiels und das Knattern der Segel. Erst wenn ihr ganz sicher seid, gebt Feuer, dann schließt die Geschützluken, damit sie die glimmenden Pulverreste in den Läufen nicht sehen.«

Das Warten begann.

Torben hob den Kopf über die Reling, senkte die Lider, hörte auf das Schwappen der Wellen und das Säuseln des Windes in der eigenen Takelage. *Wo stecken sie?*

Steuerbord und nicht weit von ihm entfernt knarrte plötzlich Holz, eine Woge platschte laut gegen Widerstand.

»Steuerbordseite, Feuer«, raunte er und starrte in die Dunkelheit, die Bruchteile darauf von den explodierenden Treibladungen grellrot und orangefarben zerrissen wurde.

Die aufblitzenden Salven beleuchteten den sich anpirschenden tzulandrischen Segler.

Torben erkannte die erschrockenen Gesichter der Matrosen in dem grellen Licht sehr genau; einem wurde von einer Ladung heranzischender Eisenspäne Kopf und Oberkörper zerhobelt, die blutigen Überreste wurden von herabstürzenden Segeln und Rahen bedeckt.

Innerhalb weniger Augenblicken war der Angriff vorüber, der gegnerische Segler fiel zurück in die Dunkelheit als hätte es ihn niemals gegeben.

»Hart Steuerbord«, ordnete er an und spürte, wie sich das Schiff zur Seite neigte, um dem Befehl des Ruders zu folgen.

Die Antwort auf den Beschuss erhielten die Rogogarder von Backbord.

Die Bombarden des zweiten Tzulandriers machten die Nacht für kurze Zeit zum Tag. Die Kugeln fegten über das Deck und hieben Aufbauten zu Kleinholz, zwei Seeleute wurden über Bord gerissen, doch mehr richtete die schlecht gezielte Breitseite zusammen mit dem taktischen Kurswechsel der *Varla* nicht aus.

»Nicht feuern«, befahl Torben rasch. »Sonst verraten wir dem dritten, wo wir sind.«

Das gegenseitige, nervenbelastende Belauern begann von neuem.

Torben vernahm das helle Plätschern von kleinen Rudern, das sich ihnen näherte. »Sie haben Beiboote ausgesetzt«, raunte er seinem Maat zu. »Vermutlich von dem Schiff, das wir eben manövrierunfähig geschossen haben. Sie werden damit eine Kette bilden, um uns schneller zu finden. Wir ...«

Zu ihrer Steuerbordseite flammte in einiger Entfernung ein Licht auf, danach stieg eine Sonne in einem steilen Halbbogen in den schwarzen Himmel und zerbarst auf ihrem Zenit. Flüssiges Feuer regnete auf die See herab und erhellte die Umgebung des dritten Seglers.

Damit auch die *Varla*.

»Verflucht!«, schrie Hankson, der aus einem ungutem Gefühl heraus nach Backbord geblickt hatte. »Sie sind hinter uns! Der zweite Tzulandrier ist ...«

Seine Worte gingen im Dröhnen der ganz nahen gegnerischen Geschütze unter, und dieses Mal hatten die Feinde besser gezielt.

Es surrte um Torben herum wie in einem Bienenstock, Holzsplitter flogen umher und verletzten ihn an den Armen und im Gesicht, eine Bombardenkugel verfehlte ihn so knapp, dass er ihren gewaltigen Sog spürte, als sie an ihm vorbeizischte und mitten ins Ruder schlug. Damit war die Dharka nicht mehr zu lenken.

Torben ließ sich fallen und wartete zusammengekauert und die Arme über den Kopf gelegt auf das Ende des Beschusses, dann sprang er in die Höhe. Das Hauptdeck war übersät mit Rahentrümmern, Segelfetzen und Leichen, Taue und Seile hingen wie durchtrennte Nabelschnüre herab.

»Geschützmeister, Feuer nach eigener Entscheidung!«, rief er. »Nehmt so viele Tzulandrier mit, wie ihr kriegen könnt.«

Die eigenen Geschütze brüllten auf. Der zweite tzulandrische Segler erhielt mehrere Volltreffer und detonierte in einem gleißenden Feuerball; umhertrudelnde Funken hatten die tief im Bauch verborgene Pulverkammer erreicht und dem Gegner kurz vor dem Sieg ein jähes Ende beschert. So schnell wendete sich das Blatt auf hoher See.

»Ich weise euch, wie Rogogarder kämpfen.« Torben lachte laut und wischte sich das Blut aus dem linken Auge, das aus einer Wunde auf dem Kopf stammte. Der erleichterte Jubel seiner Männer gab ihm neue Hoffnung.

Doch die trotzige Zuversicht, immer noch als Sieger hervorzugehen, erhielt im flackernden Schein des brennenden Tzulandriers einen erheblichen Dämpfer. Unbemerkt hatte sich ein vierter Gegner, ein Bombardenträger, angeschlichen und war hinter der *Varla* in Stellung gegangen, die gegnerischen Ruderboote kamen näher und der übrig gebliebene tzulandrische Segler nahm Kurs auf sie. Die Schlinge zog sich zu.

»Stellt das Feuer ein«, schrie jemand aus den Booten. »Ergebt euch.«

Torben bemerkte, dass sich seine Dharka treibend um die eigene Achse drehte. Es würde nicht lange dauern, und sie zeigte sowohl dem Bombardenträger als auch dem heraneilenden Segler die Breitseite.

»Niemand feuert! Lasst die Boote rankommen. Wenn wir ihre eigenen Leute an Bord haben, werden sie vielleicht nicht mehr auf uns schießen.« Torben zog den Säbel und wartete auf die feindlichen Entermannschaften. »Versteckt euch und hört auf meinen Befehl. Das Scharmützel gibt uns die Zeit, die wir benötigen. Sobald wir beide großen Schiffe vor den Mündungen haben, feuert. Und dann sei Kalisstra unseren Seelen gnädig.«

Seine Leute verbargen sich unter Trümmern, tarnten sich als Leichen und schlüpften unter umherliegende Segelfetzen; er selbst duckte sich auf dem Achterdeck zusammen und beobachtete, was geschah.

Enterhaken flogen über die Bordwände und gruben sich fest, schon bald erschienen die ersten tzulandrischen Gesichter über der Reling. Ein Gegner nach dem anderen betrat das Deck und spähte aufmerksam umher, um auf einen Angriff durch die verbliebenen Freibeuter vorbereitet zu sein.

Torben stand auf, zeigte sich aufrecht und ohne Furcht. »Schert euch von meinem Schiff«, verlangte er mit fester Stimme. »Ich habe euch nicht an Bord gebeten.«

Ein Tzulandrier im Rang eines Magodan betrachtete ihn. »Wozu? Wir fanden den Weg auch so.« Er winkte seinen Leute zu, die ausschwärmten. »Sehr weise, dich zu ergeben.«

Torben grinste böse. »Wer hat gesagt, dass ich das tue?« Er hob seine Waffe, pochte damit auffordernd gegen das zerstörte Schiffsruder. »Komm nur, Magodan.«

Kontinent Ulldart, Königreich Tarpol, Hauptstadt Ulsar, Spätherbst im Jahr 1 Ulldrael des Gerechten (460 n. S.)

Für Lodrik verschwand die Welt in einer weißlichen Wolke, der Staub brachte ihn zum Husten, während er rasant abwärts rutschte. Seine Hände und Füße, die er in den Kies stemmte, fanden keinen Halt. Er glitt über das Geröll, als sei es mit Öl eingerieben worden.

Dann schoss er über den Rand des Loches.

Sein freier Fall geradewegs in den Schlund, in den sein Sohn Govan Menschen gleich welchen Alters hinabgeschleudert hatte, um Tzulans Gunst zu erringen und die Kreatur zu speisen, die in dieser Röhre lebte, sollte beginnen.

Warmer Wind strich ihm entgegen, es roch nach feuchter Erde und alter Fäulnis. Lodrik erinnerte sich, wie sich damals der Boden der Kathedrale aufgetan und den verräterischen Oberen des Ulldrael-Ordens verschlungen hatte. Damit hatten die Opferungen begonnen.

Unvermittelt wurde sein Sturz gedämpft.

Wurzeln, die aus der Erde in die Röhre wuchsen, bildeten ein Geflecht, peitschten und bremsten ihn gleichermaßen, rissen ihm die Kleider in winzigen Fetzen vom Leib und verhinderten, dass er mit enormer Wucht auf dem von Knochen bedeckten Boden des Lochs zerschellte. Eine dickere Wurzel traf ihn am Kopf, sein Blick wurde unscharf. Er meinte, an einem großen Schatten vorbeizufallen, dann prallte er auf.

Lodrik versank in dem Berg aus morschen Knochen und Schädeln, die selbst unter seinem geringen Gewicht wie dünne Zweige brachen; andere zerbröckelten, und wieder andere flogen in hohem Bogen davon. Er verlor das Bewusstsein.

Als er erwachte, besaß er keinerlei Vorstellung, wie lange er in dem riechenden Haufen gelegen hatte. Fluchend wühlte er sich an die Oberfläche, stand auf wackligem Boden. Klappernd und hölzern klickend, fielen einzelne Knochenstückchen von ihm ab und zurück auf den Stapel. Sein ganzer Körper schmerzte, blutete aus vielen kleinen Schnitten und Kratzern. Lodrik kümmerte sich nicht weiter darum.

Angespannt erwartete er den Angriff des Wesens, in dessen Behausung er ungewollt eingedrungen war.

Seine Augen verrieten ihm trotz der Dunkelheit, dass er sich in einer gewaltigen Höhle befand, in der sich die sterblichen Überreste tausender Menschen befanden, welche die halbe Höhle ausfüllten. An einem Ende der Kaverne sah er eine Ausbuchtung, die zu einem Gang führen mochte, über sich erkannte er in weiter, weiter Entfernung einen stecknadelkopfgroßen hellen Punkt. Dort und unerreichbar befand sich die Oberfläche.

»Bardri¢!«, hörte er seinen Namen über sich. »Endlich habe ich dich gefunden.«

Lodrik hob den Kopf und sah zu seiner Verwunderung ein blassblaues Seelenlicht durch den Schacht nach unten geflogen kommen.

»Wer bist du?« Er streckte die Hand aus und sandte ihr einen lautlosen Befehl, sie musste heranschweben und über seinen Fingern verharren, bis er ihr erlaubte, wieder ihrer Wege zu ziehen. »Und wieso folgst du mir ausgerechnet an diesen Ort?« Eine vage Idee befiel ihn. »Zabranskoi?«

»Ja«, giftete die Seele. »Ich bin Soscha Zabranskoi, und eine von deiner Sorte hat mich umgebracht!«

Lodrik zog die Hand und damit die Seele näher zu sich heran. »Du irrst dich. Ich habe dir nichts …«

»Ich sagte nicht, dass du es warst«, fiel sie ihm gewohnt unfreundlich in die Rede. »Es war eine Frau. Sie trug Schwarz und reiste in der Kutsche mit dem Wappen Borasgotans.« Die Seele versuchte, sich von Lodriks Einfluss zu befreien, aber es gelang ihr nicht. »Sie war eine Nekromantin und hat mich getötet, weil ich ihr Geheimnis entdeckte. Das nehme ich zumindest an.«

Er runzelte die Stirn. »Das kann nur Elenja gewesen sein. Die Kabcara von Borasgotan soll eine Nekromantin sein?«

»Eine mächtige Nekromantin«, fügte sie hinzu.

»Wer sollte auf Ulldart in der Lage sein, Nekromantie zu betreiben?«, wunderte sich Lodrik. »Es gibt ja kaum Menschen auf dem Kontinent, die sich mit herkömmlicher Magie beschäftigen.« In Gedanken ging er diejenigen durch, die in Frage kämen. Govan war unwiderruflich tot, die Nachricht von Zvatochnas Ableben hatte sie wenige Tage nach der Schlacht erreicht, und Lorin befand sich höchst lebendig auf Kalisstron.

»Du bist jedenfalls mit deinen schrecklichen Künsten nicht mehr einzigartig, Bardriç. Und dennoch ist es kein Grund zum Jubeln.« Soscha wand sich. »Hör auf, mir Fesseln anzulegen!«

»Warum kommst du zu mir?« Er hob sie dichter vor die Augen. »Du willst, dass ich dir helfe«, verstand er ihr Auftauchen. »Ich kann nichts mehr für dich tun, Soscha Zabranskoi. Du bist tot.«

»Kann man Seelen zurück in ihren Körper bringen?«, verlangte sie zu wissen. »Ich möchte weiterleben! Es gibt zu viel zu tun, und ich will die Frau zur Rechenschaft ziehen, die mich umbrachte.«

»Das ist der Grund, weshalb deine Seele noch hier ist«, erklärte er knapp. »Du verlangst nach Rache. Eher wird deine Seele keinen Frieden finden, Zabranskoi. Und je länger deine Seele auf dieser Seite verharrt, desto schlimmer wird es für dich.« Es bereitete Lodrik Vergnügen, ihr Angst einzujagen, indem er ihr einen Ausblick auf das Kommende verschaffte. »Du wirst Qualen leiden, du wirst dich nach Erlösung sehnen, und zwar so sehr, dass du alles dafür tun würdest.« Seine Finger schlossen sich um die leuchtende, flirrende Kugel und bildeten ein Gefängnis aus totem Fleisch und toten Knochen. »Es wird so weit gehen, dass du mich anflehst, dich auszulöschen, damit deine Qualen enden.«

»Lass mich, Bardriç!«, rief sie gepeinigt, und er gab sie tatsächlich frei.

»Wir helfen uns gegenseitig«, schlug er ihr kalt vor. »Ich helfe dir, Rache zu nehmen, und du wirst mich dabei gegen die Nekromantin unterstützen. Wer weiß, vielleicht vermag deine Seele mehr als die eines Menschen, der keine Magie beherrschte? Und vielleicht«, er lächelte heimtückisch, »gibt es aus diesem Grund doch einen Weg, deine Seele in deinen Körper zu bringen.«

Soscha umkreiste ihn wütend. »Ich würde dich gern umbringen, Bardriç«, zischte sie.

»Die Götter haben anders entschieden. Mein ältester Sohn war schneller als du«, entglitt es ihm leise, verbittert.

Soschas Seele hatte den Satz genau vernommen und schwebte rückwärts. »*Das* ist es! *Das* sind die schwarzen Schlieren in deiner und ihrer Aura!«, brach es aus ihr hervor. »Ihr seid tot! Elenja und du, ihr seid beide tot.«

Lodrik ging nicht darauf ein. Ihn hatte plötzlich eine Ahnung befallen. Er fragte sich insgeheim, ob es Zvatochna sein konnte, die wie er von ihrer Magie vor dem Tod bewahrt worden war.

»Vintera wollte dir keine Ruhe gönnen, Bardriç«, sagte Soscha zufrieden und umkreiste ihn. »Sie hat dich verdammt, auf Ulldart zu bleiben, damit alle sehen können ...« Sie stockte. »Nein, es war die *Magie*«, änderte sie ihre Vermutung. »Sie hat dich vor dem Tod gerettet und dich zu einem Nekromanten gemacht.«

Soscha erinnerte sich genau, dass die Magie das Gleiche bei ihr versucht hatte, sah die Bänder, welche sie um die Seele geschlungen hatte, um sie zurück in den Körper zu zerren. Beinahe wäre sie eine Nekromantin geworden! *Magie setzt sich über Leben und Tod hinweg, sie kann sogar den göttlichen Gesetzen die Stirn bieten,* dachte Soscha in den Bahnen einer Gelehrten und hätte sich die neue Erkenntnis normalerweise gleich notiert. Normalerweise.

»Wer auch immer die Schuld daran trägt, es ist nicht wichtig für mich«, antwortete ihr Lodrik und stieg über den Knochenberg zum Rand. »Wir müssen dieses Wesen finden, dem

Govan seine Menschenopfer brachte, ehe es sich entscheidet, zu uns zu kommen. Ich weiß die Überraschung lieber auf meiner Seite.«

»Vater!«, hallte ein gewaltiger Ruf zu ihnen herunter, der winzige Lichtpunkt am Ende der Röhre wurde verdeckt, dann loderte die orangefarbene Flamme einer Fackel auf.

Lodrik hatte die Stimme sofort erkannt. Krutor musste von dem Unfall erfahren haben und hatte sich durch niemanden aufhalten lassen, selbst nach ihm zu suchen. »Mir geht es gut«, schrie er zurück. »Ich komme bald hoch. Kehre um!« Er hoffte, seinen missgestalteten Sohn davon abzubringen, bis auf den Grund zu steigen.

»Vater! Geht es dir gut?«, rief Krutor freudig. »Ich komme und helfe dir gegen das Ungeheuer. Ich bin stark genug.«

Ein leises Zischen erklang aus dem Gang, vor dem Lodrik und Soscha standen, gefolgt von einem gurgelnden Grollen.

»Es gibt kein Ungeheuer hier unten, Krutor. Es ist eine Legende.«

Dreck rieselte herab, prasselte auf die Gerippe. »Nein, es gibt es«, blieb Krutor beharrlich. »Es wird dich töten, wenn ich dir nicht beistehe.«

»*Geh und sieh nach, was auf uns zukommt*«, befahl Lodrik Soschas Seele, und sie schwebte gehorsam los, um die Bedrohung zu erkunden. Lodriks dunkelblaue Augen richteten sich auf die Knochenhalde, und seine Mundwinkel verzogen sich zu einem Lächeln.

Der Fackelschein wurde heller. »Ich bin gleich bei dir, Vater!«

Es raschelte und knackte, dann plumpste die große, breite Gestalt Krutors in die Gebeine, die ihn sofort aufnahmen und bis zur Brust einsinken ließen. Der grausige Empfang machte ihm wenig aus, er stapfte vorwärts und drängte die Knochen einfach zur Seite. Totes bedeutete für ihn keine Gefahr.

»Vater!« Glücklich kam er auf Lodrik zu, nahm ihn vorsichtig in die Arme. »Dir ist nichts passiert«, stellte er erleichtert fest und zog ein Zweihandschwert, das er wegen seiner enormen Kraft spielend leicht mit einem Arm führte; seinen Körper schützte eine schwere Rüstung. »Als ich gehört habe, was passiert ist, und sich keiner getraut hat, dich zu suchen, bin ich sofort losgezogen.« Kampflustig schaute er sich um. »Wo ist das Ungeheuer, das Tzulan gehört?«

Soscha kehrte aus dem Gang zurück. »Es kommt!«, sagte sie zu Lodrik. »*Und es ist schrecklicher als alles, was du dir vorstellen kannst, Bardriç.*« Krutor vermochte ihre Worte weder zu hören noch zu sehen, ihm fehlte die Gabe dazu.

Lodrik zeigte keinerlei Regung. »*Du unterschätzt mich. Ich habe zu viel gesehen, Zabranskoi.*« Zu Krutor gewandt, sprach er: »Rasch, steige wieder hinauf, mein Sohn. Ich komme …«

Krutor senkte den grobschlächtigen Kopf. »Es nähert sich. Ich habe es genau gehört, Vater. Kämpfen wir gegen es?«

»Nein«, entschied Lodrik zum Schein. »Wir gehen und füllen das Loch mit heißem Öl.« Er deutete auf den Schacht. »Hinauf mit dir!«

»Du zuerst, Vater.«

»Krutor!«

»Du trägst keine Waffe, mit der du dich schützen kannst«, blieb er störrisch.

Lodrik gab auf. »Du wirst meine Waffen sehen, Krutor. Tritt zurück.« Er schloss die Augen, konzentrierte sich, zwang die Magie dazu, sich seinem Willen zu beugen und dem, was schon lange tot und verrottend auf dem Grund des Lochs lag, untotes Leben zu geben.

Knochen fügten sich klackend aneinander, bildeten menschliche Skelette und fügten sich darüber hinaus zu neuen, unheimlich anzuschauenden Wesen mit vielen Rümpfen, Armen und mehreren Köpfen. Ihre vergilbten Kiefer mit den Zahnstummeln öffneten und schlossen sich hastig, suchten gierig nach Fleisch, in das sie sich bohren durften.

»Sie sehen aus wie Nussknacker«, meinte Krutor leise, der bis an die Wand zurückgewichen war und das Heer, das sein Vater mit seinen unheimlichen Kräften erschuf, im Fackelschein betrachtete.

»Du hast keine Angst vor ihnen, mein Sohn?«

»Nein. Sie gehorchen dir doch«, erwiderte Krutor, klang aber nicht ganz ehrlich. Er war zu stolz zuzugeben, dass ihn die grausigen Krieger zumindest für den Anfang erschreckten.

Wie eine Heerschar Insekten strömten sie, gelenkt von Lodriks Willen, in den Gang und suchten nach dem Feind, gegen den sie ihr Meister aussandte; kurz darauf hörten sie ein dumpfes Brüllen. Skelette und Ungeheuer waren aneinander geraten.

Lodrik konzentrierte sich erneut, und unter dem Loch türmten sich weitere Gerippe zu einem stufenförmigen Podest, schraubten sich immer höher und erlaubten ihrem Meister, auf den Knochen wie auf einer Wendeltreppe nach oben zu steigen.

»Wir gehen, Krutor«, sagte Lodrik, nahm ihn am Ärmel und leitete ihn weg vom Eingang der Behausung des Ungeheuers.

»Es fegt deine Knechte zur Seite, Bardriç«, sagte Soscha genüsslich. *»Sie werden zwischen seinen Zähnen zermahlen, und mit jedem lächerlichen Hieb, den es nach so vielen hundert Jahren bekommt, wird es wütender. Es ist Schmerzen nicht mehr gewohnt.«*

Lodrik beeilte sich, seinen Sohn auf die ersten Stufen zu schieben. »Los, hinauf mit dir.«

Wieder machte ihm Krutors Starrsinn einen Strich durch die Rechnung. »Du zuerst, Vater.« Dieses Mal wartete er nicht lange, sondern hob seinen Vater mit beiden Händen ganz vorsichtig an und stellte ihn auf den beinernen Treppenabsatz vor sich. »Geh. Ich …«

Hinter ihnen gab es einen peitschenartigen Knall, ein langer, schwarzer Schwanz zuckte heran und schlug den Sockel der Skeletttreppe in Stücke. Die Konstruktion geriet ins Wanken, der zweite Angriff brachte sie zum Einsturz. Vater und Sohn wurden unter den herabfallenden Gebeinen begraben.

»Es ist da!«, rief Soscha aufgeregt. *»Bardriç, es ist da!«*

Lodrik lag eingeklemmt und hörte den Kampfschrei seines Sohnes, gefolgt vom zischenden Fauchen des Ungeheuers und dem hellen Klirren einer Klinge, als sie in zwei Teile brach. Dann brüllte Krutor laut.

Runter von mir, befahl Lodrik den Knochen, und sie gehorchten. *Greift das Ungeheuer an.*

Er richtete sich auf und starrte wie gelähmt auf das, was sich so groß wie eine Burg aus dem Gang in die Höhle geschoben hatte.

Eine der vielen Klauen aber hielt den aus einer tiefen Schulterwunde blutenden Krutor gepackt.

**Kontinent Ulldart, Kensustria,
Khòmalîn, Spätherbst im Jahr 1
Ulldrael des Gerechten (460 n. S.)**

Tokaro beobachtete, wie das Licht der Sonnen als dünner, goldener Streifen durch das schmale Fenster in seine Zelle fiel und langsam über den Boden wanderte. Er saß auf der Pritsche, hatte den blutbesudelten Harnisch abgelegt und nur das Kettenhemd anbehalten, um sich ein wenig Erleichterung zu verschaffen. Allein Angor wusste, wie lange ihn die Grünhaare festhalten würden.

Er stand auf, nahm den Wasserkrug und riss ein Stück des groben Lakens ab, um die Rüstung vom Blut des Kensustrianers zu befreien. Noch schlimmer als die Ungewissheit über die eigene Zukunft war, dass er nicht wusste, ob sich die Reise nach Khòmalîn überhaupt gelohnt oder ob der Vorfall den Untergang Ammtáras besiegelt hatte.

Seine Rechte fuhr mit dem feuchten Tuch über die eingravierten Symbole des Panzers. »Angor, ich bitte dich, schütze das Leben der anderen und ziehe nur mich zur Rechenschaft, ich bitte dich«, sagte er laut.

Die Riegel der Zellentür wurden zurückgeschoben, der Eingang öffnete sich, und Pashtak trat ein, einen Korb voller Essen in der Linken haltend. »Schön, Euch zu sehen«, grüßte er den Ritter und reichte ihm die Hand, die Tokaro erleichtert ergriff und schüttelte.

»Kommt Ihr, um mit mir den Kerker zu teilen, oder bringt Ihr meine Henkersmahlzeit?«

»Weder noch, Tokaro. Ich verlasse Khòmalîn zusammen mit Gàn als freies Wesen und kehre nach Ammtára zurück, das bald einen anderen Namen tragen wird.« Rasch fasste er die Ereignisse vor dem Priesterrat zusammen. »Sie haben nach unserem Treffen entschieden, uns eine Frist bis zur Jahreswende zu geben, um die Stadt zu verändern und sie anders zu nennen. Ein Bote hat es mir heute gesagt.«

»Dann war mein Tod nicht umsonst«, sagte Tokaro teils erlöst, teils traurig.

Pashtak brummte. »Ihr werdet nicht vor Angor treten, seid beruhigt. Aber Ihr habt eine lange Zeit der Prüfung vor Euch. Ihr habt kensustrianisches Kriegerblut vergossen, und nun liegt es an der Familie des Getöteten, eine Strafe für Euch zu fordern. Allerdings wohnt sie im Südosten des Landes, und es wird dauern, bis sie in Kenntnis gesetzt wurden und antworten.«

»Und weshalb werde ich nicht wegen Mordes auf der Stelle hingerichtet?« Er nahm sich Brot aus dem Korb und etwas, das aussah wie Schinken, und aß. »Nicht dass ich es mir wünsche. Ich bin bloß neugierig.«

»Weil es kein Mord war. Das haben die Torwachen bezeugt«, erklärte Pashtak. »Wärt Ihr ein Kensustrianer, kämt Ihr frei. Für Fremde zählen besondere Gesetzgebungen. Auch wenn es eine Art Notwehr war, hat die Familie das Recht, eine Sühne zu verlangen.« Er rutschte von der Wasserlache am Boden weg, die ihm zu sehr nach Blut roch. »Im schlimmsten Fall werdet Ihr einen Zweikampf gegen einen Freund des getöteten Kriegers bestreiten müssen. Im besten Fall kommt Ihr mit der Zahlung einer Entschädigung und einer Entschuldigung vor aller Augen und Ohren davon.«

Tokaro begriff. »Und solange sie sich nicht gemeldet hat, bleibe ich hier.« Er fühlte sich durch die Nachricht befreiter. »Dann hoffe ich sehr, dass sich die Familie des Kriegers bald meldet, ehe ich versauere und alt werde.« Ihm fiel auf, dass Pashtak Estra nicht erwähnt hatte, daher fragte er nach.

»Sie muss ebenfalls bleiben«, antwortete er gefasst. »Sie hat sich als Belkalas Tochter zu erkennen gegeben, und nun will der Priesterrat sich mit ihr besprechen.«

»*Besprechen*«, wiederholte der Ritter. »Was bedeutet das? Sie ist die Nachfahrin einer Ausgestoßenen, die anscheinend den größtmöglichen Frevel begangen hat, den man als Angehörige der Priesterkaste begehen kann.« Eine schreckliche Unruhe befiel ihn, er legte sein Essen beiseite. »Ist sie hier sicher, Pashtak?«

»Mir wurde geschworen, dass ihr Leben nicht angetastet wird«, erwiderte er auf die Frage. Das dunkle Girren zeigte Tokaro, dass es auch dem Oberhaupt Ammtáras nicht gefiel, seine Inquisitorin in Khòmalîn zu lassen. »Ich habe keine Ahnung, was ihr bevorsteht.«

»Ihr müsst sie mitnehmen, egal wie«, bat Tokaro ihn.

»Ich *kann* nicht! Wer weiß, welche Reaktion das bei den Priestern hervorruft. Am Ende befehlen sie den Truppen vor unserer Stadt doch noch den Angriff«, knurrte er und senkte die gelben Augen. Die roten Pupillen suchten sich einen Punkt am Boden, um den Ritter nicht anschauen zu müssen. »Sie wusste, worauf sie sich einließ, als sie den Namen ihrer Mutter offenbarte.«

»Ihr lasst sie im Stich«, stellte Tokaro wütend fest.

»Nein, sie hat gewählt und sich für das Wohl ihrer Heimat entschieden«, hielt Pashtak hart dagegen und blickte Tokaro ins Gesicht. Nun fühlte er sich provoziert; das Kreatürliche, Wilde in ihm kam durch die ungerechtfertigte Anschuldigung an die Oberfläche. »Akzeptiert, wie sie gehandelt hat, auch wenn Euch das Herz zu zerspringen droht. Mir ergeht es nicht anders.« Ihm stieg eine Ausdünstung in die Nase, welche ihm die Reaktion des jungen Ritters erklärte. »Die Zuneigung zu ihr macht Euch ungerecht, Tokaro. Das verzeihe ich.« Er stand auf, legte die Hand auf die Schulter des jungen Mannes. »Man sendet mir Nachricht, sobald deutlich ist, wie es mit Euch beiden weitergeht. Ich versuche zu erreichen, dass Estra und Ihr Euch sehen dürft.« Er lächelte, was bei seinem stattlichen Gebiss eher bedrohlich als freundlich aussah, doch der Ritter wusste es zu deuten.

»Danke«, sagte er deutlich ruhiger und winkte, als Pashtak zur Tür hinausging und sich noch einmal umwandte. »Eines noch«, rief er ihm nach. »Richtet Gàn aus, dass er sicherlich ein guter Diener Angors wird. Und schreibt Kaleíman von Attabo einen Brief, in dem Ihr mein Lob für Gàn erwähnt.«

Pashtak girrte. »Er wird sich freuen, das zu hören.«

Krachend schlug der Eingang zu, die Riegel rutschten reibend in die Halterungen und machten es Tokaro unmöglich zu flüchten.

Aber er wollte gar nicht flüchten, selbst wenn die Tür sperrangelweit offen stünde. Nicht solange die Nachricht über die geforderte Sühne nicht eingetroffen war oder Estra wie er in Kensustria saß. Er würde das Land nicht eher als sie verlassen, das schwor er sich.

Zum ersten Mal wurde ihm richtig bewusst, dass er tiefere Gefühle für sie hegte, und er fragte sich insgeheim, ob sie seine Zuneigung erwiderte. Und wie es enden würde. Nerestro und Belkala hatten ein schlechtes Vorbild abgegeben.

**Kontinent Kalisstron,
Bardhasdronda, Spätherbst
im Jahr 1 Ulldrael
des Gerechten (460 n. S.)**

Es sah zugegebenermaßen schon merkwürdig aus.

Auf der einen Seite der großen, gedeckten Tafel im Festsaal der Stadt saßen die zehn Kensustrianer, auf der anderen Seite standen Lorin, der Bürgermeister, Rantsila und sicherlich vierhundert Menschen, die als Zaungäste beim ersten Zusammentreffen der Vertreter der verschiedenen Kontinente dabei sein wollten.

Jede Bewegung der Fremden wurde von den Bewohnern Bardhasdrondas mit großen Blicken und leisen Bemerkungen begleitet. Die angeborene und verlangte Zurückhaltung der Kalisstri geriet ins Hintertreffen. Die Gäste waren einfach zu anziehend.

»Ist nichts dabei, das Euch schmeckt?«, erkundigte sich Lorin zuvorkommend.

Die Kensustrianer betrachteten die dargebotenen Köstlichkeiten. Noch hatte keiner von ihnen Anstalten gemacht, sich etwas aus der Fülle zu wählen, die in aller Eile und dennoch mit viel Sorgfalt gekocht worden war.

»Wir nicht kennen alles«, bemühte sich Simar, wie sein Name lautete, um eine unverfängliche Antwort. »Wir nicht gewöhnt fremdes Essen. Und nicht ...« Hilflos deutete er auf die dampfenden Schüsseln und Tabletts.

»Hören wir auf, sie wie blaue Kaninchen anzustarren. Ich habe Hunger«, sagte der Bürgermeister und setzte sich unerschrocken Simar gegenüber. »Los, werte Herren und Damen«, forderte er seine Begleiter auf. »Nehmt Platz und esst von den leckeren Dingen, ehe sie kalt werden.«

Zögernd kamen die Ratsmitglieder seiner Aufforderung nach, und die Lücken schlossen sich sofort wieder hinter ihnen. Lorin hatte ihnen mehrmals versichert, dass die Kensustrianer trotz des seltsamen Aussehens keine Gefahr bedeuteten. Ganz geheuer waren ihnen die Menschen mit den grünen Haaren, den bernsteinfarbenen Augen und der sandfarbenen, wie Bronze schimmernden Haut deswegen nicht. Falls es überhaupt Menschen waren.

»Wollt Ihr lieber in die Küche gehen und selbst nach etwas schauen, was Euch zusagt?«, schlug Lorin vor und winkte eine Magd herbei.

Simar nickte und bedeutete einem Kensustrianer, ihr zu folgen. »Danke.« Er goss sich Wasser in sein Glas. »Schweres Wetter«, versuchte er, eine Unterhaltung zu beginnen. »Karte weg, gegangen mit Welle und falsche Sterne. Nicht wie bei uns. Schiff falsch geführt. Nicht Ulldart und nicht Kensustria.«

Lorin bemerkte, dass Sintjøp auf die deutlich sichtbaren Eckzähne des Kensustrianers stierte. Das leise Getuschel in seinem Rücken zeigte ihm, dass die anderen Mitbürger die kräftigen Gebisse ebenfalls bemerkt hatten.

»Ihr seid weit von Eurem Kurs abgekommen, Simar«, sagte Fatja, die plötzlich neben Lorin auftauchte.

»Sehr«, seufzte er. »Langer Weg.« Er schaute Lorin an. »Karte für uns?«

»Sicher finden wir eine …«, setzte er zu einer Antwort an, doch Fatja führte seinen Satz mit einem hinreißenden Lächeln fort.

»… oder wir lassen eine zeichnen, Simar. Wir nicht offenes Meer, wir Küstenfahrer«, sagte sie deutlich und wollte gar nicht mehr aufhören zu strahlen. »Verstanden? Karte malen. Kann dauern.«

»Ja, ja«, nickte der Kensustrianer einsichtsvoll. »Notfalls wir ohne Karte.«

Fatja zog Lorin zur Seite und überließ es Bürgermeister Sintjøp, die Unterhaltung radebrechend fortzuführen. »Gib Acht, kleiner Bruder«, raunte sie und verlor dabei das Lächeln nicht aus dem Gesicht, solange sie in Sehweite der Kensustrianer waren. Erst als sie hinter einigen Zuschauern verborgen standen, fiel die Freundlichkeit wie eine Maske von ihr ab. Besorgnis kam zum Vorschein.

»Was ist mit dir, Fatja?«, wunderte er sich über ihr Verhalten.

»Etwas stimmt nicht mit ihnen.«

»Was? Das verstehe ich nicht. Es sind Kensustrianer...«

Sie hob die Hand, deutete auf eine Lücke zwischen den Kalisstri, durch die man den Tisch und die Fremden daran sah. »Schau sie dir genau an und sage mir, was du erkennst.«

»Du bist durcheinander.« Lorin nahm ihr die Geheimniskrämerei übel. »Hattest du eine Vision, Fatja?« Dennoch wandte er sich um und betrachtete die fremden Krieger. »Sie sind groß, tragen Waffen, Rüstungen und Kleider«, zählte er unwillig auf.

»Mein lieber kleiner Bruder, du erkennst lediglich, was du erkennen möchtest.« Fatjas Stimme war beherrscht von Unwohlsein. »Es sind keine Rüstungen, wie ich sie von Kensustrianern auf Ulldart kenne und Matuc sie immer beschrieben hat. Sie haben viel mehr Metall darin verarbeitet, und ihre Schwerter sind geschwungener.«

»Was ist daran verwerflich, dass sie eine andere Mode bevorzugen? Unsere Milizionäre tragen auch verschiedene Rüstungen.«

»Lorin, sei vernünftig und öffne deine Augen«, polterte sie. »Du erinnerst dich, dass es eine Veränderung der Machtverhältnisse in Kensustria gab? Sie gehören der Kriegerkaste an, aber wo ist der Priester oder der Gelehrte, der sie anführt und eigentlich am Tisch sitzen müsste?«

»Eben. Es gab die Veränderung in *Kensustria*«, beharrte er bockig. »Fatja, diese Kensustrianer kommen vom Heimatkontinent und bringen den Kensustrianern was auch immer, wie sie es in den Jahrhunderten zuvor schon immer taten.« Er musterte sie. »Du hast mir die Legenden über die Schwarze Flotte selbst erzählt.«

»Hast du deine Einsicht verloren?« Fatja atmete laut aus, sie wurde ungehalten. »Die Schwarze Flotte kam immer aus dem Süden. Wenn dieses Schiff, das in unserem Hafen liegt, aus dem Süden stammt, muss es vom schlechtesten Kapitän aller Welten gesegelt worden sein. So sehr *kann* man sich nicht irren!«

Arnarvaten stieß zu ihnen. Er war von draußen gekommen; Regen hatte seinen Umhang durchnässt, die schwarzen Haare lagen wie festgeklebt an seinem Kopf an. »Ich war nachsehen, wie du mich gebeten hast. Keine Blaumuscheln und keine Seepocken am Rumpf«, wisperte er ihr atemlos zu.

Triumphierend blitzte Fatja Lorin an. »Wie ich sagte, kleiner Bruder, sie kamen nicht aus dem Süden, sonst hätten sich die Muscheln am Rumpf festgesetzt.«

Nun wurde Lorin unsicher. »Simar kann unsere Sprache nicht richtig. Vielleicht meinte er manche Dinge anders.«

Sie kniff die Augen zusammen. »Nun habe ich aber genug! Kannst du mir sagen, weshalb du versuchst, sie ständig in Schutz zu nehmen?«

Er setzte zur Widerrede an, da kehrte der Kensustrianer mit der Magd und einer großen Platte aus der Küche zurück.

Und das Fleisch, das sie darauf gelegt hatten, troff vor Blut.

Es konnte nur kurz gebraten worden sein, doch das war offensichtlich so gewünscht worden. Heißhungrig machten sich die Gäste darüber her. Den Fisch aßen sie sogar vollkommen roh, was sie aus der Sicht vieler Kalisstri wieder liebenswerter machte.

»Und was sagst du dazu?«, zischte sie. »Du warst bei der Feier nach der Schlacht in Taromeel dabei. Hast du auch nur einen Kensustrianer rohes Fleisch essen sehen?«

»Nein«, gab er abwesend zurück und beobachtete, wie sich Simar den dunkelroten Bratensaft mit einer eleganten Bewegung aus dem Mundwinkel wischte, bevor er sich weiter mit dem Bürgermeister unterhielt.

»Matuc kannte eine Kensustrianerin, die rohes Fleisch mochte«, hörte er Fatjas Stimme unheilvoll sagen.

Die Türen wurden aufgestoßen, ein aufgeregter Milizionär stürmte herein und unterbrach das gemeinsame Mahl. »Rantsila, wir haben etwas gesehen! Es schleicht um die Stadt und«, er rang nach Luft, »es leuchtet wieder! Auf der Lichtung leuchtet es wieder!«

Lorin fluchte. Er kehrte hurtig an den Tisch zurück, weil er sah, dass die Kensustrianer mangels Verständnis der Lage ihre Hände an die Schwertgriffe gelegt hatten und sich bereit hielten, einem Angriff zu begegnen. »Nein, Simar, der Aufruhr gilt nicht Euch«, beschwichtigte er die Fremden.

»Leuchten?«, hakte Simar nach. »Blau?«

»Es ist … wilde Magie. Wir haben unsere Schwierigkeiten damit«, gestand er ein und entschied spontan, den Gästen das Zeichen der Steine von der Stadtmauer aus zu zeigen. »Kommt, ich erkläre es Euch.«

Die Versammlung wurde aufgehoben. Die Einwohner kehrten in die Häuser zurück und warteten hinter den sicheren Türen, bis ihnen der Ausrufer Neuigkeiten brachte.

Die Kensustrianer liefen hinter Lorin durch die Straßen Bardhasdrondas bis zum Stadttor, wo sie den Wehrgang erklommen, um einen besseren Ausblick zu haben.

Erklärend deutete der junge Mann durch die Regenschleier hinüber zum Wald, der als düsterer Fleck erkennbar war. Mitten heraus stieg ein blauer Lichtfinger senkrecht nach oben und stach in die tief hängende Wolkendecke, als wollte er noch mehr Wasser daraus hervorbrechen lassen.

»Blaues Leuchten.« Gespannt schaute er in Simars Gesicht, in dem er eine Spur Tierhaftes entdeckte, das ihm bei den Kensustrianern Ulldarts nicht aufgefallen war. Oder sollte es die Wirkung von Fatjas Worten sein?

Simar blieb zu Lorins Überraschung die Ruhe selbst. Er drehte sich zu einem seiner Begleiter und redete in seiner Heimatsprache, woraufhin dieser nickte und ausgiebig antwortete. »Ihr habt einen …«, er suchte nach dem treffenden Ausdruck. »Hort?«

»Einen Hort?«, echote Lorin.

»Einen Hort. Im Wald. Sind Qwor.« Er zog sein Messer, bückte sich und ritzte damit Umrisse in die Bohlen des Wehrganges. »Habt Spuren gefunden? So?« Die Messerklinge richtete sich auf Linien, die Lorin sehr bekannt erschienen.

»Ja«, stimmte er verblüfft zu. Sie entsprachen ungefähr den Abdrücken, die er auf der Lichtung ausgemacht hatte. »Aber größer«, setzte er hinzu und deutete auf seinen Unterarm. »So lang.«

»So lang?« Nun war Simar doch beeindruckt. »Nicht gut für Bardhasdronda.« Er erhob sich und schaute über die Mauer. »Hort wie groß? Und wie alt?«

»Was meint er mit Hort?«, murmelte Rantsila leise, der die Treppe hinaufgestiegen war und sich zu ihnen gesellte. »Nest vielleicht? Die Steine sehen ja aus wie Eier.«

»Neun«, sagte Lorin und hielt die passende Zahl Finger in die Höhe. »Keine Ahnung wie alt. Sehr alt.«

»Schlecht nicht nur für Stadt«, korrigierte sich der Kensustrianer ernst. »Schlecht für ganzes Umland. Viele Tote. Bald noch mehr Horte und dann noch mehr Tote.«

Lorin verwünschte den Umstand, dass er kein Kensustrianisch und die Fremden weder gutes Ulldart noch die Sprache der Kalisstri beherrschten. Jedenfalls wussten sie, wogegen er und die Miliz anzutreten hatten. Jetzt wäre es noch besser gewesen, könnten sie dem Schrecken einen Namen geben.

»Was ist das?«, versuchte er es und ignorierte, dass ihn der Regen von Kopf bis Fuß durchweichte und sich das Wasser in seinen Stiefeln sammelte.

»Schwierig, nicht meine Sprache«, entschuldigte sich Simar. »Wir euch helfen.« Er machte eine geschickte Pause. »Ihr Seekarte?«

Wäre diese Frage nicht gekommen, hätte sich Lorins Misstrauen gegenüber den Kensustrianern nach den Worten seiner großen Schwester wieder gelegt, ja, er hätte nicht einen weiteren Gedanken daran verschwendet.

»Wir geben Euch sicherlich eine Seekarte«, sagte Rantsila erleichtert, bevor Lorin etwas erwiderte.

»Wir nicht erzwingen«, sagte Simar lächelnd und zeigte die kräftigen Eckzähne. »Wir fragen. Helfen so oder so.« Die beinsteinfarbenen Augen beobachteten das lichter gewordene Unterholz entlang der Straße. »Qwor da. Wir töten für Euch.« Er drehte sich zu Rantsila. »Ihr Magie? Einer von Euch?«

Wiederum schneller, als Lorin es verhindern konnte, schüttelte der Anführer der Miliz den Kopf. »Nein, ich vermag es nicht. Aber Seskahin beherrscht sie.«

Lorin hob abwehrend die Hände. »Er übertreibt. Ich habe einen großen Teil davon verloren.«

»Verloren?« Der Kensustrianer lachte verdutzt. »Anderer Kontinent, andere Gesittungen.« Er stieg die Treppen hinab und winkte Lorin zu, damit er ihm und seinen Leuten folgte. Zum Entsetzen der Milizionäre öffneten sie die Riegel am Tor und bereiteten sich darauf vor, den Eingang in die Stadt preiszugeben.

»Hinlegen«, wies Simar Lorin an. »Tot stellen. Und Magie bereithalten. Sammeln ...« Wieder suchte er nach Worten. »Hinlegen«, beließ er es dabei, stellte sich neben das Tor und zog die Waffe, hob die Hand.

Lorin zögerte. Es war eine Sache, das Leben einem guten Freund wie Waljakov oder Rantsila anzuvertrauen. Aber einem fremden Kensustrianer, dem er dank seiner großen Schwester seit kurzem mit gewissem Misstrauen begegnete, das erforderte eine gehörige Portion Mut und Bereitschaft, ein gefährliches Wagnis einzugehen.

Dennoch tat er es.

Der Boden war kalt und nass, lange würde er es nicht aushalten. Die Kensustrianer zogen die massiven Flügel auf und luden die unsichtbare Bedrohung ein, sich Lorin zu greifen.

Einer der Fremden ging hinaus, verließ nach ein paar Schritten die Straße und täuschte vor, nach Beeren zu suchen. Lautstark klopfte er auf Büschen herum, sang dabei und bückte sich immer wieder, um Früchte aufzuheben.

Ohne dass es einen erkennbaren Grund gab, duckte er sich zwischen die Zweige und verschwand für Lorins Augen, bis er laut rufend zurückgerannt kam. Deutlich vernahm Lorin das Rascheln im Dickicht, das von dessen Verfolger stammte und sich rasend schnell näherte, doch außer einem nicht eben kleinen Umriss erkannte er nichts.

Der Kensustrianer hetzte an ihm vorüber, warf ihm einen aufmunternden Blick zu und bog in die Seitengasse ab, während ein pferdegroßer Schatten mit einem gewaltigen Satz aus den Hecken sprang und sich wie ein jagendes Raubtier an den Boden schmiegte.

Zum ersten Mal sah Lorin das Wesen, das Simar einen Qwor genannt und das die Priester auf der Waldlichtung verschlungen hatte.

Der Qwor besaß enorme Pranken, einen muskulösen Körper mit schuppiger, schwarzer Haut und einen lang gezogenen Schädel, in dem die Augen wie zwei Diamanten glitzerten. Er sah aus wie eine bizarre Mischung aus einer Echse, wie sie sich an den wenigen warmen Tagen Kalisstrons auf den Steinen sonnten, und einer Raubkatze. Leider viel, viel größer.

Kaum stand der Qwor auf dem Weg, nahmen die Schuppen die Farbe des Untergrunds an und machten ihn für einen unbedarften Betrachter unsichtbar.

Lorin sah durch die halb geschlossenen Lider hindurch, dass die Kreatur zögerte. Ihre Instinkte warnten sie vor der offensichtlichen Falle, doch die Gier brachte sie dazu, nicht umzudrehen und auf eine leichtere Beute zu warten.

Dann wurde es seltsam.

Unsichtbare Hände berührten Lorin, fuhren über sein Gesicht, glitten unter seinen Körper und hoben ihn sanft an. Er schwebte einen Schritt über dem Boden und wurde vorsichtig auf das grässliche Wesen zugetragen, das erwartungsvoll die Kiefer öffnete und die zweifachen Zahnreihen entblößte; milchiger Geifer rann an den Lefzen herab und troff auf den regennassen Boden.

Lorin hielt es nicht länger aus und attackierte die Kreatur mit seinen eigenen magischen Fertigkeiten, packte sie damit an der Gurgel und drückte zu.

Du bist schwach, sagte ein rauchiges Zischen in seinem Verstand. *Ich habe dich schon einmal verschmäht, aber dieses Mal musst du eine Strafe erhalten. Danach hole ich mir die Frau …*

Die Kräfte des Qwors hatten ihn frei gegeben, er fiel in den Schlamm und sprang mit gezogenem Schwert in die Höhe. »Was für eine Frau?«

Die Frau auf der Lichtung. Sie ist in diesem Labyrinth aus Steinen, ich rieche sie. Du riechst nach ihr. Der Qwor hob den Kopf. *Denkst du, ich fürchte mich vor denen, die am Tor warten?* Er warf sich unvermittelt gegen Lorin, der die Klingenspitze geistesgegenwärtig nach vorn gereckt hielt. Das Metall glitt von den zähen Schuppen ab, hinterließ einen dünnen Kratzer. Die Zahnreihen gruben sich durch die Lederrüstung bis in Lorins Fleisch, er schrie auf und schleuderte instinktiv Magie gegen die Kreatur.

Es geschah nichts.

Ich sagte, du bist zu schwach, Mensch. Aber wenigstens gibst du mir deine Kraft aus freien Stücken, hauchte der Qwor rau.

Heißer Atem näherte sich Lorins Kehle. »Simar!«, schrie er und stach ein weiteres Mal auf den Gegner ein. Wieder rutschte das Eisen ab.

Auf die Kensustrianer blieb Verlass. Sie kamen von allen Seiten gleichzeitig über das Wesen und schlugen zu.

Dieses Mal floss das schwarze Blut des Ungeheuers. Die Schneiden der Fremden waren härter, schärfer als die kalisstronischen Waffen, und schnitten sich durch die hornigen Platten.

Das erkannte auch die Kreatur.

Sie suchte ihr Heil in der Flucht, rettete sich mit einem kraftvollen Sprung aus der Umzingelung durch das Tor und verschwand in den Straßen der Stadt.

»Sagtet Ihr nicht, dass Ihr die Bestie töten könnt?«, keuchte Lorin und nahm Simars Hand, der ihm beim Aufstehen half.

»Es größer als unser Letzter«, räumte der Kensustrianer verlegen ein. »Es stärker. Mehr Magie.« Er winkte seinen Leuten zu, die sich sofort auf die Fährte des Wesens setzten, bevor der Regen die schwarze Blutspur in die Gosse spülte. Dann holte er einen Beutel unter seiner Rüstung hervor und schüttete den Inhalt über die Wunde in Lorins Schulter; es brannte wie flüssiges Feuer. »Ist gut gegen ...« Wieder fehlte ihm der passende Ausdruck.

»Entzündung«, half ihm Lorin mit zusammengebissenen Zähnen, der sich die knappe Unterhaltung mit dem Ungeheuer ins Gedächtnis rief. »Bei der Bleichen Göttin! Ich weiß, wo es hin möchte!« Er fasste Simar am Arm. »Ruft Eure Männer und folgt mir.«

Rantsila und einige unerschrockene Milizionäre begleiteten sie. »Wohin laufen wir, Seskahin?«

»Zu der Frau, die das Ungeheuer überfallen will«, antwortete er düster.

»Wer ...«

Lorin lief schneller, die Angst verlieh ihm Flügel und Ausdauer. »Es gab nur eine Frau, die auf der Lichtung von dem Ei, oder was der Stein sonst ist, angegriffen wurde.«

Rantsila fiel bald hinter ihm zurück. »Jarevrån!«, begriff er entsetzt.

Doch das hörte Lorin nicht mehr, der an Simars Seite durch die einsamen Straßen der Stadt hetzte.

IX.

**Kontinent Ulldart, Südwestküste
von Tûris, Spätherbst
im Jahr 1 Ulldrael des Gerechten
(460 n. S.)**

Der Magodan riss die beiden gezackten Beile aus seinem Gürtel und flog die Stufen zum Heck hinauf, geradewegs auf Torben zu.

Ein Rogogarder, der hinter einem Stapel Taue hervorsprang und sich schützend vor seinen Kapitän stellen wollte, erhielt nicht einmal die Gelegenheit, den Schlag gegen den Tzulandrier zu führen. Blitzartig drosch er zu, jagte die Schneiden in den Oberkörper des Mannes und schräg in den Hals, zog sie hervor und setzte seinen Weg aufs Oberdeck fort, als sei nichts geschehen, während der Seemann sterbend auf die Planken fiel.

»Macht sie nieder!«, rief Torben laut, und seine Männer sprangen aus ihren Verstecken, um sich mit dem Mut der Verzweiflung auf die Feinde zu stürzen.

Der Magodan stürmte heran und begann ohne Umschweife mit seinen Hieben, denen Torben nur ausweichen konnte. Alles andere hätte zu lange gedauert. Denn parierte er einen einzigen Hieb mit seinem Entersäbel, hätte er für einen Moment still gestanden und dem Feind die Zeit verschafft, das zweite Beil in seinen Leib zu hacken.

Er hasste die fieberhafte Kampfweise der Tzulandrier, die kraft- und atemraubend war. Bald hatte Torben keinen Spielraum mehr, er prallte mit der Hüfte gegen die Reling.

»Wirst du nun kämpfen, anstatt dich zu winden?«, grinste der Magodan, da krachten die Bombarden im Bauch der waidwunden Dharka los und sandten ihre Salven gleichzeitig nach Steuerbord und Backbord.

Die Kugeln flogen los und zerschlugen den Kiel des Seglers. Sie schufen dem Meer ein mannsgroßes Loch, in das es sich blubbernd und prustend stürzte. Das Schiff würde nicht einmal mehr bis in ihre Nähe gelangen.

Der gepanzerte Bombardenträger auf der anderen Seite der *Varla* erwies sich als viel zu zäher Widersacher, um sich von einer einzigen Breitseite versenken zu lassen. Dieses Mal gab es keinen Glückstreffer. Ein paar Riemen wurden pulverisiert, aber die meisten Geschosse hinterließen harmlose Dellen in den dicken Eisenblechen.

»Hoppla, da ist uns wohl was losgegangen«, lachte Torben. »Was nun, Magodan? Werden wir gemeinsam im Eisenhagel Eurer Schiffe sterben?«

Der Tzulandrier fluchte und trat nach ihm.

Torben wich aus und schlug nach dem Stiefel, traf aufs Schienbein und leider gegen den Unterschenkelschutz.

Im selben Moment erkannte er seinen Fehler. Er hatte seine linke Seite geöffnet, und genau danach hieb der Magodan.

Das erste Beil traf ihn in den Oberarm, ein glühender Schmerz zog sich hinunter bis in die Spitze des kleinen Fingers. Und schon spaltete das zweite Beil sein Schultergelenk und übertraf die Marter noch.

Die Qual schoss in den letzten Winkel seines Verstandes, fegte sein Bewusstsein davon und ließ Torben in die Knie brechen, während sich ein roter Sturzbach aus seiner Schulter ergoss. Polternd fiel seine Waffe auf die Planken.

Halb besinnungslos rollte er sich auf die rechte Seite, seine letzten Gedanken wollte er seiner geliebten Varla schenken. Stattdessen schwebte das verzerrte Gesicht des Tzulandriers über ihm. Er sah dessen Hand immer näher kommen, bis sie riesenhaft wurde, nach seinem Kragen packte und ihn daran in die Höhe zog.

»Er lebt noch. Ruft den Heiler!«, schrie der Magodan. »Und signalisiert, dass der Bombardenträger nicht feuern soll. Das Schiff gehört uns.«

»Gnade für meine Männer«, ächzte Torben.

»Sicher, Rudgass. Wir sind bekannt dafür«, röhrte ihm der Mann entgegen und gab den Kragen frei; hart prallte Torbens Oberkörper zurück aufs Deck.

So sehr sich der Kapitän eine Ohnmacht wünschte, sie stellte sich zuerst nicht ein, und daher musste er die Schreie seiner Leute wie aus weiter Ferne mit anhören, als sie von der tzulandrischen Entermannschaft abgeschlachtet wurden. Erst als es leiser wurde und ihn der Geruch von warmem Blut umwehte, driftete er in die Bewusstlosigkeit.

Irgendwo schlugen leise, dunkle Trommeln in monotonem, aber schnellem Takt.

»Kapitän Rudgass, wacht auf! Ihr dürft nicht sterben! Nicht so und nicht hier!«

Die eindringliche Stimme zerschnitt seine Albträume und zeigte ihm einen Ausweg aus den schrecklichsten Visionen über das Kommende. Außerdem erinnerte ihn das Brennen, das einst seine Schulter gewesen war, an den verlorenen Zweikampf mit dem Magodan. Sein Kopf pochte und fühlte sich heiß wie glühende Kohle an. Torben überlegte, ob er nicht lieber ohnmächtig würde, anstatt die Schmerzen zu ertragen.

Etwas zupfte an der Wunde, jemand fluchte. »Passt doch auf, Ihr Narr. Wir haben nur den einen Faden.«

»Eure Brokatjacke hat genügend Stoff, um das ganze Schiff einzuspinnen«, lautete die nicht weniger freundliche Antwort.

Torben hob die Lider. Zitternd gehorchten sie ihm, und er schaute in Puaggis schmutziges und von dünnem Bartflaum geziertes Gesicht, das sich aufhellte, sobald der Palestaner sah, dass er erwachte. Offenbar lag er auf dem Boden, und über sich erkannte er die niedrige Decke einer Kajüte; vermutlich hatte man ihn in die Bilge geworfen. »Was macht *Ihr* hier, Commodore?«, krächzte er.

»Eure Wunde vom Eiter säubern und nähen, Kapitän. Schön, dass Ihr wach seid.« Er stützte ihm den Kopf und flößte ihm etwas Wasser ein, das einen leichten Salzgeschmack besaß, danach hob er ein Stück Holz in die Höhe. »Benötigt Ihr das gegen die Schmerzen? Wollt Ihr darauf beißen?«

»Es geht so«, knirschte Rudgass mit den Zähnen und nahm es im nächsten Augenblick an sich, weil sich Puaggi wieder an der klaffenden Wunde zu schaffen machte. »Ich habe es mir anders überlegt«, keuchte er und schlug die falschen und die echten Zähne hinein.

»Verzeiht, wenn ich Euch kein Monogramm hineinsticke. Mit meiner Nähkunst ist es nicht allzu gut bestellt, Kapitän«, entschuldigte sich Puaggi, hinter dem ein Mann in einer Commodore-Uniform saß und jede Bewegung genau beobachtete. »Das hinter mir ist der glücklose Commodore Dulendo Imansi. Er gehörte zu den Truppen, welche den

Auftrag hatten, die Dörfer vor den abziehenden Tzulandriern zu beschützen«, stellte er ihn leidenschaftslos vor. »Wie Ihr seht, ist es ihm nicht geglückt.«

»Hütet Eure Zunge, Puaggi«, drohte der Mann.

»Was wollt Ihr tun, Imansi? Denkt Ihr, ich ließe mich von Euch beeindrucken?« Vollkommen ruhig drückte er die Wundränder zusammen und tat die letzten Stiche. »Fertig. Den Arm dürft Ihr nicht bewegen, die Beile haben viel Schaden angerichtet. Was genau alles gelitten hat, kann ich Euch nicht sagen, ich bin kein Medikus. Ihr werdet es wohl selbst fühlen?«

Torben spürte den linken Arm nicht mehr, konnte ihn nicht bewegen, sogar die Fingerspitzen blieben taub. Er spuckte das Holz aus. »Glück für Euch. Es wird dauern, bis ich mich wieder an Seilen auf palestanische Koggen schwingen kann«, grinste er mühsam und versuchte, sich aufzurichten, aber die infernalischen Schmerzen in der Schulter zwangen ihn, liegen zu bleiben. »Was macht Ihr hier, Commodore? Hatte ich Euch nicht gesagt, Ihr sollt Rogogard warnen?«

»Wären die Tzulandrier nicht gewesen, hätte ich es geschafft«, sagte Puaggi bekümmert. »Sie sahen mich und nahmen die Verfolgung auf. In einer Nebelbank haben sie mich überrumpelt und mein Schiff zu Kleinholz geschossen. Drei Bombardenträger waren einfach zu viel.«

»Die Pest und alle ansteckenden Krankheiten, die sich die Götter ersonnen haben, mögen über die Tzulandrier kommen!«, spie Torben aus. »Mir erging es ähnlich, mein Freund.« Er versuchte, sich umzuschauen. »Hat noch jemand von meiner Mannschaft überlebt?«

»Nein, Kapitän. Kein einfacher Seemann ist bei uns. Die Tzulandrier behalten die höchsten Offiziere, um sie als Geiseln einzusetzen.« Puaggi klopfte gegen die Bordwand. »Wir sitzen im Heck eines Bombardenträgers und haben Kurs nach Nordosten angelegt.«

»Dann ahnt niemand, dass die Tzulandrier kommen?« Der Rogogarder schwieg entsetzt.

Puaggi erhob sich aus seiner unbequemen hockenden Haltung und schüttelte die Beine aus. »Wenn kein Fischer die Kriegsflotte zufällig entdeckt und vor ihnen die Inseln erreicht, nein.«

Torben verspürte enormen Hunger. »Wie lange war ich ohne Bewusstsein?«

»Bei uns seid Ihr erst seit wenigen Stunden, doch Euer Gefecht war vor einer Woche. Ich habe keine Ahnung, wo sie Euch vorher haben liegen lassen. Immerhin hatte man sich ein wenig um Eure Wunden gekümmert. Nicht liebevoll, aber wenigstens etwas.« Puaggi setzte sich auf ein Fass. »Das ist unser Trinkwasser, und wir müssen gut darauf Acht geben. Mehr bekommen wir nicht bis zu unserer Ankunft.«

»Eine Woche?« Er überschlug die Geschwindigkeit. »Wir hatten die Flotte schon eine weite Strecke verfolgt, das bedeutet, dass wir morgen auf die ersten Inseln Rogogards stoßen.«

»Zu schade, dass ich nicht zusehen kann, wie die Inseln endgültig vernichtet werden«, meinte Commodore Imansi verächtlich und so leise, als wollte er es eigentlich denken.

Torben trat nach ihm. »Fahrt zu Tzulan, ehrlose Krämerseele!« Er schaute zu Puaggi. »Damit meine ich nicht Euch, sondern diesen affigen Idioten, der nicht verstanden hat, dass der Tod Unschuldiger bevorsteht.«

Imansi lachte arrogant. »Das finde ich gar köstlich, Rudgass. Es gibt keine *Unschuldigen* auf Rogogard, denn Ihr lebt alle von der Piraterie! Und vor allem von den Ladungen unserer Schiffe. Von wegen neuer Frieden, pah!« Er zog sein Taschentuch und wischte sich übers Gesicht. »Rogogard ist Abschaum und hat sich mit den Agarsienern verbündet, wie schon vor dem Krieg. Wundert Euch nicht, dass ich das beklatsche, was die Tzulandrier beabsichtigen. Man kann ihnen nur gratulieren und alles Gute wünschen.«

»Seid still«, herrschte Puaggi ihn an.

»Ihr lasst Euch von mir nichts sagen und ich nicht von Euch. Ich finde das sehr ausgewogen«, gab der andere achselzuckend zurück.

»Macht eine Ausnahme, schon im Interesse Eurer Nase«, bat ihn Puaggi kühl. »Sie könnte sonst unvermittelt von etwas getroffen werden, was sie dazu bringt, Euer Blut von sich zu geben.«

»Ich fäkaliere auf Euch, Puaggi!« Imansi wedelte mit dem Tuch. »Und nicht nur das! Ich fäkaliere auf Eure Abstammung und vor allem«, er lehnte sich nach vorn, und sein Gesicht wurde gehässig, »fäkaliere, ach was, scheiße ich auf Rogogard! Jawohl, ich *scheiße* drauf! Und beim Klang der ersten Bombarden werde ich vor Freude tanzen!«

Puaggi seufzte, erhob sich und schlug dem Commodore aus der Drehung die geballte Faust auf die Nase. Der Mann kippte mit einem Heulen rückwärts, schlug sich den Kopf an der Bordwand an und verstummte abrupt. »Schade, dass er sie nicht hören wird«, lautete Puaggis einzige Anmerkung.

Torben musste trotz der Schmerzen lachen. »Hatte es jemals eines Nachweises für die gemeinsame Abstammung unserer Reiche bedurft, Ihr seid der schlagende Beweis dafür. Anders hätte ein Rogogarder auch nicht handeln können.« Er fuhr sich über die Stirn und wischte den Schweiß weg.

»Wundfieber«, meinte er freudlos. »Das fehlt noch. Andererseits, was schert mich mein Leben noch, wenn meine Heimat untergeht und ich meine Liebe nie mehr wiedersehe?«

Puaggi setzte sich wieder und kühlte die Knöchel seiner Hand im Salzwasser, das sich an der tiefsten Stelle des Innenraums gesammelt hatte. »Kapitän, ich kann mich getäuscht haben, aber ich denke, ich habe Eure Varla erkannt.«

»Dann habt Ihr bessere Augen als ich. Wir waren sehr weit auseinander ...«

»Nein, nicht Eure Dharka«, hob er das Missverständnis auf. »Ich meinte Eure Gefährtin. Die Seeräuberin aus Tarvin.«

Das Herz des Rogogarders schlug schneller. »Wo?«

»Als sie mich aus dem Wasser fischten, wurde ich zuerst auf einen Segler gebracht, und dort sah ich durch die Luke in einen Laderaum voller Frauen. Eine ist mir aufgefallen, die genau Eurer Beschreibung entsprach.«

»Seid Ihr sicher, Commodore?«

Puaggi feixte. »Ihr habt sie mir so oft beschrieben, dass ich sie malen könnte, Kapitän, mal abgesehen von Einzelheiten unter ihrer Kleidung, die ausschließlich Ihr zu sehen bekamt und die Ihr mir wohlweislich verschwiegen habt.«

»Varla lebt!« Unversehens kehrte eine ganze Schiffsladung Hoffnung in ihn zurück, und die Entmutigung, die ihn nach dem Tod seiner Männer gepackt hatte, verlor an Kraft. Er würde aus diesem Gefängnis ausbrechen, er würde die Gefangenschaft überstehen, er würde Varla befreien. Und er würde Rogogard retten. »Habt Dank für diese Kunde«, sagte er mit Tränen in den Augen. »Es hätte nichts Besseres geben können, um mich vor dem Aufgeben zu bewahren.« Er wischte sich die Wangen trocken. »Da, seht, ich heule wie ein greinendes Weib. Ich bin alt und sentimental geworden.«

Puaggi nickte. »Das macht nichts. Ich bin an Eurer Seite, um Euch beizustehen, Kapitän.« Es freute ihn sehr zu sehen, wie Torben von einem Augenblick auf den nächsten aufblühte und die nötige Energie in ihn strömte, mit der sich der tollkühnste Plan ausführen ließe, ungeachtet der eigentlichen Unmöglichkeit und der schmerzvollen Schulterverletzung.

Er fürchtete sich gleichzeitig vor dem Zeitpunkt, an dem sich herausstellte, dass er Torben soeben angelogen hatte, um ihn am Leben zu halten.

Kontinent Ulldart, Königreich Tarpol, Hauptstadt Ulsar, Spätherbst im Jahr 1 Ulldrael des Gerechten (460 n. S.)

Lodrik ließ seine Skelette die Angriffe noch härter fortsetzen, um die unförmige Bestie abzulenken und davon abzubringen, Krutor in seinen Rachen zu schieben und zu zermalmen.

Seine knöchernen Diener richteten gegen den unbeschreiblichen Gegner, den Tzulan selbst in seiner ganzen Hässlichkeit geschaffen haben musste, jedoch kaum etwas aus. Er zertrümmerte die Skelette mit den Klauen und dem zuckenden Schweif. Die Bewegungen zeigten, dass es ihm lästig war, sich gegen die vielen und zugleich machtlosen Eindringlinge in seinem Reich zur Wehr zu setzen. Er wollte endlich fressen.

Schwerter und andere herkömmliche Waffen waren nutzlos. Schrecken musste mit Schrecken bekämpft werden. »Lass mich sehen, ob ein Ungeheuer wie du die Furcht kennt.« Lodrik konzentrierte seine Macht zu einem einzigen, schwarzen Ball aus Grauen. Aus den Augenwinkeln bemerkte er, dass Soschas Seele vor dem, was er erschuf, floh. Dabei spürte sie nur die geringsten Ausläufer des geballten Entsetzens, welches er beschwor.

Die Bestie, die noch immer halb im Schatten des Ganges verharrte, hob das unsägliche hausgroße Haupt, öffnete das Maul und streckte ihm mit einem Brüllen ihre vier Zungen entgegen. Die zuckenden Enden wanden sich um den tobenden Krutor, dem außer einem hilflosen Zappeln keinerlei Gegenwehr gelang.

»Empfange deine schlimmste Furcht!« Lodrik sandte die Sphäre gegen das Ungeheuer.

Mit einem schrillen Laut zuckte es zurück, dann brach es zitternd zusammen und blieb sterbend liegen, während die Skelette wie tollwütige Wölfe über es herfielen und ihm die Stücke aus dem warmen Leib rissen. Es gab nichts Stärkeres als die Angst, vor der selbst die Ausgeburten des Bösen nicht gefeit waren.

»Krutor!«, rief Lodrik und rannte zu der Stelle, wo er den Kopf der besiegten Bestie vermutete. »Sucht ihn«, gab er den fleischlosen Dienern einen neuen Auftrag, und die knöchernen Finger wühlten sich augenblicklich vorwärts, bis sie seinen Sohn entdeckt und geborgen hatten.

Die Zungen hatten die Rüstung eingedrückt, der rechte Arm sah gebrochen aus, aber Krutor hatte die Augen geöffnet und wirkte erleichtert, als er endlich seinen Vater sah.

»Sprich nicht«, bat er ihn und streichelte über den deformierten Schädel. »Du bist ein tapferer Sohn, Krutor. Niemand sonst hat das gewagt, was du tatest.«

Lodrik ließ die Knochen sich wiederum zu einer Wendeltreppe aneinander fügen, auf der er nach oben stieg; seine beinernen Helfer trugen den verletzten Krutor vor ihm her.

Als die sterblichen Überreste nicht mehr ausreichten, eine Treppe zu bilden, fügten sich die übrig gebliebenen Knochen nach seinem Willen zu einem gigantischen spinnenhaften Wesen zusammen. Dessen zwanzig lange Beine überspannten den Durchmesser der Röhre; im Mittelpunkt schufen sie eine Plattform, auf der Lodrik stand und Krutor lag, dann ging es den Schacht rasend schnell senkrecht nach oben.

»Wir sind bald an der Oberfläche«, machte er seinem leidenden Sohn Mut. »Ein Cerêler wird sich um dich kümmern.«

Krutor lächelte schläfrig, er döste immer wieder ein.

Unter gewöhnlichen Umständen hätte Lodrik, kurz bevor sie das Loch verließen, einen Weg gesucht, um weniger auffällig und spektakulär aus der Tiefe zu erscheinen. Der Zustand seines Sohnes erlaubte jedoch keinerlei Verzögerung oder Rücksicht auf die Ulsarer.

Daher entstiegen sie der Röhre am frühen Abend wie das Gestalt gewordene Entsetzen. Die Wächter, die Posten bezogen hatten, rannten voller Angst vor der Spinne aus menschlichen Gebeinen davon.

Lodrik nutzte die Gelegenheit und befahl zwei eilig geschaffenen Skelettkreaturen, Krutor in Sicherheit zu bringen, danach ließ er sämtliche Knochen auseinander fallen und in der Schwärze des Lochs verschwinden.

Das Geräusch warnte ihn. Ein Pfeilhagel schwirrte heran, den die Soldaten aus sicherer Entfernung gegen das vermeintliche Ungeheuer gesandt hatten.

Schützend warf sich Lodrik über seinen Sohn und deckte zumindest den Kopf und den Oberkörper ab. Er spürte nicht mehr als ein Stechen und Pieksen am gesamten Körper, echten Schmerz empfand er nicht.

»Hört auf!«, schrie er. »Ihr tötet den Tadc von Tarpol!« Als das Sirren nicht länger ertönte, richtete er sich auf und zog sich die Pfeile aus dem Körper. Es haftete so gut wie kein Blut daran.

Zahlreiche Stiefelschritte näherten sich, der Hauptmann der Wachmannschaft eilte als Erster heran und wurde kreidebleich. »Hoheitlicher Bardri¢, Ihr ...« Es verschlug ihm die Sprache. »Ihr seid getroffen«, war alles, was er unnötigerweise stammelnd hervorbrachte. »Bei Ulldrael ...«

»Sei so freundlich und zieht die restlichen Pfeile heraus«, bat ihn Lodrik. »Sie haben mich angekratzt. Die Kleidung fing die meiste Wucht ab.«

Der Hauptmann schaute auf die fünf Geschosse, die vor den Füßen des Mannes lagen, dann auf die Löcher in dem Gewand und die geringen Blutspuren daran. »Hoheitlicher Bardri¢, es kann doch nicht möglich sein, dass ...«

»Tu es!«, herrschte ihn Lodrik an, sein Gesicht verdunkelte sich, Schatten breiteten sich über seine Züge.

»Wie Ihr befehlt.« Der Mann zog die vier Pfeile ruckartig aus dem Rücken und bemerkte sehr genau, wie tief sie in den Leib eingedrungen waren. Aber er sagte nichts. Aus Furcht.

»Danke.« Lodrik wandte sich zu ihm, die blauen Augen hefteten sich auf das blasse Antlitz. »Du wirst niemandem erzählen, dass ich getroffen wurde.« Die Kälte in der Stimme hätte kochendes Wasser auf der Stelle zu Eis erstarren lassen. »Und nun hole endlich den Cerêler, damit er meinen Sohn behandelt. Der Tadc ist tapferer als ihr alle zusammen.«

»Sicher, Hoheitlicher Bardri¢«, ächzte der Hauptmann und wich zurück, weil sein Herz in der Nähe des unheimlichen Mannes stehen zu bleiben drohte, so sehr presste das Grausen es zusammen. »Wo ... ist das Ungeheuer abgeblieben?«

Lodrik ging neben Krutor in die Hocke. »Tot. Er hat es mit einem einzigen Hieb in Stücke gehauen«, antwortete er. »Du und deine Leute, ihr müsst euch nicht mehr fürchten. Ruf sie her, sie sollen Krutor zum Heiler tragen. Das wird schneller gehen, als den Cerêler herbringen zu lassen.«

Der Offizier salutierte, drehte sich um und schrie seine Leute herbei. Als er wieder nach Lodrik sehen wollte, lag nur noch der bewusstlose Krutor am Boden. Vom einstigen Herrscher Tarpols fehlte jede Spur. Erleichtert atmete der Mann auf. Er wünschte sich, Lodrik nie wieder zu begegnen, so sehr graute ihm vor seinem Herrn.

Wie Bardriç die vielen Schüsse überleben konnte, wollte er nicht mal im Ansatz wissen. Eine einzige Dosis des Gifts, mit dem sie die Spitzen eingerieben hatten, genügte, um einhundert Männer zu töten.

Bardriç war von neun getroffen worden ...

Lodrik wäre gern bei seinem verletzten Sohn geblieben, aber er durfte die Nekromantin nicht entkommen lassen, die Soscha getötet und deren Magie geraubt hatte. Wo Soschas Seele abgeblieben war, wusste er nicht.

Er machte einen Bogen um die Soldaten, die durch die Trümmer gelaufen kamen, um Krutor wegzutragen, und lief zurück zum Palast, wo er Elenja hoffentlich noch anträfe.

Seine vage Ahnung, um wen es sich bei der unbekannten Kabcara Borasgotans in Wirklichkeit handelte, verwandelte sich beinahe schon in Gewissheit. Es kam niemand Geringeres als seine einzige Tochter in Frage!

Die Nachricht von Zvatochnas Tod hatte die Hauptstadt Ulsar unmittelbar nach ihrer Rückkehr von Taromeel erreicht. Auf eine Kunde über die Beerdigung, oder was auch sonst immer mit dem Leichnam der jungen Frau geschehen war, wartete er bislang vergebens. Er hatte sich nicht weiter darum gekümmert. Jetzt sah er ein, dass es ein Fehler gewesen war.

Die Magie hatte ihn nach seinem Tod zum Nekromanten gemacht, warum sollte sie es bei seiner Tochter nicht ähnlich halten? Erstaunlicher fand er, dass sie Macht über Seelen erlangte, ohne eine einzige Formel oder einen nekromantischen Zauberspruch zu beherrschen.

Wenn sich der Schleier der Kabcara Borasgotans lüftete, bekäme er Gewissheit. Lodrik besaß genug Selbstvertrauen, diesen Verstoß gegen Sitte und gute Gepflogenheiten zu begehen. Was konnte ihm noch geschehen? Er war bereits tot.

Er zog den linken Ärmel seiner Robe nach oben und berührte eines der Einschusslöcher am Unterarm. Es schloss sich kaum; er musste die Wunde bei nächster Gelegenheit ebenso nähen wie die anderen, die noch von seinem Sturz herrührten, oder er verlor das letzte bisschen Blut.

Seltsamerweise machte der Mangel seinem Körper nichts aus. Das Blut war aus einem anderen Grund kostbar. Er benötigte seinen eigenen Lebenssaft, um die von ihm unterworfenen Seelen für ihre Dienste zu entlohnen. Das war der Nachteil dieser veränderten Form von Magie: Blutzoll.

Der Eingang zur burgähnlichen Palastanlage tauchte vor ihm auf; er lief hindurch und ging geradewegs zu den Stallungen.

Die Kutsche mit dem hoheitlichen Symbol Borasgotans fehlte. Elenja die Erste war abgereist, vermutlich weil sie sich dachte, dass er den Sturz in den Schacht überstanden habe und Soschas Seele das Geheimnis ausplauderte.

Lodrik lief durch die Korridore des riesigen Gebäudes und suchte Norina.

Er fand sie in der Ankleide. Sie hatte sich eine feste Lederkleidung angezogen und eine leichte Lederrüstung darüber gestreift. Handschuhe und Stiefel ließen sie aussehen wie eine verwegene Abenteuerin, die sich anschickte, ihre erste Reise zu unternehmen.

Sie wollte sich eben den Helm auf ihre schwarzen Haare setzen und hob überrascht den Kopf, als er die Tür öffnete. »Lodrik!« Ihre braunen Augen funkelten.

»Hör mich an. Ich habe Soscha nichts getan«, sagte er sofort.

»Wer dann?«

Er nahm es als gutes Zeichen, dass sie ihn zu Ende reden ließ. »Es war Elenja. Soschas Seele hat es mir gesagt.«

»*Das* soll ich dir abnehmen?«

»Du kennst meine Macht über die Seelen der Toten. Ich lüge nicht. Dafür ist es zu ernst.«

Natürlich erfassten ihre ergründenden Mandelaugen seine Wunden. »Du bist verletzt!« Ihre Hand reckte sich nach der Klingelschnur. Offenbar schenkte sie seinen Worten Glauben. »Warte, ich …«

Er kam näher, hielt ihre Hand fest. »Nein, es ist nicht nötig«, beruhigte er sie. »Mir geht es gut, und die Bestie liegt tot auf dem Grund des Schachtes. Krutor hat mir beigestanden und geholfen, sie zu vernichten.« Er berührte die Rüstung. »Wolltest du etwa zu uns hinabsteigen?«

»Ja. Dann wären mir die Soldaten gefolgt.« Sie erkannte seine Lüge über den Tod des Ungeheuers sofort. »Ich weiß, was du bezweckst. Du willst, dass die Ulsarer und Tarpoler Krutor als einen Helden verehren. Das ist sehr weise.«

Lodrik lächelte maskenhaft. »Was nützt es, wenn sie mich lieben? Ich will keine Rolle mehr in den Geschicken des Landes spielen. Mein Teil beginnt hinter der Bühne dessen, was das Volk zu sehen bekommt.« Er betrachtete sie besorgt. »Elenja ist gegangen?«

Norina nickte. »Ich bat sie darum, weil ich mich umziehen und der Bestie gegenübertreten wollte.«

»Es ist schön zu sehen, dass du noch immer dasselbe Feuer in deinen Adern trägst wie vor sechzehn Jahren ... jenes Feuer, mit dem du mich gereizt hast.«

Sie sah ihn traurig an. »Ich gäbe viel, könnte ich es heute immer noch.« Sie riss sich zusammen. »Was ist mit Soschas Seele? Und was hat Elenja damit zu schaffen?«

»Soscha wurde ermordet, aber nicht von mir«, erklärte er und berichtete, was Soschas Seele ihm mitgeteilt hatte. »Ich fürchte, dass Zvatochna mein Schicksal teilt. Sie wurde zu einer Nekromantin.« Lodrik betrachtete die Frau, für die er immer noch etwas empfand. Sehr viel empfand, nur zeigen vermochte er es nicht recht. »Glaubst du mir, Norina?«, wollte er ein weiteres Mal wissen und trat näher an sie heran.

Sie erinnerte sich an die unheimliche Unterredung mit der borasgotanischen Kabcara, die Kälte, die von ihr ausging. »Ja«, sagte sie ohne zu zögern. »Aber was bezweckt sie?«

»Sie hat sich Soschas Magie genommen und ist stärker als zuvor.« Lodrik küsste Norina scheu auf den Mund, genoss die Wärme ihrer Lippen. »Zvatochna strebt nach dem, was sie, was Govan und was ihre Mutter schon immer haben wollten: Macht. Ich muss ihr folgen und sie aufhalten. In aller Heimlichkeit. Es wäre nicht gut, wenn bekannt würde, wer die Kabcara in Wirklichkeit ist. Es könnte Hoffnungen bei den Tzulani wecken.«

Norina streckte die Hand nach ihm aus, aber er drehte sich weg, schritt zu Tür. »Was hast du vor?«

»Was wohl, Norina?«, gab er eisiger als beabsichtigt zur Antwort. »Ich sorge dafür, dass ich der einzige Nekromant auf Ulldart bleibe. Elenja wird auf dem Weg nach Hause einen Unfall erleiden oder unter seltsamen Begebenheiten zu Tode kommen. Niemand wird ihre Leiche jemals finden. Und Borasgotan kann sich ein besseres Oberhaupt erwählen.« Er öffnete die Tür.

»Lodrik«, rief Norina und eilte zu ihm, schlang die Arme um ihn und drückte ihn fest an sich.

Nach einigem Zögern erwiderte er die Zärtlichkeit, spürte alles und nichts. Das Feuer der Liebe loderte heiß auf und wurde von einer anderen Macht gleich darauf zu Eis erstarrt. »Sage Krutor, dass ich nach Süden bin, um mich mit Perdór zu treffen«, bat er sie. »Ich will nicht, dass er mich begleitet. Er wäre mir bei einem Kampf im Weg. Seine Körperkräfte nützen ihm gegen eine Gegnerin wie Zvatochna überhaupt nichts.«

Sie nickte. »Ich lasse Perdór wissen, was sich in Ulsar ereignet hat. Es wird ihn treffen, die Frau verloren zu haben, auf der alle Hoffnungen zur Erforschung der Magie ruhten.«

»Es wird eine neue Soscha kommen«, meinte Lodrik gleichgültig und verließ den Raum.

Norina streifte die Rüstung ab, zog das Ledergewand darunter aus und schlüpfte in die herrschaftliche Garderobe der Kabcara. Sie betete zu Ulldrael, dass sich die Geschehnisse des heutigen Tages zum Guten für die Menschen des Kontinents wendeten.

Ohne dass sie es wollte, beschäftigte sie sich mit dem Gedanken, was aus Lodrik werden würde, wenn er Elenja, oder wer immer hinter der Maske steckte, besiegte und sich ihre Magie nahm.

Sie dachte an die Veränderungen, die mit ihm vorgegangen waren und immer noch vorgingen. Niemand wusste, wonach ein Nekromant in Wirklichkeit trachtete.

Oder wie man ihn aufhielt.

**Kontinent Kalisstron,
Bardhasdronda, Spätherbst
im Jahr 1 Ulldrael
des Gerechten (460 n. S.)**

Lorin und die Kensustrianer gelangten zu seinem Haus. Schon von weitem sahen sie, dass die Tür mit Gewalt aufgebrochen war und die Trümmer schief in den Angeln hingen. Der Qwor hatte Jarevrån vor ihnen erreicht.

»Nein!« Die Gefühle übermannten Lorin, er nahm nichts mehr von seiner Umgebung war, sein Blickfeld konzentrierte sich auf das unmittelbar vor ihm Liegende.

Die Ereignisse erlebte er in einem seltsamen Rausch. Er sah die Dielen des Flurs unter seinen Stiefeln undeutlich vorbeihuschen, dann kamen die Treppenstufen, die nach oben führten; das Poltern seiner Schritte klang überlaut.

Dann aber überlagerten die entsetzlichen Schreie seiner Gemahlin alles, was seine Ohren vernahmen. Er folgte dem Klang ihrer verzweifelten Stimme und stand kurz darauf im

Schlafzimmer, das zu mehr als einem Drittel von der schwarzschuppigen Bestie ausgefüllt wurde. Jarevrån kauerte hinter dem Bett, Blut klebte am Saum ihres Kleides, zu ihren Füßen hatte sich eine große Lache gebildet.

Lorin bekam noch mit, dass er sich gegen den Qwor warf und seine Schwerthand zum Schlag erhob. Eine immense Wärme umspülte ihn, plötzlich wurde es blendend weiß, und er sah nichts mehr ...

»Lorin? Hörst du mich?«

Sein Gesicht wurde gestreichelt und geküsst. Er öffnete die Augen und schaute in das geliebte Antlitz Jarevråns, die daraufhin in Tränen ausbrach und sich an seine Brust warf.

Er lag neben dem Bett. Über sich erkannte er die Decke und mehrere Kensustrianer, die ratlos um ihn herumstanden. Ihre Rüstungen wurden von frischen Kratzern und Dellen geziert, hier und da sickerte Blut aus Schrammen und Bisswunden.

»Ist der Qwor tot?«, krächzte er und fuhr über den schwarzen Schopf seiner Frau.

Simar, dessen Arm einem Stück rohen Fleisch mit Stofffetzen daran glich, erschien in seinem Blickfeld und ging neben ihm in die Knie. »Ihr haben schwer verwundet, wir machten Rest.« Er biss die Zähne zusammen. »Nicht leicht. Vier tot.« Er sank nach hinten um und wurde gerade noch rechzeitig von seinen Leuten gestützt. »Heiler?«, fragte er.

»Sogleich, Simar.« Lorin richtete sich benommen auf und schaute an sich herab, ohne eine Wunde zu entdecken. Dafür haftete an seinem Schwert, das neben ihm in den Dielen steckte, von der Spitze bis zum Heft schwarzes Blut. »Jarevrån, was fehlt dir?«, fragte er sie behutsam.

Sie schluchzte. »Es hat mir unser Kind genommen«, wisperte sie heiser. »Es kam herein und sprang mich an. Ich sah Blitze und Funken aus meinem Leib schlagen, und dann blutete ich und es hörte nicht mehr auf und …« Ihre Worte verloren sich in einem heftigen Weinkrampf.

Schlagartig begriff er, weshalb der Stein Jarevrån auf der Lichtung attackiert hatte. Es war nicht um sie gegangen. Der Qwor hatte nach der Magie des ungeborenen Lebens getrachtet, welches sie ohne es zu wissen in sich trug.

Mit einem wütenden Schrei sprang er auf die Beine, riss das Schwert aus dem Fußboden und drosch auf den Kadaver der Kreatur ein. Er ließ seinem überschwänglichen Hass freien Lauf und hörte nicht eher damit auf, bis seinem Arm die Kraft fehlte. Weinend kehrte er an die Seite seiner Gemahlin zurück.

So saßen sie, bis Bürgermeister Sintjóp erschien und sich zuerst um Jarevrån und danach um die Kensustrianer kümmerte.

Die heilenden Kräfte des Cerêlers nahmen der Frau die körperlichen Leiden, doch die seelischen Qualen mussten von selbst heilen – falls sie das jemals taten. Lorin führte sie aus dem Zimmer und brachte sie in die Stube, half ihr beim Entkleiden. Er brachte ihr warmes Wasser und Seife, damit sie sich waschen konnte.

Als er zurückkehrte, hatte sie sich ein Handtuch umgelegt, die blutigen Kleider lagen auf dem Boden. »Es war in meinem Verstand«, sagte sie abwesend. »Ich habe es gehört, als spräche es mit mir. Und es sagte, dass es selten so viel Macht auf einen Schlag bekommen habe.« Sie wandte ihm ihre traurigen grünen Augen zu. Lorin erkannte, wie knapp sie dem Wahnsinn entkommen war. »Ich habe unser Kind in meinem Bauch schreien hören«, flüsterte sie. »Lass nicht zu, dass andere Mütter das Gleiche erleben müssen wie ich«, bat sie ihn inständig. »Vernichte diese Wesen! Rotte sie aus!« Sie schwieg so lange, bis sie ihn nicken sah, woraufhin sie ihm einen Kuss gab. »Lass mich allein«, bat sie. »Es wird dauern.«

Lorin berührte zärtlich ihr Gesicht und ging aus der Stube. Er suchte die Kensustrianer auf, die sich in der Küche aufhielten, wo der Cerêler die leichten Wunden wusch und einen Verband anlegte. »Nehmt meine Dankbarkeit, dass Ihr meine Gemahlin vor den Zähnen bewahrt habt«, sagte er bewegt zu Simar. »Ich schulde Euch mehr als eine Seekarte.«

»Es unsere Verschuldung, dass Bestie in Stadt. Wir deswegen niemals mehr ruhig schlafen.« Der Kensustrianer war sichtlich bedrückt und wollte die Anerkennung nicht annehmen. »Wenn Ihr unser Leben wollen, töten uns. Niemand von Schiff rächen.«

Lorin schüttelte den Kopf. »Nein, Simar. Es würde nichts nützen; ebenso hätte die Bestie auf anderem Wege eindringen und zu Jarevrån gelangen können. So waren wir vorgewarnt und retteten wenigstens ein Leben.« Er deutete auf die Stühle. »Erzählt mir, woher Ihr diese Wesen kennt.«

Simar setzte sich, da stürmte Fatja herein. »Geht es euch gut?«, keuchte sie, warf den Fremden einen unfreundlichen Blick zu. Ihr folgten Rantsila und die übrigen Wachen.

Lorin deutete nach oben. »Sieh nach ihr. Sie wird froh sein, dich um sich zu haben.« Er wandte sich dem Kensustrianer zu, während seine große Schwester in den ersten Stock eilte. »Erzählt mir alles.« Sintjøp und Rantsila blieben und hörten ebenfalls zu, und auch Arnarvaten gesellte sich zu ihnen.

»Wir hatten viele Horte in Heimat. Die Qwor vernichten Magier, alles ... aus Magie, mit Magie. Und sie wuchsen, vermehrten, immer schneller und größer.« Er zeigte die Tür hinaus und die Treppe hinauf. »War kleines Qwor. Jung, aber mächtig, weil alte Hülle. Tückisch. Lange gereift.«

»Wie groß werden sie?«

»Sie fressen und wachsen.«

»Wie groß?«

Simar überlegte. »Sie fressen und wachsen. Immer. Nicht aufhören, bis man tötet.«

»Kalisstra stehe uns bei«, raunte Rantsila.

»Sie rauben Magie?«, sagte Lorin.

»Ja. Haben fast alle Magische vernichtet, aber wir Krieg und sie tot. Hat lange gedauert, viele Opfer.« Simars Augen schweiften ernst über die Gesichter der Kalisstri. »Ihr aufpassen und Hort zerstören. Wenn genügend Magie, sie nicht aufzuhalten. Kein Heer, nichts mehr.«

Lorin horchte auf. »Dann gibt es Hoffnung. Wie geht das? Wie können wir sie vernichten?«

»Kochen. Werfen in Kessel oder macht Feuer und lasst ...«, er suchte nach Worten, »sieben Sonnen brennen, dann Hülle weich und ihr Speere durchstecken. Viele Speere.«

Der Bürgermeister stopfte sich eine Pfeife, schmauchend saß er da und dachte nach. »Woher wisst Ihr, dass sie unbesiegbar werden, Simar?«

Der Kensustrianer nickte. »Haben zwei davon.«

Rantsilas Augenbrauen wanderten in die Höhe. »Aber *was* macht Ihr gegen sie?«

»Ich sagen: unbesiegbar.« Er holte Luft. »Haben Land verlassen und es Qwor gegeben. Es ihnen gehört.«

»Wie groß sind sie?«, wollte Lorin wissen und beugte sich gespannt nach vorn.

»Sehr.«

»Simar, bei allen Göttern, gebt uns ein Beispiel«, bat der Bürgermeister mühsam beherrscht. »Wie ein Haus oder gar so hoch wie die Masten Eures Schiffes?«

»Sie verehrt von Leuten, die geblieben, als Berg«, antwortete er ihm. »Sie wandelnder Berg, Erde zittert, wenn laufen, und stärkstes Katapult erreicht nicht Rücken, prallt gegen Unterseite Bauch.« Ein gedämpftes Hornsignal erklang, drang durch die geschlossenen Fenster bis zu ihnen. Simar schaute zu seinen Begleitern. »Wir gehen müssen. Schiff weiter. Nachschub.« Er stand auf und reichte Lorin die Hand.

»Danke, dass Ihr uns eine Möglichkeit zeigt, wie wir sie vernichten.« Er ergriff die Finger. »Ich bringe Euch zum Hafen und schaue bei einem guten Freund vorbei, der Euch sicherlich eine Karte geben kann.«

Gemeinsam gingen sie durch den strömenden Regen zum Anlegeplatz des kolossalen Schiffes; die toten Kensustrianer wurden auf einem Karren hinter ihnen hergefahren. Bei dem Fischer Blafjoll hielt Lorin kurz an und bat ihn um eine seiner See- und Sternenkarten. Kurz darauf hielt Simar sie in einer wasserdichten Hülle in den Händen.

Die Kensustrianer trugen ihre Toten auf die Ladeplattform, dann stellten sie sich daneben und warteten, bis sie an Bord gezogen wurden.

»Es freut mich, Euch kennen zu lernen haben«, verabschiedete sich Simar.

»Ihr seid jederzeit willkommen«, lud sie Sintjøp auf ein Wiedersehen ein. »Schaut auf dem Rückweg bei uns vorbei, wenn es kein zu großer Umweg ist.«

Der Kensustrianer lachte freundlich, pochte gegen die eingewickelte Karte. »Haben uns Weg gemerkt.« Die Kette straffte sich, die Plattform hob sich vom Kai in die Höhe und schwebte empor. Bevor sie herumschwenkte und ganz hinter der Bordwand verschwand, hoben die Fremden die Hände zum Gruß.

Der Sturm hatte nachgelassen. Die Wellen konnten dem Schiff nicht mehr gefährlich werden, und schon schoben sich die Riemen aus den Öffnungen im Rumpf, tauchten ins Meer und trugen es hinaus auf die offene See.

»Es gibt keine Zeit zu verlieren. Zur Lichtung«, befahl Rantsila, während die Umrisse des Schiffes immer kleiner wurden. »Wir werden diesen Qworbestien keine Gelegenheit geben, sich Kalisstron Untertan zu machen.«

Er hatte die Miliz schon lange zusammengetrommelt. Die Männer brachten wie befohlen Pech und Teer mit, dazu fassweise Petroleum und trockenes Holz, das sie aus den Lagerhallen am Hafen nahmen. In einem langen Zug ging es zur Lichtung, auf der kein blaues Leuchten das Erwachen der nächsten Kreatur verkündete.

Sie errichteten einen Stapel Holz um die verbliebenen Eier, übergossen ihn mit Petroleum und strichen ihn sowie die Steine mit Teer ein, damit das Feuer auf alle Fälle brannte. Nicht einmal der stärkste Regen durfte die Flammen löschen.

Es spielte für Lorin und die Bewohner Bardhasdrondas keine Rolle, woher die Wesen stammten und welcher Gott sie erschaffen hatte. Die Milizionäre zogen einen Ring um die Eier, Rantsila entzündete den Scheiterhaufen mit einer Fackel und sah zu, wie aus der kleinen Lohe bald eine Feuersbrunst geworden war.

»Geht und hackt kleine Bäume um«, befahl er, die Augen nicht von den Steinen wendend, die ihm und allen Einwohnern bis vor kurzem noch als harmlos gegolten hatten und deren Klang sie in den Bann gezogen hatte. »Wir brauchen viel Holz.«

»Es sieht gut aus«, murmelte Lorin, den heftige Schuldgefühle plagten, weil seine Konzerte die Kreaturen erst aus dem Schlaf gerissen hatten. Er würde sie nie mehr abschütteln, schon gar nicht nach dem Tod seines Kindes. »Die Kensustrianer kamen zur rechten Zeit.«

»Gut, dass sie sich verfahren hatten. Die Bleiche Göttin sandte Winde, die sie zu uns trugen. Anders kann es nicht gewesen sein«, sagte Rantsila, bei dem sich noch keine echte Erleichterung einstellen wollte. Erst wenn alle Eier von Speeren durchbohrt waren und die Kreaturen tot vor seinen Füßen lagen, würde die Anspannung weichen. Sieben Tage waren eine lange Zeit.

Unvermittelt erstrahlte der größte Stein in grellem Blau, dann folgte der zweitgrößte. Gleichzeitig platzten die Hüllen auseinander und gaben den Blick auf die Kreaturen frei, welche mit feucht glitzernden, schwarzen Schuppen und mit wütend blitzenden Diamantaugen in die sie umschließenden Flammen starrten. Sie hatten bereits die doppelten Ausmaße eines Pferdes.

»Schießt!«, schrie Rantsila aufgeregt und riss seine Armbrust in den Anschlag, drückte ab.

Der Bolzen sirrte los und schnellte auf das größere der Biester zu, aber unmittelbar bevor sich die Spitze in den Körper bohrte, war das Wesen verschwunden.

Sie hörten das Brüllen, da das Geschoss den Qwor verletzt hatte. Durch die tarnenden Schuppen verschmolz er mit der

Umgebung und wurde für jeden weiteren Schützen unsichtbar. Die Pfeile und hastig geworfenen Speere flogen in die Flammen und verbrannten. Auch der zweite Qwor hatte sich schier in Luft aufgelöst.

Zehn Schritte hinter dem östlichen Teil des Rings der Milizionäre krachte und knackte es laut im Unterholz. Büsche wurden niedergewalzt, kleine Stämmchen brachen unter der Wucht des Einschlags und der Schwere der unsichtbaren Körper. Anstatt die unterlegenen Angreifer anzufallen, bevorzugten die beiden Kreaturen die Flucht. Der Schrecken über die Begrüßung nach dem Schlüpfen saß wohl zu tief.

»Noch mehr Holz aufs Feuer«, brüllte Rantsila. »Bringt jeden Tropfen Tran, den ihr finden könnt, hierher. Ich will die verdammten Steine morgen schon weich haben.« Er lud die Armbrust nach und schaute zu Lorin. »Was machen wir nun, Seskahin? Hast du gesehen, wie groß diese Qwor waren?«

Lorin dachte fieberhaft nach, was sie gegen die neue Bedrohung auszurichten vermochten, und gelangte dabei zu einer einzigen Lösung. »Sie sind magisch und haben sich mit meinen Kräften voll gesogen. Also nehmen wir ihnen meine Magie wieder«, sprach er langsam. »Dann werden sie hoffentlich sterben.«

»Kannst du das? Ihnen die Magie nehmen?«

»Ich kann es nicht«, verneinte er und sah ein vertrautes Gesicht vor seinem inneren Auge erscheinen. »Aber mein Halbbruder Tokaro vermag es.«

Kontinent Ulldart, Königreich Tarpol, Provinzhauptstadt Granburg, Spätherbst im Jahr 1 Ulldrael des Gerechten (460 n. S.)

Lodrik hatte sich mithilfe seiner Kräfte in die Stadt geschlichen und die Wärter am Eingangstor Granburgs für wenige Augenblicke in die Wachstube gezwungen. Es reichte ihm aus, durch das Tor zu schlüpfen; das untote Pferd hatte er einen halben Warst davor im Graben zurückgelassen. In dem abscheulichen Zustand, in dem es sich befand, hätte es zu viel Aufmerksamkeit erregt.

Er wandelte durch die Straßen, die er aus seinen unbeschwerteren Jugendtagen kannte. Hier hatte er unter falschem Namen das Amt des Gouverneurs ausgeübt, hier hatte er Norina kennen gelernt, hier hatte er in ihrem Vater einen echten Freund und Mentor gefunden.

Hier war er jedoch auch zum ersten Mal mit dem Beistand des Dunklen Gottes konfrontiert worden.

Unbewusst schlug er den Weg zum Markplatz ein, auf dem er die aufständischen Adligen, die gegen ihn intrigiert hatten, eigenhändig hingerichtet hatte.

Als Lodrik auf dem freien Platz stand, erinnerte er sich an all die Einzelheiten. Wie er einem von ihnen den Kopf vom Hals geschlagen hatte und wie der Blitz in ihn eingefahren war und ihm die Magie gebracht hatte. Ein Geschenk Tzulans, dessen Marionette er lange Zeit gewesen war. *Hier begann es. Glück und Übel lagen dicht beieinander.*

Seine blauen Augen schweiften über den einsamen Flecken. Die Granburger hatten sich vor den eisigen Temperaturen in ihre Häuser und in die Schänken verkrochen. Es gab keinen Grund, sich auf den kalten Straßen herumzutreiben.

Wie schön es damals war. Seine Finger im schwarzen Handschuh berührten eine Hausecke. *Und wie töricht ich war. Die Menschen leiden noch immer unter den Auswirkungen meiner Taten.* Er war in die Stadt gereist, um eine dieser Nachwehen seiner Regentschaft zu beseitigen: Zvatochna.

Für ihn gab es keinen Zweifel mehr, dass er seine eigene Tochter jagte. In ihrer neuen Gestalt als Kabcara Borasgotans sei sie nach Granburg gekommen, um die Nacht in den sicheren Mauern der Stadt zu verbringen und am nächsten Morgen nach Amskwa aufzubrechen, hatte er vernommen. Lodrik wollte dafür sorgen, dass man sie tot in ihrem Bett fand, gestorben an der schrecklichen Krankheit, an der sie angeblich litt. Die beste Lösung, um einem Mythos vorzubeugen.

Er wusste, welches Siechtum sie befallen hatte. Es war der Preis der Nekromantie, der Übergang in die Totenwelt, ohne tot zu sein. Selbst ihre überragende Schönheit konnte davon nicht verschont bleiben und schwand, machte sie abscheulich, Angst einflößend und furchtbar. Die Magie, die sie jahrelang benutzt hatte, brannte sie aus und ließ sie altern, verfallen wie ein ausgebranntes Haus.

Bevor er Zvatochna stellen konnte, musste er sie zunächst finden. Soschas Seele hatte sich nicht mehr eingefunden. Seit ihrer Flucht in Ulsar vor dem Ungeheuer oder vor seiner dunklen Präsenz war sie nicht mehr aufgetaucht.

Daher benötigte er andere Seelen, um sie auf die Suche zu senden.

Lodrik wusste, wo sich die Ärmsten der Stadt versammelten. Dort gab es genügend Seelen, derer er sich bedienen durfte; für sie wäre das Scheiden aus dem Leben eine Erlösung ihres Leides, und es würde die Herzen der übrigen Granburger erleichtern, das Elend in den Gassen nicht mehr mit ansehen zu müssen.

Er fand sie in dem Nordviertel in den verfallenden, schäbigen Gebäuden der Tagelöhner, sichtlich an den Rand der Gesellschaft verdrängt. Lodrik näherte sich den beleuchteten Fenstern, rieb ein Guckloch in die eisbesetzte Scheibe und entdeckte sieben zerlumpte Gestalten, die sich an einem kleinen, flackernden Feuer die Glieder wärmten.

Es bedurfte nicht viel seiner Macht. Sie starben einen schnellen, unerwarteten Tod. Die Angst riss ihnen das Leben heraus, die erschrockenen, aufgeregten Seelen trennten sich von den sich windenden Körpern und trieben Lodrik in die Arme.

»Ihr gehorcht mir und erhaltet dafür einen Lohn, den ihr lieben werdet. Bin ich zufrieden, entlasse ich euch ins Paradies«, eröffnete er ihnen gleichgültig. »Verweigert ihr euch, seid ihr für alle Zeiten vernichtet.« Er beschrieb ihnen Zvatochna, die Kutsche, ihre Kleidung und sandte sie hinaus in die Nacht. »Sucht zuerst im Palast des Gouverneurs.«

Die türkisfarbenen, für gewöhnliche Menschen unsichtbaren Lichter schwärmten aus. Sie wagten es nicht, sich ihm zu widersetzen.

»Du bist noch immer ein Ungeheuer, Bardri¢«, sagte eine Stimme verächtlich hinter ihm. »Ich schwöre bei Ulldrael dem Gerechten, dass ich einen Weg finden werde, dich zu vernichten.«

»Gut, dass du zurückgekehrt bist, Soscha«, begrüßte er sie teilnahmslos. »Wo warst du?«

Sie umrundete ihn und schwebte vor seinem Gesicht. »Nicht bei dir, Bardri¢. Es geht dich nichts an.«

»Es geht mich wirklich nichts an«, nickte er. »Du kannst gern versuchen, mich umzubringen, Soscha, es wäre nicht wirklich eine Strafe für mich. Doch zuerst«, seine Hand stieß so schnell vorwärts und in die Mitte der schimmernden Seele, dass Soscha keine Zeit blieb auszuweichen, »wirst du mir gegen meine Tochter beistehen!« Er gab ihr eine winzige Kostprobe seiner Fähigkeiten, und sie schrie in Agonie auf. Erst als ihr Licht flackerte und ganz zu verlöschen drohte, ließ er von ihr ab. »Verschwinde nie wieder ohne Erlaubnis von meiner Seite, Soscha. Oder kehre nicht mehr zurück und bete, dass wir uns danach nicht zufällig begegnen.«

Sie fühlte, wie die Schwärze, die von ihr Besitz ergriffen hatte und sie ausfüllen wollte, von ihr wich. Der Schrecken machte der Freude, dem Leben Platz, das mit Macht aufflammte und sich wütend auf die Dunkelheit in ihrem Innern stürzte. »Du bist zu gefährlich, um zu existieren«, hauchte sie schmerzerfüllt. »Vintera muss den Verstand verloren haben, etwas wie dich zu erschaffen!«

»Vintera wird eines Tages ihre Sichel gegen mich richten, sei unbesorgt«, erwiderte er. »Sie wird es nicht gern hören, dass du so von ihr sprichst.« Lodrik wandte sich von dem Fenster ab und zeigte in Richtung der Stadtmitte. »Wir gehen zum Turm der Kirche und warten dort oben, bis die Seelen von ihrer Suche zurückkehren. Danach kannst du zeigen, welche Wundertaten die Seele einer Magierin zu tun vermag.« Er ging los und wusste, dass sie ihm folgte. Die Furcht vor ihm saß zu tief. Es gab keine Steigerung zu dem, was er ihr hatte zuteil werden lassen.

»Du denkst, es ist Zvatochna?«, sagte Soscha. »Etwas an der Aura kam mir bekannt vor. Du könntest Recht haben, Bardriç.«

Ein Schatten huschte über das Kopfsteinpflaster und verdunkelte die sternenbeleuchtete Straße für einen Augenblick.

Lodrik vernahm das leise Rauschen von Schwingen. Schnell hob er den Kopf und erkannte eine vertraute Silhouette vor dem kleinsten der vier aufgegangenen Monde. Sie setzte zur Landung auf einem nahen Hausdach an, die großen Flügel falteten sich lautlos zusammen, und das hockende Wesen glich einer der vielen Statuen und Wasserspeier, die zur Zier auf prachtvolleren Gebäuden angebracht waren.

»Ein Modrak! Sie sind zurückgekehrt«, sagte er halblaut.

Die Modrak begegneten ihm ebenfalls zum ersten Mal in Granburg. Sie hatten frühzeitig erkannt, was dem Kontinent durch ihn bevorstand, und sich ihm als Diener angetragen. Lange Zeit hatte er ihre Dienste genutzt, bis sie ihm abtrünnig geworden waren. Dass sie ihm nun ausgerechnet an dem Ort begegneten, an dem er sie zum ersten Mal getroffen hatte, wertete er nicht als Zufall.

Ich will wissen, welches Spiel ihr treibt und wen ihr gerade unterstützt, dachte Lodrik. *Ob sich Zvatochna ihren Beistand gesichert hat?*

Er ging weiter und verlor dabei den Modrak nicht aus den Augen. Es dauerte nicht lange, und er gelangte in die Straße, in dem sich das Haus mit der äußerst lebendigen Statue auf dem Dach befand.

Lodrik schaute sich aufmerksam um und entdeckte fünf weitere Modrak auf den umliegenden Gebäuden, die wie lauernde Raubtiere auf den Giebeln verharrten.

Da kam eine junge Frau aus der Eingangstür. Sie trug einen kleinen Eimer mit dampfendem Inhalt in der Rechten, machte einen Schritt nach vorn und wollte ihn in die Gosse leeren.

Auf einen unhörbaren Befehl hin warfen sich die Modrak falkengleich von ihren Plätzen in die Tiefe und stießen auf sie herab.

Der Angriff traf sie überraschend. Gellend schrie sie auf, wurde von den spitzen Klauen auf die Steine gedrückt, der Eimer fiel scheppernd zu Boden und rollte davon; Urin ergoss sich daraus.

Niemand kam ihr zu Hilfe.

»Wo bleibt die Wache?«, fragte Soscha aufgeregt. »Dabei könnten ihre Schreie selbst einen Toten zum Leben erwecken.«

Lodrik löste sich aus dem Schatten und bereitete sich auf den Kampf vor. »Dann bin ich genau richtig«, murmelte er bitter.

Doch er blieb nicht allein.

Zwei Gestalten stürmten unvermittelt aus einer Seitengasse. Ein Schwert und ein breiter Säbel glänzten auf und fraßen sich in das Fleisch zweier Modrak, die kreischend von der Frau abließen und sich den Angreifern zuwandten.

Lodrik blieb wie erstarrt stehen. Er hatte den barhäuptigen Schädel des kräftigeren Mannes sofort erkannt; auch der unverwechselbare Panzerhandschuh, der den Säbel führte, verriet ihm, wer der Frau beistand. *Waljakov!* Und das Gesicht des zweiten Helfers gehörte seinem alten Mentor Stoiko, der ihm von klein an als Leibdiener zur Seite gestanden hatte. *Was tun sie hier?*

Indes ging das Gefecht zwischen den beiden Männern und den Modrak weiter.

Stoiko war noch nie ein besonders guter Fechter gewesen, doch er führte die Klinge mit Leidenschaft, um die Frau aus den Fängen der Wesen zu befreien.

Waljakov dagegen drosch um sich, als wären die letzten sechzehn Jahre spurlos an ihm vorübergegangen. Bald hatte er seinen Modrak besiegt und eilte Stoiko zu Hilfe, der längst nicht mehr die Geschwindigkeit von einst besaß. Greise im Kampf.

Lodrik bewegte sich noch immer nicht.

Er hatte seine besten Freunde nicht mehr sehen wollen, sie absichtlich gemieden und aufgeatmet, als er gehört hatte, dass sie im Auftrag von Norina durch Tarpol reisten und die Fortschritte der Reformen beobachteten. Er mochte sie, aber er wollte ihnen seinen veränderten Anblick ersparen.

Und er fühlte zu viel Schuld ihnen gegenüber.

Das war der Hauptgrund. Er hielt sich für nicht würdig, ihnen unter die Augen zu treten. Ihr Anblick traf ihn hart und rief ihm seine Missetaten ihnen gegenüber lebhaft ins Gedächtnis zurück.

Stoiko hatte er auf dem Höhepunkt seines Größenwahns ins Gefängnis in Ulsar werfen lassen, und Waljakov wäre um ein Haar seinetwegen gestorben und hatte Jahre im Exil auf Kalisstron verbracht.

Beide hatten nach dem Wiedersehen beteuert, dass sie ihm verziehen hätten und es die Schuld des Beraters Mortva Nesreca gewesen sei. Lodrik glaubte ihnen, doch er wollte es sich nicht so einfach machen. Es störte ihn nicht, dass er in dieser Nacht unbekannten Menschen das Leben genommen hatte; was er damals getan hatte, *das* belastete sein Gewissen schwer.

Ein Modrak schlug Stoiko nieder und trat ihm mit dem krallenbewehrten Fuß in die Seite; der Mann stöhnte auf und sank in sich zusammen. Fauchend drangen die Wesen jetzt gemeinsam auf Waljakov ein.

»Was ist, Bardric?«, zischte Soscha. »Willst du ihre Seelen für deine Sammlung haben, oder worauf wartest du?«

Ihre Worte rissen ihn aus seiner Unentschlossenheit. Er durfte sich nicht noch mehr an den beiden Männern versündigen. Schnurstracks hielt er auf den Kampf zu.

Zwei Modrak bemerkten ihn und wollten ihn aufhalten. Er gab ihnen Furcht zu essen, und sie erhoben sich flatternd und kreischend in die Lüfte, um dem Grauen zu entkommen, das ihnen das Leben zu rauben drohte.

Aber es half nichts. Tot stürzten sie aus dem Nachthimmel, prallten auf die Dächer; einer rutschte ab und fiel in eine Gasse, der andere blieb an einem Schornstein hängen.

»Herr!«, rief Waljakov überrascht und stach einem Modrak den Säbel in den Bauch, schlitzte ihn auf und trat ihm gegen die knöcherne Brust, auf dass er sterbend nach hinten fiel und Waljakov seine Waffe wieder frei bekam. Dem nächsten Wesen durchtrennte er das Bein und bewahrte Stoiko vor einem weiteren Angriff. Knurrend wich es zurück, die purpurnen Augen glommen wütend auf.

Der dritte Modrak erkannte, dass sich das Blatt wendete. Statt weiter auf den glatzköpfigen Hünen einzudringen, machte er einen Satz vorwärts und zielte mit beiden Füßen auf den Kopf der auf dem Boden liegenden Frau, um ihn zu zerquetschen.

Lodrik sandte einen Hagel aus Ängsten gegen die Kreatur und brachte ihr Herz auf der Stelle zum Stehen.

Die Spannung wich aus dem drahtigen Körper, er wurde zu einem wirbelnden Blatt anstatt zu einem fallenden Stein. Leblos flog der leichte Leib über die Frau hinweg und prallte auf die Straße. Die Flughäute legten sich wie ein faltiger Mantel um den Modrak und hüllten ihn ein.

»Was wolltet ihr von der Frau?«, knurrte Waljakov, nahm den Säbel in die Rechte und packte den letzten Modrak mit seiner eisernen Hand furchtlos bei der Gurgel. »Wieso taucht ihr wieder auf?« Die eisgrauen Augen schauten kurz zu Lodrik. »Herr, wisst Ihr etwas?«

Ich sage nichts, wisperte der Modrak in ihren Köpfen, während die dünnen Lippen sich nicht bewegten und der übergroße Kopf des Wesens hin und her ruckte.

»Du wirst«, versprach Lodrik mit einer Stimme aus Rost und Reif. »Dient ihr der Kabcara Borasgotans?« Ein Quäntchen Grausen reichte aus, um das von Natur aus feige Wesen mit den Flügeln schlagen und einen verzweifelten Fluchtversuch unternehmen zu lassen. Aber es hing in der stählernen Klammer von Waljakovs Fingern gefangen.

Nein, nein, wir dienen dem kleinen Silbergott!, kreischte der Modrak, und auf dem widerlichen, totenkopfhaften Schädel zeichnete sich Erkennen ab. *Du bist es! Du bist derjenige, den sie einst den Hohen Herrn nannten!*

»Wo ist dieser Silbergott?«, setzte Lodrik ungerührt das Verhör fort. »Welche Aufträge hat er euch noch erteilt?«

»Die Blöcke! Die Blöcke aus Iurdum, die Nesreca aus den verfluchten Schwertern gemacht hat ...« Der Modrak wand sich. *»Wir dürfen niemandem etwas sagen. Er ...«* Unvermittelt trat er nach Waljakov und flatterte mit seinen Schwingen. Der Wind und die Wucht trieben den gealterten Kämpfer rückwärts.

Ungeachtet der Schmerzen riss sich der Modrak von ihm los und nahm den Verlust eines großen Stückes Haut in Kauf. Sofort versuchte er davonzufliegen.

Lodriks Kunst tötete ihn mühelos. Wie ein Stein stürzte das Wesen hinter den Hausdächern Granburgs zu Boden.

»Danke, dass Ihr uns beigestanden habt, Herr.« Waljakov wischte das purpurne Blut des Modrak so gut es ging am Pflaster ab; die eisernen Finger fuhren schabend über den Stein.

Stoiko setzte sich langsam auf, hielt sich die Seite, wo ihn der Tritt des Wesens getroffen hatte. »Ohne die Lederrüstung hätte ich ein Loch im Bauch, aus dem mir die Gedärme purzelten«, ächzte er. »Eine weise Entscheidung, auf dich zu hören, Waljakov.« Er lächelte Lodrik zu, während er sich erhob und zusammen mit dem Hünen nach der Frau sah, die sich weinend am Boden krümmte. »Es ist schön, Euch zu sehen, Herr, aber bitte versteht, dass wir uns zuerst um die Ärmste kümmern, bevor wir reden.« Sie halfen ihr auf die Beine und brachten sie zurück ins Haus.

Lodrik nahm den Nachttopf und trug ihn hinterher. Im Inneren des kleinen Gebäudes angelangt, setzte er sich neben den Ausgang und wartete, was seine Freunde unternahmen.

Stoiko fand nach ein wenig Suchen Branntwein und flößte ihn der Frau ein. Sie hustete und griff sofort verlangend nach dem Becher, als er ihn abstellen wollte. »Ich will nicht sagen, dass alles gut wird, aber vorerst seid Ihr in Sicherheit«, sagte er behutsam.

Waljakov kehrte auf die Straße zurück, auf der sich immer noch keine Wache blicken ließ, und untersuchte drei der Modrak. Er kehrte mit einem ledernen Umhängebeutel zurück. Vorsichtig nahm er den Inhalt heraus und legte ihn auf den Tisch. Das warme Licht des Talglämpchens beleuchtete eine Art Barren.

»Iurdum«, sagte Lodriks alter Leibwächter und Waffenmeister. »Gehört es Euch?«, richtete er die Frage auf seine undiplomatische Weise an die Frau. »Habt Ihr es gestohlen?«

»Nein«, begehrte sie auf und leerte den Branntwein, schenkte sich nach und blickte in die Runde. »Wollt Ihr auch etwas? Es ist das Einzige, was ich Euch für die Rettung meines Lebens anbieten kann.« Stoiko nahm das Angebot an, die anderen beiden Männer lehnten ab. »Ich bin Tamuscha.« Ihre Hand zitterte beim Einschenken deutlich. »Was waren das für Wesen, die mich überfielen?«

»Es waren Modrak, Ihr habt von ihnen sicherlich als *Beobachter* gehört«, erklärte ihr Stoiko behutsam. »Wüsstet Ihr einen Grund, weswegen sie Euch angreifen sollten?«

»Sie haben auf dich gewartet«, warf Lodrik ein. »Ich habe sie lauern sehen. Also haben sie dein Leben im Auftrag des kleinen Silbergottes auslöschen wollen. Kennst du jemanden, den sie so nennen?«

»Kleiner Silbergott?« Tamuschas Erstaunen war echt. »Nein. Ich kenne niemanden, der mit Silber zu schaffen hätte.« Sie schaute ängstlich zum Fenster, schrumpfte auf ihrem Platz zusammen. »Werden sie es wieder versuchen?«

Waljakov verzog den Mund, er hütete sich davor, etwas zu sagen. Stoiko setzte zu einer schonenden Antwort an, aber Lodrik kam ihm zuvor. »Ja, Tamuscha, sie werden es wieder versuchen, bis du tot bist oder wir den Silbergott gefunden und unschädlich gemacht haben. Also denk nach«, verlangte er kalt, und die blauen Augen mit den schwarzen Einschlüssen hielten ihren Blick fest. »Ein Mann oder eine Frau, die sich in Silber kleiden, die mit Silber handeln, die viel Silber besitzen ...«

»Nein«, rief sie ängstlich. »Nein, ich kenne keinen!« Dann veränderte sich der Ausdruck auf ihrem Antlitz. »Dieses schreckliche Kind der Bardriç hatte silberne Haare«, wisperte sie. »Ich habe es durch einen Zufall bemerkt. Silberne Haare und Zähne wie eine Katze.« Sie fröstelte.

Lodrik runzelte die Stirn. »Du hast in den Diensten von Aljascha gestanden?«

Tamuscha nickte. »Ja, Herr. Bis vor wenigen Monaten, als Magd. Dann hat sie alle Dienstboten entlassen, von einem Tag auf den nächsten.«

Stoiko betrachtete den Block auf dem Tisch. »Hat sonst noch jemand das Kind ...«

»Vahidin«, fiel ihr der Name des Sohnes ein. »Er heißt Vahidin.«

»... gesehen?«

»Nein, sie hat streng darauf geachtet, dass sie stets mit ihm allein war. Aber als ich die Gemächer richtete, habe ich einen Blick in das Bettchen geworfen. Er war sehr groß für ein Kind seines Alters.« Sie senkte die Augen. »Sein Käppchen war verrutscht, und ich sah seine silbernen Haare, und dann zischte er mich an, zeigte mir die spitzen Zähne. Und die Augen, sie sahen so merkwürdig aus. Ich bildete mir ein, dass die Pupillen geschlitzt wären und eine merkwürdige Farbe hätten. So ähnlich wie lila, nur dunkler, kräftiger. Da bin ich rasch aus dem Zimmer gelaufen.«

Lodrik ahnte, wessen Kind Vahidin war. Sein Berater Mortva Nesreca hatte mit seiner Gemahlin Nachwuchs gezeugt und dem Sohn offenbar einige seiner körperlichen Auffälligkeiten und seiner schauerlichen Besonderheiten vermacht.

Denn das, was nach außen vorgab, ein attraktiver, nie alternder Mann zu sein, war in Wirklichkeit Ischozar, einer der niederen Götter des Dunklen und geschaffen von Tzulan. In der menschlichen Gestalt von Mortva hatte er Intrigen gesponnen, ihn zum Bösen verleitet und den Kontinent beinahe ins Verderben gestürzt. Dafür war er von Lodrik bei der Schlacht von Taromeel eigenhändig vernichtet worden.

Ich hätte mir denken können, dass er mich mit Aljascha betrog. Lodrik überlegte, was als Nächstes zu tun sei. Eines nach dem anderen. Zuerst musste er Zvatochna aufhalten. Sie war das größere Übel; danach würde er sich um seine untreue ehemalige Gemahlin kümmern und sie samt ihres Balgs von ihrem Thron in Kostromo werfen. Da die Modrak diesen Bastard als neuen Hohen Herrn feierten, war er zu gefährlich, um am Leben bleiben zu dürfen.

Er sah Stoiko an, dass ihn die Neuigkeiten ebenso beschäftigten. »Tamuscha muss zu Perdór gebracht werden«, empfahl er. »Ich kenne meine Gemahlin. Sie wird die Modrak so lange nach Granburg schicken, bis einer von ihnen mit dem Kopf der Frau zurückkehrt.«

Tamuscha schluckte laut. »Ihr seid ... der alte Kabcar?« Sie wollte vor ihm niederknien, doch eine Geste Lodriks hielt sie davon ab.

»Wie du schon sagtest, ich bin der *alte* Kabcar. Du sollst nicht vor mir knien.«

»Ich erinnere mich gehört zu haben, dass den Hohen Schwertern die aldoreelischen Klingen gestohlen wurden und nicht mehr auftauchten. Tokaro und der Großmeister besitzen jeweils eine, die anderen sind verschollen.« Stoiko fuhr mit der Hand über den Barren Iurdum. »Nesreca hatte offenbar einen Weg gefunden, sie einzuschmelzen.«

»Gänzlich vernichten konnte er sie nicht«, brummte Waljakov zufrieden.

»Dumm ist, dass Aljascha und ihr Kind den Rest in ihre Finger bekommen werden.« Stoiko rieb sich über den Schnauzer, der fast nur noch aus silbernen und weißen Barthaaren bestand, und lächelte Tamuscha beruhigend an. »Wir bringen Euch fort von hier, nach Ilfaris. Mitsamt dem Iurdum. König Perdór von Ilfaris ist ein sehr freundlicher Mann und wird sich Eure Geschichte gern anhören. Der Gouverneur von Granburg stellt Euch die Kutsche und eine Eskorte, einverstanden?«

»Ich muss es wohl sein, da es um mein Leben geht«, willigte die Frau erleichtert und unglücklich zugleich ein.

»Dann nennt uns rasch die Namen der anderen Dienstboten, damit auch sie in Sicherheit gebracht werden, anschließend geht und packt ein paar Dinge ein, die Ihr benötigt«, bat Stoiko. »Wir warten.« Kaum war sie aus dem Zimmer verschwunden, wandte er sich an Lodrik. »Welchem Umstand verdanken wir, dass Ihr rechzeitig auftauchtet? Ihr wusstet nicht, dass Aljascha die Modrak aussandte.«

»Habt Ihr Elenja in Granburg gesehen?«

Stoiko rückte näher ans Feuer und hielt seine geschundene Seite an die Flammen, damit Wärme gegen die Schmerzen ankämpfte. »Die Kabcara von Borasgotan? Sie reiste durch und hielt sich nicht lange auf.«

Waljakov schnaubte. »Ihr verfolgt sie?«

Er rang mit sich, ob er seinen Freunden die Wahrheit anvertrauen durfte. »Ja, ich verfolge sie«, gab er ausweichend zurück.

»Weil sie Euer Schwert besitzt?«, vermutete der Hüne sofort und brachte sowohl Lodrik als auch Stoiko zum Staunen. »Euer Richtschwert. Ich habe es gesehen, als sie aus der Kutsche stieg. Es lag auf der anderen Sitzbank.« Seine eisgrauen Augen schauten Lodrik an. »Ich irre mich nicht, Herr. Es war jenes Henkerschwert, mit dem Ihr auf dem

Marktplatz die Hinrichtung vornahmt und das Ihr bei der Schlacht von Taromeel verloren habt.«

»Es ist Zvatochna.« Er hatte so leise gesprochen, dass sie ihn kaum verstanden. »Die Kabcara Borasgotans ist in Wahrheit meine Tochter. Und sie ist zu einer Nekromantin geworden.«

Stoiko und Waljakov wechselten rasche Blicke. »Habt Ihr sie ohne Schleier gesehen, Herr, oder was macht Euch so sicher?«

»Sie hat Soscha Zabranskoi in Ulsar getötet. Die Seele der Frau hat es mir erzählt«, antwortete er leise, kühl und fühlte sich durch das Entsetzen auf Stoikos Gesicht wenig berührt. Lodrik wusste, dass er Soscha wie eine Tochter geliebt hatte; der Verlust musste ihn furchtbar treffen.

»Soscha«, stammelte sein Freund, und die Tränen traten ihm in die Augen. »Soscha ist tot?«

Lodrik gab den beiden Männern eine rasche Zusammenfassung der Ereignisse, die sich in der Hauptstadt zugetragen hatten. »Und seitdem folge ich ihr. Um dafür zu sorgen, dass die Nachricht von Zvatochnas Tod endgültig wahr wird.« Er erkannte Soschas Seele, die um den trauernden Stoiko flog und nicht wusste, wie sie ihn trösten konnte. »Sie ist bei dir«, sagte er stockend. »Unmittelbar neben dir.«

»Haltet Ihr ihre Seele wie einen Hund gefangen?«, verlangte Stoiko aufgebracht zu wissen. »Lasst sie frei, Herr! Sie soll ...«

»Nein, ich halte sie nicht gefangen. Sie hat sich entschlossen, so lange auf Ulldart zu bleiben, bis wir Zvatochna getötet haben.« Lodriks Erklärung enthielt einen großen Teil Unwahrheit, doch weder sein ehemaliger Leibwächter noch sein alter Leibdiener würden es aus seiner Stimme entnehmen können.

»Dann gehe ich mit Euch«, verkündete Stoiko entschlossen. »Ich will mit eigenen Augen sehen, dass die Mörderin von Soscha ihre Strafe erhält.«

Waljakov nickte. »Meine Gemahlin Håntra und ich kommen ebenfalls mit. Wir lassen weder dich, Stoiko, noch Euch allein gegen Eure Tochter ziehen.«

Der Nekromant lächelte nachsichtig. »Euer Eifer in allen Ehren, doch was nützt ihr mir unterwegs?«

Waljakovs mechanische Hand legte sich an den Griff des Säbels, die wohl charakteristischste Bewegung des Kämpfers. »Was wir *nützen*, Herr? Ihr hättet zur Abwechslung ein paar Freunde und lebendige Menschen um Euch anstelle Eurer Toten und gefangenen Seelen!« Er musterte ihn. »Seht Euch an, wie Ihr ausseht! Bald klappert Ihr, wenn Ihr lauft, so dürr seid Ihr geworden.« Sein harter Blick ließ keinen Widerspruch mehr zu.

Lodrik fühlte sich in die alten Tage zurückversetzt, als es keine vertrauenswürdigeren Menschen um ihn herum gegeben hatte als diese beiden gealterten Männer. Und es war noch immer so. Verborgene Gefühle stiegen in ihm auf; den Wunsch, die beiden zu berühren, musste er mit Gewalt unterdrücken.

»Dann begleitet mich, aber seid kein Ballast«, versuchte er sie mit vorgetäuschter Schroffheit abzuwimmeln und freute sich insgeheim, als beide abwinkten.

Nun waren es drei bewährte Jäger, die sich an die Verfolgung seiner Tochter machten.

X.

**Kontinent Ulldart, Kensustria,
Khòmalîn, Winter
im Jahr 1/2 Ulldrael des Gerechten
(460/61 n. S.)**

Lautlos öffnete sich die Tür zu Tokaros Verlies. Das Tageslicht beleuchtete einen Wächter der Priesterkaste. Er winkte dem jungen Ritter zu. »Es ist so weit. Die Familie hat einen Krieger gesandt.«

»Endlich hat das Warten ein Ende.« Tokaro schnallte sich den blitzenden Harnisch um und rüstete sich auf, wie es sich für einen Gläubigen Angors gehörte. Erst danach setzte er einen Fuß über die Schwelle und empfing das Schwert, das ihm der Kensustrianer reichte. Seine Augenbrauen zogen sich zusammen. »*Das* ist nicht meine Waffe!«

»Der Priesterrat hat beschlossen, dir die aldoreelische Klinge für den Zweikampf nicht zu geben«, sagte der Wärter, während er vor ihm herging und ihn an den Ort führte, an dem über Leben und Tod entschieden wurde. »Da wir keine selbst herstellen können, ist es nur gerecht, wenn wir dir deine wegnehmen und ihr mit gleichwertigen Waffen kämpft.«

Tokaro knirschte mit den Zähnen. »Angenommen Angor nimmt meine Seele zu sich, möchte ich, dass mein Schwert an den Ordensmeister übergeben wird.«

Sein Begleiter sagte darauf nichts, sondern stieg die Stufen nach unten und brachte ihn zurück auf kensustrianischen Boden.

Es war kalt geworden. Die Atemluft flog als weißes Wölkchen davon, und die Bewohner Khòmalîns trugen dicke Kleidung. Tokaro machte es kaum etwas aus. Die Winter in diesem Teil Ulldarts waren mild im Vergleich zu den eisigen Weiten Tarpols, aus denen er stammte.

Er erkannte den Ort der Begegnung sofort wieder. Genau an diesem Fleck hatte er mit dem Kensustrianer die Klingen gekreuzt und ihn unabsichtlich getötet.

Mehrere Angehörige der Kriegerkaste, sein Herausforderer und ein Priester, der den Schiedsmann mimte, warteten bereits auf ihn.

Tokaro maß seinen Gegner mit den Augen und entdeckte nichts, wovor er sich auf den ersten Blick fürchtete. Allerdings verhüllte der Mann, den er auf Anfang dreißig schätzte, seine Statur, Rüstung und Waffen unter einem weißen Umhang.

Der Priester hob den Arm und redete in einer unverständlichen Sprache, danach wiederholte er seine Worte in der ulldartischen Handelssprache. »Nach kensustrianischem Recht steht es der Familie zu, für den Tod ihres Kindes das Leben des Fremden zu nehmen. Sofern er es in einem Gefecht verliert.« Er trat einen symbolischen Schritt zurück.

Das Zeichen verstand der junge Ritter ohne eine Übersetzung. Er fasste den Schwertgriff, zog die Waffe aus der Hülle und wartete auf den Angriff des Kensustrianers. »Lasst mich sagen, dass ich den Tod bedaure und dass es ein Unfall war«, sprach er. »Und ich werde versuchen, das Leben des Kensustrianers, der mir gegenübersteht, zu schonen, soweit es mir möglich gemacht wird.«

Eine ältere Kriegerin, die sechzig Dekaden sicherlich überschritten hatte, sagte ein einziges Wort. Tokaros Gegner warf daraufhin den weißen Umhang zu Boden, hielt den Kragenaufschlag jedoch mit einer Hand gepackt.

»Das kann nicht Euer Ernst sein«, entfuhr es Tokaro und starrte auf den nackten, muskulösen Körper vor sich. Bis auf einen Lendenschurz hatte der Krieger auf jegliche Kleidung verzichtet, an den Füßen trug er weiche, knöchelhohe Schuhe, und die Hände steckten in robusten Handschuhen. Rechts hielt er das Schwert, links den Umhang.

Als Antwort unternahm der Kensustrianer einen Ausfall, stach waagrecht nach vorn, und während der Ritter den Angriff parierte, flog der Umhang heran und verdeckte ihm einen Wimpernschlag lang die Sicht.

Diese Zeit genügte dem Gegner, ein weiteres Mal zuzuschlagen.

Tokaro hörte die Schneide heransurren, bekam den Arm jedoch nicht mehr schnell genug nach oben und erhielt einen schmerzhaften Treffer auf die Schulter. Die Panzerung hielt die Klinge davon ab, sich in seine Knochen und sein Fleisch zu schneiden, aber der Aufprall zwang ihn zur Seite und kurz in die Knie. Ein heißes Stechen lähmte seine Schulter und machte den Arm taub.

Damit nicht genug.

Der Kensustrianer hatte damit gerechnet, dass Tokaro zur Seite taumelte, und den Umhang so ausgelegt, dass er mit einem Fuß darauf stand. Kaum geschah dies, zog er an und brachte ihn aus dem Gleichgewicht.

Stolpernd wankte der Ritter rückwärts, und der Kensustrianer setzte gnadenlos nach. Dieses Mal zielte er auf den Hals. Er hielt sich nicht lange damit auf, den Feind zu verletzen.

Mühsam gelang es Tokaro, die Schneide ein weiteres Mal aus ihrer Bahn zu lenken, dafür durchbohrte die Spitze die Rüstung und stach in sein Schlüsselbein. Fluchend schlug er von unten gegen die Klinge, die klirrend zu einem Drittel abbrach.

Der Kensustrianer zog sich zwei Schritte zurück und lauerte. Jetzt sollte der Fremde angreifen.

Tokaro hatte längst verstanden, welchen Nachteil er besaß. Die Rüstung war von den besten Schmieden Ulldarts angefertigt worden und erlaubte eine enorme Beweglichkeit. Ein Nackter aber war eben noch beweglicher.

Da er vor den Kriegern nicht wie ein Hasenherz wirken wollte, drang er auf den Kensustrianer ein, obwohl er wusste, dass seinen Schlägen in einem direkten Angriff kein Erfolg vergönnt sein würde. Eine Finte musste her.

Also tat er bald so, als sei er bereits müde, und verringerte die Geschwindigkeit seiner Angriffe mit jedem Hieb. Er torkelte absichtlich, um den Krieger glauben zu machen, die Zeit in der Zelle habe ihn träge gemacht.

Als der Kensustrianer den Kniff mit dem Umhang ein zweites Mal versuchte und eben mit aller Kraft am Kragen zog, hob Tokaro den Fuß und gab dem Tuch unvermittelt die Freiheit wieder. Der Krieger geriet durch seinen eigenen Schwung ins Trudeln.

Blitzartig schlug Tokaro zu und zerschnitt den Stoff, sodass ein armseliger Fetzen zwischen den Fingern des Feindes verblieb. Ungeachtet des Gewichts seiner Rüstung sprang er vorwärts, das Schwert am langen Arm nach vorn gereckt.

Sein nicht eben ungefährlicher Plan ging auf, doch er geriet selbst ins Straucheln.

Die Schneide drang unterhalb des Knies in den Unterschenkel ein und schnitt eine rote Linie bis zum Innenknöchel. Aufstöhnend fiel der Kensustrianer zu Boden. Tokaros Angriff hatte ihn regelrecht eine Scheibe Fleisch gekostet, und aus der großen Wunde sprudelte das Blut unaufhaltsam hervor.

Ihr beider Kampfwille war groß. Sie rappelten sich auf, ungeachtet ihrer Verletzungen und Schmerzen, denn wer am Boden lag, besaß kaum die Möglichkeit, sich zu wehren. Sie stemmten sich in die Höhe, standen gleichzeitig mehr oder weniger sicher auf den Beinen.

Tokaro hätte einfach warten können, bis alles Blut aus dem Kensustrianer gelaufen war, aber er dachte gar nicht daran, den Sieg auf unehrenhafte Weise zu erringen. Andererseits war es nicht wirklich ehrenhaft, einen schwer verletzten Feind anzugreifen.

»Priester, fragt ihn, ob er aufgeben möchte«, unterbreitete er ihm den Vorschlag. »Ihr seid …«

Der Kensustrianer trat humpelnd nach vorn und schlug nach ihm, doch Tokaro wehrte den Hieb ab und rammte ihm den gepanzerten Ellbogen ins Gesicht. Roter Lebenssaft rann aus dem klaffenden Riss auf dem Nasenrücken, der Krieger stürzte ein zweites Mal auf die Steine.

»Ich frage Euch noch einmal: Wollt Ihr aufgeben?« Tokaro näherte sich und stellte sich auf die Klinge, damit der Kensustrianer sie nicht hob und ihm ins Bein stach. Die Spitze seiner eigenen Waffe zielte auf die schweißbedeckte Kehle des Feindes.

Dessen Lider flatterten, der Kopf sank abrupt nach hinten, und aufstöhnend verlor er das Bewusstsein.

»Damit ist es wohl vorbei«, befand der Ritter und nahm den Fuß vom Schwert, drehte sich um.

Das schabende Geräusch in seinem Rücken, das durch das Klappern der Rüstung beinahe übertönte worden wäre, warnte ihn. Der Kensustrianer hatte sich ohnmächtig gestellt und auf seine letzte Gelegenheit gewartet, den Gegner zu besiegen.

Tokaro stieß das Schwert nach unten und fing den Schlag ab, der ihm von hinten in die Kniekehle gedrungen wäre; er wirbelte um die eigene Achse und ließ sich in die Hocke nieder, den Schwung zu einem mörderischen, senkrecht geführten Hieb nutzend. Tokaro hörte, wie die ältere Kensustrianerin aufschrie.

Ohne eine aldoreelische Klinge zu sein, besaß das Schwert dennoch eine verheerende Wirkung auf den aufrecht sitzenden Kensustrianer. Die Schneide fuhr knapp am Kopf vorbei, trennte zwei Haarsträhnen und das Ohr ab, glitt durch das ungeschützte Schlüsselbein und beendete seine Reise durch den Körper erst auf Höhe des Herzens, wo es im Brustkorb feststeckte.

Tokaro und der Kensustrianer schauten auf das Schwert und den seltsam blutlosen Schnitt, den es hinterlassen hatte, bis das Rot unvermittelt hervorschoss und der Krieger tot auf die Seite sank. Um ihn herum bildete sich ein See aus Blut.

Der junge Ritter erhob sich. Er ließ die Waffe in dem Leichnam stecken und trat vor den betroffenen Priester, der die Augen nicht von dem Getöteten abwenden konnte. Es war vermutlich der erste besiegte Kensustrianer, den er sah.

»Bin ich nun ein freier Mann?« Der Priester nickte, bemerkte das Blut, das an seinem Gewand haftete, und murmelte vor sich hin. »Und Ihr, seid Ihr zufrieden mit dem, was Ihr angerichtet habt?«, richtete sich Tokaro an die Kriegerin, in deren Augen Tränen schimmerten. »Seinen Tod habt *Ihr* zu verschulden, nicht ich. Als ich den Ersten aus Eurer Familie tötete, war es keine Absicht, doch den zweiten Verlust schreibt Euch gut.«

Niemand übersetzte seine Worte.

»Komm. Wir versorgen deine Wunde«, sagte der Wärter.

»In meiner Zelle, nehme ich an.«

Der Kensustrianer reichte ihm die aldoreelische Klinge. »Nein. Es wurde ein Zimmer hergerichtet, in dem du verweilen kannst, solange du möchtest. Du bist nunmehr ein Gast in Khòmalîn, kein Gefangener mehr.« Die bernsteinfarbenen Augen musterten die Schulterwunde, in der ein Stück der Klinge steckte. »Wird es gehen, oder soll ich Träger rufen lassen?«

»Nein«, gab Tokaro sofort zurück. »Ich bin zum Gefecht gelaufen, also kehre ich auf meinen beiden Beinen zurück.«

Bald bereute er seine stolze Entscheidung. Die Wendeltreppe des Turms verlangte ihm die letzten Reserven ab, der Schweiß rann ihm von der Stirn, und mehr als einmal packte ihn der Schwindel. Der Ritterstand verlangte von ihm, keine Schwäche zu zeigen. Angor hätte dafür kein Verständnis.

Als er endlich in der Kammer angelangte und allein war, musste er sich samt Rüstung auf das Bett sinken lassen und sich erholen, bevor er die eisernen Segmente eines nach dem anderen abschnallte.

Nach einiger Zeit klopfte es. Eine kleine Heerschar aus Kensustrianerinnen und Kensustrianern erschien, um ihn zu waschen und seine Verletzungen zu behandeln. Das linke Schlüsselbein schmerzte, die Stichwunde wurde genäht und mit Salben bestrichen, welche eine schnellere Heilung bewirken sollten.

Tokaro fühlte die Erschöpfung in den Gliedern, und er schlief während der Pflege durch die vorsichtigen Hände ein, noch bevor er etwas aß.

Er erwachte mitten in der Nacht, nackt im weichen Bett in einem halbdunklen Zimmer liegend. Der Hunger hatte ihn geweckt.

Er stand auf, schlüpfte in das frisch gewaschene und nach Kräutern duftende Untergewand und machte sich auf die Suche nach Nahrung.

Auf dem Tisch neben dem großen runden Fenster, von dem aus er einen herrlichen Ausblick auf die erleuchteten Tempel Khòmalîns hatte, stand eine Auswahl an Speisen und Getränken, die er im Licht der Sterne und Monde kostete. Seine verletzte Stelle schmerzte nicht.

Die Tür öffnete sich, ohne dass sich der Besucher durch ein höfliches Klopfen anmeldete.

»Wer da?« Tokaro streckte die Hand nach der aldoreelischen Klinge aus, die auf dem Stuhl gegenüber ruhte.

»Ich bin es«, sagte eine leise, weibliche Stimme, und die Gestalt trat aus dem Dunkel des Raumes ans Fenster.

»Estra!« Er entspannte sich, legte das Stück Brot zurück, und bevor er darüber nachdachte, sprang er auf, um sie zu umarmen. Erst als er ihren Körper unter dem dünnen Stoff spürte, wurde er sich darüber bewusst, dass es kein ehrlicheres Eingeständnis seiner bislang verborgenen Gefühle gab. »Verzeih«, stammelte er und ließ sie los, aber sie hielt ihn ebenfalls umfangen, suchte seinen Blick.

»Nein, Tokaro. Es gibt nichts zu verzeihen«, sagte sie glücklich, auch wenn er sich die Melancholie in ihren karamellfarbenen Augen nicht erklären konnte. Estra reckte den Kopf und küsste ihn auf den Mund, öffnete ihre Lippen leicht und verführte ihn zu mehr als nur einem freundschaftlichen Kuss.

Seine Hand glitt unter ihr Gewand und spürte ihre weiche, samtene Haut. »Ist es gut, was wir tun?«

Sie lächelte und erschauderte, als er ihre Kleidung von den Schultern streifte. »Was kann daran schlecht sein?«, erwiderte sie und erkannte, worin der wahre Grund für seine Unsicherheit bestand. »Du denkst an meine Mutter und Nerestro, habe ich Recht?« Sie schmiegte sich an ihn, das silberne Licht umschmeichelte sie. Als ihre Finger seinen Körper erkundeten, vergaß er alle Vorbehalte und ergab sich seinen Gefühlen.

Sie liebten sich mehrmals hintereinander, stürmisch und zärtlich zugleich, gaben sich einander hin, bis sie erschöpft auf dem Bett lagen.

Tokaro hielt sie in seinen Armen, sah sich mit ihr nach Ammtára gehen und dort ein Ordenshaus der Hohen Schwerter errichten, Bilder von Kindern blitzten auf. Er bekam die Zukunft, nach der sich sein Ziehvater Nerestro von Kuraschka immer mit Belkala gesehnt hatte. *Ich werde Estra vor allem bewahren, was ihr schaden möchte,* schwor er lautlos und sog den Duft der jungen Frau ein, roch an ihren Haaren und streichelte ihren Rücken.

»Ich werde bleiben.«

Er hatte das Gefühl, dass sich Eiswasser über ihn ergoss. »Was willst du tun?« Er suchte ihren Blick, aber sie hatte die Augen geschlossen.

»Ich bleibe. Ich habe es meiner Tante versprochen. Ich werde gutmachen, was Belkala angerichtet hat.« Estra klang verunsichert, als ob es nicht ihre freie Entscheidung gewesen sei, und das spürte Tokaro ganz genau.

»Deine Tante? Ich weiß, was gespielt wird! Sie zwingen dich, in Khòmalîn zu bleiben«, sagte er ihr auf den Kopf zu, und sie riss erschrocken die Lider auf. Verzweiflung lag in ihrem Blick. Und Angst. »Sie haben dir gedroht, mich zu töten, wenn du nicht bleibst«, schloss der Ritter wütend daraus.

»Nein, *ich* möchte bleiben«, beschwichtigte sie seine aufsteigende Wut. »Es ist *mein* Wille.«

Er schüttelte den Kopf. »Nein, Estra. Ich sehe deine Sorge. Sie schworen Pashtak, dass sie *dir* kein Haar krümmen werden. Wenn sie Forderungen stellen können, dann nur auf diese Weise.« Aufgebracht sprang er aus dem Bett, hörte nicht auf das Ziehen in seiner Schulter, streifte sich die Kleider über und warf ihr Gewand auf die Laken. »Zieh dich an. Wir verlassen diese verlogenen, heimtückischen Bastarde. Angor schmettere die Stadt in Stücke!«

Estra setzte sich auf. »Nein, sie werden dich …«

»Ha!«, machte er triumphierend. »Ich wusste es doch!« Er warf sich das Kettenhemd über, stieg in die Stiefel und schnallte sich den Brustharnisch um, die anderen Rüstungsteile ließ er zurück. Gegen die kensustrianischen Kämpfer brauchte er mehr Bewegungsfreiheit. Er war schon fertig, als Estra noch immer unentschlossen auf dem Bett lag. »Worauf wartest du?«

»Ich will dich nicht tot sehen«, sagte sie ernst. »Ich gehe nicht mit dir.«

»Was wollen sie von dir?«

»Das darf ich dir nicht sagen«, lehnte sie ab. »Geh und vergiss mich nicht. Wir sehen uns eines Tages sicher wieder, Tokaro. Bestelle Pashtak …«

»*Vergessen?* Estra, wir haben das Lager geteilt! Diese Nacht hat unsere Liebe besiegelt, und ich werde dich sicherlich nicht bei diesen Kreaturen lassen«, brauste er auf. Er streckte die gepanzerte Hand nach ihr aus. »Komm. Ich bringe dich fort von hier.«

»Ich *kann* nicht!«, schrie sie ihn wütend an. »Du ignoranter Sturkopf von einem eingebildeten Ritter, begreife es! Sie werden dich töten und Ammtára vernichten lassen, sobald ich gehe!« Ihre Hände krallten sich in die Decke, und er hatte für einen Augenblick das Gefühl, dass ihr Gesicht sich veränderte, eine Spur animalischer, gefährlicher wirkte. »Ihre Götter wollen, dass ich bleibe.«

»Ich beuge mich keinem ihrer Götter. Ich diene Angor«, hielt er trotzig dagegen, »und er beschützt mich. Mein Leben Angor und der Tod meinen Feinden.« Er küsste die Blutrinne der aldoreelischen Klinge. »Estra, vertraue mir.«

Sie stieg mit enormer Geschwindigkeit aus dem Lager und stand nackt vor ihm, ihre Augen funkelten zornig. »Was nützt eine Flucht? Da stehst du mit der Selbstherrlichkeit und der Anmaßung meines Vaters, von der mir meine Mutter berichtete, und denkst nicht an die Folgen deiner Entscheidung.« Sie packte ihn im Nacken, zog ihn wild zu sich herab und gab ihm einen leidenschaftlichen Kuss, der das Feuer seiner Empfindungen aufflammen ließ. »Jetzt geh.« Sie raffte ihr Gewand an sich und eilte zur Tür.

Seine Hand legte sich um ihre bloße Schulter. »Estra?«

Seufzend wandte sie sich um. »Tokaro, mach es mir nicht noch schwerer …« Sie sah die Faust heranfliegen und war zu verdutzt, um reagieren zu können. Der Schlag reichte aus, um sie bewusstlos in seine Arme sinken zu lassen.

»Verzeih mir. Ich lasse es nicht zu, dass sie dich hier behalten«, sagte er zu der Ohnmächtigen. Schnell legte er ihr die Kleidung an, warf ihr eine Decke gegen die Kühle um und trug sie hinaus, den Gang entlang und die Treppe hinab bis zu den Stallungen, wo man seinen Schimmel untergebracht hatte.

In aller Eile sattelte er Treskor, legte Estra hinter den Sattel und zurrte so viel Gepäck um sie herum fest, dass die Torwache auf den ersten Blick keinen Menschen unter dem Berg aus Decken, Töpfen und anderen Dingen vermutete.

Kurz vor Sonnenaufgang ritt er auf den Ausgang der Stadt zu und gab sich Mühe, verschlafen auszusehen. Die kensustrianischen Krieger hatten keinen Grund, ihn aufzuhalten, und so öffnete sich das große Tor für den Fremden. Er ritt gemächlich unter dem Bogen hindurch auf die andere Seite der Mauer und dankte Angor für den Beistand.

Da erscholl ein lautes Dröhnen. Ein hell klingender Gong wurde geschlagen und verkündete, dass sich etwas in Khòmalîn tat, was nicht sein durfte. Die Priester hatten das Verschwinden ihrer Gefangenen bemerkt.

»Ihr bekommt uns nicht!«, schrie Tokaro und presste dem Hengst die Fersen in die Flanken.

Treskor preschte übermütig wiehernd los und flog trotz der zusätzlichen Last die Straße entlang, weg von der Stadt.

Kontinent Ulldart, Baronie Kostromo, Winter im Jahr 1/2 Ulldrael des Gerechten (460/61 n. S.)

Der vor Anstrengung keuchende Mann wich bis an die Wand zurück, sprang zur Seite und duckte sich unter dem genau gezielten Klingenstoß hindurch. Er übersah dabei den Dolch, der sich von der anderen Seite näherte, und bekam ihn prompt schmerzhaft in den Unterleib. Ächzend sank er an der Mauer nach unten und blieb hocken, rang nach Luft.

Das Schwert flog heran und traf ihn mit einem dumpfen Laut mitten auf den Kopf.

Und noch einmal.

Und noch einmal, und ...

»Vahidin, hör auf!«, sagte eine strenge Frauenstimme.

»Aber es sind doch nur Holzwaffen«, begehrte der Junge auf und fing den nächsten Schlag ab. Er trug einen Fechtanzug und einen Lederhelm auf dem Kopf, unter dem seine silbernen Haare verborgen waren. »Ich bringe ihn schon nicht um.«

»Ich will nicht, dass du ihm eine blutige Wunde schlägst.« Aljascha hatte sich von ihrem gepolsterten Stuhl erhoben und trat in ihrem dunkelgrünen Kleid raschelnd zu ihrem Sohn, der auf unerklärliche Weise gewachsen war und inzwischen aussah wie ein Zwölfjähriger. Wo er auch auftauchte und gesehen wurde, Männer und Frauen schwärmten von ihm, lobten seinen Charme und seine Klugheit.

»Danke, hochwohlgeborne Vasruca«, seufzte der Fechtmeister und erhob sich, hielt sich den geschundenen Schädel und die Stelle im Unterleib, wo sich die hölzerne Spitze in die Gedärme gebohrt hatte. Es schmerzte immer noch. Der grazil wirkende Junge war kräftiger, als er aussah.

Sie lächelte überheblich. »Es geht mir weniger um dein Leben als um die Flecken. Der Anzug war teuer. Du könntest es dir nicht leisten, für den Schaden aufzukommen und ihn von deinem Gehalt zu bezahlen.« Sie stellte sich neben Vahidin und legte eine Hand auf seine Schulter. »Gut gefochten, mein lieber Sohn.« Mit einer Handbewegung winkte sie den Diener herbei, der neben der Tür wartete und eine kleine Kiste in den Händen hielt. »Ich habe ein Geschenk für dich.«

Der Junge öffnete den Deckel, schlug das schwarze Samttuch auseinander und lächelte verzückt, als er die kostbare Hülle mit dem Schwert darin sah, das scheinbar nur darauf wartete, von ihm ergriffen zu werden.

Die Klinge war aus dem Iurdum-Block geschmiedet worden, den die Modrak ihm gebracht hatten. Er nahm das Schwert aus dem Futteral, schwang es ein paar Mal und spürte das vollendete Gleichgewicht der Waffe.

»Danke, Mutter.« Er küsste sie auf die Wange.

»Seine Fortschritte sind gewaltig, hochwohlgeborene Vasruca«, fühlte sich der Fechtmeister verpflichtet, den schnellen Fortgang aus seiner Sicht zu bestätigen. »Ich habe keinen Schüler, der innerhalb von zwei Wochen eine solche Sicherheit im Umgang mit Schwert und einer zweiten Waffe an den Tag legte.« Er wagte es, sich ein wenig in die Brust zu werfen. »Es zeigt, welchen überragenden Lehrer er hat.«

Vahidin und Aljascha lachten gleichzeitig los, der Fechtmeister verzog beleidigt das Gesicht. »Du bist entlassen«, sagte sie hoheitsvoll und erlaubte ihm, sich zu entfernen.

»Sehr wohl, hochwohlgeborene Vasruca.« Er verbeugte sich tief vor ihr. »Morgen um die gleiche Zeit, hochwohlgeborener Vasruc?«, richtete er sich an den Jungen.

»Nein. Du bist *entlassen*.« Vahidin warf die Übungswaffen achtlos weg. »Ich brauche einen Besseren als dich. Ich habe dich besiegt, also kann ich von dir nichts mehr lernen.«

Aljascha schaute den Mann spöttisch an. »Und? Wen kannst du mir von deinen Konkurrenten empfehlen?«

»Es gibt keinen Besseren als mich in Kostromo.«

»Dann sollte ich wohl eine Fechtschule eröffnen«, bemerkte Vahidin spitz und richtete die Waffe auf ihn. »Wagst du es, gegen mich mit einem echten Schwert anzutreten? Du könntest deine Anstellung behalten.«

»Vahidin, nein. Ich will nicht, dass du verletzt wirst!«, sagte Aljascha besorgt.

Er grinste boshaft. »Er wird es nicht schaffen.« Er lockte ihn mit der Hand. »Was ist, Greis? Angst vor einem Kind?«

Der Mann lachte verunsichert, schaute Hilfe suchend zu dem Diener, der aber durch seinen Gesichtsausdruck verdeutlichte, dass ihn das Ganze nichts anging. »Nein, ich werde mein Schwert nicht gegen Euch erheben, hochwohlgeborener Vasruc«, sagte er. »Am Ende lande ich im Kerker.«

»Ich schwöre, dass dir nichts geschieht, selbst wenn du mich verletzen solltest«, räumte Vahidin großzügig ein. »Besiegst du mich, behältst du deinen Posten und bekommst den doppelten Lohn.«

Dieses Angebot konnte der Fechtmeister nicht ausschlagen. Er nahm sein Schwert, das auf dem Stuhl unter seinem Mantel lag, und kehrte auf die Fechtbahn zurück. »Ich werde Euch mit Verlaub zeigen, hochwohlgeborener Vasruc, dass Ihr noch etwas zu lernen habt, bevor Ihr einen Meister herausfordert.« Er ließ dem jugendlichen Gegner den ersten Angriff. Und der erfolgte mit solcher Geschwindigkeit, dass er es gerade noch schaffte, zur Seite auszuweichen. Eine Parade wäre unmöglich gewesen.

»Was ist? Bist du eingeschlafen?«, lachte Vahidin. »Jetzt schlag du nach mir.«

Der Mann rückte seinen Fechtanzug zurecht und attackierte, versuchte mehrere Finten, um den Jungen aufs Glatteis zu führen und eine Lücke in seiner Deckung zu öffnen, doch jede seiner Bewegungen wurde im Ansatz erkannt und abgewehrt. Jetzt ließ er seine letzte Zurückhaltung fallen und griff Vahidin an, als stünde er seinem eigenen Mörder gegenüber.

»Endlich! Es geht doch«, meinte der Junge, dem die Konzentration und die Anstrengung das überhebliche Lächeln aus dem hübschen Gesicht gewischt hatten.

Aljascha beobachtete das Duell angespannt. Sie wandte ihre Augen nicht ab, als fürchtete sie, dass ihrem Sohn, ihrem einzigen geliebten Sohn und Garanten für die Rückkehr zur Macht in einem unbeobachteten Moment die Klinge durch den Leib fahren könnte. Als ihr ein Diener einen Brief brachte, öffnete sie den Umschlag und behielt das Schreiben zwischen ihren Fingern, ohne die Zeilen zu lesen.

Der Fechtmeister drängte den jungen Gegner mit einer raschen Schlagfolge an den Rand der Bahn. Noch zwei Schritte, und er hatte den Kampf verloren. »Wir sehen uns dann morgen in aller Frühe, hochwohlgeborener Vasruc«, ließ er sich zu einer Bemerkung hinreißen und schlug erneut zu.

Vahidin parierte und wich nicht weiter zurück. »Weswegen?« Er hatte die ganze Zeit gewartet, dass die Klinge aus Iurdum eine besondere Wirkung entfaltete. Enttäuschung stieg empor. Die aldoreelischen Klingen der Hohen Schwerter zerschnitten alles, was sich ihnen entgegenstellte. Seine Waffe bestand aus dem gleichen Material, doch sie verhielt sich wie eine gewöhnliche Klinge. Die Tzulani hatten bei der Herstellung einen schwerwiegenden Fehler begangen.

»Um Euch zu unterrichten«, gab der Mann zurück und setzte alles daran, den Jungen von der Bahn zu schieben.

Eine letzte Möglichkeit, das Schwert auf die Probe zu stellen, blieb noch. Vorsichtig setzte Vahidin seine magischen Fertigkeiten ein und ließ einen Hauch seiner Macht durch die Hand in den Griff und in die Schneide fließen.

Die Klinge verdunkelte sich abrupt und wurde schwarz wie die Nacht. Als sie auf das Schwert des Gegners traf, gab es ein kreischendes Geräusch, das durch die Ohren bis in den Verstand schoss. Der schrille Klang verursachte körperliche Qualen, lähmte jeden, der ihn anhören musste.

Nicht nur das. Die Klinge hatte die Waffe des Fechtmeisters durch die Berührung zerschlagen, als bestünde sie nicht aus Metall, sondern aus zerbrechlichem Spiegelglas. Die winzigen Stücke fielen auf den Boden, und der Mann besaß nichts weiter als einen Griff mit der Parierstange davor.

»Was ... wie habt Ihr das gemacht?«, stammelte er erschrocken und vergaß sogar die standesgemäße Anrede.

Vahidin drosselte den magischen Zufluss, das Iurdum nahm seine alte Farbe an, und die Waffe sah wieder wie ein herkömmliches Schwert aus. Also gab es doch eine Besonderheit. »Davon verstehst du nichts«, gab er kühl zur Antwort und stach zu.

Er hatte auf die Körpermitte gezielt, und als die Klinge zu einem Drittel in dem Mann stak, erlaubte er seiner Magie, ein weiteres Mal in das Schwert zu fahren.

Sofort lief die Klinge schwarz an. Der Fechtmeister riss die Augen weit auf, gleich darauf zerriss es ihn von innen heraus. Es begann mit roten Linien, die sich ohne erkennbares Muster auf der Haut bildeten, und beim nächsten Lidschlag fiel er tot und zersprengt wie eine zertrümmerte Vase auf den Boden der Fechthalle.

Vahidin war mit dem Blut des Mannes von oben bis unten beschmutzt, aber sehr zufrieden mit seiner Waffe. »Es tut mir Leid. Ich handelte gedankenlos«, entschuldigte er sich bei seiner Mutter, deren Garderobe unter dem heftigen, unappetitlichen Ableben des Opfers gelitten hatte. »Wir können sein Vermögen einziehen, um dir ein neues Kleid nähen zu lassen.« Er reinigte das Schwert mit dem Handtuch vom warmen Blut; dabei blickte er zu dem kalkweißen Diener. »Du wirst über das, was du gesehen hast, nichts erzählen, oder es ergeht deiner Familie schlecht«, drohte er unmissverständlich, ehe er die Waffe zurück in die Kiste legte. Der Mann nickte eilends.

Aljascha hatte noch keine Zeit gehabt, sich von dem Vorfall zu erholen. Sie presste sich ein Tuch vor den Mund und wandte sich von dem schrecklichen Anblick des auseinander geborstenen Kadavers ab, entdeckte die beiden roten Spritzer auf dem grünen Kleid und stöhnte.

Der Brief zwischen ihren Fingern raschelte, brachte sich wieder in Erinnerung. Sie hob ihn vor die Augen und las, um sich von der Übelkeit abzulenken.

Geschätzte Aljascha Radka Bardriç, Vasruca von Kostromo,

lasst mich Euch sagen, wie sehr Ich Euch bewundere.
Ihr besitzt das Durchsetzungsvermögen, das ich gerne hätte; Ihr besitzt die Vertrautheit mit der Macht, wie ich sie

mir wünsche; Ihr hattet die absolute Befehlsgewalt inne und herrschtet über ein Reich, das es in diesen Ausmaßen noch niemals auf Ulldart gegeben hatte.

Meine Amtszeit hat erst begonnen, und ich benötige den Rat einer Frau, wie Ihr es seid. Wir könnten ein neues Bündnis bilden – ein Bündnis der Frauen, das sich gegen die Herrschsucht der Männer richtet!

Und wir haben eine Gemeinsamkeit, geschätzte Freundin: den Hass auf Lodrik Bardriç. Er nahm Euch einmal die Macht und trachtet ein weiteres Mal danach.

Während meines Aufenthaltes in Ulsar habe ich Dinge erfahren, die ich in keiner Zeile niederzuschreiben wage, sondern nur in Euer Ohr sagen möchte.

Aber es sei Euch versichert: Euer Leben und das Eures Sohnes sind in höchster Gefahr! Es geht um den Thron Tarpols und den Anspruch, den Ihr sicherlich erheben wollt.

Ihr und Euer Sohn seien herzlich nach Amskwa eingeladen. Ich gewähre Euch größtmöglichen Schutz.

Hier können wir in aller Ruhe über Euren ärgsten Feind sprechen, der Euch in seinem Wahn und mit neuartigen Kräften bereits auf den Fersen ist.

Fürchtet ihn!

Eilt nach Amskwa, geschätzte Freundin, und Ihr werdet meine Zeilen verstehen!

Es grüßt und wünscht Euch den Schutz der Götter
Elenja die Erste
Kabcara von Borasgotan

Aljascha hob den Kopf und schaute zu Vahidin, der eben aus seinem blutbeschmutzten Fechtanzug stieg und in saubere

Kleidung schlüpfte. Es würde zu Lodrik passen, über den sie in der Tat schon sehr viele seltsame Geschichten gehört hatte, wenn er ihr Leben oder das ihres Sohnes verlangte. Vielleicht ahnte er, wessen Sohn Vahidin war.

»Wir verreisen, mein Sohn«, offenbarte sie ihm in einem Anflug von Sorge und zerriss das Schreiben in viele kleine Stückchen, die als raschelnder Schnee auf den Boden fielen und sich mit dem Blut des Fechtmeisters voll sogen. »Wir wollen sehen, ob wir eine neue Freundin finden, die uns von Nutzen sein kann.«

Vahidin nickte, nahm das Schwert wieder aus der Kiste und schnallte es sich um. Danach setzte er den Helm ab, und das lange silberne Haar fiel ihm auf die Schultern. Der Junge strahlte sie an, legte die Arme auf den Rücken.

Aljascha musste an seinen Vater denken.

Kontinent Ulldart, auf See, Winter im Jahr 1/2 Ulldrael des Gerechten (460/61 n. S.)

Versteht Ihr das, Puaggi?« Torben erhob sich und fuhr mit den Fingern über die im schummrigen Licht kaum erkennbaren Kerben in der Schiffswand. »Wir sind einen Monat auf See, und noch ist kein einziger Schuss gefallen. Wir hätten Rogogard in dieser Zeit einmal umsegeln können.«

Der Bombardenträger, auf dem sie sich befanden, neigte sich stark nach vorn; ein Zittern durchlief den Rumpf, als er mit dem Bug voran in die offensichtlich hohen Wellen fuhr und sie zerschnitt.

Der Palestaner hielt eine Hand in das Wasser, das knöchelhoch in ihrem Gefängnis stand. »Eisiger als alles, was ich gefühlt habe«, sagte er nachdenklich. »Zusammen mit der rauen See, durch die wir die ganze Zeit schlingern, würde ich behaupten, dass wir die Rogogardischen Inseln schon längst passiert haben und uns auf dem Weg nach Norden befinden.«

»Unsinn. Im Norden gibt es nichts. Sie haben es auf Kalisstron abgesehen«, sagte Imansi aus einer Ecke. »Sie machen einen Abstecher dorthin, um die Küstenstädte für ihre Einmischung auf Ulldart zu bestrafen.« Er rollte sich herum, damit er Torben und Puaggi besser sah. »Ich habe nachgerechnet: Sie sind zuerst nach Norden und kurz vor Rogogard nach Westen geschwenkt, um in gerader Linie auf die kalisstronischen Städte an der Ostküste zu treffen. Es gibt da eine günstige Strömung.« Er langte nach der Flasche Branntwein, die ihnen überlassen worden war, bemerkte, dass sie leer war, und warf sie achtlos weg. Klirrend zerschellte sie irgendwo in der Dunkelheit. »Wir werden unser komfortables Zuhause bald mit den grünäugigen Fischfressern teilen.«

»Ich habe ja die ganze Zeit über gehofft, dass er an Fieber stirbt, aber er tut mir den Gefallen einfach nicht«, raunte Puaggi Torben augenzwinkernd zu. »Wir werden ihn lange ertragen müssen.« Er betrachtete Torbens vernarbte Wunde.

»Der Branntwein hat mir das Leben gerettet«, sagte Torben, weil er den Blick bemerkt hatte. »Er hat die Vergiftung besiegt.«

»Der Branntwein und die Sorge um Eure Varla«, berichtigte Puaggi. »Vor drei Wochen hätte ich keinen Heller auf Euer Leben gewettet.«

»Wir Freibeuter sind ein zähes Volk«, grinste Torben. »Danke für Eure Fürsorge.«

Über ihnen eilten plötzlich sehr viele Schritte das Zwischendeck entlang. Der Magodan hatte wohl alle Seeleute nach oben rufen lassen.

Die drei Gefangenen saßen im schummrigen Dunkel ihrer letzten Kerze, lauschten und versuchten, etwas aus den Geräuschen und Bewegungen auf dem Schiff zu schließen.

»Es rollt und stampft nicht mehr so schlimm. Wir sind in ruhigeres Gewässer gelangt«, befand Torben. »Ein Wetterumschwung kann es nicht sein, die See wäre immer noch aufgewühlt.« Er vernahm wie die Übrigen das gedämpfte Klirren der Ankerketten, der Bombardenträger stoppte die Fahrt. »Ein Hafen?«

»Oder eine günstige Schussposition?«, meinte Puaggi.

Wieder horchten sie schweigend. Weder wurden die Bombarden bedient noch wurden sie beschossen.

Schritte näherten sich ihrer Tür, der Schlüssel knackte im Schloss, und der Eingang schwang auf. Laternenlicht fiel hell wie die Sonnen ins Innere und blendete sie.

»Raus mit euch«, tönte der Befehl mitten aus der Helligkeit heraus. Eine Peitsche knallte, sie traf Puaggi am Hals und zeichnete eine blutige Linie auf die Haut.

Torben hörte, wie die Zähne des Palestaners aufeinander rieben; er beherrschte sich, um den Tzulandrier nicht weiter zu reizen. »Wo sind wir?«

»Raus«, wiederholte der Mann stur und holte drohend aus.

Imansi, Puaggi und Torben verließen den Verschlag, stiegen mehrere enge, schmale Treppen nach oben und stießen an Deck des Bombardenträgers auf die übrigen, überwiegend weiblichen Gefangenen.

Die tzulandrische Flotte war in einer gewaltigen Bucht vor Anker gegangen. Vor ihnen erstreckte sich eine zerklüftete Küstenlinie unter einem trüben Himmel, der unablässig Schnee ausspie. Das Weiß türmte sich auf den Felsen mehr als mannshoch; jungfräulich lag es da, unbetreten und unbefleckt.

Das würde sich bald ändern.

Das Meer wimmelte von großen und kleinen Beibooten, die voll besetzt auf den einzigen Strandabschnitt zuhielten. Einen halben Warst hinter der flachen Böschung erhoben sich die Mauern einer Stadt.

»Kalisstron«, sagte Imansi rechthaberisch. »Ich habe es gleich gesagt.«

Die Wärter trieben sie vorwärts, scheuchten sie das Fallreep hinab in ein großes Beiboot, das daraufhin ablegte und die etwa einhundert Gefangenen zum Strand ruderte.

»Warum schießen sie nicht?«, fragte sich Torben halblaut und erriet damit Puaggis Gedanken.

»Richtig, Kapitän. Die vorderste Linie ist in Reichweite der Bombarden der Stadt, und bei der Anzahl von Feinden«, er blickte über den hohen Rand des Bootes und vergewisserte sich, dass er sich nicht täuschte, »braucht ein Geschützmeister nicht einmal zu zielen. Jede Kugel fände einen Rumpf zum Zerschlagen.«

Torben erinnerte sich an eine alte Piratentaktik. »Ein Vorauskommando hat die Stadt vielleicht von Land her eingenommen.« Er schaute zu den gewaltigen Wänden, die durch das Schneetreiben noch immer deutlich zu erkennen blieben, und geriet ins Zweifeln.

Die Befestigungen waren zu stark, es bedurfte eines Heeres, um sie zu erstürmen. Einen Handstreich hätte wiederum die Anordnung der vielen Feuertürme nicht zugelassen. Die

Kalisstri, das wusste er aus eigener Erfahrung, überwachten ihre Küsten sehr genau.

Als er sich länger umblickte, erkannte er, dass etwas Wichtiges fehlte: »Wir sind nicht in Kalisstron«, sagte er zu Puaggi und deutete auf die kahlen Klippen. »Ich sehe keinen einzigen ihrer Türme, mit denen sie von hoch oben das Meer beobachten.«

Knirschend lief der Rumpf auf dem flachen Sandstrand auf. Ihr Steuermann hatte das Boot mit viel Geschick und Augenmaß in eine der wenigen Lücken manövriert, während es genügend andere gab, die vor dem Ufer dümpelten und auf einen freien Platz warteten.

Im Eilmarsch wurden sie die Böschung hinauf und über die Ebene zur Stadt hin getrieben. Unterwegs brachen etliche der entkräfteten Gefangenen zusammen. Die Tzulandrier prügelten auf diejenigen ein, welche den Mädchen und Frauen zu Hilfe kommen wollten, bis sich keiner mehr in die Nähe der nach Hilfe Rufenden traute.

So sehr sich Torben auch umschaute, er sah Varla nirgends.

Ihre Gruppe wurde durch das Stadttor geführt. Unterwegs trafen sie auf Männer in dicken Uniformmänteln mit roten Schärpen, welche dem Anführer der Wärter Anweisungen erteilten, wohin er die Gefangenen zu bringen hatte.

Die Stadt war groß, und sie passte von ihrer Bauweise her weder zu Kalisstron noch zu Rogogard oder Rundopâl, das Torben als dritte Möglichkeit in Betracht gezogen hatte. Sie stapften durch den tiefen Schnee. »Die Stadt steht leer«, meinte er leise zu dem Palestaner.

Puaggi nickte. Er klapperte mit den Zähnen, da er wie die meisten Gefangenen zu dünn bekleidet war. »Es brennt nirgends Licht, und im Schnee vor den Türen gibt es keine Spuren«, verkündete er seine Beobachtungen. »Ich verstehe es nicht. Wenn die Einwohner vor den Tzulandriern geflohen sind, müsste man doch irgendwelche Hinweise erkennen. Es scheint, als seien die Gebäude schon seit geraumer Zeit ohne Leben.«

»Ein Geschenk? Damit das Heer keine weiteren Verwüstungen in dem Land anrichtet?« Für Torben wurde es immer verwirrender.

»Wer ließe sie denn freiwillig anlanden?«, brachte es Puaggi auf den Punkt. »Der ganze Kontinent hat sich zu einer Front gegen sie zusammengeschlossen, und hier wird ihnen ein Tor geöffnet?«

Dann erinnerte sich Torben, wo er die Uniformen schon einmal gesehen hatte. »Commodore, ich glaube, wir sind in Borasgotan.«

»Dann sind wir weit, weit im Norden des Landes«, meinte der junge Mann bibbernd und schlang die Arme um seinen Körper, als könne er die Wärme einfangen.

Ihre Wanderung endete in einem großen Lagerhaus. Die palestanischen Offiziere wurden von den Frauen und Mädchen getrennt und auf die andere Seite getrieben, wo man sie einem Dă'kay vorführte.

Der Mann stand mit dem Rücken zu ihnen und unterhielt sich mit jemandem. Er unterbrach das Gespräch, wandte sich ihnen zu.

Er sah wie ein klassischer Tzulandrier aus; unter dem dicken, schweren Mantel aus Pelzen schauten die bekannte Rüstung und die Beile hervor, und wie alle der Fremden machte er den Eindruck eines halbwegs gezähmten Raubtiers. Seine breite Statur verbarg die Person, mit der er sich bis eben besprochen hatte.

»Beifang«, meinte er in der ulldartischen Handelssprache nach einem kurzen Blick auf die hageren Gesichter der Männer. »Wir brauchen keinen Beifang. Wer hat befohlen, sie mitzunehmen?«

»Lasst mich sehen, ob ich Verwendung für sie habe, Dǎ'kay«, sagte eine rauchige Frauenstimme. »Ich habe Euch eine Stadt geschenkt. Zeigt Euch damit ein wenig erkenntlich.«

»Damit?«, lachte der Tzulandrier. »Verhungerte Gestalten, Gebieterin?«

Er machte ihr Platz, und Torben sah eine Frau in einem prachtvollen schwarzen Zobelmantel auf sie zukommen. Eine Pelzkappe schützte den Kopf vor der Kälte. Ihr Gesicht verbarg sie hinter einem schwarzen Schleier.

Und je mehr sie sich näherte, desto kälter wurde es.

Kontinent Ulldart, Ammtára, Königreich Tûris, Winter im Jahr 1/2 Ulldrael des Gerechten (460/61 n. S.)

Pashtak sah zu, wie ein Trupp aus Nimmersatten Seile um einen großen Steinblock legte und mit aller Kraft und allem Gewicht daran zog.

Knirschend gab der Quader nach und bewegte sich Stück für Stück aus seiner Position; als er endlich herausbrach, stürzte die dazugehörige Mauer rumpelnd und staubend in sich zusammen.

»Sehr gut«, lobte er die Arbeiter. »Ich rufe die anderen, und dann können wir die Steine wegschaffen. Aber gebt Acht, dass nicht mehr beschädigt wird.« Seine Augen richteten sich auf das Haus, das unmittelbar neben der eingefallenen Mauer stand. »Laut Plan darf das Gebäude stehen bleiben.«

Die Nimmersatten nickten, und Pashtak lief los, um die Freiwilligen, die gerade nichts zu tun hatten, zur Baustelle zu führen.

Der Winter war eine denkbar ungeeignete Jahreszeit für solche Unternehmungen. Der Frost in den Wänden machte das Abreißen noch schwieriger, weil sich entweder gar nichts bewegen ließ oder mehr abbrach, als es sollte.

Darauf konnte Pashtak jedoch keine Rücksicht nehmen. Die Jahreswende rückte näher und somit auch das Ende des Aufschubs, den die Priesterkaste der Stadt gewährt hatte. Überall in Ammtára klopfte, hämmerte und krachte es. Was er in vielen Monaten, mitunter sogar Jahren mit aufgebaut hatte, rissen die Nimmersatten und andere kräftige Einwohner in wenigen Tagen ein. Besser, ein Teil verging, als dass nur schwarze Ruinen von den schönen Zeiten Ammtáras kündeten.

Auf dem Marktplatz fand er zwei Dutzend erschöpfter Freiwilliger, die sich gerade bei Essen und heißen Getränken stärkten. Niemand murrte, als Pashtak erschien und sie zu ihrem nächsten Einsatz schickte. Sie wussten, worum es ging.

Pashtak lief unterdessen ins Versammlungsgebäude, wo bereits seine Freunde auf ihn warteten.

Die Stadt umzubauen bedeutete eine große Herausforderung. Ihr dazu einen neuen Namen zu geben stellte sich als beinahe genauso schwierig heraus.

Derzeit gab es in der Versammlung der Wahren neun Vorschläge, und keines der Mitglieder wollte sich auf den Vorschlag eines anderen einlassen. Wieder einmal war er als Vorsitzender gefragt, um zu vermitteln oder, wenn es nicht half, ein Machtwort zu sprechen.

Er öffnete die Tür mit viel Schwung. »Verzeiht, dass ich zu spät komme, aber ...« Pashtak stockte, weil er den kensustrianischen Priester neben seinem Stuhl stehen sah, und der Mann roch nach Ärger, im wahrsten Sinne des Wortes. Der Kleidung nach zu urteilen gehörte er dem Kult Lakastras an. »Welch eine Überraschung«, sagte er und deutete eine Verbeugung an, dann ging er zu seinem Platz. »Mir wurde nicht gesagt, dass Ihr hier seid.« Er blickte in die Runde und bemerkte ausschließlich betretene Gesichter. Anscheinend hatte der Kensustrianer mit seinen Ausführungen bereits begonnen.

»Ihr hättet es früh genug erfahren.« Er schaute den Vorsitzenden an. »Eure Stadt ist verloren.«

Pashtak hatte gerade Platz genommen und sprang sofort mit einem Knurren in die Höhe, die kleinen Ohren legten sich an den Kopf. »Das müsst Ihr mir erklären«, grollte er und bemühte sich, die Zähne nicht drohend zu entblößen.

»Der Ritter ist samt Eurer Inquisitorin geflohen. Die Abmachung wurde durch Belkalas Tochter gebrochen, und damit wird Ammtára von unseren Kriegern im Morgengrauen dem Erdboden gleich gemacht.« Er deutete aus dem Fenster. »Ihr habt die Nacht über noch Gelegenheit, die Einwohner entfernen zu lassen. Dann wird morgen niemandem etwas geschehen.«

»Ich habe das Versprechen von Iunsa, dass die Stadt bis zum Jahreswechsel nicht angetastet wird«, entgegnete Pasthak knurrend.

»Wenn Estra in den Mauern von Khòmalîn geblieben wäre«, ergänzte der Priester sofort.

»Davon war nicht die Rede!«, widersprach Pashtak aufbrausend, und seine Nackenhaare stellten sich angriffslustig auf.

»Dann habt Ihr nicht zugehört.« Der Kensustrianer hatte anscheinend sehr viel Vertrauen in den Schutz seines Gottes. So mancher Krieger wäre angesichts des bedrohlich aussehenden Vorsitzenden davongelaufen. »Die Bedingung war für uns stets, dass sich Estra bei uns befindet, solange *wir* es wünschen. Bedankt Euch bei dem Ritter.«

Pashtak baute sich vor dem Priester auf. »Ich glaube, dass es gar kein schlechter Einfall von Tokaro war, mit Estra die Flucht zu ergreifen«, grollte er. »Wie stellt Ihr Euch das vor? Wie soll ich Ammtára in wenigen Stunden geordnet räumen? Wie sollen die Bewohner ihre Wertsachen transportieren?«

Der Kensustrianer zuckte mit den Achseln. »Es gibt genügend Dörfer und Städte in der Umgebung, die Euch sicherlich aufnehmen, bis Ihr eine neue Stadt gebaut habt. Ihr habt viel Sumpfland trockengelegt, es wird sich ein Platz finden.« Er blieb ruhig stehen und ließ keinen Zweifel daran, dass es ihm gleichgültig war und es keine Verhandlungen geben würde.

»Muss ich schon wieder nach Khòmalîn reisen und vor dem Priesterrat betteln?«

»Nein. Es würde Euch nichts bringen.« Der Priester nickte ihm zu. »Ich kehre ins Lager zurück und erteile den Truppen den Befehl.« Er sah das angriffslustige Blitzen in den Augen des Vorsitzenden. »Es hätte keinen Sinn, mich zu töten. Die Krieger greifen die Stadt auf alle Fälle an.«

»Dann ist es doch erst recht sinnvoll, Euch zu töten. Da ich den Angriff damit nicht verhindern kann, was macht es dann schlimmer?«, ließ Pashtak sich zu einer Drohung hinreißen und erntete damit zustimmendes Knurren und Rufen aus dem Rat.

»Nun, meine Anweisung, beim Einmarsch niemanden oder nur in Notwehr zu töten, könnte die Krieger nicht erreichen«, gab der Priester gelassen zurück. »Ihr wisst, dass sie die Bewohner spielend leicht ausrotten könnten. Wir wollen zeigen, dass es uns einzig um die Struktur und nicht um die Lebewesen geht.« Er schlenderte betont lässig zum Ausgang. »Betet, dass mir kein Leid geschieht, Vorsitzender.«

Die Türen flogen auf. Zehn kensustrianische Krieger, deren Rüstungen sich deutlich von denen unterschieden, die Pashtak bislang zu Gesicht bekommen hatte, standen auf der Schwelle des Versammlungsraumes.

Noch bevor einer der Anwesenden etwas sagte, hob der vorderste der unerwarteten Besucher die Hand und schleuderte dem Priester etwas entgegen.

Es rauschte leise, der Priester schrie auf und hielt sich die Brust. Zwischen den blutigen Fingern ragte ein schlankes Messer hervor. Er wankte, streckte die Hand Hilfe suchend nach einer Stuhllehne aus, verfehlte sie und fiel auf den Boden, wobei er sich das Messer tiefer in den Brustkorb bohrte.

Der kensustrianische Krieger schrie etwas, zog im Laufen sein geschwungenes Schwert und schlug dem Sterbenden den Kopf ab, dann spie er auf den zuckenden Leichnam. Auf seinen Wink hin packten vier seiner Begleiter die blutigen Überreste und schleuderten sie aus dem Fenster.

»Seid Ihr von Sinnen?«, murmelte Pashtak bestürzt. »Ihr habt den Kensustrianer getötet, der das Leben der Bewohner

Ammtáras bewahren konnte! Das Heer wird angreifen und alle niedermetzeln!«

Der Anführer der Gruppe nahm seinen Helm ab, schüttelte die wallenden, dunkelgrünen Haare und lachte. »Nein.«

»Ein Aufstand«, rief einer aus der Versammlung erleichtert aus. »Die Kriegerkaste hat die Macht in Kensustria von den Priestern und Gelehrten zurückerobert. Den Göttern sei Dank, wir sind gerettet.« Auf seine Worte hin setzte leises, vorsichtiges Gemurmel ein.

Pashtak sog unauffällig die Luft ein. Den unangenehmen Geruch nach Verwesung, den die Krieger für seine empfindliche Nase in einer geballten Wolke verströmten, kannte er sehr genau. Die abtrünnige Belkala, die Ammtára den verfluchten Namen gegeben und sich bei ihnen als Lakastre vorgestellt hatte, hatte genauso gerochen. Und das gefiel ihm gar nicht. »Wieso werden sie es nicht tun?«

»Ich bin Simar.« Der kensustrianische Krieger lächelte und zeigte ein raubtiergleiches Gebiss, dessen Fangzähne sich mit denen Pashtaks messen konnten. »Keine Gefahr, weil wir sie getötet, wie es für Abtrünnige richtig.« Er betrachtete zufrieden die Blutspritzer am Boden. »Wir suchen Land von Abtrünnigen auf Ulldart.« Er richtete die bernsteinfarbenen Augen auf Pashtak. »Heißt Kensustria. Du weißt, wo es ist?«

 **Nachwort**

Autoren leben ihre gemeinen Seiten gern in ihren Büchern aus.

In meinem Fall kann ich es einfach nicht übers Herz bringen, Ulldart zur Ruhe kommen zu lassen. Unbekannte Krieger, die den ulldartischen Kensustrianern ähneln und sie dennoch verfolgen, legen im Westen von Tûris an. Wird der restliche Kontinent in die Auseinandersetzung der Fremden hineingezogen? Wie verhalten sich die Königreiche? Zeigen sie Gleichgültigkeit oder leisten sie Beistand?

Damit nicht genug. Alana die Zweite, einstige Herrscherin über Tersion, verlangt nach ihrer Rückkehr aus dem angorjanischen Exil zu viel. Sie kann sich die Unverschämtheit erlauben, denn ihr Gemahl ist der Sohn eines Kaisers, der über einen Kontinent befiehlt und Unmengen von Soldaten zur Verfügung hat. Dann sind da noch die Vorgänge im Norden Borasgotans: Was beabsichtigt die unheimliche Nekromantin mit den Gefangenen, die ihr die verbündeten Tzulandrier überlassen haben? Möchte sie ein Heer aus Geistern erschaffen?

Das sind nur kleine Ausblicke auf den achten Band, in dem natürlich auch Aljascha, Norina, Lodrik, Stoiko und Waljakov und viele andere wieder dabei sein werden.

Leseproben dazu – sobald es welche gibt – und weitere Informationen zu Ulldart finden sich auf meiner Homepage unter *www.ulldart.de.*

Markus Heitz, im März 2005

 **Glossar**

Orte und Begriffe

KALISSTRON: Nachbarkontinent Ulldarts im Westen
TARVIN: Kontinent südwestlich unterhalb Ulldarts
ANGOR: 1. Gott des Krieges, 2. südlicher Kontinent; Exil von Königin Alana II. von Tersion
KHÒMALÎN: kensustrianische Stadt und Sitz des Priesterrates
VERBROOG: Hauptinsel Rogogards
FARALT: dritte Insel von Osten aus
AMSKWA: Hauptstadt Borasgotans
SAMTENSAND: Fischerstadt in Tûris
NRUTA: Nebenfluss des Repol
REPOL: Hauptstrom Tarpols
ARKAS UND TULM: Doppelgestirn, auch »die Augen Tzulans« genannt
CERÊLER: kleinwüchsiges, magisch begabtes Heilervolk
QWOR: Ungeheuer

HARA¢: Herzog
VASRUC: Baron
SKAGUC: Fürst
TADC: Prinz

KABCAR: König
¢ARIJE: Kaiser
MAGODAN UND DĂ'KAY: tzulandrische Offizierstitel

IURDUM: seltenstes Metall auf Ulldart
TALER: Währung Agarsiens
PARR: Währung Borasgotans

Personen

RASPOT PUTJOMKIN: borasgotanischer Vasruc und Kabcar
FJANSKI: borasgotanischer Hara¢
OBRIST SALTAN: borasgotanischer Offizier
KLEPMOFF: borasgotanischer Vasruc
BSCHOI: borasgotanischer Vasruc
PADOVAN: Bürgermeister der Stadt Amskwa
VANSLUFZINEK: verurteilter Verbrecher

IJUSCHA MIKLANOWO: Brojak aus Granburg und Vater von Norina
LODRIK BARDRI¢: einstiger Kabcar von Tarpol, Nekromant
GLEB: Lodriks Diener
STOIKO GIJUSCHKA: einstiger Vertrauter Lodriks
WALJAKOV: einstiger Leibwächter Lodriks
NORINA MIKLANOWO: Kabcara von Tarpol und Lodriks Gemahlin
MATUC: Neubegründer des Ulldrael-Ordens auf Ulldart

KALEÍMAN VON ATTABO: Großmeister des Ordens der Hohen Schwerter

ZAMRADIN VON DOBOSA: Seneschall des Ordens der Hohen Schwerter
TOKARO VON KURASCHKA: Ritter im Orden der Hohen Schwerter
MELIK VON WERBURG: Ritter im Orden der Hohen Schwerter

ALJASCHA RADKA BARDRIȻ: ehemalige Kabcara und einstige Gattin Lodriks
TAMUSCHA: Aljaschas Magd
GOVAN: Lodriks ältester Sohn
ZVATOCHNA: Lodriks Tocher
KRUTOR: Lodriks jüngster Sohn
FJODORA TURANOW: hilfreicher Geist
DEMSOI LUKASCHUK: Priester Tzulans
SILCZIN: Vasruc und Herrscher über die Baronie Kostromo

KÖNIG PERDÓR: Herrscher von Ilfaris
FIORELL: Vertrauter Perdórs und Hofnarr
KURZEWEYL: ebenfalls Hofnarr Perdórs
SOSCHA: tarpolisches Medium
TORBEN RUDGASS: rogogardischer Freibeuter
VARLA: tarvinische Piratenkapitänin und Rudgass' Gefährtin
KÖNIG BRISTEL: König von Tûris
FROODWIND: rogogardischer Kapitän
HANKSON: Erster Maat der *Varla*
WALGAR: Wirt des *Spundlochs*
SOPULKA DÄ'KAY: Befehlshaber der Inselfestung

ESTRA: Inquisitorin Ammtáras und Belkalas Tochter
PASHTAK: Vorsitzender Ammtáras
KÌGASS UND NECHKAL: Versammlungsmitglieder

SHUI: Pashtaks Gefährtin
SLRNSCH: Bewohner Ammtáras
GÀN: Nimmersatter und Wächter in Ammtára
RELIO UND KOVAREM: kensustrianische Gesandte der Priesterkaste

WAISÛL: kensustrianischer Befehlshaber
SIMAR HÌUBA`SOR: kensustrianischer Krieger
IUNSA: Leiter des Priesterrates von Kensustria
FIOMA: Priesterin Lakastras

LORIN: Norinas und Lodriks Sohn
JAREVRÅN: Lorins Frau
BLAFJOLL: Walfänger
KALFAFFEL: Cerêler und Bürgermeister Bardhasdrondas
SINTJØP: Neffe des Bürgermeisters
FATJA: borasgotanische Schicksalsleserin und Geschichtenerzählerin
ARNARVATEN: Geschichtenerzähler und Fatjas Gemahl
KIURIKKA: Kalisstra-Priesterin
RANTSILA: Führer der Bürgermiliz
DRINJE: Mädchen aus Bardhasdronda

NICENTE ROSCARIO: palestanischer Commodore und Befehlshaber der *Erhabenheit*
SOTINOS PUAGGI: Roscarios Adjutant
DULENDØ IMANSI: palestanischer Commodore

Von Markus Heitz liegen bei Piper vor:
Schatten über Ulldart. Ulldart – Die Dunkle Zeit 1
Der Orden der Schwerter. Ulldart – Die Dunkle Zeit 2
Das Zeichen des Dunklen Gottes. Ulldart – Die Dunkle Zeit 3
Unter den Augen Tzulans. Ulldart – Die Dunkle Zeit 4
Die Magie des Herrschers. Ulldart – Die Dunkle Zeit 5
Die Quellen des Bösen. Ulldart – Die Dunkle Zeit 6
Trügerischer Friede. Ulldart – Zeit des Neuen 1
Brennende Kontinente. Ulldart – Zeit des Neuen 2
Fatales Vermächtnis. Ulldart – Zeit des Neuen 3

Die Zwerge
Der Krieg der Zwerge
Die Rache der Zwerge
Das Schicksal der Zwerge

Die Legenden der Albae. Gerechter Zorn
Die Legenden der Albae. Vernichtender Hass

Die Mächte des Feuers
Drachenkaiser

Vampire! Vampire!

DEINE ZUKUNFT GEHÖRT DIR ...

starters
LISSA PRICE

... DOCH DEIN KÖRPER GEHÖRT UNS!

www.lesen-was-ich-will.de

kapitel 1   Enders machten mir Angst.
Der Pförtner führte mich lächelnd zum Eingang der Body Bank. Er war noch nicht uralt, vielleicht hundertzehn, doch das reichte, um mir Gänsehaut zu verschaffen. Wie die meisten Enders trug er falsches Silberhaar, eine Frage der Ehre in seinem Alter.

Im Innern des ultramodernen Gebäudes mit seinen hohen Decken kam ich mir noch kleiner vor als sonst. Ich folgte ihm durch die Eingangshalle, als schwebte ich durch einen Traum, in dem meine Füße den Marmorboden kaum berührten.

Er lieferte mich bei der Rezeptionistin ab. Sie trug weißes Haar und einen mattroten Lippenstift, der beim Lächeln auch auf ihren Schneidezähnen zu sehen war. In der Body Bank mussten sie nett zu mir sein. Aber wenn sie mir auf der Straße begegneten, behandelten sie mich wie Luft. Da spielte es keine Rolle, dass ich mal die Klassenbeste gewesen war – als es noch Schulen gab.

Nun war ich sechzehn. Noch ein Baby in ihren Augen.

Das Klappern hoher Absätze hallte von den kahlen Wänden wider, als mich die Empfangsdame in ein kleines Wartezimmer führte. Es war ebenfalls fast leer. In den Ecken standen mit Silberbrokat bezogene Stühle, die alt und kostbar wirkten, aber der Chemiegeruch in der Luft zeugte von frischer Wandfarbe und Synthetikmaterial. Auch das Vogelgezwitscher, das eine natürliche Umgebung vortäuschen sollte, war unecht. Ich warf einen Blick auf meinen zerschlissenen Trainingsanzug und die abgestoßenen Schuhe. Ich hatte die Sachen mehrmals gewaschen, aber manche Flecken ließen sich nicht mehr entfernen. Und weil ich den langen Weg nach Beverly Hills zu Fuß durch Nieselregen marschiert war, fühlte ich mich wie eine verwahrloste Katze.

Meine Füße schmerzten. Ich hätte mich gern auf einen der Stühle sinken lassen, wagte es aber nicht, mit meinem nassen Hintern den Brokat zu beschmutzen. Ein hochgewachsener Ender kam in den Warteraum gerauscht und beendete mein Etikette-Dilemma.

»Callie Woodland?« Er warf einen Blick auf seine Uhr. »Ich hatte Sie früher erwartet.«

»Tut mir leid. Der Regen …«

»Schon gut. Jetzt sind Sie ja hier.« Er streckte mir die Rechte entgegen.

Das Silberhaar bildete einen starken Kontrast zu seiner künstlichen Bräune. Je breiter er lächelte, desto größer wurden seine Augen, was mich nervöser machte als sonst, wenn ich einem Ender gegenüberstand. Sie verdienten es nicht, Senioren genannt zu werden, auch wenn sie das am liebsten hörten, diese raffgierigen alten Kerle am Ende ihres Lebens. Ich zwang mich, seine runzlige Hand zu schütteln.

»Ich bin Mr. Tinnenbaum. Willkommen bei Prime Destinations.« Er nahm auch seine Linke zu Hilfe, um meine Hand fest zu umschließen.

»Ich wollte nur mal sehen …« Ich ließ meinen Blick

durch den Raum schweifen, als sei ich gekommen, um mir ein Bild von der Innenausstattung zu machen.

»Wie das hier so läuft? Natürlich. Fragen kostet nichts.« Er ließ endlich meine Hand los, strahlte mich aber weiterhin an. »Kommen Sie, ich zeige Ihnen alles.«

Er streckte den Arm aus, als könnte ich die Tür nicht allein finden. Seine Zähne blitzten so weiß, dass ich immer ein wenig zusammenzuckte, wenn er lächelte. Wir gelangten durch einen kurzen Korridor in sein Büro.

»Hier herein, Callie. Nehmen Sie Platz!« Er schloss die Tür und deutete auf einen Stuhl vor dem Schreibtisch.

Ich biss mir auf die Zunge, um ein Keuchen zu unterdrücken. Das hier war die totale Extravaganz. An einer Wand stand ein massiver Kupferbrunnen, aus dem unentwegt klares, kühles Wasser plätscherte, als gäbe es das umsonst.

Ein gläserner Schreibtisch mit eingebetteten LED-Lichtern und einem Airscreen in Augenhöhe beherrschte das Zentrum des Raums. Der Bildschirm zeigte ein Mädchen in meinem Alter mit langem rotem Haar und einem Sporttrikot. Es erinnerte mich an ein Fahndungsfoto. Allerdings lächelte die Abgebildete, und ihr Gesichtsausdruck wirkte freundlich. Hoffnungsvoll.

Ich nahm auf einem modernen Metallstuhl Platz, während Mr. Tinnenbaum hinter dem Schreibtisch stehen blieb und auf den Screen deutete. »Ein neues Mitglied, das genau wie Sie durch einen Freund von unserem Unternehmen erfuhr. Die Frauen, die ihren Körper mieteten, waren sehr angetan.« Er tippte eine Ecke des Schirms an, und das Bild wechselte. Jetzt war ein durchtrainierter Teen zu sehen in einem engen Schwimmanzug. »Die Empfehlung kam von ihm. Adam ist nicht nur Schwimmer, sondern auch Snowboard- und Skifahrer und ein hervorragender Kletterer. Er wird gern von Outdoor-Fans gemietet, die seit Jahrzehnten keine anstrengenden Sportarten mehr betreiben können.«

Seine Worte brachten mir die harten Tatsachen zu Bewusstsein. Widerlich alte Enders mit Gelenksarthrose, die eine Woche lang diesen Jungen mieteten. Die in seinen Körper schlüpften, um sich noch einmal jung zu fühlen. Fast drehte es mir den Magen um. Ich wollte aufspringen und die Flucht ergreifen, aber ein Gedanke hielt mich zurück.

Tyler.

Ich umklammerte die Sitzkante meines Stuhls mit beiden Händen. Mein Magen knurrte. Tinnenbaum reichte mir eine Zinnschale, auf der Papierförmchen mit riesigen Pralinen, groß wie Cookies, arrangiert waren. Meine Eltern hatten früher auch so eine Zinnschale besessen.

»Mögen Sie Supertruffles?«, fragte er.

Ich nahm wortlos eine der Pralinen, ehe ich mich auf meine verlorenen Manieren besann. »Danke.«

»Nehmen Sie ruhig mehr!« Er schwenkte die Schale einladend vor meiner Nase.

Ich nahm eine zweite und eine dritte, da die Schale immer noch in Reichweite schwebte, und schob sie mitsamt den Papierförmchen in die Tasche meines Kapuzenshirts. Er schien enttäuscht, dass ich sie nicht sofort aß, als sei das das Highlight seines Tages. Hinter meinem Stuhl plätscherte der Brunnen herausfordernd. Wenn mir der Kerl nicht bald etwas zu trinken anbot, würde er erleben, dass ich aufspringen und meinen Kopf unter die Fontäne halten würde, das Wasser schlabbernd wie ein Hund.

»Könnte ich bitte ein Glas Wasser haben?«

»Natürlich.« Er schnippte mit den Fingern und erhob dann die Stimme, als spräche er in ein verborgenes Mikro. »Ein Glas Wasser für die junge Dame.«

Sekunden später betrat eine Ender das Büro. Sie hatte eine Modelfigur. Und sie balancierte ein mit einer Stoffserviette umhülltes Glas Wasser auf einem Tablett. Ich nahm das Glas und sah darin kleine Würfel wie Diamanten glitzern. Eis. Sie stellte das Tablett neben mir ab und ging wieder.

Ich legte den Kopf in den Nacken und trank das Glas in einem Zug leer. Kühl und süß benetzte die Flüssigkeit meine Kehle. Mit geschlossenen Augen genoss ich den Nachgeschmack des saubersten Wassers, das ich seit Ende des Krieges getrunken hatte. Nachdem der erste Durst gestillt war, ließ ich einen der Eiswürfel in meinen Mund gleiten und zerbiss ihn krachend. Als ich die Augen öffnete, merkte ich, dass Tinnenbaum mich anstarrte.

»Noch ein Glas?«, fragte er.

Ich war drauf und dran, Ja zu sagen, aber sein Blick verriet mir, dass dieses Angebot nicht ernst gemeint war. Ich schüttelte den Kopf und lutschte die Reste des Eiswürfels. Meine Fingernägel hoben sich noch schmutziger als sonst gegen das blitzblanke Glas ab, und ich stellte es hastig auf das Tablett zurück. Während ich zusah, wie das Eis schmolz, dachte ich darüber nach, wann ich zuletzt gekühltes Wasser getrunken hatte. Es kam mir wie eine Ewigkeit vor. Dabei war es erst ein Jahr her. Der letzte Tag in unserem Haus, bevor die Marshals kamen …

»Möchten Sie Genaueres erfahren?«, fragte er. »Über Prime Destinations, meine ich.«

Ich beherrschte mich, nicht mit den Augen zu rollen.

Enders. Weshalb sonst war ich wohl hier? Ich deutete ein Lächeln an und nickte.

Er tippte eine Ecke des Airscreens an, einmal, um das Bild zu löschen, und ein zweites Mal, um die Holo-Motions in Gang zu setzen. Die erste Sequenz zeigte eine Seniorin, die sich in einer Art Liegesessel zurücklehnte. An ihrem Hinterkopf war eine kleine Kappe befestigt, von der bunte Kabel zu einem Computer liefen.

»Die Kundin wird in einem Ruheraum von gut geschulten Medizintechnikern mit einem Body Computer Interface, dem sogenannten BCI, verbunden und dann in Dämmerschlaf versetzt«, erklärte er.

»Wie beim Zahnarzt.«

»Genau. Ein Monitor überwacht Ihre Vitalfunktionen während der gesamten Reise.« Auf der anderen Seite des Schirms schlief ein junges Mädchen auf einer weich gepolsterten Liege. »Sie erhalten eine besondere Art Narkose und bleiben für die Dauer des Mietverhältnisses in unserer Obhut. Eine schmerzfreie und völlig harmlose Angelegenheit. Eine Woche später wachen Sie auf, ein wenig benommen vielleicht, aber auch sehr viel reicher.« Wieder blitzten seine Zähne.

Diesmal zwang ich mich, nicht zusammenzuzucken. »Und was geschieht in dieser Woche?«

»Sie nimmt Ihren Platz ein.« Er rieb die Handflächen gegeneinander. »Schon mal von computergestützten künstlichen Gliedmaßen gehört? Die Versehrten steuern diese Prothesen nur mit der Kraft ihrer Gedanken. So ähnlich verhält es sich auch hier.«

»Sie stellt sich also vor, sie sei ich. Wenn sie etwas haben will, denkt sie daran, und meine Hände greifen danach?«

»Als befände sie sich in Ihrem Körper. Sie steuert

Ihren Körper und wird wieder jung.« Er schob die Hand des einen Arms unter den Ellbogen des anderen. »Für eine gewisse Zeit zumindest.«

»Aber wie ...?«

Er wies mit dem Kinn auf die andere Seite des Schirms. »Hier drüben, in einem anderen Raum, wird die Spenderin – das wären Sie – über ein drahtloses BCI mit dem Computer vernetzt.«

»Drahtlos?«

»Wir setzen in Ihren Hinterkopf einen winzigen Neurochip ein. Sie werden überhaupt nichts spüren. Völlig schmerzlos. Das gibt uns die Möglichkeit, Sie permanent mit dem Computer zu koppeln. Dann schicken wir Ihre Gehirnströme in den Computer, und der stellt die Verbindung zu unserer Kundin her.«

»Stellt die Verbindung her.« Ich legte meine Stirn in Falten und versuchte mir das bildlich vorzustellen. BCI. Neurochip. Im Hinterkopf. Das wurde mit jeder Minute unheimlicher. Mein Wunsch, die Flucht zu ergreifen, wurde stärker. Aber gleichzeitig wollte ich mehr in Erfahrung bringen.

»Ich weiß, das ist alles so neu für Sie.« Er bedachte mich mit einem überheblichen Grinsen. »Wir versetzen Sie in einen Dauerschlaf. Das Gehirn der Kundin übernimmt Ihren Körper. Während dieses Vorgangs beantwortet sie eine Reihe von Fragen, die ihr unser Team stellt, um sicherzugehen, dass alles so funktioniert, wie es soll. Danach kann sie frei über den gemieteten Körper verfügen.«

Der Airscreen zeigte Bilder des gemieteten Körpers beim Golf, beim Tennis und beim Schnorcheln.

»Da der Körper sämtliche Muskelaktivitäten gespeichert hat, ist die Mieterin in der Lage, alle Sportarten auszuüben, die auch Sie beherrschen. Und wenn der Urlaub vorbei ist, bringt sie den Körper hierher zurück. Die Verbindung wird in der richtigen Reihenfolge gelöst. Danach holen wir die Kundin aus ihrem Dämmerschlaf. Sie unterzieht sich einem abschließenden Check und kehrt entspannt in ihren Alltag zurück. Bei der Spenderin, also Ihnen, stellt der Computer die vollen Gehirnfunktionen wieder her. Sie erwachen in Ihrem Körper, als hätten Sie ein paar Tage geschlafen.«

»Und wenn etwas passiert, während sie meinen Körper benutzt? Beim Snowboarden oder Surfen beispielsweise? Wenn ich verletzt werde?«

»Das ist noch nie vorgekommen. Unsere Kunden unterzeichnen einen Vertrag, der sie für Schäden haftbar macht, und hinterlegen eine Kaution. Glauben Sie mir, jeder ist darauf bedacht, diese Summe zurückzubekommen.«

Er sprach über mich wie über einen Mietwagen. Mich fröstelte, als glitt ein Eiswürfel meine Wirbelsäule entlang. Das erinnerte mich an Tyler, der einzige Grund, der mich in diesem Stuhl hielt.

»Was geschieht mit dem Chip?«, erkundigte ich mich.

Er erstarrte eine Sekunde, fing sich aber gleich wieder. »Der wird nach dem dritten Einsatz entfernt.« Er reichte mir ein Schriftstück. »Hier. Das beruhigt Sie vielleicht.«

Folgende Regeln sind zu beachten, wenn Sie einen Exklusiv-Urlaub bei Prime Destinations buchen:
1. Es ist nicht gestattet, das Äußere des Mietkörpers in irgendeiner Weise zu verändern. Das gilt auch, aber nicht nur, für Piercings, Tattoos, Haareschneiden oder -färben, kosmetische Kontaktlinsen und Schönheitsoperationen wie Brustvergrößerungen.

2. Es ist nicht gestattet, Zähne zu plombieren, ziehen oder mit Schmucksteinen versehen zu lassen.
3. Es ist nicht gestattet, sich weiter als fünfzig Meilen von Prime Destinations zu entfernen. Entsprechende Karten stehen zur Verfügung.
4. Jeder Versuch, den Chip zu verändern, ist strengstens untersagt und führt zur sofortigen Auflösung des Vertrags ohne Kostenrückerstattung. Zusätzlich wird eine Strafgebühr erhoben.
5. Sollte es Probleme mit Ihrem Mietkörper geben, kehren Sie umgehend zu Prime Destinations zurück. Bitte denken Sie stets daran, dass Sie einen jungen Menschen gebucht haben, und behandeln Sie seinen Körper mit der gebührenden Sorgfalt.

Nehmen Sie bitte zur Kenntnis, dass der Neurochip darauf ausgelegt ist, illegale Aktivitäten des Kunden wirksam zu verhindern.

Die Regeln trugen keineswegs dazu bei, mich zu beruhigen. Sie zeigten im Gegenteil eine Reihe von Problemen auf, die ich bisher noch gar nicht bedacht hatte.

»Wie steht es mit ... sonstigen Vorkommnissen?«, fragte ich.

»Was genau meinen Sie?«

»Ich weiß auch nicht.« Mir wäre es lieber gewesen, er hätte das Wort ausgesprochen. Aber nein, das überließ er mir. »Sex?«

»Was ist damit?«

»Darüber steht nichts in Ihren Regeln.« Ich wollte mein erstes Mal sicherlich nicht erleben, wenn ich gar nicht dabei war.

Er schüttelte den Kopf. »Das wird den Kunden unmissverständlich klargemacht. Sex ist verboten.«

Schon klar. Zumindest würde eine Schwangerschaft unmöglich sein. Jeder wusste, dass seit den Massenimpfungen Schwangerschaften, hoffentlich nur zeitweise, ausgeblieben waren. Mein Magen verkrampfte sich. Ich schüttelte mit einer Kopfbewegung die Haare aus den Augen und erhob mich.

»Danke für das Gespräch, Mr. Tinnenbaum. Und für die Demonstration.«

Seine Lippen zuckten. Er versuchte das mit einem schwachen Lächeln zu überspielen. »Übrigens, wenn Sie sofort unterzeichnen, erhalten Sie einen Bonus.« Er holte ein Formular aus seiner Schublade, füllte es aus und schob es mir über den Schreibtisch zu. »Das ist für drei Buchungen.« Er steckte die Kappe auf seinen Füllfederhalter.

Ich nahm den Bogen an mich. Es waren mehr Stellen vor dem Komma, als ich erwartet hatte. Ich setzte mich wieder und atmete tief durch.

Er streckte mir den Füller entgegen. Ich nahm ihn nicht.

»Drei Buchungen?«, fragte ich zurück.

»Ja. Und Sie erhalten das Geld bei Vertragsabschluss.«

Das Formular flatterte. Ich merkte, dass meine Hände zitterten, und legte den Vertrag auf den Schreibtisch.

»Das ist ein sehr großzügiges Angebot«, sagte er. »Gerade aufgrund des Bonus.« Der Füller kam noch näher.

Ich brauchte dieses Geld. Tyler brauchte es.

Als ich den Füller nahm, glaubte ich das Sprudeln des Zimmerbrunnens lauter zu hören. Ich starrte das Dokument an, sah aber nur mattroten Lippenstift, die Augen des Pförtners, Mr. Tinnenbaums unnatürlich weiße Zähne. Ich setzte die Feder auf das Papier, doch bevor ich unterschrieb, schaute ich noch einmal auf. Vielleicht wollte ich eine letzte Rückversicherung. Mr. Tinnenbaum nickte und lächelte. Sein Anzug war perfekt, bis auf einen kleinen weißen Fussel auf dem Revers, der die Form eines Fragezeichens hatte.

Tinnenbaum war so gierig. Ich legte den Füller hin.

Seine Augen verengten sich. »Irgendwas nicht in Ordnung?«

»Meine Mutter hat mir etwas beigebracht.«

»Und das wäre?«

»Eine wichtige Entscheidung immer zu überschlafen. Lassen Sie mir noch etwas Zeit zum Nachdenken.«

Sein Blick wurde eisig. »Ich kann nicht garantieren, dass das Angebot dann noch gilt.«

»Darauf muss ich es ankommen lassen.« Ich faltete den Vertrag, schob ihn in die Tasche und erhob mich.

»Können Sie sich das leisten?« Er stellte sich mir in den Weg.

»Vermutlich nicht. Aber ich muss dennoch darüber nachdenken.« Ich umrundete ihn und ging zur Tür.

»Rufen Sie an, wenn Sie Fragen haben«, rief er mir etwas zu laut nach.

Ich lief an der Empfangsdame vorbei, die verstört darüber schien, dass ich so schnell wieder aufkreuzte. Sie folgte mir mit dem Blick, während ich mir ausmalte, wie sie einen Alarmknopf drückte. Ich lief weiter. Der Pförtner starrte mich durch seine Glastür an, bevor er sie öffnete.

»Sie gehen schon?« Sein dumpfer Gesichtsausdruck hatte etwas Makabres.

Ich rannte wortlos nach draußen.

Frische Herbstluft schlug mir entgegen. Ich atmete tief ein, als ich mich an den Enders vorbeischlängelte, die den Gehsteig in Horden bevölkerten. Ich war wohl die

Erste und Einzige, die Tinnenbaums Angebot abgelehnt hatte. Die nicht auf seine Überredungskünste hereingefallen war. Aber ich hatte gelernt, den Enders zu misstrauen.

Ich schlenderte durch Beverly Hills und wunderte mich über die Wohlstandsviertel, die es ein Jahr nach dem Krieg immer noch gab. Hier war nur jede dritte Schaufensterfront leer. Designerklamotten, optische Elektronik, Bot-Shops, alles, um die Kaufsucht reicher Enders zu befriedigen. Das Geschäft lohnte sich, denn wenn etwas kaputt war, musste man es mangels Ersatzteilen oder jemandem, der es hätte reparieren können, einfach neu kaufen.

Ich hielt den Kopf gesenkt, um nicht aufzufallen. Obwohl ich im Moment nichts Illegales tat, hatte ich für den Fall, dass mich ein Marshal anhielt, nicht die nötigen Papiere, die mich als Minderjährige mit Familie auswiesen.

Während ich an einer Ampel wartete, hielt neben mir ein Truck mit einem Pulk grimmiger Starters, die verdreckt und abgerissen um einen Berg von Schaufeln und Spaten auf der Ladefläche kauerten. Ein Mädchen mit einem Kopfverband starrte mich aus toten Augen an.

Ich sah ein kurzes Aufflackern von Neid darin, als sei mein Leben besser als ihres. Als der Truck wieder anfuhr, verschränkte das Mädchen die Arme und schlang sie fest um den Oberkörper. Ich wusste, dass es ihre Schmerzen verschlimmerte, mich frei auf der Straße zu sehen. So elend mein Dasein war, das ihre war noch elender. Es musste doch irgendeinen Weg aus diesem Wahnsinn geben. Einen anderen Weg als diese unheimliche Body Bank oder legalisierte Sklavenarbeit.

Ich hielt mich auf den Nebenstraßen und machte

einen weiten Bogen um den Wilshire Boulevard, der die Ordnungshüter wie ein Magnet anzog. Zwei Enders, Geschäftsleute in schwarzen Regenmänteln, kamen auf mich zu. Ich senkte das Kinn auf die Brust und vergrub die Hände in den Taschen meines Hoodies. Links spürte ich den Vertrag, rechts die Papierförmchen mit den Supertruffles.

Bitter und süß.

Die Gegend wurde rauer, je weiter ich mich von Beverly Hills entfernte. Ich wich überfüllten Mülltonnen aus, die auf ihren längst fälligen Abtransport warteten. Eine der Fassaden war rot bemalt. Kontaminiert. Die letzten Granaten hatten die Sporen vor mehr als einem Jahr zu uns getragen, aber die Entseuchungsteams hatten es nicht bis hierher geschafft. Oder hatten es nicht gewollt. Ich drückte meinen Ärmel auf Mund und Nase, so wie mein Vater es uns beigebracht hatte. Auch wenn dies vermutlich nichts nützte.

Es begann zu dämmern. Ich holte meine Handleuchte hervor und befestigte sie am linken Handrücken, schaltete sie aber nicht ein. Wir hatten in unserem Viertel die Straßenlaternen kaputtgemacht, weil wir im Schutz der Schatten eher den Marshals entwischen konnten, die uns mit irgendwelchen Vorwänden einzufangen und in Heime einzuliefern versuchten. Zum Glück hatte ich bis jetzt noch keine dieser Einrichtungen von innen gesehen, aber eine der schlimmsten, Institut 37, war nur wenige Meilen entfernt. Andere Starters hatten darüber berichtet.

Etwa zwei Straßenblocks von unserem Unterschlupf entfernt wurde es dann so dunkel, dass ich die Handleuchte einschalten musste. Eine Minute später entdeckte ich auf der anderen Straßenseite zwei helle Lichtstrahlen, die sich in meine Richtung tasteten. Freunde, dachte ich, weil sie ihre Leuchten an ließen. Doch in der gleichen Sekunde erloschen beide Lichter.

Renegaten.

Mein Magen verkrampfte sich, und das Herz schlug mir bis zum Hals. Ich rannte los. Zum Nachdenken blieb mir keine Zeit. Der Instinkt leitete mich zu meinem Unterschlupf. Eine aus der Verfolgergruppe, ein hochgeschossenes Mädchen mit langen Beinen, war mir so dicht auf den Fersen, dass es meinen Hoodie zu packen versuchte.

Ich rannte noch schneller. Der Eingang unseres Hauses war nur noch einen halben Straßenblock entfernt. Sie startete den nächsten Angriff, und diesmal erwischte sie meine Kapuze.

Ich stürzte, als sie mich nach hinten riss, und landete hart auf dem Rücken. Ein heftiger Schmerz erfüllte meinen Kopf. Sie setzte sich rittlings auf mich und machte sich daran, meine Taschen zu durchsuchen. Ihr Begleiter, ein kleinerer Junge, blendete mich mit dem Strahl seiner Leuchte.

»Ich habe kein Geld.« Ich blinzelte und versuchte ihre Hände wegzustoßen.

Sie schlug mir mit der flachen Hand gleichzeitig auf beide Ohren. Ein fieser Trick, den man in der Gosse lernte. Meine Schläfen begannen zu dröhnen.

»Kein Geld?« Ihre Worte hallten dumpf in meinem Schädel wider. »Dann steckst du tief in der Scheiße.«

Eine Flut von Adrenalin schoss durch meine Adern und verlieh meinem Arm ungeahnte Kraft. Ich drosch ihr die Faust unter das Kinn. Sie kippte vornüber, richtete sich jedoch wieder auf, bevor ich mich befreien konnte.

»Jetzt bist du tot, Baby!«

Ich drehte und wand mich, aber ihre Schenkel hielten mich wie eine Stahlklammer fest. Sie holte zu einem Hieb aus, in den sie ihr ganzes Körpergewicht legte. Instinktiv rollte ich den Kopf zur Seite, und ihre Faust prallte auf das Pflaster. Sie schrie laut auf.

Beflügelt von ihrem Schrei, bäumte ich mich auf und kam frei, während sie die schmerzende Hand an den Körper presste. Mein Herz hämmerte wie verrückt. Inzwischen hatte ihr Begleiter einen Steinbrocken aufgehoben. Ich rappelte mich auf.

Etwas fiel mir aus der Tasche. Alle starrten das Ding an.

Eine der kostbaren Pralinen.

Der Junge richtete den Strahl der Handleuchte darauf.

»Essen«, keuchte er.

Das Mädchen kroch auf die Beute zu, die gebrochene Hand immer noch gegen die Brust gepresst. Ihr Freund bückte sich und schnappte sich das Ding zuerst. Sie erwischte seine Hand, brach ein Stück der Praline ab und verschlang es gierig. Er stopfte sich den Rest in den Mund. Ich nutzte die Ablenkung und rannte zum Seiteneingang meines Unterschlupfs. Ich stieß die Tür auf, meine Tür, und stolperte ins Innere.

Ich betete, dass sie mir nicht folgten. Vermutlich hatten sie zu große Angst vor meinen Mitbewohnern und vor den Fallen, in die sie geraten könnten. Ich richtete die Handleuchte auf die Stufen, die nach oben führten. Frei. Zwei Treppenabsätze bis zum Dachgeschoss. Ich erklomm sie und spähte durch ein verdrecktes Fenster in die Tiefe. Die Renegaten wuselten wie Ungeziefer die Straße entlang. Es war Zeit für eine rasche Bestandsaufnahme. Mein Hinterkopf schmerzte immer noch von dem harten Zusammenprall mit dem Pflaster, aber ich war ohne offene Wunden und offenbar auch ohne Knochenbrüche davongekommen. Eine Hand auf die Brust gepresst, bemühte ich mich, langsamer zu atmen.

Dann wandte ich meine Aufmerksamkeit den Räumlichkeiten selbst zu. Ich horchte, so gut ich konnte, aber meine Ohren hatten sich noch nicht von den Hieben erholt. Ich schüttelte den Kopf, um das störende Rauschen und Dröhnen zu vertreiben.

Keine neuen Geräusche. Keine neuen Bewohner.

Keine Gefahr.

Der Bürosaal am Ende des Korridors zog mich an wie ein Leuchtfeuer. Er verhieß Ruhe und Schlaf. Schreibtische bildeten eine Barrikade um unser provisorisches Lager in einer Ecke des großen, kahlen Raums und schufen die Illusion von Behaglichkeit. Tyler schlief wahrscheinlich schon, und ich tastete nach den restlichen Pralinen in meinen Taschen. Vielleicht war es vernünftiger, ihn erst am Morgen damit zu überraschen.

Aber ich konnte einfach nicht so lange warten.

»Hey, wach auf! Ich habe was für dich.« Ich schob mich an den Schreibtischen vorbei, aber da war nichts. Keine Decken, kein Bruder. Nichts. Unsere spärlichen Habseligkeiten – verschwunden.

»Tyler?«, rief ich.

starters
LISSA PRICE

www.lesen-was-ich-will.de